dtv

Kurt Schwitters
Das literarische Werk
Herausgeben von Friedhelm Lach

Inhalt der Gesamtausgabe

Kurt Schwitters
Das literarische Werk

Herausgegeben von Friedhelm Lach

Prosa 1931 – 1948

Deutscher Taschenbuch Verlag

August 2005
Deutscher Taschenbuch Verlag GmbH & Co. KG,
München
www.dtv.de

Umschlagkonzept: Balk & Brumshagen
Gesamtherstellung: Clausen & Bosse, Leck
Gedruckt auf säurefreiem, chlorfrei gebleichtem Papier
Printed in Germany • 3-423-13323-6

Inhaltsverzeichnis

Vorwort

Die späte Prosa von Kurt Schwitters

Schwitters hatte bereits bis 1923 Schritt für Schritt das, was die gesamte bildende Kunst verändern sollte, auch im sprachlich-literarischen Bereich vollzogen. Mit Merz- und i-Texten hatte er praktiziert, was für die Literatur des 20. Jahrhunderts von Bedeutung geworden ist, und dabei manches vorweggenommen, was seither nur noch variiert werden kann. Auf seinem weiteren Weg suchte er immer klarer, unkünstlerische Komplexe in der unkünstlerischen Welt aufzufinden, dabei vor allem das bisher Vernachlässigte als neues Material der Dichtung zu entdecken. Literaturgeschichtlich bedeutend war die Hinwendung zur trivialen Redeweise. Heißenbüttel geht so weit, daß er Schwitters' wahres Verdienst in der Begründung einer bewußten Trivialpoesie sieht.

Die Prosatexte dieses Bandes zeigen, daß Schwitters seinen Weg konsequent weiterverfolgte. So wie er akustisches Banalmaterial in der ›Ursonate‹ verarbeitete, so experimentierte er auch mit literaturhistorischem Trivialmaterial, etwa mit Trivialmotiven. Zugleich arbeitete er mit Kommunikationsformen, die formalästhetisch und ideologisch fixiert sind, etwa der Hetzrede. Schwitters entlarvte mit den ablaufenden Redeschemata die Sinnlosigkeit der Redeweisen der bürgerlichen, reaktionären Gesellschaft. In ›Schacko‹ (vgl. Bd. 2, S. 289) hatte Schwitters diese Redemuster schon so verselbständigt, daß er seine Dichtung als abstrakte Komposition mit Redeteilen definieren konnte.

Man könnte meinen, daß viele dieser späten Texte zwanglos, beiläufig und unkontrolliert entstanden seien. Spielt Schwitters doch in seinen Verwandlungsgeschichten oft den gleichen raffinierten Trick aus. Banale Phrasen, vielfach aus der täglichen Kommunikationsrede, werden in ständiger Wiederholung zu Ende gedacht, so daß bei munter plätschernder Rede plötzlich Tiefsinn entsteht. Ähnlich verhält sich der Künstler, wenn er ein altes Motiv aus der Kindheitskiste auskramt und dieses konsequent den Motivzügen folgend bis ins Absurde entwickelt.

Hat Schwitters hier etwas Neues, Wegweisendes erreicht? Hat er in dieser Verbindung von Banalität und Tiefsinn eine Schreibweise entwickelt, die allen Stufen der Gesellschaft Zugang zur Literatur vermittelt?

Tatsache ist, daß die späte Prosa aus verschiedenen Perspektiven interpretiert werden kann. Vordergründig gesehen, bezieht sie sich auf unmittelbar bedrängende Erlebnisse des Merzkünstlers, etwa in Norwegen auf Erlebnisse mit den

Tieren und Leuten auf Hjertøya*, in England auf die Begegnungen mit den Londoner Hausfrauen und auf die Kriegsereignisse. So muten viele Texte auf den ersten Blick rein autobiographisch an, und man könnte in diesen Erzählungen eine Parallele zu den Naturstudien und Porträts sehen, die Schwitters in Norwegen und England häufig betrieb. Aber es blieb in den Geschichten nie bei der naturalistischen Schilderung der Gegebenheiten. Wenn Schwitters sarkastisch mit dem Sparsamkeitsfimmel der Vermieterinnen ins Gericht geht oder die eigenen Nöte und Sorgen in die Texte einfließen läßt, dann haben diese Zustände und Gestalten typologische Züge, die über sie hinausweisen und die eine Kritik an der zeitgenössischen politisch-soziologischen Struktur erkennen lassen, auch wenn Schwitters mit Erinnerungsfragmenten seiner von ihm zuvor praktizierten Tradition arbeitet, wenn er die alten Typen wieder einführt, Eigenzitate gibt oder im Gattungsmäßigen verarbeitet.

Oft erscheinen die Handlungen einfach und banal. Genauer betrachtet, sind die logischen Verbindungen nach einem außerhalb des Erzählten gelegenen Interpretationsmodell entwickelt, das im Moment des Erzählens das Verhalten erklärt. In ›Das lebende Fürstentum als Naturschutzpark‹ (S. 23f.) werden die Verhaltensweisen des Diktators zum Interpretationsmodell des Erzählenden.

Schwitters' späte Prosa stellt deshalb an den Leser hohe Ansprüche, weil er die alte Collagetechnik raffiniert verfeinert und vom Wortmaterial in den Sinnbereich verlagert hat. In vielen Geschichten überrascht die ungewöhnliche Perspektive, aus der erzählt wird. So gibt es Betrachtungen von Tieren, Ausgestoßenen, Irren und Märchengestalten, aber der Blickpunkt des Anomalen deckt mit Methode die Sinnlosigkeiten der Zeit auf.

Schwitters geht so z. B. den Formulierungen der Ideologien auf den Grund, durchdenkt sie in letzter logischer Konsequenz, bis sie sich als absurd entlarven. Der Leser ist durch die interpretatorische Verarbeitung seiner Vorkenntnisse und Perspektiven zum aktiven Gestalten aufgefordert. Erst im Rückgriff auf die Tendenzen der Zeit kann der Sinn rekonstruktiv erschlossen werden.

Ähnlich wie Schwitters in der Merzbühne die aktive Beteiligung des Zuschauers forderte, indem er die Reaktion der Zuschauenden in den Gestaltungsprozeß einbeziehen wollte, so schrieb er Geschichten, in denen der Lernprozeß und die Interpretationen des Lesers einen Gestaltungsvorgang in der Sinnsphäre erzeugen. Je nach den Perspektiven und Vorkenntnissen des Lesers

* von Schwitters Hjertöya genannt

füllen sich die grotesken Texte mit unterschiedlichem Sinngehalt. So wird in ›Hundebrief‹ (S. 246f.) mit dem Wort »Rassenschande« am Ende die in der ganzen Geschichte latent aufkommende zeitpolitische Anspielung überdeutlich. Sarkastisch wird die braune Ideologie am Wörtlichnehmen ihrer Nomenklatur aufgedeckt. Pikante Zutat ist, daß das Herrchen, das Zigarren mit dicker Bauchbinde Wauwau raucht, den SPD-Karikaturen der damaligen Zeit gleicht.

Oft wirft man Schwitters den Mangel an politischem Engagement vor. Aber selten sind die reaktionären Kräfte wie die diktatorischen Machthaber so bittersarkastisch und überlegen-humorvoll der Lächerlichkeit überführt worden. Schwitters zeigt, daß alles Geschehen, das auf den Menschen eindringt, eine unberechenbare Richtung hat, daß das Zufällige für Glück und Unglück zugleich gehalten werden kann. Wenn auch das ganze Geschick des Menschen durch den Zufall geändert werden kann, so wird das Glück doch nur vom Klugen gefunden. Die ›kluge‹ Verhaltensweise aufzuzeigen ist denn auch eines der zentralen Anliegen der späten Prosa.

Statt artistischer Brillanz bevorzugt Schwitters die Haltung des ›Weisen‹, die objektive Sicht, das Verstehen des fremden Wesens und die Liebe zu den kleinen Schwächen der anderen.

In die vorliegende Ausgabe wurden auch die Texte aufgenommen, die Fragment geblieben sind und die Schwitters selbst nicht zur Veröffentlichung vorgesehen hatte. Bei einer vollständigen Publikation alles Erhaltenen kann keine Qualitätsauslese vorgenommen werden. Im Falle der Schwitters-Prosa haben diese Fragmente mehr kommentierenden Charakter. Sie lassen aber auch die Konsequenz der Schwitters'schen literarischen Produktion noch klarer abschätzen.

Anmerkungen zur Textgestaltung

Im vorliegenden Band sind alle ab 1930 bis zu Schwitters' Tod 1948 entstandenen Prosatexte vereinigt. Ausgeschlossen ist die kritische Prosa. Ursprünglich sollten die wenigen erhaltenen Schauspiele und Szenen eingefügt werden. Überraschend wurde jedoch nach der ersten Planung des Gesamtwerkes ein fein verschnürtes Bündel von Kurt Schwitters' Handschriften in Gabelsberger Kurzschrift gefunden, das mehrere Schauspiele und Szenen enthielt. Das dramatische Œuvre von Kurt Schwitters schwoll damit unversehends an, so daß ein weiterer Band, in dem nur die Szenen und Schauspiele vereinigt sind, gerechtfertigt erscheint.

Ediert wird möglichst nach den Originalmanuskripten, die meist in Gabelsberger Kurzschrift vorliegen. In den Anmerkungen stehen alle Varianten, soweit sie nicht offensichtliche Druck- oder Flüchtigkeitsfehler sind. Auch in Band III sind Änderungen in posthumen Veröffentlichungen nicht angegeben, wenn es sich um Druckfehler oder Nachlässigkeiten handelt. Die englischen Texte in ›Kurt Schwitters in England‹* weisen Verbesserungen von idiomatischen Redewendungen auf, die nicht von Kurt Schwitters stammen. Für diesen Band sind die Originaltexte abgedruckt. In einigen Fällen wurden jedoch von Ernst Schwitters gewünschte grammatikalische Verbesserungen vorgenommen und in den Anmerkungen bezeichnet. Das Anordnungsprinzip der chronologischen Reihenfolge wurde nur einmal unterbrochen (vgl. S. 147 ff.). Die englischen Texte sind zusammengestellt analog zu der Anordnung in Band I. Die angegebenen Jahreszahlen geben die Entstehung der Texte an. In den meisten Fällen lag eine Datierung von Kurt Schwitters vor. Ansonsten konnte aufgrund der Schreibweise, der Papierart, der Briefköpfe auf den Manuskriptseiten oder auch aus Textangaben genauer datiert werden. In wenigen Fällen war eine genaue Datierung unmöglich, etwa bei einigen Texten aus der Sammlung ›Die Feuerfliege‹, in der Schwitters frühe und späte Arbeiten vereinigte. Chronologisch eingefügt sind auch die ›Doten‹, obwohl Schwitters sie als geschlossene Textsammlung herausgeben wollte.

Ich danke allen denen, die für das Gelingen dieser Ausgabe mitverantwortlich sind, vor allem Hans Gebhardt für seine Hilfe bei der Transkribierung der Gabelsberger Texte und dem Conseil des Arts du Canada für die finanzielle Unterstützung der Forschungsarbeit.

* Stefan Themerson, Kurt Schwitters in England 1940–1948, London 1958

Deutsche Prosa

1930/31

Der Schein

»Der Schein trügt«, so sagt ein altes Sprichwort, und man nimmt immer an, daß alte Sprichwörter richtig sind. Aber wen trügt denn der Schein? Der Schein trügt nicht alle, der Schein trügt nur die, die den Schein erkennen. Erkennt aber jemand den Schein, so trügt er ihn nicht mehr, denn indem er den Schein erkennt, weiß er, daß es nur ein Schein ist, der gern trügen wollte, und er tut diesem Schein sicher nicht den kleinen Gefallen, sich trügen zu lassen. Also der Schein trügt die nicht, die den Schein erkennen. Die aber, die den Schein nicht als solchen erkennen, trügt der Schein, denn sie glauben ihm die trügerische, vorgetäuschte Wirklichkeit als solche.

Der Zweck dieses kleinen Buches ist nun, denen, die sich oft durch den Schein trügen lassen, einige Beispiele zu zeigen, bei denen der Schein zu trügen versucht, und den Schein zu entlarven. Das Ziel dieses kleinen Buches ist, daß der eifrige Leser selbst lernt, den Schein zu erkennen, damit er sich nicht so oft im Leben betrügen läßt. Dieses Ziel ist erreicht, wenn der Leser es erreicht hat, zu fühlen, daß überhaupt alles im Leben und in der Welt Schein ist. Dazu gehört der werte Leser aber selbst, und ich darf daher wohl die bescheidene Bitte mit der Hoffnung auf Gehör aussprechen, der Leser möge sich selbst enttäuschen lassen, wenn er das Ziel erreicht hat. Denn, indem man die Belanglosigkeit aller Dinge erkennt, erkennt man auch seine eigene Belanglosigkeit, und das ist außerordentlich gesund für jeden Menschen. Nur durch Schein erhebt sich manchmal ein Mensch über die anderen Menschen, nur durch Schein kann er manchmal seine Gottähnlichkeit erhalten, und daher sollte er gnädig gegen die Gottähnlichkeit der anderen Menschen, Tiere und Pflanzen sein, damit sie wiederum gnädig gegen ihn sind. Wir leben nun einmal in einer Welt des Scheins, können ihr nicht entfliehen, daher sollen wir den Schein lieben. Nur sollen wir uns möglichst nicht durch den Schein betrügen lassen. Ein anderes Sprichwort sagt: »Die Welt will betrogen werden.« Dieses Sprichwort scheint falsch zu sein, aber es hat eine große Wahrheit in sich. Denn schön ist es, den Schein zu erkennen, und sich dann durch diesen erkannten Schein freiwillig betrügen zu lassen. Die Welt muß betrogen werden, dann ist sie glücklich.

Ich will hier nicht von großen Dingen reden, von Gott, Königen, Feldherren, Dichterfürsten, Börsenspekulanten, sondern mit dem Kleinen beginnen, zum Beispiel mit mir selbst. Ich war einmal in Selinunt, wo mir Kinder echte antike Münzen für ein Trinkgeld anboten. Ein Tourist sah das und meinte, ich wäre hier wohl fremd und warnte mich, diese Münzen zu kaufen, weil sie falsch wären. Da sagte ich zu diesem Herrn, zwar wäre ich fremd hier, aber mir sagte mein durchschnittlicher Verstand, daß man für ein Trinkgeld mir keine echten römischen Münzen anbieten würde, aber ich liebte es, einmal im Leben so offen betrogen zu werden, da man es sonst immer ganz heimlich versuchte, und deshalb kaufte ich gern von diesen Münzen. Und ich kaufte sie. Für mich waren das eben Falschmünzen, und man kann gern solche Falschmünzen als Symbol für das Leben kaufen. Da sagte der Tourist: »Armer junger Mann, wo will man Sie denn gern im Leben ganz heimlich betrügen?« Da sagte ich: »Sie zum Beispiel wollten mir eben weismachen, daß Sie klüger als ich wären. Aber es gibt mehr Beispiele.«

Einmal war ich in der Oper und hörte die Mona Lisa. Aber ich sah auch die Mona Lisa, und sie war bestimmt nicht schön. Die Mona Lisa, wie ich sie auf der Bühne sah, war eine dicke, ältere, plumpe und geschminkte Sängerin, und ich fragte mich: »Ja, soll denn diese ungewöhnlich dicke, geschminkte ältere Dame, die da oben so ergreifend singt, wirklich die so gefeierte Schönheit aus dem Louvre sein? Soll sie es wirklich?« Da kam ihr Liebhaber, der sie sehr besang, wegen ihrer Schönheit, und tat, als wäre er toll verliebt. Auch er war ziemlich dick, sah aber immerhin gegen sie noch ziemlich gut aus. Daher verstand ich nicht ganz, daß dieser Mann in mittleren Jahren, der immerhin noch gut und gern eine knusperige, junge und frische Bürodame hätte haben können, diese aufgedonnerte, parfümierte falsche Liese so voll Sehnsucht besang. Neben mir schluchzte eine ältere, noch unberührte Dame, der es das Herz zerrissen hatte. Aber mich ließ es kalt, vollständig kalt. Da soll sie lieber mal in den Film gehen, was es da für famose Mädel gibt.

Für mich ist das Schein, denn ich glaube nicht an die Schönheit dieser Sängerin, und ich frage mich, ist der Sänger, der sie so angesungen hat, wirklich in sie verliebt, oder denkt er etwa beim Singen an jene knusprige Bürodame, für die er so begeistert ist? Oder singt er die Begeisterung aus den Noten heraus? Ist er begeistert, weil es in den Noten steht? Würde er in einem weniger provinziellen Opernhaus mit einer schlankeren, jüngeren und schöneren Mona Lisa ebenso begeistert sein, oder mehr? Wo ist da Schein, wo Wirklichkeit? Wenn ich mich aber auf meine Sinne verlasse, so sagen sie: »Die Frau da oben ist unschön, sündhaft unschön, und der Mann muß das auch empfinden und hat seine Gründe, daß er mich darüber hinwegtäuschen will.« Und mein Instinkt sagt: »Da stimmt was nicht!«

1930/31

Das Totenbett

Frau Meier lag im Bett, ausgestreckt unter einer orange-seidenen Steppdecke lag sie im violetten Nachthemd. Plötzlich reckte sie sich auf, blickte in den Spiegel, sank schmerzverknüllt zurück in menschlich wissende, gestraffte Hinfälligkeit. Dann flötete sie: »Frieda!«

Als niemand kam, flötete sie etwas lauter, dann lauter und noch lauter: »Frieda, Frieda, hörst Du mich nicht, Frieda? Ach, ich bin ja so krank und keiner kommt.«

Sie horchte gespannt und schmerzvoll. »Frieda«, begann sie wieder, »Frieda, jetzt komm aber endlich! Frieda, ich befehle Dir zu kommen! Frieda!« – Das letzte Wort war hinausgeschmettert mit der Wucht einer Posaune.

In einem entfernten Zimmer murrte Frieda: »Ja!« Da steigerte sich der Tenor von Frau Meiers Stimme zum wütenden Orkan, als sie dreimal das Wort ›Frieda‹ hinausbrüllte.

Frieda kam, ernstlich frech, stand auf beiden Beinen und fragte: »Was ist denn los?« Frau Meier setzte ihre leidende Miene auf, sank wieder zu schwermütiger Resignation hinab und sagte mit leise röchelnder Stimme: »Frieda, ich bin krank!« »So?« gab Frieda zurück.

1931

»Sind Sie Witwe?«
»Nein, warum, vielleicht weil ich keinen Ring trage?«
»Nein, weil Sie so lustig sind.«
»Nein nein, ich bin – – –«
»Ich will Ihnen reinen Wein einschenken, ich bin unverheiratet geboren.«

1931

Vorwärts mit großer Aufmachung

Die Geschichte ist kurz, daß eine Frau auf den Rummel geht. Sie will etwas erleben, lernt im Varieté den Mann ihrer Freundin kennen, den sie noch nicht kannte. Aber sie hat es bald heraus, daß er es ist, und nun führt sie ihn an der Nase herum. Zart sagt sie, sie hätte ihm jede Chance vorspielen können, weil sie ihn in bestem Schutze gewußt hätte, bei sich selbst nämlich.

Nikolaus

Es ist Nikolaustag. Ein trüber, regnerischer Tag, wie in unserer Zone das Wetter vor Weihnachten immer ist. Dann verschläft man einfach die Zeit. Ausgerechnet mußte ich früh wohin, und so ging's Kartoffel, Kartoffel in die Hose, in die Stiefel, sobald ich erwacht war. Ich hatte gerade viel vor und mußte weit über Land. Und was mein rechter Stiefel war, der wollte partout nicht angehen. Da packte mich die Wut, ich zog ihn mit einem Ruck an, ob dabei mein Fuß sich verbog oder nicht, einerlei. Donnerwetter, mußte ich hinken. Nun war doch so feuchtes Wetter, und ich denke, der Regen hat den Stiefel wahrscheinlich stramm gezogen, der ist nun mal nicht größer.

Ich gehe also über Land. Der rechte Stiefel klemmte mich bald rund um den Fuß, wie ein Band. Ich wollte pfeifen, aber danach war der Stiefel nicht eingerichtet. Gut, daß heute Nikolaus ist, denke ich, denn solch ein Gedanke ergeht einem. Den ganzen Tag ist Nikolaus. Die Kinder freuen sich auf Nikolaus, stellen ihre Stiefel vor die Tür, und dann legt ihnen der am Tag da was rein. Das ist nun mal so. Ach, wie goldig ist doch die Kinderzeit. Wenn nur der rechte Stiefel nicht so drücken wollte. Abscheulich. Wenn ich ein Kind gewesen wäre, hätte mir Nikolaus sicherlich meinen Stiefel aufgeweitet, als Dank dafür, daß das heute sein Tag ist, aber Erwachsenen tut er dieses nicht. Höchstens, daß die ihm die Sachen bezahlen müssen, die er den Kindern bringt. Und so ging's den ganzen Tag, abwechselnd: »Wie schön ist solch ein Nikolaustag«, und: »Die verfluchten Stiefel!«

Abends kam ich ganz erschöpft nach Hause. Ich sage zu meiner Frau: »Dorthe, ich glaube, ich habe, ich muß wohl sehr geschwollene Füße haben, wenn das nur nicht krankhaft ist. Aber beruhige dich, denn es ist heute Nikolaus.« »Ach du armes Männchen«, sagt da meine Frau, »da setz' dich nur schön in den Lehnstuhl und ziehe deine warmen und weichen, bequemen Puschen an. Und wie hat dir denn heute morgen die Marzipankartoffel geschmeckt?« – »Welche Marzipankartoffel denn?« – »Nun, die der Nikolaus in den rechten Schuh gelegt hat?« – »Was?«, schrie ich auf, »der hat mir eine Marzipankartoffel in den Schuh gelegt?« »Nun, hast du sie denn nicht gefunden?« –

Da wurde mir alles klar, ich hatte einen ganzen Tag auf der Kartoffel gelaufen.

Ich den Schuh aus, und da hatte sich die Kartoffel wie ein Pfannkuchen breitgetreten. Es ist doch nichts wert, wenn Nikolaus die Erwachsenen auch noch wie Kinder behandelt. Und dabei hat meine Frau die Kartoffel beim Nikolaus noch für teures Geld kaufen müssen.

1931

Doten? Was ist das?

Ja, Sie kennen wohl Anekdoten, das ist es nicht. Anekdoten sind lügenhafte oder wahre Erzählungen, die die anderen über große Männer erzählen. Aber wie heißt das, was ein großer Mann gern über sich selbst erzählt? Das nenne ein einfach ›Doten‹.

Doten können natürlich auch lügenhaft sein, das sowieso, und wer sie glaubt, ist dumm, aber sie hören sich so gut an, daß der oben genannte große Mann sie immer wieder gern erzählt, weil er weiß, welchen Eindruck seine Doten auf die Menschen allgemein machen.

Meistens lacht man über Doten, aber das ist unwesentlich. In dem Falle muß der Dotenerzähler die Pointe an die richtige Stelle setzen. Aber dann kann es sogar vorkommen, daß der Dotenhörer so dumm ist, daß er die Pointe nicht merkt. Hundertmal erzählt man dieselbe Dote mit witzigem Einschlag, und hundertmal entsteht an der gleichen Stelle die bekannte Lachpause, und das hundertunderste Mal fragt der Dotenzuhörer: »Soll das ein Witz sein?«

Ich war da einmal mit Baby und Pussi bei dem Juwelier Wilkens in dessen Privatbar am Jungfernstieg zu Besuch und traf dort den großen, berühmten Dichter Hanns Leip. Das wurde mit Sekt gefeiert, und da in jener Bar Höhenunterschiede im Terrain waren, saß ich zufällig über dem Dichterfürsten. Schräg unter mir saß er mit Pussi. Wir nahmen gemeinsam unsere Gläser und leerten gemeinsam den Sekt, nicht ohne irgendeinen Trinkspruch ausgesprochen zu haben. Wie nun manche Leute der scheidenden Sonne gern nachschauen, wenn sie zukunftverheißend den Himmel rötet, obschon sie scheiden will, so blickte ich zufällig in mein leeres Sektglas, in dem sich nur noch ein einziger Tropfen befand. Vorbei am Glase aber sah ich gleichzeitig die phänomenale Glatze des Dichterfürsten.

Ich hatte es nicht vorher bemerkt, und wie sich in mir immer die ungewöhnlichsten Kombinationen bilden, so dachte ich plötzlich, wenn ich den letzten Tropfen über die Glatze schütten würde, ob sich da dann neue Haare bildeten???

In solchen Dingen bin ich nun ein Mann von schnellem Entschluß. Kaum hatte ich den kühnen Gedanken gefaßt, da führte ich ihn auch schon aus.

Einen Augenblick war dann alles still. Dann drehte der Dichter seinen unbehaarten Kopf nach mir um, sah mich strafend an und sagte: »Herr Schwitters, wir sind hier in Hamburg, nicht in einer Provinzstadt wie Hannover!«

Sehen Sie, dieses ist so eine Dote mit richtig sitzender Pointe. Der Leser soll und muß lachen. Aber hundertmal lacht der Dotenhörer an der richtigen Stelle, und das neunundneunzigste Mal sagt er, wie es mir bei Frau Aud Egede Nissen passiert ist: »Das ist als Technik nicht so schlecht, aber ich lache nicht, wenn auch die Pointe richtig sitzt, wenn ich zuviel Technik merke. Erzählen Sie doch natürlicher. Sehen Sie, wenn Sie ernst sprechen wollen, dann muß ich lachen, aber nicht, wenn Sie mich dazu zwingen wollen.«

Das ist eben die Tragik in meinem Leben, ich will eine ernste Handlung begehen, und alles lacht. Mache ich aber einen Witz, dann lacht niemand. Das war einmal in Hannover an einem schönen Sommerabend. Ich war Schüler der dortigen Kunstgewerbeschule unter Direktor Feierabend und Schulvogt Temming. Mittwoch abends zeichneten wir Akt.

Ich pflege das gern zu erzählen, wie wir in der Pause aufs Dach kletterten, weil es in der Klasse so schwül war. Es war gerade ein Gewitter mit erfrischendem Regen über Hannover niedergegangen, und nun schien wieder die Sonne und vergoldete mit ihrem Schein die dürftigen Gräser und die prächtigen Kieselsteine auf dem flachen Dache der hannoverschen Kunstgewerbeschule.

Unter den Steinen befand sich ein wundervoller schwarzer, der so herrlich mit seiner nassen Oberfläche im Sonnenlicht blitzte. Ich dachte an Brillanten, aber ich wußte, daß es bloß ein Glasstein war. So große Brillanten würden von unschätzbarem Wert gewesen sein.

Aber was kommt es auf den Verkaufswert an? Die Erscheinung entscheidet. Und da ich immer schon für alles Gute, Edle und Schöne begeistert war, so nahm ich den wundervollen großen Glasstein mit in den Aktsaal und legte ihn, weil er naß war, auf den Ofen. Denn wenn man Akt zeichnen will, muß man auch im Sommer heizen.

Sicherlich war der Glasstein während der Stunde trocken geworden, so daß ich ihn hätte mit nach Hause nehmen können, aber ich vergaß es. Erst als ich in der Straßenbahn saß, fiel es mir wieder ein. Aber ich dachte: »Wer soll mir den Glasstein nehmen, er ist ja für andere Leute so gut wie wertlos. Ja, wenn es wirklich ein Brillant gewesen wäre!!«

Am folgenden Tage ging ich froh und frisch wieder zur Kunstgewerbeschule. Ich wollte gleich in den Aktsaal gehen und meinen Glasstein an mich nehmen. Aber denken Sie meinen Schreck, als ich um die Ecke komme, in der die Köbelinger Straße mit dem neuen Weg zusammenstößt, sehe ich hinter dem Schild des Künstlerrestaurants ›Blauer Donner‹ an Stelle der Kunstgewerbeschule eine riesige, fast undurchsichtige Dampfwolke.

»Um Gottes Willen«, denke ich, »wenn die Kunstgewerbeschule brennt, ist mein Glasstein hin. Hätte ich ihn nur gestern abend mitgenommen.«

Als ich näher kam, konnte ich das Gebäude zwischen den aus allen Fenstern strömenden Rauchsäulen schwach erkennen. Flammen sah ich nicht, und so beschloß ich, einzudringen, koste es, was es wolle, und den mir so lieben Glasstein zu retten.

Als ich die Treppe zum Portal hinaufging, sah ich in der Öffnung den Schulvogt Temming stehen, der mit dem Atem schwer rang. Offenbar wollte er etwas Luft schnappen, um wieder in die Hölle hineinzugehen und noch einige wertvolle Dinge zu retten.

»Ist denn die Feuerwehr schon alarmiert?« brülle ich ihn an. »Die Feuerwehr?« antwortet er hustend, »nein, es brennt ja gar nicht. Aber Sie können mir vielleicht helfen.« – »Aber gern!« sage ich voll Begeisterung. »Hören Sie«, sagt er keuchend, »Sie waren doch gestern abend auch mit im Abendakt? Es handelt sich nämlich darum, den Attentäter zu finden. Gestern abend nämlich hat mir irgend so ein Lümmel einen riesig großen Klumpen Teer auf den heißen Ofen gelegt.«

Die Dote ist damit zu Ende und die Pointe richtig verteilt. Soll ich noch sagen, daß ich ihm versprach, den Attentäter zu finden?

1931

Wanzen

Als Schüler der Königlichen Akademie in Dresden wohnte ich am Terrassenufer dreizehn in einem Hinterzimmer zweite Etage bei Mutter Starke. Ich hatte dort ein halbes Jahr während des ganzen Winters in dem gleichen Raume gewohnt und meine Studien an allen Wänden aufgehängt und sogar unter die Decke genagelt. Eines Morgens weckte mich die Sonne, weil es Frühling war, und als ich die Augen öffnete, sah ich an der Wand neben meinem Bette etwas sich bewegen, das aussah wie ein kleiner Pfennig mit Beinen. Vor Schreck schloß ich die Augen wieder, weil ich dachte zu träumen. Jedoch plagte mich die Neugier, noch einmal hinzusehen, und da war da ein zweiter Pfennig, der den Spuren des ersten errötend folgte. Mit einem Ruck sprang ich aus dem Bett, und es schien mir klar zu sein, daß der zweite Pfennig zu dem ersten in einem Liebesverhältnis stand, ohne daß ich es wußte, welcher Art und Beschaffenheit diese Pfennige eigentlich waren.

In dem Augenblick fielen plötzlich beide Pfennige von der Wand in mein Bett. Da ich nun für Zoologie immer ein besonderes Interesse hatte, wollte ich auskundschaften, was das mit diesen Pfennigen eigentlich für eine Bewandtnis habe. Ohne das Geringste der Frau Starke zu erzählen, holte ich mir daher eine leere Streichholzschachtel und sammelte die Pfennige aus dem Bett hinein und da waren es dreiundzwanzig Stück, alle schön groß und blutig.

Beim Unterricht in der Akademie zeigte ich die Schachtel mit den Pfennigen meinen Mitschülern, und alle behaupteten, daß das Wanzen wären. Ich fragte: »Was ist denn das, Wanzen?« – »Wanzen ... was die Mispel für den Baum ist, das ist die Wanze für den Akademieschüler.« Ich bedankte mich für die Auskunft.

Ich stellte nun die Streichholzschachtel mit dem kostbaren Inhalt in die Fensterbank, da ich ein gründlicher Mensch bin und den Fall genauestens untersuchen wollte. Als wir mittags zur Mensa Academica gingen und an einer Drogerie vorbeikamen, ging ich hinein und reichte dem Drogisten siegesbewußt meine Streichholzschachtel, indem ich fragte: »Was ist das?« Der Drogist warf mir einen beleidigten Blick zu und sagte: »Sie haben wohl die Absicht, mich zu frozzeln.« »Wie soll ich«, antwortete ich, »ich möchte nur wissen, was das ist«. Da warf er mir die Streichholzschachtel an den Kopf, indem er sagte: »Das ist eine leere Streichholzschachtel, wenn Sie es wissen wollen.« Seit der Zeit befinden sich unter den Paneelen im Malsaal in der Königlichen Akademie an der Brühlschen Terrasse zu Dresden eine große Menge Wanzen.

1931

Der Wach- und Schließ-Geselle

Es war kurz nach dem Kriege. Fleisch war in Deutschland eine seltene Angelegenheit, man erhielt nur ein bestimmtes Quantum, und es war verboten, sich irgendwie mehr zu verschaffen. Trotzdem kam es öfter vor, daß jemand beim Bauern für viel Geld ein Schwein kaufte, es nachts heimlich schlachten ließ und in der gleichen Nacht sich auf Schleichwegen das Fleisch in seine Wohnung beförderte. Es war eine unsichere Zeit, und wer ein wenig außerhalb wohnte, ließ sein Haus gern durch Wach- und Schließ-Institute bewachen.

Nun kam eines Tages ein Wachmann und holte sich sein Geld ab. Um einmal zu hören, wie es eigentlich in der Nacht aussah, fragte ich ihn, ob er denn wirklich öfters gefährliche Personen bemerkt hätte. Da erzählte er mir, daß er erst kürzlich einen Mann angerufen hätte, der mit zwei schweren Ballen morgens im Frühnebel an unserem Hause vorbeigeschlichen wäre. »So so«, sagte ich, »was hat denn der da gemacht?« – Als ich rief: »Halt oder ich schieße«, hat er einen Ballen stehen gelassen und ist mit dem andern eiligst davongejagt«, antwortete der Wachmann. »Und was haben Sie dann getan?« – »Ich habe mir den Ballen besehen, da war es ein großer Kübel Rindertalg.« – »Und was haben Sie mit dem Rindertalg gemacht?« – »Ja, schließlich ist sich jeder doch der Nächste«, sagte der Wachmann, »ich habe ihn meiner Frau mitgebracht, er hat uns wunderbar geschmeckt. Sehen Sie, wenn ich den Mann angezeigt hätte, er wäre doch nicht gefaßt, und ich hätte den Kübel abgeben müssen. Und ob ihn dann der rechtmäßige Besitzer gekriegt hätte, wäre zum mindesten zweifelhaft gewesen.«

1932

Die Palme

Plötzlich schickte der Ätna im Jahre 1928 eine riesige Feuersäule zum Himmel, und diese Feuersäule kam für alle unerwartet, obgleich alle durch den auffallenden Feuerschein der letzten Monate hätten gewarnt sein sollen. Der Mensch gewöhnt sich aber auch an auffallende Warnungszeichen und beachtet sie nicht mehr. Wenige Stunden später durchbrach an einer nur ungefähr 1000 Meter hoch gelegenen Stelle die Lava eine Seitenwand des Ätna, es war eigentlich nur in einem Nebenkrater, und dabei strömte doch eine riesige Menge glühender Lava aus und raste in schnellem Lauf über fruchtbare Felder und bedrohte Dörfer und einzelne Höfe am Fuße des Ätna. Vom Dorfe Nuncia aus, welches der Durchbruchstelle am nächsten und direkt bedroht war, weil die Richtung des Lavastroms auf dieses Dorf zeigte, schickte man eine Prozession mit dem Schleier der heiligen Agathe der Lavamasse entgegen und siehe da, der drohende Strom nahm eine andere Richtung und verschonte das Dorf. Die neue Richtung aber führte direkt auf das Dorf Mascali zu.

Da wurde auch von Mascali aus eine Prozession der Lava entgegengeschickt, aber ohne großen Erfolg. Unbarmherzig floß die Lava weiter und zerstörte Haus für Haus, Baum für Baum und legte sich hoch über die üppigen Gärten des Dorfes, indem sie alles zerstörte, was ihr im Wege stand.

Zwar konnten sich Menschen und Vieh noch rechtzeitig retten, aber ihre Häuser verbrannten und stürzten ein durch die Gewalt der schweren Lava, und auch die Bäume mußten verbrennen, ja, sogar die eine Kirche wurde vollkommen zerstört. Bei der zweiten Kirche nahm dann der Strom ohne einen anderen ersichtlichen Grund, als um die Kirche zu retten, eine plötzliche Wendung nach rechts und floß um sie herum. Alle links hinter der Kirche befindlichen Häuser wurden verschont, doch rechts floß die Lava noch weiter, noch sechs Tage, vorwärts und seitwärts. Erst als der größte Teil von Mascali begraben war, stand der unheimliche Lavastrom. Und da ragte unversehrt aus den Lavamassen, aus Schwefel und Dampf zwischen den Trümmern eines Gutshofes eine einzelne Palme hervor. Als man später nach Monaten die inzwischen oberflächlich erkalteten Lavamassen betreten konnte, sah man, wie die Palme wie durch ein Wunder verschont geblieben war. Kurz vor der Palme, kaum 5 Meter entfernt, hatte sich der Strom an einer gar nicht einmal so starken Hauswand geteilt, hatte alle Häuser rund um die Palme vernichtet und hatte sich dann kurz danach wieder zu einem einzigen breiten Strome vereinigt. Die

Palme, die tief unter dem Strome wurzelte, welcher um sie herum acht Meter hoch war, war nicht einmal von der großen Hitze versengt worden, und hatte auch offenbar genügend Wasser gehabt, denn sie sah ganz frisch aus. Sie steht heute noch, 1932, und ist frisch und grün. Inzwischen sind die immer noch dampfenden Lavamassen in Stücke zerfallen, und die Stücke sind zum Teil heruntergerollt und haben die Wurzeln der Palme bedeckt. Rundum kommen noch heiße Schwefeldämpfe aus der Trümmermasse. Nur wenige dürre Gräser wachsen schon wieder aus der erkalteten Oberfläche der Lava. Sonst ist nur Öde und Schrecken rund um die Palme, die weiter grünt, als wäre nichts geschehen. Man fragt sich: »Ist das Zufall, oder hat eine Macht nach ihrem Ermessen hier über Leben und Tod bestimmt?« – Man fühlt hier, daß es eine solche Macht geben muß, die sich um Einzelschicksale kümmert. Das Schicksal ist hart, und man bewundert mit Grauen seine unumgängliche Härte, die hier so viel blühendes Leben zerstört hat, scheinbar ohne Sinn und Zweck, und man steht gerührt vor dieser einen Palme, die es verschont und vor dem Verderben geschützt hat. Und, was am sonderbarsten ist, angesichts dieser Palme fühlt man sich sicher in der Hand des Schicksals.

Denn uns ist es selbstverständlich, gerade wir würden die Ausnahme sein, die nicht teilnimmt an der großen Zerstörung. Grauenvoll ist die Härte des Todes, aber die Aussicht auf Leben trotz Tod und Zerstörung befreit uns, die wir nicht anders als durch Leben denken können. Wir wissen, daß wir, wie die Palme selbst nicht viel dazu tun können, daß uns das Schicksal verschont. Aber in der Möglichkeit der Ausnahme liegt für alle ein großer Trost und eine starke Beruhigung.

Das Schicksal der Palme von Mascali berührt die Fragen nach dem Wann und Warum. Noch ist die Palme fast unbekannt. Wenn sie aber einmal bekannt sein wird, dann werden die Menschen zu dieser Palme pilgern, um für ihr eigenes Schicksal Kraft zu sammeln. Denn jeder Einzelne hofft wie diese Palme, die Ausnahme zu sein. Und es ist gut, daß jeder hofft.

1932

Das lebende Fürstentum als Naturschutzpark

Wir leben in einer schrecklichen Zeit. Die Büffel und die Walfische sind dran auszusterben. Das ist sehr schlimm, denn wer soll uns in Zukunft den herrlichen Fleischextrakt und den wohlschmeckenden Lebertran liefern?

Aber auch die Fürsten sterben aus, und das ist noch schlimmer, denn wer soll uns in Zukunft die Majestät ehren lehren? Immer mehr dehnen sich die Demokratien aus, und es wird die Zeit nicht mehr fern sein, daß alle Staaten ihren Fürsten verauktioniert haben. Dann aber muß der Fürstennaturschutzpark helfen. Wenn jeder Staat eine Kleinigkeit dazu beisteuert, wird sich die Welt doch wohl den Prunk und den Luxus eines Fürstenhofes in einem kleinen, abgegrenzten Naturschutzgebiet leisten können. Zwar wäre der Fürst dort ohne Hinterland, aber er könnte auch die ganze Welt als sein Eigentum, als sein Hinterland betrachten.

Erste Bedingung wäre, daß der Naturschutzfürst durch besonders für ihn herausgegebene Blätter und eigens auf ihn allein dressierte Minister gründlich falsch orientiert würde über die ganze Welt um ihn herum. Es müßte damit beginnen, daß der Leibarzt seiner Majestät ihm irgendeine vornehme, harmlose, aber nicht ungefährliche Krankheit suggerieren würde, die seine Majestät ans Schloß und den Park fesselte. Seine Majestät dürften es nicht wissen, daß sein Fürstentum nur wenige Quadratkilometer groß ist, und daß er eigentlich keine Macht hat. Darum dürfte seine Majestät nie das Schloß verlassen und nie Gelegenheit haben, durch Wort oder Schrift zu erfahren, wie es um ihn herum aussieht.

Dafür würde man seiner Majestät mit den demütigsten Redensarten seine Größe klarmachen, würde von Zeit zu Zeit die Ausläufer einer kleinen Verschwörung oder Revolution inszenieren, die aber harmlos enden müßte. Es wird geschossen, aber nur mit Platzpatronen. Es platzen auch Bomben, aber man richtet es so ein, daß seine Majestät nie dort anwesend ist, wo geplatzt wird. Die Leibgarde, die vorher gut instruiert ist, wird alle Angriffe auf Leben und Macht seiner Majestät glücklich abschlagen, und nur gefestigt geht die Erhabenheit seiner Majestät aus den Wirren hervor.

Nun kommen Gesandte fremder Höfe, die natürlich fingiert werden, und versichern seiner Majestät die Teilnahme ihrer Herrscher. Von Zeit zu Zeit kommen sogar fremde Herrscher selbst und entwickeln Glanz und Herrlichkeit an seinem Naturschutzhof. Alles sind gut einstudierte Schauspieler. Plötzlich entspinnt sich ein Streit zwischen einem fremden Herrscher und seiner Majestät, dem Naturschutzkaiser. Natürlich hat so ein Streit in aller Form zu geschehen. Eigentlich geschieht gar nichts, aber irgendein Minister findet ein Haar in einer Äußerung irgendeines fremden Herrschers und macht seine Naturschutzmajestät darauf aufmerksam.

Nun muß man daran arbeiten, daß seine Majestät so in Wut gerät, daß er den Krieg erklärt. Jetzt beginnt ein großartiges Schauspiel. Armeen werden aus dem Boden gestampft, Generale halten Paraden ab, und wohlausgerüstete Heere verlassen die kleine Residenz. Er herrscht wieder Ruhe, aber täglich kommt ein fingierter Kriegsbericht heraus. Ein hartes, aber zähes Ringen wird jetzt vorgetäuscht, während seine Majestät glänzende Feste und Hofbälle abhält. Langsam dringt die Armee vor, und der Gegner bittet um Frieden. Seine Majestät gewährt ihn nicht, und der Krieg geht weiter. Andere Mächte greifen ein, bis angeblich die ganze Welt in Flammen steht.

In Wirklichkeit geschieht natürlich nichts weiter, als daß falsche Berichte herausgegeben werden. Seine Majestät verfolgt das Vordringen seiner Heere auf Landkarten. Es wird über und unter Wasser gekämpft, in allen 5 Weltteilen und in der Luft, und endlich, endlich, nach 5 bis 10 Jahren besiegt das kleine Heer seiner Majestät die ganze Welt. Darauf folgt der fingierte Weltfriede. Sämtliche Herrscher anderer Nationen werden hingerichtet. Seine Majestät wohnt selbst dem Akt bei. Natürlich sind es mit Leichenblut getränkte Puppen, die man köpft, aber da seine Majestät sowieso schwerhörig ist, sieht er schlecht.

Und nun folgt das glänzendste und größte Fest der Welt. Seine Majestät wird zum Kaiser der vereinigten Kaiserreiche der Erde gekrönt.

Sehen Sie, das ist Majestät, das muß der Welt erhalten bleiben, wenn auch nur im abgegrenzten Naturschutzpark.

1932

Seereise

Eine Seereise ist kein Vergnügen.

Eine Seereise kann ein Vergnügen sein, wenn man vergnügt ist. Vergnügungsreisen werden meist gereist von Mißvergnügten. Sie genügen sich nicht, das Land genügt ihnen nicht, da suchen sie ihr Vergnügen auf der See, indem sie reisen.

Dem Vergnügten genügt das Sandkorn des Festlandes, dem Mißvergnügten nicht, er braucht das Riechsalz der See. Da sind dann gegen tausend triste Gestalten und ein Lokomotivführer zusammen gereist, um sich am Meer, an der Küste und überhaupt an der Kunst zu vergnügen. Kunst ist, was im Baedeker steht. Natur ist, wo man mit Gesellschaftsfahrten hinfahren kann. Dabei ist zu unterscheiden, daß Kunst alt und neu sein kann, Natur aber ist zeitlich nicht rubriziert.

Das Meer ist weit, Rom ist nah, und wenn man Neapel gesehen hat, kann man sterben.

Die Netto-Überfahrt besteht aus Essen und Tanzen. Das Essen ist an Zeiten gebunden, der Appetit nicht. Er kommt bei der Seereise nicht beim Essen, sondern ist schon vorher da, weil die Luft zehrt. Es schmeckt gut, besonders wenn man ein konzentriertes warmes Seebad vorher zu sich genommen hat. Das ist konzentrierter Golfstrom. Das heiße Seebad in grün. Außerdem besteht das Essen aus einer Speisekarte und einfachen Gerichten mit komplizierten Namen. An dem Grad der Kompliziertheit dieser Namen stellt man fest, ob die Seereise teuer oder volkstümlich ist. Die volkstümliche Seereise ist so billig, daß das Volk sie sich doch nicht leisten kann. Das Volk kann nur als Steward oder als Maschinist eine volkstümliche Seereise mitmachen. Der Tanz besteht nun wieder aus einer Kapelle, die nicht spielen kann und Paaren, die nicht tanzen können. Die Kapelle besteht aus Steward-Musikern, die Paare aus Jugend und Alter gemischt. Die Jugend tanzt nach Tango Rumba, das Alter nach der gleichen Melodie Walzer. So kommt es, daß sich Jugend und Alter im Tanz verstehen lernen. Man hat den Trauring in der Westentasche und im Gefühl die zarte Hingebung. Zwischendurch ist eine salzige Brise sehr erfrischend. Das Schiff bringt Rhythmus in die tanzenden Massen, indem es sie durcheinanderschaukelt und gruppiert. Tanz und alkoholische Getränke helfen gegen die Seereisekrankheit; manchmal wird sie besser, manchmal nicht. Das beste Mittel in der Tasche ist besser als die schlechteste Seekrankheit auf dem Dache. Da hilft nur Energie.

Ein Ruck und das Essen wird im Rhythmus des Tanzes zurückbeordert. Schlafen auf See ist Glückssache. Das Glück besteht in Lüftung, Nachbarn, Seegang. Ist der Seegang wie Kanonendonner, so ist der Nachbar nur ein kleines Handgranatengeplänkel. Beide können die Nachtruhe zerreißen. Aber während man sich gegen den Nachbarn zur Wehr setzen kann, hilft beim Seegang kein Rettungsring, nur der Gang zur See.

Wenn die Erinnerung aber sauer wird, schmeckt kein Essen mehr und die Menschen sehen so verbittert aus. Man verachtet sie und sich selbst außerdem. Man verachtet überhaupt alles, das Geistige wie das Materielle. Man unterscheidet überhaupt nicht zwischen Materie und Geist, und da hat man recht, denn es besteht überhaupt kein prinzipieller Unterschied. Erst wer es erkannt hat, daß es keinen Geist eigentlich gibt, sondern daß er eine Funktion der Materie ist, der kann getrost eine Seereise machen, der ist ein freier Mensch.

um 1932

König ohne Volk

Es war einmal ein König, der hatte keine Minister, er hatte keine Bauern, er hatte keine Hofleute, er hatte überhaupt gar kein Volk, und alle waren zufrieden unter seiner Regierung und vermehrten sich, indem sie keine Kinder hatten. Dieser König wohnte in einem prachtvollen Schloß, aber es war gar kein richtiges Schloß.

Da begab es sich, daß seine Majestät die Treppe hinauf in den Thronsaal gehen wollte, und so ging er in den Thronsaal, in dem lauter Betten standen, über-, neben-, untereinander, so daß er gar nicht hineingehen konnte. Und als er wieder hinuntergehen wollte, bemerkte er, daß da gar keine Stiege war. Daran erkannte er, daß er gar nicht hinaufgegangen war, darum wollte er jetzt unten bleiben, um seinen Hof um sich zu versammeln.

Denn er erwartete eine Deputation vom Nachbarvolk, das keinen König hatte, weil dieses Volk nämlich einen Thronfolger hatte, welcher keine Frau hatte, weil er ledig war, und der diese Lücke, die vorhanden war, ausfüllen wollte, indem er um die Tochter des Königs freite.

Diese Deputation kam aber nicht, darum hielt der König folgende Ansprache:

Meine Herren, Abgesandte meines königlichen Nachbarn, ich freue mich, daß Sie nicht gekommen sind, um um meine Tochter zu freien. Ich gebe Ihnen daher gern meine Tochter, denn ich habe überhaupt keine. Sagen Sie Ihrem Chef, dem Herrn Thronfolger, daß ich seiner königlichen Hoheit meine ganze Liebe, mein Kind und meinen halben Besitz gebe. Bei dem Worte Besitz überlegte sich seine Majestät der König, ob er nicht lieber ›leihweise überlassen‹ sagen sollte, und was die Hälfte seines Besitzes überhaupt war. Da er aber gar keinen Besitz hatte, machte es nicht viel aus, wenn er die Hälfte davon abgab. Die andere Hälfte genügte ihm ja noch für sein Alter.

um 1932

Victoria
(Anfang eines Romans)

Sie hieß Ria.
Es war der größte Erfolg ihres Lebens, daß sie Viktor kennenlernte.
Ja, war es nicht eine beispiellos glückliche Verbindung gewesen, Viktor und Ria, Viktoria, es war mehr gewesen, sogar ein Sieg.

um 1932

Harald Monge

Dem Leser sei es vorausgesagt, daß es sich bei den wunderbaren Erlebnissen Harald Monges nicht um Träume handelt, sondern um eine wache Wirklichkeit, in der man es nicht mehr weiß, wo Träume oder tatsächliches Erleben einander ablösen. Harald Monge lebte in Kopenhagen als ärmlicher Schriftsteller, man könnte ihn Dichter nennen, doch fehlte ihm der Schwung zur großen Phantasie. In einer armseligen Dachstube hauste er und hatte außer einem Tisch, der voll von Büchern und Papieren lag, 2 Stühlen, einer Matratze mit einem Kissen und 2 Decken darauf, nichts Eigenes, als den Mut, der wegen seines idealen Berufs solche Ärmlichkeit ertrug. Seine Wirtin versorgte ihn kärglich, da er auch selten und schlecht bezahlte. Und die Tochter der Wirtin verehrte ihn. Sie hielt es für einen besonders wertvollen Beruf, Dichter zu sein. Harald Monge bemerkte es nicht, wie er auch nicht bemerkte, daß Frau Jenssen, seine Wirtin, eine für seine Verhältnisse hohe Rechnung auf seinen Tisch gelegt hatte. Er war doch Dichter, und nahm er das Blatt einmal in die Hand, so verdichtete sich das Gemisch von Zahlen und Werten zu Gestalten, die wohl in ein Märchen gepaßt hätten. Kam nun der Morgen, und Frau Jenssen heizte etwas ein in seinem Ofen, so konnte es vorkommen, daß er die Rechnung für eine schlechte Dichtung hielt und umdrehte, um nicht weiter daran erinnert zu werden, daß er vielleicht etwas unbegabt gedichtet hatte. Einen Brief seiner Mutter aus Jütland dagegen hielt er für einen goldenen Apfel und bewahrte ihn unter seinen besten Dichtungen auf. Und als es wieder Abend wurde, begann ein anderer Brief zu leben, den er von ihr erhalten hatte, nicht von seiner Mutter, sondern von ihr. Er hätte es nicht sagen können, wer sie war und wo sie wohnte, er wußte nur, von ihr hatte er einen Brief, wenn er auch seine eigene Handschrift trug. Die ganze Pracht des westlichen Fünen lag in diesem Brief, und es war Sommer, die Kastanien blühten, und sie waren dunkelblau angezogen und gingen im Schatten der Kastanien. Sie gingen auf den großen Hof zu, der in einer sanften Mulde lag, so daß man das Meer nicht sehen konnte. Die Häuser waren hufeisenförmig gebaut, 3 Gebäude, in der Mitte das zweistöckige Wohnhaus. Sie ging in die Tür mitten im Hause und in die schattige Stube rechts, wo er wartete. Ja, Harald Monge wartete. Aber er konnte sie nicht sehen. Sie war hell wie eine grüne Wolke in ihrem dunkelblauen Kleid, er wußte nur, daß ihr Haar gescheitelt war und in langen, braunen Zöpfen herabhing. »Inge«, rief er, da war auch diese Vorstellung wieder verschwunden.

Nur an der Wand tickte eine Uhr mit Gewichten und einem langen Pendel. »Inge!«, rief er lauter und da merkte er, daß er im Bette lag, und er war nicht in jener vornehmen Bauernstube, sondern in seiner proletarischen kleinen Dachkammer. Aber wo war die Uhr, die er eben noch so deutlich hatte ticken hören?

In jenem Briefe, den er so sehr liebte, da war sie.

Harald stand auf und holte seinen geliebten Brief. Er sah an sich herunter und hatte keinen seidenen Schlafrock an. Er hörte jemand sich räuspern, man konnte es durch die Wand hören. »Das ist vielleicht Gertrud«, dachte er, und es fiel ihm auf, daß er den Namen wußte. »Gertrud?« Er zerbrach sich den Kopf, wer das war. Das Räuspern war hell und jung gewesen, und weiblich. Vielleicht hatte Frau Jenssen eine Tochter, vielleicht auch nicht. Und wenn Frau Jenssen eine Tochter hatte, so hieß diese vielleicht Gertrud. Vielleicht auch nicht. Harald legte sich ins Bett, das heißt auf seine Matratze, legte seinen Kopf aufs Kopfkissen und deckte sich mit den 2 Decken zu. Er fröstelte. Dabei dachte er über Gertruds Gesicht nach, er hätte es gern gewußt, wie sie aussah, aber er hatte sie ja nie gesehen, jedenfalls nicht mit Bewußtsein. Und Träume senkten sich auf seine Augen.

Und da waren 2 Wege, einer rechts und einer links. Darum ging er den in der Mitte, den dritten. Das war die Straße, die die Badegäste zum Meere führte. Und er ging am Meere entlang, und das Meer wölbte sich in einer Bucht. Sandige Dünen bildeten das Ufer und 2 vom Wind zerzauste alte Bäume standen dort, wo ein kleiner Bach ins Meer mündete, gerade unter dem Monde, der einen nach links geöffneten Halbkreis bildete.

Harald kannte diese Gegend, denn er hatte oft von ihr geträumt, ohne jedoch den Weg dorthin zu wissen. Und es war immer die gleiche Landschaft, nur der Mond änderte seine Gestalt und stand an anderen Stellen des Himmels.

Und am Meere erblickte Harald plötzlich den weißen Spiegel einer blauen Gestalt. Er kannte sie, wenn er auch nur den Spiegel sehen konnte, es war Inge.

Harald rief nicht, er wollte nicht wieder diese von ihm angebetete Frau verscheuchen, denn sie war sehr scheu. Aber er ging ihr entgegen, leise, zog sich seine Hausschuhe an, öffnete seine Tür, dann noch eine, und eine Hand legte sich in seine Hand. Er hielt sie fest, und es war Inge, das wußte er, nur sagte er es nicht, er sagte nur ganz leise: »Du!« – »Du«, erwiderte sie. Und es war wie zärtlich in diesem »Du«.

»Wo ist der Mond geblieben?« fragte er. »Sieh den Schein auf dem Fußboden«, sagte sie. »Aber das Meer?« »Das Meer ist weit, aber man kann es sehen, wenn der Mond darauf scheint und man auf dem Stuhle steht.« »Wie du köstlich plaudern kannst!« – Und er sah auf, und es war eine tapezierte Wand, an der ein Bild hing, das er nicht erkennen konnte.

»Kenne ich dich?«, fragte Harald plötzlich. – »Wir kennen uns doch lange«, sagte das Mädchen. – Und dann saßen sie lange stumm. Harald bemerkte, daß das Mädchen in seinem Arme lag, und er küßte sie. Als er am Morgen in seinem Bette erwachte, hörte er Frau Jenssens Stimme in einem anderen Zimmer. Sie war laut und aufgeregt und sagte: »Du hast einen Mann im Zimmer gehabt, ich habe es doch gehört! Leugne es nicht, ich habe seine Stimme erkannt, es ist Harald Monge gewesen. Und du schämst dich nicht?«

»Nein, Mutter«, sagte das Mädchen. »Der Mann muß heute noch ausziehen, ich dulde ihn nicht eine Stunde länger unter meinem Dache, und wenn er den Rest Schulden geschenkt bekommen müßte. Ich werfe ihn mit seinem ganzen Plunder auf die Straße.«

»Mutter«, sagte das Mädchen flehend, und Harald, der inzwischen aufgestanden war und sich angekleidet hatte, ging auf den dunklen Vorplatz und sah ein Mädchen auf dem Rande eines Bettes sitzen, vor der tapezierten Wand, die er in der Nacht gesehen hatte, und hinter ihr das Bildnis eines Mannes, der ihn groß ansah. Das Mädchen hatte die Augen groß auf. Da kam Frau Jenssen aus der Tür dieses Zimmers heraus und auf ihn zu und sagte: »Augenblicklich packen Sie Ihre Lumpen zusammen und verlassen mein Haus. Mein Haus ist ein anständiges Haus, und damit basta.« »Basta!«, sagte Harald wie im Traum, ging in sein Zimmer zurück und packte die wenigen transportablen Dinge, die er hatte, in ein kleines Bündel, dann ging er zu Frau Jenssen in die Küche und sagte: »Danke für alles Gute, und sollen Sie es gut haben und adieu!« Dann streckte er ihr seine rechte Hand hin, die aber nicht angenommen wurde.

Bald darauf befand er sich auf der langen Reise und eine Viertelstunde später auf einem Schiff. Das Schiff fuhr auch bald ab, durch einen Sund mit großen Kränen und Fabrikanlagen, hinaus ins blaue Meer. So wurde es sonnenheller Tag, und die grünen Küsten verschwanden mehr und mehr.

Und ihm gegenüber saß ein Mädchen, und es schien ihm Gertrud zu sein. Oder Inge? Er wußte es nicht, hatte er sie nun vor der tapezierten Wand oder im Spiegel des Meeres gesehen. Sie war nicht blau, sondern hatte einen grauen Rock und eine weiße Bluse an. Aber Mädchen können sich ja umkleiden, das wußte er. Und als er sich neben sie setzen wollte, stand sie auf und verschwand. Jetzt kam der Kontrolleur und fragte, wohin er fahren wollte. Das wußte er nicht. »Dann steigen Sie doch am Strand aus«, sagte der freundliche Kontrolleur. »Gern«, sagte Harald. »Das kostet $3^1/_2$ Kronen.« – »Gern«, erwiderte Harald wieder, »aber ich habe soeben kein Geld bei mir, ich möchte später bezahlen.« – »Ohne

Geld?«, fragte der Kontrolleur, der nun gar nicht mehr freundlich war, entrüstet, »dann haben Sie später auch kein Geld. Das sind immer die Gleichen!« Damit entfernte er sich sehr zornig. – Das Mädchen aber hatte es gehört und bezahlte heimlich für ihn. – Harald aber stand an der Reeling und hatte einen Brief in der Hand. Er las ihn immer und immer wieder entzückt, ohne ihn entziffern zu können. Es war der Brief, den er so sehr liebte, und es war ein sehr sonderbarer Brief. Sah man ihn, so hätte man glauben können, daß er etwas bedeutete, aber man merkte es bald, daß er nur aus huckeligen Linien bestand, die mehr gezeichnet als geschrieben waren, und alles oder nichts bedeuten konnten.

Für Harald aber bedeutete er: »Inge.«

Das Mädchen mit der weißen Bluse aber setzte sich neben ihn und gab ihm eine Apfelsine. Harald dankte und aß sie gern und sagte: »Das ist das Erste, was ich heute genieße, ich habe nämlich kein Frühstück gehabt.« Darauf teilte das Mädchen ihr Frühstück mit Harald.

Und bald standen beide auf der Landungsbrücke am Strand.

Harald suchte, ob er jenen Bach mit den beiden alten Bäumen unterm Mond wohl finden könnte, aber immer, wenn er dachte, so wäre es gewesen, dann war es nur eine Einbildung.

Jetzt waren sie wieder am Strand, und Harald hatte seine Hände in ihre Hand gelegt, und sie gingen nebeneinander wie 2 Kinder. Da sagte das Mädchen: »Jetzt sind wir gleich da. Es ist wohl besser, du läßt meine Hände los.« –

»Du heißt doch Inge«, sagte darauf Harald, »wohnst du denn nicht in einem prächtigen Bauernhause?« – »Nenne mich Inge, wenn du willst, das ist mir gleich«, sagte das Mädchen, »und dort ist das Haus, in dem meine Mutter wohnt«.

Und da stand am Meere ein Haus mit hohen Fenstern, das in einem Schornstein endete, aus dem Dampf quer über die Wolken wehte. Es war wie eine Treppe vor der weißen Wand, und sie hatte keine Bedeutung, denn sie führte ins Nichts. Hinten waren die Dünen, und eine kärgliche Tanne versuchte dem Ganzen Wohlhabenheit zu geben.

»Hier sind wir«, sagte Inge, »und meine Mutter wird dich wohl aufnehmen«. Das Haus sah unwahrscheinlich aus, aber es stand und war ganz sicher. Die Mutter begrüßte ihn herzlich, und Harald wußte, daß jenes Mädchen nicht Gertrud sein konnte, denn es war eine andere Mutter als Frau Jenssen.

»Er ist ein großer Künstler«, sagte Inge zu ihrer Mutter. »Auf Sie haben wir gewartet«, sagte die Mutter und umarmte Harald, der sich darüber etwas verwunderte. Dann holte sie die Palette ihres verstorbenen Mannes und sagte: »Sie sollen sie sehen, Sie sollen auch seine Farben haben, Sie sollen malen und meines Gatten, der so früh hat scheiden müssen, Werk vollenden.«

Harald beteuerte, nicht malen zu können. Aber Inges Mutter redete ihm solchen Unsinn aus. Er könnte malen, und wirklich konnte er es. Die Blumen waren so hell und farbig, besonders die roten Pfingstrosen im kleinen Garten, das Haus war so schmiegsam an den Himmel gebaut mit den weißen Wolken darüber, das Meer sah fast aus wie Wolkenberge, und so malte er, und malte Tage, Wochen und Jahre, und nach 3 Jahren wurde er als der große dänische Künstler in Paris gefeiert.

Er verlobte sich mit Inge, aber sie hieß nicht Inge, sondern Aslang. Und die Hochzeitsreise machten sie nach Venedig.

um 1932

Wir hatten einmal Besuch

Wir hatten einmal Besuch aus Frankfurt am Main. Der Sohn war noch ein Kind, und wie Kinder so sind, schraubt er mir die Spiralen aus dem Bett und bricht sie dabei ab. Natürlich läßt mir der Vater die Spiralen sofort ersetzen und behält die kaputtigten für sich. »Was willst du denn damit anfangen?«, frage ich erstaunt. »Das wirst du schon sehen«, sagt er, und was denken Sie, da hat der da Äpfelwein daraus gemacht.

um 1932

Der graue Siebenzusch

(Stadtgeist, wohnt im Zierrat.)

Der Siebenzusch oder wie man ihn in anderen Gegenden nennt, Hans Ararat, ist jener bekannte Geist der modernen Großstadt.

Er wohnt im Gemäuer, im alten Mauerwerk aus der Zeit unserer Vorahnen ebenso gut wie in den Zierraten des Eisenbetons. Hier huscht er wie der Wind durch den Schornstein und Kamin in die Keller, geht als harmloser Bettler unten aus dem Nebeneingang für Bedienstete wieder heraus, dort fährt er durch die elektrische Lichtleitung, entstört das Radio, stört die Hausfrau, macht Kurzschluß durch ein Bügeleisen, bringt 250 Straßenbahnen auf einmal zum Halten, rettet ein altes Mütterchen vor dem Überfallenwerden und wirft gleich darauf eine kleine Schneelawine von einem 8stöckigen Hause dem Polizeihauptmann direkt auf den Kopf, daß der unter seinem Helm zusammenbricht. Bösartig ist er nicht, unser Siebenzusch, aber ein richtiger Geist, ein rechter Taugenichts, wie ihn die Großstadt mit ihren Sünden geschaffen hat. Ja, das ist der Siebenzusch, der die kleinen Mädchen blamiert, weil er ihnen Angst einjagt, daß sie im Hemdchen aus ihrer Mansardenkammer zur Herrschaft schreiend herunterlaufen, mitten in der dunklen Nacht, daß sie ihre gnädige Frau aufwecken und sich vor derselben nicht so sehr fürchten, weil jener sie erschreckte.

»Ja, was ist denn, mitten in der Nacht?«, fragte die Frau.

»Da ist ein Mann bei mir eingestiegen, durchs Dachfenster!« –

Und die Kleine zerweint sich zum Herzzerbrechen.

»Ein Mann? Das kann doch nur der Schornsteinfeger gewesen sein? Aber wie kommt der mitten in der finsteren Nacht aufs Dach?« –

»Nein, es war ein Mann, ein junger schöner Mann, oh, es ist schrecklich!« –

»Aber beruhigen Sie sich, Anna Luise, vielleicht ist es auch wieder der Wind gewesen, da wird nicht ausgerechnet bei Ihnen ein schöner junger Mann einsteigen.« –

»Doch, er will meine Unschuld!« –

»Schämen Sie sich, Anna Luise, so etwas sagt ein junges Mädchen nicht.« –

»Mit einem Male war das Fenster offen, und er stand da, groß wie ein Baum, mitten vor meinem Bette und tuckte gegen meine Decke, hu!« –

»Das muß ja entsetzlich gewesen sein!«, sagte die Gnädige plötzlich mit Verständnis, »jetzt wette ich, es ist jener bekannte Siebenzusch. Wenn Sie hingehen, ist er fort.« –

»Ja, das ist ja gerade das Schreckliche, ich sah hin, da stand er noch da, ich schrie auf, da war er wieder fort.« – »Und da?« –

»Ich rief nach ihm, suchte überall, im Schrank, unter dem Bette, da polterte er schon wieder auf dem Dache.« –

»Es ist doch der Wind gewesen, Anna Luise!«

»Nein, denn er rief Kuckuck! Kann der Wind allein Kuckuck rufen?« –

»Was haben Sie da gemacht, Anna Luise?« –

»Ich bin sofort ins Bett gesprungen und habe mich unter die Decke gekrochen. Da hat er sie mir von den Füßen hochgehoben, immer hoch und wieder runter, nein, ich schlafe da oben nicht wieder!« –

»Aber Anna Luise, Sie können nicht hier unten schlafen, wo jeden Augenblick mein Mann heimkommen kann!« Und da kreischte auch schon unten ganz fürchterlich ein Auto.

»Er kommt jetzt sicherlich, gehen Sie marsch ins Bett!« –

»Er hat sich mit mir verabredet! Er will mich sehen!« – »Wie, mein Mann?« – Die gnädige Frau wurde so puterrot vor Wut, daß man es im Dunklen sehen konnte.

»Nein, der schöne junge Mann!« –

»Also, der Siebenzusch? So ein Schwerverbrecher. Sie gehen natürlich nicht hin, Anna Luise, ich warne Sie! Aber jetzt marsch ins Bett!« –

Die Treppen polterte der bezechte Mann mit schweren Gliedern und einem losen Wort auf den Lippen herein, und Anna Luise floh keuchend nach oben, wo sie sich wieder vor ihrem Siebenzusch unter die Bettdecke versteckte, die sie über den süßen kleinen Kopf zog. Aber sie hatte vorsorglich das Fenster offengelassen, damit er wieder hereinkäme.

Eben war sie zitternd eingeschlafen, da war er auch schon wieder da.

»Süßestes Annamädchen«, sagte er, »ich muß Sie wiedersehen!« –

»Nein«, rief sie verzweifelt unter ihrer Bettdecke und stampfte mit den Füßchen. – »Wo treffen wir uns?« – »Überhaupt nicht, ich kenne Sie ja gar nicht!« – »Wir wollen uns ja kennenlernen, ich heiße Siebentusch, manche nennen mich auch Hans Ararat, aber du weißt nicht, wie schön ich bin, wenn ich mit jungen Damen ausgehe.« – »Ich bin keine junge Dame, ich bin ein Mädchen!« – »Also werde ich dich treffen?« – »Seit wann duzen wir uns denn?« – »Immer und ewig, ich liebe dich wie ein Sturm, der meine Seele trägt.« – »Behalten Sie Ihre frivolen Bemerkungen bitte für sich, Herr Siebentusch von und zu Ararat!« – »Aber, Mädchen, mach dich doch frei, du sollst einen schönen Abend haben.« – »Nein und abermals nein, nie und nimmer! Wann und wo?« – »Wann und wo? Wann und wo? Da komme nun bitte selbst einmal drauf. Wenn Du schläfst, dann erscheine ich dir im Traum und sage wann und wo. Sei dann aber bestimmt pünktlich da!« – Mit diesen Worten verschwand Siebentusch.

»Wann und wo, wann und wo, wann und wo?«, rief es unaufhörlich in der Seele des kleinen Mädchens, dann dachte sie, daß er ihr im Schlafe erscheinen könnte. Aber denken Sie, sie hätte schlafen können? Sie war viel zu aufgeregt dazu. Wer kann denn dabei schlafen? Wohl 20mal hat sie aus dem Dachfenster gesehen, er kam nicht. Und die Sache mit der Gnädigen war ihr so peinlich. Wenn sie's ihr doch erst mittags gesagt hätte! Sie kannte doch dieses Plappergestell! So wälzte sich Anna Luise hin und her, vor Sehnsucht vergehend nach Siebentusch, den sie nicht kannte.

– O Siebentusch, du bist ein böser, böser Geist, reizest kleine unschuldige Mädchen, daß sie es erfahren, was Unschuld ist, weil die Unschuld nur Unschuld bleibt, solange sie Unschuld ist. Du reizvollster aller Geister, Siebentusch, da du dich in jede Gestalt verwandeln kannst, vom Schornsteinfeger bis zum Jüngling, vom Helden bis zum Gauner, selbst Zooarzt, Schlosser oder Straßenbahnschaffner kannst du sein, wie du willst, wenn du es willst, Siebentusch, Ararat, Geist der modernen Großstadt.

Mit Kitt in den Augen erwachte morgens Anna Luise, dann weinte sie. Darauf wusch sie sich, kämmte ihren Bubikopf und überschüttete sich mit Eau-de-Cologne, weil das besser duftet. Dann sprang sie hinein in ihr zitterndes Hauskleidchen, knöpfte die Reihe Druckknöpfe über der Hüfte zusammen, riegelte die Tür auf und ging alsbald die knarrende Bodentreppe hinunter, indem sie mit dem Popöchen wackelte.

Niemand kann das so gut wie Mädchen, am besten die, die sich mit Parfüm begießen, und Anna Luise war von diesen die Meisterin.

Da lag sogar ein Brief an ›Fräulein Anna Luise Sündig‹. Anna Luise tat nichts wie ihn aufreißen, dann roch der nach Veilchen. Sie überflog zitternd die hingeworfenen Zeilen: »Liebe Anna Luise, nach Dir ich verschmachte, wann und wo treffen wir uns? Du hast ja gar nicht geträumt, so konnte ich Dir nicht im Traume erscheinen. – Ich bin untröstlich, sag, wann und wo? Diese zwei Glocken: wann und wo werden mir den ganzen Tag läuten. Wann und wo, Anna Luise, wann und wo??? Dein Siebentusch.«

Anna Luise wußte es sehr gut, daß er Siebenzusch heißt, warum nannte er sich Siebentusch? Er wollte sie an der Nase herumführen, soviel ist mal sicher. Und Anna Luise war fürchterlich aufgeregt bis zum Kaffee.

1933

Kleine Geschichte aus der Untergrundbahn

In der überfüllten Untergrundbahn steht eine junge Dame, sie ist fast noch Mädchen. Sie hat ein grünes Kleid an, es ist fast ein Kleidchen. Denn man kann alle Kniee sehen. Ich interessiere mich aus anatomischen Gründen manchmal für junge Damenkniee. Über dem fast noch Mädchen lese ich aus einer Reklame: »Heile Köpfe ...«, es soll, ja es muß sogar heißen: »Helle Köpfe ...« Ich habe mich wohl beim ersten Lesen geirrt. Ich habe mich aber nicht geirrt, daß das fast noch Mädchen sehr schöne Beine hat, man kann auch sagen: ›besitzt‹, wenn sie nicht gerade wie jetzt, steht. Ich persönlich bin schon ein älterer Herr, denn das wird man von selbst. Junges Mädchen sein hingegen ist eine Gunst Gottes, jedoch es vergeht leider im Alter. Ich älterer Herr wechsle mit dem jungen Mädchen in der Untergrundbahn Blicke. Die ältere Dame neben mir wechselt Blicke mit einem jungen Herrn gegenüber. Das ergibt sich so ganz alleine. Ich schäme mich, daß das junge Mädchen sich nicht schämt, wenn ich sie so ansehe. Das ergibt sich ebenfalls so. Ich weiß, wenn ich sie anrede, ist sie eine Gans, darum rede ich sie nicht an. Ob sie mich deshalb für schüchtern hält, beunruhigt mich nicht. Ihr kurzes Kleid hat eine schöne Form. Ich wette übrigens, daß nicht das Kleid diese schöne Form hat, sondern das Mädchen selbst, welches es manchmal besitzt. Beweisen kann ich es natürlich nicht, denn dazu gehören zwo. Man sagt gern: »Kleider machen Leute«, ich erwidere hingegen: »Leute machen auch Kleider.« Neben mir steht ein Herr galant auf und will einer eintretenden Dame seinen Platz anbieten. Da ich auch noch stehe, bemerke ich diese Absicht nicht und nehme den leer gewordenen Platz selber ein. Die betrogene Dame ist schon sowieso älteren Datums und blickt mich wütend an, sagt aber nichts. Der aufgestandene Herr straft mich mit einem verachtenden Blick und schweigt. Ich bemerke nichts. – Ob ich es nun wirklich nicht bemerkt habe, oder aus Taktik nur so tue, lasse ich dahingestellt sein. Ich frage mich nur, *wohin* gestellt, aber man sagt das oft so und denkt gar nicht daran, daß in der überfüllten Untergrundbahn der Platz fehlt, um irgend etwas irgendwohin gestellt sein zu lassen. Man versteht so etwas eben so geistig, wie man eben kann. Für den sogenannten Geist ist überall Platz. Mancher platzt sogar vor Geist, das ist literarische Orthographie. Die junge Dame, fast noch Mädchen, steht immer noch. – Da steigt sie aus.

Das Erlebnis ist nun zu Ende und beginnt wieder von neuem. Ich steige nämlich zufällig auch aus. Zufällig haben wir den gleichen Weg, denn ich gehe immer hinter dem Mädchen her. Als sie es bemerkt, biegt sie in den Tiergarten ein. Hier ist mehr Platz als in der überfüllten Untergrundbahn, weil hier meistens Bäume stehen. Sie stehen immer auf demselben Platze und machen einander nie Platz. Einige Zwischenräume sind für Bänke ausgespart. Es ist fast unbegreiflich, weshalb die junge Dame, die übrigens nur scheinbar fast noch Mädchen ist, und ich, hier, wo genügend Platz gewesen wäre, so dicht nebeneinander auf der Bank sitzen. Es ist herbstlich kühl, weil es noch Frühling ist. Aber ihre Lippen wärmen wenigstens meinen Mund etwas. Ich danke der Kultur, daß sie *das* erfunden hat. Wenn ich die junge Dame jetzt frage, wie sie eigentlich heißt, geht sie fort. Das weiß ich, darum frage ich nicht. Der sogenannte Kavalier genießt und schweigt.

1933

Die Fabel vom guten Menschen

Es war einmal ein guter Mensch, der freute sich seines Lebens. Da kam eine Mücke geflogen und setzte sich auf seine Hand, um von seinem Blut zu trinken.

Der gute Mensch sah es und wußte, daß sie trinken wollte; da dachte er: »Die arme kleine Mücke soll sich einmal sattrinken«, und störte sie nicht. Da stach ihn die Mücke, trank sich satt und flog voller Dankbarkeit davon. Sie war so froh, daß sie es allen Mücken erzählte, wie gut der Mensch gewesen wäre, und wie gut ihr sein gutes Blut geschmeckt hätte.

Da wurde der Himmel schwarz von Mücken, die alle den guten Menschen sehen und sein gutes Blut trinken wollten.

Und sie stachen und stachen ihn und tranken und tranken, und wurden nicht einmal satt, weil es ihrer zu viele waren.

Der gute Mensch aber starb.

1933

Glückliches Land

Es war, als ob der König, groß und mächtig, aus einem Märchen aufgestanden wäre zu neuem Glanz.

Da schlossen die Dämme einen Kreis, da wuchsen in Zacken die Bäume und schützten das Haus.

Es war, als sagte der Märchenkönig: »Mein Volk! Ich verkünde Euch große Freude! In meinem Königreiche gibts keine Not! In seinen Häusern weich gebettet lebt mein treues Volk im Frieden, auf einer Insel in der Zeit.«

Dann kam der Frühling und schüttete seine Blüten über das glückliche kleine Land mit großem Fleiß.

Unsere kleine Hausbiene

Es war schon Spätherbst, und da werden manche Tiere von der Kälte und Feuchtigkeit matt wie Fliegen, so auch die Bienen, die nicht nach dem warmen Süden ziehn. Sie vergraben sich in ihren Kummer und sitzen traurig auf den Kohlblättern, weil keine Blumen mehr da sind.

Und so fand ich, als ich für meine Meerschweinchen etwas von dem schönen braunen Kohl holte, eine Biene, die steif und fest an einem Kohlblatt hing. Ich dachte sofort an die Winterfliegen, die Glück bringen. Wieviel mehr Glück und Erbauung mußte in so einer kleinen Hausbiene stecken, wenn ich sie gut durch den Winter brachte, weil die doch so'n Bienenfleiß haben. Daher erbarmte ich mich der Biene und fütterte sie zu Hause mit Marmelade, nachdem sie am Ofen etwas aufgetaut war, weil wir keinen Honig hatten. Meine Frau war anderer Ansicht und sagte: »Was du uns immer für Gäste ins Haus bringst, dann soll dich wenigstens die Biene auch stechen.« Aber ich beruhigte sie, die Biene wird doch nicht ausgerechnet ihren Gastgeber stechen. Aber mein Sohn sagte: »Sticht die, dann verlange ich von dir 10 Mark, wenn sie mich gestochen hat.« Unser Mädchen aber sagte: »Wenn die Biene im Hause bleibt, gehe ich zum nächsten Ersten.« Aber ich beruhigte sie, bis dahin würde sie sich an das kleine Tierchen gewöhnt haben und ohne Kündigung könnte sie nicht gehen. Da fragte sie: »Muß ich dann auch bleiben, wenn Sie einen Löwen ins Haus bringen?« Abends hatten wir Gäste, Verwandte, da tut man, was man kann. Ich zeigte darum auch gleich meinen kleinen Kasten mit der Hausbiene, und wie Tante Augusta sich das Tierchen genauer ansah, da war es husch draußen und summte lustig im Zimmer umher.

Da hätten sie unsere kleine Tischgesellschaft sehen sollen, wie auf ein gegebenes Kommando sprangen alle auf einmal hoch, aber es lief niemand hinter der Biene her, sondern alle liefen in die gerade entgegengesetzte Zimmerecke, nur ich als ihr Wohltäter getraute mich mit dem Kasten heran, indem ich immer: »Komm, tuck, tuck«, sagte und den offenen Kasten vor ihre Nase hielt, aber das Tierchen wollte partout nicht hineinfliegen, und mit einem Male war sie ganz weg.

Jetzt wollte sich kein Mensch mehr hinsetzen, aber Tante Augusta sagte: »Emil, setz dich nur ganz ruhig hin oder denkst du etwa, daß das Tierchen ausgerechnet auf deinem Stuhle säße?«

Emil arbeitete sich denn auch vorsichtig bis an seine Sitzfläche heran, während die anderen weiter suchten, wohin sich das Tierchen wohl versteckt haben könnte.

1934

Einfach fabelhaft

Wir können es uns ja leisten, denn was wir uns leisten können, das können wir uns leisten, und was wir uns nicht leisten können, das können wir uns nicht leisten, weil wirs uns nicht leisten können. Zum Beispiel können wir unsere Schuhe auf Leisten schlagen lassen, das können wir uns leisten. Auf unsere Schuhe scheißen lassen, das können wir uns nicht leisten, weil wir uns das nicht leisten können. Aber was wir uns leisten können, das leisten wir uns auch, weil wir es uns leisten können, einfach fabelhaft. Einfach großartig. So was steht einzig da, denn das ist eine ganz große Leistung. Das ist wahr!

Radio
(Eine Anregung, den Radioapparat produktiv auszunutzen)

(Diese Abhandlung wurde geschrieben im Jahre 1934 von Herrn N. N., und wir geben sie an dieser Stelle schon jetzt unter Vorbehalt bekannt.)

Es wurde bekannt, daß der stärkste Mann von der Welt in Radio hineinfunken sollte. Bereits acht Tage vorher war kein Empfangsapparat mehr zu haben, da ein außergewöhnlich großes Interesse für seinen Vortrag herrschte. Auf der Straße sah man eilig und geschäftig die jungen Mädchen auf und ab gehen, und es verkehrten Zwischenhändler und hausierten mit Empfangsapparaten zu Fantasiepreisen. Ich sah selbst ein ärmliches älteres junges Mädchen verzweifelt auf und ab laufen. Sie bat jeden um ein Almosen, damit auch sie sich einen Empfänger leisten könnte, wenn auch nur für fünf Minuten. Und nun kam die Stunde heran, die große Stunde, in der der stärkste Mann von der Welt laut Plakaten in Radio hinein funken sollte. Ich wollte abends in ein Kino gehen und suchte mir zur Begleitung ein junges Mädchen. Aber es war geradezu wie verhext. Sah ich wirklich mal eine, so redeten gleich zehn Herren sie an, und sie sagte bloß: »Mir ist heute so nach Tamerlan zu Mut, ein kleines bißchen Tamerlan, ja Tamerlan wär gut.« Oder sie sagte: »Gehnse weg, gehnse weg, s' hat ja doch keinen Zweck«, weil nämlich der stärkste Mann von der Welt heute um neun Uhr in Radio hinein funken wollte.

Und zu der Zeit, als der stärkste Mann von der Welt in Radio hinein funkte, war es unheimlich still. Kurz darauf sah ich auf der Straße die schönsten Reigen von Frauen, Jungfrauen und Großmüttern alle wie zum Hochzeitsmahle geschmückt, wie wenn sie von einem köstlichen Hochzeitsmahle aufgestanden wären. Es herrschte ein Jubel überall, ein Jubel sondergleichen, stiller, in sich gekehrter Jubel, wie in einer lauen Mainacht. Übrigens wurden die gleichen Erscheinungen von allen bekannten Reportern der ganzen Erde und von allen bekannten Orten gemeldet, von Chicago bis Peking, vom Nordpol bis Kapland und von der Maas bis an die Memel.

Am nächsten Tage ging nun die Nachricht durch die Presse, der Athlet, Herr Soundso, habe an jenem Abend n i c h t in Radio gefunkt, weil er plötzlich unpäßlich geworden wäre. An seiner Stelle habe sein Bruder, der bekannte Liliputaner, Herr Sowieso, in Radio gefunkt. Das war eine entsetzliche Enttäuschung. Da blieb kein Auge tränenleer. Es war einfach entsetzlich. Alle Frauen aller Länder schluchzten herzzerreißend. Aber was half alles Verwünschen und Haareraufen angesichts der nackten Tatsache, daß anstelle des stärksten Mannes sein Bruder gefunkt hatte. Was half es auch, daß angekündigt wurde, der stärkste Mann der Welt würde morgen in Radio hineinfunken, denn es war kein Bedürfnis mehr vorhanden.

Übrigens kam es auch nicht mehr dazu, denn noch an jenem Tage selbst wurde der stärkste Mann der Welt von einer Sufragette getötet. Ein kurzes Aufatmen der Genugtuung folgte der ersten Wut der Enttäuschung. Und nun folgten neun Monate voll Kummer und Sorge über die ganze Welt. Als nun die neun Monate um waren, kam ein schrecklicher Tag. Ich wollte gerade wieder ins Kino gehen und mir zur Gesellschaft ein Mädchen mitnehmen. Es gab nur Kinder und ganz ganz kleine Mädchen. Und die späte Abendstunde war von Schmerzen so erfüllt, daß man an jenem Abend vor Nebengeräuschen nirgends auf der ganzen Welt Radio empfangen konnte. Und so ging im allgemeinen Stöhnen und Geschrei eine herrliche Predigt des Pastors Animus verloren über die Verbreitung der Geschlechtskrankheiten, die an jenem Abend durch Radio verbreitet werden sollten. Ich wußte zuerst nicht, was los war, da man keine Plakate gemacht hatte außer der Ankündigung der Predigt Animussens. In der Zeitung aber las ich Meldungen von überall her, daß es für die Frauen eine schwere Nacht werden würde. Und am anderen Morgen: Diese Geburtsanzeigen! Genau wie zu Ostern die Verlobungen. So etwas hatte die Welt noch nicht gesehen. Ich kannte keine Frau, kein junges oder älteres jüngeres Mädchen, die nicht in jener Nacht genau um neun Uhr einen strammen kleinen Zwerg geboren hätte. Es war eben deutsche Präzisionsarbeit. Sonderbar, alles Zwerge, und alles Zwerge, und alle Frauen waren mittels elektrischer Wellenübertragung von Störchen ins Bein gebissen worden. Am nächsten Morgen stand ein Dementi im Blatt: Der Bericht, daß seinerzeit der stärkste Mann unpäßlich gewesen wäre, sei eine Falschmeldung gewesen. Der stärkste Mann hätte auf diese einfache Weise gehofft, noch einmal Publikum für seinen Vortrag zu bekommen. Aber nun war es zu spät, und es half nichts mehr; die Kinder waren alle Zwerge geworden und blieben es auch. Was doch die liebe Einbildung macht!

Druckfehler: es muß natürlich ›sollte‹ heißen.

1934

Blamabel

Was ist ein Ding auf dieser Welt, wenn es aus seinem Zusammenhang gerissen und einzeln, womöglich noch verkehrt aufgestellt wird? Ein leeres Nichts ist es, und tote Form, ein Wesen ohne Wesen, ein Nichts.

Ich denke an ein P, ein schönes großes P, ein P. Fällt es um, rechts oder links, so bleibt es eine alberne Linie. Nun kommt aber jemand und stellt es verkehrt auf, das Oberste zu unterst, dann wird ein kleines d daraus.

Ist es nicht einfach blamabel für ein großes P, ein kleines d zu werden?

Blamabel einfach!

1934

Die Häßliche
(Novelle)

Eigentlich tat sie mir leid, als sie da saß, und keiner wollte mit ihr tanzen. Da dachte ich: »Einen Tanz solltest du mit ihr tanzen, sie wird schon nicht gerade giftig sein!« Und ich tanzte mit ihr. – – – –

um 1934

Das ganz einfache Leben

Sie werden lachen, wenn ich Ihnen jetzt offen gestehe, daß ich Ihnen eigentlich gar nicht viel zu erzählen habe. Aber hören Sie einmal die Marktfrauen auf den Gassen, sie haben auch nicht viel zu erzählen und erzählen doch. Und trotzdem haben sie viel zu erzählen, denn alle erzählen von dem einen Großen, um das es sich überhaupt lohnt zu leben, sie erzählen *vom einfachen Leben.*

Und mehr können auch die nicht erzählen, die 3 oder gar 5 Sprachen vollkommen beherrschen. Sie können zwar von der einen Sprache in die andere verdolmetschen, aber vielleicht können sie weniger erzählen, weil sie weniger erleben als die Marktfrauen, die mitten im Leben stehen, auch wenn sie sitzen, und nun die Herren Philosophen. Sie ordnen den Extrakt aus den Erzählungen der Marktfrauen nach einem Schema, daher falsch. Lassen sie sich daher nie etwas von einem Philosophen erzählen. Wie der Arzt Diagnosen stellt, so irrt der Philosoph in seiner Logik, denn irren ist philosophisch. Und so können sich alle Philosophen trösten, denn es irren alle Menschen aller Stände, aller Berufe.

Und nun werden Sie vielleicht lachen, wenn ich Ihnen sage, daß auch ich Ihnen nichts zu erzählen habe. Ich erzähle aber doch in der Hoffnung, daß Sie es verstehen werden, zwischen meinen Zeilen zu lesen.

um 1934

Die Geschichte vom Hasen

Es war einmal ein Hase, der war braun, hatte lange Haare und lange Ohren, einen kurzen Schwanz und hüpfte um die Ecke. Er hüpfte auch dann um die Ecke herum, wenn gar keine Ecke da war. Doch eigentlich war er gar nicht braun, sondern rosa, und seine Haare waren eigentlich kurz, sein Schwanz geringelt, und er hüpfte eigentlich überhaupt nicht, sondern grunzte und wühlte im Schlamm. Dann sah er schlammig aus, nicht mehr rosa, sondern dunkelgraurot, und wenn er kleine Ferkeln hatte, dann saugten die an ihm. Doch eigentlich war er gar nicht graurot, sondern grauweiß, hatte viele Federn und ein paar schöne Flügel, mit denen er aber nicht fliegen konnte. An seinen Beinen hatte er Schwimmflossen und schwamm stolz auf dem Teich im Park und ließ sich von den Leuten, die dort vorbeigingen, Brotkrumen zuwerfen. Das heißt, eigentlich schwamm er unter Wasser, hatte goldene Schuppen und einen Schwanz mit zwei Spitzen. Das heißt, eigentlich hatte er fast keinen Schwanz, hatte sehr kurze Ohren und war sehr dick und hielt sich mit Vorliebe im Nil auf. Sein Maul hatte eine stattliche Reihe von Zähnen. Das heißt, eigentlich wurde er mit Dampf betrieben, hatte hinten eine Schraube und vorn 2 Anker, in der Mitte einen Schornstein und auf der Kommandobrücke einen Kapitän und gehörte der Hamburg Süd. Das heißt, eigentlich war er sehr klein, sprang gern und weit und suchte Schutz unter den Kleidern der Damen, und die Damen kratzten sich.

Dieses war der Hase, und dieses war die Geschichte vom Hasen. Das heißt, eigentlich war es gar keine Geschichte, sondern eine Verwandlung, die aber den Hasen sogar reif gemacht hat.

Also war es doch eine Geschichte, und also war es doch von einem Hasen.

um 1934

Alabaster

Im Märchen lautet eine gebräuchliche Wendung: »Da sagte das Tier mit menschlicher Stimme . . .« Und man findet diese Wendung so oft, daß man dabei kaum mehr etwas empfindet. Daß Tiere im Märchen sprechen können, ist selbstverständlich, und daß sie gerade die Sprache des Angeredeten sprechen, auch.

Wenn aber in der grauen Wirklichkeit uns plötzlich ein Tier mit unserer Stimme anreden würde, ich glaube, wir würden uns so erschrecken, daß wir vor Schreck in den Boden versinken möchten. Denn genauso selbstverständlich, wie es ist, daß Tiere im Märchen reden können, genauso selbstverständlich ist es, daß sie in Wirklichkeit nicht reden.

Und wieviel peinlicher aber muß es noch darüber hinaus sein, wenn ein Mensch sich irgendwie durch eine Schuld belastet fühlt, und plötzlich passieren so unwirkliche, so ungewöhnliche Dinge, wie, daß ein Tier ihn plötzlich anredet. Mit solchen Möglichkeiten hatte er nicht gerechnet, und wenn Tiere reden können, können sie auch schärfer beobachten, und wenn sie ihn anreden, so können sie auch zu anderen reden usw.

Nach dieser kurzen Einleitung soll sofort die Erzählung beginnen.

Franz Teichmüller war plötzlich nach Q. gefahren, einer kleinen Insel in einer Moorenbucht, einer einsamen kleinen Insel, auf der viel Wald stand und nur eine Fischerfamilie wohnte. Er mietete ein Zimmer in einem kleinen Haus gegenüber dem des Fischers und begann gleich, seine Malgeräte auszupacken. Er war nämlich zwar Apotheker, aber liebte es, in seiner Ferienzeit als Dilettant zu malen. Und so erklärt es sich auch, daß er bei dem wundervollen Frühlingswetter plötzlich um Urlaub bat, um zu malen. Er pflegte es so zu tun.

Die Frühlingssonne schien so herrlich und die Bäume blühten so wunderschön, daß Teichmüller sich erst einmal auf die kleine Veranda setzte, die auf den Hühnerhof führte, um die Einsamkeit so recht zu genießen und etwas zu beobachten, bevor er begann zu malen. Das Wetter war zu schön, als das man hätte arbeiten können. In der Ferne die spitzigen Berge, halb mit Schnee bedeckt, und vorn im dürftigen Grase sehr kleine Blumen, die auch den Frühling genießen wollten. Das Hühnervolk tummelte sich auf dem Rasen, stolz ging der Puter zwischen den Hühnern und schlug auch wohl ein Rad. Klagend rief die Pute. Sechs Gänse watschelten unbeholfen zum Moore und sprangen hinein, daß es aufspritzte, um in der warmen Frühlingssonne ein Bad zu nehmen. Fern auf einer Anhöhe hörte man eine Kuhherde, die Glocke der Leitkuh und das Brüllen des Ochsen. Ein Schäfchen mit seinem zierlichen Jungen ging vorbei.

Jetzt trat Frau Hunter, die Fischersfrau, aus dem Kabinett zur Küche und streute den Hühnern Futter hin. Von allen Winkeln des Hofes kamen sie geflogen, und zwei, die gerade im Stall waren, hörten mit Eierlegen auf und rasten wie ein Sturmwind laut schreiend durch die Luft zum Futterplatz, um auch noch einen Bissen zu erobern.

Franz Teichmüller besah das alles, nickte lächelnd zu Frau Hunter und gab sich Mühe, nichts zu denken. Aber ein Wort kam ihm wieder in seinen Kopf und drängte sich direkt vor. Er versuchte es weit zurückzudrängen, und es gelang ihm manchmal für kurze Zeit, aber dann war es wieder da, es ließ sich nicht zurückdrängen. »Bin ich hierhergekommen, um immer wieder an einem Worte festzuhaken?«, fragte er sich unwillig. Aber das half nichts, das Wort kam wieder. »Noch dazu solch ein dummes Wort«, dachte er, »wenn es noch das Wort ›Frühling‹ wäre, oder das Wort ›Liebe‹, oder ›Glück‹, aber ist es nicht blöd, fortgesetzt das Wort ›Alabaster‹ zu denken?«

Das Schaf hatte sich vor der Scheune hingelegt, und das Lämmchen kam und strich seinen kleinen Kopf zärtlich gegen die Mutter. Erst strich es am Kopf entlang, dann über den Rücken und endlich am Schwanz, aber die Mutter liebte das nicht, sie stand auf, und die beiden Schafe verschwanden hinter einem Felsvorsprung. Dort stand ein alter Baum, er hatte keine Blätter in all der sprossenden Pracht des Frühlings, er war tot. Der tote Baum störte Franz Teichmüller, er erinnerte ihn daran, daß jeder Mensch einmal sterben muß, auch er. Und er wollte durchaus nicht sterben, gerade jetzt nicht, wo er glücklich liebte. Und so dachte er an sie, die ferne Geliebte. Annemarie hieß sie, das Mädchen, das liebe Mädchen, das Mädchen, um das er alles wagen würde, nur eines nicht, ihr zu sagen, daß er sie liebte. Und liebte sie ihn wieder? Darüber war er sich nicht klar, er wollte es auch einstweilen nicht wissen in dieser Frühlingspracht. Sie mußte ihn lieben, ob sie wollte oder nicht, darüber war kein Zweifel. Er hatte auch Konkurrenten, aber daran wollte er auch nicht denken, jetzt, sondern nur an sie.

Und indem er so versuchte, ihr Bild sich vorzustellen, kam wieder das Wort Alabaster, das ekelhafte Wort, und gleich darauf stellte sich ein italienischer Hahn neben der Veranda auf, schlug mehrfach mit den Flügeln in die Luft, indem er sich hoch aufreckte, und begann dann in unmittelbarer Nähe von Franz sehr laut zu krähen.

Franz verscheuchte ihn, und der Hahn lief einige 10 Meter weiter, dann krähte er wohl zehnmal, so daß Franz fast böse auf diesen Hahn geworden wäre. Da begann fern ein zweiter zu antworten, 10mal, dann antwortete an einer anderen Stelle ein dritter viermal, dann wieder anderswo ein vierter, und inzwischen war der erste wieder neben die Veranda gekommen, schlug mit den Flügeln wie zuvor und begann das Spiel von vorn. Franz wünschte ihm alles Böse, und da ihm gerade nichts anderes einfiel, so wünschte er, dieser Hahn möge Alabaster heißen.

Ja, was heißt eigentlich Alabaster? Es ist etwas ..., ja, was ist es eigentlich? Sehr weiß muß es sein, ganz anders als dieser weiße Hahn da hinten, der mehr braun als weiß ist, gefärbt von Erde, die ihm anhaftet. Dieser Hahn war außerdem Italiener, im wesentlichen braun mit gescheckter Halskrause, leuchtend rotem Kamm und kanariengelben Beinen. Aber der Name ›Alabaster‹ sollte ja auch keine Bezeichnung, sondern ein Schimpfname sein, weil das Wort sich so unverschämt dreist in die Gedanken Franz Teichmüllers einschlich.

Es war dieses gewissermaßen eine Selbsthilfe, denn Franz wurde damit das Wort los, es war ein Begriff geworden, ein Name. Der Hahn hieß jetzt Alabaster, daran war nichts mehr zu ändern, und wenn er krähte, dachte Franz an den Namen, und wenn er an den Namen dachte, dachte er an den Hahn und glaubte, ihn krähen zu hören. Das war nun alles in Ordnung, das Wort quälte ihn nicht mehr, und Franz konnte sich ganz dem Frühling hingeben.

Nachdem er sich nun eine Suppe gekocht hatte mit Dingen, die er in der kleinen Stadt über dem Wasser gekauft hatte, speiste er zu Mittag und wunderte sich selbst, wie es schmeckte, und daß es überhaupt nach etwas schmeckte. Aber die Natur ist weise, und man kann wohl mischen, wie man will, nach irgend etwas schmeckt es immer. Der Hahn Alabaster kam auf das Geländer der Veranda geflogen, ohne zu krähen, und da er so nett aussah und Franz einen so guten Dienst erwiesen hatte, indem er ihm das leere Wort abnahm, ohne es selbst zu wissen, wie Franz ohne weiteres annahm, so erhielt er als Dank eine Kartoffel und etwas Kohl, die er mit Freude verzehrte. Dabei schien es Franz, als ob der Hahn ihn beäugte, er sah zum Fischerhaus, und die Frau Hunter schien ihn ebenfalls aus dem Fenster zu beobachten. Der Apfelbaum mit den weißen Alabasterblütenzweigen ist auch zu berücksichtigen. Plötzlich empfand Franz, daß alles, alles ihn beobachtete, ohne daß er hätte sagen können, wie das eigentlich vor sich ging.

Er versuchte es sich klarzumachen, daß der Hahn natürlich nicht ihn, sondern seine Kartoffel ansah, und nur manchmal hinübersah, ob wohl noch mehr von der Suppe zu ihm hinkam. Die Fischersfrau sah aus dem Fenster, und da er neu war, soeben zugezogen, so interessierte sie sich natürlich, was er anhatte, was er aß, um welche Zeit er aß, wieviel er aß, warum er überhaupt aß, wie lange er aß, und was das so alles für Dinge sind, für die einmal Frauen sich interessieren. Und der blühende Apfelbaum sah ihn selbstverständlich überhaupt nicht an. Es sah nur so ähnlich aus. Diese weißen Blüten sahen wie Augen aus, und da Franz sie als Alabasteraugen empfand, fühlte er sich natürlich auch dadurch angesehen. »Mit dem Worte ›Alabaster‹ ist es übrigens jetzt ein für allemal aus!« sagte er plötzlich laut, um das Wort zu bannen.

Jetzt sah der Hahn wirklich auf, und die Frau Hunter sah auffallend herüber und verschwand dann hinter dem Fenster im Dunkel des Zimmers. Der Apfelbaum aber stand unbeweglich. Also war es klar, dieser beobachtete Franz nicht. Und wiederum war es klar, daß der Hahn ihn angesehen hatte, weil er plötzlich redete, und Frau Hunter hatte ihn reden hören, allein, und da nur verrückte Menschen allein zu reden pflegen, war sie vom Fenster fortgegangen. Das ist so klar wie Alabaster.

Also es war doch nicht möglich, das Wort zu bannen. Es war für Franz wie zum Verzweifeln.

Er versuchte ein anderes Mittel, indem er sich ein beliebiges Wort herausnahm aus dem Wortschatz seines Gehirns und sich dieses Wort zu wiederholen versuchte, und zwar fiel seine Wahl auf das Wort ›Süßrahmmilch‹. Jedesmal, wenn er im Begriff war, ›Alabaster‹ zu denken, drängte er dieses Wort zurück durch das Wort *Süßrahmmilch.*

Dieses Wort war zwar an sich wohl ebenso dumm wie ›Alabaster‹, aber es hatte den Vorteil, daß er es sich selbst gewählt hatte, während das Wort ›Alabaster‹ sich aufdrängte. Jeder ein wenig freiheitlich denkende Mensch liebt es mehr, unter seinen eigenen Vorstellungen zu leben, als unter denen eines anderen.

Mit dem Wort ›Süßrahmmilch‹ und seinen Malsachen begab sich Franz Teichmüller also an seine Arbeit und malte den schönsten Frühling auf Leinwand, es war so schön wie Süßrahmmilch. Es tat ihm unendlich wohl, daß es ein selbstgewähltes Wort war, dem sein Bild glich. Zwar konnte er sich weder in Wirklichkeit, noch in übertragenem Sinne den Begriff klarmachen, aber so viel ist sicher, Süßrahmmilch ist wohltuend, schön, tugendhaft, soweit man bei Milch überhaupt von Tugend reden kann. Alabaster hat mehr etwas Kaltes, kränkliche Pracht oder spitzfindige Aufgeklärtheit.

Da war das Wort, trotz aller Versuche, es zu verwahren, doch wiedergekommen, und zwar im Vergleich mit der Süßrahmmilch. Aber Franz wollte weder Vergleiche noch überhaupt definieren, er wollte überhaupt nichts weiter, als loszukommen, fortzukommen, in Glück und Freiheit zu leben.

Aber nichts ist schwerer als das. Unfrei, gefoltert von Begriffen, ja sogar von Begriffen anderer, so leben fast alle Menschen, während es wohl ausgeschlossen ist, daß ein Mensch länger als Minuten frei von allen gedanklichen Verbindungen nur im schönen Erlebnis irgendeines Dinges leben kann.

Eine Zeitlang hatte jetzt Franz das Wort Alabaster ganz aus seiner Erinnerung verdrängt. Es war eine glückliche Zeit für ihn gewesen, überall Frühling, Sonnenschein, Blüten, Wärme. Er hatte in den Tag hinein gelebt, aber doch nicht wie ein unbeschwerter Mensch, sondern immer mit dem Gefühl, daß er dieses Glück nur einer Verdrängung verdankte, ohne daß er darüber nachdenken wollte, was er eigentlich verdrängt hatte. Vielleicht ist das Glück, das ein Mensch genießen kann, noch größer, wenn irgendein schwerer Untergrund da ist, mit dem er sich abgeben kann. Halb wußte Franz, halb ahnte er, daß sich in seiner Heimat etwas Schweres ereignen würde, ja er rechnete sogar damit.

Als er eines Abends von einem kleinen Spaziergang heimkam, er war am Moore gewesen, auf zackigen Felsen, an verträumten Buchten, sprang ihm eine Katze quer über den Weg und sprang zum Hause. Franz folgte der Katze und traf die Fischersfrau, die einen Brief von seiner Mutter hatte. Frau Hunter begriff seine Aufregung, als er den Brief empfing und mit ihm sich auf seine Veranda zurückzog. Sie hätte gern den Inhalt gewußt, denn er las ihn sehr aufgeregt. Wenigstens schien es ihr so. Dann aber saß er wieder und beobachtete den Hühnerhof.

Eine halbe Stunde später konnte Frau Hunter nicht mehr warten. Sie nahm Eier und ging zu ihm, indem sie fragte, ob er heute welche haben wollte. Franz nahm die Eier und blieb im Zimmer, weil er nicht sprechen wollte. Aber Frau Hunter rief ihn heraus. Sie sagte, es wäre ein wundervoller Abend heute abend. Franz konnte und wollte das nicht abstreiten. Dann machte sie ihn auf die Wolken aufmerksam, wie zerrissen die wären. »Ein ausgesprochener Sonnenhimmel«, sagte Franz. »Jetzt sind sie wie Glut im Abendrot«, sagte Frau Hunter, »heute nachmittag waren sie wie Alabaster.«

Bei dem Wort ›Alabaster‹ erschrak Franz sogleich. Frau Hunter merkte es und tat, als ob sie nichts bemerkte. Franz überlegte, wie wohl eine so einfache Frau wie Frau Hunter zu einem so ausgefallenen Wort wie Alabaster kommen könnte. Das Wort lag gewissermaßen in der Luft.

»Haben Sie gute Nachrichten?«, fragte Frau Hunter. »Ja, die besten.« – »Nur gute?«, fragte sie dringlicher, »denn Sie sehen etwas verstimmt aus.« – »Mein Freund ist plötzlich gestorben.« – »Das bedauere ich sehr«, sagte Frau Hunter mitfühlend, »ist er lange krank gewesen?«

Es war Franz ärgerlich, immer wieder sprechen zu müssen, Fragen haßte er, und so wurde er immer einsilbiger. Also antwortete er nur mit einem »Nein«. »Also er war nicht lange krank vorher?« – »Ja.« – »Was hat er denn gehabt?« – »Die Ärzte wissen es nicht.« – »Ja ja, die Ärzte, die wissen oft manches nicht. Was ich zur Zeit im linken Bein habe, weiß kein Arzt. Mal sagen sie, es wäre Rheumatismus, mal eine Verstauchung, mal können sie nichts erkennen, und mal ist auch nichts da.« – »Dasselbe war bei meinem Freund«, sagte Franz, um abzulenken.

Frau Hunter wurde bleich, weil sie dachte, sie müsse nun auch bald sterben, und zwar plötzlich. Da sagte Franz rasch: »Entschuldigen Sie, ich habe nicht richtig zugehört, ich meine, bei meinem Freund war es vollkommen anders.« Da richtete Frau Hunter sich auf, sagte: »Die Ärzte, die Ärzte«, und ging befriedigt zurück in ihr Haus. »Die Ärzte, die Ärzte«, dachte dann Franz und war damit nicht befriedigt. Er bedauerte seinen Freund, daß er so früh hatte sterben müssen, und dabei dachte er einen anderen Gedanken, der ihn mit wilder Freude erfüllte: »Nun ist Annemarie frei«.

Plötzlich kam Frau Hunter wieder und fragte: »Wie hieß denn Ihr Freund?« Franz war böse und wollte ihr erst einen falschen Namen sagen, besann sich aber kurz und sagte: »Alexander Baster«.

Es war schon dunkel, da kam der Fischer, Herr Olaf Hunter, mit der Provinzzeitung. »Darf ich einen Augenblick stören, Herr Teichmüller«, sagte er, indem er ins Zimmer trat, »aber ich dachte, es würde Sie interessieren. Hier in der Zeitung steht von dem Tod Ihres Freundes Alexander Baster, ist das nicht sonderbar, heute nachmittag sprachen Sie darüber mit meiner Frau?« – »Ja, das ist es«, sagte Franz gezwungen gleichgültig. »Darf ich die Zeitung mal sehen?«

Hunter gab ihm die Zeitung, und Franz las monoton daraus vor: »Sonderbarer Tod des jungen Chemikers. Der junge Chemiker Alexander Baster arbeitete heute in seinem Laboratorium, als plötzlich eine gewaltige Explosion erfolgte. Hinzugeeilte Hausbewohner fanden den schwer Verwundeten im Sterben. Die einzigen Worte, die er noch sagen konnte, waren: ›Die Explosion war nicht verschuldet oder ein Versehen, sorgen Sie dafür, daß die Ursache aufgeklärt wird. Annemarie soll ...‹ Und dann versagten ihm die Worte, und er starb. Die Kriminalpolizei arbeitet emsig an der Untersuchung, hält aber die Resultate streng geheim.«

»Also hat sie keine Resultate«, sagte Franz, »denn sonst würde sie etwas veröffentlichen.« Hunter meinte, es wäre vielleicht ein Mordanschlag gewesen, und die Polizei gebe ihre Untersuchungen nicht heraus, um den Mörder besser überführen zu können. – »Wieso?«, fragte Franz. »Er soll sich in Sicherheit glauben, daß er nicht entdeckt ist, dann wird er sich desto leichter selbst verraten«.

Franz hatte eine schlechte Nacht. Er dachte an seinen verunglückten Freund, an Annemarie, ob er wohl in Zukunft bei ihr Erfolg haben würde. Er saß auf der Veranda, achtete nicht darauf, daß es kühl wurde, sah in den Mondschein, der traumhafte Gebilde versilberte, wie er sich auf den Wellen spiegelte, dann holte er einen Leuchter aus dem Zimmer und schrieb einen Brief an die Mutter seines Freundes, daß er von dem tragischen Schicksal Alexanders tiefbetrübt gelesen hätte. Er sprach ihr sein allertiefstes Mitleid aus, aber es wäre zu seinem größten Schmerz zu spät, zur Verbrennung zu kommen, da er mehr als drei Tagereisen entfernt sei. Sein erster Weg würde, wenn er zurückkäme, zum toten Freund sein. Darauf schrieb er einen tröstenden Brief an Annemarie, der viel von seinem Kummer über den verlorenen Freund sprach und nicht vergaß, ihr seine Adresse zu geben. Dann schrieb er an seine Mutter, sie möge seinen Schmerz verstehen, da sie wüßte, wie sehr er an seinem Freund gehangen hatte, und erzählte ihr, daß Herr Olaf Hunter ihm schon einen hiesigen Zeitungsbericht gebracht hätte.

Erst gegen Morgengrauen legte er sich ins Bett.

Als Franz gegen Mittag wieder aufstand, schrieb er unter alle drei Briefe noch ungefähr den gleichen Text, daß er nun 10 Tage hier wäre und einen wundervollen Frühling in aller Stille, in einem der schönsten Täler Norwegens genieße. Dann gab er die drei Briefe der Fischersfrau mit, welche Milch zur Stadt brachte.

Frau Hunter war soeben mit ihrem Boot abgefahren, da kam der Hahn, den Franz ›Alabaster‹ nannte, flog auf die Mauer der Veranda, schlug dreimal mit den Flügeln, krähte dreimal sehr laut, so daß Franz sich die Ohren zuhielt, und machte dann ein so sonderbares Gesicht, daß Franz die Hände von den Ohren nahm und ihn plötzlich sehr ernst ansah. Aber sein Erstaunen wuchs zum Schreck, als der Hahn ihn plötzlich mit menschlicher Stimme also anredete: »Guten Tag, Herr Teichmüller!«

Franz blieb die Rede fort, als er den Hahn reden hörte.

»Aber warum erbleichen Sie, Herr Teichmüller?«, fragte der Hahn nun. »Haben Sie nie gehört, daß Tiere reden können? Sind Ihnen denn Märchen unbekannt?« Dann hörte er auf zu reden, als ob jetzt Franz reden sollte, und so fand dieser seine Rede wieder und sagte zum Hahn: »Ja«, weil er vor Schreck einfach weiter nichts sagen konnte. »Aber Herr Teichmüller«, begann der Hahn nun wieder, »Sie sind doch sonst nicht so auf den Mund gefallen! Warum erschrecken Sie so?« – »Weil es doch kein Märchen ist«, antwortete Franz jetzt, »es ist doch Wirklichkeit, blanke Wirklichkeit. Dort steht das Fischerhaus, dort der

Apfelbaum, der bald abgeblüht hat, und dort stehen Sie und reden mich an. Ich kann nicht glauben, daß das mit rechten Dingen zugeht.« – »Dann fragen Sie mich, was Sie wollen«, sagte der Hahn, »und ich will, sofern ich kann, Ihnen Antwort geben.«

»Gut«, sagte darauf Franz, der sich ein wenig gefaßt hatte. »Ich muß mich doch erst fassen, wenn Sie mir so plötzlich aus dem Inkognito gegenübertreten und sprechen. Die Tatsache, daß Sie sprechen und sprechen können, ist mir so neu, daß ich dabei eigentlich nichts fragen möchte. Nicht wahr, Herr Hahn, Sie werden das verstehen?« – »Das verstehe ich recht gut«, entgegnete der Hahn, »aber mit Verlaub, meinen Namen haben Sie falsch gesagt. Zwar bin ich, wie ich hier vor Ihnen stehe, ein Hahn, das ist richtig, aber weder heiße ich Hahn, noch heiße ich Alabaster, wie Sie mich in Ihren Gedanken zu nennen pflegen.« – »Um Gottes Willen, Sie können auch Gedanken lesen!« fragte Franz nun etwas verwirrt. »Das ist doch wenigstens eine Frage«, sagte der Hahn, »aber denken Sie einstweilen nicht, daß ich Gedanken lesen könnte, sondern Ihre Gedanken sprechen aus mir. Aber um auf den Namen ›Hahn‹ zurückzukommen. Sie zum Beispiel sind ein Mensch und heißen doch nicht Mensch, sondern Teichmüller. Und so heiße ich auch nicht Hahn.« – »Aber jetzt interessiert es mich doch, wie Sie heißen, mein Herr«, sagte nun Franz nicht ohne Förmlichkeit.

»Ich heiße Süßrahmmilch«, sagte da zum höchsten Erstaunen Teichmüllers der Hahn. – »Süßrahmmilch?«, stammelte er. – »Ja, so heiße ich. Was ist denn schon dabei? Ich heiße nicht mehr und nicht weniger, und warum sollte ich etwa nicht Süßrahmmilch heißen? Ich fände es bedeutend merkwürdiger, wenn ich etwa Alabaster hieße, wie Sie mich tauften, weil der Name dem Ihres verstorbenen Freundes Alexander Baster sehr ähnlich wäre.«

»Sie kennen also auch meinen Freund und wissen, daß er tot ist?«, fragte jetzt Franz, und in seiner Frage lag etwas von Verwirrung. – »Ja«, sagte der Hahn höhnisch. »Woher wissen Sie das alles?« – »Weil Sie, Herr Teichmüller, zur Zeit fast an nichts weiter denken.« – »Ach ja, ich vergaß, daß Sie Gedanken lesen können. Dann muß ich an etwas anderes denken.« – »Warum? Mich interessiert alles, was Sie denken, Herr Teichmüller«, sagte Herr Süßrahmmilch mit einer förmlichen Verbeugung. – »Es wäre mir fast lieber, Ihr Interesse an mir wäre kleiner«, sagte da Franz. – »Aber warum? Sehen Sie, ich bin ein merkwürdiger Hahn, ich interessiere mich nicht für viele Dinge, nur für Sie, und das ist Ihre Schuld, oder Ihr Verdienst, man kann es nennen, wie man will.« – »Jetzt verstehe ich Sie nicht recht, Herr Süßrahmmilch!« – »Dann denken Sie einmal darüber nach!« –

Franz begann zu denken, ohne aber die gewünschte Lösung gleich zu finden, aber weit wichtiger schien es ihm im Augenblick, daß der Fischer drüben von dem Haus herausspähte. Was sollte er denken, daß er, Franz Teichmüller, sich mit einem Hahn auf deutsch unterhielt. Darum sagte er zum Hahn gedämpft: »Wollen wir nicht lieber etwas leiser sprechen, lieber Freund?« – »Das ist durchaus nicht nötig, Herr Teichmüller, ich verstehe, Sie wollen nicht, daß unser Zwiegespräch belauscht wird. Aber mich versteht außer Ihnen kein Mensch, und Herr Hunter kann nicht deutsch sprechen, versteht also Sie auch nicht.« – »Aber sieht es nicht dumm aus, wenn ich dauernd auf einen Hahn einrede?«, bemerkte Franz. – »Nein, sehe ich nicht ein. Wieviele Menschen reden so miteinander, so daß die anderen das irgendwie verstehen könnten.«

Da kam auch Herr Hunter. »Gefällt Ihnen mein italienischer Hahn?«, fragte er freundlich. »Nicht übel«, sagte Franz, »jung und stark, er würde sicherlich nächsten Sonntag uns gut schmecken.« Hunter hielt das für einen Scherz und ging zurück. Da begann der Hahn: »Glauben Sie, daß Ihnen das etwas nützen würde, Herr Teichmüller? Dann glauben Sie nicht, daß ich der einzige Träger meines Ichs bin. In Berlin lebt eine andere Fassung, die genau über Sie Bescheid weiß, Namen sind jetzt hier gleichgültig, und ich würde Ihnen raten, es mit mir nicht zu verderben!« – »Ach, wegen dieses vielleicht schlechten Spaßes? Das ist natürlich nicht ernst gemeint. Glauben Sie, ich würde einen sprechenden Hahn schlachten lassen? Was meinen Sie, wieviel Mühe sich mancher Tierbändiger gegeben hat, um das zu erreichen, was ich hier von Ihnen gratis habe?«

»Aber nun sagen Sie mir, lieber Freund«, begann Franz wieder, »was hören denn die anderen Menschen, wenn Sie mit mir reden?« – »Das will ich Ihnen genau sagen, sie sehen, daß ich den Schnabel öffne und hören mich krähen oder gackern. Und sie werden denken, daß ich ein sehr zutrauliches Tier bin.« – »Trotzdem werden mich die Menschen für verrückt halten, wenn ich mich dauernd mit einem Hahn unterhalte, wenn er auch schon weiter nichts tut als krähen und mit den Flügeln schlagen.« – »Und wenn schon. Was schadet es dem Menschen, wenn er für verrückt gehalten wird. Sind nicht oft große Männer, von denen die Menschheit viel gelernt hat, zuzeiten für verrückt gehalten worden. Und vielleicht würden Sie sich später einmal freuen, wenn man Sie für verrückt hielte. Aber wenn Sie nicht wollen, kann ich ja schweigen.«

»Herr Süßrahmmilch, so war es nicht gemeint. Sie erregen meine Neugier in höchstem Maße, und ich muß noch einige Fragen an Sie richten. Was wissen Sie von meinem Freund?« – »Alles, was Sie auch wissen. Wollen wir darüber sprechen?« – »Nein, jetzt nicht.«

1935

Die gelbe Blume

Es war eine klare, kalte Sommernacht. Der Himmel war voller Sterne. Es blinkte, als ob die Sterne flackerten, und der Himmel sah neben dem Kranz der brennenden Welten tiefblau aus.

Im vordersten Graben standen zwei Soldaten und betrachteten die Sterne. Friedrich sah die bekannten Sternbilder, die ihm in der Schule seines Dorfes der Lehrer immer gezeigt hatte, und dachte darüber nach, daß das alles Sonnen sind wie unsere Sonne. Und während er grübelte, träumte Hans. Er träumte von anderen Welten mit anderen Leiden und anderen Freuden als unsere Welt. Von Zeit zu Zeit flackerte irgendwo eine Leuchtrakete auf. Dann konnte man für einen Augenblick die Sterne nicht erkennen. Man sah nur einen schmalen Streifen des zerschossenen Geländes rund um die Gräben. Der sah sehr wild aus, weil er von den zahllosen Granattrichtern zerstückelt war.

Jedesmal, wenn eine solche Leuchtrakete brannte, starrte Hans auf die kleine flache Stelle vorn zwischen 2 Granattrichtern, auf der etwas Gras wuchs, denn in dem Grase wuchs eine einzige kleine gelbe Blume. Sie war für ihn ein Gruß aus der Welt des Friedens, und er wollte sie deshalb sehen. Es wuchsen noch Blumen auf der Welt, und das beruhigt, weil es die Gewißheit gibt, daß der Krieg nicht überall sein kann.

Hans kannte diese Blume, die dort schon tagelang blühte, und liebte sie, freute sich mit ihr auf den Tag und die Sonne, und bangte um sie, wenn irgendwo ein Granatschuß donnerte.

»Was betrachtest du eigentlich so aufmerksam da vorne, schon gestern und heute, den ganzen Tag und die Nacht?«, fragte Friedrich neugierig.

»Eine Blume«, sagte Hans kurz.

»Die sehe ich überhaupt gar nicht.«

»Sie ist auch nicht groß, eine kleine, gelbe Blume. Aber ich denke an Lore, wenn ich sie sehe.«

»Hast du eine Braut?«

»Weil ich Lore sage? Nein, ich bin doch verheiratet.«

»Darum könntest du doch eine Braut haben, aber ich hab's geraten, deine Frau heißt Hannelore.«

»Falsch geraten, meine Frau heißt Kathrin.«

»Ja, wer ist denn Lore? Sie ist nicht deine Braut, nicht deine Frau?«

»Lore ist meine Tochter, mein einziges Kind.«

»Ach so! Und was ist das mit der gelben Blume?«

»Die will ich ihr gern schenken, dann freut sie sich.«

»Aber zu Hause bei euch gibt es doch auch Blumen.«

»Nein. In den Höfen wachsen keine Blumen, und auf den Straßen auch nicht. Ich glaube, Lore kennt überhaupt keine Blumen.«

»Dann muß sie wohl recht klein sein?«

»Ja, klein ist sie wohl. Als wir vor 4 Jahren in den Krieg zogen, lernte sie das Gehen. Und als ich vor 2 Jahren auf Urlaub fuhr, konnte sie schon richtig erzählen. Und nun fahre ich wieder auf Urlaub, vielleicht morgen schon, sobald wir hier abgelöst werden, und dann wollte ich ihr vom Kriege die Blume mitbringen.«

»Du bist ja ein rührender Vater. Aber du hast recht, denn hier gibt es ansonsten keine Andenken für kleine Mädchen.«

»Und ich muß ihr unbedingt ein schönes Geschenk mitbringen, denn Lore ist ein sehr liebes Kind.«

»Ich will dir was sagen, Hans, ich gebe dir 10 Pfennige, davon kaufst du ihr eine Kleinigkeit von mir auf dem Bahnhof. Willst du?«

»Ich danke dir, Friedrich, ich nehme das Geld für Lore gern. Ich werde ihr etwas Süßes davon kaufen, weil sie doch ein sehr liebes Kind ist. Aber hast du keine Frau oder Freund oder irgend jemand, der das Geld besser gebrauchen könnte?«

»Nein, ich bin allein. Eine Braut habe ich nie gehabt, und meine Mutter ist tot. Sie hat mir einen ganz kleinen Hof hinterlassen, den bauen jetzt andere Leute.«

»Du bist aber auch noch viel jünger als ich.« Als Hans das sagte, fauchte es in den Lüften, heulte und zischte, und eine schwere Granate schlug ein. Die beiden Soldaten duckten sich. Dann richteten sie sich wieder auf und spähten nun beide in die Nacht.

»Siehst du was?«, fragte Hans.

»Nein, es ist zu dunkel. Ich sehe den Himmel und einige Grashalme, sonst nichts.«

»Was meinst du, ob ich die Blume wohl eben hole? Sie steht dort zu gefährlich.«

»Das wirst du schön bleiben lassen. Du weißt doch, daß ein guter Soldat immer Deckung suchen muß. Es ist außerdem viel zu dunkel, und du verlierst die Richtung und findest vielleicht überhaupt nicht in den Graben zurück.«

»Ich warte, bis es hell wird.«

»Wenn sie dann noch da ist, es fallen doch immer Granaten.«

»Aber heute wird doch wenig ...« ›geschossen‹ wollte Hans sagen, da fiel gerade eine schwere Granate dicht beim Graben nieder.

»Du Friedrich, ich glaube, ich hole die Blume doch jetzt«, sagte Hans, »sie wird mir sonst noch zerschossen.«

»Unsinn, du kaufst dir eine Blume am Bahnhof.«

»Aber das ist doch nicht diese Blume, die hier für Lore gewachsen ist. Sie gehört Lore, und ich muß sie für Lore holen.«

»Das tust du nicht, du bleibst hier«, sagte Friedrich jetzt ziemlich streng. Er hatte bisher die Sache für eine Unterhaltung angesehen, aber nun schien ihm Hans wirklich sein Leben riskieren zu wollen, um diese Blume zu holen.

Eine Leuchtrakete flog und beleuchtete hell die kleine gelbe Blume. Beide Soldaten blickten aufmerksam hin.

»Tu's nicht«, warnte Friedrich.

»Ich tu's doch«, sagte Hans, »für Lore!«, und war mit einem Satz draußen, bevor Friedrich ihn zurückholen konnte.

Zufällig flogen mehrere Leuchtraketen, und Friedrich sah, wie Hans der Blume immer näher kroch. Er hatte genau die Richtung. Wenn es zu hell wurde, duckte er sich einen Augenblick, dann kroch er weiter. Und schließlich war er da. Aber er brach die Blume nicht gleich ab. Er legte sich neben sie, betastete sie und ließ sie wachsen. Dann kehrte er um ohne Blume und näherte sich schon dem Graben. Wieder flog eine Leuchtrakete, und Hans drehte sich um und sah die Blume wieder. Es war seine Blume, Lores Blume. Wie von einer unbekannten Macht angezogen, mußte er wieder zur Blume. Dieses Mal kroch er nicht mehr, sondern ging gebückt. Er fühlte sich scheinbar ziemlich sicher. Mit einem Ruck riß er die Blume ab und hielt sie dann hoch gegen den Sternenhimmel, dann rief er wie in Ekstase den Namen ›Lore‹.

Friedrich war erschrocken, denn Hans hatte ziemlich laut gerufen.

»Komm zurück!«, rief er, aber vergeblich.

Hans schien wie wahnsinnig geworden zu sein. Er stand gegen den Himmel mit seiner Blume zwischen den Gräben, reckte sich auf und hielt seine Blume so hoch, wie er konnte. Es schien, als ob er sie unter die Sterne halten wollte. So sah es für Friedrich aus.

»Bist du verrückt geworden?«, rief Friedrich, und da knallte schon ein Schuß. Hans fiel um und schrie auf. Jetzt war auch Friedrich mit einem Satz aus dem Graben. Vorsichtig kroch er vor und fand Hans. Dann schleppte er ihn zurück in den Graben. Es war keine leichte Arbeit. Dabei leuchteten öfter die Raketen auf und schlugen Granaten ein. Aus einer Wunde in der Brust strömte Blut, und Hans stöhnte, er war sehr schwach. Im Graben wollte Friedrich ihn verbinden, aber Hans wehrte ab.

»Zu spät«, sagte er, »ich muß doch sterben, das fühle ich.« Er sprach schon mit schwacher Stimme.

»Du sollst mir aber einen Freundschaftsdienst erweisen, willst du das tun?«

»Jeden, den du willst«, sagte Friedrich und drückte ihm die Hand.

»Bringe diese Blume Lore als letzten Gruß von ihrem Vater, der sie sehr geliebt hat.«

»Wenn ich lebe, verspreche ich es dir.«

»Aber verspreche mir auch, daß Kathrin sie nicht kriegt, sie soll sie nicht haben.«

»Ich verspreche es dir, aber Kathrin ist doch deine Frau und Lores Mutter!«

»Sie ist es nicht wert!«

»Sei du ganz ruhig«, sagte Friedrich voll Überzeugungskraft, »ich sorge dafür, daß nur Lore sie kriegt und nicht Kathrin.«

»Ich danke dir«, sagte Hans ganz schwach, und dabei versuchte er, Friedrichs Hand zu fassen. »Grüß Lore«, mit diesen Worten starb er.

Es wurde nun bald hell, und noch vor dem Tage wurden sie abgelöst. Kaum waren sie aber in der Etappe, da fuhr Friedrich auf Urlaub, mit der kleinen gelben Blume für die kleine Lore, die er nicht kannte. Er hörte Hans immer noch sagen: »Versprich mir, daß Kathrin sie nicht kriegt, sie soll sie nicht haben, sie ist es nicht wert.«

Die Eisenbahn fuhr durch ein weites Land mit grünen Wiesen, auf denen schon einmal Heu geerntet war, und gelben Kornfeldern. Es war hoher Sommer, das Korn war reif. Manchmal sah er, wie es gemäht wurde. Wie gern hätte er da geholfen, aber er war Soldat.

Er wäre auch gern sofort in seine Heimat gefahren, zu seinem kleinen Dorf, in dem der kleine Hof lag, den er von seinen Eltern geerbt hatte. Aber er mußte erst die Blume abliefern, die kleine gelbe Blume, die der sterbende Vater seiner Lore schickte.

Der Zug hielt in einer großen Stadt. Da stieg er in dem großen Bahnhof aus. Eine breite Straße führte zum Theater. Dort zogen saubere Soldaten mit klingendem Spiel in korrektem Marsch zum Platzkonzert. Geputzte Menschen gingen hin und her und grüßten einander. In den Anlagen standen dunkelrote Rosen. Friedrich sah mit seiner Felduniform sehr ärmlich aus hier vor dem Theater. Er wollte ja auch nicht jetzt Musik hören, sondern fragte nach der Wohnung von Frau Kathrin.

Man schickte ihn in eine wenig schöne Gegend der Stadt, in ein Mietskasernenviertel. Die Straßen waren eng, die Häuser schmucklos. Auf dem sehr kleinen, dunklen Hinterhof spielte ein 5jähriges Mädchen.

»Bist du die Lore?«, fragte Friedrich.

»Ja, ich bin die Lore«, antwortete eine wundervolle, reine und helle Kinderstimme.

»Ich soll dich von deinem Vater recht herzlich grüßen.«

»Aber ich habe doch keinen Vater, ich habe nur eine Mutter, und die ist immer nicht zu Hause.«

»Dein Vater ist doch Soldat.«

»Du meinst, ein fremder Mann?«

»Nein, Lore, dein Vater ist kein fremder Mann, er hat dich sehr lieb.«

»Ist er denn beim lieben Gott?«

»Ja, da ist er, und er läßt dich schön grüßen.«

Friedrich ließ sich nun von der kleinen Lore zu ihrer Wohnung führen. Es war eine dumpfe Parterre-Wohnung im Hinterhaus. Kathrin war zu Hause.

Als sie Friedrich in seiner schmutzigen Felduniform sah, ging sie einen Schritt zurück. Friedrich reichte ihr die Hand zum Gruß, sie aber legte ihre Hand zögernd und teilnahmslos in seine.

»Ich bringe Ihnen einen Gruß von Ihrem Mann.«

»Danke schön, das hat er gedacht.«

»Mutter, unser Vater ist beim lieben Gott«, sagte Lore dazwischen.

»Wirklich? Ist er tot?«, fragte Kathrin, und es klang hohl und vollkommen teilnahmslos.

»Ja, er ist tot«, sagte Friedrich ebenfalls ohne Betonung, denn er wußte nicht, wie er es betonen sollte.

»Er ist tot«, sagte Kathrin, wie wenn sie eine gleichgültige Tatsache registrierte.

»Ich bringe Ihnen hier auch sein Eisernes Kreuz.«

Sie nahm es hin und legte es achtlos beiseite, indem sie einen konventionellen Dank aussprach.

»Frau Kathrin, Ihr Mann hat mir von Ihnen erzählt. Wollen Sie nun auch von Ihrem Mann etwas hören? Ich will Ihnen gern erzählen.«

»Es ist sehr freundlich, aber er ist jetzt gefallen, das weiß ich nun ja schon.«

»Ich dachte, um Sie vielleicht etwas zu beruhigen.«

Kathrin besann sich plötzlich. »Ja, Sie haben ganz recht. Wegen der Rente.«

Friedrich nahm Platz. Er hatte nicht geglaubt, daß Frauen so herzlos sein können. Darum sagte er scharf: »Ganz recht, wegen der Rente!«

Kathrin öffnete die Tür zu einem Nebenzimmer. Ein junger Mann in Zivil saß darin. »Paul«, rief sie ihm zu, »ich bin jetzt Witwe und ich bekomme jetzt Rente. Dieser Herr bringt mir die Nachricht und wird alles mit mir besprechen.«

»Sie irren, über die Rente kann ich nicht mit Ihnen sprechen«, sagte Friedrich zu Kathrins sichtbarer Enttäuschung.

»Aber Sie können mir vielleicht sagen, an wen ich mich wenden soll. Sie wissen doch, wir Frauen können so schlecht finden, und Sie können es mir glauben, wir haben eine entbehrungsreiche Zeit im Kriege mitmachen müssen.«

»Sie sollten sich etwas schämen«, sagte Friedrich, und es fielen ihm die letzten Worte seines sterbenden Kameraden ein: »Sie ist es nicht wert.«

»Warum? Unsere Ehe ist niemals glücklich gewesen.«

»Den Eindruck habe ich auch. Aber ich wollte Ihnen von Ihrem Mann erzählen, wie er gefallen ist, und Sie wollen es gar nicht wissen, Sie wollen nur von Ihrer Rente etwas wissen.«

»Ganz recht, und wohin soll ich mich wenden?«

»Gehen Sie einmal zum Garnisonskommando, da erfahren Sie es vielleicht.«

»Ich danke Ihnen sehr, Herr Soldat, aber Sie verstehen wohl, daß ich erst Klarheit haben muß. Verstehen Sie, Hans ist als einfacher Soldat gefallen, und da ist die Rente wohl nicht standesgemäß. Jedenfalls muß man sich etwas darum kümmern, nicht wahr? Darum entschuldigen Sie mich bitte, ich gehe eben zum Garnisonskommando.«

Sie wollte gehen.

»Und das Eiserne Kreuz?«, fragte Friedrich, »soll das da liegenbleiben?«

»Ach so ja, was soll ich eigentlich damit. – Ach, vielleicht haben Sie recht, ich nehme es vielleicht besser mit zum Garnisonskommando, es ist vielleicht besser. Sie entschuldigen mich nun wirklich bitte, vielleicht bleiben Sie einen kleinen Augenblick bei meiner Tochter, ich bin bald wieder zurück. Man kann nicht wissen, ob sich vielleicht hinterher noch Fragen ergeben werden.«

Darauf rief sie Paul, der herauskam, zog sich den Mantel an und ging.

Als sie gegangen war, ließ sie Friedrich mit dem Gefühl großen Ekels zurück. Diese Frau war es wirklich nicht wert, daß man ihr freundlich begegnete. In so krasser, überzeugender Form hatte er den Egoismus nie an einem Menschen beobachtet. Er wäre jetzt gern auch gegangen, denn es war ihm alles so fürchterlich. Aber er blieb wegen Lore. Er hatte ja noch die kleine gepreßte Blume für sie in der Tasche. Eintönig hörte er wieder den Tropfen auf das Blech fallen, und dachte, wie freudlos das Leben für dieses kleine Menschenkind hier sein müßte.

Lore, die solange ihre Mutter dabeigewesen war, sich ängstlich in einer Zimmerecke aufgehalten hatte, kam nun gleich zu Friedrich, zu dem sie offenbar weit mehr Vertrauen hatte, als zu ihrer eigenen Mutter.

»Ich habe dir auch etwas mitgebracht«, sagte Friedrich.

»Laß mal raten, ein Stückchen Zucker?«

»Nein, etwas viel Schöneres.«

»Eine Wurzel?«

»Noch viel schöner.«

»Ein Kommißbrot? Die Soldaten bringen Mutter immer Kommißbrot.«

»Ich will es dir sagen«, sagte Friedrich, »du errätst es doch nicht, es ist eine Tafel Schokolade.«

»Schokolade? Was ist das?«

»Du armes Kind kennst das noch nicht? Probier es nur einmal, es schmeckt sehr gut.«

Lore probierte sofort, und es schmeckte wirklich sehr gut. Sie gab Friedrich auch davon ab, und es schmeckte ihm ebenfalls sehr gut.

»Das ist also Schokolade?«, fragte Lore bestätigend.

»Ja, das ist etwas sehr, sehr Seltenes!«

»Und du hast doch Schokolade? Wenn es doch so selten ist? Bist du vielleicht ein Prinz?«

»So ungefähr«, sagte Friedrich und sah dabei an seiner Uniform herunter. Ein ganz gemeiner Märchenprinz, nicht einmal Gefreiter Märchenprinz war er.

»Aber hier haben die Soldaten bloß Kommißbrot, die sind keine Prinzen.«

»Ja, wir Soldaten im Feld haben immer nur Schokolade gehabt. Glaubst du das?«

»Natürlich glaube ich das, wenn du es mir sagst.«

»Und nun paß mal auf, Lore, ich habe noch etwas für dich, aber du sollst es erst später haben, wenn du größer bist.«

»Was denn?«

»Eine Blume von deinem Vater.«

»Zeig doch mal!«

»Zeigen will ich sie dir, und du darfst sie auch küssen. Aber ich nehme sie nachher wieder mit.« Dann zeigte er dem Kind die gepreßte Blume.

»Wachsen denn bei euch im Feld so platte Blumen?«

»Nein, aber ich habe sie gepreßt, weil sie doch sonst auf der weiten Reise verwelkt wäre.«

»Ja, aber ist sie denn nun nicht verwelkt?«

»Das schon, aber sie ist doch ebenso schön gelb geblieben, wie sie war.«

»Oh, wie ist die Blume schön gelb! Muß sie denn noch eine weite Reise machen?«

»Ja, noch eine sehr weite Reise, bis sie zu dir kommt.«

»Und wann soll ich sie haben?«

»Wenn du wert bist, sie zu besitzen.«

»Wachsen denn bei euch im Felde viele gelbe Blumen?«

»Nein, sehr wenige, aber darum ist sie um so wertvoller.«

»Und woher hast du sie genommen?«

»Dein Vater hat sie abgepflückt. Sie wuchs zwischen tiefen Löchern da draußen, und rundum platzten die Granaten.«

»Ist sie davon so gelb geworden?«

»Nein, das nicht, aber weil sie zu dir wollte, ist sie so schön geworden, wie sie nur werden konnte. Und dann hat sie dein Vater abgepflückt, damit sie nicht von einer Granate zerrissen würde.«

»Das ist aber lieb von der Blume und etwas lieb von meinem Vater.«

»Und nun hast du sie gesehen, nun stecke ich sie wieder in meine Tasche. Nicht wahr?«

»Ja, nun nimmst du sie wieder mit. Aber später zeigst du sie mir wieder und immer wieder. Aber vergiß es nicht.«

In dem Tonfall, mit dem das Kind die letzten Worte aussprach, lag eine vollkommene Zutraulichkeit, daß Friedrich ihr bestimmt die gelbe Blume später noch einmal zeigen würde, die Friedrich unbedingt verpflichtete.

Und er wußte in dem Augenblick auch, daß diese Blume in Zukunft auch in seinem Leben eine sehr wichtige Rolle spielen würde, als wertvoller Talisman. Sein Schicksal war in die Gewalt jener gepreßten kleinen gelben Blume gegeben, das wußte er, weil er es fühlte. Irgendwelche weiteren Zusammenhänge konnte er noch nicht vorausahnen, nur das eine sah er deutlich, daß jene Blume sein Schicksal irgendwie mit dem der kleinen Lore verband, die da vor ihm stand, und daß er sie ihr bestimmt zeigen würde. Er wußte, daß ihn das Schicksal seines Kameraden Hans nicht treffen würde. Und so betrachtete er die kleine gelbe Blume seit der Zeit als Talisman.

Darum blieb er und spielte mit ihr. Sie bauten mit Feuerhölzern und Kohlen, und Friedrich wußte es so einzurichten, daß das, was sie bauten, sein kleiner Hof wurde, denn er war der Besitzer eines geerbten kleinen Bauernhofes. »Hier ist das Haus«, erzählte er, »und da dran sitzt eine Treppe.«

»Dran«, fragte das Kind.

»Ja, die Treppe ist draußen, es ist ein Bauernhaus. Die Häuser sind nicht so wie hier.«

»Aber sind sie denn auch schön?«

»Ja, sehr schön. Hier steht ein Kastanienbaum, und wenn der blüht, dann sieht das wundervoll aus. Wenn aber die Kastanien reif sind, dann kannst du sie sammeln.«

»Was sind denn Kastanien?«

»Von denen kann man Halsketten machen.«

»O ja, die sammle ich«, sagte Lore und klopfte in ihre Hände.

»Und hier ist der Garten mit zwei langen Wegen und zwei Querwegen. Und an den Wegen stehen Apfelbäume.«

»Sollen die Kohlen Apfelbäume sein?«

»Ja, so dunkel sind die Äpfel, wenn sie reif sind. Dann kannst du sie alle essen.«

»Äpfel kenne ich nicht.«

»Dann wirst du sie eben kennenlernen. Und hier ist der Hof, der Düngerhaufen, davor der gepflasterte Weg, und darauf die vielen Hühner.«

»Sind das Vögel?«

»Große Vögel.«

»Wie unsere Kanarienvögel?«

»Ja, aber sie legen Eier.«

»Das tut meiner auch.«

»Und hier hinter dem gepflasterten Hof sind die Stallungen und der Heuboden, wo wir Verstecken spielen können.«

»Au, das wird fein.«

»Und vorn ist die Straße, und über die Straße fährt man auf die Felder. Aber das zeige ich dir ein anderes Mal.«

»Weil wir nicht Kohlen genug mehr haben.«

»Lore, du bist doch ein süßes kleines Ding, dein Vater hat ganz recht.«

»Das sagen alle Männer.«

»O du kleines eingebildetes Mädchen!«

Und so spielten sie, bis nach einer Stunde Kathrin allein wiederkam. Sie war sehr erstaunt, Friedrich noch anzutreffen. »Die Rentenangelegenheit kann noch nicht gleich geregelt werden«, sagte sie. »Aber so viel ist sicher, es gibt nur sehr wenig. Finden Sie nicht selbst, daß solch ein Heldentod mehr wert ist? Aber man ist ja für jedes bißchen dankbar in dieser schweren Zeit.«

»Frau Kathrin, der Tod als Held auf dem Felde der Ehre ist unbezahlbar. Ihre Rente aber gibt der Staat nach seinen Möglichkeiten. Er würde Ihnen lieber ein goldenes Schloß bauen für Ihre treue Anhänglichkeit an Ihren Mann, aber das kann er nicht. Darum müssen Sie zufrieden sein.«

»Man muß eben etwas hinzuverdienen. Aber nun habe ich noch dieses Balg da, die Lore, die futtert was weg.«

»Liebe Frau. Wenn ich nicht Soldat wäre und wieder zurück ins Feld ginge, ich würde Ihnen gern das Kind abnehmen.«

»Gemacht! Sie kommen ja vielleicht zurück, und dann können wir darüber reden. Aber Sie wollten mir doch von meinem Mann erzählen. Ist es nicht schrecklich, daß er mir gestorben ist?«

»Weil die Rente so niedrig ist? Sie haben recht. Aber ich bedauere, jetzt habe ich keine Lust mehr, Ihnen etwas zu erzählen.«

»Auch gut. Aber Sie hätten ja bei uns etwas zu Mittag essen können. Sie haben doch sicherlich Hunger, aber ich möchte Ihnen von meinem geringen Essen nichts anbieten.«

»Ich danke Ihnen wirklich sehr, Frau Kathrin, ich gehe in ein Restaurant. Aber die kleine Lore nehme ich zum Essen mit. Erlauben Sie das?«

»Wenn es Ihnen Vergnügen macht, gerne.«

So ging Friedrich mit Lore zum Essen in ein ganz kleines, bescheidenes Restaurant. Die Wirtin hatte drei Söhne im Felde, und als sie Friedrich in seiner Felduniform hereinkommen sah, war sie sehr erfreut und gab sich riesige Mühe, ihm etwas sehr Gutes vorzusetzen. Sie fragte ihn auch nach den Stellungen, in denen er gelegen hatte, und da mußte er auch mit dem Heinrich im gleichen Frontabschnitt gelegen sein. Er konnte sich aber gar nicht erinnern.

Es war knapp im Lande, und man hatte nicht mehr so leckere Sachen zum Essen, aber für Soldaten gab man ja immer das Beste, und da Friedrich den Heinrich vielleicht kannte, wenn auch nur dem Ansehen nach, holte die Wirtin ihr Letztes aus der Speisekammer. Friedrich ließ sich alles auftragen, aber er aß nicht davon. Er kam ins Grübeln und dachte zurück an den Schützengraben, den er vor 5 Tagen erst verlassen hatte, die einschlagenden Granaten, das Feuerwerk jede Nacht, die gelbe Blume, und alles schien ihm wie ein Märchen. Und hier saß er nun mit einem fremden Kinde, das ihm gar nicht mehr fremd war, das ihn für einen Prinzen hielt, und die Wirtin gab ihm so gute Sachen, daß er sich selbst wie ein Prinz vorkam. Da draußen war der fürchterliche Krieg, und hier die Liebe. Nebeneinander. Gleichzeitig. Im gleichen Land. Es ist so und wirklich, daß der gleiche Zufall, der einen in die großen Gefahren der grausigen Front schickt, den andern friedlich im Lande leben und arbeiten läßt. In wenigen Tagen würde er wieder draußen sein, lange Zeit, in der ewigen Schlacht. Aber es trifft ja nicht jede Kugel. Friedrich war Fatalist. Er wollte sich seinen Glauben an sein persönliches Glück nicht rauben lassen. Und schließlich: einmal mußte der Krieg ja auch zu Ende sein. Draußen hatte er nie so gedacht, er war wie selbstverständlich an die gefährlichsten Stellen gegangen, und sein großes Gottvertrauen hatte ihn stets geschützt. Und er hatte auch nichts zu verlieren. Um ihn trauerte kein Mensch. Seine Mutter war nun auch schon tot, eine Braut hatte er nicht, und Freunde hatte er nur draußen, im Felde, die in gleicher Gefahr schwebten wie er.

Aber war es nicht anders geworden? Hatte er nicht jetzt eine Pflicht gegenüber Lore, der Tochter seines gefallenen Kameraden? Der Auftrag eines Toten. Mehr aber noch verpflichtete ihn der heutige Besuch, denn er hatte Lore sofort liebgewonnen.

Lore sah ihn an, sah die schönen Sachen auf dem Tisch an, und dann sah sie zur Wirtin. Frau Meier, die Wirtin, verstand ihren Blick und stellte sich neben Friedrich, indem sie sagte: »Nicht grübeln, junger Mann, hier heißt es essen.«

»Sie haben recht, gute Frau, ich kam mir nur eben vor wie ein Prinz. Und da wollte ich gern in dieser Stimmung bleiben, darum konnte ich mich nicht entschließen anzufangen.«

»Aber Ihr Töchterchen hat Hunger, sie möchte etwas essen.«

»Gut, essen wir.« Und er legte Lore etwas auf den Teller, das Frau Meier ihr zerkleinerte.

»Übrigens ist es meine Tochter nicht.« Und so erzählte Friedrich die ganze Sache mit der gelben Blume. Er vermied aber, über Kathrin etwas zu sagen.

»Sie sind ein guter Kamerad.«

»Das sind wir alle.«

Aber die Wirtin kannte Lore von der Straße her und kannte auch Kathrin. »Kennen Sie die Mutter?«

»Ich habe sie eben kennengelernt.«

»Ich kenne sie gut. Hoffentlich artet die Kleine nicht auf sie.«

»Frau Meier, diese Bemerkung zeigt mir, daß Sie sie sehr gut kennen.«

»Leider. – Das Kind müßte aus dieser Umgebung heraus. Noch denkt sie sich ja nichts dabei, wenn alle Tage andere Herren kommen.«

»Ach so«, sagte Friedrich.

»Die Herren sind immer sehr lieb zu mir«, sagte Lore.

»Die sollten nicht lieb zu dir sein«, sagte Frau Meier. Dann holte Frau Meier ihr Fotografien-Album. »Sehen Sie, das ist mein Sohn Heinrich, wie er hier auf Urlaub war. Hat er nicht eine feine Uniform?«

»Übrigens ich kenne ihn, Frau Meier, er ist Gefreiter.«

»Ganz recht. Ein lieber Junge.«

»Ich werde ihn von Ihnen grüßen, wenn Sie es wünschen.«

»Danke sehr, und wenn Sie jemals wieder hierher kommen, sind Sie immer mein Gast.«

»Dann darf ich mich wohl vorstellen. Ich bin Friedrich Nolte und habe einen kleinen Hof in Heinkendorf.«

»Mein Heinrich ist vor seiner Soldatenzeit auch auf dem Lande gewesen, als Knecht.«

»Dann soll er mich mal besuchen, wenn wir uns im Felde nicht treffen sollten. Vielleicht kann ich ihn einmal später anstellen, wenn der Krieg zu Ende ist.«

»Das soll ein Wort sein, Herr Nolte, ich schreibe mir Ihre Adresse gleich auf.«

Friedrich verabschiedete sich herzlich von Mutter Meier, denn er hatte einmal einen Menschen gefunden, der für ihn sorgte, der ihm Gefälligkeiten erwies. Es kam ihm dabei deutlich zum Bewußtsein, was er an seiner eigenen Mutter verloren hatte, und zum ersten Male hatte er eine Frau gefunden, die seiner Mutter etwas ähnlich war.

Dann brachte er Lore zu Kathrin zurück und sagte, Hans hätte den Wunsch geäußert, daß er Vormund des Kindes werden sollte.

»An sich wäre darüber zu reden«, sagte Kathrin, »aber was bedeutet das für mich?«

»Ich verstehe Sie hier nicht ganz«, sagte Friedrich.

»Ich meine, die Vormundschaft zu diesem reizenden Kind möchten schon gern viele Herren übernehmen, und sie würden dafür auch etwas opfern können, verstehen Sie mich?«

»Ach so, Sie wollen Geld haben?«

»Nicht auf einmal, ich dachte, immer so etwas, immer, wenn Sie es übrig haben. Sie haben das Kind doch gern?«

»Ich habe als Soldat jetzt wenig Geld übrig, Frau Kathrin, aber ich werde Ihnen von meinem Hofe etwas schicken lassen, vielleicht Schinken oder so.«

»Schinken esse ich gern. Sie haben mich gut verstanden.«

»Also sind Sie einverstanden?«

»Wenn Sie wollen.«

»Und wenn der Krieg zu Ende ist, kann ich vielleicht auch mit etwas Geld helfen.«

Frau Kathrin sah das alles vollkommen ein und beeilte sich, mit Friedrich hinzugehen und die Vormundschaft zu erhalten. Das war ein Tag voller Erlebnisse und voll von wichtigen Handlungen für Friedrich.

Inzwischen war es nun aber Abend geworden, und er konnte seine Heimat nicht mehr erreichen. Kathrin aber sagte, sie hätte leider keinen Platz, sonst hätte er gut bei ihr wohnen können. Und da stand im Zimmer ein schönes Sofa, und Betten hatte sie ja wohl von Hans noch genug. Aber Friedrich hätte auch wirklich nicht gern bei ihr gewohnt, sondern ging zu Mutter Meier. Sie war über den unerwarteten Besuch sehr erfreut, und er schlief in Heinrichs Bett.

»Wie alt ist eigentlich Heinrich?«, fragte er Mutter Meier.

»Jetzt ist er 18.« – »So jung noch? Dann ist er bald 15 Jahre jünger als ich.«

Am nächsten Morgen fuhr er schon früh in seine Heimat. Von der Station Mühle mußte er 3/4 Stunde gehen, einen bekannten Weg, durch die kleine Stadt Mühle mit den 2 Seen, die bis ins Innere reichten, dann ein Stück Chaussee nach Otterbach, von der der kleine gepflasterte Weg nach Heinkendorf abzweigte. Hier lagen schon rechts und links die Felder, die zu seinem Hof gehörten. Am Bach war das Korn gemäht und stand in Stiegen. Auf dem einen der beiden parallelen Felder standen Kartoffeln, auf dem anderen Rüben. An den anderen Feldern kam er nicht vorbei. Es war umständlich und nicht wirtschaftlich, daß die Felder und Wiesen so auseinanderlagen, Friedrich hatte das immer schon sehr bedauert.

Jetzt war er im Dorf. Die Leute schienen ihn nicht zu kennen. Noch war der Hof nicht zu sehen. Erst kam er vorbei an Lehrer Brandes Haus. Herr Brandes, ein rüstiger Fünfziger, stand mit der Pfeife vor seiner Tür. Er erkannte seinen Schüler Friedrich natürlich sofort und ging ihm jetzt mit ausgebreiteten Händen entgegen.

»Endlich wieder in der Heimat«, sagte er.

»Dienst ist Dienst«, antwortete Friedrich scherzend.

»Daß Sie nicht reklamiert werden, verstehe ich nicht.«

»Herr Brandes, Sie reden mich zum ersten Mal mit Sie an. Sie sind doch mein Lehrer gewesen, und ich habe mir stets von Ihnen Rat geholt. Wollen Sie es nicht beim Du belassen?«

»Aber gern, mein Friedrich«, sagte Brandes und umarmte ihn. »Und nun will ich dir einen guten Rat geben, wir wollen dich reklamieren.«

»Wieso?«

»Müllers Fritz ist reklamiert, mit seinen 24 Jahren, Karl Steinmann mit 19, und dein Hof braucht ebenfalls einen jungen, kräftigen Mann. Sonst geht's nicht gut.«

»Die Felder stehen gut«, sagte Friedrich.

»Leider nicht. Der Roggen ist doch recht klein geworden, und es sitzt nicht viel drin. Und die Rüben hätten längst einmal gejätet werden müssen. Die anderen Felder hast du aber noch gar nicht gesehen.«

»Dafür ist Krieg.«

»Gerade deshalb müssen wir sehen, so viel wie möglich aus dem Boden herauszuholen. Das Volk will ernährt werden.«

»Sie haben recht, Herr Brandes, aber wir müssen den Feind zurückhalten, daß er nicht ins Land kommt und alles verwüstet.«

»Das hast du nun 4 Jahre lang getan, sie werden dich wohl ein Jahr mal entbehren können.«

Friedrich dachte an Lore und sagte: »Ich will es überlegen.«

»Ich komme mit zum Hof«, sagte dann Brandes, holte sich Hut und Stock aus dem Hause und begleitete Friedrich.

Kurz vor der Ecke von Steinmanns Hof begegneten sie Klärchen Umhoff. Sie war frisch und schön mit ihren 17 Jahren. Friedrich sah ihr lange nach, und Brandes sagte dann: »Ja, das Klärchen ist schön geworden, nicht wahr?«

»Ach, ist das Klärchen Umhoff etwa?«, fragte Friedrich, »von dem Taglöhner die Tochter?«

»Ja, die ist es. Hast du sie nicht erkannt?«

»Guten Tag, Klärchen«, rief Friedrich ihr nun nach.

Klärchen blieb stehen und sagte: »Friedrich, ich hätte dich bald nicht wiedererkannt«, dann ging sie weiter.

Jetzt konnte man den Hof schon sehen. Allerdings verdeckte von dieser Seite aus der große Kastanienbaum gerade die Front des Hauses. Zwei Gefangene kamen mit Sensen über dem Rücken aus dem Hof. Sie kamen an Friedrich vorbei, kannten ihn aber nicht, grüßten aber den Lehrer. Sie unterhielten sich in ihrer Sprache, die Friedrich nicht kannte.

Die beiden traten nun in das Tor ein. Der gepflasterte Weg war kaum zu erkennen unter dem Gras, das darüber wucherte, und in dem Gras wuchsen viele gelbe Blumen, von der gleichen Sorte, die auf dem Schlachtfeld gewachsen war. Friedrich pflückte sich einen Strauß davon, und Lehrer Brandes schüttelte den Kopf, daß er nichts Besseres auf dem Hof zu tun wußte, als Blumen zu pflücken. Friedrich verstand seine stumme Frage und sagte nur: »Mit diesen Blumen hat es eine eigene Bewandtnis.« Dann schritten sie auf das Haus zu.

Karo, der Hofhund, kam ihnen jetzt mit fürchterlichem Gebell entgegengesprungen. Wahrscheinlich hatten die Tagelöhner ihn auf die 2 gehetzt, da sie sie nicht erkannten.

»Aber Karo, kennst du mich denn nicht mehr?«, rief Friedrich, da stutzte der Hund, sah ihn an, kam wedelnd und sprang an ihm hoch. Jetzt wurde die alte Frau Peters hinter dem Fenster sichtbar, und da der Hund Friedrich so freundlich begrüßte, holte sie ihre Brille. Sie erkannte ihn immer noch nicht und kam zur Tür, indem sie sagte: »Wir haben nichts. Die Hühner legen nicht, die Kuh steht trocken.«

»Das ist ja sehr traurig«, antwortete Friedrich, »aber ich komme auch nicht um zu hamstern, ich bin doch der Friedrich.«

Das änderte die ganze Situation. »Der Friedrich?«, fragte die alte Frau immer noch ungläubig. »Jawohl, der Friedrich, Mutter Peters.«

»Vater, komm mal heraus«, rief sie jetzt, »der Friedrich ist zurückgekommen und sieht gesund und wohl aus.«

Der alte Peters kam nun auch, freute sich sehr und schüttelte Friedrich die Hand zur Begrüßung. Nun wurde Brot auf den Tisch gestellt, dazu Butter, ein riesiges Stück, und Schinken, und dann wurde Kaffee gereicht. Der Lehrer Brandes wurde zum Kaffee eingeladen, und dabei besprachen sie den Stand der Ernte.

Friedrich merkte sofort, daß der Betrieb sehr in Unordnung geraten war in den 4 harten Kriegsjahren. Die beiden alten Leute konnten mit den zwei Gefangenen den Hof nicht halten. Die beiden Gefangenen waren ziemlich selbständig und führten die Aufträge nicht aus, wenn sie nicht wollten, und dazu war das beste Pferd, die Stute, reklamiert.

Friedrich hätte große Lust gehabt, den Hof wieder hochzubringen, denn so ging es nicht weiter. So mußte der ganze Hof verlorengehen. Darum gingen Brandes und Friedrich sofort zum Vorsteher Deike, der selber die Beobachtung gemacht hatte, daß das mit dem Nolte-Hof so nicht weitergehen konnte. Deike sagte, wer 4 Jahre vor dem Feind sich tapfer gehalten hätte, könnte jetzt wohl für einen lebenswichtigen Betrieb reklamiert werden. Er füllte ihm dann die nötigen Papiere aus, befürwortete die Reklamation, fügte die Befürwortung des Lehrers Brandes bei und schickte Friedrich damit in die große Stadt zurück.

Wieder stieg Friedrich auf demselben großen Bahnhof aus wie vor 8 Tagen. Er fragte vor dem Theater, wo wieder die Wache musizierte, nach dem Garnisonskommando. Er war falsch gegangen, er mußte zum Bezirkskommando. Dort aber hatte er Glück. Der Hauptmann war selbst frei, las die Reklamation und ganze Begründung und befürwortete sie seinerseits. »Sie werden in etwa 4 Wochen reklamiert sein«, sagte er zu Friedrich, »einstweilen gebe ich Ihnen Urlaub bis zur Reklamation, damit Sie Ihre Ernte einbringen können.« Dann wünschte er ihm alles Glück, und Friedrich war vom Dienst entlassen.

Er freute sich sehr darüber, daß er nun wieder auf eigener Scholle arbeiten konnte, und nun stand er mit seiner Freude draußen in der unbekannten großen Stadt, er war frei, er brauchte nicht zurückzukehren in den Hexenkessel, er konnte mit niemandem darüber reden. Er war im Augenblick unsagbar glücklich.

Da fiel ihm Mutter Meier ein. Der mußte er es erzählen. Er suchte sie sogleich auf, und sie wünschte ihm alles Glück bei seiner Arbeit.

»Aber da könnten Sie doch die kleine Lore einmal mitnehmen aufs Land«, sagte sie, »sie ist doch Ihr Mündel, und dem kleinen blassen Geschöpf täte die Landluft sicherlich gut.«

»Da haben Sie ganz recht, Mutter Meier«, sagte Friedrich, und ging gleich zu Kathrins Wohnung. Kathrin sah es wohl ein, daß er als Vormund für sein Mündel sorgen müßte, sie war auch eigentlich sehr froh darüber, den störenden Esser loszuwerden, aber sie hoffte, etwas für sich gewinnen zu können, wenn sie sich weigerte.

»Sie können doch nicht mit Mädchen umgehen, wer soll denn für das Kind sorgen?«

»Unsere Taglöhnerfrau, Mutter Peters, die wird für Lore sehr gut sorgen, die ist den ganzen Tag zu Hause.«

»Und Ostern muß sie zur Schule.«

»Da kommt sie zu Lehrer Brandes, der wohnt kaum 5 Minuten von uns entfernt.«

»Mutter, ich möchte schon gern mitgehen«, sagte Lore.

»Was du möchtest, ist gleichgültig«, sagte darauf Kathrin. »Ich muß es mir noch reiflich überlegen, Herr Nolte. Sind Sie denn für längere Zeit reklamiert?«

»Ja, ja.«

»Sag mal, Lore, würdest du deiner Mutter dann auch schöne Eier vom Land schicken, und Wurst und Brot, auch mal etwas Käse?«

»Das ist selbstverständlich, Frau Kathrin.«

»Gut, ich gebe sie Ihnen mit.«

Friedrich dankte Kathrin und bat, den Koffer zu packen, damit er das Kind gleich mitnehmen könnte.

»Da gibt es nicht viel zu packen«, sagte Kathrin, »sie hat nur das eine Kleid. Aber wenn Sie ihr einige neue Kleider und vielleicht etwas Wäsche schenken wollen, komme ich gerne mit, es zu besorgen.«

Also steuerte Friedrich die kleine Lore aus, und nun fuhren sie zum Noltenhof in Heinkendorf.

II.

Als Friedrich und Lore in den Eingang des Noltenhofes einbogen, und Lore die gelben Blumen sah, jubelte sie laut und rief: »Ich will dir jeden Tag solche schönen gelben Blumen pflücken, Friedrich! Dann kann ich doch wohl länger hierbleiben?«

»So lange deine Mutter es erlaubt.«

Mutter Peters kam aus der Tür, und Lore lief ihr gleich in die Arme. Sie nahm das Kind, obgleich sie nicht wußte, was es bedeutete, daß Friedrich mit Lore ankam.

»Nun sollt ihr gleich heißen Kaffee trinken«, sagte sie dann. Aber Friedrich sagte: »Ich muß erst einmal Lore den Hof zeigen.« Und dann wandte er sich an Lore: »Siehst du hier den großen Kastanienbaum?«

»Ja, genau wie bei uns mit den Kohlen. Wann sind denn die Kastanien reif? Ich will mir eine Kette davon machen.«

»Im Herbst. Das Haus kennst du nun ja schon. Und da ist der gepflasterte Weg.«

»Und der Düngerhaufen mit den Hühnern darauf; und da der Stall, ich kenne alles.«

»Aber du kennst unsere Kühe noch nicht. Ach sieh, die sind ja gar nicht im Stall, die sind draußen auf der Wiese.«

»Was ist denn im Stall?«

»Schweine, sonst nichts. Die Enten sind auf dem Teich, die Hühner hier vorn auf dem Hof, die Pferde arbeiten vermutlich auf dem Felde, die Kühe und Kälber und der Bulle sind auf der Weide, – aber du kannst dir den Heuboden einmal ansehen.«

Und Lore sah sich den Heuboden an, der ihr wirklich sehr gut gefiel. Da war auch eine Katze mit 5 Jungen. Die mußte mitgenommen werden ins Haus. Nun wurde Kaffee getrunken und dann die Felder besichtigt.

»Ich möchte auch wohl solchen Hof haben«, sagte Lore.

»Das ist doch einerlei, Lore, ob ich ihn habe oder du.«

»Nein, lieber habe ich ihn.«

»Gut, wir spielen eben, daß du ihn sonntags hast, in der Woche habe ich ihn.«

»Was ist Sonntag?«

»Da gehen die Leute zur Kirche.«

»Was ist Kirche?«

»Aber Kind, bist du denn noch nie in der Kirche gewesen?« Friedrich war wie alle Landbewohner fromm, und der Gottesdienst war für ihn ebenso wichtig wie die Arbeit auf den Feldern. Da nun am nächsten Tage Sonntag war, nahm er das Kind gleich mit. Er hatte es sich nicht so schwierig vorgestellt, denn was der Herr Pastor sagte, interessierte Lore überhaupt nicht, sie fragte immer und sprach dazwischen, und nach dem Gottesdienst kam Lehrer Brandes auf Friedrich zu und sagte, er solle ihm das Kind nur öfter mal schicken, er wolle ihr dann biblische Geschichten erzählen.

»Oh ja«, sagte Lore, »ich höre so gern schöne Märchen.«

»Liebes Kind«, antwortete Brandes, »schön sind die Geschichten aus der Bibel, aber schöner noch als im Märchen ist es, daß sie wahr sind.«

»Die Märchen sind auch wahr«, sagte Lore voll Überzeugung.

Lore hatte hier auf dem Lande in frischer Luft bei fröhlichem Spiel mit den Tieren und mit Dorfkindern bald ihre Mutter und die kleine Hinterhauswohnung in der Großstadt vergessen. Sie war so glücklich, wie nur kleine Kinder sein können, denen alles noch selbstverständliches Wunder ist. Mutter Peters pflegte das Kind so gut, wie ihre eigene Mutter es nie getan hatte. Das regelmäßige Leben war für ihre Gesundheit sehr dienlich, nur wollte sie immer länger abends aufbleiben. Aber dann war Mutter Peters streng. Das war sicherlich kein schöner Zug von ihr, es versöhnte sie nur etwas, daß dann Friedrich ihr am Bett noch kleine Geschichten erzählte, weniger angenehm war das Gebet vor dem Schlafengehen, aber es mußte sein, und dann wurden Mutti und Vati mit eingeschlossen. Der Lehrer Brandes erzählte ihr von der Bibel so schöne Geschichten, kurz, wenn es nicht den ganzen Tag regnete, war es einfach herrlich. Aber selbst wenn es regnete, konnte man gut auf der Tenne oder auf dem Heuboden spielen. Langweilig war der Kirchgang am Sonntag, weil auch die Kirche sehr weit entfernt lag. Es gab doch noch nicht einmal eine Kirche im Dorf. Da ging man den schmalen Kirchweg, der bei Lehrer Brandes abging. Und er führte an der Tränke vorbei, und da badeten immer die größeren Kinder, und Lore hätte gern mitgebadet. Statt dessen mußte sie weitergehen nach Otterbach, wo die Kirche stand.

»Warum haben wir denn keine Kirche in Heinkendorf?«, fragte Lore.

»Wir haben nicht so viel Geld«, antwortete Friedrich.

»Aber der liebe Gott hat doch Geld, und er ist überall, warum nicht bei uns?«

»Die Liebe Gottes ist überall, wo du gehst und stehst, er begleitet dich immer und hilft dir. Aber es gibt nicht so viel Pastoren, daß die überall sein können.«

»Das ist sehr gut«, sagte Lore, »ich möchte nicht mit dem Herrn Pastor spielen.«

Und so redeten sie, und Friedrich unterhielt sich gern mit ihr, denn sie verstand es, so anmutig zu fragen.

Das Glück war bei ihm eingekehrt mit Lore. Gewiß, er war nie unglücklich gewesen, denn Friedrich war eine zufriedene Natur. Aber Glück ist mehr. Es kann sogar weh tun, das Glück, wenn es sehr groß ist. Man sorgt sich, daß es nicht immer anhalten könnte, weil es so schön ist. Und es hielt auch nicht immer in gleicher Weise an.

Eines Sonntags kam Friedrich mit Lore aus der Kirche nach Hause, da stand da am Fenster Kathrin. Friedrich erschrak sichtlich, und Lore lief sofort auf den Heuboden, als sie ihre Mutter sah. Aber Friedrich beherrschte sich, ging auf Kathrin zu und sagte: »Schön, daß Sie uns einmal besuchen, Frau Kathrin.«

»Ich will Lore wieder mitnehmen«, antwortete sie.

»Ausgeschlossen, die geben wir nicht her«, sagten wie aus einem Munde Friedrich und Mutter Peters.

»Als Mutter habe ich doch wohl das größere Anrecht.«

»Aber sehen Sie doch das Kind einmal an, wie es sich erholt hat hier auf dem Lande«, sagte Mutter Peters.

»Ansehen? Sie läuft ja vor mir weg. Sie ist mir vollkommen entfremdet.«

»Frau Kathrin, das Kind war Ihnen immer fremd, weil Sie es selbst als Last empfinden.«

»Dann werde ich sie zwingen, mich als Mutter zu behandeln.« Kathrin lief hinaus in die Tenne und rief und rief, bis Lore kam. Dann zerrte sie sie an den Haaren heraus und schlug sie ins Gesicht. Als das Kind nun bitterlich weinte, sagte sie: »So, nun ist es hier aus, du kommst jetzt wieder mit zurück.«

»Ich will nicht, ich will nicht«, rief Lore und warf sich auf die Erde.

»Du kommst mit«, befahl Kathrin.

»Ich will überhaupt nicht wieder zu dir, du bist ein Biest!«

»Nun hören Sie, was das Kind zu seiner Mutter sagt«, sagte jetzt Kathrin zu Friedrich, »und da haben Sie schuld. Sie haben mir das Kind entfremdet.«

»Frau Kathrin, ich habe für das Kind gesorgt, wie nur ihr Vater für sie sorgen könnte. Ich habe es auch nicht Ihnen entfremdet, sondern wir haben Sie jeden Abend mit ins Gebet eingeschlossen.«

»Gebet, Gebet?«, fuhr Kathrin auf, »jetzt wollen Sie das Kind den scheinheiligen Pfaffen in die Arme werfen? Eben kommen sie zusammen aus der Kirche. Das Kind wird mir hier verdorben.«

»Lassen Sie gefälligst Ihre gotteslästerlichen Reden, Frau Kathrin«, antwortete Friedrich, »das Kind wird in Gottesfurcht erzogen, das bestimme ich als Vormund.«

»Und das Kind kommt nach Hause, das bestimme ich als Mutter.«

»Sie irren. Nach allem, was ich gesehen habe, ist Ihr Haus für das Kind keine gute Umgebung. Ich als Vormund werde es Ihnen nie wieder ins Haus geben. In einem Freudenhaus kann ein junges Wesen nicht gedeihen, Frau Kathrin, das sage ich Ihnen.«

»Das sagen Sie, der Sie dieses unschuldige kleine Kind als unverheirateter Mann mit in Ihr Haus genommen haben? Sie sind ein Lüstling!«

»Es wird mir jetzt aber zuviel, Frau Kathrin, ich weise Sie vom Hofe, wenn Sie nicht aufhören, mich zu beschimpfen.«

»Also gut«, sagte Kathrin in schnell verändertem Tonfall, »lassen Sie uns erst zu Mittag essen.«

»Bitte schön. Ich lade Sie gern ein, lassen Sie es sich bei uns recht gut gefallen, aber lassen Sie mich und Lore in Frieden.«

»Ein Mittagessen werde ich schon annehmen können, wenn ich auch die Sache mit Lore untersuchen werde, wegen der Sittlichkeit, verstehen Sie?«

»Sie sind ja verrückt«, antwortete Friedrich, dann lachte er grell auf. Kathrin aber ließ es sich gut schmecken.

»Sie fahren mich doch nachher zur Bahn«, sagte sie dann, »ich meine wegen der Pakete, die Sie mir mitgeben werden.«

»Sie sollen zur Bahn gefahren werden, der Gefangene fährt Sie hin, und etwas zum Essen sollen Sie auch haben.«

»Ich dachte, einen Schinken, 2 Mettwürste, etwas Leberwurst, Speck ist auch ganz gut und Blutwurst. Ich esse sie nicht so gern, aber sie verlängert die Reihe. Und wenn Sie dann noch etwas Butter und Eier hätten und vielleicht 2, 3 Brote, dann wäre ich Ihnen sehr dankbar.«

»Gute Frau, das ist vielleicht etwas mehr als ich selbst besitze. Frau Peters wird Ihnen schon etwas zusammenstellen.«

»Gut, wenn Sie nicht wollen, nehme ich Lore mit. Oder geben Sie mir Bargeld, das kann man auch gebrauchen.«

»Frau Kathrin«, sagte jetzt Friedrich voll Wut, »wissen Sie, was ich jetzt tue?«

»Nein.«

»Ich gebe Ihnen überhaupt nichts, und Sie können auch zu Fuß zur Bahn gehen.«

»Das werden Sie bereuen«, sagte Kathrin und ging mit flatternden Haaren.

Friedrich war sehr aufgeregt. Darum ging er zu Lehrer Brandes, den er, wie so oft, um Rat fragte. Brandes meinte, es käme auf die Entscheidung des Vormundschaftsrichters an, der die Gründe für ein Bleiben Lores genau prüfen würde. Zwar hätte die Mutter das Recht, ihr Kind bei sich zu haben, wenn aber die Verhältnisse bei der Mutter die Entwicklung des Kindes ungünstig beeinflußten, könnte der Vormund das Kind zwangsweise entfernen. Die Mutter jedoch brauchte nicht zuzugeben, daß das Kind beim Vormund wohnte.

Kaum 4 Wochen waren vergangen, seit Lore in Heinkendorf wohnte, aber Friedrich schienen es Jahre zu sein. Er hatte das Kind so lieb gewonnen, daß er sich nur sehr schwer von ihm hätte trennen mögen. Der Sonntagnachmittag war für ihn sehr traurig. Die Nacht schlief er sehr schlecht, und dann wartete er von Tag zu Tag auf eine schreckliche Nachricht. Auf alle Fälle aber hatte er sich vorgenommen, das Kind seines Kameraden, das dieser ihm im Sterben anvertraut hatte, nicht fortzugeben, komme, was da wolle.

Da brachte der Briefträger einen Brief von Kathrin. Sie schrieb zunächst, der Auftritt vom Sonntag hätte ihr leid getan. Warum wollte sie eigentlich mit dem Freund ihres Mannes Zank haben, natürlich könnte er

1935

So wahr ich Gottfried heiße

An einem schönen Sommernachmittage lernen sich zwei Männer beim Angeln kennen. Der eine erzählt nun so merkwürdige Dinge, daß der andere fragt: »Sagen Sie mal, stimmt das denn wirklich, was Sie mir da erzählen?« – »So wahr ich Gottfried heiße!«, beteuerte der andere. »Da erfährt man ja auch gleich Ihren Namen«, sagt nun der erste wieder. »Meinen Namen, wieso?« – »Nun, Sie sagen es doch selbst, daß Sie Gottfried heißen.« – »Nein, da irren Sie sich, mein Herr, was ich Ihnen da erzählt habe, das stimmt nämlich auch nicht.«

1935

Die Fische sind nachmittags billig

Erika war ein schönes Mädchen. Erika war 16 Jahre alt und hatte viele Freunde. Erika war 20 Jahre alt, und viele freiten um sie. Aber Erika war zu stolz, sie wollte nur heiraten, wenn es ein Musterstück eines Mannes gewesen wäre. Der eine war ihr zu dick, der andere zu dünn, der eine zu klug, der andere zu dumm. Manchmal war auch einer oben zu dick und unten zu dünn oder nachts zu klug und am Tage zu dumm, oder umgekehrt.

Erika war 24 Jahre alt und hatte einen Männerschweif wie ein Komet. Erika war 28 Jahre alt und begann zu denken. Erika war 32 Jahre alt, da gefielen ihr plötzlich die Männer. Sie waren nicht zu dick und nicht zu dünn, nicht zu klug und nicht zu dumm. Erika war 36 Jahre alt, und keine . . . Schönheit.

Da ereignete es sich, daß sie mit einem Mann, der ihr ebenfalls ganz richtig vorkam, im Fahrstuhl eines Warenhauses fuhr. Sie sah ihn an und drückte dann unmerklich auf das Haltsignal, und der Fahrstuhl hielt plötzlich zwischen zwei Stockwerken. Da lachte Erika und warf ihre schönsten Augen. Der Mann aber sagte lakonisch: »Die Fische sind nachmittags billig.«

Bombenangriff

Irgendwo wütete eine große Schlacht. Im grimmigen Kampf standen sich die feindlichen Parteien gegenüber. Es zuckte und blitzte und polterte, schön wie ein überwältigendes Gewitter. Auf beiden Seiten fielen die Leute wie die Fliegen. Geschrei füllte tausendfach die Luft. Und es war dunkel. Die Dunkelheit bedeckte gnädig die fürchterlich verstümmelten Leichen. Wenn aber die hellen Blitze der Kanonen aufleuchteten, sah man für wenige Sekunden die verzweifelten Menschen, welche irgendwo im Stacheldraht an der Hochspannungsleitung hingen und ihre wahnsinnigen Schmerzen in die Nacht hineinschrien. –

Dort klebte auch mit beiden Händen am Starkstrom ein Mann und versuchte mit aller Kraft, aber vergebens, sich zu befreien. Er dachte nur fortzukommen, immer weiter, aber er konnte ja nicht. Stundenlang währte der Kampf, bis er sich in sein Schicksal ergab. »Und wenn ich hier sterben soll«, dachte er, »so helfe Gott meiner geliebten Marie.«

Zur gleichen Zeit aber war es, als Marie es fühlte, daß ihr geliebter Freund Karl den Tod der Ehre erleiden mußte im Felde. Sie riß das Fenster ihres Zimmers in der vierten Etage auf und schrie ihren Schmerz hinaus über die Dächer wie eine Wahnsinnige. Jedoch keiner achtete auf sie, denn es gab oft solchen Lärm in der Nacht, die Zeiten waren eben außerordentlich bewegt.

Plötzlich vernahm sie seine Stimme in der Luft. »Hörst du mich, Geliebte?«, fragte er. Wie eine eiskalte Hand legte sich ihr ein Schauer aufs Herz. Sie rannte in die Stube zurück, löschte die Lampe aus und legte sich auf ihr Bett. »Du hörst mich nicht?«, fragte er wieder. – »Ja ja, ich höre dich«, sagte sie leise, und mit Zärtlichkeit fügte sie hinzu: »Du bist jetzt bei mir.« – »Warum hörst du mich denn nicht?«, fragte die Stimme wieder verzweifelt.

»Aber ich höre dich doch, ich höre dich«, rief sie jetzt lauter und setzte sich aufrecht. »Marie, Marie«, klang es jetzt laut, »ich bin tot, ich bin gefallen auf dem Felde der Ehre, tot bin ich. Hör' mich doch, Gott soll dir helfen, ich kann es nicht, ich kann es nicht mehr, ich bin tot.« – Mit einem Ausdruck unbeschreiblicher Innigkeit sagte sie: »Ich danke dir.« Dann aber verschwand die Stimme. »Wo bist du denn?«, rief Marie, »wo bist du? – Karl! – – – Ich höre dich nicht mehr!« Sie lauschte vergeblich. »So soll ich dich lassen? Ich kann es nicht, ich will es nicht. Wenn du nicht mehr lebst, was soll mir das Leben? Komm zurück, sei bei mir, Karl, ich kann nicht mehr ohne dich leben!« –

Die Luft war stumm und blieb stumm. Marie eilte wieder ans Fenster. Die Nacht war abscheulich und schwül wie Blei. Fern rieselte es in der Luft. Da lehnte sie sich weit hinaus und schrie: »Er ist tot, Karl ist tot! Wißt ihr es nicht? Ihr sollt es alle wissen, Karl ist tot!« Sie rief es so laut, daß die Fenster sich öffneten und alle Frauen hinaussahen. »Er ist tot!«, rief sie weiter, »aber ihr lebt!« – »Er ist tot!«, antwortete es stumm. – »Er ist tot«, schrie es nun hier und da. – »Er ist tot«, rief schrecklich ein Chor von Menschen, und keiner ahnte, was dieser Tod für Marie bedeutete. Marie aber breitete beide Hände aus gegen den Himmel, wie wenn sie Geister beschwören wollte. Dann rief sie mit aller Macht ihrer Stimme: »Und ihr alle sollt sterben für ihn!« Dann trat sie hinaus in die leere Luft.

Die Frauen in den Fenstern, die noch eben einen grausamen Fluch auf den Lippen hatten, verstummten. Ihnen fror das Wort im Munde. Marie schritt aber wie auf einem unsichtbaren Pfad durch die Luft, dann eine Treppe hinauf, die man nicht sehen konnte. Zur Seite glimmte wie ein Geländer in leuchtendem Schein ein Licht. Am Himmel aber surrte es plötzlich von feindlichen Flugzeugen, und bald prasselten die Bomben herunter. Die Häuser zerbarsten, und eine riesige Feuersbrunst zerstörte alles. Weit oben aber im rosigen Schein stieg

Marie in den leeren Raum, ohne Treppe, und nur das kleine verblassende Licht führte sie.

Oben aber auf der Höhe, wo es am tiefsten ist, wartete Karl. Marie sah ihn nicht, sie fühlte ihn nur in unbeschreiblichem Glück. Sie fühlte, wie die Wolken sich teilten, wie unbekannte Strahlen sie leiteten, wie sie stand und fiel, ging und schwebte, ihm entgegen, immer näher und immer näher, wie im Plätschern der Fontäne, wie im Schein der Flamme, wie im Strahl des tiefblauen Lichts, wie in der Hand des guten Gottes, den wir alle ehrfürchtig anbeten, weil er alle unsere Zweifel löst.

1935

Verein Amor
Festansprache zum 10jährigen Bestehen

Es war am zehnjährigen Tage nach der Gründung des Vereins, am 31. Mai, da hielt der Vorsitzende, Herr Fritz Meier, eine Ansprache an die Mitglieder. »Meine Damen und Herren«, sagte er, »wir feiern heute unser Stiftungsfest. Wie Sie alle wissen, feiert der Verein Amor heute den 10. Jahrestag seines Bestehens. 10 Jahre ist er seiner Parole, die Liebe zu pflegen, unter meiner Führung treu geblieben. Amor, der Gott der Liebe, hat 10 Jahre lang mit seinen Frettchen über unserem Vereinslokal hin- und hergeschwebt, den Bogen in der Hand haltend, stets bereit, je einen Pfeil in zwei Herzen zu schießen. Oft hat er mit Erfolg geschossen, hat sozusagen ins Schwarze des Herzens verstockter Junggesellen getroffen oder das zitternde kleine Herzchen einer mehr oder weniger alten Jungfrau durchbohrt. Liebesqualen waren die Folge, die dann Herr Pastor Mümmelmann, mit dem wir in geschäftlichen Beziehungen stehen, durch den Balsam seiner Traurede geheilt hat. Segen entsprang dem Bund unserer weiblichen und männlichen Mitglieder, und es wimmelt unter ihnen von kleinen Amoren, die allerdings nicht schießen können, denn kleine Kinder dürfen nicht schießen. Wir sind kein Schützenverein im eigentlichen Sinn, denn wir schießen nicht, wir werden geschossen. Aber bei uns gewinnt jeder Schuß, denn jeder Schuß ist ein Treffer. Gering ist der Einsatz, denn wir haben unseren Vertrag den wirtschaftlichen Verhältnissen angepaßt, groß ist der Gewinn. Denn was kann der Mensch gewinnen, das schöner und wertvoller wäre als ein

Menschenherz. Um so weniger kann ich es verstehen, daß es immer noch Vereinsmitglieder gibt, die sich nicht aus dem Junggesellenleben haben abschießen lassen. Mit zäher Inbrunst halten sie an dem Strohhalm ihrer Jugend fest, aber sie können sich doch auf die Dauer nicht auf der Fläche des Wassers der Alleinherrschaft halten, denn die unserem Verein angeschlossenen Jungfrauen wirbeln dieses Wasser durcheinander, und sie werden in den Strudel hinabgerissen, in dessen Tiefe sich ihnen unsere Jungfrauen plötzlich als erlösende Wassernixen präsentieren. Wer aber im Wasser ertrinkt, der soll sich getrost begraben lassen. Unser Pastor Mümmelmann wird ihm in seiner Grabrede, auf die er Anspruch hat, schon etwas erzählen, wie unrecht er als Mensch und als Vereinsmitglied gehandelt hat. Unter diesen Umständen kann ich als Vorsitzender auch jene Vereinsmitglieder nicht verstehen, die es nicht fertiggebracht haben, in der Tiefe des Strudels die Seele des männlichen Mitgliedes anzulocken, und die dann kalt zusehen mußten, wie sie ertrinken. Am wenigsten aber kann ich jene abtrünnigen Söhne begreifen, welche in dem richtigen Gefühl, daß der Mensch früher oder später doch einmal heiraten muß, außerhalb unseres Vereins eine eheliche Verbindung eingegangen sind. So etwas ist Exzucht. Exzucht aber ist das schimpflichste Verbrechen, welches ein Mitglied unseres Vereins gegen seinen Verein begehen kann. –

An technischen Hilfsmitteln stehen unserem Verein nun eine Reihe von Einrichtungen zur Verfügung. Zunächst veranstalten wir die netten kleinen Amorabende mit rosa Beleuchtung, weil der Gott nämlich in diesem Licht besser treffen kann. An einem solchen Amorabend habe ich, Gott sei's geklagt, auch meine Frau gewonnen.« Hier wurde der Vorredner durch laute und wiederholte Pfuirufe unterbrochen, und es währte eine geraume Zeit, bis er sich durchsetzen konnte. Dann fuhr Meier fort: »Ich bitte Sie, das nicht so wörtlich zu nehmen, ich wollte nur bemerken, daß selbst ein Gott wie Amor sich manchmal irren kann.« Hier wurde das Pfuirufen noch lebhafter, und eine Jungfrau von etwa 45 Jahren rief dazwischen: »Gott Amor möge Sie strafen wegen Ihrer losen Zunge, Herr Meier!« – Mit dem Wort: »Wie bitte?«, setzte Meier seine Rede fort, indem er die anderen Institutionen des Vereins Amor aufzählte: »Wir waren stehengeblieben bei den wohlfeilen Einrichtungen unseres Vereins. Ich bleibe zunächst bei unserem Vereinslokal und erwähne die Amor-Tanztees, die so gebaut sind, daß Gott Amor nur einmal zu schießen braucht, wenn er die Herzen der beim Tanz eng aneinandergeschmiegten männlichen und weiblichen Mitglieder durchbohren will. Der Tee und das kärgliche Gebäck dienen als erster Balsam auf die Wunden. Auf einem dieser Amor-Tees habe ich meinen besten Freund verloren, der heute mit Genuß in den Armen seiner Gattin segelt.« Ein Bravo unterbrach den Vorredner. »Als Drittes kann ich die Amor-Frühschoppen erwähnen, bestimmt, für die männlichen Mitglieder zum Trinken, und für die weiblichen, um ihnen das Trinken wieder abzugewöhnen. Wer durch Amor bei einem solchen Frühschoppen getroffen wird, den erwartet unsägliches Glück in der Ehe, da er nicht nur ein süßes Weib gewinnt, sondern gleichzeitig den Hang zum Suff durch die Ehe und mit Hilfe seiner Frau überwindet.« Hier machte der Vorredner die Handbewegung des Teppichklopfens, welche Lacherfolg hatte. Dann fuhr er fort: »Eine treffliche Einrichtung unseres Vereins aber sind die Amor-Spaziergänge zu zweien. Mit weiser Vorsicht hat es der Verein erkannt, daß der dritte, sozusagen der tertius gaudens, bei solchen Spaziergängen nur stört. Wenn es dann kalt wird, und die beiden Teilnehmer an der Exkursion schützen sich gegen die Kälte, indem sie ihre heißen Lippen gegeneinanderstürzen, dann hat es Amor ebenso leicht, wie bei den dicht aneinandergeschmiegten Körpern der Tanzpärchen beim Amor-Tanztee, das betreffende Paar mit einem einzigen Schuß zu durchbohren. Gegen Erkältungen aber empfiehlt die Vereinsleitung, hinterher einen gemeinsamen Glühwein zu trinken, und das hat den Vorteil, daß die hinterher durch unseren Pastor Mümmelmann geschlossene Ehe nicht so trockengelegt sein wird, wie die Frühschoppen-Ehen zu sein pflegen.

Durch meine ausführlichen Erklärungen hoffe ich, meinen Vereinsmitgliedern wertvolle Fingerzeige zu geben für die Wahl ihrer künftigen Verbindungseingehungen. Der Charakter spielt da ja viel mit, und über Geschmack läßt sich nicht streiten. Der eine lebt gern trocken, der andere naß, der dritte halbtrocken. Auch Halbnasse gibt es. Ja, Sie werden einwerfen, da wäre derselbe ganz halbtrocken, aber nein, der Halbtrockene ist eigentlich naß, aber die Frau zwingt ihn zur Halbtrockenheit, während der Halbnasse eigentlich trocken ist und sich selber zur halben Nässe zwingt, um seiner Frau gegenüber männlich zu erscheinen. Es gibt nämlich bestimmte Nahrungsmittel, welche den Verliebten dienen als weibliche oder männliche Stempel oder Staubgefäße. So wirkt der Genuß von Schlagsahne durchaus weiblich, der von Paprika durchaus schwiegermütterlich, der von Bier altmännerlich, der von Knoblauch altweiblich. Ich bitte nun meine Abschweifungen zu entschuldigen, aber lange Würze ist des Witzes Kürze, und ein Witz, dem durch Kürze das Witzin entzogen ist, wirkt entweder überhaupt nicht mehr, oder so komisch, daß er den Vortragenden in ein blödes Licht setzt. Ich heiße Fritz, das ist mein Witz. Um aber auf unsere Institutionen zurückzukommen, erwähne ich die Amor-Zoobesuche. Es ist eine weit verbreitete Tatsache, daß Tiere in der Ausführung und Rückwirkung ihrer Liebe für uns geradezu vorbildlich sind. Betrachten Sie die Affen, wie sie sich gegenseitig lausen und aus Liebe des andern Läuse aufessen, ist das nicht, wie wenn eine Frau ihrem Mann die Sorgen abnimmt? Sehen Sie die Meerschweinchen, wie sie stundenlang hintereinander herlaufen nach dem Motto: ›Man steigt nach, wenn man kann, denn wer weiß, vielleicht?‹ Oder denken Sie an den Löwen, wie weich wird er, wenn seine Frau Gemahlin ihn zärtlich anblinzelt? Es versteht sich von selbst, daß solche Zoobesuche stets von einem erfahrenen Mitglied unseres Vereins geführt werden müssen, damit keine Irrtümer vorkommen und die Frau, wenn sie dick und stark wird, etwa wie die Spinne ihr Männchen nach vollzogener Paarung auffrißt. Denn Spaß muß sein, aber das ginge zu weit. Darum sagt schon Mümmelmann bei seiner Traurede, daß die Frau ihrem Mann untertan sein solle, denn Männer beteuern bloß, daß sie ihre Frau zum Fressen gern haben, aber sie führen es nicht aus.

Ich glaube, Ihnen einen kleinen Überblick über all jene Einrichtungen unseres Vereins gegeben zu haben, die Sie ja sowieso genügsam kennen, ich möchte nun zur Zusammensetzung unseres Vereins übergehen. Es war von jeher der Grundsatz unseres Vereins Amor, die Liebe allen denen zu vermitteln, die vielleicht sonst leer ausgegangen wären. Wir haben daher Menschen aller Art, vom schüchternen Jüngling bis zum wackeligen Greis, vom Backfisch bis zur alten Jungfrau. Aber leider fehlen bei uns die sogenannten knusprigen jungen Mädchen von 17 bis 25 Jahren und die vollkräftigen, gesunden jungen Männer. Dafür haben wir aber unter unseren Mitgliedern Epileptiker, Zuckerkranke, Krüppel und Stotterer, Beschränkte und Überidioten, schüchterne magere Jungfrauen mit treuem Blick und schüchterne magere Jungmänner mit einem Blick voller Sehnsucht, die in Gesellschaft von jungen Damen kein Wort herausbringen können. Wir haben auch Trunkenbolde, Schwerhörige, leichte Verbrecher und leichte Mädchen, es fehlt hingegen an Leichtathleten. Unter den älteren Herren befinden sich ganz schwere Jungen von über 3½ Zentnern. Wir haben Taube, Schwerhörige, Blinde, Kurzsichtige, Einbeinige und Zweibeinige, aber es fehlen die Vorfüßler.

Um nun jedem, auch jedem in der denkbar weitestgehenden Form entgegenzugehen, haben wir die Schußkarte eingerichtet. Auf diese Schußkarte haben sich solche Mitglieder unseres Vereins einzutragen, die von Amor angeschossen sind, ohne zu wissen, gegen wen. Die Schußkarte wird mit dem heutigen Tage dem Publikum übergeben, und es bleibt der Sortierung dann überlassen, die Angeschossenen in weibliche und männliche Mitglieder zu sortieren. Darauf werden die Angeschossenen öffentlich ausgeboten, und jede angeschossene Frau darf sich einen angeschossenen Mann heraussuchen, und umgekehrt. Trifft es sich dabei, daß zufällig die Frau den Mann aussucht, der auch sie ausgesucht hatte, so braucht nur noch Herr Mümmelmann die Trauung zu vollziehen. Glück und Kindersegen werden nicht ausbleiben. Bei den freiwilligen Wahlen aber, die nicht richtig zusammenstimmen, und zwar so, daß die Teile aneinander vorbeigewählt haben, kann Mümmelmann nichts machen. Die Wahl wird als ungültig erklärt im Interesse der Sittlichkeit. Auf Wunsch kann die Wahl wiederholt werden, bis ein Zusammentreffer erzielt wird. Sollte aber das Vereinsmitglied es vorziehen, sich dem Glück des Zufalls auszuliefern, in der Annahme, doch keinen Zusammentreffer zu erreichen, dann allerdings werden die Karten der durch Amor im Herzen seelisch getroffenen Mitglieder gemischt, und der Vorsitzende in meiner Person, in seiner Eigenschaft als rechte Hand des Zufalls, zieht aus dem Mischbündel mümmelmannreife Paare heraus. Wenn dann ein Schwerhöriger eine taube Frau erhält, so wird die Verständigung immer noch leichter sein, als wenn ein Stotterer mit einer Schwerhörigen verlobt wird. Umgekehrt ist es vielleicht noch günstiger, da ja die Frau sowieso gern und oft dasselbe wiederholt, was sie schon des öfteren gesagt hat.

Damit möchte ich Sie nun bitten, von der Einrichtung reichlichen Gebrauch zu machen und trete nunmehr in unser 11. Vereinsjahr ein.«

1935

Konrad Hull

Es klingelte. Konrad horchte. Alles blieb still. Auf leisen Sohlen schlich Konrad zur Tür. Es blieb still. Konrad lugte durch das Schlüsselloch und sah niemand. Draußen im Treppenhaus war schon Licht. Vor der Tür schneuzte sich einer. Konrad schlich wieder zurück. Wenn es die Zeitung gewesen wäre, so wäre die Trägerin doch wieder fortgegangen. Licht machen konnte er nicht, sonst würde er bemerkt werden. Es klingelte wieder. Konrad fuhr zurück. Dann beruhigte er sich wieder und trat ans Fenster. Er konnte nicht viel sehen, denn da war nur eine Hauswand vor dem Fenster. Ins Oberlichtfenster schien der Mond. Er hatte noch nicht viel Schein, weil es noch zu hell war. Jetzt klingelte es dreimal und jemand schlug mit der flachen Hand von außen gegen die Eingangstür. Das konnte doch nur der Emil sein, warum hatte er nicht gleich dreimal geklingelt. »Du verstehst, mich zu erschrecken«, sagte Konrad, indem er öffnete; aber er öffnete vorsichtig, einen kleinen Spalt nur. Der Herr außen aber stellte sofort seinen Fuß zwischen die Tür und sagte: »Herr Hull, ich weiß nicht, daß wir uns duzen.« Dann schob er die Tür beiseite und drängte sich herein. Konrad trat erschreckt zurück und versuchte, eine Entschuldigung zu stammeln. Aber der Herr sagte: »Wir wollen einmal vernünftig miteinander reden, Herr Hull, so geht das nicht. Sie schulden mir allmählich mehr als 3000 Mark, Ihr Vater ist wohlhabend, und ich sehe nichts von meinem Geld, weder Zinsen, noch Kapital zurück. So geht das nicht.« – »Jawohl, Herr Meier«, antwortete Hull so bescheiden, wie es ihm möglich war. »Sie versuchen wieder auszuweichen, Herr Hull«, entgegnete Meier, »aber ich muß mit Ihnen heute zu einem greifbaren Resultat kommen. Denken Sie sich in meine Lage.« – »Die ist bestens, das gebe ich zu«, sagte Hull. »Sie haben gutes Geld und geben nichts davon.« – »Sie ist bestens, das ist richtig. Aber ich weiß mich zu trösten. Wenn ich Ihrem Vater schreibe, dann habe ich sofort Deckung für meine Wechsel.« – »Herr Meier«, flehte Hull, »tun Sie das nicht, stürzen Sie nicht mich ins Unglück. Ich habe Ihnen versprochen, alles zu geben, sobald ich verdiene, und meine Aussichten sind gut.« – »Junger Mann, ich kann und will mich nicht immer mit leeren Versprechungen abspeisen lassen, es ist zu Ihrem eigenen und zu meinem Besten, wenn ich jetzt handle.« – »Geben Sie mir 3 Tage, und ich gebe Ihnen das Geld zurück«, bat er Meier, und seine Augen waren voller Glanz. – »3 Tage, das soll ein Wort sein. Wenn ich nicht in 3 Tagen das Geld habe, wende ich mich an Ihren Vater.« – Meier sagte es bestimmt, nahm seinen Hut und ging.

Hull setzte sich nun augenblicklich auf den Stuhl und grübelte. Dann stand er auf und ging an einen Schrank. Dort standen etwa 15 farbige Bilder. Man konnte diese Bilder verkaufen, aber wer kauft einem unbekannten Maler heute Bilder ab?

Jetzt klingelte es wieder, Hull eilte zur Tür und ließ Emil herein. – »Hast du Zeit?«, fragte Emil. »Zeit schon, aber kein Geld.« – »Ich habe etwas«, erwiderte Emil. »Was nützt das mir?« – »Ich lade dich ein zu einem Kaffee.« – »Eigentlich bin ich nicht in Stimmung.« – »Aber Hull, Konrad Hull, gibt es denn das bei dir?«
»Leidest du an Stimmungen? Du, der immer lustig ist und der zu leben weiß? Hast du Kummer?« – »Nein, Sorgen.« – »Also kein Mädchen?« – »Nein, Geld.« – »Hull, Liebling, ich lade dich doch ein, Erika kommt ebenfalls nachher ins Café.« – »Ich habe wirklich Sorgen, Emil.« – Emil stellte sich nun direkt vor Konrad, faßte seine beiden Hände, während jener seinen Kopf niederbeugte. – »Kopf hoch, alter Junge«, sagte er, »nur die Sache ist verloren, die man aufgibt. Weißt du das?« Diese Argumentation verstand Hull ohne weitere Erklärung.

»Na also!«, sagte Emil Bademir, und Konrad blickte wieder aus lachenden Augen. Eigentlich wußte er nicht, weshalb er mitkam ins Café, er hatte nur eine unbestimmte Ahnung, daß irgendwo sich etwas ereignen müßte, um ihn aus seiner Not zu befreien, weil es unmöglich war, daß das Schicksal ihn dem Zorn seines Vaters ausliefern könnte, in dessen Namen er Schulden gemacht hatte. Denn er hatte doch die Schulden nur gemacht aus Liebe zur Kunst. Denn wer wahre Kunstwerke schaffen will, braucht Leben, Leben und Frauen, und Frauen sind teuer, wie das Leben überhaupt. Diese Erkenntnis hatte Konrad von Hause mitgebracht, und so hatte er mit dem Studium der Frauen und des Lebens begonnen, um wertvolle Eindrücke später einmal künstlerisch verarbeiten zu können. Sowohl er wie sein Freund Emil waren auf der Akademie schlechte Schüler gewesen, dazu waren sie sehr selten zur Arbeit erschienen, dafür aber sammelten sie sich in künstlerischen Unterhaltungen in den bekannten Künstlercafés, umgaben sich mit Freunden, liebten Feste und waren zu jedem Scherz stets bereit. Etwa 15 Bilder, das war der ganze Segen der Lebensarbeit Konrad Hulls, dafür aber strotzte er in seinem Inneren von Erfahrungen, um die ihn mancher hätte beneiden können.

Erika Hanemann, das bekannte Aktmodell, wartete schon im Café Rieger. Sie sah sehr schön aus. Ihr schlanker Körper war in ein eng anliegendes, sehr langes schwarzes Kleid gehüllt. Aus einem weißen Kragen kam der Hals, der einen ganz ebenmäßig geformten Kopf trug. Der Bubikopf war sehr lang geschnitten, wodurch sie etwas Madonnenhaftes erhielt. Sie saß ein wenig herausfordernd, stützte eine Hand auf den Marmortisch und rauchte lässig eine Zigarette in einer langen, braunen Spitze. Als sie die beiden Freunde kommen sah, rührte sie sich nicht, und nur in ihrem Blick sah man, daß sie sie bemerkt hatte. Es lag etwas wie Wärme in diesem Blick, eine Wärme, die man dieser kalten Schönheit sonst nicht zugetraut hätte.

Konrad und Emil grüßten mechanisch und hängten ebenso mechanisch ihre Mäntel auf. Dann setzten sie sich zu Erika und gaben ihr die Hand. Erst beim Handgeben zeigte Erika ein leichtes Lächeln, dann verfiel sie wieder in ihre vorherige Versteinerung. Der Ober kam, und die beiden Freunde bestellten je eine Tasse Kaffee, während Konrad Zigaretten allein bestellte. Schweigend saßen sie dann zusammen, Konrad, Erika und Emil. Die beiden Freunde rührten den Zucker in ihre Tasse, gossen Milch ein und tranken schluckweise. Dabei beobachteten alle 3 die anderen Gäste im Café.

Da saß der Breitner, ein ekelhafter Angeber. Er war schon auf der Akademie ein Streber; nun ist er Zeichenlehrer. Was der verspießt war. Schauderhaft einfach.

Da saß die Goldmarie; sie war sehr heruntergekommen, denn sie war jedermanns Freundin, der für sie zahlte. Mit wem sie nur wieder saß. Der Mann konnte bestenfalls ein Schlachter sein, dick genug war er.

Dann saß da Eisenstein, ein reicher Bankier mit geschäftigen Fingern, aber die Dame neben ihm war nicht seine Frau, sondern es war Else Sand.

Plötzlich sagte Emil: »Was würdest du tun, wenn du eine Erbschaft gemacht hättest?« Er sagte es leise, und niemand außer Konrad und Erika verstand ihn. – Konrad überlegte nicht lange, sondern sagte: »Ich *habe* eine Erbschaft gemacht.« – »Wieso?«, fragte Emil. – »Nun, ich habe eine *Erbschaft* gemacht.« Er überlegte nicht, was er sagte, er sagte es bloß. – »Eine kleine?«, fragte Erika. – Konrad überlegte und sagte nichts. – »Eine große Erbschaft?«, fragte jetzt Emil ziemlich laut, weil er sich dabei etwas aufregte. – Konrad sagte immer noch nichts. – »Ich verstehe jetzt, warum eine plötzliche Veränderung an dir vorgegangen ist«, sagte jetzt Emil, und alle Anwesenden im Café begannen zu horchen, der Breitner, die Goldmarie, der Schlachter, oder was er sonst war, Eisenstein und Else Sand. Alle einzelnen Unterhaltungen hörten auf, jeder hörte nur gespannt auf die Unterhaltung am Tisch der beiden Freunde von Erika. Selbst der Ober stand mit halb geöffnetem Mund und lauschte. Ein neuer Gast kam herein.

Da fragte Erika: »Viel?« – Konrad flüsterte ihr etwas ins Ohr. Es war eine lange Rede, die er ihr ins Ohr flüsterte, und Erika lächelte dabei charmant. Konrad hatte sich dabei erhoben und vorgebeugt. Nun setzte er sich wieder hin. Alle folgten gespannt jeder seiner Bewegungen.

»Du verstehst es, mich neugierig zu machen«, sagte Emil nun, »sag doch endlich, was es ist! Hast du viel Geld geerbt?« – »Sehr sehr viel«, sagte Konrad gelassen. »Von wem denn?« – »Von meinem Onkel, dem Eisenbahnkönig von Algier.« – »Ach, ist der tot?« – »Du sagst es.« – »Bist du traurig?« – »Sehr.« – »Ich würde doch nicht traurig sein, Herr Hull«, rief die Goldmarie hinüber. »Ja, das sagen Sie so«, sagte Hull resigniert. – »Wo fehlt's denn?«, fragte jetzt Eisenstein. – »Herr Eisenstein, ich bin Mensch«, sagte Konrad, »und ich denke an meine Mutter, die Schwester des Verstorbenen. Er war ihr Lieblingsbruder.« – »Wie traurig«, sagte Else Sand, und in ihrer Stimme zitterte etwas wie Mitleid. – »Nun spielen Sie doch nicht den rührseligen Neffen«, sagte Breitner, »das steht Ihnen nicht, Herr Kollege. Gestehen Sie nur, Sie haben nicht das Geld, um zu seiner Beerdigung zu fahren.« – »Ihre Fürsorge rührt mich, Herr Kollege«, antwortete Konrad gelassen, »aber Sie haben diesmal sogar recht. Natürlich könnte ich wohl nach Algier reisen, das ist für mich eine Kleinigkeit, aber ich bin nicht imstande, dort standesgemäß aufzutreten, weil ich doch in so riesigen Verhältnissen noch nicht gelebt habe, wie mein reicher, nun auch schon leider so früh verstorbener Onkel.« – »Der ist wohl märchenhaft reich?« – fragte jetzt Eisenstein interessiert. – »Für Sie ist es wohl eine Kleinigkeit, Herr Bankier Eisenstein, aber für mich sind 3 Tausend Millionen französische Franken viel Geld.« – »Dreitausend Millionen?«, fragten alle stumm. – »Jawohl«, sagte Konrad, »Sie scheinen zu zweifeln, meine Herrschaften, aber mein Onkel hat mich doch in seinem Testament als alleinigen Erben eingesetzt.« – »Das ist wirklich ganz außerordentlich«, sagte jetzt der fremde Herr. – »Jawohl, außerordentlich ist es insofern, als nicht jeder alle Tage solche Erbschaft macht.« – »Du hast wirklich einen Dusel!« sagte Emil und klopfte auf Konrads Schulter.

Da kam der fremde Herr an den Tisch und sprach leise etwas mit Konrad. – »Ich würde es annehmen«, sagte dann Emil. – »Zu solchen Bedingungen?«, fragte Konrad. – »Herr Hull«, sagte darauf Herr Eisenstein, »wenn Sie Geld brauchen für Ihre Reise nach Algier, so können Sie es gern von mir haben, zu den kulantesten Bedingungen, ich bin Bankier.« – »Mein Name ist Huhn«, sagte darauf der fremde Herr, »ich bin ebenfalls Bankier.« – »Aber meine Herren! Streiten Sie sich doch nicht «, sprach nun Konrad mit Überlegung, »ich weiß, daß mir jetzt von jedem Bankier jede Summe gegeben werden wird, nun, weil ich reich bin. Die Frage ist die, wer von den Herren das gute Vertrauen zu mir hat. Ich brauche eine ziemlich große Summe.« – »Dreitausend Mark«, sagte Huhn; »sechstausend«, sagte Eisenstein. Da erhob sich Konrad und drückte Eisenstein die Hand, indem er sagte: »Abgemacht, Herr Eisenstein, würden Sie mir eine kleine Anzahlung geben?« – Und Eisenstein zog seine Brieftasche und überreichte ihm tausend Mark.

In dem Moment kam Meier herein, Ferdinand Meier. Meier sah, daß Eisenstein seinem Schuldner einen Tausendmarkschein gab. Meier machte erstaunte, große Augen. Sofort wandte sich Ferdinand Meier an Herrn Eisenstein und stellte sich vor. Konrad klopfte das Blut im Halse. Er wußte nicht, was er dazu tun sollte. Das beste war sicherlich, die Dinge sich entwickeln zu lassen.

Auch Eisenstein stellte sich nun vor und fragte, was Meier von ihm wolle. Meier warnte ihn vor Hull, der ihm mehr als 3 000 Mark schuldete.

In dem Moment wußte Konrad Hull, was auf dem Spiel stand. Er trat an Meier heran und sagte: »Herr Meier, Sie wissen, daß ich stets ein ehrlicher Schuldner gewesen bin, der stets bestrebt war, seine einmal gemachten Schulden so bald als möglich zu begleichen. Eine reiche Erbschaft setzt mich nun instande, Ihnen schon heute die gesamte Summe auf einmal zurückzuzahlen. Herr Eisenstein, mein Bankier, wird Ihnen sofort einen Scheck auf die gesamte Summe ausstellen. Aber leider werde ich aus Ihrem heutigen Benehmen die Konsequenz ziehen müssen, daß ich mit Ihnen nicht weiter arbeiten kann.« Einen Augenblick stutzte Meier. Als aber Eisenstein sein Sckeckheft zog, da begriff er und wehrte ab. »Aber Herr Hull, Sie werden doch einen alten Freund, der Ihnen stets gerne geholfen hat, nicht so beleidigen wollen.« »Aber nein, Herr Meier«, sagte Hull, »wenn dem so ist, dann werde ich Ihnen den Scheck nicht ausstellen lassen. Beleidigen will ich Sie wirklich nicht. Es bleibt natürlich bei unseren letzten Abmachungen.« Darauf winkte er seinem Freund Emil und Erika, und die drei verließen das Café. Im Vorbeigehen bat Konrad den Eisenstein, seine kleine Zeche zu übernehmen, was dieser mit vielen Komplimenten auch tat. Alle Gäste waren aufgestanden, während die drei wie hohe Fürstlichkeiten hinausschritten. Dann winkte Konrad einem Auto, und sie stiegen ein.

Als der Chauffeur Konrad nach dem Ziele fragte, sagte er: »Fahren Sie 3 Kilometer geradeaus, dann 20 Kilometer die rechte Landstraße, dann kommen Sie an eine Kreuzung. Von links wird ein gelbes Postauto kommen, dann fahren Sie diesem nach, bis in den Wald. Wenn dann das Postauto hält, mitten im Wald, dann fahren Sie noch 365 Bäume weiter.« – »Und dann?«, fragte der Chauffeur. – »Dort wollen wir aussteigen.«

Der Chauffeur hielt Konrad für leicht verrückt, aber er tat dennoch, wie ihm befohlen war. Bei der Kreuzung kam, wie Konrad prophezeite, das gelbe Postauto. Es fuhr auch in den Wald und hielt. Jetzt wurde die Sache schwierig, denn wie soll man im Wald 365 Bäume zählen? Aber der Chauffeur zählte eben nur die Bäume, die vom Auto hell beschienen waren. Das war noch ein langer Weg. Dann hielt er.

Es war eine Stelle so recht zum Gruseln. Mehrere Käuzchen kreischten einander an. Die Wolken teilten sich, und aus dem Dunkel brach der Mond. Und der Schein des Mondes beleuchtete die Nebel, die wie Elfen um die Bäume huschten. Man hätte überall leicht und ohne große Phantasie die unheimlichsten Tiere, die grausamsten Krieger und die herrlichsten Frauen vermuten können, so sehr war die Stelle geeignet, die Sinne aufzuregen.

»Was wollen wir hier nun tun?«, fragte Erika. – »Zuerst den Chauffeur bezahlen«, sagte Konrad, »und dann bestellen, wann er uns wieder abholen soll.« – »Bleiben wir denn hier?«, fragt Emil jetzt wie ein artiges Kind. »Wir bleiben«, sagte Konrad, und es lag in seiner Stimme etwas wie Befehl, aber auch etwas Sehendes. Dann zahlte er die Fahrt und sagte zum Chauffeur: *»In 3 Tagen ist Weihnachten. Dann werden Sie eine weißgekleidete Dame fahren. Sie bestellt eine Fahrt zur Heinrichstraße, die Nummer weiß ich nicht. Diese Dame fahren Sie nicht zur Heinrichstraße, sondern hierher.« – Der Chauffeur hatte Bedenken, wie er den Platz finden sollte, aber Konrad beruhigte ihn, ein*

Eichhörnchen würde in großen Sätzen vor seinem Wagen herspringen und hier, an dieser Stelle, links seitwärts in einen Baum springen.

Dem Chauffeur war es sehr unheimlich zumute, aber er war in Konrads Bann und versprach, zu tun, wie jener gesagt hatte. Jetzt führte Konrad die beiden anderen quer durch das Dickicht rechts, ohne Weg und über mehrere kleine Täler mit Bächen, über einen steilen Hang und rund um einen stillen Waldsee, auf dem ein dunkles Boot schaukelte. Diesem Boot steuerte er zu, hieß seine beiden Freunde einsteigen und ruderte, bis eine kleine Insel auftauchte, die mit hohen Bäumen bestanden war.

Auf dieser Insel lag unter den Bäumen versteckt ein großes Haus, in dem nur ein Fenster von flackerndem rötlichen Licht erleuchtet war. Konrad stieg an Land und machte den Kahn fest, dann half er galant Erika beim Aussteigen. Darauf aber wandte er sich schnell dem Eingang des Hauses zu, während Erika, der ziemlich bang war, ihr Köpfchen ängstlich an Emils Schulter legte. Emil aber erfaßte sofort die gute Situation und küßte ihr glattes, weiches Haar, worauf sie sich mit einiger Empörung herumdrehte und ihm die Lippen zum Küssen bot.

Konrad klopfte unterdessen an die Tür des Hauses, und ein polternder dicker Mann trat mit einer Blendlaterne heraus. Er begrüßte Konrad mit breitem Lachen und suchte dann die Gegend mit seiner Laterne ab, bis er die zwei verschlungenen Liebesleute fand. Als diese im hellen Schein der Laterne plötzlich auseinanderstoben, begann der Mann fürchterlich zu lachen.

Erika kam es vor wie im Märchen. Sie hätte wetten mögen, daß der Mann ein langes und breites Messer hätte und Menschenfresser wäre. Aber er sagte nur ziemlich breit: »So hab' ich's gern.« Und lud dann alle 3 ein, bitte hereinzukommen. Erika klammerte sich fester an Emil, während sie auf eine geräumige Diele traten. Die Diele war weiß getüncht, und rundum waren an den Wänden dunkelrote lange Bänke angebracht. Ein offenes Kaminfeuer beleuchtete still den Raum. In der Mitte stand ein riesiger Rundtisch, an dem ein hoher Sessel und etwa 20 kleine mit Samt gepolsterte rote Hocker standen.

»Sie kommen gerade recht«, sagte der lachende dicke Mann, der übrigens Krischan hieß, wie sich später herausstellte, »es beginnt soeben eine Sitzung.« – »Das weiß ich doch«, sagte Konrad, und Emil und Erika staunten, als Konrad ohne weiteres den Sessel bestieg, wie wenn er den Vorsitz führen wollte. In dem Augenblick aber, als er sich setzte, bestrahlte plötzlich von oben eine riesige Scheinwerferlampe den runden Tisch. Dann öffneten sich hinter den Bänken an den Wänden Drehtüren, so daß die Bänke nach hinten verschwanden und maskierte Männer vorn erschienen. Diese Maskierten begrüßten Konrad mit

Murmeln, dann setzten sie sich auf die Hocker und stützten die Arme auf den Tisch. Es blieben zwei Hocker frei, und Konrad forderte Emil und Erika auf, dort Platz zu nehmen. Erika widerstrebte anfangs, aber sie setzte sich dennoch, weil sie neugierig war, was nun sich ereignen würde.

Dann begann Konrad: »Freunde! Ich habe eine kleine Erbschaft gemacht. Das heißt, eigentlich habe ich gar nichts geerbt, sondern nur glauben das einige Leute im Café. Ich werde diese enttäuschen müssen, weil es sich sehr bald herausstellen muß, daß ich überhaupt gar keinen Onkel habe, der gestorben ist. Freunde, es bereitet mir mehr Trauer, daß ich gar keinen Onkel habe, als wenn ich einen gehabt hätte, den ich jetzt beweinen könnte. Nun hat mir unglücklicherweise ein Bankier auf die Kunde hin, daß ich reicher Erbe geworden war, Geld geliehen, und außerdem schulde ich Herrn Ferdinand Meier noch Gelder. Ich komme da in eine unglückliche Situation, und ihr müßt mir helfen.« »Wieviel legst du an für unseren Rat?« fragte Mutz. – »100 Taler«, sagte Konrad. – »500 Reichsmark«, schlug Spitz vor. – »Einverstanden«, sagte Konrad.

Jetzt wurde beraten, wie man Konrad helfen könne. Es wurde erwogen, daß nur von berühmten Künstlern Bilder gekauft wurden. Also mußte man ein Mittel finden, daß Konrads Name in aller Munde war. Wie, das war zunächst einmal gleichgültig, mochten die Leute lachen, schelten, bewundern oder verneinen, nur sprechen mußten sie, dann würde auch gekauft.

Mutz und Spitz fuhren daher, nachdem sie von Konrad die nötigen Anweisungen erhalten hatten, in die Stadt Konrads, wo sie so gut wie unbekannt waren und kauften eine Menge Schlösser und Ketten. Die Schlüssel wurden an einen langen Strick aneinandergereiht, sauber in eine Kiste gepackt, in der sie auf einem Bettchen von Holzwolle und Seidenpapier ruhten. Darauf schickten sie die Kiste an Ferdinand Meier, den Geldverleiher, und ließen bestellen, er möge sie gut aufbewahren, es würde ein guter Freund kommen und sie abholen. Der Freund aber wolle nicht genannt sein, er wäre ihm aber für diesen Dienst sehr dankbar. Herr Meier nahm es zur Kenntnis und stellte die Kiste in sein Arbeitszimmer.

Jetzt gingen Mutz und Spitz durch die ganze Stadt, und wo sie ein Fahrrad, ein Auto, eine Droschke oder einen Wagen oder Karren stehen sahen, schlossen sie die Räder an. Ihre Geschicklichkeit in der Bearbeitung schwieriger Probleme war so groß, daß sie sich nicht bei diesem Werk abfassen ließen, obgleich bald eine große Erregung in der Stadt herrschte. Der eilige Geschäftsmann, der sein Auto brauchen wollte, fand es angeschlossen. Der Bote, der einen Weg schnell fahren mußte, fand sein Fahrrad gesperrt. Es ist wohl zu verstehen, daß diese Herren dann schimpften und fluchten und daß andere, die vorbeikamen, sich hinzustellten und mitschimpften. Kamen sie dann zurück, so war auch ihr Rad oder Auto angeschlossen. In kurzer Zeit war der Verkehr in der sonst so regen Stadt gänzlich lahmgelegt.

Nun aber erschienen die Zeitungen, die schon am frühen Morgen von Mutz und Spitz folgende Annonce erhalten hatten:

> »Menschenfreund
> Da in letzter Zeit so zahlreiche Diebstähle von Fahrrädern und Autos, von anderen Fahrzeugen bekannt geworden sind, hat ein Menschenfreund für diejenigen Besitzer, die immer noch ihre Fahrzeuge in leichtsinniger Weise unverschlossen stehenlassen, die nötigen Sicherheitsschlösser besorgt und sich erlaubt, sie durch Anbringung an den betreffenden Fahrzeugen diesen Besitzern zu schenken. Aus Gründen der Sicherheit war es natürlich nötig, daß die Schlüssel zu den Schlössern getrennt aufbewahrt wurden. Daher sind die Schlüssel abzuholen bei Herrn Ferdinand Meier.«

Es dauerte nicht lange, da strömte eine große Menge von Menschen zur Wohnung Ferdinand Meiers und verlangte die Schlüssel. Herr Meier pflegte gerade der Mittagsruhe und wollte sich nicht stören lassen. Nun wurde das Geklingele bei ihm immer heftiger, und vor dem Hause hörte er das Murren einer großen Menge Menschen. Anfangs war er noch geneigt, die Menschenansammlung für eine Ovation zu halten. Aber dann glaubte er, daß es sich um einen dummen Witz handele. Schließlich sah er aber durch die Gardinen, daß die Demonstrationen einen durchaus bedrohlichen Charakter annahmen. Man rief: »Menschenfreund« und drohte mit geballten Fäusten. Andere riefen: »Wir wollen ihn unserem gerechten Zorn ausliefern.«

Da trat Meier auf den Balkon der ersten Etage. Ohne zu wissen, um was es sich handelte, dachte Meier, man wäre über seine Wucherzinsen empört, denn er fühlte sich dauernd schuldig, wenn schon er auch dauernd die armen Opfer, denen er Geld geliehen hatte, aufs Blut preßte. Der Gedanke, daß die Menge etwas von ihm erpressen wollte, war ihm daher auch völlig klar und selbstverständlich. Da rief jemand: »Holt ihn herunter!«

Nun aber erhob Meier seine beiden Arme, wie um das Volk zu beschwichtigen, und als ein wenig Ruhe eingetreten war, sagte er: »Liebe Leute! Ihr kommt sicher wegen meines brutalen Vorgehens und wißt nicht, daß ich als Menschenfreund gehandelt habe.« – »Schuft!« rief jemand. »Verhaut ihn!« rief ein anderer. »Ich verspreche euch freiwillig, daß ich von heute an auf den normalen Zinssatz zurückgehen werde, mit rückwirkender Kraft auf 3 Jahre. Genügt das?« – »Das genügt nicht«, sagte ein Mann mit geballter Faust.

Unter der Menge befand sich auch Mutz, der plötzlich auf das Gitter sprang und sagte: »Leute, erlaubt mir, als unser aller Anwalt zu diesem Herrn hineinzugehen, um mit ihm zu verhandeln.« Ein allgemeines, brausendes »Ja« war die Antwort.

Auch Ferdinand Meier war einverstanden, und Mutz betrat nun die mit viel Zierrat bemalte Wohnung des Geldverleihers. An einem neubarocken, mit einem unechten Teppich belegten Tisch saßen sich die beiden bald gegenüber, und Meier spielte nervös mit seinen Fingern in der Häkeldecke, die auf dem Teppich lag.

»Das Volk hat 2 Forderungen, die Sie unbedingt erfüllen müssen«, sagte Mutz, »da andernfalls kein Gegenstand hier heilbleiben wird.« Meier zuckte merklich zusammen, aber fragte dann beherrscht: »Welche?« – »Die erste und wichtigste ist, daß Sie auf der Stelle den harten, von asozialem Geist getragenen Vertrag zerreißen, der zwischen Ihnen und Herrn Kunstmaler Konrad Hull besteht.« – »Und die zweite?« fragte Meier, ohne darauf einzugehen. – »Die zweite ist die Herausgabe aller Schlüssel, mit denen die Schlösser zum Sichern der Fahrzeuge geöffnet werden können.« – »Ach, ich begreife, der Korb mit den Schlüsseln«, sagte Meier. »Spielen Sie nur nicht den Harmlosen, Herr Meier, die Wut des Publikums ist erwacht.« –

Meier nahm den Telefonhörer ab, um das Überfallkommando anzurufen, aber Mutz zog gleichzeitig den Stecker aus der Wand. Da stand Meier auf und wollte zur Tür gehen.

In dem Augenblick zog Mutz einen Revolver und sagte: »Hände hoch.« – Meier stand zitternd mit erhobenen Händen, während nun Mutz rundum alle Türen verriegelte. Dann sagte er ruhig: »Wo ist der schamlose Vertrag, haben Sie ihn hier?« – Draußen begann es wieder ziemlich lebhaft zu werden. – »Der Vertrag, der Vertrag . . .«, stotterte Meier. »Ja, wo ist er? Wenn Sie sich nicht augenblicklich erinnern können, schieße ich.« –

Diese Drohung hatte sofortigen Erfolg. Der Vertrag lag in der Mappe im Schreibtisch. Mutz fand ihn unter 20 ähnlichen heraus, aber die anderen interessierten ihn zu Meiers Genugtuung nicht weiter. Mutz gab den Vertrag Meier, der ihn in seiner Gegenwart zerriß und Mutz gab. Mutz steckte den Revolver ein, gab Meier zum Dank die Hand und sagte: »Wenn Sie irgend etwas in dieser Angelegenheit unternehmen, kann ich für Ihr Leben nicht mehr bürgen.« Darauf ließ er sich die Schlüssel geben und brachte sie der aufgeregten Menge draußen. Das war ein fürchterliches Drängen zu Mutz und zum Korb. Mutz hatte das Band durchgeschnitten, welches die Schlüssel hielt. Nun lagen Hunderte von verschiedenen Sicherheitsschlüsseln im Korb, und es war wirklich nicht so einfach, unter dieser Menge von Schlüsseln den herauszufinden, der gerade zu dem Schloß paßte, welches der unbekannte Spender jedem Fahrzeugbesitzer geschenkt hatte. Die Schlüssel wurden um und um gewühlt, und es gab lärmende Sucherei. Die Gerechtigkeit verlangt es, daß der Autor hier leider berichten muß, daß nicht ein einziger Mensch den Schlüssel fand, der zu seinem Fahrzeug gehörte. Mancher Leser wird denken, daß es sich hier um einen großen Unfug handele. Aber er irrt, denn es handelt sich um ein aus Mitleid gegebenes Geschenk. Nur hat der Geber entweder die Situation, die entstehen würde, nicht richtig begriffen, oder er hat den Besitzern der unabgeschlossenen Fahrzeuge einen besonderen Denkzettel geben wollen, damit sie in Zukunft sie nicht wieder unangeschlossen stehen lassen, jedenfalls hat er es ungeschickt angefangen, das ist auf alle Fälle wohl so. Jedenfalls entstand eine beispiellose Verwirrung, und einige Besitzer von Fahrrädern, die es für aussichtslos hielten, daß sie einen für sie passenden Schlüssel jemals finden würden, gingen dazu über, ihr Fahrrad nach Hause oder zu einem Schlosser zu tragen, damit dieser die Ketten durchfeilte, indem sie auf diese Weise auf ihr Geschenk verzichteten, indem sie es mutwillig verstümmelten. Es gibt ja überall unvernünftige Menschen genug. Viele konnten aber ihr Fahrrad überhaupt nicht forttragen, da es an irgendein Gitter angeschlossen war. Diese mußten die Schlosser zu ihren Rädern holen, was aber wiederum sehr schwierig war, da die Schlosser sich vor Arbeit nicht retten konnten. Andererseits machte Diebesgesindel sich die ganze Angelegenheit zunutze. Da nämlich die Besitzer unauffällig ihre eigenen Räder forttrugen, konnten die Diebe das Gleiche jetzt ebenso unauffällig tun, und so arbeitete jene Bande, die wir an dem runden Tisch im Inselhaus kennengelernt hatten, ungestört und in großem Ausmaß, um solche angeketteten Räder zu stehlen. Ein Trupp Schlosser vom Inselhaus machte es ebenfalls – streifte durch die Stadt und holte ungeniert solche Autos, deren Besitzer gerade abwesend waren, um sich Schlüssel zu besorgen. Es war ein großer Gewinn für die Bande vom Inselhaus.

Aber es war schlecht für den Jahrmarkt, der am folgenden Tage stattfand. Viele Verkäufer hatten nicht rechtzeitig ihre Waren holen können, weil ihre Wagen angebunden gewesen waren. Bei den Käufern aber herrschte eine große Aufregung, was nun vielleicht irgendein unbekannter Irrer zu ihrer Sicherheit zu tun gedachte. Da die Täter der Fahrradaktion unerkannt geblieben waren, so schielte jeder den andern an, um zu erfahren, ob er vielleicht ein gefährlicher Kanaster wäre. Daher kam auch bei den Karussells und Buden nicht die rechte Fröhlichkeit auf.

Zwar gab es viel zu sehen heute, einen Mann mit zwei Köpfen, von denen der eine vorwärts, der andere rückwärts schaute, der immer mit seinem linken Bein vorwärts und mit dem rechten ebenso viel rückwärts ging. Dieser Mann hätte das beste Denkmal der gesamten Menschheit werden können. Dann war da eine Frau, die mit zwei Zungen redete. Was das für ein Geschnatter gab, davon konnte sich kaum der Ohrenzeuge einen ausführlichen Begriff machen. Diese Frau hätte ein Denkmal für die Diplomarbeiter abgegeben. Dann war da ein Schwein, das aufrecht ging und einen Zylinder trug wie bei der Beerdigung eines guten Spießbürgers. Eine Amme mit 3 Brüsten hätte die 3 Erdteile Europa, Asien und Afrika nähren können.

Das junge Volk aber, welches immer leichtsinnig ist und sich wenig Gedanken macht, wandelte vor den Karussells und den hohen Schaukeln auf und ab. Kaum, daß einmal ein Wißbegieriger sich die Wundermenschen und Wundertiere ansah, sondern die Apparate waren voll, in denen die menschlichen Körper gedreht oder geworfen wurden. Schreiend stürzte sich die Berg- und Talbahn über Hügel und durch Täler hinab in einen Tunnel, in dem geküßt wird. Und draußen, am Beginn der ganzen Pracht, verkauften Buden Pfefferkuchenherzen mit der Aufschrift: »In meinem Zimmer rußt der Ofen, in meinem Herzen ruhst nur Du.«

Ein solches Herz in der Hand haltend stand Betti und wartete auf die Straßenbahn. Aber auch jede Straßenbahn war überfüllt, weil heute nur wenige Leute es gewagt hatten, mit dem Fahrrad oder Auto zu fahren. Betti war es gewohnt, für gewöhnlich mit dem Auto zu fahren, aber heute hatte sie auf luftigen Schaukeln oder in schwingenden Karussells viel Geld ausgegeben. Die letzten 20 Pfennige wollte sie nun benutzen, um nach Hause zu fahren. Es kam ihr ja nicht auf das Geld an, denn sie war reich, schwer reich, so richtig wohlhabend. Ihr Vater, der große Stadtadvokat Nagelchen, war die einflußreichste Persönlichkeit des kleinen Städtchens. Nach ungeschriebenen Gesetzen regierte er die Stadt. Seine Schlüsse galten als unumstößlich. Entschied er sich zum Beispiel in dem Falle der Fahrrad- und Auto-Angelegenheit, die er zur Zeit gerade bearbeitete, daß der Täter als Verbrecher anzusehen sei und ins Zuchthaus gehöre, so war da nichts zu machen, und er kam ins Zuchthaus, sobald man ihn hatte. Entschied er sich aber im Gegenteil, daß ein wirklicher Menschenfreund mit zwar unzulänglichen Mitteln harmlose Fahrrad- und Autobesitzer reich beschenkt hätte, so konnte dieser Menschenfreund sogar zur Anerkennung seiner Verdienste Senator werden. Über diese Dinge dachte Stadtadvokat Nagelchen nach, während seine Tochter, nachdem sie geschaukelt hatte, auf die Straßenbahn wartete.

Die Zeit verging, während sie wartete, weil das die Gewohnheit aller Zeit ist. Außerdem beunruhigte es sie, daß die vorbeifahrenden Radfahrer und Autos ihr Kleid mit Straßendreck bespritzten, denn sie war weiß angezogen von oben bis unten. Wieder kam eine vollbesetzte Straßenbahn vorbei, da schlug es ihrer Ruhe den Boden aus. Sie winkte das nächste leere Taxi, das vorbeikam, und verlangte, nach der Heinrichstraße gefahren zu werden, indem sie bemerkte, sie würde hinterher zahlen. Der Chauffeur aber sagte: »Es ist schon bezahlt.« Zu Bettis großem Erstaunen aber fuhr er nicht zur Heinrichstraße, sondern aus der Stadt, weit hinaus ins Land, achtete nicht auf ihre Proteste und fuhr so schnell, daß Betti nicht hätte aussteigen können. Im Wagen aber eilte Betti unruhig von Fenster zu Fenster und war verzweifelt, denn sie ahnte noch nicht, was ihr begegnen würde. Als der Wagen aber in den Wald hineinfuhr, packte sie eine große Angst.

Plötzlich bemerkte sie ein Eichhörnchen auf der Straße. Das Tierchen erregte so sehr ihre Aufmerksamkeit, daß sie ihre Unlust und ihre Angst ganz vergaß. In großen Sätzen sprang es immer vor dem Wagen her, sehr schnell und weit. Dann schien es sich einen Augenblick zu besinnen und sprang jählings links seitwärts in das Dickicht des Waldes. Auch der Chauffeur hatte das verheißene Eichhörnchen bemerkt und stoppte seinen Wagen. »Warum halten Sie hier?« – fragte Betti. »Weil Sie hier aussteigen müssen.« – »Das gefällt mir gut«, sagte Betti und sprang behend hinunter auf die Straße und starrte in die Richtung, in die das Eichhörnchen verschwunden war. Der Chauffeur war inzwischen schon wieder zurückgefahren, und nun stand sie ganz allein, aber nicht lange, denn ... wir werden ja sehen.

Inzwischen hatten sich nämlich auf der Insel ebenfalls einige wichtige Ereignisse ereignet.

Die beiden Freunde Konrads hatten sich nämlich fürs Leben gefunden. Jener lange Kuß, den Krischan mit der Blendlaterne beleuchtet hatte, war für sie entscheidend gewesen. Man soll eben nie Mädchen küssen, wenn man sich an romantischen Orten aufhält, das führt meistens zu stärkeren Bindungen, die oft in der Verlobung endigen. Zwar wußten Emil und Erika nicht, wovon sie heiraten sollten, aber die ihnen jetzt befreundete Diebesbande vom runden Tisch bot Emil einen Vertrauensposten zum Verschachern von Diebesgut, besonders von gestohlenen Fahrrädern und Autos, an, da er als Künstler ohne Verdacht zu erregen solche Gegenstände aus Leichtsinn leichter kaufen und ebenso unauffällig wieder verkaufen konnte. Ja, es war für ihn geradezu *der* Posten, für den er durch sein Studium der Malkunst vorgebildet war. Mutz machte den Vorschlag, und Emil war sofort bereit, ihn anzunehmen. Darauf erhielt er sofort

2 Appartements im Inselhaus und Küchenmitbenutzung, und so lebten die beiden glücklichen Liebesleute schon gleich nach ihrer Verlobung wie ein Ehepaar in den Flitterwochen, indem sie alles anbrennen ließ, während ihm alles Angebrannte gut schmeckte. Und beide sehnten sich ihrer ehelichen Vereinigung durch den Priester entgegen.

Während nun Konrad die Zeit auf der Insel ausnutzte, wieder malerische Studien zu machen, indem er die uralten Bäume und das Haus in deren Schatten, kühn auf glitzernde Wellen zeichnete, weil ihn die Liebe noch nicht gepackt hatte, wanderten Emil und Erika ins nächste Dorf, um sich aufbieten zu lassen. Pastor Sommernachtstraum in Süßenhausen war sehr erfreut und hängte sie mit einigen frommen Bemerkungen in den Kasten. Auf Erikas Frage, ob sie sich nun auch offiziell küssen dürften, antwortete er: »Gern, soweit die Küsse in den von der Kirche vorgesehenen sittlichen Grenzen bleiben.« Erika dankte herzlichst, machte einen Knicks, und dann trollten sich die beiden küssend die Straße zurück in den Wald hinein.

Plötzlich sahen sie von weitem ein Auto kommen, vor dem ein Eichhörnchen sprang. Dieses Eichhörnchen sprang dann nach einigem Besinnen rechts in den Wald, das Auto hielt, und eine weiß gekleidete junge Dame stieg aus, während das Auto zurückfuhr.

Einen Augenblick stand diese junge Dame in den Anblick des fortspringenden Eichhörnchens versunken da. Dann reckte sie sich, im Gefühl, allein zu sein, blickte nach rechts und gewahrte Emil und Erika, die von dort auf sie zukamen. »Guten Tag, weiße Dame«, sagte Erika, »wir erwarten Sie schon.« – »Sie erwarten mich?« fragte Betti verwundert. – »Ja, denn unser prophetisch veranlagter Freund Konrad hat Sie bestellt. Sie kommen doch vom Jahrmarkt?« – »Stimmt«, sagte Betti, und es kam ihr sehr unheimlich vor. – »Und Sie verlangten eine Fahrt mit Auto nach der Heinrichstraße.« – »Auch das stimmt.« – »Dann vertrauen Sie sich nur ruhig unserer Führung an, wir sind die Freunde von Konrad Hull.« – »Aber ich kenne diesen Herrn überhaupt gar nicht.« – »Das bedeutet nichts, denn er kennt Sie, er weiß, wer Sie sind, ohne Sie zu kennen.« –

Es war wie ein Zwang, der Betti zwang, mitzukommen, durch dichten Wald, vorbei an dem schroffen Abfall, zu den Gestaden des Sees, der so dalag, als ob er nicht bis 3 zählen konnte. Diesmal lag da kein Boot mehr, sondern ein Landwasserauto unter Führung Krischans versah den Dienst. Wer weiß, wo die Bande dieses moderne Fahrzeug gestohlen hatte, besonders aber wer weiß, wie sie es dorthin geholt haben konnten. Aber bei wunderbaren Dingen ist es immer so, da ist alles wunderbar, und man fragt überhaupt nicht, warum. Man hat eben nicht zu fragen, wie das kommt, und wie das Auto dahin gekommen ist, wenn der Wald weglos ist. Wer fragt denn je, wie Kuhdreck aufs Dach kommt. Auch an das Wunder der Technik haben wir uns gewöhnt, und wir fragen nicht mehr, wie es kommt, daß mitten im Zimmer Licht wird, wenn wir an der Tür schaltern. In anderen Zimmern drückt man einen Knopf ein, und das Resultat ist das gleiche, es kommt Licht. In wieder anderen Zimmern dreht man einen Schalter, und es kommt kein Licht, sondern irgend eine Maschine geht an. Oder ein Mörder bricht in seinem Stuhl plötzlich zusammen, bäumt sich auf und stirbt. Oder eine Eisschrank-Kühlmaschine wird durch einen Schalter in Tätigkeit gesetzt. Manche Schalter kann man aber auch drehen und drehen, und es passiert nichts, oder nur Kurzschluß.

Wir haben nämlich das Prinzip des Schalters noch nicht genügend studiert. Denn zwar sind Schalter Schalter, aber die Wirkung ist sehr verschieden. Wer weiß, ob man nicht plötzlich durch einen Schalter eine Landschaft gänzlich verändern kann. Es wäre doch nicht wunderbarer, wenn man etwa eine Moor- und Heidelandschaft plötzlich in ein Hochgebirge umschaltern könnte, als wenn man aus Nacht Tag schaltert. Kein Wunder, daß da heute sehr viele Menschen Schalter studieren, wie man früher etwa Theologie, Jurisprudenz oder die Kunst zu malen studierte. Aber das Merkwürdige ist es, daß eine Predigt nur gut und richtig der halten kann, der Theologie studiert hat; Licht einschalten kann aber schon jeder, er braucht nicht ausgerechnet Schalter studiert zu haben.

Und so schalterte Krischan das Landwasserauto ein, und es zischte, brauste und pustete hinüber zur Insel. Dort stand aber schon Konrad am Landungssteg. Aber das Auto fuhr direkt aufs Land, und Betti stieg aus. Als sie Konrad sah, wußte sie sofort: »Der oder keiner.« – Nicht einen Mann ähnlicher Qualitäten hatte sie weder im Bereich der Luftschaukeln, noch auf den Karussells, noch im Tunnel der Berg- und Talbahn gefunden. Ihr ganzes Herz schaltete sich auf einmal nach ihm um. Diese künstlerischen Locken, dieser stolze Wuchs, dieses Temperament in den funkelnden Augen, dieser männliche starke Mund, das alles erschütterte sie so sehr, daß sie fragte: »Sind Sie schon gebunden?« – »Nein«, antwortete Konrad und war ergriffen von dem weiß wogenden Schimmer weiblicher Lieblichkeit bei Betti. – »Wie heißen Sie?« – »Für dich heiße ich du«, sagte er. – »Und wie heißt du?« – »Ach so, ich habe ganz vergessen, meinen Namen zu nennen.« – »Schon gut, Konrad, ich weiß, daß du Hull heißt.« – Da staunte Konrad denn doch, wie sehr ihn dieses Mädchen kannte, denn er wußte ja nicht, daß gerade kurze Zeit vorher Emil und Erika von ihm gesprochen und seinen Namen genannt hatten. Daher gab er diesen beiden Freunden einen Wink, mit Krischan sich zu entfernen, dann faßte er kurz entschlossen um die Hüfte Betti und sah ihr fest ins Auge. Das Auge sprach: »Du du!« wie eine Mimose, die sich nicht berühren lassen will, aber der Mund sagte: »Sie sind mir sehr sympathisch, Herr Hull.« – »Blöde Gans«, antwortete er, »wir duzen uns doch.« – »Aber zum Brüderschafttrinken gehört ein Kuß«, entgegnete Betti. Darauf bediente sich Konrad, indem er ihr einen Kuß wegtrank.

Betti genoß es sehr, und es war ihr, als ob sie Stunden der Ewigkeit in Konrads Armen kostete. Wie die abgeschiedene Seele des guten Menschen sich so richtig wohlfühlt im Himmel unter gleichgesinnten Seelen, so umarmte gewissermaßen Bettis Seele die von Hull. – »Wie heißt du denn?«, fragte er neugierig. »Das weißt du nicht, Schatz?« – »Nein, ich kenne dich, ich kenne deine holde Gestalt, deinen rosigen Mund, deine vollen Hüften und deine zarten, schlanken, weichen Finger; aber deinen Namen, der dieses Wunder alles nennt, kenne ich nicht.« – »Dann rate mal.« – »Betti«, sagte Konrad Hull, denn raten war ihm von jeher zuwider gewesen, daher riet er nie, sondern er wußte. – »Dann hast du mich ja beschwindelt, du wußtest es wohl.« – »Nein, ich wußte es erst, als ich es sagte, Betti Nagelchen.«

Betti war baß erstaunt, jetzt wußte er sogar ihren Vatersnamen. Ihre Seele schwoll infolgedessen wie ein aufgepustetes Luftkissen, auf dem nun seine Seele bequem Platz nehmen konnte. Da flog ein Vöglein vorüber und warf ihnen einen Gruß herunter. – »Eine Amsel«, sagte Konrad und wischte es ab. »Wie genau du die Vögel kennst!«, sagte Betti bewundernd.

»Dein Vater ist doch Stadtadvokat, nicht wahr?«, fragte jetzt Konrad. – »Ja«, antwortete sie schlicht, aber selbst in diesem einen Wort ›ja‹ lag eine Welt von Zauber für Konrad. Es war der Klang jener ein wenig gebrochenen Stimme, wie sie nur die jungen Mädchen haben. Später gibt sich das, und es ist nicht immer ein Vorteil. – »Sag noch einmal ›ja‹«, bat er, und sie sagte schlicht und einfach: »Ja.« – Wie oft hätte er dieses Wort wohl hören mögen – darum fragte er jetzt: »Willst du meine Frau werden, Betti?« – »Ja«, sagte sie. – »Dann küsse mich.« – »Ja.« – »Glaubst du, daß dein Vater uns sein Einverständnis zu unserem Bunde geben wird?« – »Ja.« – Konrad schwoll das Herz. – »Aber ich muß dir ein Geständnis machen, ich bin Kunstmaler.« – »Das habe ich mir gleich gedacht, weil du so scharf beobachtest.« – »Ja, meinst du, daß dein Vater einen Kunstmaler in seine Familie aufnehmen wird?« – »Wenn er verkauft, ja.« – »Ich habe noch nie ein Bild verkaufen können.« –

Hier entstand eine etwas drückende Pause. »Ja, wovon lebst du denn, Konrad?« – »Mein Vater und meine Freunde hier unterstützen mich.« – »Das müssen prachtvolle Menschen sein.« – »Eine Diebesbande ist es.« Hier riß sich Betti los. »Wohin bin ich geraten?«, fragte sie ängstlich. – »Aber liebe Betti, daran mußt du dich noch gewöhnen, daß wir dich gestohlen haben.« – »Ach so«, sagte sie beruhigt, »so meinst du das« und legte sich beruhigt in seine bereitgehaltenen Arme.

Jetzt kam Krischan aus dem Hause und lud zu Tisch ein. Es wurde ein Hocker für Betti zwischengeschoben, und auch Konrad saß auf einem Hocker, weil er doch jetzt keinen Vorsitz führte. Das waren drollige Gestalten für Betti. Wie sie stumm dasaßen und ein jeder seine Suppe schlürfte.

Konrad verlangte nun Wein. Als alle Wein im Glase hatten, proklamierte er seine Verlobung mit Fräulein Betti Nagelchen, wobei diese leicht errötete. Jetzt standen alle auf und stießen mit dem Brautpaar an, auch das andere Brautpaar. Die Situation war noch in keiner Weise geklärt. Aber Konrad sagte: »Ich werde für euch alle sorgen, sowie ich meine große Erbschaft angetreten habe.«

Plötzlich erkannte Betti an einer Bewegung Mutz und sagte: »Ich will hier heraus!« – »Aber warum denn, Schatz?«, fragte Konrad. »Dieser Mann, dieser Mann«, stotterte sie. – »Dieser Mann ist mein lieber Freund Mutz.« – »Dieser Mann hat unser neues Auto gestohlen!« – Konrad drückte die Widerstrebende mit leichtem Druck auf ihren Hocker zurück und fragte Mutz: »Stimmt das?« – »Jawohl, Herr Hull, es war neulich, als wir die Ketten stifteten.« – »Dann nimm das gestohlene Auto, fahre zurück, liefere es ab und hole den Vater hierher«, befahl Konrad. – »Also dann sind deine Freunde doch Diebe?«, fragte Betti. – »Ja, mein lieber Schatz, ich sagte es dir doch schon. Aber denkst du, daß Diebe immer schlechte Menschen sein müssen?« – »Aber dann gehört ihr ja alle ins Gefängnis!« – »Ganz recht, mein Täubchen, aber man muß uns erst haben.« – »Dann liebe ich dich nicht mehr, Konrad!« Betti weinte, wie sie das sagte. »Du bist süß«, sagte Konrad, dem es bewußt war, daß er jetzt nur auf der Gegenseite lebte.

Während nun Mutz zur Heinrichstraße fuhr, um den gestohlenen Wagen zurückzubringen, quälte Betti sich mit Zweifeln. »Du brauchst wirklich keine Zweifel zu haben, Betti«, sagte Konrad, »du kennst jetzt nur meine Gegenseite, und gerade deshalb wirst du meine Vorderseite desto inniger lieben.« – »Aber wann lerne ich dann deine Vorderseite kennen?«, fragte Betti, weinend wie ein Kind, dessen Puppe zerbrochen ist. – »Zu gegebener Zeit.« – »Glauben Sie denn, wir würden uns als Besuch solange aufhalten, wenn wir nicht wüßten, daß Konrad ein tadelloser Ehrenmann mit ganz reiner Weste ist?«, fragte Erika. – »Aber Kind, warum duzt ihr euch nicht?«, warf Konrad ein, »meine Freunde duzen sich immer untereinander.« –

Auf dem See kamen jetzt majestätisch 3 weiße Schwäne angerudert. Krischan brachte Brot, und Betti und Erika fütterten die Schwäne, während die beiden Herren eine Zigarre rauchten. Dazu setzten sie sich in 2 aus Gras gelegte Naturklubsessel und smokten so richtig mit Genuß. »Sag mal, Konrad, meinst du, daß das alles gut geht?«, fragte Emil denn doch ein bißchen ängstlich. – »Ich sehe das happy end schon deutlich vor mir«, sagte Konrad.

Jetzt wurde Kricket gespielt, und so verging die Zeit. Apropos Zeit. Was ist Zeit? Ein an die Bewegung von Körper gebundenes Nichts. Wir rechnen gewöhnlich mit der Zeit als mit einem gegebenen Ding, das wir kennen, aber wir kennen es ebenso wenig wie etwa die Elektrizität. Während jene auf leitenden Drähten läuft, läuft die Zeit überall durch den Raum. Wir messen sie, ohne sie zu kennen, wir bewerten sogar nach der Zeit die Arbeit, ohne uns Gedanken darüber zu machen, daß man nach einem Nichts ein anderes Nichts nicht bemessen kann. Wer sagt uns, daß man nicht etwa eines Tages die Zeit wird ausschalten können, wie man heute schon das elektrische Licht ausschalten kann? Liebenden oder auch jedem glücklichen Menschen erscheint sowieso die Zeit ausgeschaltet. Und so war es auch auf jener Insel, dort gab es keine Zeit. Plötzlich wurde es dunkel, plötzlich wieder hell, aber kein Mensch dachte, daß nun Abend oder Morgen wäre. Und dann kam die Zeit, daß Mutz mit Herrn Stadtadvokat Nagelchen plötzlich ankam.

Und das kam so:

Auf Befehl Konrads meldete sich Mutz in der Wohnung des Herrn Nagelchen in der Heinrichstraße und sagte, er brächte das gestohlene Auto zurück. Alles war schon in vollster Aufregung, denn einen Tag vor Jahrmarkt war das Auto gestohlen, und nun war die Tochter nicht heimgekehrt. Nageli legte Mutz sofort Handschellen an, um ihn an weiterer Diebesarbeit zu hindern. Als er sich aber dann ans Telefon hängte, um Mutz abholen zu lassen, sagte dieser: »Wenn Sie irgend etwas über meine Person aussagen, werden Sie Ihre Tochter Betti nicht wieder zu sehen bekommen.« – »Betti?«, fragte Nagelchen verblüfft, »Sie wissen um Betti?« – »Ich werde Sie sogar in Ihrem eigenen Auto bis zu ihr bringen«, sagte Mutz ruhig. Nagelchen hängte sofort an, steckte sich seinen Revolver ein und forderte Mutz auf, vorzugehen. Mutz fragte, wie er denn mit angeschlossenen Händen chauffieren sollte. Da sagte Nagelchen, er brauchte ihm nur die Richtung anzugeben, dann würde Nagelchen selbst chauffieren.

Also fuhren die zwei mit dem Revolver in den wilden Wald und gingen den bekannten Weg zum See. Da war kein Boot dieses Mal. Darum ließ Mutz Nagelchen dreimal in die Luft schießen. Da kamen wilde Schwäne, die ein Floß hinter sich herzogen. Mutz und Nagelchen bestiegen das Floß und wurden zur

Insel gezogen. Dort waren die vier noch mit dem Spielen von Kricket beschäftigt, als die beiden ankamen.

Das war eine ganz reizende Begrüßung zwischen Vater und Tochter. Der alte Herr war so gerührt, daß er nicht bemerkte, daß Konrad ihm seinen Revolver dabei aus der Tasche zog. Erst als Konrad »Hände hoch!« sagte, und als Nagelchen seinen eigenen Revolver auf sich gerichtet sah, merkte er, daß er wehrlos war.

»Sie sind einer Diebesbande zum Opfer gefallen, Herr Stadtadvokat«, sagte Konrad, »aber machen Sie nicht so ängstliche Augen, wir sind anständige Menschen.« – »Was wollen Sie von mir?«, fragte der Herr Stadtadvokat. – »Ich will Sie nur um die Hand Ihrer Tochter bitten«, sagte Konrad artig, indem er den Revolver betrachtete. »Können wir uns nicht dabei hinsetzen?«, fragte Nagelchen. – »Gern«, sagte Konrad und lud ihn ein, ins Haus zu kommen. Dort traf Nagelchen die halbe Diebesbande und war sehr erschreckt, daß es so viele waren. »Ich sehe, Sie haben Bedenken, Herr Nagelchen«, sagte Konrad. – »Bedenken haben, Bedenken haben«, gab jener zur Antwort, »es kommt auf das Glück meiner Tochter an. Glauben Sie, sie glücklich zu machen?« – »Auf alle Fälle und um jeden Preis«, sagte Konrad, »denn wir passen sehr gut zueinander.« – »Und können Sie sie auf richtige Weise ernähren?« – »Ich verstehe Ihre Frage«, sagte Konrad, »denn ich bin Künstler, aber Sie kennen von mir ja nur die Gegenseite. Die Diebesbande, deren Haupt ich zu sein scheine, ist ebenfalls ein Trugbild für Sie, denn auch sie gehören zur Gegenseite. Statt dessen bin ich sagenhaft reich durch eine Erbschaft meines Onkels, der in Algier Eisenbahnkönig war und mir 3000 Millionen Franken hinterlassen hat. Daher bitte ich Sie, Ihren Widerstand aufzugeben und uns einander als Geschenk zu geben.« – »Ist das wahr? Sind wir so sagenhaft reich?«, fragte Betti, indem sie Konrad umarmte. – »Aber was soll jener Unfug, ich kann es nicht anders nennen, durch den Sie mittels Ihrer Diebesbande mein Auto haben stehlen lassen? Warum taten Sie es, wenn Sie so reich sind? Ich frage weiter: Sind Sie nicht in Zusammenhang mit jener Aktion, durch die vorgestern alle Fahrzeuge der Stadt angekettet und viele entwendet wurden? Stehen Sie nicht in Zusammenhang mit der Erpressung eines Schuldscheines von Herrn Ferdinand Meier?« – »Sie sind gut orientiert, Herr Stadtadvokat, und es ist richtig, daß ich in Verbindung mit all diesen Dingen stehe. Aber Sie lassen sich durch den Schein trügen, weil Sie nur die Gegenseite kennen. Die gestohlenen oder scheinbar gestohlenen Autos stehen alle bereit für die Besitzer und sind nur auflackiert und durchgearbeitet worden. Und meine großzügige Schenkung habe ich aus Menschenfreundlichkeit durchgeführt, um allen am rollenden Verkehr beteiligten Personen etwas

Wertvolles zu geben, damit sie in Zukunft nicht so leicht bestohlen werden. Ich hoffe, mir dadurch einen Namen zu machen, so daß mich in Zukunft alle Leute als großen Menschenfreund und dabei guten Künstler schätzen. Herrn Ferdinand Meier habe ich aber für seine brutale Art im Verkehr mit seinen Schuldnern bestrafen wollen, jedoch wird auch er wieder zu seinem Schuldschein kommen, ich werde ihn eigenhändig neu ausstellen, sobald ich umgeschaltet habe.« – »Erlauben Sie mir, daß ich nichts verstehe«, sagte Nagelchen. – »Ich bin davon überzeugt«, antwortete Konrad, »aber denken Sie an einen elektrischen Schalter, der aus Nacht Tag machen kann, wenn man ihn nur einmal umdreht. Meine Freunde und ich sind nun auf dieser kleinen stillen Insel im Besitz eines Schalters, der aus gut böse, aus böse gut, aus arm reich schalten kann, da genügt eine einzige ganz kleine Umdrehung. Das gilt natürlich nur für die uns angeschlossenen Sender. Sie sind zum Beispiel hier nicht gleichgeschaltet, daher werden Sie auch nicht umgeschaltet. Auch Ihre holdreizende Tochter nicht.« – Der Stadtadvokat machte ein selten dämliches Gesicht. Da fuhr Konrad fort: »Ich schalte jetzt um.«

Es knackte nicht, es folgte auch weder Blitz noch Donnerschlag wie im Märchen, sondern nur, daß plötzlich alles wieder umgeschaltet war. Der Herr Stadtadvokat Nagelchen mit seiner Tochter, die beide nicht mit umgeschaltet waren, befanden sich nun in einer völlig verwandelten Umgebung, sie selbst aber hatten ihre bisherige Gestalt behalten. Der Schauplatz der Handlung hatte sich in eine glänzende Villa im Vorort einer Weltstadt verwandelt, die Bäume des Waldes waren Häuser geworden, die Waldpfade Hoch- und Untergrundbahnen, die Schnecken verkehrten als Autos mit riesiger Geschwindigkeit, und die ganze Gesellschaft von Dieben war plötzlich in lauter Geheimräte, hohe Gelehrte, reiche Bankiers und erfolgreiche Künstler verwandelt. Krischan hatte eine Livree an und bediente in dem kolossalen Wintergarten, in dem alle saßen zu einer prunkvollen Gesellschaft. Alle Herren hatten Fräcke an, und die Damen rochen meilenweit nach den schönsten Parfums, mit denen sie ihre duftigen rosa und himmelblauen Abendkleider durchtränkt hatten. Eine riesige Kapelle spielte im Saale nebenan eine dezente, rauschende Tanzweise, nach der jeder nach Belieben Walzer, Tango oder Rumba tanzen konnte. Ein Heer von reizenden Dienerinnen mit lieblichem Lockenkopf und wippenden Popochen, vor dem vorn eine weiße Schürze baumelte, brachten unaufhörlich erfrischende Getränke, Zigarren und Zigaretten. Die riesig großen Zimmer waren sämtlich mit Aktien von Fabriken tapeziert, die im Laufe der Zeit kaputtgegangen waren. Aber was machte das aus für Konrad Hull, den Besitzer der unzähligen Millionen. Es machte ihm Spaß, sein Haus damit zu tapezieren.

Wie ärmlich sahen Herr und Fräulein Nagelchen nun aus zwischen den stattlichen Besuchern, da sie ja nicht mit umgeschaltet worden waren. Aber Hull bemühte sich um sie und stellte sie bei diesem, bei jenem vor, alles Herren von großen Erfolgen oder tiefer Bedeutung, oder Damen von köstlichem Charme. Bei der Unterhaltung, die sich dann entspann, erfuhren es die beiden Nagelchen bald, wie geehrt, wie geachtet und besonders wie vollkommen unbescholten Hull war. Er war nicht nur der Held des Abends, sondern der Stadt, des Landes und der Welt. Zur Prüfung brachte Herr Stadtadvokat einmal das Gespräch auf die angeketteten und gestohlenen Fahrräder. Er erregte Heiterkeit, stellte aber fest, daß so etwas nie an jenem Ort passiert war. Wohl aber hatte Hull jedem Arbeiter zu Weihnachten ein Fahrrad mit Kette und jeder Fabrik 10 Lieferwagen neuesten Typs geschenkt. Voller Erstaunen erfuhr Nagelchen auch, daß Hull es war, der durch Ferdinand Meier armen Künstlern Geld zur Reise um die ganze Welt schenken ließ. Einen Augenblick glaubte er geträumt zu haben, dann aber dachte er, daß das Wunder darin besteht, daß es wunderbar ist. Daher glaubte er es aus der Definition heraus. Als nun Hull ihn um die Hand seiner Tochter anhielt, willigte er gern ein, und die ersten, die gratulierten, waren Emil und Erika. Dann wurde ein Tusch geblasen, die Tänzer hörten zu tanzen auf, die anderen Gäste brachen ihr Geplauder ab, und zwei neue Brautpaare wurden ausgerufen, Millionär Hull und Betti, der Hofkunstmaler Emil und Erika. Darauf erschien Friedrich Meier, betrat eine kleine Kanzel und redete die Brautpaare an. Er rühmte den sagenhaften Reichtum und die sagenhafte Mildtätigkeit Hulls, der ihm als Muster des guten und korrekten Menschen galt. Dann rühmte er seine Kunst, denn er wäre auch nebenbei als genialer Künstler tätig, und seine Bedeutung übersteige bei weitem die von Rembrandt, Velazquez und Schwitters. Aber auch sein Freund Emil hätte beachtliche Leistungen in der Kunst erzielt. Und nun sprach er über die offen zu Tage liegenden Reize der beiden Damen Betti und Erika, dann über die Liebe allgemein und ihre Nutzanwendung auf die eben behandelten Personen. Zum Schluß wünschte er im Namen aller Anwesenden den beiden Brautpaaren alles Glück auf Erden. Es war ein schwüles Fest, voll Duft und Grazie, Nagelchen war bald von Sekt berauscht, da umarmte er alle, auch seinen Schwiegersohn und hatte nur eine Bitte, nämlich daß das Ganze nie wieder umgeschaltet werden möge.

1936

Ich sitze hier mit Erika

Ich sitze hier mit Erika vor meinem kleinen Hause auf meiner norwegischen Insel und habe soeben meinen Kaffee getrunken.

Wenn ich diesen Satz lese, muß ich unbedingt vor Stolz überschnappen, jedoch tue ich das nicht, denn, obgleich alles auf ein Haar so stimmt, wie ich es geschrieben habe, so stimmt doch nichts davon. Jeder, der weiß, daß meine Frau Helma heißt, denkt bei dem Namen Erika in dem ersten Satz an Ehebruch, schwüle Liebe, reizende Augenblicke, aber er täuscht sich, denn Erika ist meine kleine Schreibmaschine. Und wer noch nicht auf meiner norwegischen Insel war, denkt bei meinem kleinen Hause an Villa, oder wenigstens an ein im Bauhausstil erbautes Landhaus oder an eine gemütliche Jagdhütte. Er denkt vorbei, denn mein kleines Haus ist ein requirierter Holzstall. Am meisten Grund zu übertriebenem Stolz könnte ich aber haben, wenn ich von meiner norwegischen Insel schreibe. Allerdings ist sie ganz zauberhaft schön, das muß ihr der Neid lassen, so schön, daß ich sie keinem Menschen mit meiner Erika beschreiben kann, wenn er noch nicht da gewesen ist.

Sie ist auch ziemlich groß, 5 Kilometer lang und bis zu 3 hundert Meter breit, dabei zackig, bergig, bewaldet und kalt, nur gehört sie nicht mir, sondern dem norwegischen Staate. Aber ich habe sie entdeckt, wenn auch nicht als erster, denn schon Kaiser Wilhelm pflegte sie zu besuchen, wenn er mit seiner Yacht in Molde lag, doch ich erfuhr es erst später, als ich sie eines Tages mit dem Ruderboot und mit Helma von Molde kommend entdeckte. Darum nenne ich sie einfach: »Meine Insel«.

Das heißt, ich hatte schon vorher von dieser Insel gehört, denn als ich von Molde an einem schönen Junimorgen mit meiner Frau und dem Ruderboot abfahren wollte, rief mir Herr Rasmussen, der Wirt meines Hotels, des Alexandrahotels nämlich, in dem ich wohnte, zu: »Fahren Sie in jener Richtung, auf den kleinen blauen Streifen zu, in das Gebiet der Holmen, dort werden Sie eine Insel finden, die Sie als Maler sicherlich sehr interessieren wird.«

Wer wollte es mir verbieten, diese Insel, die ich so entdeckt habe, mein zu nennen, habe ich doch bestimmt mehr an ihr getan, als etwa an meinem Mantel, der mich heute wärmt, und der, von einigen ziemlich unbequemen Anproben abgesehen, ganz das Werk meines Schneiders ist, wenn schon ich ihn mein nenne. Niemand würde auch nur eine Sekunde verlieren, um mir etwa zu beweisen, daß der von meinem Schneider geschaffene Mantel nicht mein, sondern meines Schneiders wäre, weil ich ihn bezahlt habe. Inseln aber kauft man nicht, man erwirbt sie durch eigene Arbeit, im Tausch gegen jene Arbeit, die versucht, das Kleine kennenzulernen, um das Große zu verstehen.

Jetzt werden Sie denken, da alles in dem ersten Satze bislang falsch war, so wird das mit dem Kaffee auch nicht stimmen, aber es stimmt. Es war wirklich mein Kaffee, dessen Grundstoffe ich mir in Molde gegen ein Gemälde getauscht habe und den meine Frau auf meinem ebenfalls getauschten Ofen gekocht hat, denn in Norwegen kocht man den Kaffee. Aber es war mehr als Kaffee, viel mehr sogar, was ich zu mir genommen habe, es war Kaffee mit wundervoller Inselmilch, mit Brot und Apfelsinenmarmelade, die man in Norwegen gern und viel ißt, und mit Kuchen, der um Rosinen herumgebacken war, alles Dinge, die ich als Malerfürst der Insel Hjertöya in Molde tauschen kann.

Sie erschauern jetzt in Ehrfurcht, bei dem Worte Malerfürst, aber das ist unnötige Zeitverschwendung, denn ich bin nicht etwa vom norwegischen Staate dazu ernannt, sondern ich habe mich selbst dazu gemacht, weil mir auf meiner Insel niemand widersprechen kann, denn ich bewohne zur Zeit mit einer Fischerfamilie diese Insel allein, und diese Leute bewundern meine Werke restlos. Daß natürlich das Federvieh, die Hunde, Kühe und der Stier keine Notiz von meinen Werken nehmen, ist wohl zu verstehen, denn Vieh bleibt Vieh, hier und überall.

Diese Tiere aber haben weit größeres Interesse an meinem leiblichen Wohlergehen, und wenn ich, wie eben, meinen Kaffee trinke, so umgeben mich außer meiner Frau die Hunde Freya und Mira, die Hühner, die Hähne, Puter und Puten, und nie habe ich bei Vorträgen meiner eigenen Dichtungen ein so dankbares Publikum gehabt wie hier beim Kaffeetrinken.

Übrigens bin ich nicht der einzige Fürst auf der Insel Hjertöya, sondern ich bin nur der einzige Malerfürst hier.

Der Fischer nämlich ist kein gewöhnlicher Fischer, sondern eigentlich ist er überhaupt kein Fischer, sondern ein staatlich angestellter Skogvakter, das heißt soviel wie Heger, oder Förster.

Der norwegische Staat hat ihn zum Hegerfürsten über viele Inseln und Meere rund um Hjertöya gesetzt mit der Residenz auf Hjertöya. Ihm unterstehen Wald und Fischfang in seinem Gebiet, und er hat Beziehung zu allen Fischern und nimmt mich in seiner Motoryacht manchmal auf seinen Reisen in sein Gebiet mit. Dann lerne ich manche wetterharten Fischer kennen, mit denen ich Fisch tausche. Übrigens ist er alter Seemann und spricht fließend englisch, und da ich nun ebenso fließend norwegisch spreche, verstehen wir uns oft sehr gut.

Die Residenz besteht nun aus einem Schloß, welches rot angestrichen und mit weißen Kanten abgesetzt ist, einem einstöckigen Kavalierhause, in dem die

Mäherfürsten mit ihren fürstlichen Heukarren in die erste Etage fahren, während unten Kühe, Hühner, Puten und Gänse wohnen, einem Bootshause, in dem 2 riesige Ruderboote im Winter untergebracht werden und das ich teilweise als Atelier benutze, einem roten Brunnen mit weißen Ecken, in dem mehrere Eimer voll Wasser sind, einem ehemaligen Holzstall, den ich requiriert habe, und einem daran anschließenden Kartoffelkeller.

Ja, was ich sagen wollte, es gibt noch mehr Fürstlichkeiten auf meiner Insel. Da ist erstlich einmal Freya, eine junge fürstliche Hündin von 4 Jahren, die zwar vollkommen ohne Rasse ist, wie das bei Hunden leicht vorkommt, aber den Hof der Tiere beherrscht. Freya erhält von mir Tribut, indem ich ihr alle sowieso ungenießbaren Knochen und Sehnen gebe. Dafür aber hält sie mir den Stier fern, der einmal meine Frau ganz abscheulich angefahren hat und auf keine begütigenden Worte meinerseits hören wollte, und zwar nur, weil sie in seiner Nähe einen dürren Zweig durchgebrochen hatte. Und der Stier glaubt nämlich auch, solch ein Fürst zu sein. Da hat Freya ihn hinten ins Bein gebissen, und da er dort empfindlich ist, ist er furchtbar schnell fortgelaufen und das alles mit seiner fürstlichen Würde. Insbesondere hat Freya unser Zelt bewacht, als wir noch kein Haus hatten, und dafür schlief sie nachts im Seitenzelt. Dabei habe ich gehört, daß dicke Fürstinnen auch schnarchen können, denn Freya ist dick, und wenn sie noch viele Knochen frißt, wird sie nicht mehr laufen können, dann ist's auch aus mit ihrer Fürstenwürde.

Bei Tieren ist nämlich Würde nicht erblich, sondern ein Zeichen von Kraft, Kampflust und Schnelligkeit. Alte Tiere werden rücksichtslos von ihrem Fürstenthrone gejagt, sobald ein jüngerer oder stärkerer oder kampflustigerer Kronprätendent ihn erkämpft.

Was aber soll man zu Puter und Pute sagen? Freya läuft fort vor ihnen, und sie greifen Freya sofort wütend an, wenn Freya ein Huhn versucht am Schwanze festzuhalten.

Ja, das sind keine Könige. Sie wollen nicht herrschen, sie wollen bloß sich nicht unterdrücken lassen und wollen nicht mit ansehen, wenn anderen Unrecht geschieht. Das sind gute friedliche Bürger, er ist dabei ein wenig protzig und sie weinerlich, ziemlich weinerlich sogar.

Aber sehen Sie sich einmal die guten Bürger an, die besten Bürger, die Bürger, die den Bürgerstand am besten charakterisieren, da finden Sie neben Protz auch Weinerlichkeit.

Was nun mein kleines Haus anbetrifft, so steht seit dem ersten Juni 1936 eine kleine Bank und ein Tisch davor. Die Bank ist aus einem angespülten Brett und 2 ausgerodeten Baumstümpfen gemacht und hat Platz für 2, der Tisch besteht aus einem alten, etwas wackeligen Triumphstuhl, auf den ich sinngemäß einen Malgrund genagelt habe. Es ist zu unserem Glück die Südseite des Hauses, denn an den 3 anderen Seiten könnte man zu dieser Jahreszeit noch nicht sitzen. Hatten wir doch vorgestern Eis auf unserm Zelt, so daß wir uns entschlossen, ins Haus überzusiedeln. Das nennt der Norweger flygte, und es war auch fast eine Flucht zu nennen. Gegen den sehr kalten und ziemlich heftigen Ostwind schützt uns eine provisorische Wand aus Malgründen.

Diese Wand ist übrigens das einzige Provisorische an unserm Hause.

Wie gesagt war unser Haus ursprünglich ein Holzstall, bestehend aus vier immens dicken Steinwänden, bei denen sehr klobige Steine fast ohne Mörtel, aber mit viel Löchern dazwischen, zusammengefügt waren, aus einem Dach, in norwegischer Weise als Wiese angelegt, und einer Tür, und diese Tür ging nach Süden.

Der Stier hatte einmal vor grauen Zeiten seine Wut an der Ostwand ausgelassen, und sie war daher zusammengestürzt.

Da die Birkenrinden, die man als Isolierung zwischen die Bretter des Daches und die Wiese legt, im Laufe der Jahrhunderte schadhaft geworden waren, so waren die tragenden Balken teilweise verfault und kamen herunter. Dadurch war das Wiesendach an einigen Stellen eingestürzt. Nun regnete es herein, und alles war verfault, als wir das Haus requirierten. Dafür aber standen unzählige leere Flaschen und etwas Gerümpel herum.

Anfangs versuchte ich mit viel Mühe, aber vergeblich, mit angeschwemmtem Holz, Birkenrinde und Wiese das Dach wieder dicht zu machen. Als dann eines Tages nach einem Regen all meine Sachen von Wasser trieften, Zeug, Stiefel, Bücher, Papier, entschloß ich mich zu einem neuen Dache. Ich tauschte mir also in Molde ein Holzdach mit Dachpappe, einen Fußboden, einen sehr kleinen Ofen und etwa hundert alte Margarinekisten. Damit baute ich unser glückliches Haus.

Übrigens dichtete ich dabei ein altes Sprichwort um: »Wenn meine Frau sich an einer Ecke gestoßen hat, dann wird die Ecke abgesägt.«

Aber das Haus bietet mehr noch Gelegenheit zur Philosophie.

Einmal suchte ich nämlich etwas und konnte es nicht finden.

Mancher sucht etwas und kann es nicht wiederfinden.

Woran liegt das?

Beim Erfinden ist das anders.

Nicht immer allerdings, aber oft.

Denn oft ist ein Ziel gegeben, etwa irgendein neues Giftgas zu erfinden, gegen das die bisherigen Gasmasken der Feinde nichts nützen. Dann setzen sich hundert Chemiker hin und erfinden 10 neue Giftgase.

Wenn ich hingegen meinen Kragenknopf suche, so kann ich hundert Leute anstellen, und sie finden ihn nicht. Daß ich ihn dann auch nicht finde, ist eine selbstverständliche Höflichkeit.

Ich frage mich nun: »Weshalb kann der Mensch nicht durch Konzentration einen lumpigen Kragenknopf finden? Was findet der Mensch alles an großen und wichtigen Dingen, und was bedeutet das alles, wenn er nicht seinen Kragenknopf finden kann?«

Denn ohne Kragenknopf ist der Mann ein Fragment. Alle Kultur weicht vom Manne, sobald er ohne Kragenknopf ausgeht. Er gilt als höchst ungebildet, kein gebildeter Mensch wagt es hinfort, mit ihm zu verkehren, er wird in seinem Betriebe fristlos entlassen, und in der Straßenbahn weichen ihm die Fahrgäste aus. Er ist geächtet.

Und doch habe ich einmal einen Mann ohne Kragenknopf gesehen, das war ich selbst im Spiegel. Sie können sich meinen Schreck vorstellen, ich suchte 2 Tage, bis ich einen fand, weil ich doch ohne ihn mein Zimmer nicht hätte verlassen dürfen. Dann zog ich meinen Frack an und fastete 3 Tage, um die entsetzliche, seelische Depression wieder auszugleichen. Nun bin ich wieder ein ganz normaler Mensch geworden. Dabei aber kam mir der Gedanke: »Wie nun, wenn ich denselben zertreten hätte?«, denn dann hätte ich wahrhaftig in meinem Zimmer als gebildeter Mann verhungern müssen.

Daher ging ich in ein Warenhaus und kaufte mir gleich 300 Kragenknöpfe. Die verteilte ich in allen Zimmern, die ich zu bewohnen pflege, so daß es mir nicht mehr passieren kann, daß ich nicht sofort für verlorene Bildung Ersatz finde.

Und wieder sitze ich mit meiner Erika, um ihr das zu erzählen, was ich nicht malen kann. Denn es gibt Dinge auf der Erde, die sich eben nicht malen lassen, solch ein Ding ist das Glück.

Man soll nicht denken, man hätte das Glück gemalt, wenn man etwa eine verhärmte Arbeiterfrau mit dem großen Los in der Hand malt. Es ist noch nicht einmal sicher, ob das für die Arbeiterfrau Glück bedeutet, denn oft ist alles bald wieder ausgegeben, was man leicht gewonnen hat, und hinterher kann man sich nicht wieder an seine alten Verhältnisse gewöhnen. Deshalb spiele ich nie in der Lotterie, denn ich möchte mir das, was mein Leben glücklich macht, selbst erobern. Und in Wirklichkeit kann man auch nur sich selbst sein Glück schaffen. Nicht der ist glücklich, der im Überfluß schwelgt, sondern der, der sich sein Leben aus seinen Möglichkeiten heraus glücklich gestaltet. Das ist mein fester Glaube.

Aber trotzdem bin ich auch abergläubisch, denn man kann nie wissen. Und wenn ich ein Hufeisen finde, oder ein vierblättriges Kleeblatt, so denke ich, ich hätte mehr Glück, als sowieso, wenn ich es mitnehme. Die Kleeblätter werden dann gepreßt, daß sie braun werden, während ich die Hufeisen an meine Türen zu nageln pflege. Wollte Gott, daß ich nicht mehr so viele Hufeisen in meinem Leben finde, denn die Türen werden davon so schwer und besser aussehn tun sie auch nicht.

Und wenn was herunterfällt, bin ich tot.

Aber ich fand neulich ein kleines in Molde, das nahm ich mit und nagelte es über meine Haustür, welche bislang übrigens die einzige Tür auf Hjertöya war, die ich mein nennen durfte.

Da kam Frau Hoel, Namen sind ja gleichgültig, das ist außer meiner Frau die einzige Frau auf der Insel, und da sie gleichaltrig mit Helma ist, sehe ich da gar keine Gefahr für mein Seelenheil. Außerdem ist sie selbst glücklich verheiratet mit dem Skogvakter Hoel. Also Frau Hoel kam ganz aufgeregt zu mir und sagte, ich hätte das Hufeisen genau verkehrt herum angenagelt, denn wenn ich die Zinken nach unten nagelte, dann käme das ganze Volk der Hölle von unten da hereingeflogen.

Ich war entsetzt. Findet man wirklich einmal das Glück auf der Straße und da erweist es sich als Pfuhl der Hölle.

Ohne mich zu besinnen, holte ich die Kneifzange, um das unglückliche Hufeisen wieder unverzüglich abzureißen. Aber Frau Hoel hielt bedeutungsvoll meine Hand fest und sagte, das nützte nun nichts mehr, denn jedes Unglück, das man sich selbst eingebrockt hätte, müßte man auch selbst wieder ausbaden. In diesem kleinen Hufeisen tummelte sich nun schon der ganze Pfuhl der Hölle, und bliebe darin, auch wenn ich es abnähme. Als ich das hörte, setzte ich mich gebrochen auf meine neue Bank.

Aber Frau Hoel klopfte auf meine Schulter und sagte, ich sollte mich nur wieder beruhigen, denn es gäbe für alle Kümmernisse im Leben gute Gegenmittel, und daher schenkte sie mir ein riesiges Pferdehufeisen. Das sollte ich mit den Zinken nach oben so festnageln, daß das kleine Hufeisen darin ganz verschwände. Alsdann kämen alle die lieben, guten Engel vom Himmel herunter und füllten das Pferdehufeisen, soweit es nicht vom Höllenpfuhl im Menschenhufeisen besetzt wäre. Wenn nun aber das Pferdehufeisen über das Menschenhufeisen hinausragte, dann würden die himmlischen Heerscharen im Pferdehufeisen den ganzen angesammelten Höllenpfuhl festhalten, und das wäre für mich doppeltes Glück, indem nämlich nicht nur die guten Kräfte für mich wirkten, sondern darüber hinaus auch noch die bösen eingekapselt würden. Natürlich nagelte ich unmittelbar das Pferdehufeisen richtig herum und ausreichend um meinen kleinen Höllenpfuhl, und nun rumpelt und tummelt das da über meiner kleinen Tür, das ist zu lustig mitanzusehen. Will einmal ein kleiner Beelzebub heraus, so stürzen sich gleich Millionen von Engeln auf ihn und verhauen ihn erbärmlich. Der tut das nie wieder. So ähnlich stelle ich mir etwa vor, wenn man die Syphilis durch Malariabazillen bekämpft. Denn mit den Engeln ist das auch sone Sache. Die starten oft gleich zu Tausenden von meinem Pferdehufeisen und durchschwirren mein kleines Haus, und oft denkt man, man hätte sich an irgendeiner der vielen Ecken gestoßen, aber in Wirklichkeit hat man sich nur an einen Engel gerannt. Jedenfalls ist das nichts mit sovielen Engeln in einem so kleinen Hause, in dem eigentlich alles geordnet an seinem Platz liegen sollte, statt herumzugaukeln, und als Engel ist mir meine Frau schon eigentlich allein vollkommen genug. Aber abnehmen kann ich das Pferdehufeisen nun wieder auch nicht, denn wenn man sich schon scheußlich an einem Engel stoßen kann, dann würde man sich an einem kleinen Teufel sicherlich gleich die Schädeldecke einrennen. Darum sage ich: »Nur keine Teufel ins Haus!«, und das hat meine Mutter schon immer gesagt, wenn einmal irgend ein kleiner Streit in der Familie ausgebrochen war. Besonders soll man nie solch einen Teufel in der Nacht im Hause lassen. Hat man sich, was ja immerhin mal vorkommen kann, mit seiner Frau gezankt, so soll man es nie Mitternacht werden lassen, bis man sich wieder mit ihr ausgesöhnt hat, sonst sitzt der Teufel fest.

Statt dessen dachte ich mir, man kann nie genügend Symbole für Glück in sein Haus nehmen, daher besorgte ich mir auch noch ein Örestück. Die kleinste Münze jedes Landes bringt nämlich in diesem Lande Glück. Man muß sie aber finden, stehlen oder sich schenken lassen, nur nicht redlich erwerben. Ich besorge mir daher auch, je nach dem Lande, in dem ich reise, einen halben Centen, einen Centime oder einen Pfennig. Solange ich den in der Tasche habe, kann mir schon nichts passieren. Wehe aber, wenn ich den Anzug wechsele, ohne die kleine Münze mitzunehmen. Dann ist mein Glück bei dem leeren Anzug, und der durch mich gefüllte hat nichts wie Pech.

So etwas soll mir nun in meinem kleinen Hause in Hjertöya nicht passieren. Daher habe ich meinen hiesigen Glücksöre auf einen meiner zahlreichen Spiegel mit Ölfarbe aufgeklebt. Dort sitzt er nun und wartet auf die Ewigkeit. Nur ist er, als es warm wurde, dabei ein wenig heruntergerutscht, indem er einen gelben Glücksstreifen auf dem Spiegel zurückgelassen hat.

Aber Kleeblatt vier, Hufeisen und Glücksöre genügen meinen verwöhnten Ansprüchen noch nicht, denn sie reichen nur für das übliche Maß des Alltags. Für den Überfluß an Glück aber haben wir uns eine kleine Glückskatze angeschafft.

Sie heißt Püss.

Püss haben wir in Molde uns schenken lassen. Ihre Mutter ist eine Wildkatze, und wer ihr Vater ist, weiß eigentlich niemand. Selbst die Mutter kennt man nicht mehr, sie hat 3 Jungen das Leben geschenkt und ist dann wieder verschwunden.

Aber nicht deshalb ist es eine Glückskatze, sondern man nennt hier auf Hjertöya gern alle Katzen Glückskatzen. Das sind allerdings nur zwei, Angel und Püss.

Angel ist ein alter Mann von 10 Jahren, er hat in seiner Jugend bis zum ersten Jahre die Ausschweifungen des großstädtischen Katzenlebens in Molde bis zur Neige ausgekostet, und ist dann mit seinem Herrn, dem Seemann Hoel, der damals zum Skogvakter ernannt wurde, auf Hjertöya versetzt worden. Dort war er verdammt, aus Mangel an Gelegenheit, im Zölibat zu leben, wie es Herr Hoel nennt, und bis auf die Monate Februar und März macht es ihm auch weiter nichts aus.

Nachdem sich nun unsere Püss eingelebt hatte auf Hjertöya, begann sie mit den Søsterrosen zu spielen, die wir von wilderen Inseln her vor unser Haus verpflanzt hatten, und machte sich mit dem ganzen Hof bald vertraut. Wenn wir Kaffee tranken, setzte sich Püss in ihre Søsterrosen neben der Bank und beobachtete die ankommenden ungeladenen Gäste. Kam nun ein Huhn, so setzte sie sich in Sprungstellung, und wenn das Huhn gerade, ohne auf die Katze zu achten, einen Brotkrumen unter dem Tische aufpicken wollte, sprang sie unverhofft auf das 4mal so große Huhn los, welches sich zu Tode erschreckte und davonlief. Freya ist ein dicker Hund, sehr groß und zottelig, und haßt Angel wie die Sünde. Es war nun interessant, zu sehen, ob sie Püss ebenso jagen würde wie Angel. Aber sie beroch die kleine Katze nur, schüttelte sich vor Grauen, als wollte sie sagen: »Pfui, was bist du für ein widerliches kleines Tier!« und bellte nach Been, d. h. Knochen.

Nun war alles gespannt, als Püss dem Angel gezeigt werden sollte. Freya wurde durch Zucker ins Haus gelockt, damit sie Angel nicht störte. Dann holten wir Angel. Angel wußte noch von nichts. Er ahnte es nicht, daß ihm nach neunjährigem Alleinsein ein solcher Leckerbissen vorgesetzt werden sollte, wie es für Kater eine süße kleine Katze ist. Angel trollte dann miauend hinter uns her und wußte nicht, weshalb. Er sah nicht einmal Püss, bevor wir sie ihm direkt vor seine Nase setzten. Dann kam es in ihm auf wie Melancholie, er guckte und guckte und hatte keine Formen mehr, mit jungen Damen umzugehen.

Daher versuchte er, nachdem er sein Erstaunen darüber, daß es überhaupt noch Katzen gibt, überwunden hatte, die Schnauze von Püss zu lecken. Das war natürlich grundfalsch. Liebe auf den ersten Blick soll es zwar geben, aber man kann ein junges Mädchen nicht sofort küssen, denn dann bringt man sie ja um den Triumph, sich erst langsam erobern zu lassen.

Daher machte auch Püss einen fürchterlichen Katzenbuckel, fauchte und schlug mit der Pfote so lange nach Angel, bis er abließ, sie küssen zu wollen. Er setzte sich nur etwas zurück, betrachtete Püss, die seine Wünsche nicht verstehen wollte, und begann dann zu heulen.

Und wieder sitze ich mit Erika vor meinem kleinen Hause in Hjertöya, dieses Mal an der Ostseite. Dort habe ich mir ein Zelt im Anschluß an das Haus aus einem riesigen Zelttuch und 2 etwa 5 Meter hohen Balken gebaut. Dort arbeite ich bei Regen, wenn es nicht so kalt und windig ist.

Das Zelt sieht etwa aus, als hätte ich es aus der Versteigerung des ehemaligen Negus erworben. Es steht auf einer Wiese mit Schirling und unter riesig hohen Kirschbäumen, die soeben mit Blühen fertig geworden sind. Zwischen den Bäumen sieht man lang hinunter in den Fanefjord, rechts davon die lange Insel Bölsöya, links die Küste zwischen Molde und Bolsö, wo die Straße nach Gjemnes führt, und darüber in einem Seitentale Hochgebirge.

Es hat etwas geregnet, und das war sehr nötig gewesen. Pflanzen und Tiere sind nach der langen Trockenheit erfrischt. Wie frisch grün sieht solch eine Wiese nach dem Regen aus. Und das Tal wird tiefer. Sonst denkt man nur, da wäre rechts und links ein Berg, und dahinter noch einer in der Mitte. Jetzt nach dem Regen aber gewinnen alle vorspringenden Nasen der seitlichen Berge Abstand, und man sieht, wieviele es sind.

Und nun kommt die Sonne wieder langsam durch, blitzt in den Tropfen an den Grashalmen, spiegelt sich auf den Millionen kleiner Wellen im Fjord und trocknet die Nebel in den Tälern wieder auf.

Da wird mirs weich ums Herz, ich beschließe, zu dichten. Ich nehme zu diesem Zwecke Erika unter den Arm, Püss zwischen Rock und Weste und wandere etwa 50 Schritte weit auf den kleinen Hügel auf unserer Insel. Dort habe ich die schönste Aussicht, nach Süden, ich sehe also die nach Norden gekehrten Abhänge der Berge bei Vestnes, auf denen am meisten Schnee liegt. Heute ist Neuschnee hinzugekommen. Neuschnee im Juni stimmt mich immer so weich, dann muß ich dichten, ob ich will oder nicht. Meistens wird es Lyrik, aber das ist auf Erika gar nicht so einfach. Lyrik ist sowieso sehr schwer, aber Lyrik auf Schreibmaschine ist wie Sonne um Mitternacht, oder Frühling im Büro. Am besten schreibt man es gar nicht erst, sondern man sagt es ohne alle Worte einer jungen Dame ins Ohr. Sie versteht einen ohne Worte sowieso besser als mit.

Bei getippter Lyrik aber ist immer der Anfang so sehr schwer. Oft kommt der Schreibmaschinenlyriker gar nicht über den Anfang hinaus. Das ist, als wollte man und kann nicht. Mir kann so etwas nie passieren. Also beginne ich: »Ich liege hier in der Sonne, und die Katze umgibt mich.« Nein, das stimmt nicht. Ich liege doch keineswegs in der Sonne, denn erstens kommt das doch überhaupt nicht in Frage, weil ich doch mit unseren primitiven Flugapparaten nicht dorthin kommen kann, und zweitens würde ich mich verbrennen, wenn ich in der Sonne läge. Ich liege also im Scheine der Sonne, und die Katze umgibt mich. Das klingt sehr schön, stimmt aber wieder nicht, weil die Sonne inzwischen aufgehört hat zu scheinen. Wie schwer ist doch die Lyrik, kaum hat man sich der Wahrheit etwas genähert, da ist sie schon falsch geworden. Ich kann doch unmöglich sagen: »Ich lag hier im Scheine der Sonne, und die Katze umgibt mich«, denn Lyrik ist nur in der Gegenwart mächtig. Also liege ich in den Regenwolken, oben ist es Schnee, und die Katze umgibt mich. Aber nein, ich liege doch nicht in den Wolken, bin ich etwa ein Zeppelin? Der in den Wolken liegt, wie ein schnittiges Auto auf der Landstraße. Ich aber liege auf der Erde, das heißt, auf dem Grase, welches in dem aus Moos und Zeit gewordenen Humus über dem Felsen wächst, und die Katze umgibt mich, und zwar im Schatten der Wolken oder genauer im Sonnenschatten derselben. Und die Katze umgibt mich.

Aber stimmt das denn? Wird mir ein Mensch glauben, daß ich mit Erika auf der regenfeuchten Wiese läge? Kein Mensch. Dann wäre es sowieso aus mit aller Lyrik, denn Rheumatismus und Lyrik sind Erbfeinde.

Also, ich sitze hier mit Erika auf dem Schoße auf einer alten Bier-Kiste im nassen, nassen Grase, friere von der Abendluft, während mich viele kleine Mücken andauernd kitzeln, und die Katze umgibt mich. Eigentlich habe ich schon keine große Stimmung zur Lyrik mehr, aber stimmen tut es immer noch nicht. Denn das mit der Erika auf dem Schoße, oder besser gesagt auf den erheblich wackelnden Knien, während man sich auf der ekelhaften Holzkiste zum Doktor sitzt, ist nicht einfach mit dem Worte: ›Sitzen‹ abzutun, der lyrische Gehalt ist damit keineswegs annähernd erfaßt. Jeder, der vorbeikommt, grinst, und dabei ist die Natur so schön, so schön! Das ist ja nicht auszuhalten, und die Katze umgibt mich.

Nein, sie umgibt mich nicht. Man soll sich nicht einbilden, daß die lyrische Dichtung so einfach wäre. Kann eine so kleine Katze mich überhaupt umgeben? Ich könnte sie zehnmal mehr umgeben als sie mich. Die Natur, von der die

Katze nur ein kleiner Bruchteil ist, ja, die umgibt mich, aber das ist ja sowieso, ganz ohne Lyrik. Lyrik muß doch etwas Besonderes sein. Nein, nein! Die Katze umgibt mich nicht, sondern sie hopst und springt um mich herum im feuchten Heidekraut, wie eben junge Katzen so zu tun pflegen, aber offen gestanden, meine lyrische Stimmung ist schon kleiner geworden. Wenns nur nicht so wunderbar duftete nach dem Regen! Da kommt Helma vorbei.

»Was machst du denn da mit deiner Schreibmaschine im Grase?«, fragt sie. »Ich dichte.« »O Gott, bist du auch Dichterfürst geworden?« »Ich bin dabei.« »Und wie weit bist du schon damit?«

»Wie weit ich damit bin? – – – Ich sitze hier in der Abendluft, und die gewaltige Natur, von der die Katze nur ein Bruchteil ist, umgibt mich.« »O, das ist wundervoll, nur würde ich sagen: von der die Katze nur der Bruchteil einer Sekunde ist, – – – das klingt lyrischer.« »Hast du schon einmal gedichtet? Weißt du überhaupt, worauf es ankommt bei der Lyrik? Mindestens müßte es heißen: von der die Katze nur der Bruchteil eines Atoms ist, – – – man kann doch die Logik nicht ausschalten!« »Du, das ist ja fast ein Drama geworden!«, sagt Helma da. »Weshalb«, frage ich da. »Weil du immer etwas anderes sagst, als du willst.« »Eigentlich hast du recht«, sage ich nun. »Man sollte in der Lyrik nicht zu viele feine Rücksichten nehmen. Ein Fürst befiehlt, und der Dichterfürst befiehlt der Sprache. Ob das, was er sagt, nun richtig das ausdrückt, was er will, ist ja ganz vollkommen gleichgültig. Wichtig ist nur, daß ein starker seelischer Ausdruck drin ist.« »Bravo«, jubelt Helma, »und was würdest du als absolut regierender Dichterfürst dann sagen.«

»Ich liege hier in der Sonne, und die Katze umgibt mich.«

Und abermals sitze ich mit Erika. Die Kuh ist tot, aber der Bulle lebt noch. Ja, es war eine aufregende Zeit. Und wer im hohen Norden lebt, hat es sicherlich schwer.

Das heißt, die Krankheit, von der Kuh und Bulle befallen waren, ist eine europäische, wenn nicht internationale Kuhkrankheit. Ursprünglich wird die Kuh von einem Parasiten gebissen, der ihr Blut absaugt und sie dann wieder verläßt. Ich glaube, man nennt ihn in Deutschland Holzbock. In diesem Parasiten nun leben Bazillen, die in das Blut der Kuh wandern und die weißen Blutkörperchen vernichten. Die Kuh ist dann einige Tage krank, hat Blut im Urin und in der Milch, und dann stirbt sie, wenn nicht rechtzeitig Rettung kommt. Der Tierarzt behandelt das Tier, indem er ihr ein deutsches Präparat einspritzt, welches so prompt wirkt, daß sie schon nach einmaligem Einspritzen am nächsten Tage wieder vollkommen gesund ist. Ich bin sehr stolz, daß das ein deutsches Präparat ist. Es wirkt aber nur, wenn die Krankheit früh genug behandelt wird.

Schon zu Pfingsten war eine Kuh krank, aber Frau Hoel glaubte, es wäre eine Erkältung und würde bald besser werden. Sie wanderte nun mit einem Körbchen und einem Messer über die Insel, grub überall nach bitteren Wurzeln, die sie im Körbchen sammelte und machte ganz den Eindruck einer ausgewachsenen Kräuterhexe. Ich dachte mir, wenn sie nun einen Zauberstab nähme, mit dem sie den aus den Wurzeln gebrauten braunen Extrakt gründlich zu Schaum schlüge und spritzte ihn mir an, dann würde ich innerhalb von 5 Sekunden zur einbalsamierten Leiche werden. Vielleicht stellt es sich erst dann heraus, daß ich eigentlich nicht allein Maler- und Dichterfürst, sondern auch ein verwünschter Pharao bin. Plötzlich wird mein kleines Haus zur gewaltigen Pyramide, die Insel ist von ihr vollkommen bedeckt, das Meer wird zur Sandwüste, und es wird unerträglich heiß. Plötzlich taucht hinten bei Vestnes eine von Kairo kommende Karawane auf. Die Schiffe des Moldefjords sind zu Wüstenschiffen geworden, welche auf ihrem höckrigen Puckel Schaufel und Hacke sowie Kisten und Meßinstrumente aller Art tragen. Sie laufen hintereinander her im Gänsemarsch. Auf dem ersten Kamel reitet Frau Hoel, in der Hand den Zauberstab und führt eine wissenschaftliche Karawane zur Erforschung des berühmten Grabes des Tut-anch-Amun an, oder wie ich früher einmal geheißen haben mag. Plötzlich hält die Karawane, Frau Hoel packt den Primus aus und kocht guten norwegischen Kaffee. Alle Forscher und alle Kamele trinken von dem guten Kaffee. Dann gehts rastlos weiter, und schon erreicht Frau Hoel den Fuß meines Mausoleums mit der Spitze ihrer Karawane. Da ertönt ein Donnerschlag. Die ganze Karawane sinkt in die Knie. Ein blendendes Licht strahlt von meiner Pyramide aus in die Augen der geblendeten Forscher und Forscherinnen. Plötzlich läßt das Licht nach, und aus den Steinen der Pyramide geboren steht da ein würdiger Greis mit langem Bart, der erst wartet, bis alle wieder sehen können. Dann reckt er sich, dreht seinen langen Bart, droht mit dem Finger und spricht in fließendem Norwegisch, und zwar Landsmaal: »Wehe, wehe und dreimal wehe über die Eindringlinge, die den Schlaf meines würdigen Monarchen stören wollen, schämt ihr euch denn nicht, so mit Leichen umzugehen? Mein Monarch hat befohlen, daß jeder, der sich seiner Leiche auf 5 Meter nähert, sofort erschossen wird.« Und wieder ertönt ein Donnerschlag.

Nachdem sich nun der Pulverdampf gelegt hatte, stand meine Pyramide wieder da im blendenden Glanz der ägyptischen Sonne.

Frau Hoel aber bestieg den Rücken ihres Kamels und sagte auf Schwedisch: »Forscher und Forscherinnen, Schweden! Mein großer Vorfahr, Karl der Zwölfte, hat gegen die ganze Welt gekämpft, er hat gesiegt und gesiegt, und selbst August der Starke von Sachsen hatte Angst vor ihm. Ihr seid Schweden, Nachkommen jenes großen Volkes meines Vorfahren Karl, wollt ihr euch durch die leeren Drohungen eines wackeligen Greises einschüchtern lassen?«

Da brach ein Jubel sondergleichen unter den Forschern aus.

Als sich aber der Jubel etwas gelegt hatte, sagte jemand: »Pultava!« Und ein anderer sagte »Han vant 100 slag, men tapte alt i et eneste nederlag!«

Diese beiden Männer waren Norweger gewesen, sie waren vorsichtig und wollten lieber in den Sunden und Fjorden oder auch im offenen Meere Fische fangen, als sich meiner Leiche nähern. Denn was hat es überhaupt auch für einen Zweck, erschossen zu werden, weil man das Alter und die Gewohnheiten einer einbalsamierten Leiche messen will. Aber die Schweden waren anderer Ansicht. Zunächst bildeten sie ein rotes Kreuz, um ein vollkommen friedliches Heer zu haben. Dann aber gings ohne die Kamele hinein in den Korridor meiner Pyramide. Der war eng, und die Männer konnten nur in gewissen Abständen hintereinander kriechend zu mir gelangen. Der Weg war außerdem $2^1/_2$ Kilometer lang. Erschöpft kam ein Forscher nach dem anderen im Vorzimmer meiner Grabkammer an. Dort stand meine Leibwache in modernster Weise mit Maschinengewehren ausgestattet. Sowie nun ein Forscher seinen Kopf nur zur Tür hereinsteckte, wurde er gemäß meinem Befehl mit einer Salve von Maschinengewehrfeuer empfangen, bis er tot war. Dann schaffte man ihn in eine Nebenkammer, wo schon seit Monaten Forscherleichen über Forscherleichen aus allen Nationen gehäuft waren.

Der Raum wurde schon bald zu eng, weil er mit Leichen bis zur Decke gefüllt war, da kam als letzte Frau Hoel.

Jetzt mußte ich doch aus meiner majestätischen Ruhe erwachen. Der Anblick von Frau Hoel, wie sie in dem langen Gange dem sicheren Tode entgegenkroch, erweckte mich.

»Unglückliche!!!« schrie ich sie an, »verlasse diesen Ort, oder mache Gebrauch von deinem Zauberstab und verwandle meine Pyramide wieder in Hjertöya, sonst passiert ein Unglück!«

Frau Hoel stutzte. Es roch nach Leichen, und das Blut der Forscher bedeckte den Mosaikfußboden meiner Vorkammer und träufelte heraus. Das hatte sie nicht gewollt. Sie hatte auch nicht geglaubt, daß ich etwa meinen Befehl ausführen würde.

Da nahm sie sofort ihren Zauberstab und rückverwandelte mich augenblicklich.

Ich saß also wieder mit Erika vor meinem kleinen Hause auf meiner norwegischen Insel, und Frau Hoel kam mit einem Topf dampfendem Tee und ihrem

Zauberstabe auf mich zu und fragte, ob ich es wohl für richtig hielte, wenn sie das der Kuh einflößte.

Mir war von der Verzauberung her noch ganz benommen im Kopfe. Ja, hatte ich denn geträumt, oder hatte ich etwa das Fieber der Kuh gehabt, und infolgedessen phantasiert?

»Die Kuh hat Fieber!«, sagte sie.

»Um Himmelswillen, Frau Hoel«, sagte ich, »stehen Sie ab, der Kuh den Zaubertrank einzuflößen, sie wird ein schwedischer Forscher und muß dann sterben!!!«

Frau Hoel aber sah mich an mit Augen, als wollte sie sagen: »Du bist verrückt, mein Kind, du mußt nach Berlin!«, ging in den Stall, murmelte etwas, schwenkte mit dem Stab in der Luft herum und stand dann wie eine Bildsäule. Die Kuh aber hob den Kopf und hielt das Maul groß auf. Dann goß Frau Hoel den großen Kochtopf voll braunem Wurzelkleister auf einmal in den Rachen der Kuh, die ihn herunterschluckte, als wäre es Lebertran.

Am anderen Morgen aber kam Frau Hoel und sagte: »Der Tee hat nicht gewirkt, die Kuh ist kränker geworden, sie hat jetzt Untertemperatur.« Ich riet ihr, sofort zum Tierarzt zu gehen. Der kam gleich im Motorboot, schüttelte den Kopf und sagte, es wäre zu spät, die Kuh wäre nicht mehr zu retten. Zwar wollte er nichts unversucht lassen und spritzte ihr intravenös das Zeug ein, aber Hoffnung hatte er nicht. Und nun kam das Erstaunliche. Während die Kuh im Stall schwer krank stand, und jeden Augenblick ein Verlust zu erwarten war, der für Hoel fast unersätzlich ist, wurde auf Primus guter norwegischer Kaffee gekocht. Auch Helma und ich waren eingeladen und mußten mit dem Tierarzt in Hoels bester Stube Platz nehmen, wo an den Wänden die Bilder auf Baumstümpfen gemalt hängen, und dort wurde einer norwegischen Sitte gemäß viel Kaffee getrunken und viel Kuchen gegessen. Denn der Norweger erträgt jedes Unglück, nur muß er in jedem Augenblick gastfrei sein. Es wurde genötigt und gegessen, und man erzählte und lachte, und an das Unglück dachte man nicht. Als aber der Tierarzt gegangen war, wurde man sehr ernst. Alle Minute ging man in den Stall, redete der Kuh gut zu, aber sie wurde kränker und kränker und starb. Das war nachts um 24 Uhr.

Im Norden stand die Sonne über den Bergen von Molde, die dunkelviolett wie eine gewaltige Silhouette vor dem eigelben strahlenden Morgenhimmel standen. Der Fjord hatte nächtlich tintige Töne. Geisterhaft grün strahlte im Schatten der Schnee. Ich nahm mir ein Boot und ruderte hinaus auf die spiegelglatte Wasserfläche.

Und es stand ein feuriges Rad auf der Erde.
Es wuchs in den Himmel und zog ihn hinab.
Und wohin ich sah, war es nicht,
Und wohin ich nicht sah, da war es.
Und über mir wölbte sich Himmel,
Und hinter mir brach es so tief!!
Bald im Osten, bald im Westen,
Bald um die Mitternacht.

Und dabei kam mir endlich der Gedanke, der mein lyrisches Gedicht von damals zu Ende bringen konnte. Ich ruderte zurück, weckte meine Frau, die sich schon aufs Luftkissen gelegt hatte, und sagte: »Du, jetzt habe ich es endlich!« Noch tief im Schlaf fragte sie: »Was denn?« – Ich holte aus, atmete tief, dann sagte ich mit sonorer Stimme deklamierend: »Ich liege hier im Scheine der wärmenden Sonne, und die Katze umgibt mich!«

Als meine Frau das hörte, richtete sie sich ruckartig auf vor Freude und stieß dabei mit aller Kraft stirnseitig gegen die Trennwand, die ich sinnreich zwischon Kopf- und Fußende unseres Bettes gezogen hatte. Dann fiel sie zurück und röchelte.

»Hast du dich an den Kopf gestoßen?«, fragte ich teilnehmend, aber ich hatte nicht Zeit, lange an dem Unglück meiner Frau teilzunehmen, denn es kam um ein Uhr in der Nacht der Schlachter. Jetzt wurde die tote Kuh endgültig geschlachtet, das Blut wurde ihr abgelassen, das Fell abgezogen, und dann wurde sie aufs Boot geladen, um in Molde als Futter für Füchse verkauft zu werden.

Am anderen Morgen aber war der Bulle plötzlich an der gleichen Krankheit erkrankt. Jetzt wurde sofort der Tierarzt geholt. Wenn die Kuh gestorben ist, schickt man zum Tierarzt.

Der Bulle aber wurde in einigen Tagen wieder besser. Dann stand er im Stall und erhielt das frischeste Gras, und die Wände wurden mit frischen, blühenden Vogelbeerzweigen dekoriert, damit er sich nicht so langweilte im Stall.

Abends aber kamen die Kühe, stellten sich vor die Stalltür, und stellten sich auf die Stelle, an der die Kuh geschlachtet war. Woher wußten sie alles? Wir Menschen haben Zeitungen, Bücher, Universitäten und wissen nichts. Wir wissen manchmal nicht einmal, wo sich unser eigener Kragenknopf befindet.

Die Kühe kamen aber auch wegen des Wassers, aber vergeblich. Auf der Insel gibt es nämlich nur 2 Wasserstellen für Süßwasser, eine draußen im Wald, die andere auf dem Hof. Da nun die Wasserstelle in Utmarken ausgetrocknet war, kamen die Kühe zum Hof. Aber unser Brunnen ist seit einigen

Tagen auch leer. Wir holen unser Trinkwasser aus der Stadt. Da aber die Boote schaukeln, ist das nicht so einfach. Deshalb wird das Wasser bis zum Äußersten ausgenutzt. Zuerst wird darin aufgewaschen, da man doch gern reines Geschirr hat. Dann waschen wir uns darin die Hände, weil Seewasser keine Seife annimmt. Dann rasiere ich mich damit, und dann wird Kaffee daraus gekocht. Zum Schluß aber begießen wir mit dem Kaffeesatz unsere Blumen. Die haben sich schon an die Seife gewöhnt.

Und wieder sitze ich mit Erika, und die Katze umgibt mich.

Heute war ein großer Finanzmann aus Molde und ein Wirtschaftsminister da. Sie kamen wegen meiner Anregung einer Weltausstellung auf Hjertöya. Ich ging bei meinen Ideen von der amerikanischen Provinzhauptstadt Chicago aus. Wer kannte früher Chicago? Nicht einmal auf dem Schulatlas war Chicago zu zu finden. Als Columbus Amerika entdeckte, gab es kein Chicago. Nicht einmal ein kleines Schild, wie man sie etwa in Spitzbergen findet, wo später einmal von dieser oder jener Kompanie Kohlen gebaggert werden sollen, deutete auf den Platz hin, wo jetzt die Provinzhauptstadt steht. Kein Monarch der Unterwelt hätte auch nur einen amerikanischen Centen darum gegeben, um nach Chicago zu kommen. Und jetzt hat diese Stadt, die damals kleiner als Hjertöya war, sogar eine Weltausstellung gehabt.

Man schafft einfach aus aller Welt die Ausstellungsgegenstände dorthin, wo eine Weltausstellung geplant ist, die Presse, die eine nicht zu überschätzende Macht ist, macht aufmerksam auf die zukünftige Weltausstellung, etwa in Chicago, oder in Hjertöya, dann wird der übliche Baldaver serviert, und jeder, der etwas auf sich hält, verlebt seine Ferien in der Weltausstellung. Da wachsen plötzlich Hotels aus dem Boden, sind überbesetzt und erzielen Luxuspreise. Vormittags werden Geschäfte getätigt, der Handel blüht, und abends wird getanzt. Meine Herren, ist es da nicht gleichgültig, wo diese Weltausstellung stattfindet? Wenn Platz da ist für Luftschaukeln von bisher ungeahnten Dimensionen, für einen Turm, der mindestens 500 Meter hoch ist, für ein riesiges Goldfischbassin, für einen Lunapark, Wasserrutschbahn, Fontaine lumineuse, Feuerwerk usw. usw., dann kann dort eine Weltausstellung entstehen. Je größer der Ort aber ist, meine Herren, um so teurer ist dort der Platz. Da müssen manchmal ganze Viertel niedergerissen werden, um den erforderlichen Platz zu schaffen. Die dort gewohnt habende Bevölkerung zieht ins Freie und kampiert in Gartenlauben. Das ist schrecklich und asozial, bringt Mühe und persönliche Härten mit sich, denn gerade die ärmere Bevölkerung, die sowieso nicht an den Feuerwerken der Ausstellungen teilnehmen kann, muß in die Laubengärten ausquartiert werden, und kostet Geld, viel Geld. Meine Herren, hier in Hjertöya ist der

Boden noch billig, dabei ausreichend Platz, und die Entfernung von den wichtigsten Zentren der Welt, Berlin, Paris, Moskau, Rom und London ist geringer als von Chicago aus. Tokio würde hier sicherlich auch sehr gern ausstellen, denn wo etwas los ist, sind die Japaner auch dabei. Und Amerika? Die reisen sowieso überall hin. Oh, it was a lovely drive hereup, oh, it is lovely, is it not? Well, I see!

Meine Herren, ich spreche ganz selbstlos, ich bin keiner von jenen selbstvollen Egoisten, die aus allem persönlichen Vorteil für sich ziehen wollen, ich bin Altruist. Ich denke an den Handel, an Norwegen, an Hjertöya, an meine große Idee. Wenn natürlich der norwegische Staat meinen Eifer belohnen würde, indem er mich zum Direktor der zukünftigen Weltausstellung machte, fände ich das nicht mehr als recht und billig. Ich bin ja schon mit einer kleinen Einnahme von einigen hunderttausend Kronen zufrieden, und auf Titel lege ich wenig Wert. Das einfache Wort Excellenz in der Anrede mit mir und die Bezeichnung Fürst von Hjertöya würden mir schon genügen. Der König von Norwegen könnte neben mir ruhig bestehen bleiben, nur in Sachen der Ausstellung muß ich im Interesse des Gelingens zum Diktator ernannt werden. Das norwegische Volk soll dabei nichts von seiner persönlichen Freiheit einbüßen, es gewinnt aber außerordentlich an Weltbedeutung. Was glauben Sie, wie diese Ausstellung den Umsatz von Stockfisch, Ludefisk, Gammelost, Gjeteost, Waalöl usw. usw. heben würde. Außerdem die Schiffahrt. Man könnte den gesamten Verkehr zwischen Molde und Hjertöya für die norwegische Flotte reservieren.

Meine Herren, und was Hjertöya und die umliegenden kleinen Holmen so besonders geeignet macht für eine Weltausstellung, ist das Wasser des Fjords. Die Besucher der Ausstellung würden mittels Booten, Motorbooten, Autofähren, Wasserflugzeugen von Pavillon zu Pavillon befördert, dagegen ist der Maschsee in Hannover, so schön er auch ist, oder die Alster in Hamburg doch nur eine Pfütze zu nennen.

Natürlich müßte mein Haus hier etwas umgebaut werden, denn es wird zum Büro der Weltausstellung. Ein Holzdach genügt da nicht, unter Eisenbeton kann man es nicht machen. Es müßte auch so hoch gelegt werden, daß man an irgendeiner Stelle meines Hauses auch aufrecht stehen kann. Es ist wohl schlechterdings unmöglich, daß die Herren Diplomaten, die aus Afrika oder Australien gereist kommen, um mir ihre Aufwartung zu machen, etwa kriechen müssen, um zu mir, der Keimzelle der Ausstellung, zu gelangen. Ich bin gegen jede Kriecherei. Es geht auch nicht an, daß in dem repräsentativsten Gebäude der Ausstellung oben auf dem Speicher zwischen Holzdach und Vorplatzdecke die Schlafsäcke und Luftmatratzen sowie die vier Wolldecken tagsüber liegen müssen und in den kleinen Wohnraum hineinragen, weil sonst der ganze Fußboden belegt ist. Ein zweites, größeres Fenster müßte auch noch eingesetzt werden, damit man wenigstens bei Sonnenschein Molde sehen kann. Ferner müßten auch bald einmal unsere Kopfkissen neu überzogen werden. Die Margarinekisten mit den Eßwaren müßten durch eine gebeizte Schranktür verdeckt werden, und der Fußboden verlangt wohl einen Anstrich. Der Kartoffelkeller von Frau Hoel müßte einen separaten Eingang haben, damit mir Frau Hoel nicht gerade durch meinen Vorplatz läuft, wenn ich in einer wichtigen Verhandlung sitze. Das Dach des Kartoffelkellers könnte bei dieser Gelegenheit auch auf Staatskosten ausgebessert werden, damit es nicht hereinregnet, und die Kartoffeln faul werden. Außerdem brauchte ich ein Badezimmer mit Dunkelkammer, damit ich beim Baden nicht sehe, wie dreckig von dem ewigen Staub auf Hjertöya meine Füße geworden sind, wenn ich mich bade. Besonders aber brauchte ich einen einfachen Diplomatenschreibtisch.

Meine Herren, das ist ungefähr alles.

Als ich das gesagt hatte, unterbrach mich ein andauernder gewaltiger Beifallsorkan, wie ich ihn auf offener See Gott sei Dank noch nicht erlebt habe. Da würde das größte Schiff der Welt mit dem blauesten Bande des Ozeans untergegangen sein. Stundenlang drückten mir die beiden Herren die Hände, der eine kaufte meinem Sohn ein Foto ab, der andere mir vielleicht ein Bild. Es war sozusagen ergreifend. Meine Frau wischte sich die Tränen von der Backe. Der Finanzmann sagte, seine Bank würde eine so wichtige Sache allein finanzieren können. Und der Wirtschaftsminister verließ mich nicht, ohne zu beteuern, er würde alle Hebel in Bewegung setzen, damit im Laufe der nächsten Jahrhunderte in Hjertöya eine Weltausstellung stattfinden könnte. Er ging dabei von dem Gedanken aus, daß ja Chicago auch erst zu einer amerikanischen Provinzhauptstadt hätte heranwachsen müssen, bevor man sich entschlossen hätte, dort eine Weltausstellung zu machen. Dann allerdings hätte man dort einen Pavillon ganz aus Schokolade gebaut. Mein Einwand, daß dann doch der Platz zu teuer würde, und daß dann wieder zahlreiche Familien in Lauben untergebracht werden müßten, machte auf ihn keinen Eindruck, denn er ist Steuereinnehmer und ist Einwände gewohnt. Er sagte, man ginge da in Norwegen skrupellos vor. Wenn irgendwo ein Felsen im Wege steht, wo etwa eine Straße oder ein Rathaus gebaut werden sollte, so wird der Felsen in die Luft gesprengt. Darum sagte er schlicht: »Wir sprengen die überflüssige Bevölkerung einfach in die Luft!« Da ruft mich meine Frau, ich soll mal nachsehen, ob die Kartoffeln gar sind. Das kann ich nun wieder nicht. Kann ein Mann das überhaupt beurteilen? Ich jedenfalls nicht.

Und wieder umgibt mich die Katze, und ich sitze mit Erika. Die Katze hat einen Namen bekommen, sie heißt einfach Strumpf, weil sie so aussieht. Die Natur ist immer schön, auch wenn's nebelt, und das Meer Welle auf Welle an der Küste meiner Insel branden läßt. Zwischen den Bergen der Insel und der Küste jagen Wolken dahin. Die Sonne bescheint einen fernen Schneeberg, der wie der Geist des Gebirges selbst aussieht. Wenn das J der Schreibmaschine kaputt ist und nicht wieder herunterfällt, so daß man es jedesmal, nachdem sich an ihm etwa zehn andere Buchstaben verhakt haben mit den anderen, herunterholen muß, erst dann merkt man, wie reich eigentlich die deutsche Sprache an J ist. Mit Schreck erwartet man jedes Wort, weil es par Malheur ein J haben könnte, das wieder alles in Unordnung bringt. Wenn nur meine Insel nicht gerade Hjertöya heißen wollte, genügte da nicht einfach jedesmal Hertöya?

Aber ich wollte etwas ganz anderes schreiben. Ich las einmal in einer deutschen Zeitung: »Farbe gehört ins Haus.« Das ist richtig, Farbe gehört ins Haus. Ich bin nun von der Natur, man kann es auch Vorsehung nennen, wie man will, sparsam veranlagt. Nicht etwa genügsam, nein, durchaus nicht das, sondern das Beste ist mir gerade gut genug. Aber ich bin sparsam, eben sparsam. Sie müssen nicht etwa denken, daß ich etwa gern mal auf Kosten anderer lebte, das sei ferne von mir, man nennt das nassauern. Nein, ich bin nur sparsam, eben sparsam. Wenn ich das Gleiche billig haben kann, so werde ich nicht, wie ich veranlagt bin, und wie mich die Natur oder auch Vorsehung nun einmal geschaffen hat, nicht für das Gleiche viel Geld ausgeben. So bin ich nun einmal. Natürlich, es muß auch das Gleiche sein, wenn nicht sogar etwas Besseres.

Aber deshalb schreibe ich dieses hier nicht, was liegt mir daran, über Sparsamkeit zu schreiben, bin ich etwa Wirtschaftsminister? Ich wollte über Farbe schreiben.

Nicht etwa über eine Kunstausstellung, obgleich auch dort ihr Hauptthema die Farbe ist, nein, auch das sei ferne von mir. Eine Weltausstellung, die würde schon nach Hjertöya passen, aber keine bloße Kunstausstellung. Mit Kunst würde man keinen Menschen aus anderen Weltteilen anlocken, Hjertöya zu besuchen, denn in die Kunstausstellung geht man doch nur zur Eröffnung, sonntagmorgens, nach der Kirche, weil man nicht will, daß die anderen allein dazu gehören. Darum ist es eine Belastung, wenn es zuviele Kunstausstellungen gibt, eine unnütze Belastung sogar, während eine Weltausstellung mit dem dazu gehörenden Vergnügungspark, der Fontaine lumineuse, dem Glashaus und dem Feuerwerk eine riesige Belebung des Handels bedeuten würde. In Hjertöya würden aber für eine Kunstausstellung als Besucher nur der Ochse, die Kühe, Gänse, Puten, Hühner, Schweine in Betracht kommen, alles Leute, die doch wohl nicht in Kunstausstellungen zu gehen pflegen. Nein, wer die Eröffnungen der Kunstausstellungen regelmäßig zu besuchen pflegt, das ist die Gesellschaft.

Aber deshalb schreibe ich dieses hier nun auch nicht, sondern weil ich in einer deutschen Zeitung gelesen habe, daß Farbe ins Haus gehört. Aber wiederum auch nicht deshalb, weil ich es gelesen habe, sondern weil ich es für richtig halte, daß Farbe ins Haus gehört. Man kann sich das Leben gar nicht lustig genug machen. Denn was ein Röslein werden will, das rötet sich beizeiten. Röslein, Röslein, Röslein rot; Röhöslein auhauf der Heiden!

Also von der Farharbe!

Ich könnte ja einfach Öhölfarharbe nehemen, wie sie auhaus der Tuhube kommt, ahaber das kähäme zu teuheuer. Uhund da bihin ich auhauf die Ihideehee gekommen, ahalles zu nehemen, wahas das Meeheer ahanschwemmt vohorauhausgehesehetetzt, daß Farbe dran ihist.

Ühübrigens kohomme ich jehetzt mit eihenem Mahale deher Lyhyrik behedeuheutend näher: »Ihich sihitze hier ihim Scheiheine der Sohonne, ihim Scheiheine der Sohohonne, ihim Scheiheiheine der Sohohohonne, uhund die Kahahahatze umgiehiehiebt mich.« Das wäre reif, kohomponiert zu werden.

Aber pfui, wer wird denn, zu meinem süßen kleinen verkehrt aufgewickelten Strumpf ›Kahahahatze‹ sagen? Das gehört sich eiheinfach nicht. Man stohohottert doch nicht, wenn ein Röhöslein auhauf der Heiden steht.

Jedenfalls nicht bloß wegen der Melodie.

Man kann doch nicht wegen der Melodie die Dichtung verhuhuntzen. Wenn schon die Melodie stottern will, so muß das Stottern schon in der Dichtung begründet sein.

Manchmal kann eine Dichtung das Stottern unbedingt verlangen. Ich war da einmal auf eine einsame Insel an der Küste gerudert. Auf dieser Insel stand weder Baum, noch Strauch, nur einige Grashälmchen erinnerten noch daran, daß es sonst auf der Erde Pflanzenwuchs gibt. Und oben auf der kleinen Insel, die eigentlich nur aus Felsen bestand, lag ein Fischgerippe.

Das stimmte mich weich, und ich beschloß zu dichten. Ich wollte ein lyrisches Gedicht über die einsame Insel und ihr Fischgerippe schreiben. Ich habe immer so einen Hang ins Lyrische gehabt.

Da kam mir plötzlich der Gedanke: »Wie nun, wenn ein Stotterer das Fischgerippe gefunden hätte, er könnte es noch nicht einmal in den Mund nehmen, wenigstens nicht im Ganzen, er würde es etwa Fefefefefefefischgerippe nennen.« Muß das nicht schrecklich sein, wenn jemand so gebaut ist, daß er sein ganzes Leben lang stottert? Muß das nicht dem betreffenden Menschen allen Lebensmut nehmen? Er will etwas sagen und stottert etwas ganz anderes. Alle Leute lachen oder sind ärgerlich, und er selbst bekommt doch bestimmt Minderwertigkeitsgefühle. Denn nicht jeder Stotterer findet immer einen Schwerhörigen, der dann, wenn er endlich alles gestottert hat, höflichst fragt: »Wie bitte?«

Ein gutes lyrisches Gedicht aber, welches so gebaut ist, daß es ohne gestottert zu werden nicht das in der Lyrik erforderliche Maß hätte, würde einem Stotterer ein ganz neues Lebensgefühl geben. Jetzt merkt er plötzlich, daß auch er in dem ganzen großen Getriebe der Natur ein wichtiges Glied ist. Was wäre das Stotteregedicht, wenn es keine Stotterer gäbe? Jeder, der es vortragen will, muß sich an seinem von der Natur ihm verliehenen Können bilden. Alles blickt auf ihn mit Bewunderung, man strengt sich an, ihm die leiseste Nuance abzulauschen, er wird plötzlich zur wichtigen Persönlichkeit. Nur weil er gut stottern kann.

Da kam mir plötzlich ein anderer Gedanke: »Wie nun, wenn jemand das Fischgerippe fortnähme, bevor ich das kulturell so wichtige Stotterergedicht hätte vollenden können?« Nein, das durfte nicht geschehen, denn ich mußte und wollte meine Sendung als Dichter aller Stotterer erfüllen. Als erster und zugleich umfassendster Dichter aller Stotterer würde ich sicherlich einmal Weltbedeutung erlangen. Daher besann ich mich nicht lange und dichtete frisch drauf los.

Ein Fischgefischgefischgerippe
Lag auf der auf der auf der Klippe.
Wie kam es kam, wie kam, wie kam es
Dahin, dahin, dahin?

Das Meer hat Meer, das Meer, das hat es
Dahin, dahin, dahingespület.
Da liegt es, liegt, da liegt, da liegt es
Sehr gut sogar, sehr gut!

Da kam ein Fisch, ein Fisch, ein Fischer,
Der frischte, fischte frische Fische.
Der nahm es, nahm, der nahm, der nahm es
Hinweg, der nahm es weg.

Nun liegt die, liegt, nun liegt die Klippe
Ganz ohne Fischgefischgerippe
Im weiten, weit im Weltenmeere;
So nackt, so furchtbar nackt.

Ich war sehr stolz, als ich das gedichtet hatte, indem ich es auf dem Nachhausewege dauernd rezitierte. Tacktmäßig ruderte und stotterte ich dazu und war bald so berauscht von meinem Gedicht, daß ich immer lauter deklamierte. Das muß mir der Neid lassen, ohne zu stottern wäre das Gedicht nichts, gar nichts, rein gar nichts:

Ein Fischgerippe
Lag auf der Klippe.
Wie kam es
Dahin?
Das Meer hat es
Dahingespület.
Da liegt es
Sehr gut.
Da kam ein Fischer,
Der fischte frische Fische.
Der nahm es
Hinweg.
Nun liegt die Klippe
Ganz ohne Fischgerippe
Im weiten Weltenmeere
So furchtbar nackt.

Immerhin klingt es so ähnlich, wie eine Übersetzung von Laotse. Aber habe ich den Ehrgeiz, wie ein oller Chinese zu dichten? Ich will als deutscher Kulturmensch für deutsche Stotterer dichten, das hat Sinn und wird einmal in die Geschichte eingehen.

Und wie ich so deklamiere, kommt von fern ein anderes Boot angerudert. Darin saß, wie es nur der Zufall bringen konnte, ein original deutscher Stotterer. Ich merkte es daran, daß er lange Zeit nach Luft gurgelte, bevor er doch nichts sagte.

»Sind Sie Stotterer?«, fragte ich?

»JJJJJJJJJJJa, dededededededas bebebebebebin, dededededededas bebebebebebin, das bin ich, ich bin nämlich Stttttotetterer von Gegegegbebebeburt«, antwortete er.

Ich machte ihm ein großes Kompliment und schätzte mich glücklich, daß er gerade ein deutscher Stotterer war. Dann fragte ich ihn um sein Urteil über mein Gedicht. Der Erfolg war niederschmetternd. Er sagte: »Sie Kekekekekeke, Sssssssie Kekekekekekeke, Sie können nicht stottern, stottottottern.« Da bat ich ihn, mir mein neues Gedicht einmal vorzustottern. Da begann er:

Ein Fefefefefefefischge, Fisch, ein Fefefischgerippe
Lag auf der auf, lag auf der Klippe,
Wie kam es kam, wie kakakam, wie kam es
Dahin, dahin, dahin?

Das Memememeer hat, Meer, das Memeer, das hat es
Dahin, dahin, dahingespület.
Da lllllllliegt es llllliegt, da llllliegt, da lliegt es
Sehr gut, sogar sehr gut.

Da kam ein Ffffffffffffisch, ein Ffffisch, ein Fffffffffffffffffffffffffffischer,
Der frischte fischte frische Fische,
Der nahm es, nahm es, nahm es, nahm es
Hinweg, der nahm es weg.

Nun llllllllllllliegt die llliegt, nun lllllllllllliegt die Klippe
Ganz ooooooooooohne Ffffffffffffischge Fischgerippe
Im weiten, weweit im Weweltenmeere,
So nackt, so fefefurchtbar nackt.

Ich war hingerissen über seine einzig dastehende Gabe zu stottern. Dann fragte ich ihn, nach welchem System er denn eigentlich stotterte, da sagte er: »Fefefefefefefefefefefefefefefefefefefefefefefe.«

Er sagte das noch mehrere Male, dann rereruderte er fort.

Daher kann ich Ihnen nun auch nicht sagen, nach welchem System die Herren Stotterer zu stottern pflegen. Es gibt ein System, nach dem die sächsischen Volksgenossen sächseln, aber für Stottern scheint es mir kein allgemeingültiges System zu geben.

Aber ich bin abgeschweift, weit abgeschweift, und auch das ist eine Art zu stottern, es ist geistiges Stottern. Ich wollte doch über Farbe schreiben, die ins Haus gehört, denn was ein Röslein werden will, das krümmt sich beizeiten. Und da war ich über das Röhöslein rot Röhöslein auhauf der Heiden ins Stotototern geraten. Und weil mir die Tubenölfarbe als ein zu teures Material auch nicht zweckmäßig erscheint, nehme ich zum Schmücken meines kleinen Hauses auf

Hjertöya mit Farbe alles, was das Meer angeschwemmt hat, vorausgesetzt, daß es farbig ist. Jedoch, es gibt keine Dinge, die nicht farbig sind, alles ist entweder stark oder schwach farbig. Das Abstimmen der Farben nun gibt jene Komposition, die, wenn sie gut gelungen ist, schon seit Urzeiten als Kunst bezeichnet wurde.

Und so kommen wir dem Thema schon näher, es kommt nicht darauf an, viele und starke Farben ins Haus zu nehmen, sondern darauf, ob die verwendeten Farben gut gegeneinander abgestimmt sind und in ihrer Summe eine rhythmisch ausgeglichene Komposition ergeben.

Das Meer aber spült wundervolle Dinge an, Papierstücke, deren Farben schon stark verblichen sind, Hölzer, deren Formen schon sehr bearbeitet sind, alles Dinge, denen man den Kampf mit der Brandung, der Feuchtigkeit und dem Licht ansieht. Diese Dinge sind schön, einmalig und erzählen von ihrer Geschichte. Dazu haben sie oft große Ähnlichkeiten untereinander, so daß man sie gut in Beziehung zueinander bringen kann. Deshalb eignen sie sich besonders gut zu einer Komposition im Sinne der Kunst.

Ich habe mir nun eine große Menge solcher Papiere und Hölzer gesammelt, dazu Dinge, wie sie das Meer hervorbringt, Steine, Algen, Seesterne, alle in stark entwertetem Zustande, und damit lustige Kompositionen auf den rohen Holzwänden und Margarinekisten meines Hauses ausgeführt. Vor diesem Hause sitze ich nun und habe meinen Kaffee getrunken, und die Katze umgibt mich.

1936

Der junge Kunstmaler Meier

Der junge Kunstmaler Meier war trotz seiner Tüchtigkeit noch unbekannt. Verdient hatte er bisher noch nichts, aber sein Gefühl sagte ihm, daß er doch in absehbarer Zeit sehr berühmt und schwer reich werden würde. Denn das Leben gleicht dem Märchen, wo die Tüchtigkeit entscheidet. Darum packte er sein bestes Bild ein und reiste in eine große Stadt, um es zu verkaufen. Zuerst suchte er seine Freunde auf. Der erste war tot, kein Grund, um auf ihn böse zu sein. Der zweite hatte geheiratet, schätzte das Bild sehr, konnte aber nicht kaufen. Der dritte malte selbst Bilder. Der vierte kaufte nur anerkannte Namen auswärtiger Künstler, da er sich selbst kein Urteil zutraute. Der fünfte glaubte, ein eigenes Urteil zu haben, und fand die angebotene Arbeit schlecht, obgleich sie gar nicht so schlecht war. Der sechste vertrank sein Geld und hatte nichts. Der siebte hatte sieben Kinder, die selbst alles Geld aufaßen. Der achte hatte ein großes Haus mit acht Dienstboten, die achtmal so teuer waren wie das Bild, das er sehr achtete, aber nicht kaufen konnte. Und so verging der erste Tag. Der junge Kunstmaler Meier bezog daraufhin die Herberge zur Heimat, wo er billig leben konnte. Am nächsten Tage besuchte er nun Freunde, die sämtlich ein ähnliches Pech hatten wie die Leute vom vorigen Tage. Zehn Tage besuchte der junge Kunstmaler Meier seine Freunde, der Erfolg blieb der gleiche. Da ließ er sich von seinem Freunde die Adresse des reichsten Mannes der Stadt geben. Auf dem Wege dorthin begegnete ihm ein Leichenwagen, der war schwarz. Der junge Kunstmaler Meier dachte, das könnte vielleicht Glück bedeuten oder auch Unglück, oder vielleicht auch gar nichts, man kann nie wissen. Das Haus des Mannes war feierlich. Meier gab sich als Freund des Herrn aus, und man fragte, ob er denn vielleicht seine Frau sprechen wollte, die weinte sehr. »Sie waren sein Freund«, sagte sie, »mein Mann ist tot, können Sie meinen Schmerz verstehen?« Meier sprach kurz einige Worte des Mitleids, weinte ebenfalls und ging, um den zweitreichsten Mann aufzusuchen. Dort fragte man ihn, ob er Forderungen an ihn hätte. Dann sollte er sich eintragen in die Liste der Gläubiger, der Mann war pleite. Der dritte aber war wegen gewisser Unregelmäßigkeiten im Geldverkehr soeben nach Amerika geflüchtet, während der viertreichste wegen ähnlicher Dinge in Untersuchungshaft saß. An diesem denkwürdigen Tage war es, daß Meier sein letztes Geld ausgegeben hatte. Da begegnete ihm auf der Straße ein Mann, der bettelte. Der junge Kunstmaler Meier öffnete seine Börse, und sie war leer. Da öffnete der Bettler auch seine Börse und gab ihm von seinem erbettelten Geld. Meier stellte sich vor und nannte sein Gewerbe. Da erfuhr er, daß jener Herr, der ihn angebettelt hatte, der junge Kunstmaler Müller war. Müller bettelte schon eine längere Zeit, hatte große Übung und infolgedessen auch Erfolg zu verzeichnen. Es dauerte nicht lange, da bettelten Meier und Müller gemeinsam. Da redete sie, als sie gerade die Rembrandtstraße entlangbettelten, ein junger Kunstmaler namens Schmidt an und sagte, er hätte ein sehr gutes Bild gemalt, das er ihnen verkaufen möchte. Müller und Meier bedauerten, es nicht kaufen zu können, da sie selbst Maler wären und genug von dem Zeug hätten. Da lud Schmidt sie ein, mit ihm ein wenig auf einer Bank im Park zu sitzen und zu plaudern. Nach fünf Minuten waren drei verschiedene Meinungen bezüglich dessen, was der Mensch malen sollte, daher gründete man in Eile eine Sezession. Die erste Ausstellung wurde mit zwei Bildern im Park ausgeführt. Zwei Bettler kauften die Bilder. Dieser Erfolg veranlaßte einen reichen Kunsthändler, sich der Künstler anzunehmen, und er begründete den Bettlerkunstsalon, der heute sehr großen Erfolg hat.

um 1936

Die drei Wünsche

Es war einmal ein Mann, der etwas wollte, er wußte nur nicht, was. Aber soviel wußte er doch, daß das, was er wollen würde, etwas Besonderes sein müßte.

Da begegnete ihm eine etwas gebeugte alte Frau und sagte: »Junger Mann, ich sehe, daß du etwas willst.«

Der Mann war erstaunt, daß sie das sehen konnte und sagte: »Du hast recht, gute Frau, ich weiß nur nicht, was ich wollen will.« Da antwortete die alte Frau: »Ich weiß es, aber ich sage dir nicht, was es ist. Ich habe auch die Fähigkeit, dir zu gewähren, was du willst. Dreimal darfst du dir wünschen, was du willst, und jedesmal wird es dir sofort erfüllt werden. Aber du darfst nur dreimal etwas von mir wünschen. Darum sei klug in deinen Wünschen.«

Dann roch es mit einem Mal nach Schwefel, und die alte Frau verschwand. Das war nun aber keine Kleinigkeit. Man stelle sich einmal vor, daß man plötzlich sich dreimal etwas wünschen darf, da wird man ratlos, da werden wohl die meisten ratlos.

Der Mann begann nun nachzudenken, was wohl im Leben wünschenswert sein könnte für einen Menschen, und da hatte er es schon, es war das Glück. Aber er dachte weiter, wenn er sich etwa Glück wünschen würde, so könnte ihm die alte Hexe irgendeinen Schmarrn hinsetzen und sagen, daß das das Glück wäre. Sie könnte ihm zum Beispiel das irreführende Gefühl in die Seele geben, daß er in dem Zustande, in dem er sich befände, im Grunde genommen eigentlich glücklich wäre. Nein, auf solch einen Schwindel verzichtete er, er wollte kompaktes Glück haben, ein Glück, um das ihn die anderen beneideten. Denn nur das ist Glück, was andere auch haben wollen.

Und so kam ihm der Gedanke, man müsse den Begriff Glück näher definieren, wenn ein Mensch wirklich glücklich werden wollte. Und da wünschte er sich Reichtum.

Mit einem Male war er reich. Es wimmelte von Dienern in dem riesigen Schloß, in dem er wohnte, er lag in einem goldenen Pyjama in einem gewaltig großen Bett, welches so weich war, daß er es überhaupt nicht mehr fühlen konnte. Ein Diener überreichte ihm auf einem großen zinnoberroten Tablett eine winzig kleine Tasse mit Mokkaessenz, die so stark war, daß ein schwerer Teelöffel darin aufrecht stehen konnte. Der Mokka war mit Saccharinessenz schwer gesüßt, und der Diener hatte eine Uniform aus Elfenbein.

Der Mann im Bette aber sagte: »Könnt ihr mir denn nichts Besseres vorsetzen?« und trat mit seinem lila Filzschuh unter das Tablett, daß der Löffel im Auge des elfenbeinernen Bedienten steckenblieb. Dann schwang er sich aus seinem schweren Daunenbett und rief fürchterlich: »Ich werde es euch zeigen, was ein reicher Mann ist; nahm eines von den dreihundertdreiunddreißig Telefonen, die neben seinem Bette standen, und bestellte per sofort sämtliche Klaviere der Welt und ließ sie ebenfalls per sofort in die nächsten Ströme werfen. Es war das Ende der Klaviermusik, und die Flußschiffahrt war auf Monate hinaus vollständig lahmgelegt. Aber ihn kümmerte das wenig.

Aber es beglückte den Mann doch nicht. Er sann, gab die merkwürdigsten Befehle, ließ alle Diener in Schokolade baden und wurde doch nicht glücklich.

Da erschien neben seinem Bette die alte Frau und sagte: »Du hast falsch gewählt, aber du hast ja noch zwei andere Wünsche. Wähle richtig, und du wirst glücklich sein.« Und wieder roch es nach Schwefel, und die alte Frau verschwand.

Da fühlte sich der reiche Mann recht unglücklich, denn er wußte nicht, was zum Teufel er sich wünschen sollte. Was sollte denn den Menschen glücklich machen, wenn es der Reichtum nicht tat.

Plötzlich hatte er es: Weltmacht.

Und schon war er der mächtigste Fürst aller Zeiten. Er beherrschte nicht nur die Erde, sondern die Welt. Von der Sonne und den entlegensten Sternen hundertster Ordnung kamen zu ihm die Elektronen, um ihm ihre Huldigung zu bringen. Sein Name stand auf jedem Eßgeschirr, wurde ununterbrochen durch die Propagandaabteilung des Radios in die Welt gesandt, und bei allen anderen Personen wurden die Namen überhaupt abgeschafft. Es gab keine reichen und keine glücklichen Menschen mehr.

Er selber wohnte nun nicht mehr in dem großen, weichen Federbett, sondern er hatte sich von seiner Leibgarde ein Haus aus Atomen zwischen Erde und Mond bauen lassen, wo er ununterbrochen sein Weekend verbrachte.

Aber all diese Macht machte ihn nicht glücklich. Er war gelangweilt. Es gab keine Kriege mehr. Leider. Darum ließ er zur Abwechslung zwei große Planeten gegeneinander fahren mit der Begründung, daß ihm die Nasen der Bevölkerung des einen Planeten nicht gefielen. Aber was nützte das alles? Es gab einen ziemlich großen Knall und eine noch größere Stichflamme, aber dann war die ewige Langeweile wieder da. Es mußte etwas Dauerndes sein. Deshalb ließ er über den Köpfen der Untertanen glühende Meteore aufhängen, so daß sie in ewiger Furcht leben mußten, ihm zur Freude. Aber bald ließ er auch diese Meteore wieder abmontieren, weil ihm auch das keinen Spaß mehr machte. Und so sann er und sann, was eigentlich solch ein armer Weltbeherrscher zu seiner Unterhaltung tun könnte, und hätte sich beinahe einen Gegenspieler gewünscht, damit es wenigstens Krieg gäbe, aber da erschien gerade wieder die alte Frau neben seinem Bungalow und sagte, er hätte falsch gewählt, aber er hätte ja noch einen Wunsch. Er solle gut überlegen und das Richtige wählen.

Dann roch es nach Schwefel, und die alte Frau verschwand. Der Mann aber blieb in Sorgen zurück, denn er wußte weiß Gott nicht, was er sich Besseres wünschen solle als alle Macht der Welt.

Da hörte er zufällig, wie ein Mitglied seiner Leibgarde zu einem anderen über ein drittes Mitglied sagte: »Ja, der hat's gut, der hat nichts auszustehen, der hat eine glückliche Natur, der fühlt sich glücklich wie ein Fisch im Wasser.« Da tippte sich der Mann mit seinem Zeigefinger vor die Stirne, indem er sagte »Köpfchen!« und freute sich, daß er es nun endlich hatte. Natürlich, Fische, die haben es gut. Die fühlen sich wohl, wenn sie nur Wasser haben. Wie sollten sie auch etwa nicht? In der Luft würden sie sich sicherlich nicht so wohl fühlen. Köpfchen muß man haben.

Und so wünschte er sich die Gestalt eines Fisches. Und sofort erhielt er diese Gestalt und hatte das Aussehen eines Fisches. Da ließ er sich auf das Wasser nieder und sprang mit dem Kopf zuerst hinein. Aber das Wasser war so naß, und er hatte es so schwer, Luft zu atmen und krümmte sich und wollte stöhnen, aber er war ja stumm. So konnte er sich auch nicht beklagen, daß er nur das Aussehen, nicht aber die Gewohnheiten eines Fisches erhalten hatte. Er öffnete und schloß zwar den Mund, als ob er etwas sagen wollte, aber das tun ja alle Fische, und es kommt doch kein Laut heraus, soviel sie sich auch mühen. Da dachte er, daß das mit den Fischen im Wasser eine Fabel wäre, die fühlen sich ja scheinbar gar nicht so wohl im Wasser. Er als Fisch jedenfalls nicht. Er konnte nicht einmal über sein Unglück weinen, denn alles rund um ihn war ja Wasser, und Tränen sah man nicht. Da kam ein Schwarm Fische in eiliger Flucht vor irgendeinem Ungeheuer an ihm vorbeigeschwommen, daß ihm ganz angst und bange wurde. Da sah er einen Fisch, der von einer Seerose verspeist wurde und leise zappelte. Da dachte er: »Wäre ich doch der Herr der Welt geblieben, der ich war, Mancher Mensch hat nicht einmal die Chance dazu im ganzen Leben. Oder wäre ich doch wenigstens der reiche Mann geblieben, der ich war!!!«

Und plötzlich schwamm neben ihm die alte Frau wieder. Da war er so froh und folgte ihr an die Oberfläche des Wassers, wo sie ihn im Nu wieder in seine ursprüngliche Gestalt als einfacher Mann des Volkes verwandelte.

Dann sagte die alte weise Frau zu dem jungen Manne: »Du hast gewählt, wie fast alle Menschen wählen würden, denn alle suchen das Glück außer sich. Du hast gesehen, daß das Glück nicht irgendwo anders liegt. Es kann nur in dir selbst liegen. Suche das Glück in dir selbst und denk immer daran, daß auch die anderen gern glücklich sein möchten. Dann wirst du glücklich sein und andere glücklich machen können.«

Darauf gab es einen lauten Knall, und die alte Frau war verschwunden. Es roch aber dieses Mal ganz fürchterlich nach Schwefel.

1937

Das häßliche Mädchen
(Ein Märchen)

Über die Begriffe schön und häßlich läßt sich zwar nicht streiten, aber sie sind Sachen des persönlichen Geschmacks. Nur kann man keinen Menschen überzeugen, daß das, was er schön oder häßlich findet, nicht auch schön oder häßlich ist. Und es gibt Menschen, die von so vielen anderen Menschen als schön oder häßlich bezeichnet werden, daß man sie ruhig objektiv auch als häßlich bezeichnen kann.

Solche Menschen haben viel Kummer zu ertragen, Dinge, von denen der schöne Mensch oft gar nichts weiß, die er nicht sieht und nicht ahnt, denn ihm geht es gut, er lebt im Schein des Glücks, das er erwirbt ohne Eigenverdienst, nur weil er von der Vorsehung schön geschaffen worden ist.

Und dabei sind jene von der Natur wenig mit Gütern der Schönheit ausgestatteten Menschen oft gerade die wertvollsten. Denn immer ist die weise Vorsicht gerecht gegen uns Menschen, und zum Lohn für fehlende Schönheit gibt sie den Häßlichen wichtige geistige Güter, die der schöne Mensch nicht erwirbt.

Jener häßliche Mensch nämlich, der nicht nur sich stumpf in sein Schicksal ergibt, sondern mutig der Welt begegnet, der, statt zu verzagen, an sich arbeitet und die ihm von der Natur gegebenen Güter pflegt und vermehrt, gewinnt jene Straffheit und Stärke des Charakters, die zu allen Zeiten in dieser Welt am wertvollsten ist, weil sie am meisten gesucht wird. Darum finden Sie oft in Büros an verantwortlichster Stelle häßliche Mädchen, weil sie am gewissenhaftesten sind und ihre Arbeit mit liebevollem Eifer vollenden. Und oft sind jene Männer, die die Geschicke der Menschheit leiten, weder schön noch interessant zu nennen, aber sie sind die wichtigen, die wertvollen, nicht jene erfolgreichen, die von der Gunst vieler getragen, nur sich sehen und nicht das Leben, die Arbeit, das Schicksal.

Die schönen Mädchen haben es scheinbar leicht im Leben, sie werden viel begehrt und können es sich leisten, stolz aufzutreten und unter ihren Verehrern rücksichtslos zu wählen. Und doch haben gerade sie es nicht leicht, sich die Mittel zu erwerben, durch die sie ihr Leben im Alter gedeihlich gestalten können. Meistens werden sie hart und unnahbar, aber ihre Schönheit besteht nicht in der Zeit, und dann haben sie nichts außer ihrer Erinnerung.

Wie die schönen Mädchen, so sind auch manche Herren von den Damen stets begehrt, nicht die schönen, denn Schönheit beim Mann schätzen die Mädchen wenig, sondern die interessanten. Dabei ist es kaum zu sagen, was sie eigentlich interessant macht. Sie sind nicht geistreich, nicht klug, haben wenig Erfolge im Beruf, aber den Frauen sind sie interessant. Die schönsten Mädchen bemühen sich um ihre Gunst, und im Grunde kann man solche Männer nur bedauern, denn ihnen bleibt einfach nicht die Zeit, an sich so zu arbeiten, daß sie im Leben etwas bedeuten.

Solch ein schöner Mann war Rolf. Die schönen Mädchen erröteten, wenn er den Tanzsaal betrat, und die häßlichen Mädchen wagten es überhaupt nicht, ihn anzusehen, weil er doch nie einen freundlichen Blick oder ein nettes Wort für sie gehabt hatte. Vielleicht war es sein Modename, Rolf, der den Nimbus, der ihn umgab, noch vergrößerte, und so war er, ohne Übertreibung betrachtet, ein wertloser Mensch, eitel, ohne Selbstzucht, stets selbstzufrieden, und die Fähigkeiten, an seinem Beruf oder an sich zu arbeiten, waren kümmerlich entwickelt. Seine guten Anlagen verkümmerten in dem Rausche, der bewunderte, interessante Mann zu sein, und seine Jugend verging im Tanz mit schönen, aber langweiligen und herzlosen kleinen Frauen.

Aber solch ein Rausch hält nicht einmal an und befriedigt nicht, sondern er erweckt nur wieder und immer wieder das Verlangen nach neuen Erlebnissen, und wenn diese Erlebnisse nichts Neues mehr bieten, dann folgt die Langeweile.

Rolf langweilte sich sehr. Es gab für ihn keine wesentlichen neuen Erlebnisse bei schönen Frauen mehr, und er hatte keinen Grund, den Alltag der Arbeit zu lieben, und so geriet er in einen Zustand der Blasiertheit, in dem alles gleichgültig zu werden beginnt.

Will man sich aus solchem Zustand retten, so kommen oft tolle Einfälle, wie sie auch bei Rolf nicht selten waren. Seine Freundinnen verlachten ihn meist wegen seiner verrückten Ideen und wußten, daß er sehr bald von ihnen geheilt sein würde.

Als raffinierter Don Juan liebte es Rolf, von vielen Frauen gleichzeitig umgeben zu sein und sie gegeneinander auszuspielen. Es kitzelte seinen Ehrgeiz, die Mädchen seinetwegen leiden zu sehen, wenn er bald die eine scheinbar bevorzugte, bald die andere.

Eines Nachts beim Tanze nun, als Rolf, umgeben von den schönsten Frauen des Balles, gelangweilt und müde vom Leben, darauf sann, Erika zur Eifersucht zu reizen, indem er ein weniger schönes Mädchen begünstigte, sagte Erika plötzlich: »Rolf, würdest du je ein häßliches Mädchen lieben können?« »Niemals!«, sagte Rolf, als ob das selbstverständlich wäre. »Aber könntest du denn mit ihr tanzen?« – »Tanz? – – Tanzen? – – Ja, an sich schon, aber ich würde sie stehen lassen und mir eine Schöne nehmen.« – »Und wenn es eine Wette gelten würde?«, fragte Erika weiter, wie ein Kind eigensinnig eine absurde Idee zu verfolgen pflegt. »Warum eine Wette! Ich sage ja, ich kann es nicht, und ich würde es nicht.« – »Und ich wette, daß du es kannst«, sagte Erika mit argwöhnischem Blick auf Susi, jene Schönheit, die Rolf gerade jetzt mit seiner Freundlichkeit begünstigte. »Soll ich etwa eine Vogelscheuche sein?«, fragte Susi beleidigt. »Um Gottes willen, die Geschmäcker sind ja verschieden«, antwortete Erika spitz.

Und in diesem Augenblick plötzlich kam Rolf die Erkenntnis, daß er wohl, sehr wohl mit einem häßlichen Mädchen tanzen könnte. Denn er empfand im Augenblick eine Art von Ekel vor dem Gezank der schönen Mädchen untereinander. »Du brauchst nicht zu wetten, Erika«, sagte er bestimmt, »ich bin deiner Ansicht, ich kann mit häßlichen Mädchen sehr gut tanzen.« Dann stand er auf und schritt quer durch den Tanzsaal. Aller Augen folgten ihm, die schönen Mädchen waren gespannt, welche er als besonders häßliche herausfinden würde.

1937

Finden

Suchen und Finden gehören zusammen. Das heißt, eigentlich gehören sie absolut nicht zusammen, denn meist sucht man ohne zu finden oder man findet, was man nicht gesucht hat. Der am häufigsten gesuchte Gegenstand ist der vordere, innere, männliche Kragenknopf. Abends hat man ihn noch am Halse gehabt, morgens ist er fort. Der Kragen, den er festgehalten hatte, ist mit Schlips noch da, aber wer fehlt, das ist der vordere, innere, männliche Kragenknopf. Man wälzt das Bett, er ist nicht da. Man kriecht unter das Bett, zerreißt sich seine Hose, kommt mit einem Pelzbesatz von Staub unter dem Bett wieder hervor, ohne den vorderen, inneren, männlichen Kragenknopf gefunden zu haben.

Meine Schwiegermutter sagte schon immer, daß man eine Sache, die man sucht, immer an dem letzten Platz findet. Aber was ist der letzte Platz? Man könnte ja getrost den vorletzten und den vorvorletzten überspringen, aber man weiß ja erst, nachdem man den Gegenstand gefunden hat, welches der letzte Platz war. Also sucht man weiter, in der Nähmaschine, im Stiefel, auf den 3

Stühlen, in der alten Wäsche, unter der Sherry-Flasche, zwischen den Blumen im Glase, der Kragenknopf ist wie verhext.

Verzweifelt schellt man das Stubenmädchen, sie lächelt. Stubenmädchen lächeln immer. Dann sagt sie, man hätte eine halbe Minute früher, ja, eine Viertelminute früher klingeln sollen, sie hätte eben den letzten vorderen, inneren, männlichen Kragenknopf aus der Sammlung des Hotels dem Herrn von nebenan gegeben, der seinen verloren gehabt hätte. Man bittet, sie möchte einen neuen besorgen, vielleicht im Warenhaus. Da sagt sie, alle Geschäfte wären heute geschlossen, wegen Sonntag, und morgen wegen Nationalfeiertag. Außerdem streikte die Kragenknopfindustrie.

Mit einem Donnerwetter auf den Zähnen geht man im Zimmer auf und ab, mit großen Schritten, fest und energisch, und tritt verzweifelt mit dem rechten Hacken auf. Wumm, da ist er, unter dem rechten Hacken, den man mit solcher Riesenwucht aufgesetzt hatte. Vorsichtig hebt man den Fuß, versucht vergeblich den Knopf vom Stiefel zu lösen, er hat sich tief ins Leder gedrückt. Der Stiefel muß ausgezogen werden, aber der Knopf sitzt fest, wie angegossen. Man greift zum Rasiermesser, um ihn aus der Sohle des benagelten Kerls herauszuschneiden. Das Rasiermesser zerspringt in viele kleine Stückchen, aber der Knopf sitzt fest. Und der glückliche Nachbar hat einen vorderen, inneren, männlichen Kragenknopf erhalten, weil er eine Viertelminute früher geklingelt hat! Jetzt klingelt man wieder und verlangt ein Beil. Das Mädchen lacht, daß sie prustet, kommt aber mit einem riesigen Beil zurück. Der Stiefel wird auf einen Stuhl gelegt, und man beginnt zu zielen. Beim ersten Hieb hat der Stuhl nur noch 3 Beine, aber der Stiefel ist nicht getroffen. Nun ist alles einerlei. Das Mädchen in der Tür wird aufgeregt. Beim zweiten Hieb beginnt sie zu kreischen. Der Stiefel ist mittendurch, der Hacken ist getroffen. Wunder, wenn der Stuhl auf 3 Beinen wackelt. Man legt die hintere Hälfte des Schuhs mit dem Hacken und dem darin befindlichen Kragenknopf auf den Waschtisch. Beim dritten Hieb ist die Waschschale in Scherben, und das Wasser ergießt sich ins Zimmer. Beim vierten Hieb ist die Marmorplatte mittendurch. Man legt den Hacken mit dem vorderen, inneren, männlichen Kragenknopf auf die Zimmerschwelle. Beim 5. Hieb ist der Hacken gespalten und klemmt am Boden. Und wie durch Zufall rollt der vordere, innere, männliche Kragenknopf die Treppe hinunter. Dort liegt er unter der Planke. Ein starker Hieb mit dem Beil, und die Planke ist los.

Da liegt er nun, der vordere, innere, männliche Kragenknopf, blitzt in der Sonne, lächelt, als ob nichts passiert wäre, und ist da, von der Reise zurück, es ist zum Weinen. Man sagt: »Du gutes, liebes Kragenknöpfchen«, hebt ihn auf, da ist er verbogen. Er hat sich zum Kreise aufgerollt, so daß er nicht mehr ins Knopfloch paßt. Ein Hieb mit dem Beile, und er ist fast wieder gerade. Nur ein kleines bißchen fehlt noch. Das sollte doch mit dem bloßen Finger zu biegen sein, denkt man und nimmt ihn zwischen die Klaue. Da bricht er ab. Mit Gebrüll springt man auf und bearbeitet die Wände des Zimmers mit seinen Fäusten und schreit: »Polizei, Polizei!«

»Hier ist sie schon!«, sagt ein baumlanger Polizist, der mit dem lächelnden Stubenmädchen in der Tür steht. »Haben Sie vielleicht zufällig einen vorderen, inneren, männlichen Kragenknopf bei sich?«, fragt man, an sich und der Welt verzweifelt, den Herrn Polizisten. »Das nicht, aber für alle Fälle einen Gummiknüppel«, sagt er und faßt einen hinten am Kragen.

Man findet sich erst wieder, als man im Irrenhaus gelandet ist. »Was fehlt Ihnen?«, fragt der untersuchende Arzt. – »Der vordere, innere, männliche Kragenknopf«, sagt man. »Wo sitzt der?« – »Ich habe ihn zertreten, mit dem Beil zerschlagen, mit der Hand zerbrochen«, sagt man. »Ein schwerer Fall«, sagt der Arzt zu seinem Assistenten, und man kommt in die Gummizelle. Drei Stunden schreit man gegen die Gummiwand: »O du mein süßer vorderer, innerer, männlicher Kragenknopf.« Dann kommt der Wärter, um einen den Schweiß abzutrocknen. »Wollen Sie noch weiter toben?«, fragt er, aber man streichelt ihm als Antwort die Wange. Er ist gerührt, da tritt man ihn in den Bauch. Während er auf der Stelle liegenbleibt, entflieht man diesem Ort und kauft sich beim nächsten Händler 50 vordere, innere, männliche Kragenknöpfe, da heute gerade einmal das Geschäft nicht geschlossen ist.

Ins Hotel kann man nicht zurück, ja, man muß die Stadt meiden, man muß auswandern, sich eine Existenz im Fernen Osten oder in Amerika suchen, aber eines hat man: 50 vordere, innere, männliche Kragenknöpfe. Jetzt soll wieder einmal das Unglück wollen, daß der Kragenknopf verloren ist, man hat Ersatz. Man verteilt die 50 vorderen, inneren, männlichen Kragenknöpfe im ganzen Zimmer, nicht zwei dürfen zusammenliegen, dann hat man sie stets zur Hand, und es kann nicht mehr passieren, daß man ihn nicht finden kann.

1937

Meine erste Liebe

Sie hieß Else R. und wohnte in unserer Nähe. Wir hatten als Kinder zusammen gespielt in unserem Garten sowie in dem meiner Cousine Ida. Seit sie das Haus gegenüber dem von Idas Eltern gekauft hatten, spielte Else täglich mit uns. Vorher hatten Ida und ich Mann und Frau gespielt, das war unser Lieblingsspiel. »Willst du meine Frau sein?«, fragte mich Ida, und ich sagte schlicht: »Ja, Ida!« In diese Ehe kam Else hinein und zerstörte sie, da ich lieber mit ihr Verstecken spielte. – Eines Tages sagte Elses Mutter zu mir: »Nun kann Else nicht mehr mit dir spielen, Kurt, denn sie ist zu groß geworden.« Davon verstand ich kein Wort, aber Else kam nun nicht mehr. Sie trug einen sehr schönen Mozartzopf im Nacken, der damals gerade modern war für Backfische und fußfreie Kleider. Begegnete sie mir auf der Straße, so pflegte sie nach der anderen Seite zu sehen. Konnte sie nicht anders als mich bemerken, so grüßte sie, als ob sie Seife trinken sollte.

Oft sah ich sie mit gleichaltrigen Freundinnen zusammen, und alle lachten. Sobald die eine aufhörte zu lachen, fing die andere an. Jeden Nachmittag schien bei ihr zu Hause eine Versammlung schöner Backfische stattzufinden, und dazu holte Else immer eine richtige Tüte mit Gebäck aus der Filiale der Wülfeler Brotfabrik.

Sobald es dunkel wurde, ging ich mit meinem Hund Peter vor ihrem Hause auf und ab und versuchte, ein Stückchen von ihr durchs Fenster zu erblicken. Sah ich etwas, kam sie zufällig für eine flüchtige Sekunde am Fenster vorbei, so notierte ich die genaue Zeit dieses wichtigen Ereignisses, und was ich gesehen hatte.

Im Sommer wohnte ich mit meinen Eltern in unserem Landhause auf dem Ziegeleigrundstücke in Isernhagen, wo Else nie gewesen war. Ich schlief allein im besten Zimmer. Dort standen nur die Konserven, die meine Mutter und Tante für den Winter eingekocht hatten, sonst nur mein Arbeitstisch.

In einer Nacht, es war dunkel, wachte ich auf und sah, als ob Else in einem langen weißen Spitzenkleide durch den dunklen Raum schwebte. Dann war alles wieder dunkel.

Am nächsten Tage stand ihre Todesanzeige in der Zeitung. Else war mit 18 Jahren ganz plötzlich an Blutvergiftung gestorben.

1937

Gertrud

Gertrud K. war ein schlankes Mädchen mit einem Ausdruck im Gesicht, daß man wußte, sie war dabei mit ihrem Herzen und ihrer Hand. Das Gesicht versprach alles, unterhaltsame Stunden, Freude und besonders Teilnahme an dem, was ihren Freund anging. Deshalb hatte ich sie lange gern, als sie noch kurze Kleider trug. In der Straßenbahn bestaunte ich sie, und wenn ich als Primaner draußen in meinen freien Zeiten Landschaft malte, war mein größter Wunsch, sie möchte vorbeikommen, stehenbleiben und meine Kunst gehörig bewundern.

Wie war ich froh, als sie zufällig an dem Tanzkursus teilnahm, bei dem ich eingeschrieben war. So konnte ich sie beim Tanzen mit dem Arm stützen und sie ganz nah betrachten. Wir lernten natürlich zuerst die leichteren Tänze. Als wir aber schon die Quadrille konnten, fragte Gertrud mich bei einer kurzen Tour, die wir zusammen tanzten: »Ist Liebe nicht ein schönes Wort?«

Natürlich errötete ich und wußte nichts darauf zu sagen. Ich mied sie sogar, da ich fürchtete, noch einmal verlegen zu werden, und sie heiratete, ohne daß ich wüßte, wen und wohin.

1937

Aus dem Land des Irrsinns

Einleitung

Wer ein'n Vogel hat, gleicht dem gekrönten Haupte.

Wir alle gleichen im gewissen Sinne einander, wie überhaupt alles in gewissem Sinne ungewiß ist.

Der Mensch gleicht dem Menschen, und zwar gleicht er dem Menschen mehr als z. B. der Katze, als die Katze dem Vogel, als der Vogel der Fliege, als die Fliege dem Flieger.

Wir alle gleichen in gewissem Sinne allem.

Daher gleichen wir auch gekrönten Häuptern.

Warum sollte nun derjenige, der einen Vogel hat, nicht auch gekrönten Häuptern gleichkommen?

Überhaupt die Logik!

»Wenn zwei gekrönte Dreier ihr untereinander gleich sind, dann sind sie auch einem Dritten gleich.« Soweit die Geometrie.

Gleicht doch z. B. der, der keinen Vogel hat, in gewisser Weise auch dem, der wohl einen Vogel hat, der Mensch dem gekrönten Haupte, der Mensch dem Irrsinnigen, der Irrsinnige der Katze, die Katze dem Ei, das Ei der Henne usw.

Und warum etwa sollte dieser Vergleich: »Wer einen Vogel hat, gleicht den gekrönten Häuptern«, nicht hinken?

Hinken doch alle Vergleiche, es gehört zu den Eigentümlichkeiten aller Vergleiche, zu hinken.

Und darum steht wohl fest: »Wer einen Vogel hat, der hat eben einen Vogel.« Da kann man nichts machen.

Gar nichts kann man machen.

Und schließlich haben ja alle Menschen in gewisser Weise einen Vogel. Da kann man auch nichts machen.

Man sollte daher mit Fug und Recht in gewisser Weise von einer Welt des Irrsinns sprechen. Kann man auch, aber hier soll nicht von dieser Welt des Irrsinns die Rede sein, sondern von einem gewissen Land des Irrsinns als der stärksten Gemütsbewegung, deren der Mensch als der selbstbewußte obere Typ der Tierart ›Affe‹ für fähig ist, ganz unpolitisch natürlich, und um jeden Irrtum auszuschalten, sage ich hier als Verfasser ausdrücklich, daß ich mit keiner Faser meines Gedankens etwa an Irland gedacht habe.

Mein Land des Irrsinns, von dem ich träume, ist gewissermaßen ein Land des Lächelns, weil man doch nicht sagen kann: »Ein Land des Weinens.« Irren ist menschlich, doch nicht alle Menschen verstehen zu lächeln.

Mit diesen Menschen soll hier eine Abrechnung gemacht werden, gewissermaßen eine Abrechnung ohne den Wirt.

1937/38

Aus dem Land des Irrsinns

Ist es eigentlich nötig, von einem Land des Irrsinns zu sprechen? wird der aufmerksame Leser sicherlich fragen, denn jeder weiß, daß wir in einer Welt des Irrsinns leben. Oder sollte es wirklich noch Leute geben, denen dieser Grundsatz nicht klar ist?

Dann bitte ich diese zu bedenken, daß sie selbst voraussichtlich die andern, darunter auch mich selbst, für irrsinnig halten, daß ihnen zumindest die Handlungsweise der anderen oft ein wenig verrückt vorkommt. Wenn dem aber so ist, so leben wir alle in einer Welt des Irrsinns, da die Summe aller ›anderen‹ insgesamt die ganze Bevölkerung der Welt ergibt.

Trotzdem wage ich es, von einem besonderen Land des Irrsinns zu sprechen, und ich sage hier ausdrücklich, daß ich nicht etwa Irland meine.

Nun möchten natürlich alle gern dieses Land kennenlernen und gern wissen, wie man hineinkommt.

Das ist sehr einfach.

Zunächst trinkt man eine gute Flasche und wird dadurch zum Flaschenkind in einer Gesellschaft organisierter Flaschenkinder. Nachdem sich diese Gesellschaft konstituiert hat, stehen alle auf und rufen 4mal in 5 bis 6 Windrichtungen: »Hinten eskortiert ist leichter«, worauf sich die Gesellschaft wieder hinsetzt. Darauf heben alle Mitglieder gleichzeitig ihre linken Füße zum Mund und beißen sich gleichzeitig mit einem Ruck die linke große Zehe ab.

Auf diese Weise gut vorbereitet werden dann alle Mitglieder ohne Bedenken in die weit offenstehende Pforte des Landes des Irrsinns hineinhinken.

I. Lektion: Gesangsstunde

Da wohnt links gleich ein Mann namens Piep. Es ist ein Mann üblichen Alters, Gesicht oval, Haare blond bis braun, ein wenig meliert, Nase gewöhnlich, besondere Kennzeichen keine. Dieser Mann ist Tierfreund. Speziell liebt er innig alle Vögel. Wenn sichs vor seinem Fenster plustert und piept, dann piepts bei ihm ebenfalls. Und wenn im Winter Wald und Flur oft beschneit sind, baut er ein kleines drehbares Vogelhäuschen zwischen den dickstämmigen Tannenbäumen und den behenden Eichhörnchen. In dieses Vogelhäuschen legt er alte abgenagte und ausgetrocknete Knochen, Samenkörner orientalischer Pflanzen, gekochte Kartoffelschale und Holzwolle, und nun sammelt sich die ganze Vogelschar in seinem Drehhaus und springt und zwitschert lustig dazu.

Unterhalb des Drehhauses aber sammelt sich auch eine wilde Katze und späht nach der lärmenden Gesellschaft da oben. Natürlich empfindet auch sie eine Freude über diese kleine Gesellschaft gefiederter Sänger, die aber anderer Art ist als die des Herrn Piep.

Plötzlich erscheint Piep am Fenster, sieht die Katze, und in seinem Gemüt steigt ein trüber Verdacht auf.

»Sollte wohl die wilde Katze Lust verspüren, von dem für die gefiederten Sänger ausgelegten Futter mit zu essen?«

Augenblicklich eilt er in seinen Schlafrock und mit demselben über die Balkontreppe in den kleinen Mustergarten hinunter. Mit tellergroßen erschrockenen Augen sieht ihn die wilde Katze an. Da beginnt Piep:

»Holde und liebreizende Katze, wer du auch seiest, solltest du Lust verspüren, an dem Mahl meiner Vögel mit teilzunehmen, so sei uns allen herzlichst willkommen!« »Miau!«, sagte die Katze.

»Du sagst miau, kleines behaartes Tier«, sagt Piep darauf, »leider kenne ich deine Sprache nicht, vielleicht aber glaube ich zu verstehen, daß du wohl gern hinaufgehoben werden möchtest in das kleine Drehhaus??«

»Miau!«, sagte die Katze. »Siehst du, wie gut ich dich verstehe«, antwortete Piep und breitete seine Hände aus. Die Katze schmiegte sich hinein, und Piep hob sie leicht hinauf auf das Drehhäuschen, wo sie zu schnurren begann. Gleichzeitig aber schwirrten alle Vögel auseinander.

»Die müssen sich natürlich erst an dich gewöhnen, die kleinen, lieben Vogelseelchen«, sagte Piep zu der Katze, die sich behaglich in der dunkelsten Ecke des Häuschens Platz machte und aufrollte.

»Miau«, sagte die Katze. »Aber du frißt ja gar nichts von den herrlichen Dingen?«, sagte Piep. »Miau«, sagte die Katze. »Ich merke schon, wir beiden verstehen einander recht gut«, fuhr Piep fort. »Aber willst du nicht einmal ein kleines Stückchen Knochen probieren?« »Miau!«, sagte die Katze. »Du willst das nicht? Dann zögest du vielleicht etwas gekochte Kartoffelschale vor oder diese prächtigen Samenkörner orientalischer Gewächse?« »Miau??«, sagte die Katze. »Verstehe schon«, sagte Piep, »du bist ein gutes Herz und wolltest den

Vögeln nichts wegnehmen. Ich liebe und bewundere immer alle altruistischen Charaktere. Du gute Katze hast es nur auf die Holzwolle abgesehen, um dir ein warmes und weiches Plätzchen zu machen. Warte nur, du sollst mehr Holzwolle haben!« Und dabei eilte er ins Haus und holte den ganzen Arm voll davon, den er der Katze im Vogelhäuschen unterlegte. Dann ging er wieder ins Zimmer und beobachtete, wie die kleine Katze sich wundervoll einrichtete. Zuerst stand sie auf, dann drehte sie sich wohl 20mal über der Holzwolle um und um und machte sich dadurch ein rechtes kleines Nest, in das sie sich dann hineinlegte.

Es schien Piep, als ob nur noch die Schnurrbarthaare rausguckten aus dem Nest, in dem die schnurrende Katze sehr behaglich lag.

Piep zündete sich eine kleine kurze Pfeife an, wie man sie im Mund von Oberförstern gern zu sehen pflegt, und dachte dabei, ob solch einer Kreatur, wie der Katze, nicht solche Kleinpfeife auch wohl schmecken würde, und sein Herz ging über vor Liebe für alle Kreaturen, zur Welt und zum Tabak.

Da kam ein kleines Vögelchen vom Gäßchen geflogen, um etwas von den Leckerbissen zu verzehren. Zunächst setzte es sich auf die Stange vor dem Hause, und die Katze lag in ihrem Nest und rührte sich nicht. Man konnte nur deutlich beobachten, wie sie es mit milden Augen wohlwollend anblinzelte. Der Vogel aber sah auf zum Himmel und sagte: »Kiwitt, kiwitt, püttje witt.« Die Katze hörte genau zu. Piep aber dachte: »Was für kluge und lernbegierige Tiere doch diese Katzen sind. Ich glaube, sie will die Vogelsprache lernen, so genau horcht sie auf sein Gezwitscher.«

Der kleine Vogel aber sah zu Boden und flog näher ins Häuschen hinein, wahrscheinlich, um nach diesem kleinen Gesang sich etwas zu stärken. Sehr freundlich reichte ihm die Katze ihre rechte Vorderpfote zum Willkommen. Der Vogel aber mußte sich wohl über irgendetwas erschreckt haben, denn er ergriff diese in friedlicher Meinung hingereichte Hand nicht, sondern flog ohne Grund hinweg.

»Wie ungebildet«, dachte Piep und konnte es wohl verstehen, daß die wohlerzogene Katze darüber böse wurde und hinter dem Vogel herfluchte.

»Sie möchte nun so gern etwas Verkehr mit diesen musikalischen Tieren haben, wenn sie auch nur ›miau‹ sagen kann, und diese eingebildeten Künstler ergreifen nicht ihre so jovial dargereichte Hand.«

Aber schon kam ein zweiter Vogel, und es spielte sich die gleiche Szene wieder ab. Der Vogel kam auf die Stange, flog dann ins Haus und verschmähte die ihm freundlich dargereichte Hand der Katze. Es kamen mehr und mehr Vögel, und jedesmal konnte Piep das gleiche beobachten. Es schien ihm, als ob alle Vögel einen gewissen Hochmut gegenüber Katzen hätten, und er begann darüber nachzudenken, weshalb wohl eigentlich. Plötzlich fiel es ihm auf, daß ja die Katze ›miau‹ sagt, während der Vogel piept. Daß natürlich zwei große Völker sich nicht verständigen können, wenn sie verschiedene Sprachen sprechen, ist wohl selbstverständlich. Aber läßt sich dieser Hinderungsgrund nicht leicht beseitigen, dachte er und redete die Katze also an:

»Gute Katze, ich weiß deinen Namen nicht, darum entschuldige, wenn ich dich einfach bei deinem Gattungsbegriff nenne, ich weiß dir Rat.« »Miau«, sagte die Katze. »Du möchtest gern in gesellschaftliche Beziehung kommen zu den kleinen reizenden gefiederten Sängern, du möchtest mit ihnen verkehren, Gedanken mit ihnen austauschen, und sie lehnen das immer ab. Ja, verstehst du denn nicht, daß man Gedanken nur austauschen kann, wenn man sie in der gleichen Sprache fixiert? Wenn du z. B. katzisch redest und die Vögel vögelisch, dann redet ihr immer aneinander vorbei. Du kennst nicht ihr Grußgezwitscher, und sie sind es nicht gewohnt, daß ihnen zum Willkommen jemand die Hand hinreicht.« »Miau«, sagte die Katze.

»Ich sehe, daß du auf meinen Gedankengang eingehst und freue mich darüber. Und ich bin darüber hinaus noch bereit, dir zu helfen, die Vogelsprache zu lernen. Ich selbst habe den kleinen Kerlen, die ich nun schon so lange beobachte, manchen Piep abgelauscht und will es dir gern vorsprechen, damit du es lernst.« »Miau«, sagte die Katze. »Du kannst doch sprechen?«, fragte er, »dann komm nur herein in mein Arbeitszimmer, und hier wirst du noch einige sehr begabte Lehrmeister der Vogelsprache finden«, und damit holte er einen wundervollen, gelben Kanarienvogel mit Bauer ans Fenster. Die Katz wurde aufmerksam, stand auf, reckte sich und zeigte lebhaftes Interesse an dem gelben Tier. Piep nahm darauf den Kanarienvogel mit Bauer an dessen alten Platz zurück, und die Wildkatze kam ans Fenster, um einmal zu sehen, wo er geblieben war. »Siehst du, ich wußte es doch, daß du auf meinen gutgemeinten Vorschlag eingehen würdest«, redete Piep sie an, »nun setz dich hierher, wir werden gleich mit dem Unterricht beginnen«. Aber er traute seinen Augen nicht, mit einem Satz war die Katze auf dem Tisch und trank von der Milch aus dem Milchtopf.

»Ach, bist du durstig?«, fragte Piep. »Daran hätte ich auch denken können«, und er schenkte ihr eine Tasse Kaffee ein, die aber die Katze stehen ließ. Piep aber dachte nach, und plötzlich kam ihm eine Idee: »Jetzt hab ichs gefunden«, sagte er zu der Katze, »ich habe die ganze Zeit darüber nachgedacht, wie ich dich nennen soll, da du aber meine Milch gefressen hast, nenne ich dich Milchfraß.« »Miau!«, sagte die Katze. Darauf redete er die Katze also an: »Meine liebe kleine Milchfraß! Es ist mir natürlich klar, daß man das Piepen nicht von heute auf morgen lernen kann, wenn man eine Katze ist. Die Römer haben doch auch nicht in einem Jahre italienisch gelernt. Darum sollst du von nun an zu meinem Haushalt gehören, bis du die Vogelsprache erlernt hast. Du bekommst ein Körbchen am Ofen und hast Erlaubnis, überall herumzustreifen, besonders aber wird dir empfohlen, dich in der Nähe meines Kanarienvogels, meines Dompfaffs und meiner zwei kleinen Wellensittiche aufzuhalten. Und nun geh nur in dein Körbchen, die erste Lektion ist damit beendet.«

2. Lektion: Schwimmunterricht

Wie schon erwähnt, herrschte Winter, und draußen fror es unaufhaltsam. Das ist aber kein ersprießliches Klima für allerlei Getier, wie beispielsweise Fliegen. Die Dummen erfrieren, während die Klügeren sich in die wärmenden Häuser retten. So war eine größere Fliege in Pieps Haus gekommen, um dort zu überwintern. Piep bemerkte sie, als sie am Radioapparat zwischen den einzelnen Orten in der Skala herumlief. Plötzlich saß sie auf Rom, kitzelte sich hinter den Ohren, blickte ein wenig um sich, dann lief sie sehr schnell geraden Weges an Paris vorbei über die Stelle, an der man Moskau hören kann, die aber nicht verzeichnet ist, direkt nach Lahti. Dort kratzte sie sich wieder hinter den Ohren, dann lief sie über Modena, Köln im Bogen nach Kattowitz, dort schlief sie ein. Es war sicherlich ein beschaulicher schöner Platz für Fliegen im Winter, es war warm und hell, international, und man konnte die herrlichste Musik hören.

»Sieh da, du kleine Fliege«, sagte Piep, »wie schlau. Seit wann bist du denn im Zimmer?«

Die Fliege sagte nichts, sie bewegte sich noch nicht einmal.

Piep tippte mit seinem Finger auf die Stelle über Kattowitz, aber die Fliege rührte sich nicht, sie wußte, daß sie durch das Glas vor allem geschützt war.

»Komm raus!«, sagte Piep plötzlich befehlend.

Die Fliege blieb still.

»Du kommst jetzt raus!«, keine Antwort. »Wirst du jetzt rauskommen, dumme Fliege!« – Piep war jetzt ärgerlich geworden.

Die Fliege blieb vollkommen ruhig in der Gegend von Kattowitz sitzen. »Wir wollen doch mal sehen, ob du herauskommst!??« – Piep schüttelte das Radio. Das hatte den Erfolg, daß die Ouvertüre, die er gerade von Kalondborg hörte, plötzlich in eine Rede des Bundeskanzlers Schuschnigg über seine Reise nach Berchtesgaden überging, und daß die Fliege von Kattowitz nach Sottens gerutscht war. Sie streckte sich dort, jedes Bein einzeln und so langsam, daß Schuschnigg mit seiner Rede gerade fertig geworden war, als sie das letzte Bein streckte. »Du beginnst also herauszukommen«, sagte Piep beruhigt zu der Fliege. »Nun komm schon ganz nach draußen, ich möchte dich gern begrüßen.«

Die Fliege blieb auf Sottens sitzen.

»Der Weg nach draußen führt über North Regional, Köln und dann über die kurzen Wellen nach Rabat und dann durch die inneren Teile des Radios«, sagte Piep. Die Fliege war vollkommen ruhig und lauschte den Klängen des Manolawalzers von Waldteufel, wiederum aus Kalondborg. »Komm jetzt raus!«, sagte Piep mit ziemlicher Schärfe. Da begann die kleine Fliege zu laufen, zunächst nach Marseille, Berlin, zwischen Paris und Breslau hindurch nach Zagreb. »Jetzt runter über Bordeaux, Rom!«, sagte Piep und wackelte aufgeregt mit den Händen, indem er in der Luft den zu nehmenden Weg vor dem Radio aufzeichnete.

Ganz im Gegenteil lief die kleine Fliege die große Reihe hinauf von Neapel über Mährisch-Ostrau, Newcastle, Saarbrücken usw. bis kurz vor Bologna, wendete sich dann rechts und bezog Quartier in Bari.

Piep schüttelte jetzt das Radio ziemlich unsanft. Da entschloß sich die kleine Fliege auf die langen Wellen überzugehen und verweilte in Oslo. »Du verdammte faselige Kreatur!«, fluchte Piep, »du sollst rauskommen!«, und als die Fliege in Oslo verweilte, stellte er um und erhielt die Wettermeldungen. In Oslo war keine Sturmwarnung, Oslo verwies auf Bergen. Die Fliege saß auf Oslo. In Bergen, das sich eine Minute später meldete, war keine Sturmwarnung, Bergen verwies auf Tromsö. Die Fliege saß auf Oslo. Nach 5 Minuten meldete sich Tromsö, wo keine Sturmwarnung war, Tromsö verwies wieder auf Oslo. Nach 10 Minuten verkündete Oslo 3 Minuten Pause. Das wurde der Fliege zu langweilig. Sie wanderte nieder, bis sie auf Straßburg hielt.

»Nun weiter, du gute liebe Fliege«, sagte Piep und konnte seine Hände kaum mehr halten. Da bog die Fliege wieder nach Kattowitz seitlich ab.

»Jetzt wird es mir aber zu dumm!«, sagte Piep und rückte das Radio von der Wand. Die Fliege saß auf Kattowitz. Piep aber nahm sein Taschenmesser, öffnete es und steckte es in die Rückseite des Radioapparates. Dann fuhr er mit einem Schrei gegen die Wand, er hatte die Hochspannung berührt und einen leichten Schlag gekriegt. Die Fliege saß auf Kattowitz. Da klingelte es an der Wohnungstür. Piep lag neben dem Radioapparat auf dem Boden, entweder hatte er sich über die plötzlich durch das Messer in seine Hand geleitete Elektrizität zu sehr erschreckt, oder er hatte gar etwas viel davon bekommen, er lag und beachtete nicht die elektrische Glocke. Milchfraß stand bei Hänschen, dem Kanarienvogel, um das Piepen von ihm zu erlernen und dachte nicht daran, die Tür zu öffnen. Da kletterte die Fliege über München, Rabat herunter, kam aus dem Radio heraus, flog quer durch die Zimmer zur Vorplatztür und setzte sich innen auf den Türdrücker. Aber sie hatte nicht damit gerechnet, daß durch ihr geringes Gewicht der Drücker doch nicht heruntergehen und die Tür öffnen würde.

Es klingelte wieder und wieder. Aufgeregt flog die Fliege vor der verschlossenen Vorderplatztür hin und her und überlegte, ob es in diesem Falle eigentlich vor der Tür oder hinter der Tür heißen müßte. Da bemerkte sie, daß der Schlüssel aus dem Schlüsselloch gezogen war, schlüpfte hindurch und sah draußen die entzückendste, liebreizendste aller jungen Damen stehen und ungeduldig mit dem reizenden kleinen Füßchen aufstapfen. Wie neckisch, dachte die Fliege und kehrte sofort wieder zurück zum Schlüsselloch, flog wieder zum Radio, vor dem Piep am Boden lag, dann überlegte sie, wie sollte sie diesem Manne klarmachen, daß draußen ein zauberhaftes Mädchen vor der Tür wartete. Schnell lief sie über sein linkes Auge. Piep blieb vollkommen ruhig liegen, bloß daß er seinen rechten kleinen Finger hin und her wackelte, weil es kitzelte. Darauf lief die Fliege in sein rechtes Ohr. Piep wackelte mit seinem linken Mittelfinger. Da flog die Fliege ihm direkt ins linke Nasenloch. Das hatte einen größeren Erfolg, als sie erwartet hatte. Mit einem gewaltigen Niesen richtete sich Piep in die Sitzlage auf, wobei er die Fliege ins Nebenzimmer schleuderte. Sie flog nicht, sie taumelte über den Tisch, über zwei Tassen hinweg und fiel unerwartet in den Milchtopf, den Piep wieder aufgefüllt hatte, nachdem die Katze ausgetrunken hatte. Dort sank sie auf die Sahne und begann sich im Schwimmen zu üben.

Die bildschöne junge Dame draußen aber hatte soeben fortgehen wollen, als sie das Niesen von drinnen hörte. Jetzt war sie böse, daß niemand öffnete, ihre Wangen röteten sich zornig, ihre Hände ballten sich zu kleinen Fäusten, und sie hämmerte damit unaufhaltsam gegen die Tür. Piep hörte es und beeilte sich zu öffnen. Da stand sie vor ihm im Rausche ihrer zarten Jugend, wie Blut und Milch, blitzte mit den Augen und sagte äußerst spitz: »Du bist wohl taub geworden, Adolar?« »Aber Irmgardine!«, antwortete Adolar Piep, »du siehst wieder bezaubernd aus heute«. »Laß deine ewigen Faseleien. Wen dressierst du heute?«, sagte Irmgardine, indem sie eintrat. Mit einem Lächeln führte Piep sie vor sein Radio. »Siehst du nichts?«, fragte er stolz und zeigte mit seiner Hand auf die Ortstabelle.

»Klassische Musik von Dänemark«, sagte Irmgardinchen, »eine blöde Ouvertüre von Rossini« und dann imitierte sie die ewigen Wiederholungen: »Taratarie, taratarie, taratarie, taratarie, taratarie . . . –, warum stellst du nicht Graz ein?« Dann stellte sie auf kurze Wellen um. Man hörte nur drahtlose Telegraphie. Piep achtete nicht darauf, sondern sagte: »Wo ist meine Fliege?«

Inzwischen fand Irmgardine zwei Sender gleichzeitig, die weiße Dame wechselte mit dem Pilgerchor aus Tannhäuser.

Piep lief aber im Zimmer aufgeregt hin und her, lief ins Nebenzimmer, suchte und fand die kleine Fliege im Milchtopf.

Damit endete die zweite Lektion.

3. Lektion: Menschliche Größe

»Du hast ja eine Katze«, sagte Irmgardine zu Adolar. »Seit heute«, antwortete Piep. »Und weshalb?« »Ich unterrichtete sie in der Vogelsprache!« Irmgardine hielt ihn für richtig irrsinnig. Aber das ist ja charakteristisch für alle Menschen, daß sie die anderen für verrückt halten. »Wollen wir nicht Kaffee trinken?«, sagte sie dann. »Es steht alles auf dem Tisch«, sagte Piep und lud sie mit einer Handbewegung ein, bitte Platz zu nehmen.

Den Kaffee schenkte Adolar ein und fragte galant: »Etwas Zucker?«

»Danke nein, aber Sahne bitte.« Er reichte ihr das Milchtöpfchen, und sie fragte: »Ist es Sahne oder Milch?«, und dabei sah sie prüfend hinein. Dann setzte sie es weit von sich auf den Tisch, indem sie sagte: »Lernt die Fliege da Brustschwimmen oder das Kraulen?« »Meine Fliege, meine entzückende kleine Fliege«, sagte Adolar jubelnd, nahm sie mit dem Teelöffel sanft aus dem Milchtopf, trocknete sie mit dem Tintenlöscher und erzählte dann Irmgarden, wie klug dieses Tier sei, und daß er sie in der Nähe von Rom zuerst gesehen habe.

»Also es ist eine italienische Fliege?«, fragte die Dame. »Doch nicht solch eine Fliege, die Malaria verbreitet?«

»Es ist doch keine Mücke«, sagte Piep. »Aber diese Fliege ist nicht italienisch, sie ist international, und außerdem ist sie jetzt gerade tot!«

Adolar bemerkte nämlich, daß er sie beim Abtrocknen mit dem Tintenlöscher etwas zu breit gequetscht hatte.

Die Katze war inzwischen auf das Bauer des Dompfaffs gesprungen, der sich ängstlich drückte. »Du mußt singen, mein kleines Tierchen«, sagte Piep, »die Katze will doch etwas von dir lernen!«

Da sagte Irmgarden: »Sieh nur, Adolar, wie gefährlich diese Katze für den armen Dompfaff ist, sie zwängt ihre rechte Vorderpfote durch das Bauer, um ihn zu fressen.« Darauf antwortete Adolar Piep: »Meine liebe Irmgardine, wie unrecht Frauen alles beurteilen, und wie sie alles verstehen. Von deiner Behauptung stimmt aber nichts, rein gar nichts.« Irmgardine machte eine Drehung, sie war beleidigt und Adolar fuhr fort: »Die Pfote reicht die Katze dem Vogel zum Gruße. Sie will ihn bewegen, ihr das Piepen beizubringen. Würde sie ihn aber fassen, was könnte es schaden, sie würde ihn nur streicheln, weil sie ihn zärtlich liebt. Besonders aber wundere ich mich darüber, daß du die linke Hinterpfote eine rechte Vorderpfote nennst.« »Ja, aber es ist doch die rechte Vorderpfote«, sagte Irmgardinchen trutzig. »Warum?« »Weil doch der Kopf vorne sitzt, und diese Pfote ist dem Kopf am nächsten.«

Adolar setzte jetzt eine überlegene Miene auf, indem er sagte: »Daß die Menschen immer wieder mit alten, überlebten Anschauungen kommen! Weil beim Elefanten der Kopf vorne ist, meinen sie, er wäre bei allen Tieren vorne. Aber es ist so verschieden wie die politischen Anschauungen verschiedener Völker.«

Irmgardine staunte zwar, aber daß Leute denken, daß die politischen Anschauungen verschiedener Völker verschieden sind, das war ihr eine geläufige Anschauungsweise. Da fuhr Adolar fort: »Genau wie die Anschauungsweise verschiedener Völker verschieden ist, so laufen die einen Tiere mit dem Kopf nach vorne und heben den Schwanz hinten, das sind z. B. Elefanten, echte Saurier, überhaupt alle vorweltlichen Tiere, Schlangen und einige andere Arten von Fischen. Die höheren Fische aber haben genau wie die Katzenarten ihren Schwanz vorne, während sie den Kopf hinten haben. Diese Tiere haben sich daran gewöhnt, rückwärts zu laufen, damit sie ihre Nahrung besser finden können. Jedoch gilt dies in der Entwicklung als ein gewisser Fortschritt. Andere Tiere, wie z. B. Hunde und Mäuse, haben ihren Kopf an der linken Seite, etwa westlich, einen Schwanz an der rechten, etwa östlich, und vorne ist bei ihnen nördlich, hinten südlich. Diese Tiere laufen stets nach links, nie nach vorn.«

Irmgardine staunte über die Maßen über diese treffende Erklärung. Aber sie war nicht ganz klar über die neue wissenschaftliche Einteilung der Tiere und fragte daher: »Gibt es denn auch Tiere, die den Kopf an der rechten Seite haben, den Schwanz an der linken und südlich ihre Vorderfront?« »Nein«, sagte Piep, »jedenfalls hat die Wissenschaft sie noch nicht entdeckt.« »Aber es gibt doch alle möglichen Arten politischer Anschauungen bei den Völkern?«

»Ja, aber es bestehen begründete Annahmen, daß bei den Tieren so etwas noch nicht vorkommt.« –

Jetzt stieß Irmgardine plötzlich einen Schrei aus. Milchfraß hatte nämlich den Dompfaff zu fassen gekriegt mit ihrer linken Hinterpfote und riß ihm mit der rechten alle Federn aus, so daß das arme Tier ungefähr nackt dasaß. Da sagte Piep: »Deine Lernbegier geht zu weit, kleines Katzentier!« und hob sie zwangsweise vom Bauer herunter, und indem er sich zu Irmgardine wandte: »Ist es nicht sonderbar, wie lernbegierig Katzen sind?« Unser kleiner Milchfraß zählte die Federn des Dompfaffs, um da gewissermaßen Schlüsse über die Art seines Gesangs zu ziehen. Sie will unbedingt das Piepen lernen.

Da sagte Irmgardine: »Da möchtest du wohl recht haben, sieh nur, jetzt zählt sie auch die Federn deines Kanarienvogels und die der Wellensittiche hat sie schon gezählt.« Und es war wirklich so, und es bot sich Piep ein schöner und schrecklicher Anblick. Seine vier Vögel saßen nackt auf ihren Stangen, etwas blutig, sonst aber rosa. Da sagte er stolz: »Es ist mir gelungen, die Vögelchen auf die Höhe der menschlichen Lebenshaltung zu führen. Im ganzen Tierreiche findet man außer meinen vier kleinen Vögeln nur die Menschen und Schweine, die rosa und nackt umhergehen. Meine vier Vögel haben etwas von der menschlichen Größe angenommen.

Und damit endete die 3. Lektion.

1938

Land des Irrsinns
(Handlung)

Der Naturgelehrte Piep wohnt gleich links am Eingang des Landes. Er beobachtet seine Vögel, eine Katze und eine Fliege.

Da kommt Besuch, ein Herr, gerade als er infolge von Unvorsichtigkeit beim Radio einen leisen elektrischen Schlag bekommen hat.

Mit Hilfe der Fliege erreicht es der Fremde, daß Piep ihm öffnet. *Die Fliege ertrinkt in der Milch* und wird später gerettet. Der Fremde erscheint harmlos, und Piep traut ihm, da wird ein Brief in den Briefkasten geworfen, aus dem Piep erfährt, daß er vor dem Herrn sich in acht nehmen muß.

Inzwischen hat die Katze die Vögel kahl gerupft aus Forscherfreude. Der Fremde merkt an Pieps Benehmen, daß dieser Verdacht schöpft und versucht, sein Geschäft zu beschleunigen. Das wiederum bestärkt Piep in seinem Verdacht, und der Fremde wird grob.

Gerade jetzt erscheint Suleika, die mit einem fliegenden Teppich von Konstantinopel kommt, sie ist einem Harem entflohen und landet zufällig auf dem Dache des Vogelhäuschens. Als der Fremde sieht, wie der Teppich, steif wie ein Brett, auf dem Vogelhäuschen landet, ergreift ihn Furcht, und er flieht und eilt zurück in das Land der Vernunft. Er läßt dabei seine Mappe auf dem Tisch zurück.

Piep eilt zum Vogelhäuschen und fragt Suleika, ob sie eine Märchenprinzessin wäre. Suleika ist sehr scheu und sagt, sie wäre eine ganz gewöhnliche Haremsdame. Ihr Chef hätte den Teppich, mit dem sie geflohen wäre, aus Tausend und einer Nacht geerbt. Piep bittet sie auszusteigen und lädt sie zur Besichtigung seiner Tiersammlung ein, die Suleika für einen Vogelharem hält, in dem die Katze der Wächter ist, zumal die Vögel nackt sind.

Piep erklärt ihr nun alles, und sie ist sehr erstaunt, was es hier gibt. Es dämmert, und sie erzählen sich Geschichten aus Tausend und einer Nacht und aus ihrem Leben. Suleika wundert sich, daß sie einander gleich verstehen, obgleich sie verschiedenen Kulturkreisen entstammen. Piep sagt, die Liebe überbrücke alle sprachlichen Schwierigkeiten. Inzwischen fährt ein Auto vor. Der Fremde aus dem Land der Vernunft kommt zurück und will seine Tasche holen.

Suleika, die ängstlich ist, daß jemand kommt, um sie nach Konstantinopel zurückzuholen, fleht, daß Piep nicht öffnen soll. Verzweifelt klopft der Fremde an die Tür, und Suleika versteckt sich, Piep verhandelt mit dem Fremden durch das Guckloch. Als der Fremde seine Tasche zurückverlangt, weist ihn Piep ab, weil im Land des Irrsinns solche Anträge schriftlich eingereicht werden müssen, und weigert sich, sich darüber zu äußern, ob überhaupt die Tasche gefunden ist.

Der Fremde sucht daher ein Wirtshaus auf und verlangt Feder und Tinte. Der Wirt fragt, ob er logische Tinte haben will. Er verlangt Tinte, einfach Tinte. – Und logisches Papier? Da er logisches Papier verlangt, erhält er dieses mit unlogischer Tinte. Der Brief fällt dementsprechend unlogisch, die Inschrift jedoch logischer aus. Dadurch gewinnt der Brief Schlagseite und steht schräg in der Luft. Trotzdem befördert er ihn selbst in Pieps Briefkasten, der ihn herausnimmt. Da er schief auf dem Tisch liegt, trennt ihn die abergläubische Suleika auf. Der Fremde will sich seine Antwort holen, aber Piep sagt, windschiefe Briefe beantworte er nicht. Der Fremde holt sich jetzt Rat beim Wirt, der ihm rät, zunächst ein Zimmer zu nehmen, von einer entsprechenden Preislage. Dann sagt er, man müsse mit logischer Tinte schreiben im Lande des Irrsinns und gibt ihm listig logische Tinte mit gewöhnlichem Briefpapier. Der Brief wird nach der anderen Seite schief. Verzweifelt fährt nun der Fremde ins Land der Vernunft zurück.

Inzwischen telefoniert die Polizei bei Piep an und bezeigt einen Fremden und fragt, ob er ihn wüßte, er wäre ein gefährlicher Hochstapler.

Piep erwähnt, daß dieser bei seinem Besuch eine Aktentasche zurückgelassen habe. Die Polizei kommt sofort und beschlagnahmt die Tasche, die wichtige Dokumente enthält.

Inzwischen holt Suleika ihren Teppich herein und richtet sich darauf häuslich ein. Der Fremde hat inzwischen eine kleine Bande ausgerüstet, mit deren Hilfe er die Tasche mit Gewalt zurückholen will. Sie umstellen leise das Haus, und Suleika, die gerade in Pieps Armen liegt, hört das Getrappel ums Haus. Piep sagt, das wäre aufgeregte Phantasie, weil sie zum ersten Mal freiwillig lieben könnte. Übrigens aber wäre es sehr bequem, auf ihrem Smyrna-Teppich zu liegen.

Der Fremde ist nun bereit zum Überfall, nachdem er seine Leute an allen Fenstern im Garten verteilt hat, und piept an die Tür. Piep läßt ihn ruhig piepen, und Suleika bringt unauffällig den Teppich ins Schweben, da sie wieder fürchtet, zurückgeholt zu werden. Das Haus als Hülle des Teppichs fliegt also mit in die Lüfte, mit dem Fremden auf dem Vorplatz, der es nicht merkt. Als Piep nicht kommt, will er seinen Leuten draußen einen Wink geben, aber das Haus schwebt zu hoch in den Wolken. Entsetzt fällt er zu Boden, zum Abspringen ist es zu hoch.

Suleika hört den Fall und öffnet die Tür, und es gelingt ihr mit Hilfe Pieps, ihn zu fesseln. Die Bande des Verbrechers aber flieht und rüstet Flugzeuge gegen Pieps Haus aus.

1938

Die beiden Brüder

Es waren einmal zwei Brüder. Der eine war klug, aber er war nicht so geschickt, Holz zu hacken. Der andere war stark, er konnte Bäume ausreißen, aber dafür konnte er nicht so gut denken.

Als nun der Vater sterben sollte, rief er seine beiden Söhne an sein Bett und sagte: »Ihr seid beide meine lieben Kinder, du Isaas, der du klug bist, und du, Heinrich, der du stark bist. Wenn ich sterbe, hinterlasse ich euch mein kleines Haus und mein kleines Feld. Es genügt euch beiden, wenn ihr zusammen darauf arbeitet. Teilt ihr euch aber den kleinen Besitz, so genügt es keinem von euch. Und nun vermache ich euch diesen kleinen Besitz unter der Voraussetzung, daß ihr euch vertragt und daß ihr eure alte Mutter standesgemäß erhaltet.« Dann starb der Vater.

Am anderen Tage sagte Heinrich zu Isaas: »Ich halte es für das Beste, wir teilen uns in der Weise in das Erbe, daß du Mutter erhältst und mit ihr fortgehst, während ich den Hof bearbeite und das Haus bewohne.« – »Aber wovon soll ich Mutter erhalten«, fragte Isaas, »wenn ich doch keine Einnahme aus dem Hofe habe?« – »Das wirst du besser wissen als ich«, antwortete Heinrich, »denn du bist doch so klug.«

Isaas versuchte, Heinrich klarzumachen, daß der Vater das so nicht gemeint hatte, sondern daß sie zusammen auf dem Hofe arbeiten sollten, dann würde der Hof sie beide und die Mutter dazu ernähren. Da meinte Heinrich, Isaas glaubte, ihn durch seine Klugheit zu überlisten, aber so dumm sei er nun doch nicht, daß ein Hof zwei, ja sogar drei Menschen besser ernähren könnte als einen. Und als Isaas noch mehr sagen wollte, warf er ihn aus dem Tor auf die Straße und verstieß seine Mutter.

Nun gingen Isaas und seine Mutter zum Grabe des Vaters und beteten, und da kam ein Arbeitsmann vorbei und fragte, warum Isaas so weinte. »Ich habe meinen Vater verloren«, sagte Isaas, »mein Bruder hat mich von dem Hofe gejagt und hat seine Mutter verstoßen, und nun sind wir beiden in der bösen Welt und haben nichts, um zusammen zu leben. Darum weine ich so.« »Komm zu mir«, sagte da der fremde Mann, »ich habe ein Gehöft, in dem kannst du arbeiten, und dann ernährst du dich und deine Mutter.« Isaas bedankte sich sehr und begann die Arbeit sofort, und die Arbeit gefiel ihm sehr. Er arbeitete fleißig, und der Herr war sehr zufrieden mit ihm und gab ihm gutes Geld, so daß Isaas bald eine schöne Wohnung für sich und seine Mutter hatte und die Tochter Welia seines Brotherrn heiraten konnte.

Eines Tages fragte nun sein Herr, wo denn der böse Bruder sei, der ihn so verlassen hätte? Da sagte Isaas, das wolle er nicht sagen, aber böse sei sein Bruder nicht, er sei nur dumm.

Eines anderen Tages kam Heinrich gerade in das Gehöft, um dort zu arbeiten, und als er seinen Bruder am Tisch stehen sah, sagte er: »Also dieser alte Mann hat dir Arbeit gegeben? Ich kann nun leider hier nicht mehr arbeiten.« Nun wußte der Herr, wer der Bruder Isaas' war, denn er hatte das mitangehört. Und er sagte: »Ist das nicht jener starke Mann, der neulich bei der Kirmes die deutsche Eiche zum Preis ausgerissen hat?« – »Ja, stark ist er«, sagte Isaas, »aber er bedenkt nicht, daß die Eiche doch nicht weiter wachsen kann, wenn er sie ausreißt. Selbst wenn er sie wieder einpflanzen würde, könnte sie nicht mehr wachsen.«

Es vergingen Jahre, und die Mutter wurde krank, und als sie sterben sollte, wollte sie Heinrich noch einmal sehen. Daher ging Isaas zu ihm und bat ihn, zu ihr zu kommen, da sie so krank war und sterben wollte. Da sagte Heinrich: »Unsere Mutter hat sich von dir ernähren lassen, und ich kann nicht in dein Haus kommen und nicht zu einem Menschen gehen, der von dir abhängig ist. Und was hat Mutter denn zu vererben? Ihre Kleider kann deine Frau auftragen, denn ich kann sie nicht haben.« Dann warf er Isaas von seinem Hofe und sagte, wenn er ihn noch einmal belästigen würde, würde er ihm die Finger abhacken, da er ihm seinen Verstand doch nicht abhacken könnte.

Isaas erzählte seiner Mutter nun, daß Heinrich krank sei und selbst nicht kommen könnte. Aber er sende ihr seine Grüße als Sohn. Die Mutter war betrübt, daß sie ihn nicht sehen konnte, freute sich aber über die Grüße und wollte nun doch hören, wie es auf dem Hofe aussehe, wo sie so glücklich gewesen wäre.

Da sagte Isaas, der Hof sehe blühend aus wie nie zuvor, alles sei schön eben und sauber, und seine Mutter freute sich. Er versuchte auf diese Weise auszudrücken, daß Heinrich alle Bäume ausgerissen hatte, und daß auf dem ganz gleichseitig gewalzten Boden nichts wuchs.

Als nun die Mutter tot war, kam Heinrich zu Isaas und sagte: »Du mußt mir helfen. Ich habe auf unserem Hofe gearbeitet, was ich konnte für dich und mich. Aber der Ertrag ist nicht ganz genug, weil die Pflanzen auf meinem schönen glattgewalzten Boden nicht wachsen wollen. Ich brauche Geld. Da ging Isaas zu seinem Herrn und bat ihn, seinem Bruder Geld zu leihen. Der Herr aber sagte: »Er hat dich nicht so behandelt, daß ich ihm Geld geben werde.«

Da ging Isaas zu seinem Bruder, der im Laden wartete, und sagte: »Mein Herr kann zur Zeit nichts hergeben, aber ich will dir etwas helfen«, und so gab er ihm fünf Mark. Der Bruder Heinrich sagte: »Was soll ich mit fünf Mark machen? Ich bin doch kein Bettler. Und der Hof gehört dir so gut wie mir. Hat er keine Erträge, so bist du gezwungen zu helfen, soviel du kannst. Also gib mir auf der Stelle deine gesamten Ersparnisse, sonst reiße ich dich in Stücke.« Teils aus Furcht, teils aus Liebe zu dem bösen Bruder holte nun Isaas alles, was er besaß, und gab es Heinrich.

Da sagte Heinrich: »Nun sollst du sehen, daß ich dankbar bin. Hättest du nicht alles gegeben, so hätte ich dich in Stücke zerrissen, und das täte sehr weh. Da du aber so lieb warst, mir alles zu geben, und da du nun nichts mehr hast, mir zurückzugeben, werde ich dich als guter Bruder erschlagen, denn dann stirbst du schnell. Und er holte eine Keule aus seiner Tasche und erschlug Isaas. Als das der Herr hörte, telefonierte er zur Polizei und ließ Heinrich festnehmen.

Es kam zu dem Prozeß, wo Heinrich wegen Mordes angeklagt war. Da sagte Heinrich: »Ich habe zwar meinen guten Bruder erschlagen, aber nicht aus bösen Absichten, sondern aus Liebe. Denn nachdem er mir alles gegeben hatte, hatte er selbst nichts mehr zum Leben, und damit er nicht elendig zugrunde gehen sollte, erschlug ich ihn.« Da sagte der Richter: »Gut mein Sohn, du hast treu gehandelt. Und wir werden an dir genau so treu handeln: Sieh einmal, du hast nun keinen Bruder mehr, den du bestehlen kannst, und der dir sein Spargeld gibt. Du würdest elend verhungern müssen, wenn wir dich wieder auf deinen plattgewalzten Hof senden würden. Daher verurteilen wir dich zum Tode.«

Als nun Heinrich hingerichtet werden sollte, fragte ihn der Scharfrichter, ob er einen letzten Wunsch hätte. Da sagte er, er hätte den Wunsch, daß alle Höfe, daß die ganze Welt so plattgewalzt würde, wie sein Hof wäre, und daß man überall alle Bäume ausreiße. Aber der Scharfrichter sagte, das könne er ihm nicht versprechen.

1938

Flucht nach Norwegen

Bevor Ernst von Hannover abreiste, widmete er 2 Tage meinem Atelier, um alles zu fotografieren, was ihm bedeutend erschien. Ich half ihm und erlebte das Atelier auf diese Weise nochmals im ganzen.

Ich war nicht sonderlich froh dabei, weil mir Vieles im Atelier Merzbau überholt vorkam, aber nochmals ein neues Atelier zu bauen, traute ich mir nicht recht zu.

Ernst sagte, er genieße sehr die Formen, es war gewissermaßen sein Abschied. Ich brauchte nicht Abschied zu nehmen, da ich ja nicht zu scheiden beabsichtigte.

Kurz vor der Abreise von Ernst erfuhren wir durch die Zeitungen, daß für ihn nach dem 1. Januar 1937 die Ausreise unmöglich werden würde infolge neuer Gesetze. So verzichtete er auf eine Reise mit dem Zug, und wir bestellten in aller Eile einen Schiffsplatz. Er mußte am 2. Weihnachtstage spätestens fahren.

Das Weihnachtsfest war für uns ein grauenvolles Erlebnis. Am Heiligen Abend brachten wir drei, Helma, Ernst und ich meinem Vater Kerzen zum letzten Gruß von Ernst auf den Friedhof. Wegen des Sturms wollten sie nicht recht brennen. Als wir zur Bescherung zu meinen Schwiegereltern fuhren, fanden wir eine überfahrene Katze in der Günterstraße. Deshalb blieben wir nur kurz und brachten das arme Tier zur tierärztlichen Hochschule, wo es getötet werden mußte. Der Wärter sprach sich nicht sehr freundlich darüber aus, daß wir ihn am Heiligen Abend störten. Ich schenkte Ernst allerlei Kleinigkeiten zu Weihnachten unter dem Motto: ›Man kann nie wissen‹.

Als wir am 1. Weihnachtstag zu Mittag gegessen hatten, bei meinen Schwiegereltern, verabschiedeten wir uns für das Fest, weil wir die ewigen Nörgeleien meiner Schwiegermutter, die zu ihrem Charakter gehören, nicht am letzten Nachmittag ertragen wollten. Da sagte meine Schwiegermutter zu Ernst: »Ich wünsche Dir für Dein weiteres Leben alles Gute.« Es war sonderbar, daß sie sagte: »Für Dein weiteres Leben«, denn sie konnte nicht wissen, daß Ernst Deutschland für immer verlassen wollte. Aber dieses vergrößerte die augenblickliche Spannung für uns. Den letzten Abend fuhren wir zu Nietzschke, um ihn um seinen Rat zu fragen. Er riet, erst einmal zu fahren, alles weitere würde sich ergeben, wenn die Notwendigkeit uns zwinge. Aber ich wollte nicht auswandern, nur eine Woche später als Ernst mit den Sachen kommen, die er nicht mitnehmen konnte und 2 Monate dableiben, um ihm alles einrichten zu helfen.

Von den Nietzschkes aus fuhren wir mit den Rädern unseren Lieblingsweg über Steuerndieb durch den Wald, 10 Kilometer. Ich glaube, wir haben es beide sehr genossen in der Dunkelheit.

Am 2. Weihnachtstage fuhren wir bei Nacht ganz früh nach Hamburg. Es war eisig kalt, es lag etwas Schnee, die Bäume waren bereift. Bei Lüneburg wurde es hell, ich begrüßte Bardowick. In Hamburg war starker Nebel. Das Tuten der Schiffe war ganz scheußlich. Dazu leiser Regen. Den Paß- und Devisenkontrolleur nahm ich menschlich, ich unterhielt ihn mit seinen eigenen Angelegenheiten, er hatte nämlich eine Gans zu Weihnachten. Nein, es war eine Ente, keine Gans. Der Mann war gerührt über meine Teilnahme. Nachmittags fuhr ich nach Retelsdorf und holte Lore, um sie der Schwiegermutter als Ersatz für Ernst zu bringen mit der Nachricht, daß Ernst nach Norwegen gefahren wäre. Sie nahm es gut auf.

Die letzte Woche verschönte mir Lori, die ich sehr gern leiden mag. Ich hatte viel zu packen und dachte daher wenig nach, an Abschied dachte ich mit keinem Gedanken.

Am 2. Januar 1937 fuhr ich ebenso heimlich von Hamburg ab wie Ernst, damit nicht etwa meine Schwiegermutter mich festhalten ließe.

In Oslo stand Ernst am Kai.

Er war traurig, hatte keine Wohnung.

1938

Identität

Wir leben in einer nüchternen Welt. Die Mark regiert, der Dollar regiert, das Pfund regiert, und Kanonen vermitteln die Wünsche der Menschen von Volk zu Volk. In dieser nüchternen Welt aber befindet sich daneben ein zartes Gewebe von Fäden, die beim Berühren zerreißen, die aber den Himmel auf die Erde zaubern können, wenn man sie nicht zerreißt.

Unter mehr als einer Milliarde Menschen lebte ein Soldat. Er tat seine Pflicht im Kriege und in der Heimat. Wer er war, ist zu wissen gleichgültig, und welches seine Heimat war ebenso. Er lebte in einer großen Stadt aus Steinen und hatte ein Liebchen.

Eines Abends verließ er seine Kaserne, er hatte Urlaub, und ging, um sein Liebchen zu sehen. Kaum war er bis zur nächsten Ecke gegangen, als er sie mit einem Offizier vorübergehen sah. Sie lächelte, als er den Offizier grüßte, dann stand er starr da wie ein Denkmal, wie das Denkmal des Unbekannten Soldaten. Als er noch so stand, kam eine vornehme Dame und faßte ihn bei der Hand und sagte: »Mein Haus steht Ihnen offen jederzeit.«

Der Soldat sah sie an, und sie war schön. Er lächelte mit seinem grimmigen Gesicht, und sie sagte: »Weshalb kommen Sie nicht mit?«

Ohne ein Wort zu sagen, schloß er sich der vornehmen Dame an, wechselte während des Weges die Seite, da er auf der rechten Seite gegangen war, und stand bald vor einem romanischen Torbogen.

Die Dame nahm aus einer perlengestickten Handtasche einen zierlichen Yale-Schlüssel und öffnete, und beide gingen über eine barocke Treppe hinauf in die erste Etage. Die roten Treppenläufer waren weich und neu. Dort klingelte die Dame, und eine zierliche Person öffnete, die dem Liebchen des Soldaten ganz entfernt ähnlich war, und die die Dame mit ›Gnädige Frau‹ anredete.

»Legen Sie Ihr Schwert hier ab«, sagte die gnädige Frau zu dem Soldaten, der Koppel und Seitengewehr sowie seine etwas schäbige Mütze in der Garderobe ablegte. Darauf ging sie mit zierlichen, graziösen Schritten voraus in den Salon, indem sie sich entschuldigte, daß sie vorging, weil er ja den Weg nicht kannte, und mit schweren Schritten folgte der Soldat. Auf eine einladende Handbewegung hin ließ er sich in einem breiten Sessel nieder, er fiel mehr, als daß er sich setzte, und nahm mit dicken Händen eine Zigarette.

Die Dame lachte, hielt ihre Zigarette wie eine Blume ihre schönsten Blüten hält, rauchte Kreise und Figuren in die bläuliche Luft, und bald standen leere

Weinflaschen, die noch soeben voll gewesen waren, auf dem Tisch, die Lichter im Kronleuchter brannten, und eine unsichtbare Wolke schwebte darüber, die aus den Gesprächen der beiden gebildet war.

Der Soldat hatte von seinen Feldzügen erzählt, ungeheuere Heldentaten. Er hatte einmal ununterbrochen 24 Stunden lang, als die Schützengräben dicht nebeneinander lagen, Tausende von feindlichen Handgranaten, die der Feind immer und immer wieder in seinen Graben geworfen hatte, einzeln gefaßt und wieder zurückgeworfen, und jedesmal waren sie drüben explodiert. Mehrere Male war er über eine feindliche Kanonenkugel hinweggesprungen, hatte allein eine Burg erobert, weil er von seinen Kameraden abgeschnitten war. Sie hatten nämlich, um die Burg zu erstürmen, eine Brücke über einen breiten Strom passieren müssen, er allein voran. Und als er als erster das feindliche Ufer erreichte, hatten die Feinde die Brücke in die Luft gesprengt, und die ganze Kompagnie, ja das ganze Regiment außer ihm waren umgekommen. Nun stand er allein in der feindlichen Burg, was sollte er machen? Ein guter Soldat ergibt sich nicht. Er ging auf den nächsten Feind los, fragte ihn nach der Zeit, und als dieser auf die Uhr sah, erstach er ihn. Die anderen Feinde, die das sahen, wollten ihn gefangen nehmen, aber er schlug ein Rad mit seinem Schwert, daß keiner ihn erreichen konnte. Da begannen sie zu schießen, Hunderte von wütenden, ja rasenden Feinden, mit Revolvern, Flinten, Maschinengewehren, aber er halbierte jede einzelne Kugel mit seinem Schwert und stand unverwundet auf einem riesigen Haufen halber Kugeln.

Als die letzte Kugel der Feinde verschossen war, erstach er einen nach dem andern, bis nur der General übrigblieb. Diesen band er mit einem Schlips an einen Laternenpfahl, reichte ihm Feder und Tinte und ließ sich die Übergabe der Festung schriftlich geben. Mit diesem Dokument schwamm er durch den Fluß zurück, verlor aber beim Schwimmen das Dokument und meldete daher dem Oberbefehlshaber des nächsten Regiments nur, daß sein Regiment aufgerieben war, und daß er der einzige Überlebende wäre.

»Sie haben jetzt genug erzählt, und ich bewundere Ihre gewaltigen Heldentaten«, sagte darauf die Dame, »und nun sollen Sie zu Bett gehen.«

»Zu Bett?«, fragte der Soldat verwundert, »ich muß zur Kaserne! Wie spät ist es denn?«

»Haben Sie keine Uhr?«, fragte die Dame, und er sah nach der Uhr, konnte aber keinen Zeiger erkennen. »Meine Uhr ist kaputt«, sagte darauf der Soldat, »oder ganz, ich kann es nicht unterscheiden.« –

»Es ist ganz allmählich«, sagte die Dame, stand auf und begleitete den willenlosen Soldaten in das Zimmer, das für ihn bestimmt war.

Mit einem Packen Betten unterm Arm betrat der Soldat das Zimmer, und als er noch etwas fragen wollte, hatte die gnädige Frau hinter ihm die Tür zugemacht. Er stolperte deshalb gegen die Wand, und fühlte, daß sie weich war wie Gummi. Da stand ein Sofa, das viel zu klein war, sonst nichts. Die Tür war zu, das Fenster hoch in den Lüften, und dabei war er bloß 2 Treppen hinaufgestiegen. »Meine Fantasie muß mich hinaufgetragen haben«, dachte er, legte auf dem Boden sein Bettzeug zurecht, warf seine Kommißstiefel gegen die Wand und versank in den Daunen.

Sobald er die Augen zumachte, verloschen die Lampen, die an den Wänden angebracht waren, und wenn er sie wieder öffnete, kroch Tageslicht aus allen Winkeln hervor. Zunächst schlief er und träumte. Er träumte von einem General, der vor ihm stand und sagte, er wollte von Mensch zu Mensch mit ihm reden. »Was war eigentlich von dem, was du der Dame erzählt hast, wahr?«, fragte der General. »Nichts, Herr Unteroffizier«, sagte der Soldat, und eine riesige Furcht vor Arrest befiel ihn. »Wie viele Tage Arrest hast du nun verdient?«, fragte der General wieder. – »Wenn ich ehrlich sein soll, Herr Unteroffizier, so müßte ich den Rest meines Lebens in Arrest verbringen.« – »Du bist ein wahrer Mensch, das erkenne ich an«, sagte der General, »aber in dem Heere können wir keine fantasiebegabten Menschen gebrauchen. Ich bestrafe dich daher damit, daß ich dich fristlos aus dem Verband des Heeres entlasse.«

Mit einem Schrei wachte der Soldat auf. Vor Freude über seine Entlassung hatte er laut geschrien. In dem Zimmer war bläuliches Tageslicht. Jene weiche Wand war verschwunden. An ihrer Stelle war ein zierliches Rokokogitter, welches die Pforte zu einem Garten zu sein schien. An den Wänden des Zimmers hingen 2 große Bilder, eines von Napoleon dem I., und das 2. war von dem Soldaten in der Uniform eines Generalfeldmarschalls. Und plötzlich blinkte Napoleon mit den Augen und winkte mit seiner Hand dem Generalfeldmarschall jovial lächelnd zu.

Jetzt blinzelte der Soldat mit den Augen. Er glaubte, ein Wunder erlebt zu haben, stand auf und suchte seine Kommißstiefel. Die waren verschwunden, statt dessen standen 2 zierliche Samtschuhe in schwarzer Farbe mit weißen Schleifen da, und als er fragend an sich heruntersah, entdeckte er mit Erstaunen, daß er vollkommen angekleidet war. Es schien ihm, als wäre er solch eine Rokokopuppe aus der Zeit Ludwigs XIV., wobei es ihm nicht ganz klar war, ob damals eigentlich die Rokokozeit gewesen war oder ob dieses erst ein neueres Produkt wäre. Schon kam ein Kammerherr herein und fragte mit einem riesigen Katzenbuckel: »Majestät wachen?« »Ich wünsche Frühstück«, sagte die soldatische Majestät. »Im rechten Pavillon an der linken Seite ist serviert, die Gräfin Po wartet schon«, sagte der Kammerherr mit 2 Katzenbuckeln.

Majestät schritt nun mit seinen wundervollen blauen Samthosen, an deren unterem Ende kostbare Spitzen baumelten, durch die gewundene Tür in den Park, ging wie ein Storch zwischen den gekrümmten Hecken hindurch nach links, wo er 2 Pavillons fand. Im rechten Pavillon wartete wirklich eine Dame in einem riesigen weiten Faltenrock, und als er näher kam, war es die gnädige Frau, die ihn, wie er meinte sich zu erinnern, am Abend vorher auf der Straße angeredet hatte, als er sein Liebchen mit einem Vorgesetzten hatte gehen sehen.

Mit langen Schritten ging er auf die Dame zu, reichte ihr die Rechte, und wunderte sich, wie fein sie inzwischen geworden war, wie gepflegt, mit durchsichtigen Fingernägeln, und es war ihm nicht möglich, zur Freude des Wiedersehens die Hand der Dame zu drücken, denn seine Hand war kraftlos.

»Guten Morgen, meine liebe Gräfin Po«, sagte er höflich, und die Gräfin knickste feierlich. »Haben Majestät gut geschlafen?«, fragte die Gräfin teilnehmend und rückte den Stuhl an dem Frühstückstisch zurecht.

Majestät überhörte die Frage und betrachtete den Stuhl. Man hätte ihn mit einem Handdruck zerbrechen können, aber plötzlich fiel es ihm ein, daß er ja sowieso keine Kraft mehr in den Händen hatte. Also setzte er sich und nahm seine Serviette. Mehr als 20 livrierte Diener kamen mit Schüsseln voll feinster Sachen, und Majestät sagte: »Habt ihr denn nichts Anständiges zu essen?« – »Was wünschen Majestät?«, fragte die Gräfin Po furchtsam.

»Zum Donnerwetter, etwas Anständiges«, sagte Majestät, »Kommißbrot und Speck.« Sofort verschwanden die 20 Lakaien wieder und kamen mit 50 Kommißbroten und ebensovielen Speckseiten zurück, und Majestät aß wie 20 Scheunendrescher, die Gräfin Po nahm auch eine Scheibe Kommißbrot und legte sich ein kleines Stückchen Speck darauf, dann sagte sie: »Ein ganz ausgezeichnetes Frühstück ist das, Majestät!«

Und so verging die Zeit, und man sprach über Angelegenheiten des Hofes, und Majestät sagte immer: »Machen Sie das nur, liebe Gräfin, machen Sie das nur, ich möchte mich nicht weiter überlasten.«

Draußen vor dem Pavillon tanzten die Blütenblätter, die immer und immer wieder von auf dem Dach stehenden Lakaien aus riesigen Säcken heruntergeworfen wurden.

Und plötzlich begann Majestät: »Was heißt eigentlich Identität?« – »Identität?« fragte die Gräfin Po, »das weiß ich auch nicht.« »Ich will es aber wissen«, sagte Majestät, und die Gräfin kannte diesen Ausdruck des Zornes, der sich in einer kleinen Zuckung seiner linken Augenbraue ausdrückte.

Daher drückte sie auf einen Knopf, und 20 Gelehrte erschienen. »Was heißt eigentlich Identität?«, fragte die Gräfin Po.

»Identität, Identität, daß irgendein Ding eben dieses Ding ist, was es zu sein vorgibt«, sagte der erste Gelehrte.

»Identität ist das sich Gleichbleiben einer geistigen Konzentration in verschiedenen Aggregatzuständen«, sagte der zweite Gelehrte.

»Identität ist eine Hoffnung, es möchte ein Ding sich selbst überdauern können«, sagte der 3. Gelehrte. Da fragte Majestät: »Bin ich mir selbst identisch?«

»Wenn ich mir erlauben darf zu verbessern, was Majestät sagten, so kann man sich nicht selbst identisch sein«, sagte darauf der 4. Gelehrte, »man ist identisch oder nicht, aber nicht sich selbst.«

»Majestät könen z. B. mit einem Soldaten späterer Zeiten identisch sein«, sagte der 5. Gelehrte.

»Dann bin ich es, denn ich fühle es genau, daß ich der Soldat bin, der gestern Abend . . .«, sagte Majestät, als das schnuckerige Dienstmädchen mit etwas Tee und Biskuit an sein Bett kam.

»Wie kommst du hierher?«, fragte der Soldat. »Durch die Tür«, war die Antwort. – »Und was willst du hier?« – »Ich komme mit dem ersten Frühstück.«

Mit einer Handbewegung warf der Soldat, der nun nicht mehr provisorischer König war, das ganze Tablett gegen die nächste Wand und ergriff das Mädchen, das schreiend hinauslaufen wollte, und zog sie nieder auf sein Lager.

Kurz darauf stand die gnädige Frau in der Tür.

Als sie sah, was sich ereignet hatte, holte sie ihren Revolver und sagte: »Nun kannst du versuchen, Kugeln zu halbieren.«

Dann erschoß sie den Soldaten.

Was gibt es nun noch zu berichten?

Der Soldat ist tot. Wer hat es gesehen, daß er in dieses Haus gegangen war? Voraussichtlich niemand. Und wer es gesehen hat, hat nicht darauf geachtet. – Aber das Mädchen, sie hatte geschrien, als der Soldat sie zu sich ins Bett hatte ziehen wollen, mußte über ihre Befreiung durch den Schuß der gnädigen Frau, die den Soldaten tötete, gerührt und der Dame dankbar sein. Sie mußte wohl, aber sie ist es voraussichtlich nicht. Denn nachdem der Soldat sie in seinen Armen gehalten hatte, hat sich die Situation geändert. War sie vorher wie ein flüchtendes Wild, jetzt war sie ein Weib, das an seiner Heldenbrust gelegen hatte, und es ist anzunehmen, daß sich Gefühle wie Vorsicht gegen die gnädige Frau, Trauer über den Verlust ihres Geliebten und Rachedurst bei ihr regen werden.

Wir müssen also annehmen, daß sie sofort ans Telefon gelaufen ist, um das Überfallkommando anzurufen.

Natürlich hat die gnädige Frau das wissen müssen, und es ist ebenfalls anzunehmen, daß sie, um Zeit zu gewinnen, während das Mädchen, nennen wir sie einmal Luzie, mit ihren Gefühlen selbst um Klarheit rang, die Telefonschnur durchgeschnitten hatte, um, während Luzie zur Polizei persönlich sich bemühte, in ihrem neuen schnittlinigen Auto mit riesiger Geschwindigkeit die Grenze zu überschreiten.

Es ist anzunehmen, daß es ihr gelungen ist, bevor der Skandal sich ausbreitete. Vorsorglich hat sie dann mit ihrem suggestiven Talent sich selbst verwandelt und steht vielleicht in irgendeiner Form vor Ihnen, die Sie dies alles lesen, aber, und das ist das Wichtigste, sie ist sich selbst identisch.

1938

Wir leben 25 Minuten zu spät

Wir leben 25 Minuten zu spät, und zwar von rechts gesehen. Von links gesehen leben wir 20 Minuten zu kurz. Zu spät und zu kurz ist unser rechtes und linkes Schicksal. Sieht man uns aber von oben, so sind wir platt wie eine Fibel, sieht man uns von unten, so sind wir hoch wie ein Zylinder. Von vorn betrachtet man unsere Rücksicht und von hinten unseren Bauch, denn den haben wir auch. Schmilzt nun der Schnee zwischen unseren Zehen, so bekommen wir heftige Zahnschmerzen, die erst aufhören, wenn uns die Sonne direkt ins Gehirn scheint. Dadurch entstehen aber die erleuchteten Gedanken, deren einer genügt, um Weisheiten wie diese hier niederzuschreiben.

1938

Jedenfalls Wurm

Denken Sie beispielsweise einmal intensiv an einen Bindwurm. –
– Einen Lindwurm? –
Ja, warum denn nicht? –
– Sie meinen einen Lindwurm? –
Ja, einen Bindwurm. –
– Ach so, Bandwurm? –
Meinetwegen auch Bandwurm. –
– Wieso? –
Nun eben. –
– Aber sagten Sie nicht wiederholtermaßen: ›Lindwurm?‹ –
Nein, Bindwurm. –
– Und meinten Bandwurm? –
Nein, Bindwurm. –
– Ich verstehe nicht recht. –
Ich sagte: ›Bindwurm, Bindwurm, Bindwurm.‹ –
– Dann darf man wohl fragen, was ein solcher Bindwurm eigentlich ist. –
Fragen dürfen Sie. –
– Und was antworten Sie? –
Nichts. –
– Warum? –
Weil Sie es vielleicht doch nicht begreifen. –
– Oh doch, warum nicht? –
Gut. Also ein Bindwurm ist eine Kreuzung. –
– Zwischen was? –
Der Bindwurm ist die Kreuzung zwischen dem Lindwurm und dem Bandwurm. –
– Ja, und was dann? –
Weiter nichts. –
– Und was ergibt das? –
Einen Bindwurm. –
– Aber das kann doch keinen Bindwurm ergeben! –
Tuts aber. Habe ich Ihnen nicht gleich gesagt, daß Sie Schwierigkeiten haben würden, es zu verstehen? –
– Gut. Dann frage ich: ›Wie äußert sich denn solch ein bißchen Bindwurm?‹ –
Frage!!! Wie äußert sich zum Beispiel ein Bandwurm, oder ein Lindwurm? –

– Natürlich ganz verschieden. Der eine äußert sich im Darm bis zum Magen, der andere auf den Brettern. –
Ja, und? –
– Ja, wieso? Ich meine doch, wollten Sie mir nicht sagen, wie sich Ihr Bindwurm äußert? –
Sie sagten mir soeben auch nicht etwa ›wie‹, sondern ›wo‹ sich Band- respektive Lindwürmer zu äußern pflegen. –
– Gut, dann frage ich Sie dringend: ›Wo äußert sich ein Bindwurm?‹ –
In der Mitte zwischen Band und Lind. –
– Ich verstehe kein Wort. –
Selbstverständlich. –
– Gut, das verstehe ich. Aber . . . nun sagen Sie mir bitte, wie äußert sich ›Ihr‹ Bindwurm. –
Das ist nicht ›mein‹ Bindwurm, sondern ›ein‹ Bindwurm. Es könnte ebensogut ›Ihr‹ Bindwurm sein, wie meiner. –
– Ja, dann bitte sagen Sie mir endlich; wie sich ein Bindwurm äußert. –
Verschieden. –
– Zum Beispiel? –
Sagen Sie zuerst, wie sich die beiden anderen Würmer zu äußern pflegen. –
– Ich werde es versuchen. Der Bandwurm äußert sich durch Abgang von Stücken und Erregen von Übelkeit. –
Wundervoll. Und der Lindwurm? –
– Der Lindwurm äußert sich in Stücken, oft ohne Übelkeit zu erregen. –
Prachtvoll. Wenn er nun manchmal doch Übelkeit erregt? –
– Das steht hier außer Kurs. Definieren Sie! –
Ohne Ihre Definition kritisieren zu wollen, äußert sich der Bindwurm durch Zuwachs von Stücken und erregt oft Übelkeit, oft nicht. –
– Eine mannhafte Definition. Aber ich kann es mir nicht recht vorstellen. –
Das können Sie nicht? Können Sie sich denn etwa vielleicht einen Bandwurm oder einen Lindwurm richtig vorstellen? –
– Sie stellen sich selbst vor. Aber . . . dann . . . . Sagen Sie mal, wie sieht denn solch ein Bindwurm aus? –
Groß. –
– Daß es nichts Kleines war, wußte ich. – Aber wie weiter. Hat er Füße? –
Nein, Räder. –
– Das ist schon etwas. Hat er einen Kopf? –
Nein, eine Lokomotive. –
– Dann käme er ja einer Eisenbahn gleich? –

Etwa. Der Bindwurm oder Koppelwurm, im Volksmund genannt: ›Die Eisenbahn‹, der französische Passagier nennt ihn: ›Chemin de fer‹, oder gleich: ›Eisenweg‹, den alten Römern unbekannt, ist länglich, sieht schauerlich aus, hat leuchtende Brillen auf den Augen. –

– Dann ist es doch ein Bandwurm. Denn der Bandwurm sieht wie eine Eisenbahn aus, die Lokomotive ist der Kopf, und wenn er rangiert, sind die letzten Wagen vorne. –

Bravo. Und der Lindwurm? –

– Der Lindwurm sieht schauerlich aus, hat leuchtende Augen in der Lokomotive und läuft auf Schienen. –

Also auch eine Eisenbahn. –

– Dann gehören also Bandwurm, Bindwurm und Lindwurm zu der gleichen Familie? –

Selbstverständlich, Familie Eisenbahn. Übrigens denken Sie einmal an das Wort: ›Landwurm‹. –

– Was ist denn das nun wieder? –

Der Landwurm ist die Kreuzung zwischen dem Bandwurm und dem Lindwurm. –

– Und was ist ein Landwurm? –

Ebenfalls eine Eisenbahn. –

– Und was ist der Unterschied? –

Der Landwurm ist die Eisenbahn, wenn Sie ein Retourbillett nehmen. –

– Das habe ich verstanden. –

Danke. Aber Quatsch ist es trotzdem. –

1938

Der Fisch und die Schiffsschraube

Es war einmal ein Fisch, der aß immer so viel schwere Sachen, daß er ganz dick und schwer wurde. Und da hatte er eines Tages eine große Schiffsschraube verschluckt, und das Eisen wog so viel, daß er nur noch immer auf dem Grund des Meeres herumwanken konnte. Nun kamen die anderen Fische und lachten, daß es an den Algen widerhallte, stießen ihn mit ihren Nasenspitzen in die Seite, wo er kitzlig war, und benahmen sich einfach pöbelhaft. Doch plötzlich schwamm ein großes Schiff über den Fischen, und ein Netz wurde ins Wasser gesenkt, auf dem Meeresboden entlanggezogen, und alle Fische waren gefangen. Das war ein entsetzliches Zetern und Jammern. »Was tun, was tun?«, riefen die Fische verzweifelt, und gerade die am pöbelhaftesten gewesen waren, baten den dicken schweren Fisch um seinen Rat. Der aber sagte: »Habt ruhig Blut, ich werde das Ding schon drehen.« Und als das Netz hervorgezogen werden sollte, legte sich der dicke Fisch auf die eine Seite, und da zerriß das Netz, und alle Fische schwammen durch das Netz. Daraufhin wurde der dicke Fisch zum König ausgerufen, er erhielt eine Muschelkrone aufs Haupt gesetzt, und nach der Melodie ›Heil dir im Siegerkranz‹ defilierten alle Fische vorbei.

Der Spazierstock

Hans-Hermann schlief mit seinen beiden Brüdern in deren Kammer, seine 3 Schwestern schliefen im Nebenzimmer und die Eltern erst im dritten. Da nun der Vater sowieso die ganze Nacht schnarchte, konnte Hans-Hermann unbemerkt fortkommen, und das tat er auch, wenn der Mond so voll und schön auf sein Bettchen schien.

Er nahm dann den Spazierstock seines Vaters und ging dorthin, wohin der ihn führte. Oft kamen sie an die Ufer des Flusses, und der Mond spiegelte sich auf den Graspflanzen, auf seinen krausen Wellen, oft kamen sie an den Wald, sobald es finster war, aber bei der Lichtung glänzte es und glitzerte, und Hans-Hermann glaubte, in einer anderen Welt zu sein. Der Spazierstock führte ihn nach einiger Zeit wieder unbemerkt nach Hause zurück, und am anderen Morgen lag er in seinem Bettchen, als wäre er gar nicht fortgewesen und hätte nur geträumt. Aber er war wirklich fortgewesen.

Einmal waren die beiden, Hans-Hermann und der Spazierstock, bei herrlichstem Mondschein schon weit über die Lichtung hinausgegangen, in das kleine Tal, in dem der Bach des Nachts besonders laut gluckst, da kam eine dunkle Gestalt auf Hans-Hermann zu. Hans-Hermann erschrak nicht wenig, besonders als sie ihn entdeckte, und er hörte es an der Stimme, daß es ein Mann war. »Du bist doch Hans-Hermann?«, fragte der Mann, den Hans-Hermann im Schatten nicht einmal sehen konnte. »Ja«, antwortete er. »Weshalb bist du denn hierher gekommen?« – »Das weiß ich nicht.« – »Gefällt es dir nicht zu Hause?« – »Zuhause? Da gefällt es mir sogar sehr gut. Meine Mutter ist so lieb, und Vater weiß immer so viel, daß ich denke, ich weiß gar nichts!« – »Aber sage mir, Hans-Hermann, weshalb bist du gekommen? Weshalb bist du nicht im Bettchen liegen geblieben?« – »Das konnte ich doch nicht, weil der Mond schien.« – »Und wie findest du zurück?« – »Der Spazierstock findet den Weg.« Da trat der Mann etwas aus dem Schatten hervor und wurde grell von dem Mondschein beleuchtet, und Hans-Hermann sah, daß er keine Augen und keine Nase hatte, und daß die Backen spitz und gar nicht wie aus Knochen waren. Mit einem Schrei lief Hans-Hermann fort, und er dachte, daß der Mann ihm folgte, und er glaubte schon, sterben zu müssen. Aber der Mann folgte ihm nicht. Hans-Hermann lief lange Zeit, und erst als er sich auf einer feuchten Wiese befand, die ganz von dichtem Nebel bedeckt war, machte er Halt. Sehen konnte er hier nichts, außer dem übernatürlichen Glanz, den das Mondlicht spendete. Aber er konnte auch nicht gesehen werden. Eine kurze Zeit stand er ganz still. Dann dachte er, es wäre doch sehr schön, wenn er zu Hause wäre. Aber der Spazierstock konnte den Weg nicht zurückfinden, und das kam daher, daß der Mann Hans-Hermann angeredet hatte. Ein Mädchen würde geweint haben, aber Hans-Hermann weinte nicht, denn er war doch ein Knabe. Er wußte auch, daß hinter dem Nebel eine Welt war, in der man für ihn sorgen würde. Und nun ging der Mond unter, da wurde es vollkommen finster. Hans-Hermann stand und bewegte sich nicht. So stand er, Stunden und Stunden, bis er plötzlich am Himmel einen leichten Rosa-Streifen sah, das war die erste Morgenröte.

Jetzt konnte er bald wieder sehen, und er sah, daß ganz in der Nähe ein Weg war, ein breiter Fahrweg. Hans-Hermann hatte jetzt gar keine Angst, er ging durch den Sumpf auf den Fahrweg und in der Richtung nach Hause. Denn nun war er sicher, der Spazierstock würde ihn richtig führen.

So war er eine lange Strecke gegangen und kannte die Gegend immer noch nicht, so daß er leise zu zweifeln begann, ob der Spazierstock ihn wohl richtig führte, da begegnete ihm auf einem Wagen ein Bauer, und der Wagen war hoch mit Brettern vollgeladen, auch ein kleiner Ofen stand da, ein Schornstein, Kohlen, Brot und Butter sowie Wurst, Kartoffeln, Teller, Tassen, Petroleumkocher und Petroleum, Spiritus und sogar Zündhölzer waren dabei, alles sauber geordnet. Vor dem Wagen ging ein braunes Pferd, das so reizend mit der Mähne schüttelte, daß Hans-Hermann näher heranging.

»Du siehst dir meinen Wagen an«, sagte der Bauer, »wie gefällt er dir?« Einen Augenblick dachte Hans-Hermann, daß der Bauer dieselbe Stimme hätte wie der Mann ohne Augen, den er in der Nacht nicht gesehen hatte. Darum sagte er nur: »Ja.« Was hätte er auch anders sagen können, denn das alles gefiel ihm wirklich, besonders da alles so klein war. – »Willst du das alles haben?«, fragte der Bauer. – Hans-Hermann glaubte seinen Ohren nicht trauen zu können und fragte daher: »Wie bitte?« – »Ob du das alles haben willst?« – »Ja, gern, aber wieso denn?« – Da deutete der Bauer auf Hans-Hermanns Spazierstock und sagte: »Alles dies tausche ich dir ein gegen deinen Spazierstock, der ja sowieso alt ist.« – »Aber das ist doch gar nicht mein Spazierstock«, sagte Hans-Hermann kläglich. »Das ist nicht dein Spazierstock?« – »Eigentlich ist es mein Spazierstock doch, denn was meinem Vater gehört, gehört auch uns Kindern.« – »Also du willst nicht?«, sagte der Bauer kurz und klopfte das Pferd mit der Peitsche, daß es weitergehen sollte.

Hier gab es kein langes Besinnen. Entweder mußte Hans-Hermann »Ja« sagen, oder der Bauer fuhr mit allen diesen schönen Dingen fort. Und richtig bedacht hätte sicherlich Vater einen so günstigen Tausch nicht ausgeschlagen. Kurz besonnen sagte daher Hans-Hermann: »Ich tausche mit dir«, und der Bauer stoppte, denn das Pferd war schon wieder inzwischen weiter gegangen, und sprang vom Wagen herunter, machte eine tiefe Verbeugung, nahm Hans-Hermann den Spazierstock aus der Hand und wies mit einer einladenden Handbewegung auf den Kutscherbock.

»Erst mußt du mir den Wagen umdrehen«, sagte Hans-Hermann, »denn ich wohne dort.« »Gerne«, sagte der Bauer, drehte den Wagen um und verschwand.

Hans-Hermann streichelte zuerst das schöne Pferd und wollte ihm Zucker geben. Da faßte er in seine Tasche, und wie durch ein Wunder war Zucker darin, viele schöne Stücke, die das Pferdchen gern verzehrte. – »Nun mußt du mich aber nach Hause ziehen«, sagte Hans-Hermann zu dem Pferdchen, und das Pferdchen nickte mit dem Kopfe. Er schwang sich sodann auf den Kutscherbock und los gings: klapp, klapp, klapp, klapp. – Aber Hans-Hermann kannte die Gegend nicht, je weiter sie fuhren, desto weniger, – obgleich die Sonne jetzt vom Himmel strahlte. Darum kehrte er um und fuhr entgegengesetzt, aber auch hier war er unbekannt. Und dabei mußte es doch irgendwo auf der Erde eine Stelle geben, wo das Haus seines Vaters stand. Hans-Hermann war sehr traurig, daß er es nicht finden konnte, und dachte: »Hätte ich doch den Spazierstock nicht fortgegeben.«

Und wie er noch so traurig war, kam ihm auf der Landstraße ein Mädchen entgegen mit 2 blauen Augen, 2 dicken und langen blonden Zöpfen, einem roten Kleide und alles, was schön ist. Als das Gefährt mit Hans-Hermann nahe herangekommen war, blieb sie stehen, begann zu lachen und nickte. »Ich kenne Sie nicht«, sagte Hans-Hermann, »Sie müssen sich wohl irren, und außerdem bin ich...« Er wollte sagen »im Hemd«, aber da sah er an sich herunter und sah plötzlich, daß er schön wie ein Page angezogen war. »Weshalb sagst du Sie zu mir?«, fragte das Mädchen. – Da hielt Hans-Hermann an, sprang vom Bock herunter, gab dem Mädchen die Hand und sagte: »Ich heiße Hans-Hermann. Und wie heißt du?« – »Lieselotte.« – Und dabei sah sie ihn mit ihrem großen lieben Gesicht an und kam so nahe, daß Hans-Hermann ihr eigentlich einen Kuß hätte geben müssen, aber er tat es nicht, weil sie doch nicht seine Mutter war. »Du hast wohl noch nie ein Mädchen geküßt?«, fragte Lieselotte. – »Ja, darf ich denn das?« – »Du darfst nicht jedes Mädchen küssen, das versteht sich von selbst, aber mich darfst du gern küssen.« Da legte Hans-Hermann seine beiden Arme um Lieselottes Schultern und küßte sie auf die Stirne. – »Kavalier bist du nicht, das kann man merken«, sagte Lieselotte etwas verstimmt, und dabei hatte er sie doch geküßt. Aber nun wieherte das Pferdchen, und Lieselotte fragte: »Wie heißt dein Roß?« – »Ich weiß es selbst nicht, aber das ist kein Roß, sondern ein Pferd.« – »Du bist ein komischer Knabe«, sagte Lieselotte, »zu küssen verstehst du nicht, und dein Roß kennst du nicht bei Namen. Wie bist du denn überhaupt hierhergekommen?« – »Das weiß ich auch nicht«, sagte Hans-Hermann. Da stellte sich Lieselotte breitbeinig vor ihn hin und sagte: »Du weißt ja überhaupt nichts, ha ha ha!« – »Doch, kannst du reiten?« Das konnte nun wiederum Lieselotte nicht, aber sie sagte: »Du kannst ja ohne eine Frau gar nicht allein fertig werden.« – Dann wartete sie, daß er etwas sagen sollte, aber er sagte nichts.

»Ich sagte, du kannst ohne eine Frau gar nicht fertig werden«, wiederholte Lieselotte. – »Aber meine Mutter ist doch nicht hier«, sagte Hans-Hermann. Da wurde Lieselotte böse und wollte sogleich zurückgehen.

Jetzt war es Hans-Hermann klar, daß er etwas Falsches gesagt haben mußte. Er lief hinter ihr her, hielt sie am Kleide fest und sagte: »Bleib du doch wenigstens bei mir.«

Lieselotte drehte sich ruckartig um, riß sich los und stand hochaufgerichtet da wie eine zürnende Gemahlin. Da sagte sie: »Du bist keine Frau wert, die dich liebt.« – »Ja, liebst du mich denn?«, fragte Hans-Hermann verwundert. »Seit dem ersten Blick«, sagte Lieselotte »und du dummer Panhas merkst nichts?« »Ich merke nur, daß ich dich schrecklich gern habe«, sagte Hans-Hermann, »aber was sollen wir machen? Was sollen wir armen 2 Menschen machen hier draußen in der Einöde?« – »Aber wenn wir beiden hier sind, ist es eine Zweiöde«, sagte Lieselotte. – »Aber wovon sollen wir leben? Wo sollen wir wohnen? Ich muß nach Hause«, sagte Hans-Hermann. – »Hast du nicht alles, was 2 Menschen brauchen, auf dem Wagen?«, fragte Lieselotte »und weißt du auch nach Hause zurückzufinden?« – »Nein, das weiß ich nicht.« – »Nun, dann sei froh, daß du mir begegnet bist. Wir beiden leben zusammen, denn ich bin von Hause vertrieben, weil ich meine Hafergrütze nicht essen wollte.«

Dieser Umstand war natürlich entscheidend, und Hans-Hermann bemitleidete Lieselotte sehr, aber er sagte: »Meine Mutter hat gesagt, wenn ich jemals mit einem Mädchen zusammenleben wollte, müßten wir uns erst trauen lassen.« – »Dann lassen wir uns eben trauen«, sagte Lieselotte. – »Mädchen sind doch klüger als Knaben«, sagte darauf Hans-Hermann, aber er schränkte es ein, indem er hinzufügte: »Manchmal.« – Dann umschlang sie ihn und küßte ihn direkt auf den Mund, und man glaubt es nicht, wie schön das war. Hans-Hermann jedenfalls glaubte wie berauscht zu sein. Und als sie ihn wieder und wieder küßte, glaubte er jubeln zu müssen, aber er riß sich los und sagte nur: »Erst wollen wir uns trauen lassen!«

Lieselotte setzte sich nun neben Hans-Hermann auf den Kutschbock, schnalzte mit der Zunge, und der kleine Wagen fuhr weiter. Als sie durch das nächste Kirchdorf kamen, denn nicht jedes Dorf hat eine Kirche, fragte sie nach dem Standesamt, und der Wagen hielt davor. Soeben kam ein junges Paar heraus. Die Braut lachte über das ganze Gesicht, während der junge Mann weinte. Lieselotte und Hans-Hermann traten ein, aber der Beamte sagte: »Erstens trauen wir nicht, ohne daß die beiden Eheschließenden vorher 3 Wochen im Kasten gehangen haben. Zweitens trauen wir niemanden ohne Zeugen. Drittens trauen wir nur, wenn die Namen der Eltern, Großeltern und Urgroßeltern uns zu Akten vorliegen, aber nicht, wenn die beiden ihren Nachnamen nicht einmal verraten wollen. So etwas ist Unzucht, das kann der Staat nicht unterstützen.« Damit schlug er die Tür vor ihrer Nase zu. Darauf fuhren die beiden zur Kirche. Inzwischen waren die beiden von vorhin auch kirchlich getraut worden, und als sie herauskamen, weinten beide. Trotzdem faßten die beiden Kinder Mut und gingen in die Kirche. Sie hatten angenommen, der Herr

Pastor würde die Leute verprügeln, wenn sie sich verheiraten wollten, weil beide so weinten. Aber im Gegenteil, er kam ihnen freundlich entgegen und fragte, was sie wollten. »Heiraten«, sagte Lieselotte. – »Gut, sind eure Papiere in Ordnung?« – »Die haben wir nicht bei uns.« – »Ja, wo sind denn die?« – »Herr Pastor«, sagte Lieselotte, »wir beiden haben unsere Papiere in schönster Ordnung zu Hause. Aber wir können nicht wieder nach Hause finden, weil der Mond nicht mehr scheint, und da haben wir beschlossen, den Rest des Lebens zusammenzuleben, weil wir einen schönen Wagen haben, und nun bitten wir um Gottes Segen für unseren Bund.« – »Also ihr seid vagabundierende Zigeuner?« – »So ist's«, sagte Lieselotte. – »Da ist euer Präses zuständig«, sagte der Pastor kurz und ging. »Was ist da zu tun?«, fragte Hans-Hermann und weinte. Aber Lieselotte nahm ihren Unterrock und trocknete ihm die Tränen ab. Dann sagte sie: »Weine nicht, du mein Geliebter, ist uns die irdische Gerechtigkeit versagt, so verzichten wir darauf. Wenn deine Mutter dir Graupen in den Kopf setzt, soll sie die Papiere hinzufügen.« – »Und nun?«, sagte Hans-Hermann kläglich. Da stellte sich Lieselotte auf die Stufen des Altars in der leeren Kirche und sagte: »Gott weiß, daß wir jetzt miteinander verheiratet sind. Gott hat uns selbst getraut, Gott ist unser Zeuge, und unsere Papiere sind bei Gott.«

Das leuchtete Hans-Hermann wohl ein, und er hängte sich in Lieselottes Arm. Nun kam der Küster, um die Blumen von der Hochzeit zusammenzufegen und die besten für seine Frau herauszusuchen. Als er die beiden sah, dachte er, sie hätten hier nichts zu suchen und sagte: »Hinaus ihr Pack, hier werden keine Blumen gestohlen!«

Das war also Lieselottes und Hans-Hermanns Trauung.

Inzwischen war der Bauer mit dem Spazierstock fortgegangen, und ob er es gewollt hätte oder nicht, der Spazierstock führte ihn direkt zu dem Hause, in dem Hans-Hermanns Eltern wohnten. Es war noch früh am Tage, und da die Kinder Ferien hatten, hatten sich die Eltern noch nicht um sie gekümmert. Vater Meier öffnete selbst die Tür, und wie staunte er, als er seinen eigenen Spazierstock in der Hand des Bauern sah, den er gar nicht kannte. »Guten Morgen«, sagte der Bauer. – »Schönen Dank und gleichfalls«, sagte Herr Meier. – »Ich habe hier einen Spazierstock gefunden und wollte fragen, ob er Ihnen gehört?« – »Der sieht ganz so aus«, sagte Meier Senior, »aber ich begreife nicht, wie er aus meiner Wohnung verschwunden sein konnte«. – »Ich auch nicht«, sagte der Bauer. – »Ich verstehe auch nicht, wie Sie es wissen konnten, daß es mein Stock ist, als Sie ihn fanden.« – »Ich wußte es selbstverständlich nicht«, sagte der schlaue Bauer, »aber der Stock führte mich zu diesem Hause, und so nahm ich es an«. – »Und was weiter?« – »Ich wollte Sie nur darauf aufmerksam machen, daß ich ihn gefunden habe.« – »Und zu welchem Ende?« – »Zu dem Ende, daß Sie ihn gegen eine angemessene Findersumme einlösen sollen.« – »Gut«, sagte Meier, »Sie haben immerhin weite Umwege gehabt. Was verlangen Sie?« Und er hatte gedacht, der Bauer würde sagen: »10 Pfennige!« »3000 Goldstücke«, sagte der Bauer. Herr Meier wäre fast rücklings umgefallen, wenn ihn seine Frau nicht gehalten hätte, so staunte er über den Preis, weil er ja gar nicht wußte, was ihm der Stock einmal würde nützen können. – »3000 Goldstücke«, wiederholte der Bauer, »und Sie werden es bedauern, wenn Sie ihn nicht jetzt sofort kaufen, denn er ist bedeutend mehr für Sie wert, und daher auch für mich.« Jetzt wurde Meier wütend, weil er jähzornig veranlagt war, und griff nach dem Stock, um ihn dem Bauern aus der Hand zu nehmen und ihn damit zu züchtigen. Aber was war das? Der Stock brannte wie Feuer in seiner Hand, Herr Sanitätsrat Meier warf ihn von sich, wie man eine giftige Natter fortschleudert, wenn sie einen in die Hand beißen will. Der fortgeschleuderte Stock prallte gegen den Bauer, und da gab es ein kurzes starkes Licht, wie elektrische Funken, und bumm waren Bauer und Stock fort. Meier schlotterten die Knie. Mit den Worten: »Bin ich krank?« taumelte er in sein Wartezimmer und saß, den Kopf in die Hände gestützt. So saß er lange, während seine Frau furchtsam an der Türe stand. Plötzlich erwachte er aus seiner scheinbaren Betäubung und sagte: »Wo bin ich?« – »In Deinem Wartezimmer«, sagte die Frau. – »Dann sei bitte so gut und frage mich in meiner Eigenschaft als Sanitätsrat, ob ich mich jetzt behandeln kann, denn ich bin krank.« – »Ich glaube, du bist verrückt«, sagte die Frau Helma Meier. – »Ich auch«, sagte der Herr Sanitätsrat und brütete vor sich hin wie eine Glucke.

Um die Sache auf ein harmloses Thema zu bringen, schlug Frau Helma vor, nach den Kindern zu sehen, ob sie wohl bald aufstehen wollten, und man kann sich den Schreck nicht vorstellen, den beide Eltern bekamen, als der kleine Hans-Hermann fehlte samt seinem Zeug und Stiefeln. Keines der anderen Kinder konnte irgendwelche Auskunft geben außer Heinz, der sagte, Hans-Hermann ginge öfter bei Mondschein mit seines Vaters Spazierstock aus. Auf diese Nachricht hin klingelte Sanitätsrat Meier sofort die Mordpolizei, die Spazierstockpolizei und den Fremdenverkehrsverein an, ohne weitere Resultate, als daß alle 3 schriftliche Unterlagen seiner Personalien verlangten, und da er diese Unterlagen nur einmal hatte, mußte er sie abschreiben und beglaubigen lassen, und man weiß, daß das lange Zeit nimmt.

Von all diesen Kümmernissen wußte Hans-Hermann nichts. Außerdem hätte er ja ohne den Spazierstock seiner Eltern Wohnung doch nicht finden können. Zudem war er glücklich verheiratet und hatte andere Sorgen, nämlich für Wohnung und Unterkunft zu sorgen. Am Wegrand besprachen die beiden, was zu tun sei, und das Pferd hörte zu und sagte ab und zu hihihihi dazu. Sie waren übereingekommen, für ihre Flitterwochen einen schön gelegenen Waldrand auszusuchen, mit Aussicht über einsame Felder, Wiesen, Bäche und Flußläufe, aber weit von warmer Behausung entfernt. An Speise und Trank dachten sie zunächst nicht viel, da sie stets ja alles für einige Wochen auf dem Wagen hatten. Eine schöne Stelle im Walde war nun bald gefunden, und einsam war sie auch, so recht geeignet für ein junges Paar. Dorthin fuhren sie ihren Wagen, dann spannten sie das Pferd aus und ließen es frei herumlaufen, während sie selbst die Bretter aus Paketen und Kisten zusammennagelten. Die Bretter waren sogar schon zugeschnitten und numeriert, mit der Seite bezeichnet, an der sie verwendet werden sollten, und wenn man sie passend zusammensetzte, dann waren auch gleich die Öffnungen für Fenster und passende Türen da. Das Haus baute sich eigentlich von selbst und war in kurzer Zeit fertig. Hans-Hermann hämmerte sich zweimal selbst auf die Finger und einmal Lieselotte, aber das war ja nicht schlimm, die Schmerzen wurden weggeküßt.

Nun stand das Haus fertig da, und als die beiden Neugetrauten hineingingen, war es wunderschön. Von der Veranda kam man in die kleine Küche, neben der noch im Erdgeschoß eine schöne Stube lag. Eine Wendeltreppe führte von der Küche in die erste Etage, in der zwei flotte Kammern fix und fertig mit Betten standen, und darüber war der große Bodenraum.

In der kleinen Küche fanden sie auch Borde zum Aufnehmen der Töpfe und andere Küchengeräte vom Wagen, und neben der Küche war eine mit weißem Emaille und gezacktem Papier hübsch ausgelegte Speisekammer zum Aufnehmen der zahlreichen Speisen, die sie ebenfalls mit auf dem Wagen hatten. Die beiden staunten, daß das alles im Innern entstanden war, während sie nur draußen Brett an Brett nagelten. Und als sie nun wieder herauskamen, schien ihnen das Haus auch um das Vierfache gewachsen zu sein.

Neben dem Haus standen Farben und Pinsel, und die Pinsel waren so eingerichtet, daß man sie bloß in die Farbe zu tauchen und einmal an die zu bemalende Wand zu drücken brauchte, dann pinselten sie in kurzer Zeit selbständig die ganze Wand und warteten auf neue Aufträge. Daher berührte Lieselotte mit einem solchen Pinsel die Kochtöpfe. Da ordneten sie sich selbsttätig ein in die Borde. In gleicher Weise schaffte sie mit einem Pinselstrich alle Nahrungsmittel geordnet in die Speisekammer.

Da kam ein Bauernmädchen mit einem Topf und sagte: »Hier bringe ich die Milch, sie ist schon bezahlt« und verschwand mit einem Knicks, indem sie rot wurde.

Inzwischen hatte sich hinter dem Hause ein riesiger Haufen trockenes, feines Brennholz angesammelt, und während Hans-Hermann das Haus auch innen bemalte, pinselte Lieselotte einmal über das Holz und die nötige Menge flog in den Herd, entzündete sich von selbst und brannte. Dann bepinselte sie nacheinander mehrere Kochtöpfe, die sich dann je nach Bedarf Wasser, Reis oder Braten, Zucker oder Salz holten, auf den Herd flogen und in kürzester Zeit voll duftenden Essens standen.

Es war einfach erstaunlich wie im Märchen. Drauf bepinselte Lieselotte einen einzigen Teller, und der versammelte selbsttätig die anderen Teller, Messer, Gabeln, Servietten mit Ringen, Blumenvasen mit Blumen und alles, was schön ist, auf dem Tisch auf der Veranda, holte in feinen Schalen das fertige Essen und stellte sich dann mit einer Verbeugung vor der Hausfrau auf, um anzudeuten, daß das Dinner bitte angerichtet wäre. Jetzt aßen die beiden Neuvermählten mit vielen Küssen und schönen Komplimenten auf der Veranda bei schönster Aussicht ihr gutes Dinner.

Und während sie noch so aßen, hörten sie ein Geschnebber an der Rückseite des Hauses, sie gingen hin, und da hatte inzwischen das kluge Pferd sich selbst einen wundervollen Stall gebaut, sich selbst an der Marmortreppe angebunden, und fraß nun den besten Hafer, daß es nur so schwabberte. Du begreifst wohl, daß man ein solches Pferd nicht ›Roß‹ nennen darf. Lieselotte begriff und nannte daher das Pferd Inix. »Was bedeutet denn Inix?«, fragte Hans-Hermann. »Inix? Was das bedeutet? I, das bedeutet nix.« Das verstand Hans-Hermann sehr gut.

Alles dieses hatten die beiden nun in wenigen Stunden errichtet, und es besteht kein Zweifel, daß sie in einem Monat ganz Newyork würden aufbauen können. Sie standen nun im Mittag ihres ersten Ehetages und betrachteten ihr glückliches Heim und Anwesen, und Hans-Hermann sagte: »Teure Geliebte! Wenn du mit einemmal unser ganzes großes Glück betrachtest, unser kleines Haus im Mittagssonnenschein versteckt unter Föhren, welche rauschen, während in der Nähe ein Bach leise klagend über einen Wasserfall poltert, und wenn du bedenkst, daß wir uns das alles in wenigen Stunden selbst geschaffen haben, sag' mir, kann wohl ein junges Paar glücklicher sein?« Darauf antwortete Lieselotte voll Schwung: »Heißgeliebter! Einziger Mann, den ich seit unserem ersten Zusammentreffen bewundere! Ich finde keine Antwort, die die Größe unseres Glückes bezeichnen könnte. Meine Augen sind zu klein, um all diese Wunder zu fassen, und mein Geist zu schwach, um zu erkennen, wie wir das alles fertiggebracht haben. Entweder hat uns ein günstiges Schicksal geholfen oder wir sind mit dem Teufel im Bunde.« – »Sag' nicht so etwas«, sagte

Hans-Hermann, »selbstverständlich ist es doch ein glückliches Schicksal, das uns gut will, das uns geholfen hat.« – »Das glaube ich beinahe nicht«, sagte Lieselotte mit einem komischen Zug um die Mundwinkel, »denn das günstige Schicksal arbeitet langsam und stetig, während der Teufel meistens rasch arbeitet«. – »Es ist ein günstiges Schicksal«, sagte jetzt Hans-Hermann freundlich, aber bestimmt. »Nein, ich glaube, der Teufel«, sagte nun Lieselotte ebenso bestimmt. – »Wenn ich sage, daß es unser günstiges Schicksal ist, dann ist es unser günstiges Schicksal, und nicht der Teufel«, sagte Hans-Hermann jetzt etwas gereizt. – »Und auf meine klare Ansicht wird wohl keine Rücksicht genommen?«, fragte Lieselotte jetzt etwas spitz. – »Jedenfalls kann die klarste Ansicht einer Frau nie mit dem bestimmten Wissen eines Mannes konkurrieren«, sagte Hans-Hermann jetzt in brutalem Zorn. – »Nein, weil sie stets überlegen ist«, sagte Lieselotte darauf aufreizend. Mit einem Male hatte sie eine schallende Ohrfeige, die ihr Hans-Hermann aufgebrannt hatte. – Was sollte sie tun? Sie ergriff Hans-Hermanns beide Ohrläppchen und hängte sich daran. Das war natürlich ein gewaltiger Schmerz, und Hans-Hermann hatte es seinem günstigen Schicksal zu verdanken, daß die Ohrläppchen nicht abrissen. – »Wer hat Recht?« kreischte Lieselotte hängend. – »Du, du, du«, sagte Hans-Hermann schmerzlich, damit sie seine Ohrläppchen endlich loslassen sollte.

Und sie tat es; dann stand sie vor ihm, schön wie die göttliche Diana und sagte befehlend: »Küsse mich!« Das tat nun Hans-Hermann wieder gern, und so versöhnten sie sich.

Aber wer beschreibt das Erstaunen der beiden, als sie sich nun umsahen und ihr Haus wieder betrachteten. Es war ganz klein geworden, die Veranda war fort, das Haus sah alt und baufällig aus und bestand nur aus einem einzigen niedrigen Raum, mit einer einzigen harten Pritsche, einer Küche, die aus 3 Margarinekisten bestand, sowie einem Petroleumkocher, einem Wandtisch und einem einzigen Stuhl mit 3 Beinen. Nur ein Fenster war da und konnte nicht geöffnet werden. Nur das Pferdchen hatte seinen kompletten Stall mit Marmortreppe behalten. Die beiden sahen sich verdutzt an.

1938

Verwandlungen

Man liest so oft im Märchen von Verwandlungen und denkt sich dabei wenig. Das sind eben die bekannten Verwandlungen, die am Ende eines Märchens ja sowieso ihre Rückverwandlungen finden, böser Zauber, der zum guten Ende führt und so. Aber wer denkt wohl, daß das natürlich mit erheblichen Berufsstörungen verbunden ist? Wer denkt sich in den Zustand des armen Verwandelten hinein, der nun plötzlich statt Miete zu bezahlen Pferdeäpfel von sich gibt, oder statt zu singen nur noch zwitschern kann, wenn er Glück gehabt hat. Andere meckern ekelhaft wie eine Ziege oder stoßen mit den Hörnern, wenn sie streicheln wollen. Und wer denkt wohl daran, daß man selbst solch einem Schicksal begegnen kann, denn der Zauberer ist überall, gerade wo das Leben am meisten pulst, zu finden.

Wer hat etwa noch nicht gelesen, daß solch ein Zauberer gerade um die Hauptverkaufszeit zu Weihnachten, noch dazu am Sonnabend-Nachmittag, die gesamte Käuferschaft eines Warenhauses, alle Angestellten, Aufseher und Polizeipersonen in einem Umkreis von 500 Metern durch ein einziges Zauberwort in Schafe verwandelt hat, während er sich die Gestalt eines Hundes gab, der diese Schafe mit fürchterlichem Gebell heraustrieb? Wer wollte das etwa noch nicht in der Zeitung gelesen haben? Jeder denkt sich dabei, daß er selbst wohl ungeeignet gewesen wäre, in ein Schaf verwandelt zu werden, bis er es merkt, daß er schon längst verwandelt worden ist. Natürlich ist der Grund klar, denn der Hund von einem Zauberer hat sich längst der Kasse bemächtigt und ist damit nach Sibirien ausgewandert. Die armen verwandelten Schafe aber bleiben Schafe ihr ganzes Leben lang, wenn nicht ein Prinz kommt, sie zu erlösen. Und wie das blökt, wenn in einer Großstadt mehrere Millionen Schafe durcheinandereilen, das ist kaum beschreiblich, und jeder, der noch nicht mit verwandelt ist, soll seinem Schicksal nur dankbar sein.

Das sind auch nicht nur Schafe, in die man verwandelt werden kann, sondern auch zum Beispiel Ochsen. Die stoßen dann nachher alles nieder, ohne jeden Grund, ohne mit der Wimper zu zucken, zeigen ihre brutalen Geweihe überall und rennen auf alles, da sie durch alles gestört werden. Wieder andere führen ein Leben als Schwein in der Gosse für den Rest ihres Lebens, wenn nicht der Prinz kommt und die Zauberformel findet, sie zu erlösen. Wer Huhn wird, kann sich wenigstens durch Eierlegen nützlich machen, und wer Storch wird, kann von Zeit zu Zeit Kinder bringen, er soll sich nur vorsehen, nicht zu oft in dasselbe Haus zu kommen. Daß natürlich bei diesen ewigen Verwandlungen das normale Leben einer Großstadt erheblich gestört wird, ist wohl klar, und daß Magistrat und Polizei gemeinsam diesem Frevel zu begegnen suchen, ist nicht mehr als deren verdammte Pflicht und Schuldigkeit.

Als ich noch so philosophierte, ging ich eben über eine wenig belebte Straße, um mein Frühstück einzukaufen, da begegnete mir ein Mann. Das kann jedem überall passieren, und wohl kaum einer denkt daran, daß dieser Mann ein Zauberer sein könnte.

Dieser Mann fragte mich, wann die nächste Elektrische nach irgendwohin führe, ich habe vergessen, wohin. Höflich zog ich meine Uhr, um zu sehen, wie spät es überhaupt eigentlich wäre, und da war die Uhr fort. Der Mann hatte sie fortgezaubert in einem Nu.

»Nanu«, denke ich, und Fieberröte ziert mein Gesicht, »wo ist denn die Uhr hin?« Und nun können doch Zauberer Gedanken erraten, und da der Mann merkte, daß es für ihn leicht mulmig werden konnte, versetzte er mir einen dermaßenen Kinnhaken, daß ich plötzlich schwindelte und gegen die nächste Hauswand taumelte. Dort mag ich mit meinem leeren Magen, denn es war noch vor dem ersten Frühstück, wohl einige Minuten gestanden haben, bevor ich die Besinnung wieder gewann, und diese Zeit hat natürlich der Mann benutzt, fortzukommen.

Plötzlich gewann ich nun meine Gedanken zurück, und da stand ich nun und hatte das Gitter zu einem Frisörladen eingetreten, weil ich ein ganz ungewöhnliches Gewicht hatte, indem der Mann ein Zauberer gewesen war und mich in einen Elefanten verwandelt hatte.

»Ein schöner Schwindel«, dachte ich, »wer bezahlt nun das verbogene Gitter«, und wagte es gar nicht mehr, mich zu rühren, um nicht noch größeren Schaden anzurichten. Und um mich herum war ein Auflauf von Menschen entstanden. Ich wollte zu ihnen sprechen, konnte aber nur unartikulierte Laute von mir geben. »Gott sei Dank«, dachte ich, »ich bin wenigstens ein höherstehendes Tier geworden«, denn es ist doch allgemein bekannt, daß Elefanten kluge Tiere sind. Was aber daraus werden sollte, das war mir unklar, wo sollte ich bleiben? Auf keinen Fall kann ich in meine frühere Wohnung zurück, dazu ist alles zu klein dort. Das ganze Klosett zum Beispiel war noch nicht $^1/_{10}$ so groß wie ich selbst. Oder denken sie, wenn ich etwa in meiner früheren Badewanne ein Bad hätte nehmen wollen, wie das Wasser nach allen Seiten auseinandergespritzt wäre. Also übergab ich diesen Gedanken über meine Zukunft dem Schicksal, denn man tut gut daran, nicht selbst in die Speichen des Rades der Zukunft einzugreifen. Und wie hätte ich mit meinen erheblich dicken Tatzen das wohl überhaupt fertig bringen können? Ich hätte das ganze Rad auf einmal zerdeppert.

Darum dachte ich: »Gehst mal ein bißchen spazieren.« Ich nahm also meinen Hut, . . . so so, ich hatte natürlich keinen mehr, das muß ich wohl eben verwechselt haben, ich nahm also meine vier dicken Klauen oder Tatzen, denn Hufe waren es nicht, und setzte sie vorsichtig voreinander, und es ging, denn Elefanten sind immer vorsichtig. Aber sie hätten die Menge mal auseinanderstieben sehen sollen, wie ich ankam. »Sie sind ja betrunken!«, sagte die ganze Menge auf einmal, weil ich so taumelte, nachdem ich es nicht gleich so fertig brachte, eine so gewaltige Fleischmasse von meinem verhältnismäßig kleinen Gehirn aus zu regieren. Und als ich mich gegen die nächste Schaufensterscheibe lehnte, hätten Sie die Menge kreischen hören sollen. Und die Schaufensterscheibe knackste ein und wieder aus, bis sie endlich nachgab und mit Geklirr herunterpolterte. Dabei war es ein rein arisches Geschäft gewesen. Natürlich war das dem Pöbel gleichgültig, und als die Scheibe sowieso kaputt war, stürmten sie den Laden und plünderten alles, auch alles. Ja, sie schlugen sich um die feinen Würste, die dort ausgestellt waren, und ich dachte: »So kann es nicht weitergehen«, sog meinen langen Rüssel voll Wasser, das zufällig in der Gosse stand, und bespritzte die Menge. »Das kann doch Flecken geben«, schrie eine Frau, die so stücker 20 Zervelatwürste unterm Arm hatte, aber ich gab ihr noch eine Dusche zur Abkühlung, dann nahm ich die Würste und zerdrückte sie, weil es mich ekelte, sie zu essen, obgleich ich großen Hunger hatte.

Inzwischen war nun die Feuerwehr angekommen, die man bei solchen Gelegenheiten zu rufen pflegt, und ich wurde von allen Seiten bespritzt. Das war mir so angenehm, weil ich sowieso ein wenig aufgeregt war. Ich dachte nur: »Eigentlich ist es frech von der Feuerwehr zu spritzen, wo ihr doch kein Rüssel dazu von der Natur angewachsen ist.« Darum nahm ich meinen natürlichen Schlauch an der Nase wieder voller Gossenwasser und spritzte meinerseits auf die Feuerwehr. Das ging so mehrere Stunden lang, bis die ganze Feuerwehr von oben bis unten tropfte, und ich konnte es gut aushalten, da die Feuerwehr ja dafür sorgte, daß ich immer genügend Wasser vorfand.

Und es wäre mehrere Stunden so weitergegangen, wenn nicht endlich die Polizei eingegriffen hätte. Zuerst kamen 10 Beamte, um meine Personalien festzustellen. Ich ergriff ihre Notizbücher und verspeiste sie. Dann kamen hundert, aber diese hielten sich in größerem Abstand auf. Ich konnte jedoch mit meinem langen Schnabel bequem hinlangen, und ein Notizbuch nach dem anderen wurde aufgegessen, da ich allmählich Geschmack daran fand und auch ziemlich hungrig geworden war. Da kamen tausend Sicherheitsbeamte mit blanker Waffe von allen Seiten, aber ohne den von der Obrigkeit gewünschten Erfolg. Ich nahm ihnen die kleinen Säbel einzeln ab und zerstückelte sie in meiner Schnauze.

Das gab natürlich große Erbitterung unter den Polizisten, aber mir machte das Spaß, und nachdem ich alle Säbel zerbrochen hatte, ging ich dazu über, einen nach dem anderen von den Beamten selbst hinten am Rückgrat hochzunehmen und um einen Laternenpfahl zu wickeln, bis die Reste kläglich herunterfielen. So beschäftigte ich mich wieder mehrere Stunden, da das Militär nicht wagte einzuschreiten, weil die mit ihren Kanonen alle Häuser um mich herum zerstört hätten.

Da kam ein Dompteur, der es gewohnt war, mit Löwen zu verhandeln. Ich witterte natürlich sofort den Braten, weil er eine Hundepeitsche in der Hand hatte. Dieser Dompteur stellte sich weit von mir auf der anderen Straßenseite auf und sagte: »Na komm' schon, Kleiner, ich tu dir ja nichts.« Da wurde ich wütend und wollte ihm Guten Tag sagen und ging einen Schritt vorwärts. Da hätten Sie den Dompteur mal laufen sehen sollen, ich immer hinterher. Endlich hatte ich ihn eingeholt, da ließ er seine Hundepeitsche fallen. Da nahm ich die Peitsche mit meinem Rüssel auf und haute ihm rechts und links welche damit herunter.

Und dann stand ich gerade vor einem Verkaufsstand mit Tannenbäumen für das nahe Weihnachtsfest. Ich kaufte den ganzen Stand auf ohne zu bezahlen und fraß alle Bäume, da ich doch von den paar Notizbüchern der Polizisten nicht satt sein konnte. Das hat mir so gut geschmeckt wie nie vorher im Leben. Aber ich war noch hungrig, weil ich doch viel getan hatte, da fraß ich so langsam, eine nach der andern, die ganze hölzerne Einfriedung einer Villa auf, in der der Oberbürgermeister wohnte. Der bekam einen riesigen Schreck, weil er ohne Gitter nicht leben kann, hängte sich ans Telefon und ließ sich sofort mit der Abteilung für Zauberwesen in der Steuerkasse verbinden.

Die sagten ihm, daß sie noch nie vorher Elefanten entzaubert hätten, aber sie wollten es versuchen; weil er doch ihr Vorgesetzter war.

Da kamen 5 Mann vom Entzauberungswesen und stellten sich im Kreise um mich auf und sprachen ihre Zauberformeln. Der eine sagte stundenlang: »Hundesteuer«, der andere: »Kanalabgaben«, der Dritte: »Hauszinssteuer«, der Vierte: »Wegegelder und Wochenkartensteuer« und der Fünfte: »Vergnügungssteuer«. Und wie sie das so ununterbrochen im Chor sagten, fiel ein Kilo nach dem anderen von mir ab, bis ich ganz dünn und mager dastand, fast zum Gerippe zusammengeschrumpft, aber immer noch Elefant.

Da plötzlich, wie auf ein Zeichen, sagten alle auf einmal: »Altersrente, Altersrente, Altersrente.« Und das gab mir meine frühere Gestalt wieder. Ich war wieder ein alter Mann in mittleren Jahren, nur daß meine Uhr fehlte, die der Zauberer für die Ewigkeit verzaubert hatte. Ich lehnte an der Wand, an die ich getaumelt war, als mir der Zauberer einen Kinnhaken versetzt hatte, und über mich beugte sich eine reizende Krankenschwester, die ein Riechfläschchen in der Hand hielt. »Nun wird es bald wieder besser«, sagte sie mit einer glockenreinen Stimme, wie ich sie noch nie so schön vorher gehört hatte. Dann winkte sie zwei Beamten, und sie luden mich auf eine Bahre. Ich wurde in ein Krankenauto gehoben und sagte: »Aber nur, wenn diese Dame mitkommt.« »Ich komme schon«, sagte sie, und setzte sich neben mich ins Auto, während ich lag und ihre Hand in meiner hielt.

Noch bevor der Wagen ins Krankenhaus einbog, waren wir miteinander verlobt, denn ich wollte gerne heiraten, damit das Mädchen, wenn ich starb, wenigstens eine Rente bekam. Am nächsten Tag wurde ich als geheilt entlassen, und am dritten fand die Hochzeit statt. Noch am Abend dieses dritten Tages fuhren wir zusammen nach Venedig, und während wir auf den Kanälen herumgondelten, sprachen wir noch oft über meine Verwandlung in einen Elefanten. Da sagte meine junge Frau lachend: »Wenn ich dich so richtig ansehe, denke ich manchmal ganz mit Ernst noch heute: ›Eigentlich ist er doch sowieso ein Elefant‹.«

um 1938

Mann über Bord

Einmal traf ich den alten Seemann Redeselig. Er erinnerte sich an frühere Zeiten, als er noch zur See fuhr, und berichtete mir von allem, Gutem und Bösem, von seinen Reisen zu den schönsten Inseln der Welt, wie er sagte, die im Stillen Ozean liegen, und von den Reisen nach Kanada.

»Welche Art Boot fuhren Sie?«, fragte ich, um ihn zum weiteren Erzählen zu veranlassen. – »Ich fuhr nur auf Frachtbooten«, erwiderte er, »aber da sieht man viel von der Welt, denn man reist langsam. Aber denken Sie nicht, daß ich vielleicht Kapitän gewesen wäre, ich war nur einfacher Matrose«, fügte er hinzu.

Ich glaubte sowieso nicht, daß er Kapitän gewesen war, denn er war ein sehr einfacher Mann, der auch das Leben einfach nahm und durchaus ohne große Phantasie berichtete, wie er die Dinge gesehen hatte.

»Einmal«, sagte er, »haben wir einen Mann ins Meer gesetzt«, und er wurde dabei von Ernst erfüllt, daß er nur stockend weiter erzählten konnte.

»Einen Mann über Bord gesetzt?« fragte ich mit einigem Grauen, indem ich mir vorstellte, wie dieser Mann in dem großen, unübersehbaren Weltmeere allein war, Tod und Verderben preisgegeben, ein Geächteter.

»Sie glauben es nicht, aber es ist so«, sagte er sehr ernst. »Wir fuhren damals mit Holz von Kanada nach England, und zurück hatten wir nur Ballast an Bord, und dieser Mann war beim Ballast.«

Ich sagte ihm, sich deutlicher auszudrücken, da erzählte er sehr umständlich:

»Wir waren schon 2 Tage von England gesegelt, da erschien plötzlich mittags, gerade recht zum Essen, ein blinder Passagier. Er sah erbärmlich aus, hatte 4 Tage gehungert und gedurstet, da er schon 2 Tage vor Abreise des Schiffes an Bord gekommen war. Er hatte die Absicht gehabt, sich versteckt zu halten, bis wir in Kanada ausstiegen, aber der Hunger hatte ihn aus seinem Versteck getrieben.«

»Der arme Mann«, sagte ich, »aber warum reiste er blind?«

»Da gibt es viele Gründe, weshalb Leute blind reisen«, sagte der Seemann, »aber meistens sind es nicht diejenigen, die vom Leben verwöhnt sind, sondern die vom Leben Verstoßenen, die keinen Ausweg wissen. Dieser Mann, wir nannten ihn Namenlos, weil er keine Papiere besaß und seinen Namen nicht nennen wollte, hatte ein trauriges Schicksal gehabt. Seine Verwandten hatten ihn in die Irrenanstalt getan, um mit seinem Vermögen spielen zu können, wie sie wollten, und es war gelungen, daß er für irr angesehen werden konnte. Er war aber gar nicht irr, keine Spur, und so suchte er zu entkommen. Es gelang ihm auch, die Anstalt zu verlassen, und zunächst irrte er nun in seinem Lande umher, in Schweden, denn wenn er gefaßt würde, würde er auch wieder in die Anstalt gebracht.

Auf irgend eine Weise gelangte er in den Besitz von Zivilkleidern und etwas Geld, und so reiste er nach Dänemark, weil er sich dort sicher fühlte. Jedoch fanden die Detektive, die ihn gesucht hatten, seinen Aufenthaltsort heraus, und als er merkte, daß er nicht mehr sicher war in Dänemark, fuhr er als blinder Passagier zunächst nach England. Die Reise war kurz, und er kam nicht nur unbemerkt an Bord, sondern blieb auch während der ganzen Reise unbemerkt und verließ das Schiff unbemerkt. Ohne Geld, und der englischen Sprache nicht ganz mächtig, war er nun in England, bettelte und hungerte, und kam auf den Gedanken, in Amerika sein Glück versuchen zu wollen. So kam er auf unser Schiff, und so hatten wir einen blinden Passagier.«

»Was pflegt denn mit blinden Passagieren zu geschehen?«, fragte ich.

»Man übergibt sie der Polizei im Bestimmungsland. Aber unser Kapitän war sehr erschreckt, als er dieses Mal wieder einen blinden Passagier mit hatte, wegen der ewigen Scherereien, die er immer mit der Polizei wegen solcher Reisenden hatte.«

um 1938

Geschichten aus dem Paradies

Liebe Menschen! Ihr werdet euch alle aus dem Religionsunterricht erinnern können, daß früher, vor unendlichen Zeiten, einmal ein Paradies auf Erden gewesen ist. In diesem Paradiese lebten schon alle Tiere, aber in nur geringer Anzahl, ich nehme an, es waren nur je 2 vorhanden, und dazwischen 2 Menschen, Adam und Eva. Die Tiere hatten noch nicht ihre jetzigen Eigenschaften entwickelt, z. B. war der Löwe noch kein gefährliches Raubtier und das Schaf war noch nicht dumm. Und auch die beiden Menschen lebten noch Kindern gleich in rührender Einfalt und wußten nicht, daß sie verschieden waren. Viel mehr ist uns in der Bibel leider nicht überliefert worden, aber wenn man das jetzige geschäftliche Leben betrachtet, und den Kampf der Menschen untereinander, die Unrast und alles, was unser Leben von dem Begriff des Paradieses entfernt erscheinen läßt, so kann man unschwer das Leben im Paradies, welches die zwei ersten Menschen geführt haben müssen, sich rekonstruieren, und wenn es auch nicht wörtlich so gewesen ist, so könnte es dem Sinne nach wohl so gewesen sein. Zeitbezeichnungen gab es ja noch nicht, während es aber wohl anzunehmen gewesen sein muß, daß ein Wechsel von Tag und Nacht auch im Paradies stattfand. Daher beginne ich meine Erzählung mit den Worten: »Eines Tages.« Also:

Eines Tages, die Sonne war gerade aufgegangen und schickte sich an, höher zu steigen, saß Adam in ihren Anblick versunken auf seinem Lieblingsstein. Eva hatte soeben ausgeschlafen und rieb sich die Augen mit den Handrücken. Dann reckte sie sich und sah sehr schön dabei aus. Jetzt gähnte sie, und das stand ihr besonders gut. Sie dachte: »Wenn ich doch nur einen Spiegel hätte!«, aber diese Art Gebrauchsgegenstand war ja damals noch nicht erfunden. Sie wußte aber, daß es eine Stelle im Paradiese gab, wo sie sich selbst sehen konnte, das Becken, in dem die Quelle sich etwas beruhigte, um hinterher weiterzufließen. Mit kleinen Schritten trippelte also Eva in der Richtung nach der Quelle, denn sie wollte sehen, ob ihre Haare in Ordnung waren und wie schön sie war. Da kam sie an Adam vorbei, welcher saß und die Sonne betrachtete. »Was stierst du in den Mond?«, redete sie ihn an, indem sie ihm mit ihrem linken Füßchen vorsichtig in die Seite trat. Da nämlich nicht überliefert worden ist, welche Sprache die beiden im Umgang miteinander pflegten, so nehme ich der Einfachheit halber an, es wäre deutsch gewesen. Aber da sich ja das Deutsche erst im Laufe späterer Zeiten entwickelt hat, so ist wiederum anzunehmen, daß es eine andere Sprache gewesen sein muß. Jedenfalls werde ich als Autor alle Redewendungen der beiden paradiesischen Menschen in deutsch übersetzen, und ich hoffe, daß das nicht viel ausmachen wird. Daß Eva die Sonne »Mond« nannte, ist wohl selbstverständlich, denn Frauen verwechseln meist alles. Adam antwortete nicht. Jetzt versetzte ihm Eva mit ihrem rechten Fuß einen gewaltigen Tritt ins Kreuz, daß Adam fast vornüber gefallen wäre, und sagte: »Was du in den Mond stierst? Ich will es wissen!« Denn in Eva regte sich die weibliche Neugier, die ja heute bei Frauen zur beherrschenden Eigenschaft geworden ist. Adam tat, als merkte er Eva nicht, er setzte sich wieder zurecht, klopfte sich etwas Staub von den Knien und Unterschenkeln, auf die er gestürzt war, und dachte: »Wenn ich mir jetzt eine Zigarette anzünden könnte!«, ohne sich darüber klar zu sein, daß es damals solche Genüsse noch nicht gab. Eva aber merkte in Demut, daß Adam heute brummig war und ging mit tänzelnden Schritten weiter zu ihrem Quellspiegel, um zu sehen, ob sie auch noch nicht altere. Das war ein prächtiger Anblick! Ihr Kopf mit langen, welligen Haaren spiegelte sich vor dem tiefblauen Himmel mit den leichten Federwölkchen darin, und die Haare sahen so golden aus und der Mund so rot, und seine Linien so schön sinnlich geschwungen, die Augen so blau, die Nase so keck, daß Eva sich selbst bewunderte.

»Wenn ich Adam wäre«, dachte sie, »dann brauchte nicht erst die Schlange den Apfel anzubieten, ich wüßte, was ich als junger Mann mit feurigem Temperament zu tun hätte. Ich würde die Festung überrennen! Und dieser Stiesel sitzt und kuckt in den Mond. Ich wüßte doch zu gerne, was er da zu kucken hat!«

Adam aber betrachtete die Sonne schon gar nicht mehr, weil er sich zu sehr über Eva ärgerte. Er war sozusagen mit einer wissenschaftlichen Arbeit beschäftigt, wollte Beobachtungen machen, entfernt liegende Dinge feststellen, und diese Ziege, diese Gans von einer Eva, mußte ihn dabei stören! Nun war er natürlich raus, und hätte am liebsten nicht weiter seine Studien verfolgt, aber jetzt galt es, die Haltung zu wahren. Eva hatte ihn stören wollen, also mußte er sich unter keinen Umständen stören lassen. Unter keinen Umständen! So etwas versteht sich doch wohl von selbst! Wenn solch ein Kalb ihn ins Kreuz tritt, dann ist es aus mit ihm, einfach aus. Da hört die sächsische Gemütlichkeit aber auf! Man läßt ja manches mit durchgehen, aber alles muß seine Grenzen haben. Da könnte jeder kommen! Und wenn der Löwe das gesehen hätte, der hätte sich totgelacht, einfach totgelacht! Er sollte den nächsten besten Haselnußstrauch holen und sie gebührend verhauen, aber man ist ja immer noch zu gutmütig. Und dann, wie kann ein gebildeter Mensch die Sonne »Mond« nennen? Kann man so etwas überhaupt verwechseln? Der Mond scheint in der Nacht, die Sonne am Tage, der Mond ist schwach, die Sonne sticht in die Augen.

Ja wirklich, sie sticht gewaltig, wenn sie höher kommt. Allerdings morgens früh, wenn die Sonne durch die Frühnebel scheint, und rund und dick rot in ovaler Form am Himmel steht, hat sie gewisse Ähnlichkeiten mit dem Monde, aber wenn einer ein bißchen aufpaßt, kann er das doch nicht verwechseln!

Und inzwischen war die Sonne schon erheblich viel höher gekommen, tanzend im Nebel, aber bei jedem Schritt wurde sie heller und bestach die Augen des armen Adam. Am liebsten hätte er jetzt weggekuckt, aber das war unter den Umständen natürlich ganz ausgeschlossen. Auf den Knien sollte Eva erst abbitten, dann würde er bereit sein, hinzukucken, wohin sie wollte.

Eva aber war längst mit ihrer einfachen Toilette fertig, da sie die vielen Pariser Feinheiten, z. B. den Lippenstift, noch nicht kannte. Sie fuhr einmal mit ihren 5 Fingern durch die wirren Haare, warf sie alle nach hinten auf den Rücken, schüttelte sich, weil die Haare kitzelten, dann sah sie ihre Füße an. Eigentlich müßte sie ja ihre Nägel etwas schneiden. Und da Adam unaufhörlich in den Mond stierte, hielt sie die Gelegenheit für günstig. Scheren gab es natürlich nicht im Paradiese, aber scharfe Steine, mit denen sie behutsam die zu langen Nägel abwetzte. Allerdings wurden sie etwas rauh davon, aber immerhin sah es besser aus. Darauf kletterte sie in den nächsten Bananenbaum und warf so ne Stücker 20 Bananen herunter. Diese legte sie schön sorgfältig nebeneinander auf die kleine Wiese am blühenden Syringenbusch und dann rief sie: »Adam, Adam! Wo bist du?« Sie wußte es ganz genau, wo er war, und daß er immer noch in den Mond starrte. Aber um die Konversation anzukurbeln, fragte sie so dumm. Darüber aber ärgerte sich Adam noch mehr, und es war ausgeschlossen, daß er ihr antwortete. »Der Kaffee ist angerichtet!« flötete jetzt Eva mit süßer Stimme.

»Trink ihn allein!«, antwortete jetzt Adam. Es war ihm so entfahren, und eigentlich ärgerte er sich, es gesagt zu haben. Das bißchen Bananen! Er konnte zur Not auch selbst in den Baum klettern und sich ein paar Bananen herunterholen. Wenn nur die blöde Sonne nicht so stechen würde! Er überlegte, ob er in seiner Reiseapotheke noch etwas Augensalbe hätte, denn sicherlich würde diese Kur den Augen nicht gut bekommen.

»Liebling, komm jetzt, ich habe Hunger«, sagte Eva und legte allen weiblichen Charme in ihre Stimme.

»Zum Donnerwetter nein!«, brüllte Adam so laut, daß selbst der Löwe sich erschreckte, »siehst du denn nicht, daß ich hier beobachte?«

»Ich sehe nur, daß du wie verblödet in den Mond stierst«, sagte Eva jetzt etwas gereizt.

»Mond, Mond! Das ist doch die Sonne!« –

»Mond oder Sonne, das ist mir gleich«, sagte Eva ziemlich ruhig, »aber laß doch den Kaffee nicht kalt werden!«

Nun stand sie und wartete, und er kam nicht. Allein schmeckten ihr die Bananen nicht recht. Sie biß eine an, aber es wollte nicht schmecken und rutschte nicht recht runter. Diese ewigen ehelichen Zwistigkeiten! Und dabei waren sie noch nicht einmal richtig verheiratet. Wie war das nun wieder gekommen. Er behauptete, daß der Mond die Sonne wäre, und sie sollte das einfach glauben. Natürlich kann eine Frau, die auf sich hält, nicht einfach darauf eingehen, das ist wohl selbstverständlich. Und darum kam er nicht zu den einfachen Bananen frühstücken. Und dabei sind Bananen so gesund!

Unruhig trippelte jetzt Eva von einem Fuß zum andern. Dann entschloß sie sich, Adam einen Kuß zu geben. Sie stellte sich vor ihn hin, aber er sah sie überhaupt nicht mehr, denn vor seinen Augen tänzelten nur noch dunkelrote Kreise, obgleich er sie schon eine Zeit lang geschlossen hatte. Die Sonne war eben zu hoch gekommen, als daß ein Mensch ihre Kraft hätte aushalten können. Beobachten hatte nun auch keinen Zweck mehr, denn sehen konnte er sowieso nichts mehr, nur aus Prestigegründen mußte er sitzen bleiben, den Blick gegen die Sonne gerichtet.

Jetzt sah Eva, daß er die Augen geschlossen hatte. Das wirkte auf sie so komisch, daß sie laut losprustete. »Aber was beobachtest du denn mit geschlossenen Augen? Du kleiner Liebling!«, sagte sie, ohne eine Antwort zu erhalten.

»Nun hör mal mit dem Theater auf!«, fügte sie hinzu, »komm zum Kaffee!«

»Theater, Theater!«, fuhr er auf, »weil ich die Augen geschlossen habe, denkst du, ich spiele Theater!?? Ja, kannst du es dir denn nicht vorstellen, daß ich denke, und um nicht abgelenkt zu werden, die Augen schließe?«

»Dann solltest du nicht gerade in Richtung auf die Sonne deine Augen halten, Adam, das bekommt dir nicht gut«, sagte Eva nun.

Jetzt hatte sie selbst »Sonne« gesagt. Es war Adam eine innere Genugtuung, daß sie endlich ihren Fehler erkannt hatte. Darum sagte er mit Würde: »Jetzt sagst du es selbst, daß das die Sonne ist und nicht der Mond! Daß ihr Frauen erst alles falsch sagen müßt!«

»Der Mond ist eben jetzt untergegangen«, sagte Eva, »und die Sonne ist aufgegangen, und nun siehst du in die Sonne wie vorher in den Mond«.

Jetzt hatte es bei Adam aber geschnappt. Das war denn doch die frechste Lüge, die er je gehört hatte. Er sprang voller Wut auf, um ihr eine kräftige

Ohrfeige zu geben, aber er konnte nicht mehr sehen. Er sah nicht, wo sie stand, stolperte und machte eine unglückliche Figur, während Eva um ihn herumtänzelte und spöttisch sagte:

»Fang mich mal, kleiner Adam, los fang mich mal!«

Aber Adam war nicht zu Scherzen aufgelegt. Die Situation war zu ernst. Sollte er blind geworden sein? Er mußte hier einlenken, denn wenn hier Eva nicht half, wer hätte helfen können?

»Laß uns wieder vertragen, liebe Eva«, sagte er, »ich habe die Nacht so schlecht geschlafen, und es geht mir so schlecht, das solltest du nicht ausnützen!«

um 1938

Ilda

In der 25. Etage des 26. Häuserblocks in der 27. Straße, 28. Tür, 29. Aufzug wohnte Ilda. Die 30 Stockwerke über ihr drückten auf ihre Seele, und sie fühlte sich nur frei, wenn sie auf der Dachterrasse über einige von den kleineren Häusern hinwegsehen konnte.

Ilda ist nämlich eine Pharaonentochter. Sie stammte von den wirklichen alten ägyptischen Pharaonen ab. Ihr Vater sowohl wie ihre Mutter waren seit Jahrtausenden schon Mumien und lagen gut verpackt, jeder in seiner Pyramide, in der trockenen ägyptischen Wüste. Sie würden da noch heute in tiefem Schlummer begraben sein und von den Krokodilen träumen, wenn nicht ein nebliger Frühling sie aufgeweicht hätte. Durch die ewige Trockenheit waren beide Pyramiden vielfach geborsten, und so konnte der warme Nebel ungehindert eindringen.

Die erste der beiden Mumien, die zu quellen begann, war Ildas spätere Mutter, Fanfatitis. Sie fühlte plötzlich unter ihrer Verpackung eine warme Feuchtigkeit, das Fleisch begann sich zu dehnen, es bildete sich wieder etwas Mundwasser. Damit merkte sie gleichzeitig, daß sie einen unangenehmen Geschmack hatte. Der Gedanke, daß dieser auch mit einem unangenehmen Mundgeruch verbunden sein könnte, beunruhigte sie lebhaft und trug nicht zum geringsten dazu bei, daß Fanfatitis sich die größte Mühe gab, aus ihrer getrockneten Abgeschiedenheit ins Leben zurückzutreten.

Wieviel Wasser brauchen doch getrocknete Pflaumen oder Erbsen, um wieder voll und rund zu werden. Und während erstere nur zum Kochen zu gebrauchen sind, können letztere quellen und eine Welt von neuen Erbsen gebären. Das wußte Fanfatitis, das hatte sie aus der Geschichtsstunde im Pensionat behalten. »Ich muß mich auf Erbsen konzentrieren«, dachte sie, während sie zu quellen begann. Sie hatte auch gehört, daß Erbsen imstande sind, Felsen zu sprengen, wenn sie quellen. Also dachte sie: »Ich bin eine Erbse, ich bin eine Erbse, ich bin eine Erbse«, und dadurch zog sie die warmen Feuchtigkeitsteilchen an, nahm sie unter ihr Gewickel auf und wurde strammer und strammer. Es tut abscheulich weh, so gewickelt zu sein, denn nun wurde die Wicklung, die für eine eingetrocknete Frau berechnet war, zu eng.

Aber die Zeit half Fanfatitis, die Zeit hatte die Wickel mürbe gemacht, und so platzte einer nach dem andern. Je mehr Wickel aber platzten, desto mehr Flüssigkeit nahm Fanfatitis von dem warmen Nebel in sich auf, bis sie eines Tages wieder neu und komplett dalag.

Jetzt müßte es schön sein, ein warmes Bad zu nehmen, dachte sie, und dieser Gedanke machte es, daß Fanfatitis plötzlich ihre wiedererstarkten Muskeln bewegte. Aber ach, überall waren Steine und Sand, sie lag in einer kleinen Zelle.

»Aufmachen, aufmachen!«, rief sie verzweifelt, aber man konnte sie durch die 250 Meter dicken Wände hindurch nicht hören. Verzweifelt legte sie sich wieder in ihren bemalten Mumienkasten und sagte zu sich: »Dann müssen wir uns wieder eintrocknen lassen.«

Aber es kam anders.

Gerade zu dieser Zeit war es, als der deutsche Professor Michel eine Expedition nach den ägyptischen Pyramiden unternahm. Er wohnte im Hotel Excelsior in Kairo und hatte sich sein Frühstück schon auf 5 Uhr morgens bestellt. Um 6 schon saß er auf zwei Kamelen, und um 7 besichtigte er die schier unübersehbare Menge von Pyramiden von außen. Um 8 Uhr entdeckte er in der Fanfatitis-Pyramide einen Spalt, und da Professor Michel infolge seiner wissenschaftlichen Tätigkeit mager war, probierte er, in diesen Spalt hineinzukriechen. Es gelang. Und um 9 Uhr war es ihm gelungen, mit seinem Beile unmittelbar vor die Außenwand der Grabkammer der Fanfatitis vorzudringen. Hier hörte er die verzweifelten Worte: »Aufmachen, aufmachen!«

»Mit wem habe ich die Ehre?«, fragte er zurück.

»Fanfatitis, Tochter des Amenoboptolis, ich liege hier seit meinem Tode, bin aber bei dem warmen Nebel der letzten Tage erheblich gequollen und will nun raus.«

»Bist du schön, Fanfatitis?«, fragte Michel.

Mit großer Anstrengung nur konnte die Pharaonentochter ihn mit seinem schwäbischen Dialekt durch die Steinwand hindurch verstehen, und um ihn zu reizen, sagte sie: »Schön wie tropfender Sonnenstrahl.«

»Ich werde mich beeilen«, sagte da Michel, »nehmen Sie zunächst von dem Brot, das man Ihnen als Dedikation beigegeben hat, wenn Sie hungern sollten«. Der Professor bemerkte nicht, daß er offiziell wurde und das vertrauliche Du der ersten Anrede mit dem offiziellen Sie vertauscht hatte.

»Das Brot ist inzwischen hart geworden«, sagte Fanfatitis zurück, »und das Korn, das hier rumlag, habe ich schon aufgegessen«.

»Dann lutschen Sie am Daumen, ich werde mich beeilen, was ich kann«, sagte Professor Michel, und mit wuchtigen Schlägen begann er, die Wand zu zertrümmern. Das dauerte einige Zeit, aber schon wankte das Gefüge, und plötzlich fiel ein Stein von etwa tausend Zentnern aus seiner Lage, und Professor Michel trat ein.

»Nun stehe ich also vor einer wirklichen Pharaonentochter?«, fragte er noch immer etwas zweifelnd, ob sie wohl eine gequollene Mumie oder eine schlechte Imitation wäre.

»Wenn Sie nicht glauben wollen, kann ich Ihnen nicht helfen«, gab Fanfatitis zurück, »aber die Spuren der Bemalung und die Reste der Wicklung sollten Sie überzeugen«. Plötzlich dachte Fanfatitis, daß man im Augenblick einer solchen Rettung aus jahrtausendelanger Haft sich anders benehmen muß. Mit den Worten: »Mein Retter!« stürzte sie sich auf ihn zu und hätte sich in seine Arme geworfen, wenn er nicht gefragt hätte: »Haben Sie schon gebadet?«

»Gebadet?« fragte Fanfatitis zurück, »wir haben hier keine Badewanne. In welchem Hotel wohnen sie?«

»Excelsior in Kairo.«

»Was ist Kairo?«

»Kairo? Das ist eine Oase in der numidischen Wüste.«

»Was ist eine Oase?«

Da fiel Professor Michel das berühmte Wort Otto Niemals ein, und er zitierte: »O aset nicht mit Wüsten!«

»Was ist das nun wieder?«, fragte die Königstochter.

»Ein Zitat. Es fiel mir gerade so ein. Aber wollen sich gnädiges Fräulein nicht fertigmachen?«

»Fertigmachen, ja was heißt fertigmachen? Lippenstift hat man mir nicht beigegeben, und meine Wickel sind vermodert.«

Da erst bemerkte Michel, daß die Dame außer einigen Wickelresten vollständig nackt war.

um 1938

Der, der da geistig arm ist

Es war einmal ein Fischer, der mit seiner Frau auf einer einsamen Insel draußen im Fjord wohnte. Sie waren ein gottesfürchtiges Paar, das nie etwas Böses in seinem Leben getan hatte. Der Fjord war voller Fisch und Hummer, und der Fischer und seine Frau konnten gut leben und brauchten sich nicht sorgen. Am Fjord lag eine kleine Stadt, und dort wohnten einige Fischaufkäufer. Auch ihnen lag alles Böse fern wie einer wohlerzogenen Hauskatze. Es herrschten Zufriedenheit und Wohlstand auf der Insel und in der Stadt.

Eines schönen Tages sagte die Frau zu dem Fischer: »Es ist jetzt bald Zeit, das Gras zu schneiden. Wir brauchen Hilfe beim Heuen, und du brauchst Hilfe, wenn du fischst und wenn du den Fisch in die Stadt bringst.«

»Ganz richtig«, antwortete der Fischer.

»Warum wollen wir es nicht mit einem Geistesschwachen versuchen, jemanden von Dummsdorf, der stark und arbeitswillig ist? Die Gemeindekasse bezahlt dafür, daß wir ihn haben, aber das weiß er ja nicht, und wie gut hätten wir es dann mit solcher Extrahilfe.«

Der Fischer hielt das für einen ausgezeichneten Plan und sah sich nach einem brauchbaren Schwachsinnigen um. Bald hatte er den Richtigen gefunden und nahm ihn mit sich auf seine Insel, wo er ihn das Gras schneiden ließ.

Aber die Frau war immer noch nicht zufrieden. »Wir brauchen Geld«, sagte sie zu ihrem Manne, »alles ist heute so teuer, und es ist gerade die Zeit, wo es verboten ist, Hummer zu fischen. Es wäre eine gute Idee, ihn jetzt zu fischen. Die Hotels sind voll von Touristen. Die mögen es gar nicht gerne, wenn sie keinen Hummer bekommen können. Denk nicht ans Gesetz. Keiner kümmert sich darum. Du tust ja nur was Gutes, wenn du die Touristen zufriedenstellst, und außerdem verdienen noch alle daran.«

»Meinst du nicht, der Idiot würde etwas sagen?« antwortete der Fischer.

»Natürlich nicht! Der hat ja ein Brett vor dem Kopf und versteht nicht, daß es gegen das Gesetz ist.«

Und so kam es, daß der Fischer in der nächsten Nacht mit seinem Boot auf den Fjord hinausfuhr zusammen mit dem Idioten als Hilfe, und sie hatten einen guten Fang. Er war richtig glücklich, wenn er an das viele Geld dachte, das er für den Hummer bekommen würde, und als er zu Bett ging, träumte er nur von Hummern und hohen Preisen.

Aber der Idiot dachte auch an Hummer und hohe Preise, und als der Fischer am nächsten Morgen erwachte, entdeckte er, daß sowohl der Idiot als auch sein Boot und der Hummer verschwunden waren. –

Der Idiot war ganz einfach zu dem ersten Fischaufkäufer gegangen und hatte gesagt, daß er Hummer hätte. »Den nehme ich«, sagte der Aufkäufer, »aber um Gotteswillen, sag das niemandem«. Das versprach der Idiot hoch und heilig. Dann gingen sie beide zum Kai herunter, wo der Aufkäufer sich den Hummer ansah und einen guten Preis bezahlte. Der Idiot ruderte zu dem Fischtank des Aufkäufers herüber und verdeckt von dem Morgennebel verstaute er den Hummer ohne große Schwierigkeiten, während der Aufkäufer auf dem Kai stand und etwas unruhig aufpaßte, daß auch niemand ihn sah.

Allerdings hatte der Idiot den Hummer nicht wirklich in dem Fischtank verstaut, aber das konnte der Aufkäufer bei der großen Entfernung und dem Nebel nicht sehen. Statt dessen zog der Idiot mit demselben Hummer zu dem nächsten Fischaufkäufer. Wie der erste war auch dieser sehr froh, Hummer zu bekommen, gab dem Idioten einen guten Preis, ging mit ihm zum Kai und paßte auf, während der Idiot ihn betrog, gedeckt von demselben Morgennebel.

Auf dieselbe Weise verkaufte der Idiot den unrechtmäßig gefischten, gestohlenen Hummer an einen dritten, vierten und fünften Aufkäufer, bis es keine Aufkäufer mehr in der kleinen Stadt gab. Zum Schluß nahm er ihn mit zur Volkskantine, wo er ihn zu einem sehr niedrigen Preis verkaufte und wirklich lieferte.

Gegen Mittag hörte der erste Aufkäufer, daß die Volkskantine Hummer hatte. Wo konnte der nur herkommen? Er ruderte zu seinem Fischtank heraus und fand ihn leer. Hier konnte kein Zweifel sein. Er ging direkt zur Volkskantine und sagte: »Woher habt ihr den Hummer?! Der ist von meinem Fischtank gestohlen!« Aber er bekam nur zu hören, daß die Volkskantine den Hummer von dem Idioten gekauft habe.

Der zweite Aufkäufer hatte inzwischen seinen Hummer an das große Hotel der Stadt verkauft, das ihn für die Touristen brauchte. Aber als er zu seinem Fischtank hinausruderte, um den Hummer zu holen, fand er den Tank leer. Auf dem Rückwege traf er den ersten Aufkäufer und explodierte: »Heute Morgen kaufte ich Fisch von dem Idioten und stand und sah zu, als er ihn in meinem Tank verstaute, und jetzt ist der Tank leer!«

»Der Fisch war allerdings Hummer«, antwortete der erste mit einem ironischen Lächeln. »Ich kaufte nämlich auch heute morgen Hummer von dem Idioten und sah zu, als er ihn in meinem Tank verstaute, und jetzt ist der genau so leer. Ich möchte nur gerne wissen, ob die anderen Kollegen auch so hereingefallen sind. Das wäre immerhin noch ein Trost.«

So gingen sie zu einem Treffen mit den übrigen Fischaufkäufern und beschlossen, daß der Idiot weggeschickt werden müsse. Der eine machte sein Boot klar, und sie fuhren alle zusammen auf die Insel herüber und beklagten sich beim Fischer. Der Idiot hatte sie betrogen, und er als sein Herr und Meister solle dafür bezahlen.

Der Fischer antwortete, daß er leider keine Verantwortung übernehmen könne, denn der Idiot sei ja nun einmal ein Idiot. Und außerdem war der verkaufte Hummer von ihm gestohlen. Die Fischaufkäufer mußten sehr gegen ihren Willen einsehen, daß wenig zu gewinnen war, wenn sie den Fischer anklagten. Aber sie hielten an ihrem Verlangen fest: der Idiot mußte weggeschickt werden!

In der Zwischenzeit war der Idiot zum Wirtshaus gegangen, und zum ersten Mal in seinem Leben setzte er sich in den Salon. Er trank so viel, daß er vollständig überzeugt davon war, daß dieses der beste Tag in seinem ganzen Leben war. Und noch sicherer darüber war er, als ein nettes kleines Mädchen zu ihm kam, um ihm beim Trinken zu helfen, ganz besonders, weil er nicht merkte, daß sie ihm den Rest seines Geldes wegnahm, als er betrunken war. Der Wirt dagegen merkte es, und weil ein Idiot ohne Geld in seinen Restaurant nicht erwünscht war, wurde er hinausgeworfen.

Jetzt fing er an, all das Schlechte, was er getan hatte, zu bereuen, und während er versuchte, sich aufrechtzuhalten, indem er sich an eine Wand lehnte, dachte er über die Zukunft seiner Seele nach und über all das Gute, das es in dieser und in der nächsten Welt gibt. Gerade in dem Augenblick kam ein Mädchen von der Heilsarmee vorbei. Sie kannte den Idioten und merkte, daß er betrunken war.

»Bereust du in deinem Herzen, was du getan hast?« sagte sie, und dann lud sie ihn ein, mit ihr im Lokal der Heilsarmee eine Tasse Kaffee zu trinken und Kuchen zu essen. Bald saß er und sang leise Hymnen zu Gottes Ehre vor sich hin, völlig davon überzeugt, daß alles auf der Welt so war, wie es sein sollte, und daß es sogar noch immer besser werden würde.

Und als er sich dann richtig sattgegessen und getrunken hatte, dankte er, nahm sein Boot und ruderte auf die Insel zurück. Aber je näher er der Insel kam, desto mehr sank sein Mut, bis er sich zum Schluß ganz schuldbewußt fühlte.

Der Fischer stand am Kai, und dem Idioten wurde es ganz bange vor dem, was da kommen mußte, als er ihn dort sah. Der Fischer aber bat ihn in sein Haus, wo er ihm mehr Kaffee und Kuchen gab, denn er war ein guter Mann.

»Ich bin dir nicht böse, daß du mir meinen Hummer gestohlen hast, mein guter Freund«, sagte er. »Du hast die Fischaufkäufer angeführt, die mich schon so oft vorher angeführt haben. Komm, trink ein wenig mehr Kaffee!« –

um 1938

Wenn jemand unliniert ist

Wenn jemand unliniert ist, so muß er immer wieder feststellen, daß die Welt liniert ist. Wie ein Zebra ist die Welt in Streifen geteilt, und dabei hat sie doch nur ein einziges Fell. Auf den Linien ist die Welt beschrieben, und dadurch unterscheidet sie sich von dem Zebra, das meistens nur selten beschrieben ist. Das liegt aber wiederum daran, daß man auf Fell schlecht schreiben kann. Wie ein unbeschriebener Briefbogen läuft das arme Zebra nun in der Welt herum, welche im Gegensatz zu ihm von links nach rechts beschrieben ist.

1930–1939

Aus Santa Lucia

Als ich seinerzeit mit einigen Studenten auf einer Studienreise unter Professor Schubring in Neapel war, wohnte ich mit dem Architekturstudenten Dustmann im gleichen Zimmer im Zentralhotel beim Bahnhof. Es war Abend, und Dustmann fragte: »Wohin gehen wir heute?« Als ich sagte, ich wüßte nicht, antwortete er, wir wollten einen Freund besuchen, den ich in Neapel hätte, ich hätte gestern einen Freund in Rom besucht, ohne ihn mitzunehmen, und er hätte gehört, daß es ein so netter Abend gewesen wäre. Er glaubte mir nicht, daß ich keinen Freund in Neapel hatte und fühlte sich nur gekränkt, daß ich ihn etwa nicht mitnehmen wollte. Also mußte ich einen Freund beschaffen aber wie?

Ich ließ mir daher vom Hotelportier ein Adreßbuch Neapels geben in der Hoffnung, unter der Abteilung ›Maler‹ einen bekannten Namen zu finden. Da ich aber keinen fand, tippte ich mit meinem rechten Zeigefinger auf eine beliebige Adresse, die ich mir in mein Notizbuch schrieb, und holte Dustmann zum Besuch dieses Freundes ab. Er sagte, er habe es gewußt, daß ich einen Freund in Neapel hätte. Dann wanderten wir zu Fuß, um das Straßenbahngeld zu sparen, einen weiten Weg und erfuhren, daß der betreffende Herr in ein entgegengesetztes Stadtviertel, Santa Lucia, verzogen wäre. Und Dustmann sagte: »Das muß ein sehr feiner Herr sein.« Als wir nach Stunden seine Wohnung erreichten, war sie in einem ganz üblen Stadtviertel. Ich klingelte und fragte nach meinem Freunde. Ein Herr öffnete mir und fragte, ob ich ihn sehen wollte. Die Frage fand ich reichlich komisch und antwortete, natürlich wolle ich ihn sehen. Da sagte der Herr: »Er sieht gut aus.« »Natürlich sieht er gut aus«, sagte ich, »mein Freund sah immer gut aus.« Da sagte der Herr weiter: »Sie wollen ihn also noch einmal sehen, oder ist er Ihnen noch etwas schuldig?« »Nicht daß ich wüßte«, antwortete ich. »Er ist nämlich vielen Leuten Geld schuldig geblieben«, behauptete der fremde Herr, »und nun ist er tot.« »Tot«, sagte ich entsetzt, »er ist tot, und deshalb bin ich von Deutschland gekommen, nein, ich bringe es nicht übers Herz, ihn noch einmal zu sehen.« Da schickte mich der Herr zum Circullo Artistico, wo ich Näheres über meinen Freund erfahren könne.

Im Circullo Artistico wurde ich sehr freundlich aufgenommen, und als ich meinem Schmerz über den Verlust eines so guten Freundes mit so hervorragenden Eigenschaften bebilderten Ausdruck verlieh, bekamen wir beide ein gutes und reichliches Abendessen. Es lebe der tote Freund!

1930–1939

Nebel in Bern

Der Dichter Nebel, einer meiner Freunde, wohnt in Bern, und als ich ihn besuchen wollte, war er umgezogen, und es war nur die Straße, nicht die Hausnummer bekannt, und er wußte nichts von meinem beabsichtigten Besuch.

Ich fuhr mit der Straßenbahn hinaus und besah mir die Straße. Sie hatte gegen hundert Hausnummern, darunter viele Doppelhäuser und Häuser mit ›A‹, ›B‹, ›C‹, ›D‹ ... Und da Nebel erst kürzlich umgezogen war, kannte kein Kaufmann seine Hausnummer. So ging ich dem Gefühl nach und fand ein Dreifamilienhaus, an dessen Wand jemand mit Schnee ein Hakenkreuz gemalt hatte, denn es war Frostwetter. Ich schloß natürlich von diesem Hakenkreuz auf Nebel, da er ein deutscher Flüchtling war, und richtig wohnte er in dem Hause zweite Etage, war aber mit seiner Frau ausgegangen, unbekannt wohin. Ich fragte, ob er Freunde hätte und erfuhr, daß seine Frau oft mit einem Fräulein Haefeli zusammen wäre. Im Adreßbuch gab es über hundert Haefeli, von denen ich mir einen beliebigen heraussuchte und anklingelte. Im Telefon war eine tiefe Männerstimme. Ich fragte nach der Tochter, und als die Tochter kam, fragte ich nach Frau Nebel, und sie nannte mir das Kino, in dem sie mit ihrem Manne im zweiten Rang zu finden wäre. Als ich sie dort nicht fand und enttäuscht fortgehen wollte, fragte mich die Kassiererin: »Suchen Sie etwa einen deutschen Dichter, so einen merkwürdigen«, und als ich bejahte, schickte sie mich zum dritten Rang. Dort saß er nun und starrte auf Franz Liszt auf der Bildfläche. Da stellte ich mich vor ihm auf und fragte: »Sind Sie der Dichter Nebel?«

Ich habe selten ein so dämliches Gesicht gesehen.

1930–1939

Das Geheimnis

Wissen Sie, ich heiße Kurt Schwitters, das ist manchen Leuten, die das nicht begreifen können, ein Begriff geworden, so wie Till Eulenspiegel. Sage ich etwas, so wittern die Menschen ein Geheimnis, sage ich nichts, so wittern sie erst recht ein Geheimnis, denn sie denken, ich weiß, warum ich schweige und bald schweigt ein jeder mit, weil ich schweige, weil man denkt, es gehörte jetzt zum guten Ton, recht still zu schweigen; wie wenn der Prinz von Wales den letzten Knopf seiner Weste zufällig offen stehen läßt, dann gibt es bald keine geschlossenen Westen mehr, weil jeder sich geniert, seine zuzumachen, weil jeder Kavalier sein will.

Ich merke also plötzlich, daß alles schweigt, ich bin mir meiner Verantwortung bewußt, und um das allgemeine peinliche Schweigen zu brechen, sage ich plötzlich: »Letzte Nacht hatte ich einen Traum.«

Sie glauben es nicht, wie diese wenigen Worte wirken, wenn sie ohne Umschweife aus meinem Munde kommen. »Er hat einen Traum gehabt, er hatte einen Traum«, tuscheln sich die Gegenseitigen in die Ohren. »Ja, was hat er nur geträumt?« Und dabei habe ich, um der Wahrheit die Ehre zu geben, überhaupt nicht geträumt, nicht daß ich wüßte. »Ach, bitte, bitte, lieber Herr Schwitters, erzählen Sie uns Ihren Traum«, so bestürmt man mich von allen Seiten. Also beginne ich zu erzählen. »Also denken Sie, ich träumte, ich wäre umgeben von lauter etwas merkwürdigen Menschen.« »Ach,, wie interessant, wie geistreich«, unterbricht man mich allgemein, »ein wirklich sehr sonderbarer Traum, so etwas kann eben nur Kurt Schwitters träumen!« Und ich fahre fort: »Und ich liebe diese Menschen gerade deshalb so sehr, weil sie so sonderbar sind, fast eben so sonderbar wie ich mir selbst manchmal vorkomme.«

»Ganz entzückend, ganz reizend, er liebt uns, er findet uns ebenso sonderbar wie sich selbst, unser kleiner Rabindranath Schwitters, unser kleiner Kurt Tatatatheatergore, der kleine Kerl.« Erst werfe ich meinen Jüngern einen zärtlichen Blick zu. Aber plötzlich merke ich, daß sie sich geirrt haben, denn sie haben mich scheinbar mit dem anderen verwechselt, mit dem Inder, und so falle ich in ihren Jubel hinein: »Seid ihr denn alle wahnsinnig geworden, das bin ich ja gar nicht, ich bin ja aus Hannover, ich bin ja ein ganz einfacher Mensch wie ihr alle, kein Dichterfürst; eure Verehrung kommt mir überhaupt nicht zu, denn das kann ich ja gar nicht verstehen, daß man so einfache Dinge wie Kunst tragisch oder pathetisch nimmt. Da müßt ihr schon ein paar Häuser weitergehn.«

Sehen Sie und nun bin ich allein, alle meine Jünger haben mich verlassen, denn sie konnten es nicht verstehn, daß es Menschen gibt, die sich nicht tragisch nehmen.

1934–1939

Die Geschichte von der Fledermaus

Ich wohnte damals im Unionhotel in Geiranger, etwa 80 Meter über dem Fjord. Das Hotel ist schön und groß, am Tage nicht so sehr hell, aber abends von vielen elektrischen Lampen hell erleuchtet, denn es hatte am Wasser sein eigenes Elektrizitätswerk.

Es war Abend, und wir saßen in der Halle, einige fremde Mädchen und ich. Wir sprachen nicht und sahen uns von Zeit zu Zeit gegenseitig an.

Ich legte eine Platte auf das Grammophon, und da war es gerade der Feuervogel von Strawinsky.

Plötzlich versagte das elektrische Licht, und dann wurde es wieder hell. Es muß wohl eine Störung in der Leitung gewesen sein.

Durch den Raum strich Caruso. Das war übrigens nicht Caruso selbst oder etwa seine Stimme auf dem Grammophon, sondern eine Katze, die so hieß.

Plötzlich lief etwas mit Flatterschritten über die Erde.

Dieses Geflatter näherte sich der Amerikanerin gegenüber, die laut aufschrie. Das war die Fledermaus.

Alle sahen die Amerikanerin an und sahen auch die Fledermaus trippeln. Sie machte viele sehr kleine Schritte.

Da kam die Tochter des Wirts, übrigens eine bildschöne Norwegerin und später nach England verheiratet.

Sie rief: »Caruso, Caruso!«

Da stürzte ich mich, ehe Caruso kommen konnte, auf die kleine Fledermaus, warf mein Taschentuch darüber, wickelte sie ein und trug sie hinaus in die finstere Nacht.

Und damit ist diese Geschichte zu Ende.

1939

Ich sitze am Fenster

Ich sitze am Fenster, und seit wir den Ofen durchheizen, ist es mollig warm in der Wohnung. Draußen ist es seit 6 Wochen ohne Unterbrechung zwischen 10 Grad und 15 Grad Kälte. – Man soll ja in der Gegenwart leben, all' die notwendigen kleinen und großen Pflichten erfüllen, das Leben bejahen, aber dann hat man auch das Recht zur Erinnerung. Wenn die Erinnerung das Lebensgefühl stärkt und hilft, eine glückliche Gegenwart aufzubauen, ist sie gut. Ich schrieb über den denkwürdigen Besuch Ahres in Hjertøy, und nun beschreibe ich die folgenden Tage, denn diese Reise war für lange Zeit das größte innere Erlebnis. Da unser Kapitän auf Urlaub war, steuerte ich unsere kleine Privatjacht von Hjertøy bis Molde eigenhändig. Am Kai, gerade bei der Treppe, landete schon die Autofähre. Wir landeten an der Treppe, und ein Herr auf dem Kai, der wohl wissen mußte, daß wir was Besseres waren, kam die von Algen glatte Treppe herunter und half uns, die Koffer hinauf und auf die Fähre zu tragen. Ich war ihm so dankbar, daß ich ihm alle schweren Stücke überließ, weil er es ja nicht wissen konnte, welche Koffer leicht und welche schwer waren. Während er die glatte Treppe hinaufkeuchte, ging ich spielend leicht mit ebenso großen Koffern und stachelte durch mein Beispiel seinen Ehrgeiz an. Ich sagte ihm auch, tragen wäre gesund, deshalb trügen wir selbst unser Gepäck, statt es unserm Personal zu überlassen. Aber ich fügte hinzu, ihm als meinem Freund, überließe ich gern einen Teil der leichteren Koffer. Die Fähre begann nun erst zu rangieren, und wir benutzten die Gelegenheit, um uns im Alexandrahotel nach Post umzuhören. Ich befestigte auch unsere Jacht im Privathafen des Hotels, und Frau Rasmussen kam, um mir zu sagen, sie hätten ihre Blumen nicht gepflanzt, damit ich sie kaputt träte. Nun kam die Fähre zurück, wir stiegen an Bord, und als die Fähre abfuhr, stand am Kai eine große Menge von winkenden Menschen, darunter Ahre. Noch einmal fuhren wir an unserem geliebten Hjertøy vorbei, so nah, daß wir die Hunde flüstern hören konnten. Dann ging es quer hinüber zur Küste von Sekken. Wir betrachteten die Häuser der Familie Solibö, wo wir öfter vorher gewesen waren und kamen endlich an der Insel des Herrn Coucheron-Åmot, namens Veøy vorbei, es soll dieses die älteste Insel sein, die der liebe Gott geschaffen hat. Damals war die Erde ein einziges Meer mit Nebel, in den die Sonne gehüllt war. An einer Stelle im Moldefjord aber teilte sich der Nebel, und ein göttlicher Sonnenstrahl fiel aufs Wasser, aus dem wie durch ein Wunder wie ein Korallenriff die Insel Veøy auftauchte. Der Nebel teilte sich weiter und gebar den ersten Menschen, Herrn Coucheron-Åmot. »Du sollst Coucheron-Åmot heißen«, sagte die Stimme des Herrn zu ihm, und Coucheron-Åmot erwachte aus dem Nichts. »Herr«, sagte er zurück,»ist das wirklich festes Land, auf dem ich stehe?« – »Ja, es ist deine Insel, Veøy!« – »Dann bin ich ja Wikinger!« – »Du bist aus königlich norwegischem Geblüt!« gab der Herr zurück. »Dann will ich König werden, und nicht einmal Kaiser Wilhelm darf meine Insel betreten«, sagte der Wikinger stolz. Und es vergingen die Zeiten, die Welt wuchs aus dem Nebel rund um Veøy herum, Coucheron-Åmot ließ 7 Kirchen und 7000 Brunnen anlegen, und seine Insel war uneinnehmbar. Jeden Sommer besuchte Kaiser Wilhelm Norwegen, trank mit Christian Hjertøy Aquavit, aber Veøy durfte sein kaiserlicher Fuß nicht betreten. Im ersten Weltkrieg dehnte Herr Coucheron-Åmot das Verbot auf alle Deutschen aus. Inzwischen waren 6 der Kirchen durch den Zahn der Zeit ödegelegt worden, und die Bevölkerung der einst so blühenden Wikingerstadt war hinabgegangen zu ihren Vätern. Einsam und bewaldet lag das kleine Eiland Veøy im Moldefjord, nur Coucheron-Åmot hatte alle Zeiten überdauert. Aber er hatte außer einer alten Jagdflinte keine modernen Waffen und fürchtete, bei einem Angriff mit weittragenden Kanonen die Insel, sozusagen die Wiege der Menschheit, verlieren zu müssen. So kam er auf die Idee, sich Kaninchen anzuschaffen, um die Insel verteidigen zu können. Kaninchen vermehren sich sehr schnell. Schießt man eins nieder, so gebiert es im Sterben 10 neue. So erreichte es Coucheron-Åmot mit Hilfe der Natur, daß nun mehr Kaninchen auf Veøy wohnen als Menschen auf dem Rest der Erde. Sie haben sich so viele Gänge in die Felsen genagt, daß die ganze Insel einem Schweizerkäse gleicht. Oft, wenn man spazieren geht auf den stachelbeerigen Fluren Veøys, versinkt man hundert Klafter tief ins Reich der Kaninchen. Herr Coucheron-Åmot hat nun Millionen von Stachelbeerbäumen anpflanzen lassen, um den Bedarf der Kaninchen zufriedenzustellen. Besucher der Insel fallen entweder in einen alten Brunnen, oder sie rutschen auf Stachelbeeren aus, versacken in den Kaninchenlöchern und werden zum Schluß von Kaninchen zerrissen. Wenn es aber Angehörige des Volkes Kaiser Wilhelms sind, werden sie von Herrn Coucheron-Åmot persönlich erschossen, da er sich seit 1914 ununterbrochen als im Kriegszustand mit dem Lande Kaiser Wilhelms betrachtet.

Als wir seinerzeit mit Falkenthal und Hoels auf Stormyrs Luxusjacht in Veøy ankerten, um die letzte Kirche zu besichtigen, sandten wir erst Falkenthal an Land, der mit Åmot hintenherum etwas verschwägert ist. Dadurch erreichten wir es, eine Stunde die Insel betreten zu dürfen. Zum Schluß empfing uns der Fürst in seiner mittels langer Pfeife verräucherten Bibliothek und fragte, ob ich rauchte. Er schien es zu wissen, daß ich leidenschaftlicher Nichtraucher bin. All' dieses erzählte ich dir, als wir hinter der Kommandobrücke windgeschützt saßen und ohne eine Flasche Wein unser Frühstück aus der la main verzehrten. In Åfarnes landete die Fähre. Es war dort riesiger Betrieb, denn gleichzeitig kam ein Autobus zur Landungsstelle, der übrigens menschenleer war. Der Chauffeur holte unsere Koffer. Entweder dachte er, daß entsprechend ihrer Anzahl 20–30 Passagiere kommen würden, oder er dachte, wer so viele Koffer hat, muß reich sein und ein entsprechendes Trinkgeld geben. Taten wir auch, denn reiche Leute pflegen geizig zu sein. Außer einer jungen Dame, die genau hinter mir saß, waren wir in dem domartigen Auto die einzigen Fahrgäste. Wir saßen ganz aneinander geklebt und betrachteten die Landschaften. Es ist ein wundervoller Weg nach Aandalsnes. Kaum ist man einen Bakken herauf, so geht es wieder herunter, um sofort wieder hinaufzugehen. Nur an Stellen, wo es 100 Meter steil in einen See abfällt, hält sich das Auto oben. Der Weg besteht aus Seen, Fjorden, bewaldeten Bergen und Wiesen mit Bauernhäusern. Am Ende des Isfjord sahen wir in Richtung Aandalsnes die weiße Kirche. Das Motiv sollte ich später doch noch einmal malen. In Aandalsnes hielt der Omnibus auf dem Marktplatz, dem einzigen Platz der Stadt, und wir begaben uns in Grimstads Hotel, um ein Lunch einzunehmen. Grimstads Hotel ist sozusagen die Miniaturausgabe eines Grand Hotels auf christlicher Grundlage. Tausende von Christen hängen oval eingerahmt an allen Wänden. Die Christen ersetzen sozusagen die Tapete. Oft sind solche ovale Christen wieder zu Gruppen zusammengefaßt, und in diesem Falle steht ein größerer ovalerer Christ den kleineren vor. Unter den kleineren aber besteht bezüglich Größe kein Unterschied mehr. Bilder von Christus selbst, aber viereckig, hängen dazwischen. Einmal ist er dargestellt, wie er, auf Pappwellen des Sees Genezareth schreitend, den ungläubigen Petrus, der durchgebrochen war, wieder hochzieht. Auf diesen Pappwellen würde der beste Schwimmer nicht schwimmen können. Wir nehmen dort unsern Lunch, bestehend aus Bratkartoffeln mit Kaffee. Es wurden Erinnerungen ausgetauscht, denn die alte Frau Grimstad und ihre beiden schon korpulenten Töchter kennen uns. Sie wissen alle Familienverhältnisse und benutzen die gute Gelegenheit, ihre Kenntnisse zu erweitern. Mit den besten Wünschen geleiten sie uns dann zum Auto, und ich versuche schnell einige unserer Koffer und Bilderpakete ungesehen hineinzubugsieren. Aber der Chauffeur merkt es und wirft alle Koffer wieder auf die Straße. Drohend groß steht nun der Packen unserer Güter da, als gerade ein Bürobeamter der Gesellschaft kommt. Bürobeamte sind eben Bürobeamte, und so dürfen wir nur 4 Koffer mitnehmen, der Rest soll uns auf unsere Kosten nach Gewicht nachgesandt werden. Daß ich die vier schwersten Koffer als unentbehrlich bezeichnete, ist selbstverständlich. Ich bin ja nicht dumm. So stiegen wir nun ins Auto. Am Grandhotel hielt es noch einmal, um viele Engländer aufzunehmen. Herr Hanekamhaug war selbst da und sagte mir, ein Amerikaner wollte gern mein Schneebild von Hoels Hause auf Hjertøy kaufen. In solchen Fällen bin ich nicht kleinlich und sage »Ja«. –

Oft scheinen einzelne Tage im Leben besonders vom Schicksal begünstigt zu sein. Wir wußten das noch nicht, als wir am 19. Juni 1939 von Aandalsnes abfuhren. Es sah gar nicht so gut aus, als wir die Koffer nur zu einem kleinen Bruchteil mitnehmen durften, und es war nur eine Wahl, entweder mußten wir ohne die Koffer nach Djupvasshytta reisen oder in Valldal die letzte Fähre verpassen und am nächsten Tage mit den Koffern weiterreisen. Wir kannten Valldal nicht, und so fuhren wir erst einmal bis nach Valldal, ohne uns zu entscheiden. Am Grandhotel begrüßte uns Herr Hanekamhaug. Er kann ja nichts dazu, daß er so einen drolligen Namen trägt. Mehr eigene Schuld trifft ihn, daß er den Yankee aus U.S.A. fortreisen ließ, ohne ihm mein Schneebild aus Hjertøy zu verkaufen. Der Yankee hatte 200 Kronen geboten, ich hatte 250 verlangt. In solchen Dingen bin ich sozusagen großzügiger. Unser großer Autobus war bald vollkommen mit Gästen überfüllt, besonders Engländern. Eine Dame, die wir später als Post- und Telegrafendame von Valldal kennenlernten, saß neben dem Chauffeur auf einer Margarinekiste. So fuhren wir über die zweite Brücke im Raumatal, ins Istedahl, hinauf den wunderbaren Trollstigvei. Schroffe Felsenhänge und überall riesige Wasserfälle, die im Juni besonders mächtig sind. Oben am Trollstigrestaurant machte ich Stilaugen, um Fröken Sverdrup zu sehen, aber vergeblich. Sie arbeitet nicht mehr in Aandalsnes. Beinahe wären wir dort geblieben, aber ein Vergleich mit dem viel schöneren Djupvasshytta bei erheblich billigeren Preisen bestimmte uns, einstweilen jedenfalls erst einmal bis Valldal weiterzufahren. Oben begrüßte uns erst noch der Portier, ein Arzt, dem ich kurz vorher seinen Portierposten im Grandhotel Aandalsness verschafft hatte. Er war sehr dankbar und versprach mir, sich beide Beine auszureißen, damit er mir Bilder im Grand verkaufen könnte. Die beiden Beine sitzen noch immer fest. Aber man soll ja auch nicht solche Grausamkeiten verlangen. Nun gings abwärts in einem breiten Tale, in dem ein breiter Fluß breit und langsam abwärts floß. Manchmal floß er in einer tief in den Felsen eingegrabenen Schlucht, manchmal bildete er einen kurzen, breiten, weißschäumenden Wasserfall. Allmählich kamen, als wir niedriger kamen, Wiesen, Bäume und einzelne Gehöfte. Und es wurde mehr und mehr sommerlich. Auf Hjertøy waren kaum wenige kleine und dürftige Blumen unter dem noch ganz kurzen Gras. Am gleichen Tage sahen wir hier nahe Valldal hohes Gras und große Blumen. Es war warm und sehr schön im Orte selbst, und so fuhren wir zur Fähre und ließen sie reisen. Nun standen wir mit unsern wenigen Koffern am Kai, und da stand ein älterer Herr, der uns ein Logis in seinem Hause besorgte und die Koffer auf einem Handwagen hinfuhr. Vielleicht war es gerade deshalb so schön für uns, weil wir den Ort nicht kannten. Alles war neu für uns. Wir waren ganz gegen unsere Gepflogenheit nicht in dem großen Luxushotel abgestiegen, sondern in einer kleinen Pension. Das Haus könnte charakterisiert werden durch Adjektive wie sauber, einfach, ordentlich. Die Wirtsleute sahen servil und etwas kümmerlich, aber gut situiert aus. Es war so warm, daß wir nach dem Kaffee, denn Essen sollten wir erst am Abend haben, etwas ruhten. Es beruhigt, beim Ruhen wenigstens einen Teil seiner Koffer um sich zu wissen. So war uns der Kamm zeitweilig ein sehr wichtiges Instrument. Nach dem Kämmen schlängelten wir uns hinaus. Wir gingen ohne Ziel und Richtung, auf den Friedhof bei der Holzkirche, zum Kaufmann, um Lutschbonbons zu kaufen, zur Post, um das Fräulein zu begrüßen, zum Kai, um uns nach den nächsten Fahrmöglichkeiten umzuhören. Du sagtest, auf dem Friedhof da möchtest Du nie begraben sein, weil er so verwahrlost wäre. »Die deutschen Friedhöfe, ja, das sind Friedhöfe«, sagtest Du. Und so schlenderten wir weiter, bald hin, bald her, bis wir zu einem Schuhmacher kamen. Diese Tatsache veranlaßte uns beide, unsere Schuhe ihm zum Besohlen anzuvertrauen. Er erledigte die Arbeit sehr schnell, aber wir saßen so lange ohne Schuhe, aber bei dem warmen Sonnenschein in der Wiese am blumigen Abhang war es ein Vergnügen. Du sahest Dir alle Blumen genau an, weil Du an meinen morgigen Geburtstag dachtest. Ich suchte am steinigen Flußufer nach runden Steinen. Dann waren die Schuhe besohlt, und wir unterhielten uns mit dem Schustergesellen. Er sagte uns, wenn wir über die Brücke am Fjord entlang wanderten, so kämen wir zu einer wundervollen, warmen Gegend, die er mit ›Eden‹ bezeichnete. Wir gingen also ein Stück, und ich mußte allein vorausgehen und durfte nicht zusehen, daß Du Blumen pflücktest. Aber ich sah es doch. So ging ich in ein Gewächshaus, wo viele Millionen reifer Tomaten wuchsen. Dann schlenderten wir heim, ich glaube die saubere Pension hieß Iversen. Sie kann auch anders geheißen haben. Das Postfräulein war am Fenster und telegraphierte mich drahtlos an. Nach dem ausreichenden Abendessen gingen wir dem von Aandalsnes kommenden Bil entgegen. Als es endlich kam, wurden wir wieder mitgenommen und erhielten in Iversens Pension unsere Koffer. Nun wurden sie im Zimmer auseinandergestellt, und es war eine riesige Menge; besonders nachdem sie etwas umgepackt waren, gab es in dem übrigens nicht so kleinen Zimmer keinen Platz mehr, auf dem man hintreten konnte. Und so legten wir uns ins Bett. Es war warm und hell, um die Jahreszeit geht in Valldal die Sonne nicht zu Bett. Nun weiß ich nicht, ob die nahe Kirchenuhr zwölf schlug, oder wie Du es herausbekommen hast, plötzlich wecktest Du mich durch einen Kuß aus dem Halbschlaf und gratuliertest mir zu meinem Zweiundfünfzigsten Geburtstag. Alt wie Methusalem, ohne dabei wie jener Nichtarier zu sein. Nun wurden wir lebhaft. Daß alle Glocken läuteten, bildete ich mir vielleicht ein. Auch, daß draußen eine unübersehbare Menge von Gratulanten wartete, bis ich das Fenster öffnete. Als ich es endlich öffnete, war keiner mehr da. Vielleicht bildete ich mir auch ein, daß wir Champagner tranken und Sandtorte dazu aßen. Aber ich bildete mir nicht ein, daß Du mich im Arme hieltest und küßtest, und daß wir unbeschreiblich glücklich waren. – Dann schliefen wir, und als wir am Morgen erwachten, waren wir glücklich. Wir tranken unsern Kaffee und wanderten unbeschwert, nachdem wir den riesigen Blumenstrauß in die Waschschale gestellt hatten, nach Eden. Der Fluß floß träge unter der Brücke. Die Sägemühle war von riesigen Sägemehlhaufen umgeben. Auf den Wiesen standen immer noch viele Blumen, obgleich Du so viele weggepflückt hattest. Im Walde gab es Klippen am Strande, vom Fjord umspült, und plötzlich entdeckten wir reife Erdbeeren. Ich pflückte in Deinen Mund, Du in meinen. Erdbeeren reif in Norwegen am 20. Juni. Das ist wirklich Eden. Wir pflückten lange und aßen uns richtig satt. Dabei kamen wir durch den Wald hindurch und schließlich in einen Bauernhof, der wohlhabend aussah. Wir betrachteten alles, die alten Riesenbäume über dem großen Hause, die Gewächshäuser mit reifen Tomaten, die Kirschbaumreihen mit reifen Kirschen, und ich zeichnete mehrere Landschaften. Ein Pferd war auf einer Wiese an einem Fluß angebunden und graste mit den drei übrigen. Wir setzten uns nun auf den Balkon, wo ich die Aussicht zeichnete. Da kam die Bauersfrau mit Milch und Kuchen, den sie uns spendierte, und ich schenkte ihr die Zeichnung. Es war eine so selbstverständliche Freundlichkeit. Sie lud mich ein, im Herbst ihren Hof zu malen, sie wollte das Bild kaufen. Dann gingen wir wieder nach Hause zurück. Wir genossen den Sommer, die wundervolle Gegend und unser Glück. Oft kommen im Leben schwere Zeiten. Es wechselt. Hat man dann einen Vorrat an Glück, so braucht man trotzdem nicht zu hungern. Hoffen wir, daß unser Vorrat an Glück für unser ganzes Leben ausreicht. Man kann selbstverständlich nicht immer Geburtstag haben. –

Es waren nur 24 Stunden, daß wir in Valldal waren. Es kam wieder das Touristenauto. Der Pensionsbesitzer Iversen hatte alle unsere Koffer zum Kai gefahren. Aus dem Auto kam Ahre. Und so stiegen wir in die neue Fähre nach Geiranger.

1939

Märchen unseres Lebens
(Geschichten beim Schlafengehen)

Abends nehme ich Dich in den Arm, und wir unterhalten uns noch vor dem Schlafen. Dann bin ich nicht mehr ohne Dich. Du fragst, ob ich auch den Kragenknopf den Zähnen zum Bewachen gegeben habe. Dann sagst Du, ich sollte mich nicht so viel kratzen. Oder Du sagst; ich müßte Dir aber mehr Bett geben, Du lägest ganz bloß. Oder wir unterhalten uns über Ernst und Esther. Sie machen es jetzt genau so wie wir, als wir verlobt waren. Ununterbrochen küssen sie sich und finden darin die Welt und haben keine weiteren Wünsche. Ich sage dann, darüber sind wir doch erhaben. Das streitest Du energisch ab, und um Dich zu beruhigen, damit Du nicht mehr reden kannst, küsse ich Dich auf den Mund. Damit beweist Du mir nun, daß wir nicht erhaben über das Küssen sind. Und nun erzählen wir uns alles, was wir zusammen erlebt haben. Z. B. zuletzt in Hjertøy. Und was wir uns da erzählen, schreibe ich Dir im Brief, und Du legst ein Buch für uns zwei darüber an, schön getippt, dann können wir es immer nachlesen. Diese letzten Zeilen von den 2 Kreuzen ab sind eine schöne Einleitung. Und als Titel des Buches schreibst Du: ›Buch unseres Lebens. Helma und Kurt‹. Dieses alles und noch mehr gehört in die Einleitung, damit wir sehen, wir waren getrennt, als wir es schrieben und schrieben aus der Erinnerung. Du mußt es natürlich sauber und schön mit unserer neuen Schreibmaschine tippen, Interpunktion nicht vergessen, die »r« richtig aussprechen und die Seiten numerieren. Nachher machen wir dann ein Register, dann finden wir genau heraus, wo und wann wir uns geküßt haben. Es kommt ja nicht auf das genaue Datum an, da die Polizei es wohl nicht kontrollieren wird. Und manche Tage, an denen wir uns nicht so viel küssen konnten, sind oft ebenso schön, es kommt ja auf die innere Verbundenheit an. Und damit schlage ich Deinen Beweis von vorhin, daß wir etwa nicht erhaben wären über das ewige Küssen, wie es Ernst und Esther an sich haben. Und außerdem will ich überhaupt uns selten an die Küsse erinnern, sie sind zwischen den Zeilen zu lesen. Wenn Du und ich allein in angenehmer Umgebung sind, kommt es eben leicht vor, daß wir uns auch küssen. Und vergiß nicht die Absätze, denn erst dadurch, daß man gehörige Absätze macht, gewinnt solch ein Leben an Übersicht. Man erlebt keine Absätze, aber im Buch pflegt man sie zu machen, große und kleine, und Kapitel.

Gestern abend erzählten wir uns also von Hjertøy, als uns Ahre besuchte. Sie war so verstört von allen möglichen Dingen, die sie bedrückten, und genoß die Ruhe und Stille und die Schönheit unserer Insel. Erst, als wir sie trafen, bestellten wir Kaffee im Alexandrahotel und tranken im Garten, und ich kaufte ein, damit wir etwas zum Abendessen hatten. Es war Sonntag Abend, und in Molde gingen die jungen Leute spazieren und begafften einander. Ich mußte bei der Heilsarmee einkaufen, weil die regulären Kaufleute geschlossen hatten. Als ich mit Brot und Wurst zurückkam, luden wir Dich und Ahre und ihren lächerlich leichten Koffer in unser Boot, das an der Kaitreppe ankerte, und ich ruderte Euch hinüber. Je mehr wir uns Hjertøy näherten, um so öfter rief Ahre: »Wie ist das hier doch schön!« Und ich machte auf den Durchblick beim Seilerhus aufmerksam, wo es aussieht wie Atollenriffe in der Südsee. Wir landeten am Kai, und alle 8 Hunde standen in langer Reihe wie Soldaten und präsentierten das Gewehr. Mira als Unteroffizier stand davor und sagte: »Wuff, Wuff!« und wedelte mit dem Seitengewehr. Wenn irgendetwas in meiner Erzählung nicht ganz stimmen sollte, so bitte ich das zu entschuldigen, denn seit ich 52 Jahre alt geworden bin, wird mein Gedächtnis schon schwächerer, etwas schwächerer. Außerdem kannst Du nichts beweisen, denn es waren keine einwandfreien Zeugen dabei, und Du bist als Familienangehörige befangen. Jetzt kam der Herr Admiral außer Dienst Hoel. Alle Soldaten sprangen an ihm hoch und jaulten laut. Ein Wort von ihm und sie standen wieder in Reihen ausgerichtet. Hoel begrüßte unseren Besuch mit vielen Komplimenten und erwähnte, er hätte seinerzeit den Vorzug gehabt, ihren Herrn Bruder auf dem Schiffe kennen zu lernen, wo er als Matrose diente. Der Bruder wäre damals Gast des Kapitäns gewesen. Ahre war tiefst geschmeichelt und sagte zu Dir: »Da sehn Sie es mal wieder!«

Aber wir wußten es ja sowieso, eine wie hohe Stellung sie einnimmt, sonst hätten wir sie doch gar nicht nach Hjertøy eingeladen. Hoel befahl den Hunden, sich zu rühren, und hieß Ahre auf seiner Insel willkommen. Es entstand eine kleine Meinungsverschiedenheit zwischen Hoel und mir, da jeder behauptete, es handele sich um ›seine‹ Insel. Aber Hoel als alter Militär war höflich und sagte: »Nach Ihnen«. Er wußte genau, daß die Insel weder ihm, noch mir, sondern dem Staate gehört. Dann begrüßten wir Frau Hoel in dem denkwürdigen Zimmer, in dem Kaiser Wilhelm mit Anton Hjertøy seinerzeit Aquavit getrunken hatte. Leider war von dem Aquavit keine Spur mehr vorhanden. Sie hatten den alle mit Musik ausgetrunken. Kristian Hjertø, er hieß nämlich ›Kristian‹, nicht Anton, spielte nämlich das Trekkspill ebenso gut, wie er Aquavit trank. Übrigens erinnerte mich die Situation an Dresden, als ich mit Hannah Höch beim alten Gassert wertvolle Altertümer, die sogenannten Gasserten, kaufte, und mir damals Herr Kommerzienrat Gassert sagte, in diesen Räumlichkeiten, mit der schweren Stuckdecke, hätte seinerzeit August der Starke mit seinen Damen gezecht. Der muß wohl mehrere Damen gehabt haben, er war ja auch der Starke. Und noch leben in Dresden Abkommen von ihm, ich selbst wohnte seinerzeit, im Jahre 1910, bei einer Frau Starke. Aber das nur nebenbei. Wir aßen auf unserer Terrasse zu Abend, unter Verwendung von dicker Milch, die Frau Hoel gestiftet hatte, und gingen den ›kleinen‹ Rundgang, vorbei an der Kaiserbank. Dann wollte ich noch in Fjord stecken, Du nicht, aber ich setzte es durch, und wir fuhren mit dem Kreuzer ›Helma‹ vorbei an der Koholm zur Kanincheninsel, und Mira gab uns das Ehrengeleit. –

1939

Ilmenbüttel, die Großstadt
Platz Alexanders des Großen

Ilmenbüttel war infolge seiner günstigen Lage im Herzen der Industrie groß geworden, daß man es bequem eine Großstadt hätte nennen können, wenn es nicht einen so kleinstädtischen Eindruck gemacht hätte. Die Zahl der Einwohner entsprach denen anderer Großstädte, ja sie überschritt die der meisten, aber die Straßen aus alten Feldwegen entstanden gingen kreuzundquer durcheinander, sie entsprachen durchaus nicht den Anforderungen des modernen Verkehrs. Besonders im Zentrum, in dem ein ausgedehnter Felsen mit schroffen Abhängen die Stadt von der Unterstadt trennte, fehlte eine direkte Verbindungsstraße. Nur ein Fußweg führte von der Unterstadt schräg am Felsen hinauf zur Stadt, die Autos und Lastwagen fuhren um den Felsen an beiden Seiten herum und konnten auf der Rückseite rangieren.

Das Stadtparlament wurde zusammengerufen und beschloß, den Fußweg zur Straße zu erweitern. Aber wie? Man mußte teilweise in den Felsen hineinsprengen und teilweise direkt in die frische Luft hinausbauen. Zwar hatten sie die Ahnung, daß man die losgesprengten Steine wieder zum Auffüllen des Luftraumes an der anderen Seite der Straße verwenden könnte, aber dort standen eng aneinander bewohnte Häuser, und die Senatoren wagten nicht zu verfügen, daß die Straße auf den Dächern der Häuser gebaut würde. Wer wollte es übernehmen, auszurechnen, ob die einzelnen Häuser diese Belastung tragen könnten, und wer wollte die Streitigkeiten mit den Bewohnern und Besitzern der Häuser übernehmen, wenn etwa Fenster oder Schornsteine zugebaut werden mußten. Nur ein mit diktatorischer Gewalt ausgestatteter Baurat konnte das Risiko eingehen, aber es fand sich in Ilmenbüttel niemand, der sich getraute. Daher wurde annonciert, und es meldete sich ein gewisser Architekt Meier von auswärts. In feierlicher Sitzung wurde Baurat Meier für 20 Jahre zum Ilmenbüttler Stadtbaurat gewählt, und es wurde ihm übertragen, jegliche für das Allgemeinwohl wichtige Bauarbeiten in der Stadt nach eigenem Ermessen bestens durchzuführen. Meier versprach, alles zu tun, um Ilmenbüttel mittels groß angelegter architektonischer Anlagen zur berühmtesten Großstadt der Welt zu machen. Er geruhte auch festzustellen, daß der Fußweg am Felsen im Herzen des Verkehrs geradezu den Gesetzen einer Großstadt widerspreche, daß er ein Skandal wäre und durch eine breite, dekorative Autostraße ersetzt werden müsse. Die Tribünen des Sitzungssaals bogen sich vom Beifall der Menge. Dann sprach sich Stadtbaurat Meier über seine Pläne aus. Die Häuser sollten um- und überbaut werden, da er nicht gleich mit Enteignungen beginnen wollte, eventuell zugebaute Schornsteine sollten unter der Straße auf die andere Seite weitergeleitet und mit dem Schornsteinnetz des nächsten dort stehenden Hauses verbunden werden. Wo das nicht möglich war, sollten sie hoch und frei als Fabrikschornsteine ausgebaut werden. Wo Fenster zugebaut werden mußten, versprach er den Einwohnern, einen 80 cm großen Hohlraum vor den Fenstern zu sichern, damit die Fenster zum Lüften aufgemacht werden könnten. Zwar garantierte er nicht, daß hier Hohlräume in irgend welcher Verbindung mit der Außenluft ständen, aber beim Lüften kommt es ja zuerst und zumeist auf das Öffnen der Fenster an. An diese Probleme ist das Publikum überall in der Welt gewöhnt, und die Luft, die im Zentrum einer modernen Großstadt in die Fenster hineinkommen kann, ist sowieso so schlecht, daß oft die Zimmerluft, die sie verändert, besser war, besonders wenn sie aus früheren Zeiten stammte. Einige Sorgen machte Meier das Lichtproblem, denn früher hatten die Bewohner dieser Zimmer mit nun zugebauten Fenstern Licht durch ihre Fenster erhalten. Aber

Meier meinte, sie würden sich bald daran gewöhnt haben, daß sie ihre Fenster nur zum Lüften benutzen könnten und in den langen Winternächten wäre ja sowieso kein Licht durch die Fenster hereinzubekommen.

Auf Befragen über die Form der Straße äußerte sich Meier, er würde sie mit vollkommen gleichmäßiger Steigung hinaufführen. Genau in der Mitte würde ein Knick kommen, der genau in kreisliniger Form geführt würde. Dadurch würde gerade an der Stelle des Knicks die Straße das Felsengelände verlassen und ungefähr über dem Zentrum der Unterstadt in 50 m Höhe über den Häusern schweben. Einige Häuser müßten dort ganz zugebaut werden, aber da es sowieso Warenhäuser wären, die sowieso mit künstlichem Licht arbeiteten, wäre es durchaus normal, diese Häuser zuzubauen.

Der Bürgermeister Meier dankte dem Stadtbaurat Meier für seine interessanten Ausführungen bezüglich der Knickstraße und bat, ihr diesen Namen geben zu dürfen. Da aber die meisten Bewohner Ilmenbüttels und gerade der neue Stadtbaurat auch Meier hießen, so würde er vorschlagen, die Straße nicht nur neue Knick-, sondern Knickmeierstraße zu nennen. Stadtbaurat Meier sagte, ihn ginge der Name nichts an, nur der Knick, dem er die rechte Form zu geben hätte, aber den Namen Knickmeierstraße fände er durchaus passend. Und so beschloß das Parlament den Namen Knick-Meier-Straße.

Nun ging Stadtbaurat Meier an seine schwere aber fröhliche Aufgabe mit Mut und Selbstvertrauen heran. Er hatte gelobt, auf den Knick sein besonderes Augenmerk zu legen, da der Knick das Wesentlichste der Knick-Meier-Straße war, aber leider konnte er nicht mit dem Knick beginnen, sondern mußte sich von oben und von unten gemeinsam dorthinarbeiten. Die nächsten Jahre knallten Sprengschüsse, wurden Fenster vermauert, und die Einwohner von Ilmenbüttel waren sehr gespannt auf ihre neue Verkehrsstraße im Herzen der Stadt, durch die Ilmenbüttel zur Großstadt werden sollte. Aber die gesamte Baustelle war für den Verkehr abgesperrt.

Infolgedessen mußten sich die Fußgänger, die vorher den Fußweg benutzt hatten, daran gewöhnen, mit dem anderen Verkehr rund um den Felsen herum zu gehen, wenn sie von der Unterstadt zur Oberstadt oder umgekehrt kommen wollten. Aber schon nach 2½ Jahren trafen sich die beiden breiten Autostraßen an dem Knick, der nun besonders ausgebildet werden sollte, mitten über dem Zentrum der Unterstadt. Die Aussicht war herrlich. Beide Straßenteile waren aber mit einer 2 m hohen Mauer eingefaßt, nicht etwa um die Aussicht zu verdecken, sondern um jede Möglichkeit auszuschließen, daß etwa ein Auto auf eins der Miets- oder Geschäftshäuser herunterkippen könnte. Dieses breite Band der Mauer war das charakteristischste Zeichen der Straße. Am Knick, wo die

Straße etwa um 75° abbog, sollte diese schöne Mauer in Form der Umrißlinie eines Kreises umgebogen werden. Stadtbaurat Meier war so verliebt in diese von ihm erfundene Kreislinie, wegen derer er über das Zentrum unter Ilmenbüttel hinausgebaut hatte, daß er sich entschloß, sie zu einem großen Kreise zu vollenden. Denn wenn eine Kreislinie schon gut ist, ist der ganze Kreis natürlich weit besser. Und es zeigte sich, daß diese vollkreislinienförmige Mauer von außen her die Innenmauern gerade dort berührte, wo sie sich trafen. Der Herr Stadtbaumeister Meier glühte vor Begeisterung. Allerdings entstand innerhalb dieser Häusermauer ein riesiger Platz ohne jeden Zaun. Aber was bedeutet das gegenüber der Forderung einer Großstadt nach dekorativer Gestaltung. Stadtbaurat Meier entschloß sich, mitten auf den runden Platz einen Verkehrsturm zu errichten, denn erst dadurch, daß dort ein Verkehrsturm mit einem dunklen Schutzmann mit weißen Handschuhen steht, wird ein Platz wirklich großstädtisch. Er wollte nichts unversucht lassen, um sein Ziel, Ilmenbüttel zur Großstadt zu stempeln, voll zu erreichen.

Als nun aber die Straße fertig war, einschließlich des runden Platzes mit Verkehrsturm, und die letzten Gerüste abgebaut wurden, trat die schwere Aufgabe an den Baumeister heran, die Zugänge für die Einweihung zu schaffen. Denn logischerweise mußte die Eröffnungsrede auf dem runden Platz gehalten werden, der aber durch eine 2 m hohe Mauer vollkommen isoliert war. Aber Meier, der vor Ideen nie zurückschreckte, baute die Tribünen über die Mauer, so daß man von hinten ansteigend vorne hinunterging. Und so kam der Tag der Eröffnung. An beiden Anfängen der Knick-Meier-Straße war je ein seidener Faden gespannt, vor dem die Einwohner von Ober- und Unter-Ilmenbüttel geduldig warteten. Stadtbaumeister Meier stand als einziger auf dem rot ausgeschlagenem Rednerpult mitten auf dem runden Platz neben dem Verkehrsturm. In der Unterstadt stand der Herr Bürgermeister, in der Oberstadt die Frau Bürgermeister an dem seidenen Faden, und in dem Augenblick, als der Herr Stadtbaurat eine Rakete in die Luft schoß, zerrissen beide den seidenen Faden, und mit Geheul stürmte das Publikum über die breite Autostraße zu den Tribünen.

Zunächst hieß der Herr Stadtbaumeister Meier den Herrn Oberbürgermeister Meier herzlich willkommen und dankte ihm für das Zerreißen des seidenen Fadens. Drauf wandte er sich an dessen Frau und dankte ihr in gleicher Weise. Darauf beglückwünschte der Herr Oberbürgermeister den Herrn Stadtbaumeister zum stolzen Bau, der nun dem Verkehr übergeben werden sollte, und bat um nähere Erklärung, da bei der bisherigen hermetischen Abschließung des Bauplatzes sich kein Bürger einen Begriff von der wirklichen Bedeutung dieser

Straße machen konnte. Und nun kam die große Rede des Stadtbaumeisters Meier, die durch Rundfunk in alle Kulturländer übertragen wurde.

Er begann etwa folgendermaßen: »Wenn ich hier heute vor Ihnen, meine lieben Mitbürger und Mitbürgerinnen, spreche, so stehen wir gewissermaßen an einem Wendepunkt für Ilmenbüttel, denn seit diesem Augenblick wird sich Ilmenbüttel Großstadt nennen. Wir stehen auch an einem Wendepunkt des Bauens, denn mit dem Bau der Knick-Meier-Straße hat Ilmembüttel zum ersten Male den Versuch großstädtischer moderner Architektur durchgeführt.«

Auf ein Zeichen hin wurde allgemein »Bravo« gerufen und Meier fuhr fort: »Was unterscheidet eine Großstadt von einer Kleinstadt, wenn nicht die dekorative Eleganz ihrer Bauwerke, die ihren modernen Schwung dem kleinlichen Einzelplan der Vielheit privater Bauwesen bewußt gegenüberstellt.« »Bravo, bravo!«

»Darum haben wir mit unserer modernen Autostraße die bestehenden Häuser, anstatt sie niederzureißen, vollkommen umbaut und überbaut, worin der große demonstrative Wert der Knick-Meier-Straße begründet liegt.«

Allgemeines Bravorufen und Händeklatschen.

»Unser großes Ziel der vollkommenen Sicherung haben wir durch die 2 m hohe Seitenmauer der Straße erreicht, denn wenn auch die Autos noch größer und noch stärker und schneller werden sollten, so ist es wohl zu bezweifeln, daß je ein Auto diese senkrechte Mauer wird überfahren können, und da sie auch 2 m dick und massives Eisenbeton ist, wird sie wohl im gewöhnlichen Verkehr jedem Zusammenstoß standhalten.«

Hier wurde der Redner durch anhaltendes Beifallklatschen unterbrochen.

»Bei jeder Großstadt-Architektur ist, wie Sie wissen, der dekorative Gehalt ausschlaggebend. Daher bauten wir den Knick genau in der Mitte der Straße und seine Begrenzungsmauer genau in Kreislinienform. Durch geistreiche Ausbildung des Sechstelkreises zu einem Vollkreise aber erreichte ich logischerweise den Gipfel dekorativen Prunkbaues, einen vollkommen in sich geschlossenen Platz mitten im flutenden Verkehr der Großstadt, der jedem Passanten die größte Sicherheit bieten würde, wenn er überhaupt dorthin kommen könnte.« »Bravo!«

»Es ist mir gelungen, die Verkehrsbelastung dieses Platzes so minimal zu gestalten, daß sie mitten in Ilmenbüttel gleich Null geworden ist.«

Hier übertönte das Bravorufen seine weiteren Worte, und er begann wieder: »Um aber den Platz trotzdem als echten Großstadtplatz zu charakterisieren, habe ich in seiner Mitte einen Verkehrsturm errichtet, auf dem ein schwarzer Schutzmann mit weißen Handschuhen Dienst tun wird.«

»Genial!« rief die Menge.

»Der Verkehrsschutzmann wird seinen Platz durch einen unterirdischen Gang bequem erreichen, da nach Abbau der Tribünen, auf denen Sie sitzen, der Platz für jeden Verkehr unerreichbar ist. Und nun kommen wir zur Namensnennung. Damit halte ich meine Aufgabe für erledigt.«

Mit beredten Worten dankte nun Herr Oberbürgermeister Meier dem Herrn Stadtbaurat Meier für seine Worte, besonders aber für die Tat der monumentalen neuzeitlichen Großstadtarchitektur. »Ich stehe hier als Bürgermeister der neuesten Großstadt auf dem großstädtischsten Platz der Welt«, sagte er, »ein Platz im Herzen der Großstadt, den nie der Verkehr erreichen wird, ein Platz von gewaltigen Ausmaßen, mit dem neuesten Material hergestellt. Ein Platz, der sozusagen mit dem Verkehr der Stadt nichts zu tun hat. Wie aber wollen wir ihn nennen? Ich gehe davon aus, daß auch Alexander der Große nichts mit unserem Ilmenbüttel zu tun hat, daher taufe ich den Platz jetzt und nun in Platz Alexanders des Großen.« Mit diesen Worten warf er eine Flasche Champagner gegen den Verkehrsturm, daß sie zerplatzte und die moussierende Flüssigkeit sich über das Asphaltpflaster des Platzes Alexanders des Großen ergoß.

Nach wiederholten Bravorufen zog sich die Bevölkerung zurück, und der Platz Alexanders des Großen wurde seiner Verkehrslosigkeit übergeben. Die Tribünen wurden abgerissen, und der schwarze Schutzmann mit den weißen Handschuhen bezog seinen Posten. Der erste wirkte $2^1/_2$ Jahre unaufhörlich, dann soll er toll geworden sein. Aber man half sich, indem man von nun an für diesen Posten Leute aussuchte, die sowieso verrückt waren.

Die nächsten Tage versuchten Autos oder Fußgänger die Knick-Meier-Straße zu benutzen, sie fuhren oder gingen von oben oder unten bis zum Platze Alexanders des Großen, wo sie die 2 m hohe und 2 m breite Mauer nicht passieren konnten, fuhren oder gingen zurück und nahmen den üblichen Weg um den Felsen herum.

Es stellte sich bald heraus, daß die Anlage der Knick-Meier-Straße dem Verkehr durchaus nicht geschadet hatte, da sie ihn in keiner Weise berührte. Die Autos waren keinen andern Weg gewohnt gewesen, und die Fußgänger hatten sich während der Bauzeit sowieso daran gewöhnt, um den Felsen herumzugehen. Das Ansehen Ilmenbüttels aber hatte durch die Knick-Meier-Straße sehr gewonnen, Ilmenbüttel war mit einem Male in aller Munde, die Stadt New York forderte nun auch ihren Alexander-Platz, der aber dort Gangster-Platz heißen sollte. In Moskau sollte der Alexander-Platz Leninplatz heißen, und so leistete das bisher unbeachtete Ilmenbüttel seinen großen Beitrag zur Verkehrsfrage in der ganzen Welt, zur Frage, verkehrslose Plätze und verkehrsarme Straßen mitten im Herzen des Verkehrs zu schaffen. Aber nicht nur die Verkehrslosigkeit zeichnete die moderne Großstadt aus, sondern auch der Verkehr selbst, und so gelangten der Herr Bürgermeister Meier und der Herr Stadtbaurat Meier zum Problem einer Nord-Süd-Verbindung.

Die Nord-Süd-Verbindung

Eigentlich hatte Ilmenbüttel keinen Norden und keinen Süden, denn bevor man dorthin gelangte, war die Stadt schon zu Ende. Da aber Ilmenbüttel durchaus eine Weltstadt werden wollte und ihren Stadtbaumeister sowieso bezahlen mußte, und da bei Weltstädten solche Verbindungsstraßen sehr wichtig sind, so beschloß der Herr Oberbürgermeister Meier, den Herrn Stadtbaumeister Meier mit der Schaffung einer solchen Nord-Süd-Verbindung zu beauftragen. Vielleicht konnte man dadurch erreichen, daß sich das Unternehmertum dort im Norden oder Süden anbaute, besonders wenn man eine Durchbruchstraße baute und ihnen ihre bisherigen Häuser enteignete. Der einzige Bahnhof von Ilmenbüttel lag im Zentrum der Unterstadt, schräg unter dem Platz Alexanders des Großen. Der Verkehr mit der Stadt war nicht groß, da die meisten Reisenden nicht in Ilmenbüttel ausstiegen, außer den Fremden, die gern die Knick-Meier-Straße und, von außen, die Mauer des Alexander-Platzes sehen wollten. Aber da man weder die schöne Aussicht, noch den amtierenden Verkehrsschutzmann selbst sehen konnte, und der Ruhm dieser Straße sowieso feststand, reiste man vorbei. Infolgedessen kam Herr Stadtbaurat Meier auf die geniale Idee, in Verbindung mit der Nord-Süd-Verbindung den Bahnhof zu teilen und zu verlegen. Er teilte den einen Bahnhof in zwei und legte je einen in jedes Ende der neu zu errichtenden Nord-Süd-Verbindung. Dadurch war jeder Durchreisende gezwungen, auszusteigen und durch die Stadt zu fahren oder zu gehen, und sah gewissermaßen als Stadtkern das gewaltige Werk der Knick-Meier-Straße hoch über den Häusern schweben. Daß dieser Umstand auch die Einnahmen Ilmenbüttels bedeutend steigerte, kann man sich an seinen 10 Fingern abzählen.

1939

Kurze Lebensbeschreibung

Ich wurde als ganz kleines Kind geboren. Meine Mutter schenkte mich meinem Vater, damit er sich freute. Als mein Vater erfuhr, daß ich ein Mann war, konnte er sich nicht mehr halten, und sprang vor Freude im Zimmer herum, denn er hatte sich sein ganzes Leben immer nur Männer gewünscht. Die größte Freude für meinen Vater aber war es, daß ich kein Zwilling war.

Dann wuchs ich heran zur Freude anderer, und es ist schon immer in meinem ganzen Leben mein Bestreben gewesen, anderen immer nur Freude zu bereiten. Wenn sie sich dann manchmal aufregen, dafür kann man ja nichts. Mein Lehrer freute sich immer, wenn er mich ohrfeigen konnte, und die ganze Schule war froh, als ich mit ihr fertig war.

1939

Hans und Grete
(Märchen von Kindern, die im Walde wohnen)

I Obstbäume

An einem regnerischem Novembertage war es, als Hans und Grete am Fenster standen und in den Garten hinaussahen. Ihr wißt, der Garten war rund ums Haus, und bildete eine Lichtung in dem großen Walde, in dem sie wohnten. Hinter dem Hause ging es steil hinunter, und gerade dort standen die Obstbäume. – »Weißt du noch, als wir im Kirschbaum saßen und dicke rote Kirschen aßen?« fragte Grete, die immer viel lebhafter war als Hans. »Ja«, antwortete Hans. Er pflegte nicht viel zu sagen, aber die Kirschen schmeckten noch in der Erinnerung gut. – »Und weißt du, als wir hier vor ganz kurzer Zeit im Pflaumenbaum saßen und kalte gelbe Pflaumen aßen?« – »Ja«, antwortete Hans. – »Waren die nicht gut?« – »Gefroren.« – »Gefroren ist gut.« – »Ja.« – Grete warf ihre Blicke von Obstbaum zu Obstbaum und sagte: »Jetzt sind nicht einmal mehr Blätter dran.« – »Aber Knospen.« – »Uh, wie es regnet. Aber es wird bald frieren, dann werden unsere Obstbäume gut aussehen.« – »Sehr gut«, antwortete Hans, denn er sprach wenig. – »Dann rodeln wir.« – »Wenn Schnee liegt.« – Der Regen tropfte trostlos weiter. – »Aber im Frühling, dann werden an allen Zweigen große, weiße, duftende Blüten wachsen.« – »Ja«, sagte Hans.

Vorher aber kam der Schnee.

Es war ein Abend, es war dunkel und doch hell, weil der Schnee leuchtete.

Hans ging zwischen dem Spiel ans Fenster und sah zufällig hinaus. – »Grete«, sagte er, »das mußt du sehen!« – Grete blickte hinaus. Das war doch ganz wunderbar! Rund um die Bäume leuchtete der Schnee gelblich rot und bestrahlte die Obstbäume, die wie eine Farbengarbe vor dem dunklen Tannenwald standen, denn nur die Spitzen der Tannen waren mit Schnee bedeckt. Über den Obstbäumen schwebten silberne Fäden, verschlangen sich künstlich zu Figuren und bewegten sich leise wie Algen im Meere. Vom Schnee des Bodens hoben sich lichte, violette Nebel, verdichteten sich und wurden zu Figuren. Das wurde ein herrliches Schauspiel, feine Damen mit wallenden Kleidern, vornehme Herren im Frack, bekannte Nationalhelden und Filmschauspieler, und nun auch die kleine Mickymaus. »Das müssen wir sehen«, sagte Grete und lief über die Veranda. Hans rief sie zurück und sagte: »Ihr Frauen müßt alles ansehen. Weißt du nicht, daß du uns das Reh vertrieben hast, welches aus dem Walde kam, als du es ansehen wolltest.« – Aber Grete ließ sich nicht halten und sagte: »Dieses ist doch kein Reh, sondern ein Wunder.« – »Desto leichter wird es zerplatzen«, sagte Hans voll Sorge.

Und wirklich, kaum war Grete aus der Tür, als es ganz dunkel wurde. Alle schönen Farben und alle feinen Herschaften waren fort. Da lief sie natürlich ans Fenster zurück. – »Du brauchst nicht ans Fenster zurückzukommen«, sagte Hans, »du denkst doch nicht etwa, das Wunder wäre im Fensterglas wie ein Abziehbild?« – »Aber es soll wiederkommen!« – »Es kommt nicht wieder«, sagte Hans, »nichts kommt zurück, wenn es der Mensch zerstört hat.« – »Wenn es nicht wiederkommt, dann war es auch nicht wert zu sein«, antwortete Grete. – »Doch, denn der Mensch braucht Wunder und Ideale.« – »Wenn sie so leicht zerspringen, haben sie keinen Wert.« – »Der Mensch klammert sich an Ideale und Wunder, um dem Alltag auszuweichen.« – »Das kann er damit doch nicht, denn du siehst ja, Ideale halten nie. Sie schillern und zerplatzen.« – »Laß sie ruhig zerplatzen, darum waren sie doch echt, solange sie leuchteten.« – »Ich möchte haltbare Ideale haben.« – »Das wirst du nie erreichen, Grete, denn dann sind es eben keine Ideale mehr.« – »Was sind es denn dann?« – »Bauklötze.« –

Da wollte Grete weinen, aber Hans holte die Bauklötze und sagte: »Spielen wir lieber mit Bauklötzen!«

1939

Das Wetter

»Mama, wo sitzt eigentlich das Wetter?« fragt Laura ihre Mutter. – »Das Wetter? Das Wetter? Wo das sitzt?« Die Mutter wußte eigentlich selbst nicht recht, wo eigentlich das Wetter saß. »Ich meine, wo das Wetter eigentlich sitzt?« – »Das Wetter sitzt, das Wetter sitzt, du meinst, wo das Wetter saß?« – »Ja, Mutter, ich meine, wo sitzt eigentlich das Wetter?«

»Das Wetter sitzt überhaupt nicht«, sagte der Vater, »das Wetter liegt. Man spricht von einer Wetterlage. Merk dir das, mein Kind.« – Laura dachte ein wenig nach, dann fragte sie: »Papa, wo liegt denn das Wetter eigentlich?« – »Das Wetter? Wo das Wetter liegt? Frag nicht so dumm.« – »Aber Papa, das kann doch nicht dumm gefragt sein, wenn man von einer Wetterlage spricht!« – »Da hat das Kind wieder einmal recht«, sagte die Mama, »wenn man von einer Wetterlage spricht, kann man auch wohl fragen, wo das Wetter eigentlich liegt.« – »Hat recht, fragen kann man.« –

»Aber Papa, ich möchte auch eine Antwort haben, ich möchte wissen, wo das Wetter liegt.« – »Da hat das Kind wiederum gar nicht so unrecht, wenn man fragen kann, kann man auch wohl eine Antwort verlangen.« – »Nicht immer. Die großen Philosophen fragen oft, sie stellen fragwürdige Theorien auf, und eine Antwort wissen sie nicht, und alle bewundern sie, daß sie so geistreich fragen und nicht antworten.« – »Vater, dann sollen wir dich wohl auch bewundern, wenn du nicht antwortest, wo das Wetter eigentlich liegt.« – »Nun, wenn er die Antwort nicht weiß«, sagte die Mutter, »dann kann man ihn doch nicht bewundern, weil er schweigt.« –

»Ich wüßte die Antwort nicht? Hahaha«, sagte der Vater, »natürlich weiß ich die Antwort, aber das ist mir zu albern.« – »Vater, dann sag es mir, wo liegt eigentlich das Wetter?« – »Verschieden.« – »Daß es nicht immer gleich liegt, das haben wir uns wohl auch gedacht«, sagte die Mutter, »sonst hätte Laura doch nicht gefragt.« –

»Vater, dann sag mir, wo es zum Beispiel liegen kann.« – »Das Wetter? Das Wetter kann z. B. hoch und tief liegen, dann spricht man von Hochdruck und Tiefdruck.« – »Aber Papa, wenn es liegt, dann kann man doch nicht von Druck sprechen?« –

»Doch mein Kind, was der eine bequem liegen nennt, das ist für den anderen ein Druck.« – »Ja, aber warum Hochdruck, und warum Tiefdruck?« – »Man liegt eben mal etwas höher und mal etwas tiefer.« – »Das verstehe ich, Papa, aber das möchte ich eben gern wissen, wo das Wetter liegen tut?«

»Wo das Wetter liegen tut, wo das Wetter liegen tut? Laura, nun paß aber mal auf, wenn du nicht sofort still bist und mich zufrieden läßt mit deiner dreckigen Wetterschnauze, dann hagelt es dir mal in die Fresse, daß du mit anderen Worten sofort weißt, wo das Wetter sitzt!«

»Danke schön, Papa.« – »Ja, das war eine männliche Erklärung. Nun weiß das Kind doch wenigstens, wo das Wetter sitzt.«

1930–1940

Das Märchen vom Glück

Es war einmal ein Engel. Nicht, was man so allgemein Engel nennt, sondern ein richtiger Engel, lebt im Himmel und hat Flügel. Dieser Engel war mit Engeln gleichen Dienstgrades in Streit geraten über das Thema, ob die Menschen wohl glücklich sind.

Es war nämlich ein äußerst optimistischer Engel, und er neigte zu der Ansicht, wenn auch nicht alle Menschen glücklich wären, so bestände doch immerhin die Prestigefrage, und infolgedessen sollten auch einige praktische Fälle aufzufinden sein. Sein Gegner in der Diskussion behauptete das Gegenteil.

Das Resultat war eine Wette. Man wettete um einen Paradiesapfel, und unser Engel schlug vor, selbst auf die Erde zu fliegen und sich zu überzeugen. – Mit einigen sanften Flügelschlägen schwebte er also hinunter auf die Erde und kam wohlbehalten auf einer Landstraße, die zwischen zwei Dörfern vollkommen gerade war, an. Dort warf er seine Flügel hinter den nächsten Busch und trippelte auf das eine Dorf los.

Da begegnete ihm ein Bettler, der pfeifend seines Weges ging. »Sie scheinen ja wirklich vergnügt zu sein«, redete der Engel den Bettler an. – »Was soll man machen, Fräulein?« fragte jener zurück. »Also nicht? Sie haben es so gut wie kaum einer, wandern durch die schönsten Gegenden, haben keine ermüdende Arbeit . . .«

Da antwortete der Bettler: »Mein Beruf gehört zu den aufregendsten, die man finden kann. Überall kriegt man harte Worte, oft werden die Hunde auf einen gehetzt, und die Mädchen wollen nichts mit einem zu tun haben. Sie sind wirklich die einzige, die einmal mit mir gesprochen hat seit Jahren, aber Sie scheinen ein studiertes Fräulein zu sein, die gibt's hier nicht.« – »Ja, aber was meinen Sie denn, wer könnte wohl glücklicher sein als Sie?« – »Alle«, sagte der Bettler, »besonders aber diese reichen Bauern, die hier im Dorfe sitzen, die auf unsere Kosten leben.« – »Danke«, sagte der Engel, »dann will ich mal einen von diesen Herren besuchen.«

Unser Engel ging also auf einen der größten Bauernhöfe und verlangte, den Bauern zu sprechen. – »Der schläft«, war die Antwort. – »Ich will natürlich nicht ungelegen kommen«, antwortete der Engel. Da kam die Bäuerin und sagte: »Er braucht nicht den ganzen Tag zu schlafen, so unter der Ernte, weck ihn, Marta, sag ein Stadtfräulein wolle ihn sprechen, dann hat er Angst, daß ihn eine seiner kleinen Freundinnen besucht hat, und er kommt.«

Rausspaziert kam der Bauer, Schlaf in den Augen, und sagte barsch: »Was wollen Sie, Fräulein?« – »Nur eine kleine Frage, ob Sie glücklich sind?« – Der Bauer ließ sich brummig auf einen Stuhl fallen, dann sagte er: »Heilsarmee oder Osteridee?« – »Wieso?« – »Also nicht, dann ist's eine Sammlung. Wieviel?« – »Sie raten vorbei, ich frage in allem Ernst, ob Sie glücklich sind?« – »Ach so, Fräulein schreiben eine Doktorarbeit! Bitte nehmen Sie Platz. Rauchen Sie?« – »Danke nein, aber wollen Sie mir nicht auf meine Frage antworten?« – »Gut, da kann ich nur mit nein antworten.« – »Aber weshalb? Sie haben doch ein sehr schönes Leben, können schlafen, wann Sie wollen, können gut essen – –«. »Können Steuern zahlen, nein, Fräulein, heutzutage hat's überhaupt der unsere sehr schwer. Ist die Ernte gut gewachsen, ist viel auf dem Markt, daß man keine Preise erzielt. Sind aber einmal Preise da, dann ist die Ernte schwach. Nein Fräulein, wenn Sie auf Ihre Frage eine befriedigende Antwort haben wollen, müssen Sie zur Stadt hinauffahren, die haben ein behagliches Leben, brauchen nicht bei Wind und Wetter hinterm Pfluge zu stehen, brauchen keine Hagelversicherung zu bezahlen. So jedenfalls möchte ich meinerseits behaupten, dann haben alle einen Grund, glücklich zu sein.«

Der Engel dankte und flog in die Stadt.

1930–1940

Zwei Leinwände

Er suchte vorher die Oberfläche des alten Bildes vom Staube zu befreien, damit nicht die neue Farbe etwa alles beflecken könnte. Als er nun das Bild auf den Fußboden legte, bemerkte er, daß zwei Leinwände aufeinandergeklebt waren, d. h. ganz um den Rand herum war eine deutliche Kante, die dann mit Papier sorgfältig verklebt war, und auf dem Papier war wiederum gemalt worden.

»Hier hat mal einer daran herumgefuchst«, sagte er zu Mimis, und Mimis, neugierig wie Frauen nun einmal sind, untersuchte diese Fuchsarbeit und stellte einwandfrei fest, daß hier wirklich zwei Leinwände aufeinandergeklebt waren. »Das ist nur am Rand«, sagte Smith, »da hat irgendwer das Bild gehabt und keinen passenden, aber einen etwas größeren Rahmen, da hat er etwas frische Leinwand daruntergeklebt und das Ganze auf einen größeren Keilrahmen gespannt, und niemand kann es sehen, daß das Bild im Rahmen eigentlich zu klein war.« – »Und welchen Grund wird er gehabt haben?« fragte Mimis. »Frag nie einen Künstler nach Gründen!«

Mimis war damit nicht zufrieden. Sie nahm ein Messer und fuhr damit vorsichtig in den Zwischenraum, kam lang hinein und das Messer war weder unten noch oben zu sehen, also waren es zwei aufeinandergeklebte Leinwände. Jetzt begann der Fall Smith zu interessieren, und er trennte mit leichter Mühe die beiden Leinwände voneinander.

Die untere war leer, und etwas verdorben durch den Leim, mit dem die obere daraufgeklebt worden war. Die obere aber trug auf ihrer Rückseite eine große Beschriftung, etwa $^{\mathrm{A}}{}_{\mathrm{B}}{}^{\mathrm{H}}$, welche von der Bezeichnung der unteren Leinwand vollkommen verschieden war. Die obere Leinwand war außerordentlich dick, die untere ziemlich dünn, aber stark.

Jetzt war das Interesse bei beiden groß, was das zu bedeuten hatte, und Smith wusch die Vorderseite der oberen Leinwand mit Seifenwasser mehrere Male ab, und dabei kam deutlich eine Gestalt heraus, ein mächtiger Kopf mit blondem Haar und schon greisem Bart, der in ein Gebet versunken schien. Darauf deutete alles: seine beschatteten Augen, die über der Brust gekreuzten Hände, besonders aber die Tatsache, daß hinter der Gestalt eine offene Landschaft war, die einen viel größeren Raum einnahm, als der kleine dunkle Raum vor dem Gesicht. Dadurch war der Ausdruck einer Abkehr von allem Irdischen und Konzentration auf das Gebet erreicht, welches nicht durch die Außenwelt gestört wurde.

Smith ließ es nicht zu, daß Mimis an dem Waschen des Bildes mithalf, denn es hätte leicht etwas zerstört werden können. Es war ein wunderbares Bild, und je länger er reinigte, desto besser kam es heraus. Es war ein vollendetes Kunstwerk. Das Licht war auf die Stirn konzentriert, die Denkfalten, die einen Ausdruck trugen, der edel gebogene Nasenrücken und die Falte zwischen Wange und Mund waren grell beleuchtet, dann klang das Licht ab auf dem meisterhaft eingefügten Detail von Haar und Bart, um noch einmal die Venen der linken, betenden Hand zu treffen.

Ein mystischer Schimmer lag über der Landschaft hinten, und unerklärliches Dunkel vorn. Der Dargestellte hatte ein braunes Mönchsgewand an und wirkte ernst und gewaltig, da er überlebensgroß dargestellt war.

Smith war von dem Anblick so überwältigt, daß er auf die Frage Mimis', ob es ein Rubens wäre, nicht antwortete, weil er sie nicht gehört hatte. Erst als sie fragte: »Ist das Rembrandt?« antwortete er ziemlich heftig: »Das kann natürlich kein Rembrandt sein.« – »Ich fragte erst Rubens.« – »Rubens? Unmöglich, Rubens würde kräftigere Farben gehabt haben. Das ist überhaupt kein Flame oder Holländer.« – »Also ein Italiener.« – »Auch nicht. Hast du etwa Tizian jemals so malen sehen?« – »Ja, etwas muß es doch sein.« – »Es ist deutlich ein Spanier, und ich schätze ein Ribera.«

Das Bild enthält einen Namen, den man gar nicht mehr erkennen kann, und eine Jahreszahl. Die Jahreszahl endet auf 12.

Smith war immer noch ganz versunken in das Bild, als Mimis plötzlich sagte: »Nun sind wir reich.« – »Was bedeutet das?« – »Ich meine, das Bild wird uns viel Geld einbringen.«

»Ach, ich verstehe. Aber du irrst, wenn du denkst, ich würde mein Bild verkaufen. Was ist Geld? Ein Mittel, um damit seine Schulden zu begleichen. Dieses Bild aber, dieses Bild ist ein Schatz. Ja, ich bin reich, da ich dieses Bild habe.« – »Und ich?« fragte Mimis. »Was hast du überhaupt mit diesem Bild zu tun? Ich habe es rechtlich erworben.« – »O nein, Freundchen, das stimmt nicht ganz. Du hast es zwar von Reit unter der Bedingung erhalten, daß du ihm darauf ein Bild malst, aber er ist und bleibt der Besitzer des Bildes. Und wenn du es verkaufen solltest, so werde ich dich anzeigen, das ist Diebstahl.« – »Und nun meinst du, wenn ich dich an dem Preise beteiligte . . .« – »Ja, das meine ich.« – »Du meinst, dann wäre es kein Diebstahl?« – »Wenn niemand eine Anzeige macht.« »Mach ruhig eine Anzeige, ich verkaufe das Bild nicht.« – »Dann mußt du es übermalen, das war die Bedingung, und wenn du es nicht tust, so erfährt Reit, daß du ihm nicht das geliefert hast, was du versprochen hast.« – »Ich soll dieses Kunstwerk übermalen?« – »Ja.« »Nun tu mir einen Gefallen, Mimis, denk doch einmal logisch. Das Bild, das ich übermalen soll, hat 4 Seiten, es besteht aus 2 Leinwänden mit je 2 Seiten, und ich habe mich nicht verpflichtet, eine bestimmte dieser Seiten zu übermalen.« – »Richtig, so übermale eine andere Seite als die mit dem Kopf. Aber du erhieltst das Ganze von deinem Freund als Einheit und solltest nach der Übermalung ihm das Ganze als Einheit zurückbringen, also auch die Fläche mit dem betenden Mönch.« – »Jetzt warst du einmal logisch, Mimis, aber was du von mir verlangst, ist undenkbar. Und du warst nicht logisch genug. Mein Freund gab mir eine unbrauchbare alte bemalte Leinwand, wie er annahm. Für ihn war es wertlos, außer daß es als Grund für ein Bild dienen konnte, welches ich darauf für ihn malte. Diesen Wert erhält er zurück, nicht mehr und nicht weniger. Ich aber erkannte einen Ribera darauf, der tausendmal wertvoller ist als das Bild, welches ich malen werde. Du und niemand kann verlangen, daß ich den echten Ribera wieder zurückgebe, weil mein Freund den Anspruch auf den Keilrahmen und eine Malfläche darauf hat.«

»Das sind Spitzfindigkeiten«, sagte Mimis, »ich, ich werde die Sache näher ins Licht rücken.« Damit ging sie ohne Gruß durch die Tür und verschwand.

Smith war jetzt allein mit seinem Ribera. Ohne im geringsten über die evtl. Folgen des letzten Gespräches nachzudenken, setzte er sich vor sein Bild, welches er für einen Ribera hielt, und betrachtete es eingehend. Nachdem er sich satt gesehen hatte über ›sein‹ Bild, setzte er Farben auf die Palette, gab Terpentin in ein Schälchen, setzte die rückwärtige Leinwand auf die Staffelei und begann zu malen. Der Grund war trotz seiner Beschädigung durchaus brauchbar, vielleicht sogar geeigneter, als wenn er unbeschädigt gewesen wäre, weil der Strich interessanter herauskam. Er hatte keinen Plan für das Bild, als er anfing. Aber der Ausdruck der Ergriffenheit und des Anbetens war noch von dem alten Meister in seinem Innern, als er begann.

Es entstand zunächst eine zitternde gelbe Linie von oben, die unten fast in eine gelbe Fläche auslief. Diese Fläche faßte eine breitere, dunkle, schwach violette, wie von oben lastende, und das folgte nach unten schwarz in Abstufungen, daß die ganze Malfläche in zwei senkrechte Teile geteilt wurde. Links unten entstand nun ein zitterndes Gelbgrün, durch Rot gestreift, während die schwarze Mitte teilweise durch Preußisch-Blau verstärkt wurde. Ein scharfes Zinnober gab den Aufklang, wurde aber durch spitze weiße Flecken gemildert. Jetzt begann das Zinnober die geteilte gelbe Fläche zu teilen und rechts unten weit und schwach auszufließen, indem es im Schwarz eine hellblaue Mitte aussparte. Das Ganze war damit sozusagen untermalt.

Im weiteren Verlauf entstanden nun Überschneidungen, Verschmelzungen, und es entstand ein zarter, kräftiger, andächtiger Ausdruck, wie in dem Bild von Ribera, nur mit abstrakten Mitteln.

Zum Schluß verschwand die zitternde gelbe Linie vollkommen, weil Smith beim Malen volles Vertrauen in sich gefunden hatte. Das Bild war wie die Kräfte im Spiel eines gotischen Domes, gebunden, mystisch, gründlich und tiefernst.

Jetzt saß Smith und betrachtete beide Bilder, das alte mit seinen vielen Anweisungen auf die Art, wie es gelesen sein will, und das neue, das nur er selbst bisher verstand. Werden andere es überhaupt verstehen können? Würde man endlich begreifen, daß er etwas zu sagen hatte als Künstler, weil andere es vor ihm noch nicht gesagt hatten.

Da kamen schwere Schritte die Treppe herauf. Smith öffnete, da war es der Kunsthändler Maison. »Kommen Sie auch einmal in mein Atelier?« fragte Smith verwundert. – »Ich hörte, daß Sie solch ein schönes Bild gemalt hätten.« – »Der übliche Kunsthändlertratsch«, dachte Smith und sagte: »Schön, daß Sie kommen, wie gefällt Ihnen mein Bild, es ist soeben fertig.« – »Gut, ausgezeichnet, ich liebe es«, sagte Maison. Smith dachte, man soll nie glauben, was Kunsthändler sagen, sie meinen stets etwas anderes. Sie sind darin verwandt den Antiquaren. Diese verreißen alles, was neu ist, weil sie sonst nicht das wahre Alte, das sie so lieben, als neu bezeichnen könnten. Hingegen pflegen die Kunsthändler dort zu loben, wo sie Geschäfte machen wollen, und daher wußte Smith, daß nicht das neue Bild, sondern der alte Meister gemeint war, von dem Maison irgendwie Wind gekriegt hatte, voraussichtlich durch Mimis. Während Maison nun das neue Bild scheinbar hingerissen betrachtete, versteckte Smith heimlich den alten Meister. Aber Maison, der es ja wußte, hatte es doch bemerkt und fragte: »Was verstecken Sie da vor meinen Blicken? Haben Sie etwa noch ein Meisterwerk?« Smith mußte es jetzt zeigen, und da sagte Maison: »Eine Kopie.« »Eine Kopie!«, antwortete Smith und steckte es wieder weg. Aber Maison hatte mit Kennerblick sofort erkannt, daß es ein Meisterwerk Riberas war. Daher tat er, als ob er nichts bemerkt hätte und sagte: »Verkaufen Sie Ihr neues Bild, und für welchen Preis?« Smith erklärte, daß er es nicht verkaufen könne, weil es in Bestellung wäre. – »Ich hätte es gern gehabt«, sagte Maison, »ich habe gerade einen Kunden für so etwas.« – »Ich werde es überlegen«, sagte Smith nun, um besser beobachten zu können. – »Ich dachte, ich würde Ihnen 30 Pfund geben für dieses Bild einschließlich der Kopie«, sagte Maison schlau. – Also ist die Kopie mehr wert? Lächerlich, dachte Smith und sagte: »Ein schöner Preis. Ich möchte es Ihnen fast geben, aber haben Sie die Kopie auch nicht überbewertet?« – »Vielleicht. Ich habe sie mit 5 Pfund angesetzt, das bekommt man immer wieder dafür. Wo haben Sie die denn überhaupt erstanden?« fügte er scheinheilig hinzu. – »Ja, wenn ich sie nicht gekauft hätte, hätten Sie vielleicht Ihr Geld daran verloren«, sagte Smith bissig. So wurde weiter hin und her gehandelt, Maison sagte »das neue Bild« und meinte die Kopie, Smith tat, als wollte er diese verkaufen und wußte, daß er es nie tun würde. Schließlich wurde es Maison zuviel. »Mein letztes Angebot«, sagte er. »Gut, aber ich verkaufe nicht«, sagte Smith bestimmt.

1930–1940

Seereise

Tomt erwachte mit einem Schreck. Er hatte einen schlechten Traum gehabt. Aber so viel er auch versuchte, er konnte sich nicht darauf besinnen, was es eigentlich gewesen war, das ihn so erschreckt hatte. Nur eine Sache war ihm klar: er hatte eine große Gefahr glücklich für sich selbst bestanden, hatte sich sehr aufgeregt dabei, und war doch unglücklich, weil – – – Ja, hatte er nicht im Traum sich in ein Mädchen verliebt, so schwer und so aussichtslos, wie er es gar nicht gekannt hatte?

Plötzlich mußte er lachen, denn das alles war doch Traum gewesen. Und was bedeutet schließlich ein Traum für einen Menschen? Die meisten Träume sind wirr und bedeuten nichts. Traumdeuter aber sagen oft Dinge, die doch wohl in keinem Zusammenhang mit dem Traum stehen. Da träumt einer von einer Stecknadel, und der Traumdeuter sagt daraufhin, er soll noch heute ein Los nehmen, denn morgen wird er das große Los gewinnen. Ein anderer träumt, daß er glücklich geliebt hat, und der Traumdeuter sagt, er soll nicht heiraten, er werde eine böse Schwiegermutter erhalten.

Tomt dachte an solche lustigen Dinge und begann sein Gleichgewicht zurückzuerhalten. Während er sich ankleidete, erschreckte er plötzlich wieder, denn deutlich sah er ein Mädchengesicht vor sich, und es war ihm klar, dieses war das Mädchen des Traumes gewesen. Er versuchte hinzusehen, da war das Gesicht wieder fort. Es ist doch komisch, dachte Tomt, was wir eigentlich lieben bei einer Frau. Mit den Augen lieben wir das Gesicht eines Mädchens, mit den Händen, er konnte nicht weiter denken, denn was man liebt mit den Händen zu berühren, darf man eben nur berühren, aber nicht darüber denken. Doch ließ ihn der einmal gefaßte Entwurf über das, was wir lieben, nicht los, und er fuhr fort, daß wir mit den Ohren ihre Stimme lieben und das Knistern ihres Kleides, oder besser noch das leichte Gleiten seidener Unterwäsche. Mit dem Mund lieben wir ihren Mund. Und was lieben wir mit den Zähnen? Ihre Hände vielleicht? Sicherlich lieben wir nicht ihre Zähne mit unseren Zähnen. Es kann sogar vorkommen, daß wir ein Mädchen lieben und ihre Zähne fürchten. Jedenfalls war es Tomt plötzlich klar, daß lieben eigentlich durchaus nicht ein einheitlicher Begriff ist etwa wie essen oder bedienen.

Nach dieser Abschweifung kam er auf den Ausgangspunkt zurück, auf den Traum. Er sollte doch einmal zum Traumdeuter gehen. Sagt der Traumdeuter, man soll nicht heiraten, weil man von einem schönen Mädchen geträumt hat, wenn man nicht seiner Schwiegermutter in spe in einem eingeschriebenen Brief eine Stecknadel sendet, so kann er vielleicht auch das Rätsel lösen, warum die Liebe eigentlich nicht einheitlich ist, und was man bei seiner Angebeteten mit dem Fuße lieben soll. Jedenfalls nicht ihren Mund.

Tomt war bester Laune, als er fertig angezogen war, und fest entschlossen, zum Traumdeuter zu gehen. Er wußte, wo einer wohnte, direkt neben der Hebamme, die das blaue Schild und die rote Lampe hatte. Statt ins Büro zu gehen, ging Tomt daher direkten Weges zu seinem Traumdeuter, nachdem er unruhig seinen aufgeregten Kaffee getrunken hatte. Es fiel ihm auf, daß er das Wort: ›seinen‹ gebraucht hatte. Jeder Mensch hat ›seinen‹ Traumdeuter, nicht etwa einen beliebigen. Und geht man zu seinem Traumdeuter, so wird er das richtige sagen, geht man zu einem falschen, so wird er nur falsche Dinge sagen. Das heißt, für andere Menschen ist der falsche Traumdeuter nun wieder richtig. Da sollen die anderen eben zu den falschen Traumdeutern gehen. Tomt ging zu seinem.

Jedoch woher wußte er, daß dieses gerade ›sein‹ Traumdeuter war? Das war eine Eingebung. Man kann sich natürlich darin irren, jedoch Tomt hatte das sichere Gefühl, daß er sich nicht irrte, wenn er zu diesem Traumdeuter ging, und daß er sich irren würde, wenn er einen anderen Traumdeuter aufsuche. Auf das Gefühl kommt es an. Ja aber, dann könnte er doch eigentlich überhaupt sein Geld sparen. Das richtige Gefühl würde ihm nämlich auch den Traum deuten können. Er überlegte, was er eigentlich geträumt hatte. Eigentlich so gut wie nichts. Das heißt, er hatte offenbar etwas geträumt, es mußte sogar von großer Bedeutung gewesen sein, aber er wußte es doch nicht mehr.

Tomt war mitten auf der Straße stehengeblieben, weil er so scharf überlegte und nachzudenken versuchte. Ein Auto kam ganz dicht an ihm vorbeigefahren. »Sie träumen wohl?« rief ihm der Chauffeur zu, und Tomt ging weiter.

Ja, die Träume sitzen wie Perlen an einer Kette nebeneinander, sind einander ähnlich und doch nicht gleich, aber im Grunde besteht keine Verschiedenheit zwischen ihnen, und Ähnlichkeiten bestehen zwischen Wachträumen und – –. Wie nennt man eigentlich Träume, die nicht wach sind?

Soeben passierte Tomt das blaue Schild der Hebamme, dann sah er auf seine Uhr. Es war gerade 1/2 9, der Beginn seiner Bürozeit. Doch das kümmerte ihn gar nicht. Er klingelte beim Traumdeuter. Ein Mann in geblümtem Smoking öffnete ihm die Tür, wies ihm stumm den Kleiderhaken, deutete stumm auf einen Stuhl in seinem samtenen Zimmer, setzte sich stumm ihm gegenüber und legte seinen Zeigefinger an seine eigene Nase.

Alles dies verwirrte Tomt ein wenig, aber er mußte doch wissen, was eigentlich los war, und so begann er, indem er das Schweigen unterbrach: »Ich habe einen Traum gehabt.« »Gut«, sagte der Traumdeuter. »Wie heißen Sie?« – »Tomt.« – »Sie sollen nicht heiraten, Herr Tomt, denn Sie werden eine unangenehme Schwiegermutter erhalten«, sagte der Traumdeuter. »Aber Sie kennen ja meinen Traum bisher noch gar nicht, Herr ... Wie heißen Sie doch?« – »Das spielt hier keine Rolle«, sagte die Pythia. – »Aber warum fragen Sie denn gar nicht, was ich eigentlich geträumt habe?« – »Weil Sie es doch nicht mehr wissen, Herr Tomt.« – »Und wenn ich es wüßte?« – »Es ist unmöglich, im bewußten Zustand Dinge zu umsprechen, die man im Unbewußten erlebt hat. Da kommt einer und sagt, er habe eine Feuersbrunst geträumt. In Wirklichkeit hat er nur einen Schreck geträumt. Und das bedeutet zum Schluß, daß er ein Marienblümchen finden wird. Es kann auch bedeuten, daß sein Chef ihn adeln wird, wegen richtig eingelegter Pausen in der Arbeitszeit. Sehen Sie, darum genügt es mir, einen Menschen anzusehen, dann weiß ich zwar ebenfalls nicht, was er geträumt hatte, aber ich weiß, was sich mit ihm ereignen wird.«

»Aber die Schwiegermutter ist mir nicht so wichtig«, prahlte Tomt, »ich muß das Mädchen heiraten.« – »Wenn Sie absolut wollen«, erwiderte der Traumdeuter geschäftlich, »dann tun Sie es doch.« – »Aber mein Herr, ich kenne ja das Mädchen noch gar nicht.« – »Wissen Sie denn, wie sie aussieht?« – »Ja, ungefähr: Gestalt mittel, schlank, Augen wahrscheinlich blau, oder grau, oder vielleicht auch dunkelbraun, Haare zwischen hellblond und schwarz, besondere Kennzeichen, sie ist bezaubernd schön.« – »So sehen alle Mädchen aus. Aber ich will Ihnen helfen, denn ich kenne jetzt Ihren Traum, Sie werden auf einer Seereise, die Sie morgen antreten, Ihre zukünftige Braut kennenlernen. Meiden Sie New York, dort wohnt Ihre Schwiegermutter.«

Tomt blieb die Spucke weg, denn plötzlich fiel ihm ein, er hatte von einem riesigen Unglück auf einem Ozeandampfer geträumt, auf dem er Passagier gewesen war. Die Weiterreise ging dann im Magen eines sehr großen Haifisches vonstatten. »Sie erinnern mich jetzt deutlich an meinen Traum«, sagte Tomt. »Stimmt, ich hole ihn von innen heraus.« – »Aber dann bitte ich inständig, holen Sie mehr heraus«, flehte Tomt. – »Ich will einmal sehen. Aber wieviel dachten Sie anzulegen?« – »Was heißt das?« – »Ich meine, wieviel ist Ihnen der Spaß wert?« – »Mein Leben hängt davon ab, mein Glück, mein alles.« – »Sie faseln. Ich will wissen, wieviel Sie mir bezahlen wollen.« Tomt nahm sein Portemonnaie und zählte: »Fünf Kronen und 97 Oere.« – Der Traumdeuter sagte: »Ist das Ihr Ernst? Daß ich nicht lächle. Meine bisherigen Aufklärungen kosten schon 16 Kronen und 23 Oere.« – »Wie rechnen Sie das aus?« – »Das rechne ich nicht aus, das weiß ich.« – »Und wieviel kostet das Ganze?« – »Es kommt darauf an, wie weit Sie meine Aufklärung wünschen. Bis zum Schiffbruch kostet es 123 Kronen 45. Mit Weiterreise im Haifisch kostet es 93 Oere mehr.« – »Aber Sie sagen ja schon Dinge, die ich nicht zu bezahlen beabsichtige, denn ... –« »Mein Herr, wenn Sie von diesen Aufklärungen unbezahlten Gebrauch machen würden, garantiere ich nicht für ein gutes Ende. Nennen Sie mir eine Summe, die Sie anzulegen wünschen, und ich werde Ihnen soweit erklären, wie das Geld reicht.« – »Gut«, sagte Tomt frisch, »ich riskiere 250 Kronen.« »Dafür kann ich Sie schon ein wenig unterrichten, mein Herr. Haben Sie Sicherheiten?« – »Ein Sparkassenbuch.« – »Holen Sie es zuvor.« – Tomt sprang auf. Seine Geduld war zu Ende. Er liebt ein Mädchen heiß und innig, der Mann da vor ihm wußte alles und wollte nur gegen hohe Bezahlung ihm helfen, die Angebetete zu finden.

Tomt lief hinaus, nahm ohne Worte seinen Mantel und seinen Hut vom Kleiderständer und ging ohne zu bezahlen. Der geblümte Traumdeuter rief im einige Flüche und Verwünschungen nach. Tomt ging. Er ging nicht, er lief und rannte immer heftiger, bis er vor seinem Büro stand, in dem er ein kleiner Angestellter war.

»Sie sollen sofort zum Chef kommen«, sagte der Zimmerälteste eben schon. – »Ist nicht wahr«, sagte Tomt und ging an seinen Platz. Da telefonierte der Chef. »Jawohl«, sagte der Älteste, »Herr Tomt ist soeben eingetroffen, er kommt sofort ... – Also Tomt, Sie werden vom Chef verlangt.«

Zähneklappernd und herzklopfend ging Tomt, zwar ungern, ins Privatkontor des Chefs, der eine dicke Zigarre rauchte, und blieb an der Tür in der Haltung eines ausgelaufenen Fragezeichens stehen. »Treten Sie auf den Smyrna-Teppich, Tomt«, sagte der Chef. – »Jawohl.« Tomt trat darauf. »Nehmen Sie in dem Klubsessel Platz.« – »Jawohl.« – »Rauchen Sie?« Tomt wußte nicht, was das alles bedeutete, und antwortete nicht. – »Ob Sie rauchen?« – »Wenn ich mir die Freiheit nehmen darf und so frei sein darf?« antwortete Tomt durchaus servil. »Aber gern doch, wir sind doch alte Freunde.« Tomt zitterte das Rückenmark. Einen Augenblick lang hielt er seinen Chef für verrückt. Da begann dieser: »Ich habe einen Traum gehabt, Tomt.« – »Sie auch?« – »Ja, etwa Sie ebenfalls?« – »Herr Kommerzienrat, wenn ich so frei sein darf, ja.« – »Was haben Sie geträumt, Tomt?« fragte der Kommerzienrat. – »Von einer Seereise.« – »Wieso?« – »Ich träumte, ich machte eine Seereise, und dabei kenne ich die See überhaupt nicht.« – »Denken Sie Tomt, das Gleiche habe ich auch geträumt.« – »Es liegt in der Luft«, sagte Tomt.

»Und dann träumte ich weiter«, sagte der Chef, »Sie kämen 35½ Minuten zu spät. Und prompt kommen Sie 35½ Minuten zu spät. Nun sagen Sie mir nur noch, waren Sie inzwischen, wie ich geträumt habe, beim Traumdeuter?« – »Jawohl.« – »War es der Mann in dem geblümten Smoking neben der Hebamme mit einem blauen Schild und dem roten Lichte?« – »Jawohl.« Tomt schluckte Tränen herunter. »Haben Sie 250 Kronen bezahlt? Die wollen Sie natürlich von der Firma zurückhaben.« – »Jawohl«, sagte Tomt, es war ihm, als sehe er grünlich gelbe Furien. »Lassen Sie sich das Geld gleich an der Kasse auszahlen, ich habe es schon angewiesen.« – »Aber ich habe es ja noch gar nicht an den Traumdeuter bezahlt!« sagte Tomt. – »Das ist hier bedeutungslos«, sagte der Chef. »Jedenfalls will ich Ihnen meinen Traum jetzt sagen. Zunächst die tatsächlichen Unterlagen. Ich habe sehr wichtige Papiere nach New York zu besorgen. Sie müssen sogar heimlich hinübergebracht werden, da sie sicherlich an der Grenze aufgehalten würden, wenn man sie bemerkt. Gestern Abend nun dachte ich nach, wer von meinen Angestellten wohl diesen Auftrag übernehmen könnte, und kam zu keinem Resultat. Ich trank ein Glas Wein, das Resultat kam nicht. Ich trank einen Whisky Soda, wieder ohne Resultat. Nach 3 Sherry Brandy versuchte ich es mit einer Flasche Müller Extra, wurde sehr heiter, aber fand den Mann nicht heraus, der meine wichtigen Papiere besorgen sollte. Darauf nahm ich ein Glas Portwein, dann trank ich zwei Flaschen Bier, ging über zu Aquavit und zum Schluß zu Kirsch. Dann legte ich mich nüchtern ins Bett, weil mir kein Gedanke einfallen wollte. 3 Stunden und 54 Minuten wälzte ich mich schlaflos im Bette, dann schlief ich ein. Ich träumte, ich wäre in Afrika, und die Neger bemühten sich vergeblich, mir einen Ring durch die Nase zu ziehen. Nach kurzem Schlaf erwachte ich mit einem Schreck. Sofort trank ich schwarzen Kaffee, pomadisierte mein Haar, nahm ein Bad in Karlsbader Wasser, aß ein halbes Huhn, dann ein Täubchen, ein Stück rohen Speck, eine rohe Kartoffel mit Schale, 25 Zwiebeln, 63 Rettiche und trank 5 Glas Eau de Cologne. Hierauf fuhr ich zum Traumdeuter mit dem geblümten Smoking.«

»Ach«, sagte Tomt.

Dann fuhr der Chef fort: »Ich sagte vorhin, ich hätte von einer Seereise geträumt und daß Sie $35^1/_2$ Minuten zu spät kommen würden. Das war nur gesagt, um festzustellen, ob Sie es geträumt haben. Ich selbst habe nur die Sachen mit den Negern geträumt, die mir einen Ring durch die Nase ziehen wollten.« »Ach«, sagte Tomt. – »Das erzählte ich dem Traumdeuter. Der sagte, das koste 1597 Kronen und 21 Oere. Ich zog mein Scheckbuch und überreichte ihm die geforderte Summe. Dann begann er: ›Sie haben eine sehr wichtige Botschaft nach New York und wissen nicht, welchen Ihrer Angestellten Sie damit betrauen sollen. Ich will Ihnen helfen. Einer Ihrer Angestellten, dessen Verdienste Sie bisher stets verkannten, . . .« – »Ach«, sagte Tomt. »Also einer Ihrer Angestellten wird heute morgen genau um 8 Uhr mich besuchen. Er hat einen Traum gehabt, der 250 Kronen kostet, wird sie aber nicht bezahlen, sondern erbost fortgehen.« »Stimmt«, sagte Tomt. Er war plötzlich vollkommen sicher geworden.

»Hören Sie weiter: Dieser Angestellte hat etwas geträumt, das ihm nicht mehr einfällt, bevor ich ihn auf die richtige Spur gebracht habe. Er kennt die See nicht, hat aber geträumt, er hätte eine Seereise gemacht, ein Schiffsunglück erlebt und hätte die Weiterreise im Magen eines sehr großen Haifisches unternommen. Stimmt das, Tomt?« – »Nicht nur das habe ich geträumt. Aber mehr noch. Da ist ein Mädchen, ein Mädchen ist da.« – »Ihre privaten Dinge interessieren die Firma nicht, Herr Tomt«, sagte der Chef dienstlich. »Und nun hören Sie, was der Traumdeuter weiter sagte: ›Dieser Angestellte wird um 8 Uhr $35^1/_2$ Minuten in sein Büro kommen und tun, als ob er schon um 8 Uhr dagewesen wäre. Rufen Sie ihn sofort in Ihr Privatkontor und geben Sie ihm einen schwierigen Auftrag.‹ Soweit der Traumdeuter. Und nun sagen Sie, Tomt, ob das nicht sonderbar alles stimmt.«

Tomt lachte hinten im Halse: »Ja ja, dieser Magier kennt seine Leute. Ich versuchte wirklich zu tun, als wäre ich schon um 8 Uhr dagewesen.« – »Gut, Tomt, das ist ja menschlich. Ich frage Sie nun, wollen Sie den Auftrag annehmen? – Reden Sie nicht, bevor ich fertig bin. Sie erhalten mit 3 Monaten rückwirkender Kraft ein vierfaches Gehalt, bekommen den Titel ›Rechnungsrat‹, dann Tantiemen und, wenn Sie wollen, werden wir freundschaftlich zusammen verkehren.« –

»Sehr gern, Herr Direktor«, sagte Tomt, »aber es gebricht mir an einer Frau, so daß ich nicht repräsentieren kann. Und außerdem die Sache mit dem Haifischmagen gefällt mir nicht.« – »Tomt, stellen Sie sich nicht auf die Hinterbeine, Sie fahren natürlich 1. Klasse, erhalten 2 Zimmer und einen Salon auf dem Schiff, treten ganz groß auf, und glauben Sie doch nicht, daß dieser Haifisch ein wirklicher Haifisch wäre. Sagen Sie, ich habe geträumt, die Neger hätten versucht, mir einen Ring durch die Nase zu ziehen. Habe ich nun einen Ring, den ich wie ein blöder Ochse in der Nase trage? Sagen Sie selbst, habe ich einen Ring?« – »Nein«, sagte Tomt. – »Also abgemacht?« – »Abgemacht«, sagte Tomt.

Schon am Nachmittag war Tomt mit Flugzeug im Hafen angekommen und hatte seine Koffer aufs Schiff gebracht. Der Steward wunderte sich sehr, daß ein so feiner Herr seine beiden Koffer selbst trug. »Ich möchte den Kapitän sprechen«, sagte Tomt. Der Kapitän kam persönlich.

»Geht das Schiff auch nicht unter?« fragte Tomt. – »Fahrplanmäßig nicht«, sagte der Kapitän. – »Habe ich mir gedacht«, antwortete Tomt, »ich habe ja auch nicht einen Ring, den ich wie ein blöder Ochse in der Nase trage.«

Der Kapitän fand den Herrn sehr interessant und lud ihn zu einem Schnaps in seine Kabine ein. »Glauben Sie an Träume?« fragte Tomt dann. – »Ich habe andere Sorgen«, sagte der Kapitän.

»Sagen Sie mal, worüber unterhält man sich eigentlich auf einer Seereise, Herr Kapitän?« fragte Tomt. – »Man spricht fast ausschließlich vom Wetter«, antwortete der Herrscher des Schiffes, »denn nirgendwo in der Welt interessiert das Wetter so sehr wie auf dem Schiff.« Die Unterhaltung begann zu stocken. Da fragte Tomt: »Was halten Sie denn vom Wetter, Herr Kapitän?« – »Ich halte es jedenfalls für so gut, so warm, so trocken, daß es angemessen wäre für eine kleine Tour durch die Stadt, bevor wir fahren.« Dagegen konnte auch Tomt nichts einwenden, und so fuhren die zwei zunächst allein durch die Nachtlokale. Überall glaubte Tomt das Gesicht des Mädchens zu sehen, von dem er geträumt hatte, und es war es vielleicht auch, denn Tomt konnte sich nicht mehr richtig daran erinnern. Er war nur verliebt. In eine ganz bestimmte Person verliebt zu sein, das ist die häufigste, aber trivialste Form der Liebe. Es ist viel seltener, reizvoller und interessanter, verliebt zu sein, ohne daß man weiß, in wen. Man kommt dabei der Idee der Liebe an sich bedeutend näher, indem man von einzelnen Zufälligkeiten abstrahiert. Backfische pflegen auf diese Weise zu lieben, und in der Liebe war Tomt noch ein Backfisch.

Der Kapitän bemerkte, wie Tomt alle Damen betrachtete und sagte: »So bin ich auch, ich liebe alle Frauen, ob jung, ob alt, ob blond, ob braun, wenn's nur eine Frau ist.« – »Sie irren, Herr Kapitän«, sagte darauf Tomt, »ich liebe nur eine, aber ich weiß nicht, welche es ist.« Da lachte der Alte sonderbar breit auf. Plötzlich bemerkte der Kapitän, wie eine Dame mittleren Alters ihre Blicke wie zwei Pfeile auf Tomt gerichtet hielt. Die Dame war in Begleitung eines distinguiert aussehenden Herrn. »Sehen Sie Tomt, wie diese Dame Sie fixiert?« fragte der Kapitän. »Sie ist es nicht«, jubelte Tomt auf. – »Aber das können Sie doch nicht wissen?« – »Doch, so etwas fühlt man doch.« – »Ich glaube, sie ist es nicht«, sagte der Kapitän.

Daraufhin sah Tomt die Dame noch einmal an, und sein Blick begegnete zum ersten Mal dem ihren über mehr als 10 Tische mit 35 Gästen hinweg. Plötzlich merkte er, daß sein Auge magnetisch von ihrem angezogen wurde und darin festhing. Die beiden Blicke, bestehend aus je 2 Strahlen von je 2 Augen vereinigten sich wie 2 Münder im Kusse, und wie diese im ersten Kuß nicht loskommen können, so konnten sich die beiden Blicke nicht trennen. Tomt glaubte, sein Blick wäre an eine Hochspannung geraten, und seine Seele verbrannte, während der Blick ihn hielt, an der Elektrizität dieser Frau

Tomt wollte aufspringen, aber der Kapitän hielt ihn zurück. »Anfänger«, sagte er, »das wäre grundfalsch!« Diese Worte des erfahrenen Seemannes brachten Tomt zu sich selbst zurück. Sein Blick riß sich los und fiel in die verständnisvollen Augen des alten Seebären, der Kummer gewohnt war. »Wie können Sie eine große aufkommende Liebe ersticken wollen«, sagte dieser, »indem Sie sie realisieren? Sehen Sie, es gibt 3 Arten von Liebe, die niedrigste ist die Primanerliebe, die von fern liebt, weil sie die Nähe nicht wagt. Die häufigste und daher gemeinste Liebe ist die Liebe auf große Nähe, weil sich der Körper dem Körper, die Seele der Seele gibt, wo der eine den anderen genießt wie der Sonntagsschaffner das Leben in vollen Zügen. Doch diese gemeine Art der Liebe bringt zwar hohen Genuß auf beiden Seiten, der jedoch nicht von Dauer sein kann. Die dritte und höchste Liebe aber ist die viel von Dramatikern besungene verzichtende Liebe, die zwar alles nehmen und alles gewähren könnte, weil sie nicht schüchtern ist, aber aus irgendwelchen Gründen das nicht tut. Hier gibt es nun wieder 2 Unterteilungen. Bei der niedrigeren Form findet der Verzicht statt, weil äußere Umstände zum Verzicht zwingen, etwa anderweitig eingegangene Verpflichtungen, etwa eine bestehende glückliche Ehe. Bei der Abteilung 3 b aber findet der Verzicht auf Grund verständlicher Erwägungen statt, um beiden Teilen Gelegenheit zu geben, jede kleine Einzelheit der Liebe richtig auszukosten. Was der unerfahrene Anfänger in 5 Minuten vollführt hat, dehnt der Feinschmecker auf 5 Jahre hinaus aus. Wichtig ist nur, daß die elektrische Verbindung beider Seelen aufrechterhalten bleibt, daß weder Kurzschluß noch Nebenschaltung eintreten.« Dann schwieg der Kapitän. Die ineinandergeschmiegten Blicke aber bildeten einen unsichtbaren Strick, der Tomt über die 10 Tische und 35 Gäste hinweg mit jener unbekannten und doch ihm so vertrauten Dame zusammenknüpfte.

Plötzlich stand die Dame auf, indem sie sich auf ihre Füße stellte, und Tomt fühlte, daß an dem magnetischen Augenstrick eine riesige Spannung war, und faßte mit beiden Händen an jene imaginäre Stelle in der Luft, wo er vermutlich hängen würde, um ihn zu greifen und vor einem Abreißen zu schützen. Als plötzlich er durch die Luft ruderte, bekam er keinen Strick zu fassen. Die Luft wich aus, und er mußte wohl an eine andere Stelle gefaßt haben, als die, an der der magnetische Strick lag.

»Haben Sie Halluzinationen?« fragte der Kapitän – »Sehen Sie, Sie, sie sie sie sie sie sie sie sie sie sie sie «, stotterte Tomt, und deutete mit seinem Zeigefinger auf die Dame, die rausging, ohne daß der distinguiert aussehende Herr neben ihr sich darum kümmerte.

»Sind Sie von Sinnen?« sagte der Kapitän und versuchte Tomt, der aufgestanden war, auf seinen Stuhl zurückzuziehen, aber vergeblich. Wie ein mondsüchtiger Nachtwandler folgte Tomt tastend der rausgehenden Dame. »Sie wollen doch nicht einer fremden Frau aufs WC folgen?« sagte der Kapitän, der sich mit erregte, daß einer seine liebestönenden Perlen vor jene trunkenen Säue geworfen hatte.

Tomt antwortete nicht, sondern setzte seinen hypnotischen Weg fort, und wie der mondsüchtige Nachtwandler es nicht merkt, wenn er nackt durch Brennnesselstauden läuft oder auf rutschigen Dachrinnen balanciert, so merkte es Tomt nicht, daß er leere Stühle umwarf und schreienden Damen auf die Hühneraugen trat, eine Tasse Kaffee über das seidene Kleid einer Schwiegermutter stieß und sich allgemein unbeliebt machte. Den Kellner, der sich wie ein schützendes Mal vor die Damentoilette stellte und nebenan auf die Herrentoilette deutete, stieß er wie ein wilder Stier zur Seite, indem er sich seinen Weg zu jener Frau, die ihn ganz berührt hatte, bahnte.

»Er muß es aber eilig haben«, sagte ein Gast, und Tomt verschwand hinter der Tür mit dem Schildchen ›Damen‹.

»Also Sie sind es«, sagte die Angebetete zum Eindringling, während die Garderobenfrau laut aufschrie, sie wollte gerade mit den Worten ›ein Mann‹ zur Tür stürzen, als die magnetische Dame ihr mit der einen Hand den Mund zuhielt, dann sie mit der anderen so lange schlug, bis sie sich willig auf den Stuhl setzte.

»Also Sie sind es?« wiederholte die Magnetische. – »Ja, wwwwwwer soll ich denn sein?« fragte Tomt und plötzlich schossen ihm viele Gedanken gleichzeitig durchs Hirn. Sollte sie vielleicht von ihm etwa oft geträumt haben? War sie mit jenem distinguiert aussehenden Mann verheiratet? Wie konnte sie ihn gefunden haben? Darum sagte er mit der Geste eines vornehmen Kavaliers: »Ich begreife nicht, daß Du ›Sie‹ zu mir sagst.«

»Aber Spatz«, antwortete die Dame, umarmte ihn und küßte ihn auf seinen überraschten Mund, worauf sie ihre Augen absichtlich schloß und sich abwartend an seine Schultern hängte.

Das war zuviel für einen, der zum ersten Male liebt. Mit dem Gewicht von 20 Tonnen drückte er die Frau mit einer Gewalt von 137 Pferdestärken an sich und schmetterte ihr einen gewaltigen Kuß ins Gesicht, so gewaltig, daß die Dame fürchtete, ohne Nase empor zu gehen. Daher stemmte sie mit der Zügigkeit einer letzten Tat ihre beiden Hände gegen sein Gesicht und bohrte ihm dabei ihre Finger so kräftig in die Augen, daß Tomt Märchenfunkelsterne mit Schmerz betrachtete und gleich von seinem Opfer abließ. So etwas hatte die WC-Frau noch nicht erlebt.

Als er benommen wie ein geprügelter Mann da stand, rief die Dame: »Wo hast Du die Papiere?« Mechanisch antwortete Tomt: »In meiner Kajüte.« – »Wo?« fragte die Dame noch, da drangen schon 20 bis 21 mit Gummiknüppeln bewaffnete Polizeibeamte in die Damentoilette, um den frechen Eindringling festzunehmen. Mit den Worten »rette Dich« schloß die Dame ihn dann in das nächste, zufällig offenstehende Appartement ein und redete die Beamten geschmeidig lächelnd an: »Was wünschen die Herrn?« – »Wir suchen hier den Mann«, sagte der Polizeidirektor laut. – »Da müssen Sie sich wohl irren«, antwortete die Dame und öffnete das Appartement. »Hier sind keine Männer, hier ist die Damentoilette.«

Das Appartement war leer, das Fenster stand offen.

20 bis 21 bewaffnete Männer standen einen Augenblick verdutzt da, der Direktor der Polizei sah vergebens aus dem Fenster, denn Tomt war enteilt. »Kannten Sie jenen Mann?« fragte darauf der Direktor. – »Welchen Mann überhaupt?« fragte die Dame. – »War hier nicht ein Mann?« fragte der Direktor die Toilettenfrau. »Ich kann mich auch mal irren«, antwortete diese spottend. – »Hergott, sind denn hier alle Leute verrückt?« fragte der Direktor. »Darüber haben wir einfachen Menschen kein Urteil«, sagte die Dame. »Blinder Alarm«, sagte darauf der Direktor und gab an der Spitze seiner in Glieder zu zwein marschierenden Beamten den Rückmarschbefehl.

Die Dame aber kam zu jenem distinguiert aussehenden Herrn an den Tisch zurück und flüsterte: »Er ist getürmt. Wir dürfen seinen Weg nicht verlieren.« Als das Gemurmel im Publikum etwas abzuflauen begann, stand der Kapitän plötzlich auf, ging an den Tisch der Magnetdame, verneigte sich höflich und bat Platz nehmen zu dürfen.

1930–1940

Besuch auf Hjertöya

Der Winter war vorbei, und Mor erzählte Bittebarn, wie schön das war auf Hjertöya, besonders jetzt im Frühling. »Was ist das, Hjertöya?« fragte Bittebarn. »Hjertöya ist eine kleine Insel, mitten im Fjord«, antwortete Mor.

Da wollte natürlich Bittebarn gleich hinfahren, und holte zu diesem Zweck ihre Lieblingspuppe Agnes aus dem Kinderzimmer, putzte sie und erzählte ihr, wie schön das war auf Hjertöya. »Was is das, Hjertöya?« fragte das Puppenkind. »Das weißt du nicht?« antwortete Bittebarn, »das ist doch eine Insel, wo ein König wohnt.«

Nun faßte Bittebarn Mor schön an die Hand, damit Mor nicht unter die Wagen kam, und sie gingen zum großen Kai. Da mußten sie über die Straße mit den vielen Autos, und Mor sagte, daß man erst nach beiden Seiten sehen muß, und dann geht man langsam und vorsichtig über die Straße. Bittebarn sah nach beiden Seiten, und da kam wirklich ein Auto. Und wer war darin? Far.

Far wollte natürlich sofort auch mit nach Hjertöya, stellte sein Auto auf einen Parkplatz und begleitete Mor und Bittebarn zu der breiten Brücke am Kai. Und da kam auch schon Herr Hoel mit seinem Motorboot, und alle stiegen nun ein.

Als sie am kleinen Kai von Hjertöya ankamen, warteten da 4 entzückende kleine Hunde, alle Hjertörasse, und bellten, und Vamos, der Kleinste, saß schön und klappte mit den Füßen. Bittebarn hatte in ihrem Leben noch nicht einen so reizenden Hund gesehen wie Vamos.

Mor sagte, Bittebarn sollte ja recht vorsichtig aussteigen, weil doch die Treppe von den Algen glatt ist, und da half ihr Far, weil er immer so nett ist. Und dann half Far auch Mor beim Aussteigen, weil er doch Kavalier ist.

Da lief Bittebarn schon voraus zu dem Bauernhaus, mit dem großen Hühnerhof. Denn Frau Hoel hat einen richtigen Hühnerhof. Da waren Hühner, natürlich auch ein Hahn dabei, Truthühner und Gänse, alles liebe Tiere. Nur vor dem Gänserich hatte Bittebarn etwas Angst. Aber als Frau Hoel sie alle fütterte, da war das wundervoll anzusehen.

Nun zeigte Mor Bittebarn, wie schön die Obstbäume blühten, und dabei lag hinten auf den Bergen noch so viel Schnee. Da wollte Bittebarn ihr Blumen abpflücken, aber Mor sagte, Obstblüten dürfte sie nie abpflücken, weil aus jeder Blüte ein Apfel werden kann.

Da wollte Frau Hoel gern Bittebarn ihre Kühe zeigen. Da gingen sie mit zwei großen Eimern nach oben auf die Bergwiese, wo Frau Hoel die Kühe melkte.

Am liebsten war die schwarze Kuh, aber der Bulle schien Bittebarn nicht ungefährlich zu sein. Darum nahm Far einen Stock.

Als sie zurückgingen, trafen sie Onkel Kurt, den Kunstmaler, der gerade die blühenden Obstbäume und die Schneeberge im Hintergrunde malte. Aber das sah ja auch zu schön aus. Als aber Bittebarn kam, hörte Onkel Kurt sofort mit Malen auf und ging mit. Zuerst begrüßte er Mor mit einer Verbeugung.

Als sie zum Hofe zurückkamen, kam da von der einen Seite eine entzückende Truthenne mit Kücken an, und von der anderen Seite Tante Helma, Onkel Kurts Frau. Bittebarn lief natürlich sofort zu den Kücken, während Mor Tante Helma begrüßte. Und Far nahm sogar seinen Hut ab.

Jetzt kam Herr Hoel. Er hatte inzwischen gefischt und viele seltsame Fische gefangen. Bittebarn hatte noch nie im Leben ein so großes Maul gesehen, wie es der eine Fisch hatte. Und mindestens tausend Zähne waren darin. Jetzt kam natürlich auch Angel, der Kater, und wollte Fisch fressen.

Und da hinten am Ufer standen so große weiße Vögel mit einem langen Schnabel. »Was sind das für Vögel, und was wollen die?« fragte Bittebarn. Da sagte Herr Hoel: »Das sind Fischreiher, die holen Fische aus dem Meere.« »Genau wie du!« sagte da Bittebarn.

Inzwischen hatte Tante Helma auf der kleinen Veranda das Frühstück zurechtgemacht, und Bittebarn trank ein Glas Milch, die Frau Hoel vorhin gemolken hatte. Darum schmeckte die so besonders gut. Und hinterher rauchte Far eine Zigarette, die er selbst mitgebracht hatte, weil Onkel Kurt nicht raucht.

Nun schlug Onkel Kurt vor, in seinem Boote nach einer anderen Insel zu fahren, wo die Möven ihre Eier legen. Da waren sehr viele Möven, und sie schrieen ganz fürchterlich, weil sic fürchteten, daß Bittebarn ihnen ihre Eier nehmen wollte. Aber Onkel Kurt sagte: »Das darf man nicht, weil hier die Möven geschützt sind. Dieses ist Naturschutzgebiet.«

Und die Sonne schien so wunderschön, daß es Bittebarn gesagt hatte, es wohnte ein kleiner König auf Hjertöya. »Nun werden wir auch gleich den König sehen, Agnes«, sagte sie zu ihrer Puppe. Da sagte Tante Helma: »Der König wohnt in Oslo, das ist weit von hier, auf unserer Insel aber ist König, wer will.« Da wollte Bittebarn gleich König sein, und alle nannten sie: ›Majestät‹, und machten sehr tiefe Verbeugungen.

Aber das war doch langweilig, denn es muß schrecklich langweilig sein, immer ›Majestät‹ genannt zu werden. Darum zeigte Bittebarn ihrer Puppe auf einer Insel, an der sie eben vorbeiruderten, eine ganze Herde Schafe. Das war prächtig anzusehen.

Nun fragte sie, ob denn keine Schweine da wären, und Far sagte, die wären im Stall. Darum ging Bittebarn mit Far in den Stall, denn sie wollte die reizenden Grunzschweine so gern sehen und hören. Und wirklich grunzten alle. Da war eine Sau mit mindestens hundert Ferkeln.

Nun war es schon spät geworden, und Bittebarn fuhr mit Far und Mor wieder nach Hause, in Hoels Motorboot. Zu Hause aber erzählte sie alles ihren anderen Puppen, die das nicht hatten miterleben können, weil sie noch zu klein waren.

1930–1940

Normaler Irrsinn

Es war einmal ein Land, ein sehr merkwürdiges Land, in dem alle Menschen normal waren, geistig wie körperlich, von einigen Ausnahmen abgesehen.

In diesem Land galt es als das größte Verbrechen und als die größte Schande, anormal oder gar verrückt zu sein, und alle Verbrechen dieser Hinsicht wurden streng bestraft.

Schon eine einzelne Wahnsinnsäußerung, wie etwa pünktliches Steuerzahlen, Angabe aller Steuerposten ohne Ausnahme, Vorausbezahlung von Steuern, Bezahlung an Schuldner usw. wurde mit 8 Tagen Zwangsarbeit belegt, dementia praecox mit 2 Jahren, Paralyse sogar mit lebenslanger Strafarbeit. In Wiederholungsfällen wurden dem Bestraften beide Augen verbunden und Watte in die Ohren gestopft, um ihm die Ausführung der Strafarbeit noch zu erschweren.

So streng wurde jeder Versuch, wahnsinnig zu sein, bestraft. Cheerio.

Da ereignete es sich, daß der ›Frauenverein zur Bekämpfung des Irrsinns durch Vorbild‹ seine Generalversammlung abhielt. Die Vorsitzende begann, indem sie den Jahresbericht ablegte, denn Jahresberichte sind der Zweck und das Ziel der Vereine. Sie berichtete, daß das Präsidium gewechselt habe, und das neue Präsidium ginge mit aller Schärfe vor gegen jegliche Art von Ausübung irrsinniger Handlungsweisen, aber leider habe trotzdem die Zahl der neuen Irrsinnsfälle ständig zugenommen.

Als 2. Rednerin meldete sich Missis Iss. Sie behauptete, daß im Gegensatz zu dieser unerfreulichen Zunahme der außerhalbigen Irrsinnsfälle der Irrsinn im Vereinswesen des ›Frauenvereins zur Bekämpfung des Irrsinns durch Vorbild‹ begreiflicherweise eher ab- als zugenommen habe. Der vorbildliche Vorkämpfer des gesunden Menschenverstandes habe wenig Anlagen, selbst in ungesunden Irrsinn zu verfallen, und diese geringe Anlage würde durch die ständige Übung des Vorkämpfens zu dem wahren Idol gesunden normalen Menschentums gewaltig verstärkt. Wenn man auch die Kluft zwischen den normalen Menschen und den irrsinnigen dadurch selbst vergrößere.

Sie holte dann etwas weiter aus und sagte, daß Normalität des Menschen etwas Normales sei. Die Verstärkung dieser Normalität hingegen könne man, wenn man kritisch wäre, als anormal bezeichnen. Der unkritische Mensch aber, wie die meisten Mitglieder des ›Frauenvereins zur Bekämpfung des Irrsinns durch Vorbild‹, dieser unkritische Mensch müsse die gesteigerte Normalität als das durchaus und vollkommen neue Normale bezeichnen, wodurch die alte, ungesteigerte Normalität von selbst zum Anormalen und damit zum Irrsinn gestempelt würde.

Als Missis Iss das gesagt hatte, meldeten sich 30 Mitglieder gleichzeitig zum Wort und redeten sofort beginnend durcheinander, so daß die Vorsitzende, Frau Hau, auf das Pult hauen mußte, bis wieder Ruhe eingetreten war.

Darauf erteilte Frau Hau das Wort an Fräulein Eulein.

Fräulein Eulein wandte sich scharf gegen die Behauptung von Missis Iss, daß die meisten Mitglieder des ›Frauenvereins zur Bekämpfung des Irrsinns durch Vorbild‹ unkritische Menschen seien. Sie versuchte ihren Angriff zu unterstützen, indem sie darauf hinwies, daß gewissermaßen gerade durch Missis Iss der Beweis erbracht worden wäre, daß der Verein an sich selbst das kritische Messer scharf anlegte. Dann entschuldigte sie sich, daß sie leider dieser Missis Iss eins aufs Dach hätte geben müssen.

Worauf Frau Kau zwischenrief: »Was ist, wenn man fragen darf, das Dach bei Missis Iss?«

Da sagte Herr Kerr: »Das Dach ist der über den Kopf hinausgeschossene Verstand.«

1940

Lilli Klotzelmeier lebt

Lilli Klotzelmeier lebt, sie lebt, sie ist nicht tot. Wennschon sie totgesagt war. Was das für ihn bedeutet, daß sie lebt, begreift nur der, der liebt, der lieben kann, der seine ganze Sehnsucht in eine Frau legen kann.

Lilli Klotzelmeier lebt, sagte er jubelnd, er, der sie gewissermaßen geschnitzt hatte, er, der aus der Fülle seiner erotischen Fantasie jene Lilli Klotzelmeier geboren hatte, die heute in der Welt als Lilli Klotzelmeier lebt. Bildhauer Müller hatte schon viele Frauen geschnitzt, in Holz, in Stein, in Ton, Bronce, Gips, und alle waren mit jener leisen Erotik ausgezeichnet, die deutlich verriet, daß er ein eleganter Frauenkenner war.

Plötzlich entstand eine Plastik, eine Frau, mit zarter Taille, gewaltigen Hüften, kleinen süßen Brüsten und einem verklärten Ausdruck von heimlicher Liebesglut in einem kindlichen Antlitz.

Sie muß Lilli Klotzelmeier heißen, sagte der Bildhauer, Professor Müller, und also hieß sie Lilli Klotzelmeier. Wann werde ich Lilli Klotzelmeier begegnen, fragte er sich mit Sehnsucht im Herzen, denn wenn ich je eine Frau heiraten sollte, so muß sie Lilli Klotzelmeier heißen. Andere Frauen kommen überhaupt nicht in Frage.

Eines Tages aber, als Professor Müller gerade wieder an seine Lilli dachte, als ihm schon ganz warm in den Schläfen wurde, brachte ein Herr eine Zeitung, die er irgendwo gelesen hatte, wo, ist ja gleichgültig. In dieser Zeitung stand zu lesen in kapitaler Schrift: ›Lilli Klotzelmeier lebt‹.

Es war nicht mehr als dieser nüchterne Satz. Aber man kann es ermessen, welche Flut der Begeisterung dieser Satz im Herzen Professor Müllers auslöste. In seiner Brust hoben und senkten sich nackte Frauengestalten, die nach Ausdruck rangen. Sein Mund stammelte ein über das andere Mal: »Lilli Klotzelmeier lebt!« Sein Geist faßte den Entschluß, sie zu heiraten, je eher, desto mehr.

Er schrieb an das betreffende Blatt, das die ihm so erfreuliche Nachricht gebracht hatte, folgende Annonce: »Ich, Professor Müller, lese soeben, daß Lilli Klotzelmeier lebt. Komm in meine Arme, Geliebte, ich will Dich mit meinen Messern bearbeiten, Du sollst einen Platz in meinem Herzen finden!«

Zwei Tage darauf kam das Dienstmädchen herein und sagte: »Da draußen ist eine gewisse Lilli Klotzelmeier, die Herrn Professor zu sprechen wünscht.«

Dem Herrn Professor schmolz in diesem Augenblick der Rindertalg im Rükken. Er wurde bleich. Zitternd vor Aufregung sagte er das eine Wort: »Herein!« Dann sank er ermattet vor Aufregung in seinen Fauteuil, das kluge Auge zur Tür gerichtet. Wäre er Kavalier gewesen, so wäre er seiner Lilli entgegengegangen, aber er war so erregt, daß seine Beine ihren Dienst versagten.

Plötzlich öffnete sich die Tür, und Lilli Klotzelmeier trat herein. Ich brauche die nächsten Augenblicke nicht zu beschreiben. Jeder kennt den Ausbruch höchsten Glücks, wenn der Liebhaber endlich die Frau umarmen kann, die in seinem Herzen seit schweren Jahren lebt.

Aber Professor Müller umarmte nicht Lilli Klotzelmeier, er staunte bloß. Vor ihm stand eine Frau zwischen 70 und 85 Jahren, ohne Haare, ohne Zähne, ohne Fett. Die weiten Kleider schlapperten um ihre dürren Knochen. Das Gesicht lächelte melancholisch süß. Heiseres Krächzen entrang sich den eingetrockneten Lippen, als sie sagte: »Geliebter«.

Es ist traurig zu schreiben, aber meine Feder gestattet es mir, denn was nun geschah, ist sehr traurig, sehr sehr traurig sogar. Herr Professor Müller fiel wie tot um.

Mit einem Schrei stürzte sich Lilli Klotzelmeier auf ihn, dann entfleuchte sie.

Hier aber kommt eine glückliche Wendung. Herr Professor Müller erhob sich wieder, denn er war nur ohnmächtig gewesen, und sagte: »Gott sei Dank!«

Seit dieser Zeit modelliert er keine Lilli-Klotzelmeier-Figuren mehr.

1942

Das viereckige Luftloch

Plötzlich war da ein viereckiges Loch in der Luft. In diesem Loche saß eine Lehrerfamilie. Sie spielten ›Radfahren‹. Ein merkwürdiges Spiel. Zwei Familienmitglieder saßen immer auf einem Fahrrade, der eine vorwärts, der andere rückwärts. Je nachdem, oder vordessen nun der eine oder die andere stärker trat, bewegte sich das betroffene Fahrrad vorwärts oder seitwärts. Ziel des Spieles war es, sich gegenseitig durch völlige Vernichtung unkenntlich zu machen. Man nannte das ›Überwucherung‹. Im geeigneten Augenblicke prallten die Parteien gegeneinander los. Das heißt, die rückwärtigen Radfahrer wichen seitlich aus, während die vorwärtigen mit aller Kraft gegeneinander loszielten. Das ging dann eine Weile gut, dann aber waren beide vorwärtigen Mitglieder tot und fielen um. Schnell sprangen nun die rückwärtigen nach vorn und übernahmen die tote Partei der vorwärtigen. Durch wiederholte Anpralle wurden nun die Toten wieder lebendig und übernahmen die ausweichende Tätigkeit der ehemals rückwärtigen Mitglieder, wodurch natürlich diese starben. Nun begann das Spiel mit vertauschten Rollen wieder von vorn, und es währte in alle Ewigkeit wie immer bei Spielen.

Plötzlich schloß sich das Luftloch wieder, und die spielende Lehrerfamilie verschwand und war verspielt.

um 1942

Die Abenteuer des Herrn von Nasebyll

I. Der gemolkene Fisch und die wunderbare Rettung auf die Insel Pala

Nasebyl pflegte, wenn er die Geschichte vom gemolkenen Fisch im Kreise seiner Freunde erzählte, sich die Versicherung geben zu lassen, daß sie sie ihm auch glaubten. Denn der Glaube tut Wunder, und er folgerte logisch, daß er selbst nicht mehr unter den Lebenden weilen könnte, wenn nicht diese Wunder im rechten Augenblick passiert wären. Denn dann wäre er durch die Wucht der Ereignisse genau wie die meisten anderen zermalmt worden. Aber er lebte und war gesund und konnte es sich deshalb leisten, strikt bei der Wahrheit zu bleiben.

Lassen wir ihn selbst erzählen:

»Die Geschichte ereignete sich folgendermaßen:

Ich brauche nicht zu erzählen, wie man eine Seereise macht, von dem ungeheuren Luxus auf den guten Überseeschiffen und der ausgesuchten Gesellschaft an Bord, von den reizvollen, graziösen Damen, der imponierenden Gestalt des Kapitän, von der strotzenden Kraft der Seeleute, der auserlesenen Eleganz des Managers. Ich brauche auch nicht zu erwähnen, daß ich selbstverständlich nach wenigen Minuten nach Beginn der Reise schon in besten Beziehungen zu *Amanda,* der schönsten Dame des *Ozeanriesen Paffnich* stand, mit dem wir beide über den Rücken des Ozeans reisten. Sie werden es auch verstehen, daß ich durch meine Galanterien zu Amanda den Kapitän in Bewunderung, den Manager in wilde Eifersucht versetzte und durch mein ganzes Wesen die Matrosen zu Höchstleistungen anspornte. Sie erlauben mir wohl, Ihre Geduld noch wenige Minuten zu mißbrauchen, wenn ich Ihnen kurz die Ergebenheit Amandas schildere, die keine Grenzen kannte, und ihr Verlangen, mich ganz und allein zu besitzen, welches ihr aus den Augen, ich möchte sagen: ›schönen Augen‹ leuchtete.

›Komm, Mann meines Herzens‹, sagte sie, ›daß wir ein wenig unter vier Augen plauschen, ich liebe das an lauen Abenden‹.

Um Ihnen aber einen Begriff von Amandas sittlicher Kraft zu geben, welche noch größer war als die Glut ihrer Liebe zu mir, möchte ich nur wie durch ein Streiflicht den Zuck beleuchten, mit dem sie ihren rechten Arm an sich zog, als ich versuchte, meine Hand zwischen demselben und ihrem schlanken Blousenhals hindurchzustoßen, um, ich gestehe es, in dummdreister Art und

Weise in dem berauschenden Gefühl ihrer Körpernähe mit ihr Arm in Arm vor den neidischen Augen der Mitpassagiere und den Kennerblicken der Stewards wie selbstverständlich dahin über das große, elegante Promenadendeck zu promenieren.

Großer Gott, welch ein prachtvolles Paar wäre das gewesen. Ich hätte an meiner Handoberfläche den Puls ihres Herzens gefühlt, welches nur für mich schlug. Aber das Schicksal wollte es anders.

Amanda legte sich selbst die Qualen dieser entsagenden Geste auf, um die Glut ihrer Liebe noch mehr anzufachen, um meine Liebesraserei zur Verzweiflung zu treiben, um meine Sehnsucht auf eine schönere Lösung zu vertagen.

Wie meisterhaft dieser Zuck ausgeführt wurde, mit dem sie von meiner intimen Berührung zunächst Abstand nahm, brauche ich Ihnen nicht zu beschreiben, er war so voll von Takt ausgeführt, daß weder der *gewaltige Kapitän,* noch der *neidische Manager,* noch irgendeine Dame oder gar ein Bedienter ihn auch nur geahnt hätten.

Zum Überfluß aber sagte sie:

›Mich fröstelt!‹

Der Manager und der Kapitän boten sich sofort an, ihr ein leichtes Überkleid zu holen, und ich ließ es gern zu, da ich stets bereit bin, andere für mich arbeiten zu lassen. Als die beiden dann überglücklich, für das angebetete Wesen etwas tun zu können, sich eiligst in deren Kabine stürzten, gab mir Amanda einen nicht mißzuverstehenden Wink ihrer Augen, und ich folgte ihren leichten, elastischen Schritten in die Kabine des Kapitäns.

Dort konnten wir vom Bullauge aus ungesehen beobachten, wie Kapitän und Manager mit einem einzigen duftigen hellblauen Mäntelchen zurückkamen, welches jeder an je einem Ärmel trug. Sie warfen sich dabei gegenseitig Blicke zu, die aussahen wie Augen in Kanonenrohren und redeten kein Wort miteinander. Nun aber standen sie da, breitbeinig, dumm und voll von Gift und Galle.

Ich öffnete leise das Bullauge, um das Blut kochen hören zu können, und es brodelte bei beiden ganz gut.

Amanda aber sagte:

›Geliebter, schließ lieber das Bullauge wieder, damit du dich nicht erkältest, denn es zieht.‹

Indem ich nun das Bullauge schließen will, sehe ich hinten am Horizont einen Punkt, welcher in Farbe ein wenig vom Hintergrund abwich. Dieser Punkt drehte sich immer um sich selbst, bald rechts herum, bald links herum. Sofort sagte ich voll Entsetzen zu Fräulein Amanda:

›Kind, nimm dich in acht, denn es wird bald etwas geschehen, das niemand erwartet hat.‹

›Soll ich lieber meine Schwimmweste anziehen?‹

fragte sie mich mit Angst in den Augen. Ich riet ihr zu, und da wollte sie, daß auch ich mich mit einer solchen bekleidete. Ich verzichtete aber darauf in dem blinden Vertrauen an mein gutes Schicksal. Inzwischen war der sich um sich selbst drehende Punkt mit Windeseile näher gekommen. Deshalb ging ich ohne Zögern zum Kapitän, der noch mit dem Manager und dem Mäntelchen draußen auf dem Promenadendeck wartete, und sagte:

›Herr Kapitän, es ist eine Windhose im Anzuge.‹

›Was ist im Anzuge?‹

›Eine Windhose.‹

Dieses Wort beflügelte seinen eilenden Schritt.

Blitzschnell war das Schiff alarmiert. Alle Anker und Sandsäcke wurden ins Meer gelassen, und die Passagiere, die nicht ins Schiffsinnere gehen wollten, wurden am Masten festgebunden.

Da begann auch schon das Unwetter. Der Mast und der 5 m dicke Schornstein wurden wie Streichhölzer geknickt. Das Vorderteil des Schiffes wurde um 90 Grad umgebogen. Stühle und Sofas flogen wie Federn durch die Luft. Das ganze Schiff drehte sich rechts herum immer im Kreise.

Da lief ich, wie ich nur konnte, in den Maschinenraum, um das Ding abzustellen. Und plötzlich gab es einen gewaltigen Krach, und von nun an drehte sich die ganze Prostemahlzeit links herum. Das war aber unser Verhängnis. Denn während beim Rechtsdrill die Anker und Sandsäcke unser Schiff gehalten hatten, daß es nicht in die Luft sausen konnte, flogen sie selbst beim Linksdrill in die Luft, und der ganze alte Kahn wurde abgesogen und gurgelte in die Tiefe, während Amanda mit ihrer Schwimmweste allein auf dem Weltmeer segelte.

Zu spät dachte ich daran, das heiße Wasser vom Kessel abzulassen, denn schon strömte das kalte Meerwasser herein, und, was soll ich es Ihnen lange verheimlichen, der Kessel platzte. Das Schiff wurde in seine Einzelteile zerlegt, und ich sauste, indem ich mich an eine Kesselwand anklammerte, durch den Querschnitt der grünlichen Fluten, die heller und heller wurden.

Mit einem leichten Schwupps war ich wieder an der Wasseroberfläche, atmete einmal tief auf und blickte nun umher. In weitem Abstand tummelten sich die anderen Bruckstücke des Schiffes, von Amanda war nichts zu sehen. Auch Kapitän und Manager waren zur Zeit unanwesend. Die gefährliche Windhose rollte auf den Horizont ab, und ich lag verhältnismäßig behaglich auf der Eisenplatte, die auf dem glatten Meere leicht dahinschwamm. Erst jetzt fiel es mir auf, daß doch im allgemeinen Eisen schlecht schwimmt. Wenn man einen Hund ins Wasser wirft, so paddelt der frisch drauf los und schwimmt, aber Eisen? Womit soll es paddeln? Eiserne Schiffe ja, da schwimmt der Hohlraum, und das Eisen klammert sich sozusagen an der Luft des Hohlraums fest. Eisen ohne Schiff pflegt aber im Wasser unterzugehen.

Ich freute mich, daß mir in all meinem Leid diese Logik geblieben war, hatte aber eine gefährliche Angst, daß das Ding doch bald einmal untergehen würde, um mich den Haifischen auszuliefern.

Da strengte ich meinen Grützkasten ein bißchen an und suchte zu ergründen, weshalb diese Eisenplatte eigentlich schwamm. Schräg über mir strahlte der unvergleichliche Vollmond. Plötzlich hatte ich es. Auf die selbstverständlichsten Dinge kommt einer immer erst zuletzt.

Durch das Drehen des Schiffes nämlich infolge der Windhose, einmal rechtsherum und einmal linksherum, war meine Eisenplatte nämlich magnetisch geladen worden und wurde vom Monde angezogen. Ein Glück, daß sie nicht noch magnetischerer geworden war, etwa durch längeres Gedrehtwerden, denn dann hätte sie mich durch die Luft in den Mond getragen. So aber stoppte sie am Ende des Wassers genau wie Holz.

Und als ich weiter nachdachte, kam mir ein plötzlicher Schreck, was passieren würde, wenn der Mond allmählich unterginge. Dann würde ja er, der mich nun so schön über Wasser trug, die Eisenplatte mit mir ins Wasser hineinziehen. Schrecklicher Gedanke!

Aber kommt Zeit, kommt Rat, ein Sprichwort, welches ich nicht selbst verfaßt habe. Ich beruhigte mich in dem Gedanken an den kommenden Rat und wäre gern eingelullt, wenn mich der Hunger und Durst hätten schlafen lassen.

Verzweifelt blickte ich im Meere umher, ob da nicht etwas Eßbares wäre. Da gewahrten meine Augen 20 Haifische, die hinter einem Fisch herschwammen, den ich nicht kannte. Ich dachte, daß die bösen Haie ihn fressen wollten, aber wie staunte ich, als ich bemerkte, daß der sonderbare Fisch in der Nähe des Schwanzes einen riesigen Euter mit 4 Zitzen hatte, an deren jeder je ein Haifisch saugte. Das regte mich sehr auf. Der arme Milchfisch wird ja ganz leer, wenn da vier schwere Haifische dran saugen.

In meiner Wut brach ich, da ich keinen Stein zur Hand hatte, vom Rande meiner Eisenplatte ein zackiges Eisenstück ab und zielte. Dann warf ich das schnittige Stück Eisen rotierend in Richtung des einen Haifisches, und wie durch eine Säge wurde ihm der Kopf abgeschnitten. Er röchelte nur noch, dann fraßen ihn die anderen Haifische auf.

›Topp‹,

dachte ich und erlegte den zweiten gleichermaßen. Der wurde von den 18 anderen aufgefressen. Als der dritte enthauptet war, fraßen ihn die 17 restierenden, usw. So ging es weiter, ich erlegte einen nach dem anderen, und immer wurde der neue Fisch samt seinem Anteil an der früheren Beute von den Überlebenden aufgefressen. Diese wurden dicker und dicker, und gleichseitig träger und satter. Als nur noch 2 Exemplare übriggeblieben waren, da waren die Viecher wie Schollen, nur nicht so platt, aber breiter als lang. Ich war so gespannt, ob der letzte nun wohl den vorletzten samt seinem vollen Magen auch noch verspeisen würde, wenn ich ihn tötete, und richtig, als ich ihm den Rivalen enthauptet hatte, fraß er seelenruhig alles auf, er hatte augenscheinlich einen guten Magen, denn er hatte doch peu à peu das 19 fache eigene Gewicht aufgespeist. Nun, Sie mögen es mir glauben oder nicht, aber dieser Haifisch war satt. Er ließ sich sinken, bis er auf eine weiche Algenbank kam, wo er ausruhte. Und nun der Milchfisch. So etwas von zärtlicher Dankbarkeit zu mir habe ich noch nicht miterlebt. Am liebsten wäre er aus dem Wasser herausgesprungen und hätte mich umarmt. Aber ich bedeutete ihm durch Gesten, daß er sich hüten sollte, an die für ihn zu trockene Luft zu kommen. So blieb er im Meere. Aber wie schlau Tiere sind. Der Milchfisch wußte es ganz genau, daß die Zitzen an ihm das Wertvollste sind. So kam das kluge Tier unmittelbar neben meine Eisenplatte, drehte sich auf den Rücken, hielt mit dem Kopfe die Platte, damit sie nicht umkippte, wenn ich zu ihm hinrutschte, und dann steckte es mir alle 4 Zitzies auf einmal aus dem Wasser heraus.

Ich bin ja im Leben weit gereist und viel herumgekommen, aber so appetitliche Zitzen habe ich noch nie gesehen. Direkt einladend. Oben hatten sie einen zinnoberroten Punkt, der über Rosa in grünliches Weiß überging. Delikat. Ich beugte mich über das Tier und trank alles aus, was mir die Haifische übergelassen hatten. Alle Achtung, so Haifische haben doch eine gute Zunge.

Mit jedem Schluck Fischmilch, die mir ein vitaminreiches Labsal war, merkte ich, daß mein Verstand größer und meine Augen heller wurden.

Ich sah jetzt weit über den Horizont hinaus und fragte mich, ob es überhaupt noch Dinge gäbe, die über meinen Horizont hinausreichten.

Und so sah ich weit unter dem Horizont ein Atoll. Teils hoffte ich, dort an Land zu kommen, denn für meinen regen Geist war die Eisenplatte zu klein,

teils fürchtete ich den Felsen, an dem ein Seemann leicht zerschmettert werden kann. Und dabei verlor ich den Milchfisch außer Augen, der sich mit einem Kobolz empfohlen hatte.
Jetzt fiel mir meine schwierige Situation auf der Eisenplatte wieder ein, die voraussichtlich bald sinken würde, denn der Mond, der sie hochhielt, näherte sich beim Untergehen schon bedenklich dem Horizonte.
Aber da fiel mir auf, daß die Eisenplatte begann, sich zu bewegen, in Richtung des Mondes, der sie nun schon auf der Wasseroberfläche dahinzog. Die Geschwindigkeit nahm nun zu und zuer, und das Atoll, hinter dem der Mond sich zu versinken anschickte, kam näher und näher, bis es bedrohlich groß direkt vor mir stand. 2 Palmen wogten im Säuseln des Windes auf dem Atoll, das schroff ins Meer hinabfiel.
Mit zäher Verbissenheit sauste nun meine Eisenplatte direkt auf das schroffe Ufer los, meine Situation war verzweifelt, wenn nicht sogar verdreifelt. Ich sah mich schon im Geiste an die spitzigen Korallen geschleudert, aufgespießt und laut blutend am Steilhang kleben, ich schauderte bei dem Gedanken, die Eisenplatte könnte die ganze Insel auffräsen, und der obere fruchtbare Teil würde ins Meer fallen. Was sollte ich dann, selbst wenn ich mit einem blauen Auge davongekommen sein sollte, mit dem Inselstumpf anfangen.
Aber im Momente der Gefahr pflege ich schnell zu denken und besonnen zu handeln. Mir fiel zum Glück ein, daß Schiffe lenkbar sind, wenn man ein Steuer hat. So benutzte ich meinen Fuß, den ich ins Wasser steckte, als Steuer und lenkte die sausende Eisenplatte 20 mal rund um das Atoll herum immer auf dem schmalen Algengürtel lang, durch dessen glitschrige Bremslichkeit endlich die Platte ihre Fahrt aufgab. Dabei hatten mir die Haifische alle Nägel an dem herabhängenden Fuße abgeknabbert, aber die wachsen ja wieder. Haifische sind eben Haifische, die müssen immer knabbern, ob sie hungrig sind oder nicht. Und nun lag meine Eisenplatte einen Augenblick still. Der Mond stand gerade am Horizont, das Biest. Ich stand auf, machte eine feierliche Verbeugung und sagte:

›Aussteigen!‹

Aber da war nichts zum Aussteigen. Der Abstand vom Riff war noch sehr groß. Und langsam schwanden der Eisenplatte die sie haltenden Kräfte, ich stand schon bis an die Knie im Wasser und sah meinen feuchten Tod vor Augen. Ich sah mich absinken, schwimmen in den tausendarmigen Algen, mich darin verheddern und langsam aber sicher das ganze Meer austrinken.
Aber es kam anders. Sie wissen, daß Korallen nicht in der Luft wachsen können. Die Korallenriffe sind durch vulkanische Tätigkeit aus der Meeres-

tiefe hervorgehoben worden. Wo aber einmal was gehoben wird, da kann auch zweimal sich was heben, das ist logisch. Und was hindert die Natur, gerade in dem Moment den Boden des Meeres in die Luft zu stülpen, wo ein unglücklicher Seefahrer an dieser Stelle zu ertrinken und sein schönes Leben auszuhauchen droht. Und so kam es. Der Boden des Meeres hob sich und mich auf der magnetischen Eisenplatte so hoch, daß es mir erspart blieb, an der steilen Küste des Atolls, welches nicht mitgehoben wurde, emporzuklimmen, sondern ich stieg zu den Palmen bequem hinunter.
Zu meinem Glück bemerkte ich, daß von der einen Palme gerade eine Kokosnuß herunterfiel, denn ich wollte mich gerade unter sie legen, um ein wenig auszuruhen. So legte ich mich eben, unter die andere. Ich schlief auch schnell ein und erwachte erst, als ich klingeln hörte, und jemand neben mir schrie fürchterlich:

›Rollcall!‹

Aber das war ein Traum. Ich erinnerte mich nämlich nur an mein Erlebnis des Rollcalls aus dem Internierungslager. In Wirklichkeit aber hatte mich eine schöne Stimme angeredet.

II. Die Schöne von Pala und die Rettung des Kapitäns

Wenn Nasebyll von diesen Dingen erzählte, pflegten Tränen seine Wimpern zu benetzen, denn er war stets gerührt von all der Schönheit, die er durch die schöne Bella von Pala so rein und ungewaschen erleben durfte. Nicht nur, daß nach der wunderbaren Rettung aus ernster Gefahr ihm in ihren Armen der Friede blühte, ja sogar lächelte, sondern auch war dieses reine, unschuldige Naturkind ihm, dem routinierten Lebemann, ein Labsal aus dem Lug und Trug moderner Zivilisation.
Lauschen wir seinen Worten:

»Ich blickte zur Seite, und da stand da neben mir ein wundervolles Mädchen, die ihre Keuschheit hinter Palmenblätter notdürftig versteckte.

›Ein liebes, blauäugiges Naturkind«,

dachte ich und redete sie daher mit Urlauten folgendermaßen an:

›Fümms bö wö tääzää Uu, pögiff quii Ee!‹

Ich erwartete die Antwort:

›Dedesnn nn rrrrrr, Ii Ee, mpiff tillf too, tillllll, Jüü kaa!‹

Aber ich hatte mich getäuscht, sie sagte:

›Schade, diese Sprache verstehe ich nicht!‹

›Aber Gnädigste, Sind Sie vielleicht auch aus Hannover?‹,
fragte ich freudig erregt.
›Das will ich meinen«,
antwortete sie,
›direkt aus der Kosackkei, meine Eltern sind Gemüsegärtner‹.
›Übrigens, Schade iß tot‹,
sagte ich witzig, und da lachte sie hinreißend schön und sagte:
›Jetze weiß ich, daß Sie auch aus Hannover sind.‹
›Wenn man hier doch nur ne lüttje Lage trinken könnte‹,
gab ich ihr zur Antwort.
Da sagte sie:
›Warten Sie‹,
kletterte behend an der anderen Palme hinauf, schüttelte sie, und 22 schwere Kokosnüsse kamen heruntergepurzelt. Sie nahm eine, krachte sie zwischen den Zähnen und repräsentierte mir die herrliche Kokosmilch.
Ich nahm und trank dieses Labsal und erzählte ihr von der Fischmilch, die ich soeben getrunken hatte.
Da sagte sie:
›Hach nein, Sie wollen mir wohl verkohlen.‹«

1942–1945

Die Schneewigkeit

Wenn die glühkalte Schneewigkeit zirpt, Belladonna im Knopfloch puffmunkeln die Blumen, zerzirpen in Tuben, von rechts, von unten, und auch von der Mitte. Pich fiff perlogierte der Generalvertreter der Aktiengesellschaft im linken Bein. Jawohl, im linken Bein. Ich sage ausdrücklich, im linken Bein, denn rechts kann er es nicht, rechts darf es nicht sein, rechts soll es nicht sein . . . und dabei war es rechts. – –

In der Mitte des langen, grünlichen Geschlechts, wo die Waden vom Unterleib bis zum dreigeteilten Zeitvertreib quellen, die Kirchenuhr in der Hosentasche geht er einher, ein gute Wehr und Waffen, die uns jetzt hat betroffen, singt klein, schnalzt klein, mit seinem linken Bein, und läßt es schließlich wieder sein.

Dann kommt der gelbe, ungesalzene Stolz, aus Perfinn und grobem Holz, innen unverblümt, außen aus Mahagoni, in der linken Ferse einen Gummiring.

Mit diesem Gummiring als Lorgnon zerschlitzt er seinem Vordermann das grüne Auge, so daß er auf der einen Seite chinesisch wird. Rührt man nun mit dem anderen Auge die Kirchenuhr von der Tasche ins Knopfloch und die Belladonna in die Bleitube, so platzt die Kunstgewerbeschule und ist auf der Stelle tot.

Mit Toten aber haben piep die Lebendigen keine Gemeinheit im Schaft; daher die Kluft, die klafft.

1930–1945

Hundebrief

Nero, der Hund des Herrn Doktor Plech, erhielt einen Brief, der folgendermaßen begann: »Wau, wau, rrrrrrrrr, waauuwau ...« In der Annahme, daß nicht jeder die Hundesprache versteht, übersetze ich wie folgt:

»Wohlriechender Nero!

Du weißt, wie fein meine Nase ist, und wie ich Wohlgerüche liebe. Es gibt Hunde, deren berauschenden Duft ich mit immer sich steigender Begeisterung schlürfe. Du weißt, daß ich stundenlang den zartesten, ja den lieblichsten Düften meiner angebeteten Bella folge, auf den Gassen, auf den Treppen, oder wo gerade sie gewesen ist. Du weißt, daß ich tagelang anbetend auf dem Abtreter vor ihrer Türe liegen kann, sehnsüchtig wartend, daß der Wind mir ihren bläulichen Duft in die Schnauze bliese. Was gebe ich darum, einmal meine Nase unter ihren Schwanz stecken zu können. Neulich wälzte ich mich stundenlang zu Bellas Ehre in wohlriechendem, faulem Fleisch und duftete darauf eine Woche lang wie ein junger fauler Gott. Du weißt, ich lebe ein Leben in Duft und Schönheit.

Kommt nun Herr Doktor Plech, was mein Herr ist, nach Hause, so berieche ich seine Stiefel und lese aus ihnen alles, wo er überall gewesen ist, und was er mir verschweigt. Und hat er den Weg meiner süßen Bella gekreuzt, so bin ich über- und unterglücklich. Mit allen unsern Hundefreunden stehe ich durch die Häuserecken in innigster Verbindung. Ich kann die Minute erriechen, zu der sie dort vorbeigekommen sind, und es ist mir leicht festzustellen, an welchen Knochen sie vorher genagt haben.

Aber der liebe Gott läßt keinen Hund in den Himmel wachsen. Denk Dir meinen Kummer, mein Herr hat sich das Rauchen angewöhnt. Kannst Du es ermessen, was das für einen verwöhnten Köter, wie ich es bin, bedeutet? Das widerliche Zeug, was er raucht, stinkt zum Verrücktwerden und ertötet jeden lieblichen Duft in meiner Nase. Es ist fast das Schlimmste, das ich je erlebt habe. Nur eine schlimme Sache kenne ich, die noch ärger ist, und zwar Terpentin. Als mir neulich unsere kleine Eva, die Nichte meines Herrn, einen einzigen Tropfen Terpentin unter den Schwanz wischte, rutschte ich verzweifelt drei Stunden lang auf dem Fußboden, bis ich schließlich einen riesigen Holzspan in meinem Hintern hatte.

Du möchtest nun wissen, was Rauchen bedeutet. Elektrisches Licht geht da nicht, mein Herr benutzt dazu ein sogenanntes Streichholz. Dieses Streichholz reibt er an einem magischen Kasten, und plötzlich leuchtet es zischend auf und erschreckt einen armen Hund, der auf dem Teppich liegt, maßlos. Dann nimmt mein Herr in seinen Mund einen braunen oder einen weißen Stengel, Maul sagt man ja nicht beim Menschen, hält die Flamme an die freie Seite des Stengels und saugt sie stoßweise in den Stengel hinein. Da er das nun stoßweise macht, zittert die Flamme wie ein abgeschnittener Hundeschwanz, mit dem man nicht mehr wedeln kann, und das sieht schrecklich aus. Dann pafft er überheblich in einem lächerlichen Rhythmus einen abscheulichen, übelriechenden Dampf ins Zimmer und macht dabei ein stolzes, überlegenes Gesicht. Diese blödsinnige Überheblichkeit verachte ich dermaßen, daß ich sie sogar bei meinem Herrchen nicht leiden kann. Hast Du jemals einen Hund mit einer Zigarette im Maule gesehen? Nein, nein, und dreimal nein, wir standesbewußten Hunde rauchen nicht. Und wenn einmal einer rauchen würde, so müßte er ein trauriges Gesicht und eine traurige Figur dabei machen. Aber diese Menschen! Sie wollen immer rauchen und dünken sich dabei wunder was, die Luft verpesten sie mit ihrem Qualm, nichts weiter und dabei kommen sie sich vor wie Götter, und es ist ihnen stinkegal, ob wir Hunde etwas dabei riechen können. Schon die jungen Burschen, die noch nicht einmal trocken hinter den Ohren sind, rauchen dicke Zigarren mit Brustband Wauwau, und dadurch glauben sie, den Backfischen imponieren zu können, dabei ist es ihnen kotzübel, und sie sehen aus wie eine weiße Wand. Wieviel größeren Erfolg hat doch ein Hund, wenn er unversehends mit seiner kalten Nase eine junge Dame an die Wade stößt: So etwas imponiert den kleinen Mädchen. Sie schreien auf wie von einer Tarantel gestochen, und wenn Frauen schreien, geht's ihnen gut. Wenn Du dann ein richtiger Kavalier von einem Hund bist, dann lächelst Du mit dem Schwanze und tippst noch einmal mit Deiner feuchtkalten Nase an ihre Wade, dann hast Du Erfolg. Sie versucht, ihren Rock länger zu ziehen, aber das geht natürlich nicht, und zum Schluß rennt sie ins Haus.

Die jungen Zigarettenhelden aber bringen keine junge Dame aus der Ruhe. Es kann höchstens passieren, daß sie auch anfängt zu rauchen. Das aber wäre der Ruin der Hunderasse, denn, wenn ihr Geruchssinn leidet, dann muß die Rasse degenerieren, und was ist das? Rassenschande ist es, das sage ich Dir; ich, Dein treuer Freund

Caesar«

1930–1945

Die tote Frau Rat mit dem Tuet

Hier ruht sanft – – – war die vielsagende und vielverschweigende Inschrift auf dem Grabsteine der Frau Rat, die man, als sie noch an der Seite des Herrn Rat lebte, die Frau Rat mit dem Tuet nannte, denn sie hatte auf ihrem Kopfe einen Tuet gehabt.

Die Haare waren nämlich kunstgerecht in der Form eines Tuets zusammengelegt gewesen, und sie war die einzige in der Stadt gewesen, die einen Tuet richtig zu tragen verstand – und nun war sie tot.

Nie war sie, als sie noch lebte, ihrer Bedeutung entsprechend behandelt worden, ja man hatte sie sogar respektvoll gemieden. Denn sie hatte nicht nur einen erstklassigen Tuet gehabt, sondern auch eine Zunge, und die war immer auf dem richtigen Fleck gewesen.

»Der arme Rat!« hatten böse Zungen gesagt, indem sie damit andeuten wollten, als ob er etwa nichts zu sagen gehabt hätte, und das stimmte auch. Jetzt aber hatte er alles zu sagen, was er wollte, und nun konnte er auch reden, soviel er wollte, denn Frau Rat war nun tot, die Frau Rat mit dem Tuet. – tut tot tuet –

Nun hatte der Rat einen schlichten Kranz bestellt, sowie einen schlichten schwarzen Tannensarg, und nach drei Tagen hatte er im Beisein von zwei Zeugen, weil man nie wissen kann, was noch passieren konnte, seine Frau auf dem Stadtfriedhof begraben. Aber davon wußte Frau Rat nichts, denn sie war tot.

Kaum aber war die Frau Rätin begraben, als sie schon für die noch lebenden Menschen unsichtbar von den Toten aufzustehen begann. Dieses war ein sonniger Nachmittag, und nur wenige verstreute Menschen trauerten auf dem Friedhof.

Unsichtbar dehnte und streckte sich Frau Rat, stieg aus ihrer Gruft empor und betrachtete diese Unglücksstätte. Es war ein Reihengrab ohne Grabstein, weil so etwas erst später zu kommen pflegt, ohne respektvollen Raum um das Grab herum, ohne Gartenbank, auf der der Herr Gemahl hätte trauern können, nur der eine billige Kranz für RM 3,50 lag auf dem gelben Erdhügel.

Frau Rat war in ihrem Innersten gekränkt. Den billigsten Kranz, den ihr Mann kaufen konnte, hatte er gekauft, und wenn sie es nicht gesehen hätte, hätte sie es gewußt, denn als sie selbst noch lebte, hatte auch sie Kränze um RM 3,50 gekauft, wenn ein guter Bekannter gestorben war. Aber hier war das doch anders. Hier war das doch eine ganz andere Sache, denn sie, die Frau Rat mit dem Tuet, war doch ein ganz anderer Fall. Sie war doch eine viel andere Persönlichkeit gewesen als andere Menschen, die überhaupt gar keine Persönlichkeiten sind. Da hätte doch wenigstens der Bürgerverein ebenso wie das Kaffeekränzchen Schleifenkränze stiften müssen, etwa mit der Aufschrift: ›HIER RUHT SANFT FRAU RAT MIT DEM TUET, SIE, DIE STETS DEN ALLTAG UNSERES LEBENS ZU VERSCHÖNERN VERSTANDEN HAT‹. Und nun etwa ihr Mann, hätte der nicht seiner Seele einen Stoß geben müssen und mit Goldbuchstaben auf eine rosaseidene Schleife sticken lassen können ›DIE ABENDSONNE MEINES ACH SO UNVERGLEICHLICH SCHÖNEN EHELEBENS IST MIT DIR, O DU, DAHINUNTERGEGANGEN. STEIGE MIR AUF, O DU, ZU EINEM NEUEN HERRLICHEN TAG!‹ Untergeschrieben ›DER HERR RAT‹.

Statt dessen gähnte ein verlorener dreimarkfünfzig Kranz auf dem gelblichen Grabhügel, wo sie doch so viel für ihn bedeutet hatte. Einfach schändlich!

Frau Rat war empört, einfach empört, in jeder Hinsicht empört. Wäre sie in dieser Stimmung zu Hause gewesen, dann hätte sie gesagt: »Pfui, schäm dich Emil. Ich weiß, daß du immer ein Knauser gewesen bist, aber für so schofel hätte ich dich doch nicht gehalten. Begreifst du denn nicht, welchen Eindruck so etwas auf meine nachtrauernden Hinterbliebenen machen muß? Einen einzigen Kranz und keine Schleife, schämst du dich denn nicht etwa, Emil?«

In dem Moment kam ein junges Mädchen vorbei, ohne den neuen Grabhügel zu beachten. Das gab Frau Rat einen Stich durchs Herz. Unsichtbar für das junge Mädchen stand sie aufrecht neben ihrem Grabhügel, als das junge Mädchen vorbeiging. Da streckte sie ihr Bein aus unmittelbar vor das Schienbein des Mädchens, so daß dieses lang hinfiel, ohne zu wissen weshalb. Das Mädchen versuchte den Grund ihres plötzlichen Hinfallens herauszufinden, da sie ja das Hindernis nicht hatte sehen können, und bemerkte dabei den neuen Grabhügel und sagte mitleidig: »Wieder jemand gestorben.« Und Frau Rat ließ sie vorbeigehen. Dann betrachtete sie die Umgebung ihres Grabes. Rundum lagen andere viel schönere Gräber mit vielen Blumen, Kränzen und Schleifen, einige sogar mit traurigen Marmorengeln.

Zunächst machte nun Frau Rat einen schönen Spaziergang über den Friedhof, soweit sie sich eben von ihrem Grabe entfernen konnte, ohne sich zu erkälten. Wie wunderbar schön war doch der Friedhof, so friedlich und so voll von Kränzen, und wieder kamen zwei junge Mädchen mit zwei neuen Kränzen vorbei. Da kam der Frau Rat ein Gedanke. Unsichtbar, wie sie war, riß sie den beiden jungen Mädchen die Kränze aus den Händen und brachte sie auf ihr eigenes Grab. Die beiden Mädchen aber liefen, als wenn sie den Bösen selber gesehen hätten, vom Friedhof.

Siegesbewußt über diesen Erfolg wartete Frau Rat dem Nächsten auf, der seinem Angehörigen auf dem Friedhof etwas bringen wollte. Das war ein alter Herr mit einem Topf blühender Fuchsien. Sie warf den Herrn um und holte den Topf mit Fuchsien auf ihr Grab. Der Friedhofsgärtner kam und schickte sich an, das Grab eines reichen Mannes zu begießen. Da riß ihm Frau Rat die Gießkanne aus der Hand und schüttete ihm das Wasser hinten in den Rock hinein. Der gute Mann wußte nicht, was ihm geschehen war, denn er war bisher noch keinem boshaften Geiste begegnet. Er ging deshalb zum Geschäftszimmer, um diesen merkwürdigen Vorfall zu melden. Als er nach wenigen Minuten mit dem Verwalter zurückkam, fanden sie die Grabstätte des reichen Mannes kahl von Blumen. Frau Rat hatte sie nämlich alle abgepflückt, um sie auf ihren armseligen Grabhügel zu bringen. Und als sie so dastand und betrachtete und dabei bemerkte, daß so langsam eine Wohlhabenheit bei ihr einzog, kamen zwei Damen mit einem herrlichen Schleifenkranz vorbei. Wie ein großer Hund einem kleinen einen Knochen abnimmt, so selbstverständlich nahm Frau Rat der älteren Dame den Kranz aus der Hand, legte ihn auf ihren Grabhügel und breitete die Schleife schön aus. Die Damen standen wie angewurzelt, und die weniger alte sagte: »Das ist der Wind«, weil sie doch den wahren Grund nicht sehen konnte. Die ältere Dame nahm nun den Kranz wieder an sich, aber er wurde jetzt von einer unsichtbaren Macht zurückgezerrt, so daß die Dame sagte: »Wie komisch, der Kranz muß sich irgendwo verhakt haben.« Und plötzlich riß ihr ihn Frau Rat wieder aus der Hand, legte ihn zurück auf ihr Grab und breitete die Schleife wieder aus. Nun versuchte die weniger ältere Dame den Kranz hochzuheben. Da gab ihr Frau Rat von hinten einen Tritt, so daß sie zwischen den Kränzen lag und schrie. Durch den Schrei veranlaßt kamen der Gärtner und der Verwalter und waren baß erstaunt, und der Gärtner machte der Dame in unzweideutiger Weise Vorwürfe, daß sie ihm alle Blumen von dem anderen Grabe abgerupft hätte und sagte, jetzt wüßte er es auch, daß kein anderer als sie ihm das Wasser aus seiner Gießkanne unten den Rockkragen geschüttet hätte.

Frau Rat freute sich sehr über die Verwechslung, ganz besonders, als die weniger ältere Dame sagte: »Sie dreister Mensch, solch eine lächerliche Beschuldigung ist mir in meinem ganzen Leben noch nicht vorgekommen.« Da sagte der Verwalter: »Darf ich mir vielleicht die Frage erlauben, ob Sie etwa hier beerdigt sind«, mit welcher Bemerkung er dem wahren Sachverhalt schon ziemlich nahe kam. »Unerhört«, sagte die weniger ältere Dame, »meiner Freundin wird hier ein Kranz aus der Hand geweht, und wie wir ihn zurückholen wollen, wird er wie von einer magischen Gewalt festgehalten. Und da kommt dieser Mensch und will uns verhöhnen«. – »Der Kranz wurde festgehalten«, sagte der Gärtner, »lächerlich, das werden wir gleich haben«. Als er sich aber anschickte, den Kranz hochzuheben, wurde er im Gegenteil mit aller Wucht nach vorn gezogen. Er riß mit aller Kraft zurück, und plötzlich ließ der Gegenzug nach, so daß er mit voller Wucht auf den Rücken fiel. Da sagte der Verwalter: »Nach allem Anschein glaube ich sagen zu dürfen, daß hier etwas Besonderes los ist und fühle mich daher veranlaßt, den Friedhof bis auf weiteres zu schließen.«

Die Besucher wurden nun hinausgewiesen, und während sich neue mit Gaben für ihre Angehörigen vor den Kirchhofseingängen sammelten, sammelte Frau Rat mit dem Tuet systematisch alle Kränze vom gesamten Friedhof auf ihr Grab. Sie hatte die ganze Nacht damit zu tun, und als man am nächsten Morgen die Besucher wieder hereinließ, bot sich ihnen ein trauriges Bild. Während der ganze Friedhof kahl war, war eine großartige Pracht rund um den Grabhügel der Frau Rat aufgehäuft.

Der Herr Rat wurde sofort von diesem Geschehnis verständigt, und er sagte, seine Frau Gemahlin, Gott hab sie selig, wäre schon zu ihren Lebzeiten ein wenig mißgünstig gewesen, und er könne sich durchaus vorstellen, daß sie nach ihrem Tode die für andere bestimmten Ehrungen für sich selbst einsammeln – tut –. Die gewählten Vertreter der Stadt wurden darauf zu einer außerordentlichen Versammlung einberufen und bestimmten, daß durch außerordentliche Notstandsarbeiter die Kränze an ihre Bestimmungsstätten zurückzutragen seien. Dies geschah, und es hatten zehn Arbeiter den ganzen Tag mit Ausnahme der Frühstücks-, Mittags- und Kaffeepausen zu tun, um mit Hilfe von einem Rechtsanwalt, fünf Friedhofsbeamten und zwanzig Sachverständigen die Kränze zurückzubringen. Der Rechtsanwalt erhob gegen Unbekannt Klagen wegen Sachbeschädigung, Körperverletzung, Widerstand gegen die Staatsgewalt, groben Unfugs, öffentlicher Ungebühr usw. usw. und am Abend sah der Friedhof wieder normal aus.

Am nächsten Morgen aber waren sämtliche Kränze wieder um das Grab der Frau Rat gesammelt worden. Dieses Mal waren sogar etwa fünfzig Bänke zur Besichtigung rundum aufgestellt und etwa zehn lebensgroße Marmorstatuen herbeigeschafft worden.

Am nächsten Morgen fand daher eine außerordentliche Notversammlung im Rathaus statt. Denn schließlich, wer wollte noch sterben, wenn er gewärtig sein mußte, daß ihm auf dem Friedhof sämtliche Kränze weggenommen würden. Schon jetzt lebten Kranke, die nach ärztlichem Ermessen längst hätten tot sein müssen, und zeigten sogar alle Zeichen der Besserung. Die Stadt wurde auf diese

Weise überaltert, zumal da die werdenden Mütter sich weigerten, ihre Kinder zur Welt zu bringen, solange das Unwesen auf dem Friedhof raste.

Hier mußte baldige Abhilfe geleistet werden. Zunächst wurde nun Herr Rat in Schutzhaft genommen. Darauf wurde eine Konkurrenz ausgeschrieben zur Erreichung des besten Mittels zur Beseitigung des Übels, und schon nach einem halben Jahre waren über tausend Entwürfe eingelaufen. Eine Kommission von 500 Angestellten brauchte wiederum ein halbes Jahr, um den besten Entwurf preiszukrönen und inzwischen raste das Unwesen auf dem Friedhof, und die Sterbeziffer ging zurück und zurücker. Der neue Entwurf ging davon aus, den Geist an seiner Grabstelle unbedingt festzuhalten und womöglich durch giftige Gase abzutöten. Infolgedessen wurde um den Affenkäfig herum eine etwa zehn Zentimeter dicke Glashaut gelegt, in deren Innerem sämtliche bekannten Kriegsgase entwickelt wurden, während außen ein feinmaschiges Drahtnetz gespannt war, welches man an die Hochspannung angeschlossen hatte. In den nächsten Tagen sah man wieder auf allen Grabstätten Kränze, und es war ein lustiges Gewoge von zufriedenen Angehörigen mit Kränzen hin und her, die Sterbeziffer nahm wieder zu, und der Herr Oberbürgermeister war zum Oberstadtdirektor ernannt worden.

Der Entwurf hatte aber eine Gefahr in sich eingeschlossen. Die sich im Inneren entwickelnden Gase drückten nämlich mit immer stärker werdender Gewalt an die Innenseite der Glashaut, und eines Nachts wurde der Druck so groß, daß die Glashaut platzte. Durch den gewaltigen Luftdruck stürzten nicht nur die Mausoleen und das Verwaltungsgebäude des Friedhofs ein, sondern der Brand der Kränze und Holzkreuze auf dem Friedhof war sogar so groß, daß alle steinernen, gußeisernen und bronzenen Monumente und Gitter zu einem Nichts zerschmolzen. Auf dem Friedhof war jegliche Orientierung unmöglich, jedoch gab man sich allgemein dem beglückenden Gefühl hin, daß auch die Frau Rat mit dem Tuet in der Form eines Geistes diese gewaltige Explosion nicht habe überstehen können. In der nächsten Sitzung des Stadtparlamentes wurde es einstimmig abgelehnt, den Friedhof wieder aufzurichten, wie er gewesen war, zumal das unmöglich gewesen wäre, da alle Pläne mitverbrannt waren. Man beschloß daher zunächst, den ganzen **Friedhof einheitlich überzupflügen** und durch Wege senkrecht und waagerecht in gleiche Abteilungen zu teilen. Der Einfachheit halber wurden die Abteilungen wieder in gleich große Grabstätten eingeteilt, und auf jede einzelne Grabstelle genau das gleiche Einheitsdenkmal gesetzt. Darauf bekam jeder Bürger einen Platz zugewiesen, an dem er für seine Angehörigen Kränze niederzulegen hatte. Durch die einheitliche Aufteilung des Friedhofes aber war es so gut wie ausgeschlossen, daß jemals die richtige Stelle mit dem

Namen des Dahingeschiedenen bezeichnet war, und so stand dann auf dem Grabe eines vierzehnjährigen Jungen ›HIER LIEGT UNSERE TREUSORGENDE MUTTER‹ und auf dem eines Generals ›DEM KLEINEN ÄNNCHEN DAS KAFFEEKRÄNZCHEN‹. Kaum hatte der übliche Verkehr mit Kränzen und Blumen auf dem Friedhof wieder begonnen, als auch Frau Rat schon wieder begann, dieselben systematisch einzusammeln und an die Stelle zu bringen, wo ihre Leiche lagerte. Auf diese Weise fand man diesen Platz leicht wieder heraus, aber was nützte das? Der Magistrat sah jetzt ein, daß jeder Rücktransport der Kränze zwecklos war, aber man kam auf den Gedanken, die Frau Rat wieder auszugraben in der Annahme, daß das Gespenst an ihre Leiche geknüpft wäre. Man brachte sie deshalb in den Stadtwald, wo man sie unter einer Rosenhecke beisetzte. Tatsächlich hörte jetzt der Spuk auf dem Friedhof auf, um im Stadtpark zu beginnen. Die Leiche sammelte über ihrer Rosenhecke alle Blumen, die sie auftreiben konnte, um auf ihre Person aufmerksam zu machen. Darum beschloß man, sie auf ein Boot zu laden und den Fluß abwärts treiben zu lassen. Aber schon am nächsten Tage wurde die Leiche von den Bewohnern der abwärts gelegenen Ortschaften mit Dank wieder zurückgebracht, denn in der Nacht hatte sie sämtliche umliegenden Orte von Blumen kahlgepflückt, die sie zu einem Haufen auf ihrem Boote aufgestapelt hatte. Der Vorschlag wurde gemacht, die Leiche zu verbrennen, aber es bestand das Bedenken, daß sie sich dann in Form von Dampf über das ganze Land verbreiten und überall Schaden anrichten konnte.

Es gab keinen anderen Ausweg, als die Frau Rat mit dem Tuet, koste es, was es wolle, zu versöhnen, ihren den Tod überdauernden Ehrgeiz voll zu befriedigen. Infolgedessen wurde beschlossen, die Frau Rat mit dem Tuet unter den **größten** Feierlichkeiten auf dem Hauptplatze der Stadt beizusetzen, welcher den Namen Ratsplatz bekam. Acht Tage lang wurde in allen Häusern der Stadt ein großes Fest gefeiert: das Ratsfest. Acht Tage lang läuteten sämtliche Glocken, die Kirchenglocken, die Glockenblumen, die Kuhglocken. Acht Tage lang wurde auf sämtliche Gongs geschlagen, spielten sämtliche Musikkapellen, waren alle Radios auf full speed gesetzt, spielten alle Klaviere, blusen alle Trompeten, sangen alle Gesangvereine, spielten alle Grammophone, Handharmonikas, Orgeln, kreischten und johlten alle Kinder, und es war ein herzergreifender Lärm, der das Herz der Frau Rat ergreifen sollte. Acht Tage lang wurden sämtliche Vorräte der Stadt an Eß- und Trinkwaren auf großartigen Diners unter Musikbegleitung aufgegessen. Acht Tage lang waren sämtliche Einwohner der Stadt sinnlos betrunken.

Dann kam der erhabene Moment, an dem Frau Rat beigesetzt werden sollte. Der Herr Oberbürgermeister selbst hielt eine zwölfstundenlange Rede, die auf sämtliche Radios der ganzen Welt übertragen wurde, in der er die vorzüglichen Vorzüge der Frau Rat hervorzog. Darauf weinte die Stadt eine Stunde lang und das Geheul war so gewaltig, daß sich sämtliche Häuser verbogen. Auch die Hunde heulten ihre lautesten Töne.

Darauf wurde der Sarg versenkt und von dem gewaltigsten Denkmal aller Zeiten mit der Aufschrift: ›IHR‹. Ein Denkmal, das die Jahrtausende in seiner Schlichtheit und einfachen Größe sowie in seiner moralischen Haltung überdauern mußte. Rund um das Monument war die größte Blumenattrappe aller Zeiten angebracht. Das Fest wurde das Ratsfest genannt und sollte jedes Jahr in gleicher Pracht gefeiert werden. Zur Erinnerung für alle Zeiten aber wurden die Nasen der Senatoren vergoldet und die des Herrn Rat ohne Tuet sogar schwervergoldet. In Zukunft wurde es allen Frauen untersagt, einen Tuet zu tragen, denn dieses Recht wollte man inskünftig der verehrten Entschlafenen ein für alle Mal vorbehalten.

Und damit erreichte der Spuk sein Ende.

1930–1945

Mein Klavier

Als junger Student hatte ich noch kein Klavier, und wollte ich mal spielen, so ging ich zu Freunden, die eins hatten. Aber nichts ist für einen leidenschaftlichen Pianisten erfreulicher als der Besitz eines eigenen Klaviers. Man kann spielen, wann man will, ist unabhängig von der Kritik, kurz es ist ein Glück, ein eigenes Piano zu haben.

Da las ich in der Zeitung, daß ein wenig gebrauchtes Klavier billig irgendwo abzugeben wäre, und zwar wegen Todesfalls. Ich zog meinen besten Anzug an und begab mich zu der angegebenen Stelle. Da war tatsächlich eine entfernte Tante von außerhalb gestorben, und das Klavier stand da und leuchtete aus glänzenden Augen. Auf dem Klavier war eine Häkeldecke ausgebreitet, auf der mehrere Glasvasen mit versterbenden Blumen standen. An der Vorderwand über dem Maul des Klaviers war sinnig ein Beethovenkopf in hartgepreßtem Zustande angebracht. Das laute Pedal lahmte und links vorn war ein Fuß abgebrochen, so daß das ganze Klavier leicht kippte, wenn man beim Spielen nicht aufpaßte, aber kleine Schönheitsfehler stören einen großen Pianisten nicht.

Ich kaufte also das Klavier für fünf Guineas und ließ es für weitere zwei in meine möblierte Stube transportieren. Nun ist unsere Treppe steil, und beim Transport fiel es ungefähr sieben Stufen herunter. Das klang wundervoll wie eine große Windharfe beim Sturm, und der zweite linke Fuß war ab. Darum stellten wir es auf einen Backstein, weil es sonst immer schief stand. Sie ahnen es nicht, wie mir war, als das Klavier plötzlich in meinem Zimmer stand, lockend wie ein junges Mädchen zwischen den Wedeln einer getrockneten Palme und einem Ziertischchen mit den Fotos von Filmsternen und Landesoberhäuptern. Ich wartete, bis ich meine Hausgenossen um das Piano scharte. Da hielt ich eine kurze Ansprache über das Leben sowie den Wert des Pianospielens, über den Nutzen von Klavieren im Haushalt, über Musik im allgemeinen und Hygiene in der Komposition und lobte den reinen Klang meines Instrumentes.

Die Erwartung meiner Freunde wuchs, daß ich endlich die Töne auslösen würde, indem ich mich auf den roten drehbaren Plüschsessel setzte. Ich setzte mich mit der dem Augenblick gebührenden Würde nieder und räusperte mich, aber wer hoch hinaufgeschraubt ist, kann tief fallen. Der Sitz des Plüschsessels war wohl zu hoch hinaufgeschraubt und brach unter mir ab. Im Fall hielt ich mich wie ein Ertrinkender an dem platten Beethovenkopf, wodurch ich erreichte, daß der spröde Beethoven absprang. Das schlug der Erwartung meiner Hausgenossen den Boden aus. Man hob mich auf, setzte mich auf den wieder zusammengeschraubten Sessel, hängte den platten Beethovenkopf auf die kleinen zurückgebliebenen Vorsprünge, öffnete den Tastendeckel und legte meine beiden Hände sanft auf die Tasten nieder.

Wie mit einem plötzlichen Entschluß schüttelte ich meine Haare, dann ließ ich mit einem vollen Akkord meine beiden Hände von oben mit Wucht auf die Tasten niederfallen. Aber dabei fiel auch der platte Beethovenkopf wieder herunter und traf mit seiner scharfen Unterkante meine beiden Hände so unglücklich, daß ich laut aufsprang. Man flößte mir kaltes Wasser ein und benetzte meine Stirn mit Essig, und bald konnte ich den Beethoven wieder aufhängen, um mit dem Spiel zu beginnen. Nun wird der Mensch durch Erfahrung nicht dümmer, und so spielte ich leise, weil ich die Gefahr Beethovens kannte. Ich holte die Töne aus den Tiefen heraus, jedoch leider waren sie heiser. Erst später bemerkte ich, daß dieses wenig gebrauchte Piano ein guter Barometer war. Ein Fachmann erklärte mir, daß es an einer feuchten Wand gestanden hatte, wodurch die Saiten verrostet gewesen waren. Man hatte die Saiten deshalb mit Schmirgelpapier entrostet, wodurch dieser heisere bellende Klang entstanden war, der bald bei schlechtem, bald bei gutem Wetter auftrat, genau wie der Rheumatismus im Arme des Rheumatikers, der erscheint, wenn sich das Wetter ändert oder bleibt, wie es ist.

Bis dahin war mein Klavier allright, aber es hatte auch seine Mucken. Durch die Feuchtigkeit nämlich waren die Hämmer leicht in Unordnung geraten. Bekanntlich besteht ein Ton im Klavier aus einem Hammer und einer oder mehreren Saiten. Der Hammer wiederum besteht aus Stiel und Kopf, der Stiel aus zwei Teilen, die ineinander geleimt sind, und dieser Leim war scheinbar weich geworden, so daß der Hammerkopf wie eine Ente watschelte; aber nicht immer. Wenn ich nämlich auf dem Piano piano spielte, traf der Hammer, ohne zu watscheln, die Saite, die er treffen sollte. Beim Mezzoforte traf er infolge der Rasanz einen halben Ton zu hoch, bei Fortissimo einen ganzen. Wenn ich nun Wert darauf legte, einen bestimmten Ton zu treffen, so mußte ich beim Mezzoforte einen halben und bei Fortissimo einen ganzen Ton zu tief anschlagen.

Bis dahin nun war das Spiel nicht zu schwierig. Aber einige Hammerköpfe waren durch die Feuchtigkeit aus ihrer Form geraten. Solch ein Hammerkopf besteht nämlich aus einem gebogenen Filzstreifen aus Pappe, der mit seinem Ende zum Anfang zurückkommt. Bei einigen dieser Köpfe war nun das Ende losgeweicht, wodurch diese Köpfe in ihrer Funktion angelhakenähnlich geworden waren. Spielte ich leise, so war es allright, bei lautem Spiel aber verhakten sich oft die betreffenden Hammerköpfe hinter den Saiten, wodurch unnötige Pausen eintraten, weil ich dann aufstehen mußte, um die Hämmer wieder zurückzuholen. Meistens fiel dann, wie es gar nicht anders kommen konnte, der platte Beethoven auf die Tasten. Man kann sich denken, daß dabei kein flüssiges Spiel entstehen konnte, weil ich doch den platten Beethoven wieder aufhängen mußte. Man tut eben, was man kann.

Bis dahin war nun alles sozusagen in guter Ordnung, aber einige Elfenbeintasten waren durch die Feuchtigkeit stark gequollen. Elfenbein pflegt nämlich leicht etwas zu quellen. Ich stehe sogar nicht allein auf dem Standpunkt, daß der Grund dafür, weshalb der Elefant zwei so große Zähne hat, im Quellen des Elfenbeins zu finden ist. Ich selber war Zeuge, daß ein mittelgroßer Elefant im Zoo, nachdem er zwölf Weihnachtsbäume aufgegessen hatte, zwanzig Eimer Wasser aussoff. Das tat das schlaue Tier nur, damit ihm die Stoßzähne aus seinem Flotzmaul hervorquellen sollten. Nun waren die Tasten bei meinem Klavier so gequollen, daß meistens die eine zwischen den beiden anderen unten liegenblieb. Da aber Tasten nur spielen, wenn sie vorher oben waren, so blieb mir nichts anderes übrig, als das Klavier unter seine Kinnlade zu treten, um die Tasten hochzuschmettern. Wenn dann, wie gewöhnlich, der platte Beethoven herunterfiel, und zwölf Hämmer hinter den Saiten steckengeblieben waren, dann kam es vor, daß ich einen Fluch ausstieß und eine halbe Stunde an die Luft ging. So geschah es auch, als ich in Anwesenheit meiner Freunde und Hausgenossen das Klavier einweihte, und ich fand bei ihnen volles Verständnis.

1930–1945

Die Buche im Gewitter

Sie kennen doch sicher die große Buche, ich meine die Buche im Tiergarten, die große Buche, deren Zweige weittragend herunterhängen zur Erde, die Kinder spielten immer darauf, Sie wissen doch, wie ein richtiger Affenbaum, wirklich, wie war sie schön, diese große Buche. Sie kennen sie nicht? Sicherlich kennen Sie sie, die kennt ein jeder, der größte, älteste, stärkste, bedeutendste Baum Deutschlands, wie aus den Zeiten der alten Germanen, erinnernd an die Kreuzzüge, Ritterturniere, die ersten Eisenbahnen und lenkbaren Luftschiffe. Wer sie einmal gesehen hat, kennt sie und wer sie kennt, liebt sie und wer sie liebt, sagt: »Diese Buche oder keine Buche, wenn diese Buche einmal nicht mehr sein sollte, soll überhaupt keine Buche mehr sein. Oder ich will nicht mehr sein.«

Und was denken Sie, neulich war doch ein ganz schweres Gewitter, ein Gewitter wie ein richtiges Donnerwetter, Blitz folgte auf Donner und Donner auf Blitz. Wo der einschlägt, da hats aber eingeschlagen, da wächst kein Gras mehr, da ist alles zu spät; ich habe gezittert um die Buche, gebangt und gebebt, wenn der Blitz da wohl einschlagen sollte, und dann dieses Gewitter, dieses Gewitter! Lieber hätte mich der Schlag treffen sollen, als der Blitz diese Buche, dieses Prachtexemplar! Aber was nützt alles Bangen und Beben, wenn's dauernd kracht und dauernd blitzt.

1940–1945

Gepflogenheiten der Ausgestoßenen

Sie waren zusammengekommen. Nicht aus eigenem Entschluß, sondern man hatte sie geholt, hierher, dorther, diesen und jenen. Soldaten mit Bajonetten hatten sie geholt, meist aus ihren Betten, um zu vermeiden, daß sie auf ihrem Transport belästigt würden. Man hatte ihnen 10 Minuten Zeit gegeben, um zu packen, was sie mitnehmen wollten, und hatte ihnen versprochen, sie würden es ganz bequem haben. So waren sie in das große Lager geschafft worden, und dort waren sie abends angekommen, nach einer heißen, trockenen Reise in der Mittagshitze, denn es war ein langer Weg gewesen.

Sie kannten einander nicht, sie wußten nicht, wohin sie gekommen waren, sie waren hungrig und durstig.

Abends ist es dunkel, und in der Fabrik, die ihnen zum Aufenthalt bestimmt war, gab es kein Licht, dafür aber waren die Fenster schwarz angestrichen, damit nicht etwa am Tage die Sonnenstrahlen hereinschienen, sich drinnen sammeln konnten, und etwa abends gesammelt wieder hinausströmten, um den Fliegern der Feinde zu verraten, daß dort ein Haus mit Bomben belegt werden mußte. Wer weiß, wie proper diese Fabrik mit dem ausströmenden gesammelten Sonnenlicht von oben ausgesehen haben mochte.

So standen sie nun in der leeren Maschinenhalle, aus der man die Maschinen entfernt hatte, und waren hungrig. Es gab aber keine Küche und kein Essen und Trinken, weil es noch keine Küche gab. Soldaten mit Rohrstöcken in den Händen, Sergeanten mit Gummiknüppeln wiesen ihnen eine Ecke an, in der sie Aufstellung nehmen sollten, wie sie kamen, einer nach dem anderen. »Machen Sie es sich bequem!« sagte ein freundlicher Sergeant und deutete auf den Fußboden, der mit Schmutz und Abfällen ausgestattet war, denn Stühle, Tische oder gar Betten fehlten. Der Saal war leer, und nur gefüllt mit Menschen, alles Männer, die von ihren Frauen, ihrer Familie, ihren Wohnungen entfernt waren, einer ungewissen Zukunft entgegen, weil ... ja, was ist eigentlich der Grund gewesen?

Man hatte ihnen keinen Grund gesagt, als man sie geholt hatte, man hatte nur gesagt, sie würden es durchaus bequem haben, und es wäre nur für kurze Zeit, und eine verständliche Maßnahme. Das Land war ja angegriffen worden und befand sich in einem Kampf auf Leben und Tod. Und es gab zu viele Spione in der Welt, und daß sie Emigranten jenes feindlichen Landes waren, das verursachte zwar die Versicherung, daß sie es angenehm haben sollten, aber weiter nichts. Menschen bleiben Menschen, und wenn einer durch Geburt dem feindlichen Volk angehört, so ist er als Feind zu betrachten, wenn er auch aus jenem feindlichen Land geflohen war, weil er dort nicht hatte leben können.

Als er seinerzeit die Gastfreundschaft hier oben aufgesucht hatte, damals war er freundlich empfangen worden, denn man ist doch gastfreundlich und hilfsbereit, besonders gegenüber Landflüchtigen, man hatte ihm jede Unterstützung versprochen und ihm angedeutet, er würde in Wort, Schrift und Tat hier frei gegen sein ehemaliges Vaterland kämpfen können, man ehre seine Überzeugung. Nicht jeder hatte von diesem freundlichen Anerbieten Gebrauch gemacht. Es gab ja auch Flüchtlinge, die gern in Ruhe leben wollten, nichts weiter.

Es gibt ja immer noch Menschen, die nicht politisch sind, Menschen, die irgendeine bürgerliche Arbeit verrichten und so wenig politisch sind, daß sie nichts weiter wollen, als diese Arbeit fortsetzen. So waren die meisten, Hochschulprofessoren, Lehrer, Studenten, Handwerker, Auktionatoren, ja sogar ein Löwenbändiger. Manche hatten eine abenteuerliche, ungeheuerliche Flucht hinter sich, manche waren in den Erziehungslagern ihres Vaterlandes gewesen und hatten dort kennengelernt, was es heißt, wenn man als verdächtig bezeichnet wird. Viele hatten es mit ihrer Gesundheit büßen müssen, viele hatten ihre nächsten Verwandten oder Freunde sterben sehen in den Lagern ihrer Heimat, viele hatten ihre gesunden Glieder oder ihre Zähne eingebüßt, weil sie mißliebig gewesen waren.

Alle hatten alles verloren, was ihnen in der Heimat lieb und wert gewesen war, Haus, Güter, Freunde, alles.

Nun standen sie in dem leeren Maschinensaale, nachdem man sie nun auch von dem getrennt hatte, was ihnen in ihrem Gastlande lieb und teuer war, Wohnung, Arbeit, Frau.

1940–1945

Der Mann in der Maschine

Es war im Mai 1940. Der südliche Teil Norwegens war von Deutschen besetzt worden, um Belgien wurde erbittert gekämpft und um Narvik, das in deutschen Händen war, ebenfalls. Die Stadt Harstad war die Etappe der Alliierten, ein internationales Truppenlager, Polen, Franzosen, Engländer und Norweger. Merkwürdig bemalte Kriegsschiffe in großer Anzahl lagen im Hafen und breiteten einen dichten Rauch über den Ort aus, der einmal sehr schön gewesen sein mußte. Die Straßen waren voll von Offizieren und Soldaten, die mit Damen und Mädchen spazierengingen und sehr geschäftig waren. Schwere Autos in Kriegsbemalung, beladen mit Lasten oder Soldaten, fuhren geräuschvoll über die vom Schneewasser erweichte und durch die dauernde Benutzung beschädigte Straße einige hundert Kilometer weiter zur Front.

Bei Flugalarm suchten nur wenige Deckung, um bald wieder auf der Straße zu sein und dem Flugkampf zuzusehen, der sich über den Wolken abspielte. Meist hörte man nur unheimlich nah das Motorengeräusch, und wenn sich ein Flieger in einer Wolkenlücke zeigte, so eröffneten die Schiffsgeschütze ein gewaltiges Feuer, das über die Stadt Harstad dröhnte, und alle suchten nun Deckung wegen der Granatsplitter.

Da war noch jemand, der Deckung suchte, aber nicht vor den Granaten, sondern vor der englischen Polizei und den norwegischen Behörden, es war ein deutscher Fischaufkäufer. Als am neunten April die Deutschen Narvik besetzt hatten, war er mit vielen Koffern nach Harstad gereist und hatte sich dort privat einquartiert, weil das Grand Hotel Fliegerbomben mehr ausgesetzt war als private Häuser. Als die Engländer sämtliche Häuser für Truppen requirierten, wurde er mit Hilfe zweier Norwegerinnen mitten in der lebendigen Stadt untergebracht. Keiner achtete auf den stillen, freundlichen Mann, er lebte dort unbekannt, und niemand wäre auf den Gedanken gekommen, daß er irgend etwas beobachtete. Jedoch er sah alles und hörte alles, und seine beiden norwegischen Freundinnen leiteten seine Beobachtungen an die interessierten Stellen weiter.

Aber nichts ist so fein gesponnen, es kommt doch endlich an die Sonnen, und so wurde der Spion eines Tages entdeckt. Er zeigte sich äußerst verwundert, als bei ihm ein Auto vorfuhr mit einem höflichen deutschsprechenden Herrn, der sich als geheimer Polizeibeamter legitimierte und ihn verhaftete. Der freundliche Herr bot ihm eine Zigarette an und forderte ihn auf, unauffällig in sein

Auto zu steigen. Der Spion stieg ohne Weigern ein und wurde auf einer wunderbaren Fahrt mit Autos und Schiffen zum Gefängnis in Kabelvaag transportiert.

Es gehört dieses Gebiet zu den schönsten in Norwegen, jedoch konnte er vom Gefängnis aus wenig davon sehen. Er wartete nur, äußerlich ruhig, was mit ihm geschehen würde. Seine Koffer kamen bald nach, und er fand auch bald Gesellschaft in seiner Gefangenschaft, denn deutsche Flüchtlinge sowie verdächtige Norweger wurden in das gleiche Gefängnis gebracht, unter anderem kam auch die eine von den Norwegerinnen, die ihm in Harstad geholfen hatte, und man erzählte sich, er habe sie gern.

Zu dieser Zeit kam ich als deutscher Flüchtling mit anderen Flüchtlingen nach abenteuerlichen Erlebnissen nach Harstad. Wir wurden genau untersucht durch die englische und norwegische Polizei und durch die Militärverwaltung und wurden einstweilen in den Baracken, sozusagen einer Kaserne, einquartiert. Wir waren nicht gefangen, aber es wurde uns gesagt, man müsse aufpassen, denn man könne nie wissen, welche Art Teufelei die Deutschen in Norwegen vorhätten. Man erzählte uns, gerade heute wäre ein Spion verhaftet worden, und die Schwere seines Vergehens könne man noch nicht beurteilen. Dieser Spion wäre als einfacher Fischaufkäufer in vollkommen harmloser Weise nach Norwegen gekommen und habe sich dann als Spion betätigt. Infolgedessen mißtraue man allen Deutschen, ob sie nun Emigranten oder Fischaufkäufer wären, und daher müsse man leider unsere kleine Gesellschaft von sechs Flüchtlingen in Internierungshaft nehmen.

Inzwischen hatte man nun den Fall des wegen Spionage angezeigten Fischaufkäufers genauer untersucht und ihn infolgedessen in Einzelhaft genommen. Die norwegische Freundin wurde getrennt von ihm im gleichen Gefängnis untergebracht, so daß keinerlei Verbindung mehr zwischen ihnen bestand. Teilweise nahm der Spion die Einzelhaft sehr schwer auf, denn er ahnte, daß ihm etwas Schwerwiegendes zur Last gelegt wurde und daß er schwer dafür werde büßen müssen. Andererseits aber bedeutete es eine Erleichterung für ihn, denn er wurde von Anfang an von sämtlichen Mitgefangenen und Mitinternierten kalt behandelt, man antwortete nicht auf seine Fragen, und er fühlte es deutlich, daß sie ihn so behandelten, weil sie ihn als gefährlichen Spion betrachteten.

Wir sechs Flüchtlinge wurden damals auf Veranlassung des englischen Intelligence Service in dem wundervoll gelegenen und sehr gut eingerichteten Tourist Hotel in Sortland interniert, wo wir uns frei bewegen konnten, von allen freundlich behandelt wurden und so gutes und reichliches Essen erhielten, daß wir nicht mehr glaubten, Flüchtlinge zu sein. Denn allgemein ist das Leben der Flüchtlinge eine Last. Sie fliehen vor einem Feinde, der ihnen die Freiheit oder gar das Leben nehmen will, der ihnen, wie es uns in Norwegen geschehen war, auf den Hacken folgt und ihnen keine Ruhe läßt. Die einzelnen Boote, die uns vom südlichen Norwegen langsam nach Nordnorwegen gebracht hatten, waren vielen Gefahren ausgesetzt gewesen wie Minenfeldern, Beschießung durch Flieger, Unterseebooten, Festungskanonen, Mißtrauen der Bevölkerung in den Anlegeplätzen und sogar Beschießung durch Norweger. Andererseits hatten wir auch die größte Glückseligkeit erfahren, wenn die Bevölkerung die Schwere unserer Lage erkannte, uns aufmunterte, mit Essen und Zeug beschenkte und am Kai stand und winkte, wenn unser Boot weiterfuhr. An einer Anlegestelle bemerkten wir sogar, daß freundliche Menschen weinten, als wir weiterfuhren. Es geht eben im Leben des Flüchtlings auf und nieder, und hier im Tourist Hotel war für uns der Höhepunkt des Glücks.

Unser Glück dauerte aber nur eine Woche, dann kamen norwegische Flüchtlinge aus Narvik, die dort von dem deutschen Militär, der Besatzung, zu harter Arbeit herangeholt waren und nun außerordentlich böse auf alle Deutschen waren. Auf Veranlassung dieser Leute wurde unser Hotel durch bewaffnete Heimwehrsoldaten umstellt, und wir mußten innerhalb fünfzehn Minuten unsere Sachen zusammenpacken. Der Lensman entschuldigte sich, daß ihm keine Wahl bliebe, er müsse uns nach Kabelvaag schicken, wo wir interniert werden sollten. Er persönlich brachte uns zum Schiff, und wir fuhren in einer hellen Nacht durch den herrlichen Raftsund vorbei an gewaltigen Schneebergen, idyllischen Fjorden mit roten Häuschen im weißen Schnee, die unter gigantischen Felsen wie Kinderspielzeug aussahen, vorbei an schroffen Felswänden, dem vereisten Troldfjord, vorbei an grünenden Hängen und über ein aufgeregtes Meer, bis wir zum Schluß in Kabelvaag ankamen, wo der Spion in Einzelhaft im Gefängnis saß.

Wir wurden aber nicht im Gefängnis untergebracht, da wir ja Flüchtlinge waren. Ein freundlicher alter Herr namens Wicklund, Direktor der Haushaltungs- und Handwerkerschule, holte uns persönlich um drei Uhr nachts vom Boote ab und sagte, wir sollten in seiner Schule interniert werden und wir hätten das Vergnügen, dort die ersten Internierten zu sein. Die Schule war außerhalb des Ortes an der zackigen Meeresküste und so hoch, daß wir eine wundervolle Aussicht über die Berge auf die vielen Inseln bis zum Festlande nach Narvik hatten. Sie war nicht mit Draht umgeben, aber eine markierte Linie bezeichnete, wie weit wir uns von den Häusern entfernen durften. Das war nicht weit. Hinter der markierten Linie standen sechs Heimwehrsoldaten mit Gewehren, aber wie wir nachträglich erfuhren, sollen alle sechs zusammen nur eine Patrone gehabt haben. Über den Werksstellen der Handwerkerschule war der Turnsaal durch einen Tisch und zehn Betten als Schlafsaal hergerichtet worden, in den wir des Nachts eingeschlossen wurden und der eine Aussicht hatte, die man nur als klassisch bezeichnen konnte. In dieser hellen Nacht stand die Sonne schon hoch am Himmel und beleuchtete die Spitzen schneebedeckter Berge. Am nächsten Tage wurde durch etwa zehn Arbeiter ein Zaun aus Maschendraht um unser kleines Paradies herum aufgerichtet, während wir den Platz innerhalb des Drahtzaunes von Schnee säuberten. Wir erfreuten uns an der klassisch schönen Umgebung rundherum und hatten ein großes Vergnügen, in der Tischlerei, die zum Lager gehörte, zu arbeiten. Die Tischlerei enthielt alle notwendigen Handwerkszeuge und Maschinen zur Herstellung von Studienarbeiten für die Schüler der Volkshochschule Kabelvaag. Wir wurden reichlich mit Material versehen und durften sämtliche Werkzeuge benutzen. Man warnte uns nur vor der Kreissäge, die dreihunterundfünfzig Umdrehungen machte und daher äußerst gefährlich war. Bisher aber war in dieser Tischlerei mit der Säge noch nichts passiert; in anderen hätten sich Leute, die damit arbeiteten, oft die Finger oder gar die ganze Hand damit abgeschnitten. Abends, als es kalt wurde, schnitt ich an der gefährlichen Maschine Brennholz, und ich war erstaunt, wie schnell sie einen dicken Holzklotz zersägte, zwar nicht ganz sauber, aber schnell. Maschine bleibt eben Maschine.

Am nächsten Tage hatten wir uns schon gut eingelebt und fühlten uns in der Tischlerei beinahe zu Hause. Unser neuer Sport war Tischlerarbeiten zu machen, und wir bedienten die Kreissäge vorsichtig, aber ohne Furcht, und sie leistete großartige Arbeit.

Nach dem Abendessen erzählte uns Herr Wicklund, wir würden heute noch neue Kameraden erhalten, es wären alles freundliche und nette Menschen, die interniert wären, weil sie Ausländer waren. Zur Zeit warteten sie im Gefängnis Kabelvaag, bis das Lager fertig war. Mit gewissem Mißtrauen erwarteten wir den neuen Transport neugierig, nicht aber ohne Furcht, denn ein einziger Gegner von uns Flüchtlingen konnte uns das Leben zur Hölle machen. Wenige Minuten darauf kamen dreizehn Internierte aus dem Gefängnis und aßen zu Abend im Speisesaal des Hauptschulgebäudes. Zwei von uns gingen nach dem Abendessen zu ihnen, um sie kennenzulernen und von ihnen die neuesten Nachrichten zu hören, denn wir hatten weder Zeitungen noch Radio. Ich zählte nur zwölf statt dreizehn, das war eine bunt gemischte Gesellschaft, Damen und Herren, jünger und älter, und es waren sogar drei Kinder dabei. Nach wenigen Minuten waren wir mit allen vertaut und stellten fest, daß wir trotz aller Gegensätze gut zueinander paßten. Da waren zwei Ärzte, ein Schlosser, eine Bürodame, ein

Schriftsteller und der Bildhauer Müller-Bensdorff; eine wirklich gemischte Gesellschaft. Als ich nach dem dreizehnten fragte, sagte man mir, es wäre ein gefährlicher Mann, der im Gefängnis als Spion in Einzelhaft gesessen hätte. Man hätte auch seine Braut verhaftet. Anfänglich wäre er weniger verdächtig gewesen, aber er wäre durch die Aussagen der Braut außerordentlich belastet. Man wüßte den Grund nicht recht, weshalb er nun mit den Internierten hierher geschickt wäre, da doch der Makel eines Spions auf ihm laste. Die neuen Internierten sagten mir ohne Ausnahme, daß ihr Mißtrauen eher größer als kleiner geworden wäre, zumal da er sich sehr zurückgehalten habe. Auf der Fahrt vom Gefängnis hierher habe er nur eine Äußerung getan: »Hier ist es sehr schön.« Was konnte sich alles hinter einer so allgemeinen Äußerung verstecken? Jedenfalls war es ein Mann, der irgendetwas verbergen wollte, und daher war es besser, nicht mit ihm zu sprechen, es konnte für uns alle gefährlich werden.

Als ich nun in unseren Schlafsaal ging, fand ich diesen verdächtigen Herrn. Ich sah ihn zum ersten Mal. Unser Kamerad Lippert, ein Tscheche, redete mit vielen Worten auf ihn ein, er aber antwortete nur: »Es ist hier sehr schön, man muß sich nur erst gewöhnen.« Als ich ihn fragte, ob er nicht zum Abendessen gehen wollte, antwortete er, er brauche heute nicht zu essen. Darauf trat er ans Fenster, zeigte hinaus auf den kleinen Hafen und sagte wieder: »Hier ist es sehr schön.«

Was sollte ich mit dem neuen Internierten, den ich wegen seiner tragischen Stimmung bedauerte, anfangen? Es lag etwas von Ruhe und Abgeklärtheit in dieser Tragik, und ich ließ ihn besser allein. Auf dem Hof zwischen den beiden Gebäuden schlossen die alten Internierten mit den neuen bald Freundschaft, und wir alle waren der Ansicht, daß der neue Herr nicht zu uns gehörte. Als wir auf dem vom Schnee befreiten Rasenfleck Dritten abschlagen spielten, stand der neue Gast oben am Fenster des Schlafsaals und betrachtete uns. Ich stieg noch einmal zu ihm hinauf und fragte ihn, ob er sich zum Philosophen ausbilden wolle, und er sagte, dahin gelangte man allmählich durch die Verhältnisse. Nachts schlief er in dem Bette zu Füßen meines Bettes. Er hatte die Decken mit sauberen weißen Leinen überzogen, hatte ein gutes, weißes Kissen ausgepackt und einen violetten Pyjama angezogen. Neben dem Bett standen sorgfältig aneinandergereiht seine großen Koffer, ausgerichtet wie Soldaten, und ich glaube zu erinnern, daß es zehn Stück waren. In der Nacht sah ich ihn aufstehen und einen Spaziergang auf dem Hof machen. Am nächsten Morgen war ich früh auf, um die Wege um das Haus herum zu harken. Gegen acht Uhr versuchte ich, eine Tasse Kaffee zu kriegen, und da stand der fremde Herr plötzlich hinter mir und sagte; jetzt habe er auch Kaffeedurst. Wir bekamen aber keinen Kaffee vor neun, und so ging ich in die Werksstelle, um an einer abstrakten Plastik zu arbeiten. Hinter mir arbeitete ein Tischler an der Kreissäge. Plötzlich stand der unheimliche neue Herr wieder hinter mir und sah mir bei der Arbeit zu. Ich hörte einen Augenblick auf und sah ihn an, da stand er und betrachtete den Arbeiter, der ein großes Brett in der Kreissäge zerteilte. Dann fragte er mich: »Was machen Sie eigentlich da, wenn ich fragen darf.« Ich sagte: »Was ich hier mache, ist eine abstrakte Komposition, man nennt es in Deutschland entartete Kunst.« »Verstehe«, war seine Antwort, und ich arbeitete weiter, ohne auf ihn weiter zu achten.

Und plötzlich merkte ich, daß irgendetwas geschehen sein mußte. Ich hatte weder etwas gesehen noch gehört, aber ich hatte das deutliche Gefühl, daß etwas Außergewöhnliches geschehen war. Es war wie eine Schwere, die ich instinktiv ahnte. Ich hörte, wie jemand aus dem Raume hinausging, das war der Leiter der Tischlerabteilung gewesen, und ich fürchtete mich fast, mich nach dem Grunde des schweren Gefühls umzusehen. Es war Totenstille. Da drehte ich mich um und hatte einen schauerlichen Anblick. An der Kreissäge stand krampfhaft aufgereckt der unheimliche Neue, klammerte sich mit beiden Händen fest an das Gestell, seine gerade Haltung war etwas nach hinten übergelehnt, und oben auf seinem Kopfe strömte ein dicker Strahl Blut in hohem Bogen heraus. Ich nahm mich seiner sofort an und mußte jeden Finger einzeln von der Tischplatte abheben, um ihn zunächst wenigstens hinlegen zu können. Ich wußte nicht, ob der Mann tot war oder noch lebte, und rief schnell den Arzt, der mit uns interniert war, um Hilfe. Der aber sagte, es täte ihm leid, keine Arbeit leisten zu können, solange er interniert wäre. Ich ging wieder zu dem Spion zurück, er lag noch in gleicher Stellung, und um ihn herum war eine riesige Blutlache. Mir schien, daß man ihm doch nicht mehr helfen konnte, und Herr Wicklund sagte mir außerdem, daß man nichts mehr berühren dürfe, bevor die Polizei alles aufgenommen habe. Ich hatte das Gefühl des Grauens und des Ekels und so ging ich in den Schlafsaal und wusch mir die Hände und entfernte die Bluttropfen von meinem Anzug. Nach einiger Zeit kam die Polizei, es wurde alles aufgeschrieben, ich war der Hauptzeuge, der Mann wurde von allen Seiten fotografiert, die Kreissäge wurde abgestellt, und das ganze Verfahren dauerte sehr lange. Dann ging ich zurück in den Schlafsaal, da lag der violette Pyjama sauber zusammengefaltet auf dem Bett, das sehr ordentlich gemacht war. Neben dem Bett standen die zehn Koffer und waren wie Soldaten ausgerichtet, und Herr Wicklund sagte mir, es wäre verboten, über die ganze Angelegenheit zu sprechen, da es die Braut nicht erfahren dürfe.

1940–1945

Was ist das Glück?

Wer kann es sagen, was ist das Glück? –

Die Geschichte liegt weit zurück. Es war zu der Zeit, als es noch einen Himmel gab, in dem die Seelen guter Menschen als Engel promenierten. Sie waren weiß gekleidet und hatten lange Schwingen, und flogen, oder besser gesagt, schwebten, wenn sie ihre Schwingen benutzten, von Blume zu Blume. Keine Bombenlast behinderte diese Flugzeuge, die nicht als Feinde, sondern als Freunde kamen. Ihre Seelen waren gleichgerichtet, und ihr Ziel war das Glück.

Oft flogen sie auf den Rand eines großen Wasserbeckens, dessen Wasser mit weißen Schwänen bevölkert war, und diskutierten über das Thema ›Glück‹. Sie saßen dabei auf der marmornen Umrandung und ließen die Füße zur Kühlung hinab ins Wasser hängen, während Goldfische sie an den Beinen streichelten. Eine bunt beleuchtete Fontäne in der Mitte des Beckens wechselte ununterbrochen in den schönsten Farben, und eine Reihe von rund um das Becken aufgestellten Windharfen hauchten Choräle in den Äther.

Plötzlich erhob sich ein rosa gekleideter Engel auf die Zehenspitzen und rief: »Es gibt kein Glück!« Daraufhin wurden drei andere Engel purpurrot und sagten unisono: »Es gibt Glück in der Seele der Menschen, und diese Menschen haben so viel Glück, als sie in ihrer Seele bei sich führen.« – Und wieder sagte der rosa Engel: »Es gibt kein Glück!«

Jetzt wurde plötzlich ein Engel hellgrün, weil grün die Hoffnung ist, flog auf und sagte: »Ich fliege zur Erde und will es feststellen, daß es ein Glück gibt, denn es gibt ein Glück. Ich will es suchen, das Glück, und wenn ich es gefunden habe, sage ich euch Engeln, wo es ist, das Glück.«

Mit 3 bis 4 sanften Flügelschlägen schwebte der grünliche Engel über den Rand des Himmels hinab und näherte sich der Erdkugel. Dort raste gerade ein Weltkrieg. Tausende von zehnmotorigen Flugzeugen schwebten in der Luft genau wie der Engel. Aber während der grünliche Engel Blumen auf die Erde warf, warfen die Flugzeuge hochexplosive Bomben und Brandbomben. Als sie den Engel sahen, eröffneten sie gegen ihn Mitrailleusen- und Maschinengewehrfeuer. Aber alle Petarden und Granatsplitter prallten von seiner grünlichen Hülle ab. »Merkwürdig«, dachte der Engel, als er die Flugzeuge sah, »daß die Engel auf Erden mit Motoren getrieben werden!« Die Motoren summten miteinander ein Konzert, in dem die platzenden Bomben die Paukenschläge und das Schießen der Maschinengewehre die Trommelwirbel waren. Großstädte brannten und zerfielen in verkohlte Steine, Flammen und Rauch stiegen zum Himmel und hüllten den grünlichen Engel ein mit bitteren Schwaden. Gasdämpfe betäubten ihn, und er landete zwischen Hunderttausenden von Toten und sterbenden Soldaten, die der Krieg soeben niedergemäht hatte.

Ein blinder Soldat, dem beide Beine abgeschossen waren, reckte vor Schmerz beide Arme hoch in die Lüfte und begann in nächster Nähe des grünlichen Engels einen Choral rückwärts zu singen. Da fragte der Engel: »Du fühlst dich wohl glücklich, Bruder?« Und da heulte er auf und schrie: »Es ist ein Glück, jetzt sterben zu können, aber glücklich bin ich nicht. Suche das Glück hinter der Front, meine Kameraden in der Etappe, die sind wohl glücklich.« Mit diesen Worten verschied der blinde Soldat ohne Beine.

Der Engel aber sah rund um sich und so viel Elend. Verbrannt, vergiftet, verstümmelt hockten die Soldaten umher und warteten auf die Geschosse, die ihre Qualen enden würden. »Wir fluchen dem, der diesen Krieg über uns gebracht hat«, rief eine grelle Stimme. – »Es kann keinen guten Gott geben«, sagte der Zweite, »denn wie könnte der dieses Unglück mit ansehen!« – »Es ist Gott, der dieses Unglück über die Menschen gebracht hat, um sie glücklich zu machen!«, sagte mit brechender Stimme ein Feldprediger. – »Du hast recht«, sagte der Engel zu ihm, »aber du kannst doch Unglück nicht Glück nennen. Wo ist das Glück?« Aber der Feldprediger war inzwischen schon gestorben und konnte nicht mehr antworten. Und weitere Hunderte, Tausende, Hunderttausende von Soldaten starben rund umher oder wurden grausam verstümmelt. Da wurde es dem Engel klar, daß er das Glück wohl schwerlich hier suchen konnte, und so setzte er seinen Weg zur Etappe fort, vorbei an Massengräbern, zerstörten Kirchen, zerwühlten Friedhöfen, brennenden Krankenhäusern und Tanks, die in eiliger Fahrt an ihm vorbei an die Front fuhren, um dort die Soldaten des gegnerischen Heeres mit Flammen zu vernichten, die sie gegen sie schleuderten. – »Und doch gibt es ein Glück«, sagte der grünliche Engel, und setzte seine Wanderung fort. In der Etappe angekommen, sah er eine große Parade. Mit prasselnden Schritten marschierten in Reihen ausgerichtete Soldaten an ihren Vorgesetzten vorbei, die mit mißgünstigen Blicken die kleinsten Fehler in der Uniform der Parade kritisch zu erforschen suchten. Befehle donnerten, Beine schlenkerten, Blicke rasten, und der Verstand der Soldaten wurde zwischen Löschpapier geplättet. Jeder Vorgesetzte war zugleich Herr und Knecht, die Soldaten waren Sklaven, Sklaven einer Idee, die man in dem Wort ›Vaterland‹ versucht hat, zu kristallisieren. Der grünliche Engel versuchte mit leichtem Flügelwippen mitzumarschieren, aber er konnte ohne Lüfte nicht die gleichmäßige Sicherheit der Kolonne erreichen, und so dachte er, die müssen wohl glücklich sein, daß sie so schön marschieren können. Er fragte den nächsten Soldaten, ob er glücklich wäre. »Halts Maul!« preßte der zwischen den Zähnen hervor. Der Engel begriff nicht, weshalb er das Maul halten sollte und fragte wieder. Der Soldat antwortete nicht mehr. Der General aber sagte plötzlich: »Das Ganze halt!« Er donnerte es in die Welt hinaus, und alle standen plötzlich wie Laternenpfähle. »Was für ein idiotisches Frauenzimmer marschiert denn da in unseren Reihen mit?« fragte der General. Alle wandten sich gegen den Engel, und der Major sagte: »Vortreten, das Weib!« Da sagte der Hauptmann: »Flügel runter!« – Der Engel aber kannte keine Disziplin und erhob sich leicht in die Lüfte und schwebte dicht über den Köpfen der Soldaten und des Generals in Richtung des Hinterlandes. Der General degradierte daraufhin den Major, der Major den Hauptmann, der Hauptmann den Leutnant usw., und die Soldaten wurden vom Unteroffizier verurteilt, 24 Stunden auf einem Bein zu stehen zur Strafe dafür, daß der Engel versucht hatte, ohne Uniform mit ihnen in der Parade mitzumarschieren. Der Engel aber dachte: »Hier ist das Glück wohl nicht zu suchen.« –

1945

Der Mann mit der gläsernen Nase

Es war einmal ein Mann, der hatte eine Nase aus Glas. Daß er es nicht bemerkte, und daß die anderen es nicht wußten, verdankte er nur dem Umstande, daß diese gläserne Nase vollständig mit Haut überzogen war, wie eine gewöhnliche Nase aussah und bei Erkältungen sowie in anderen Lebensumständen wie eine gewöhnliche Nase funktionierte. Dabei war sie ganz außergewöhnlich ungewöhnlich, und man bemerkte es mit der Zeit, daß eine kleine gläserne Spitze sich sozusagen oben auf der häutigen Nase zeigte. Es gibt Menschen, bei denen, wenn sie reifer, älter und klüger werden, die Haare beginnen abzunehmen, indem sich zunächst mitten auf dem Kopfe ein kleiner haarloser Platz zeigt, der dann blank und größer wird, bis das entsteht, was man eine Glatze nennt. So war es bei jenes Mannes Nase. Die die Nase überziehende Haut nämlich wurde einerseits allmählich dünner und wich andererseits mehr und mehr zurück, bis endlich die ganze Nase gläsern wie ein Kristall hervorleuchtete.

Das sah nicht dumm aus. Mitten im Gesicht glänzte und funkelte eine Nase, die die unwahrscheinlichsten Lichter und Farben reflektieren konnte und gebrochen die Gegenstände in grünlicher Ferne in buntem Gemenge durchscheinen ließ. Wohl ein jeder wünschte sich solch eine schöne, glänzende, sprühende Funkelglühnase, wie sie jener Mann hatte.

Eines Tages bemerkte jener Mann, daß er durchsichtige Dinge riechen konnte. Das war ganz außerordentlich. Denken Sie, wenn Sie zum Beispiel meine Gedanken oder die Gedanken eines anderen riechen könnten! Wie peinlich für uns! Wenn ich zum Beispiel jetzt riechen könnte, was Sie über diese Groteske denken, wie peinlich. Alle Geheimpolizisten würden sich solch eine Glasnase wünschen. Oder denken Sie nicht?

Jener Mann nun roch anfangs, als er seine neuen Fähigkeiten bemerkte, schüchtern wie ein junges Mädchen in die Welt hinein. Und wenn es zu sehr stank, hielt er sich seine gläserne Nase zu. Menschen mit gläsernen Nasen wissen, daß besonders Menschen oft nicht gut riechen, selbst die, die sich selbst für wohlriechend halten. Und selten erreichen selbst die wohlriechendsten unter den Menschen den Duft einer Rose. Welches junge Mädchen würde in angenehmer Herrengesellschaft wohl sagen: »Hier stinkts!« Und in gleicher Weise schluckte der Mann mit der gläsernen Nase die Summe der auf ihn einstürmenden Übelgerüche schamhaft hinunter. Als Ersatz für seine Leiden hatte er aber auch die Triumphe, die ein junges Mädchen oft wegen ihrer Schönheit feiert. Niemand würde zu einem glatzköpfigen fetten Manne sagen: »O nein, wie wundervoll ist Ihre Glatze heute mal wieder geputzt!«, während man gern zu jungen Mädchen sagt: »Sie sehen heute frisch aus, der Tau Ihrer Wimpern, die Flammen ihrer Lippen, das frische Grün des Baches Ihrer Augen, die Morgenröte Ihrer Wangen, wie sollte ich Worte finden, das alles zu beschreiben?« Und so pflegten die Leute zu diesem Manne zu sagen: »Nein, Erich, wie wundervoll heute wieder Ihre Nase schillert, Sie sind ja der reine Schiller; denn wer Schiller heißt, der muß auch schillern können. Wie ein Regenbogen enttropft es Ihrer Diamantnase! Ihre Nase sammelt alle Pracht des Regenbogens und alles Licht der Sonne und spendet sie verschwenderisch an alle Menschen weiter.« Dann pflegte Erich rot zu werden, und in diesem roten Leuchten wuchs der Kristall seiner grünlichen Nase ungeheuer.

Und nun denken Sie sich einmal in die Seele eines jungen Mädchens richtig hinein. Wenn ein Liebhaber zu viele Komplimente macht, findet sie ihn allmählich fade, und aus dem Liebhaber wird ein Liebgehabthaber. Zuerst ist sie vielleicht noch höflich und sagt: »Was halten Sie von Beethoven?«, wenn er dann aber unleidlich wird, beißt sie ihn weg und fragt: »Essen Sie gern Käse?«

Ähnlich ging es Erich. Die Komplimente wurden ihm bald über, zumal sie stanken, denn er konnte riechen, wie sie gemeint waren. Wenn da zum Beispiel jemand über das Diamantfeuer seiner klaren Kristallnase schwärmte, so konnte Erich riechen, daß er meinte: »Dieser eingebildete Tropf, wenn ich selbst solch einen schmutzigen Eiszapfen vom Gesicht tropfen hätte, würde ich meinen Kopf in die Hose stecken.« So etwas nur zu denken, ist unverschämt. Ein glatzköpfiger Fettwanst würde sich auch so etwas nicht bieten lassen. Er würde sagen: »Sie Blödling mit Ihrer fettriefenden Lauseperücke sollten mich lieber ungeschoren lassen! Jeder Esel denkt in einer kurzen Minute mehr, als Sie in Ihrem ganzen Leben zusammengenommen gedacht haben.«

1946

Schwandote

Der in Hannover wohlbekannte ›Kunstmaler Kurt Schwitters, Dichter von Anna Blume und Schnauze Bauze‹, lebt als Flüchtling vor dem Hitler-Regime immer noch in England. Am 2. 6. saß er in einem Ruderboot auf dem Grasmere, einem idyllischen kleinen See mit Schwänen, wie im Schwanen-See, von Tschaikowsky, Ballettmusik vastehste. Er war in die Natur vertieft und malte die Landschaft. Neben ihm lag seine gute Taschenuhr noch aus Hannover stammend. Da schwamm ein Schwan ohne Laut heran, und plötzlich hörte er einen Laut, als ob jemand um Atem rang. Er blickte in der Richtung nach dem Geräusch und sah, wie ein Schwan mit Anstrengung seine Taschenuhr verschlang. Nun sind alle Schwäne und ihr Eigentum nach englischem Gesetz unantastbar, weil sie der Krone gehören, so konnte der arme Dadaist seine Uhr nicht wieder herausholen, außerdem zischte der Schwan überlegen und schwamm davon. Kurt Schwitters fragte einen Arzt, ob der Schwan krank werden könnte, wenn er Uhren äße. Der Arzt, Dr. Johnston, sagte, möglicherweise, wenn die Uhr in den Blinddarm gelangte. Voraussichtlich aber würde er die Uhr im Grasmere verlieren auf natürliche Weise, hinten raus. Oder ... er könnte sie verdauen, außer dem Glase. Dann gab der gute Doktor dem armen geschädigten Künstler seine Uhr mit Kette.

1946

Der schnelle Graben

Hannover liegt an der Leine und an der Ihme. Dazwischen liegt das Schützenhaus. Die Leine überschwemmte in früheren Zeiten oft die Altstadt. Daher baute der Magistrat einen Verbindungsarm der Leine zur Ihme, in dem ein erheblicher Wasserfall entstand, der dann das gefährliche Wasser in die Ihme führte.

Dieser Wasserfall heißt

Schneller Graben

Er wurde berühmt durch die vielen Selbstmörder, die sich in seinen Fluten ertranken. Meist war der Grund **Unglückliche Liebe.**

Sie kamen allein oder zu Zweien vom Schützenhause in der **Seufzer Allee,** einer Kopfweidenallee am Ufer der Leine, und

Hupp

sprangen in die aufgewühlten, gelben Fluten des schnellen Grabens. Es war ein schneller Tod, und die Leichen wurden nach Linden gespült.

Wieviele junge Menschenleben endeten dort.

Dieses überdenkend schrieb ich an den Magistrat Hannover, ob er nicht die Richtung des Schnellen Grabens umlegen könnte als Zeichen, daß nach dem letzten Krieg alles anders werden sollte. Dann würden in umgekehrter Reihenfolge die Selbstmörderleichen

Hupp wieder hinaufgespült werden und froh wieder ins Leben hineintreten. Den Stadtvätern leuchtete das wohl ein, und die Richtung des Schnellen Grabens wurde umgelegt, so daß er nicht mehr von Westen nach Osten und hinunter floß, sondern von Osten nach Westen und hinauf.

Ein Triumph der Technik!

Nun wartete man, und nach Jahren kamen grüne Leichen hinauf und wurden **Hupp** wieder ins Leben hineingestoßen.

Hannover stand im Zeichen der Wiedergeburt. Vor Zeiten gebrochene Existenzen versuchten es nun wieder mit dem Leben, oft mit besserem Resultat als in ihrem ersten Leben. Oft standen sie mit einem Fettkopf am Ende der Seufzerallee, aber wenn sie die Allee bis zum Anfang gewandert waren, wurde ihnen besser.

Einmal kam Fritze, ein grüner Selbstmörder, aus dem Schnellen Graben gehupft. Am Ufer stand seine verflossene Braut Friederieke, um die er hineingehuppt war, mit ihrem neuen Heinerich. Aber es hatte sich herausgestellt, daß sie mit Heinerich nicht mehr harmonierte, und da Friederieke und Heinerich in der Zeit zurück waren und dachten, der Schnelle Graben würde noch Selbstmörder wirklich zur Ihme abführen und töten, beabsichtigten sie, sich in die gelben Fluten zu stürzen. Es war gerade, als Fritze da herausgehupft kam.

Fritze, seine verflossene Braut sehend, sich auf sie stürzen und sie umarmen und küssen war eins. Friederieke wußte nicht, wie ihr geschah, fand aber das Leben wieder tragbar.

Da räusperte sich Heinerich, um seinem Mißvergnügen Ausdruck zu verleihen. Da packte ihn Fritze und stürzte ihn in das Wasser.

Fritze selbst wußte nicht, daß das keinen Zweck hatte, weil die Fluten des Schnellen Grabens in ihrer Richtung umgelegt waren. Er konnte es ja nicht wissen, denn als er hineinhuppte, floßen sie von Osten nach Westen.

In diesem Moment wird Heinerich wieder ans Land geworfen, naß wie ein Pudel. Heinerich rächt sich, indem er Fritze ins feuchte Element stürzt, und umarmt Friederieke. Aber auch Fritz wird wieder aus Land geworfen, und stürzt nun Heinrich ins Wasser und küßt Friederieke.

Dann kommt Heinerich und stürzt Fritze, dann Fritz und stürzt Heinerich, und so weiter, von Abend bis Morgen, die ganze Nacht. Und jeder küßt Friederieke, wenn er den Gegner ins Wasser geworfen hat, bis sie triefendnaß und erschöpft vom vielen Küssen dasteht.

Am Morgen kommen Leute vorbei, die zum Schützenhaus gehen wollen, um dort ihre Tasse Morgenkaffee zu trinken, und sehen die Geschichte.

Einer huppt aus dem Wasser, wirft einen anderen hinein und küßt eine Dame, dann kommt der andere herausgehuppt, wirft den einen ins Wasser und küßt dieselbe Dame. Das ist ungesund und unmoralisch. Ein Herr von den Morgenkaffeetrinkern spricht in entrüsteten Tönen, bis er auch ins Wasser fliegt und wieder herausgehuppt kommt. Darüber entrüsten sich die anderen und erleiden das gleiche Schicksal wie der erste. Und da niemand weiß, wer wen ins nasse Element befördert hat, so wird daraus ein richtiger Sport. Jeder wirft jeden in den Schnellen Graben, sobald er wieder herausgehuppt kommt. Bis die Polizei kommt. Aber auch die wird mit hineingeworfen.

Am Mittag sind einige hundert Leute, die sich abwechselnd ins nasse Element hineinwerfen und wieder herausgehuppt kommen. Bis einer durch einen Zufall entkommt und zum Magistrat läuft und berichtet.

Seit der Zeit wurde der ehemalige Schnelle Graben trockengelegt.

Damit endete das **Huppen.**

1941–1946

Es war einmal eine kleine Maus

Es war einmal eine kleine Maus. Die hörte, daß die Frau, die dort regierte, die große Katze auf ihre Geschwister und sie hetzte. Die armen kleinen Mäuse suchten in allen Winkeln Schutz, aber wenn eine versuchte, ein noch besseres Versteck zu finden, fraß sie die Katze, eine nach der anderen. Nun kam die Reihe an die eine, aber die war klug und blieb im Versteck, bis die Katze schlief.

Nun leben auch in der Brust der kleinsten Maus große Gefühle, wenigstens zuweilen. Und so sann die kleine Maus auf Rache. Plötzlich kam ihr ein Gedanke: Wachstumsserum. Sie wußte, wo die Frau die große Flasche voll aufbewahrte und trank sie auf einmal aus.

Als am anderen Morgen die Katze aufwachte, stand da eine Maus, viel größer als sie selbst. Die Katze lief vor Angst fort, aber als das die Frau sah, fing sie die Katze und sagte: »Du bist zu klein, wenn du vor Mäusen davonläufst und impfte ihr dieselbe Art von Wachstumsserum ein. Abends war die Katze stark wie ein Löwe da und spielte mit der Riesenmaus. Da freute sich die Frau und sagte: »Brav Katze, aber nun friß auch deine Maus!« Die Katze aber dachte: »Wer bist du, Frau, daß du mir Befehle erteilen willst, ich bin doch ein Löwe!« Und mit diesen Worten sprang sie gegen die Frau und zerriß sie. Dann setzte sie sich zum gemeinsamen Mahle nieder mit der Riesenmaus, und beide verzehrten die Frau, denn sie hatten von dem ungeheuren Wachsen großen Hunger.

1942–1947

Der Ursprung von Merz

Ich hatte einen, was man so nennt, Freund, er war Arzt, sein Name war Schenzinger. Ich sollte ihn portraitieren. Er war dauernd beschäftigt, dauernd arbeitend, und so wollte er auch bei den Sitzungen auf meinem Flügel Klavier spielen. Er sagte, wenn er sich so etwas bewegte, würde ich besser seinen Charakter treffen.

Neben mir lag ein Bierfilz.

Ich versuchte nun mit Inbrunst, seinen Charakter aus seinen Bewegungen herauszulesen und ihn im Bilde herauszukristallisieren. Er spielte die Mondscheinsonate, letzten Satz.

Neben mir lag der Bierfilz.

Ich dachte: »Alles kann für alles charakteristisch sein. Wenn es charakteristisch ist. Nur darauf kommt es an. Wenn es nicht charakteristisch ist, dann hat man eben Pech gehabt.« Und ich versuchte herauszufinden, ob seine, Schenzingers, Bewegungen charakteristisch für die Mondscheinsonate waren.

Neben mir lag der Bierfilz.

Solch ein Bierfilz ist z.B. charakteristisch für ein Bierglas mit Bier und einen Biertrinker, nicht für Dr. Justus Bier, dem Riemen Schneider.

Und die runde Form ...

Plötzlich kam mir eine geniale, vielleicht minder geniale, jedenfalls eine Eingebung. Ich stand auf, bestrich den Bierfilz auf der Rückseite statt mit Kleister mit roter Farbe und klebte ihn damit auf die Wange des Profilbildes, das ich gemalt hatte. Er reichte vom Ohr bis zur Nase, soweit man bei Ölbildern von Ohr und Nase reden kann.

Herr Schenzinger stand plötzlich auf. Die Mondscheinsonate verstummte. Plötzlich fragte Dr. Schenzinger: »Was haben Sie getan?«

»Was ich getan habe?« antwortete ich, und meine Stimme zitterte. »Was ich getan habe, habe ich getan«, sagte ich bestimmt.

»Sie haben mir den Bierfilz auf die Backe geklebt!« sagte Dr. Schenzinger wütend.

»Mit Nichten habe ich den Bierfilz auf die Wange des Bildes, soweit man bei Bildern von Wange reden kann, des Bildes, welches Sie charakterisieren soll, geklebt«, brachte ich mühevoll hervor.

»Nehmen Sie ihn ab«, befahl Dr. Schenzinger.

»Ich freue mich, daß er drauf sitzt!«

»Nehmen Sie den Bierfilz ab.« –
»Das tue ich nicht!«
»Dann nehme ich ihn ab!« –
»Das werden Sie nicht tun, Sie würden die Einheit des Kunstwerkes zerstören.«
»Der Bierfilz ist eine Beleidigung für mich.«
»Der Bierfilz charakterisiert Sie irgendwie.«
»Wie kann mich der Bierfilz charakterisieren?«
»Ich kann nicht sagen, wie, aber er tut es, das fühle ich.«
»Weil er rund ist?«
»Und filzig. Vielleicht.«
»Und aus Pappe?«
»Weil Sie nicht von Pappe sind.«
Da versuchte er eine List und sagte: »Und drückt er vielleicht auch die Mondscheinsonate aus?«
»Die Mondscheinsonate? – Die Mondscheinsonate von Dr. Mondschein?« – Ich kenne übrigens Dr. Mondschein, er ist ursprünglich Zahnarzt und arbeitet nach dem Wahlspruch: »Mondschein – schont mein.«
»Gut, er mag sie ursprünglich geschrieben haben, jedenfalls den genialen Tipp hat ihr Beethoven gegeben. Wie stehen Sie zu der Frage, ob der Bierfilz Beethoven ausdrückt.«
»Mein Herr«, sagte ich, »denken Sie etwa, daß Sie selbst Beethoven ausdrückten? Und das Bild soll ein Portrait Ihres Wesens sein.«
Da ging Herr Schenzinger hinaus und schloß hinter sich die Tür.
Seit der Zeit waren wir nicht mehr Freunde, besonders als ich das Bild mit dem Bierfilz auf der Bild-Backe als Portrait Dr. Schenzinger ausstellte.
Ich malte zu der Zeit ein Portrait Frau Luise Spengemanns, es war Anfang 1919. Hier versuchte ich eine Komposition kleiner Gegenstände, die da im Zimmer herumlagen und versuchte damit ihr Wesen zu charakterisieren. In der Auswahl und Verteilung der farbigen Werte sollte der Charakter begründet sein. Und es gelang über Erwarten gut. Luise Spengemann sagte: »Das bin ich, niemand anders als ich könnte es sein.«
Nun dachte ich nach über meine Erfahrungen. Ich hatte versucht Herrn Dr. Schenzinger durch einen einzigen Bierfilz im Zusammenhang mit einer Kopie seiner Gesichtszüge zu charakterisieren. Der Erfolg war, daß das, was für mich eine Charakterisierung zu sein schien, für ihn eine Beleidigung war. Bei Frau Luise Spengemann hatte ich eine Komposition aller Teile des Bildes unternommen, nicht allein einen an sich bildfremden Gegenstand aufmontiert. Dieses Bild traf auch für Sie, Frau Spengemann, Ihr Wesen, Ihren Charakter.

Das Wesentliche war die Komposition. Nun machte ich Versuche, Gegenstände, die man als Abfall bezeichnen könnte, weil sie weggeworfen waren, zu komponieren, und fand bald heraus, daß in der Komposition ein überzeugender ganz allgemeiner Ausdruck lag. Es war vielleicht übertrieben, daß Frau Luise Spengemann sich selbst in der Komposition ihres Bildes erkennen wollte, und es war vielleicht, sogar ziemlich sicher, falsch, daß ich versuchte, sie mit einer Komposition zu charakterisieren. Kompositionen können nur allgemein Ausdruck geben, einen Ausdruck, der vielleicht ähnlich dem eines Menschen ist, etwa wie eine Wolke einem Löwen ähnlich sein kann. Und doch ist die Wolke nur Nebel. Eine Komposition kann aber für dafür empfindliche Menschen einen Ausdruck vermitteln, und eine Komposition von farbigen Werten in der Malerei kann es ebenso gut wie eine Komposition von Tönen in der Musik.

Beethoven geht sogar weiter, er gibt neben dem Ausdruck ganz deutlich den Eindruck eines Gewitters. Ich denke, Wald.

1947

Wenn ich mich im Leben umsehe

»Wenn ich mich im Leben umsehe, scheint es mir, als ob ich träumte.

So kann doch nicht das Leben sein. Da streiten sich die Menschen, da bekämpfen sich die Völker, da regiert der Haß statt Liebe, die Eifersucht statt Vertrauen, die Angst, weil sich die Menschen selbst nicht trauen.

Krieg – ja selbst Krieg gibt es doch nicht, wenn ich ihn verleugne. Es gibt nur Dinge, an die ich glaube, an die wir glauben, du und ich, mögen sie wirklich sein oder nicht.

Wir tragen nur einen Haufen Steine zusammen, schütten Erde dazwischen, pflanzen Blumen hinein und begießen sie, und es ist uns ein großes Gebirge mit den seltensten und größten Blumen.

Da wächst eine Primel von gewaltigen Dimensionen. Die Blätter ragen wie gewaltige Bananenblätter in die Luft.

Und sieh da, welch ein gewaltiges Insekt da zwischen den rauschenden Blättern angeflogen kommt?

Du hast doch wohl keine Angst? Das ist doch eine harmlose Hummel. Die tut uns doch nichts. – – Weil sie so brummt? – Das ist doch ihr Lied, sie singt sich ein Morgenlied in tiefen Tönen aus heller Brust.

Siehst du, wie groß und schön sie ist, wenn sie sich auf die Blumenblüte setzt, so kann der kleine Elf, der in der Blume lebt, ihr gerade an den Mund reichen und ihr den Nektar hineinschütten.

Du lachst? Weil sie keinen Mund hat? Sie hätte einen Rüssel? Ja, weil sie mit dem Elefanten verwandt ist, und der hat einen Rüssel. Aber nun siehst du doch, wie ungefährlich Hummeln sind, sie haben keine Stoßzähne. Und wenn sie sich an die Blüte setzen, so schwankt sie nur ein bißchen. Würde sich ihr Vetter, der Elefant, an diese Primelblüte setzen, wenn auch nur mit einem Fuß, so wäre sie so platt, daß sie hinfort nur noch in Herbarien leben könnte.

So, nun bist du doch beruhigt. Aber du fragst wieder nach dem Munde. Sieh, falls die Hummel einen Mund hätte, und der säße nicht allzuhoch, und der kleine Blumenelf würde sich auf die Fußspitzen stellen, so könnte er aus seinem goldenen Eimerchen den Nektar in ihren Mund hineingießen, dann sagt die Hummel: »Ah!«, wenn ihr der Nektar auf ihrer Zunge hinuntergitschert in ihren behaarten Magen. Und das hört sich neben ihrem Propellergebrumm an wie Saitengesäusel. Verstehst du?«

Dieses sagte ich zu dir, als wir am Fuße unserer Primel standen. Ein schwarzgepunktetes rotes, immensgroßes Mufferkübchen suchte Schutz unter ihren himmelhohen Blättern, aber nicht vor uns. Neben uns flog ein Brummer auf und zwitscherte hinauf in den Himmel. Eine kleine Wespe, groß wie eine halbe Hummel, stand in der Luft vor den fünfblätterigen weißen Sternblumen, und überlegte sich, in welche sie hineinkriechen sollte mit ihrem Steckrüssel. Wenn der säuselnde, gewaltige Sturm sie vorwärtsblies, ruckte sie zurück und stand wieder eigensinnig. Ja, der Sturm war gewaltig, 10 cm in der Sekunde. Und die Wespe ruckte zackig, fiel und taumelte durch Luftlöcher zu den gelben Stiefmütterchen, immer der Nase nach, zu den blauen Kornblumen, die unser Kaiser liebt, und zu den fahl violetten Tulpen. Besonders groß waren die roten Tulpen, deren Blattspitzen samtig verschlissen gegen das Schwarz der tiefen Schatten unter dem Gebüsch standen. Ich schätze, es hätte wohl mehrere Stunden gedauert, wenn wir an dem Stil hochgeklettert wären, um den Tulpenteufel zu besuchen.

Da merkten wir es, wie klein wir waren.

»Ich habe doch Angst«, sagte da Helma. »Aber du brauchst es wirklich nicht«, antwortete ich, »ich baue uns in unserer Phantasie ein Haus, und wir ziehen hinein«.

Und nun baute ich, setzte Stein auf Zement und Zement zwischen Steine. Ich nannte es den Merzbau 7. 7 Jahre waren wir verlobt, 7 Jahre währte der Krieg und siebenundsiebzig Jahre war ich alt, als ich sie wieder in meine Arme nehmen konnte, und sie kam aus dem siebenten Himmel zu mir, als ich gestorben war.

1947

In der Gegend des Paradieses

Eines Tages nahm mich in seiner großen Einsicht und Gnade Gott der Herr aus mir heraus und versetzte mich in eine andere Gestalt und an einen anderen Ort.

Ich merkte, daß was passiert war, denn ich bin ja nicht dumm.

»Um Gotteswillen, was ist denn los?« fragte ich, und da antwortete eine Stimme: »Du sollst den Namen des Herrn, deines Gottes, nicht unnützlich führen!«

Ich sah überall rundum mich und gewahrte eine Wiese mit blühenden Narzissen. In Schwaden wehten Düfte an meiner Nase vorüber, und ein Gesang erfüllte den Raum, bald leise, bald erheblich anschwellend wie der Sturm am Riff.

»Zum Donnerwetter, wo bin ich?« rief ich verzweifelt. Da kam ein gut aussehender älterer Herr in langem, venezianischrotem Überrock, mit bläulichem Barte langsam und aufrecht einen Kiesweg dahergeschritten, lächelte freundlich in mein Gesicht und sagte: »So sollte man am frühen Morgen nicht fluchen!«

Ich überlegte mir, daß ich so nicht weiter käme, und sagte, das wäre bei uns nur so eine Redensart. »Geflucht bleibt geflucht«, antwortete er würdevoll, und da ich in seiner Miene eine leichte Mißstimmung bemerkte, fügte ich hinzu: »Sonst ist es ja hier sehr schön«, und deutete auf die Narzissen und einen Rudel Engel, die gerade auf einem anderen Kiesweg ankamen, indem sie den Herrn singend lobten.

»Das will ich meinen«, antwortete da der ältere Herr, »daß dir das Paradies gefällt.«

»Dieses ist das Paradies?« fragte ich dumm.

»Nicht gerade das, aber es liegt in der Gegend. Es ist dieses genau genommen eine Versuchsstation für unbemittelte Seelen.«

»Wenn ich mal ganz dumm fragen darf, Herr Inspektor«, sagte ich, »was sind unbemittelte Seelen?«

»Die Frage ehrt deinen Verstand«, antwortete der Herr.

»Die Mittel der Seele sind Güte, Weisheit, Geduld usw., und da scheint es bei dir leider noch zu hapern.«

Ohne auf die Mittel der Seele näher einzugehen, sagte ich offiziell:

»Kurt Schwitters.«

»Mein lieber Freund, das war einmal«, sagte darauf der berockte Herr.

»Ich wollte mich nur vorstellen, da wir auf du stehen, daher nannte ich meinen Namen.«

»Lieber Freund, du irrst dich«, belehrte mich der Herr, »du bist nicht mehr Kurt Schwitters«.

»Sondern?« fragte ich.

»Du bist ein noch wenig beschriebenes Blatt.«

Ich besah mich von allen Seiten, konnte aber keine blasse Ähnlichkeit mit einem Blatte feststellen. Eher schon war ich eine Knolle. Aber ich wollte nicht streiten, sonst hätte der mich womöglich allein stehen lassen.

Aber die Neugier war doch zu groß. »Beschreibt man denn hier die Blätter?« fragte ich.

»Sancta simplicitas«, antwortete er, »ich spreche doch in Bildern«.

»Bist du auch Kunstmaler?« fragte ich.

»Sieh mich an!«

»Gern«, sagte ich, und da schlabberte eine Troddel um seine Hüften.

Englische Prosa

um 1941

The Flat And the Round Painter

Once upon a time there was a painter-chap who painted his paintings in the air – not plain flat figures with flat paint-brushes on flat canvas, which were painted so flat that they really looked flat and plain – but he painted round figures round in the air.

So he painted a queen. She had an enormous velvet skirt on her legs, and a crown on her head, and a shock of hair under the crown, which looked like a cake, so beautifully was it done. And her graceful arms with slim fingers and the big brilliant rings on her fingers moved, as the fingers of a queen used to move.

Then the wind came and blew Her Majesty the Queen away, and the painter observed this display with anxious eyes. The queen wobbled and bubbled in the air, and swayed and waved just as the air under her waved and swayed. Suddenly she grew quite thick round the middle, blew herself up, burst, and fell in two pieces. The skirt with the legs by itself, and the bosom with the crown by themselves. When the painter-chap saw this, he got very serious, and painted, in a great hurry, a page-boy in the air. Not a plain flat page-boy with flat paint-brush on flat canvas who was painted so flat that he really looked flat and plain, but he painted a round page-boy round in the air. He had a tightly fitting dress on his thin legs, and big longing eyes under his page-crop, and his fingers were as thin as graceful matches.

Then the wind came and blew the page-boy in the direction of the queen who had burst. He trembled and scrambled in the air, and he shivered and schwittered, like the air under him schwittered and shivered. And his eyes and fingers were longing to put the queen in order again. Therefore, he kicked his little legs in the air so that he might get ahead a bit more quickly, and he slipped several times and fell, for it was cold, and the air was slippery with ice.

Suddenly as he reached the parted parts of the departing queen, he grew quite thick round the middle, blew himself up, burst, and fell in two pieces.

The tightly fitting dress with the legs by itself, and the longing eyes with the fingers by themselves, for he was quite near his adored queen.

Now, his legs and his fingers had still kept the direction of the fast chase. And thus his legs put themselves under the fat bosom of the queen, and the longing eyes with the matchfingers put themselves on top of her enormous skirt, and they grew on there. But it looked so horrible that the painter, full of fright, decided to paint himself in the air in order to re-arrange them in the right order; for his brush was not long enough.

He did not paint himself plainly flat with a flat brush on flat canvas like the other painters who used to paint plain, flat figures – – as you already know – – on flat canvasses, which were painted so flat that they really looked flat und plain, but he painted himself with his round brush round in the air. Then the wind came and blew him in the direction of the two figures. He kicked his legs in the air as much as he could, because he wanted to get to the place of the accident quickly, he slipped several times and fell, because still nobody had strewn ashes on the air.

Suddenly as he reached the two figures, he grew quite round in the middle, blew himself up, and burst not in two pieces, but in so many small parts that he could no longer be seen, and with him burst the ability of the painters to paint round figures round in the air with round brushes.

Therefore, painters now paint plain, flat figures with flat brushes on flat canvas.

1942

Five Girls on the Switchboard

Five girls were sitting at their respective switchboards speaking about things in general including things which irritate.

The first girl said: »I have got a husband whom I love. He likes music and is very fond of jazzsongs, particularly if they are new. As he cannot remember the exact tune, he assists his memory by tapping the rhythm with his fingers on my arms. – I think this habit is rather annoying.«

The second girl said: »There is one thing which annoys my mother most of all, that is father, filing his false teeth. You know, his teeth no longer fit properly. Every day after dinner, he goes into the garage, takes his teeth out and files a little bit of them; but they nevertheless never fit. I too think that this is irritating.«

Then began the third girl: »I am rather afraid to take a new boy-friend home. My father likes me to, because he likes to talk with him – he likes talking. And always he comes out with the same old jokes which everybody knows and with the same old stories from the past war which no longer interest people. This is really annoying.«

After a short interval in which the fourth girl didn't know whether she should tell her story or not, she said: »Often I fall in love with a voice, a voice which I hear on the line without knowing what the man looks like. Sometimes in such a case I made an appointment and was very often disappointed with the appearance of my new friend. Sometimes when I had hoped to meet a tall, dark and handsome man, to my horror this man was short, redfaced, baldheaded and fat. That is for me really most irritating.«

Finally the fifth and oldest girl spoke. She said: »I always used to think that it was very annoying to like a handsome young man whom I knew only by sight. Eventually he spoke to me and made an appointment to meet, but he didn't come and left me waiting alone.« – »How many times did that happen«, asked the third girl, and all the five laughed about this question.

At this very moment there came a call, and when the fifth girl answered, the caller heard the laughter coming from the exchange. »That must be a good one«, he said, »would you like to tell me the joke?« – »Not now«, the fifth girl answered, »let's make an appointment for tomorrow.« The caller fixed an hour, and then he asked to be put through to a high officer.

»Will you really meet this gentleman?« asked the third girl.

»Of course not.«

1942

She is Singing in the Wireless

One afternoon I was walking alone through the streets of an unknown town and remarked that I was following a girl that I didn't know before.

In cases like this I used to ask this girl how she is, and she answered: »How do you do?« Then we were known to each other.

Therefore I asked her, whether we had perhaps the same way, and she said, she didn't know where I was going. I was quite unknown in this part of the town, I didn't mind where I was going.

So we went together and passed a very big new building which still was not quite ready. I asked her whether she knew this beautiful house, and Mary, that was her name, answered, that it was the new building for the wireless and added that she was learning to sing and would be very proud if she could get once a job, for singing in that beautiful house.

»Why once? Why not now?«, I asked.

»Because there is no hope that I get it at all«, she said.

»You are wrong, I help you to get this job«, I answered and went with her into the house through a big door.

But in the very moment we would go up the stairs, a big voice called us and asked what we intended to do here. – »This lady likes to sing in the wireless«, I told the voice, and we went on. »Halt! Don't walk on«, the voice cried, »are you registered here?« It was the porter who cried. – »I am sorry, we are not.« – »Then there is not any chance.« – »But we could register now.« – »You wouldn't be registered, we do no more register, and this is at all the wrong entrance.«

Then I asked for the right entrance and for the name of the man who had to register the lady and was told that Mr. Evens would not do it. I thanked the porter very much and went with my new girlfriend to the main entrance of the house and told the porter there that we were registered and had to speak to Mr. Evens who was waiting for us. »Where is your card?« asked the porter. I tried to find it in all my pockets, but I could not find it in any pocket. Then I told him that we could not possibly keep Mr. Evens waiting because I could not find my card at this moment, and the porter let us pass and told us to go to room 31. This room 31 was the office room for Mr. Evens. His secretary asked us, whether we were registered. »Of course we are«, I said, but he couldn't find us in his books and told us that Mr. Evens would not be here for 2 hours. I got very angry and asked, why Mr. Evens had an office at all, if they forgot there to notice important appointments. The secretary said, I should excuse, but she had had some days holidays, and the lady who had worked for her had made a lot of mistakes in all her work. I got still more angry about this lady but was promised that all should be all right again. The secretary wrote our names as the first into the noticebook of Mr. Evens and I said I would not blame her that the appointment had been forgotten. The secretary thanked me very much for that, and we got a real entrance card and I told my friend could really be very angry, because we had lost two hours of our lives, two wertvolle hours. What all could be done in two hours?

Now the secretary asked what we intended to do, singing or speaking, or just an appointment? I said that this lady, my friend Mary, who was a very good singer, would sing her best numbers for the wireless. The secretary was very much impressed that my friend was such a famous singer and asked whether she would do her the favour to sing a little bit now. Of course my friend would, and the secretary showed her the place, where her voice came out best for the wireless.

The two hours we had to wait, we spent in a café. I heard that my friend came from the same town as I, and that her fiancé lived there. She was engaged. But why shouldn't I be good also to engaged people.

When we afterwards entered Mr. Evens' room, he could not remenber us at all. He said that in the last time he often forgot appointments even when they were written down for him. It was not only the memory which failed, but he had too much to do at all. People who are nothing and cannot sing at all come every day, and he had to stop this that people like us had not to wait. – I told him that he should not worry about us, because for important things we had always the time.

Now he read my name. »Kurt Schwitters?« he asked. »Are you the wellknown writer of Eve Blossom?« – »I am«, I answered. He was so very much pleased to meet me personally that he would first of all hear my famous poem recited by myself, before he heard my friend Mary singing. And he was very much pleased about the poem and my reciting, and last not least about the singing of my friend, that he engaged her at once.

When we afterwards stood outside the big building again, my friend couldn't help kissing me for all that I had done for her and invited me to a supper in her room! We visited afterwards a friend of mine, a poet, where we talked and drank. And when the last underground had gone, we went on to the next morning. Then we took a walk, had our breakfast, each took a bath and walked again in the forests round this town, and in the afternoon I went home into my town.

There I heard Mary singing in the wireless every week, months and months. One day I was on my bicycle and passed a forest. You know, trees and again trees, and between them little spaces for riding bicycles.

Suddenly I saw coming between these trees Mary and a gentleman whom I didn't know. Then they stood, and he kissed her. He had not seen that there was me on my bicycle.

Seeing that excited me so much that I rode against the next tree and fell on the earth.

Mary cried and hurried up to help me, and the man followed her.

»That is you?« she exclaimed very astonished, and showing to the man she added: »May I present my fiancé?«

um 1942

London. A Fairy Tale

Once upon a time I was sleeping in my house at 39 Westmoreland Road, when I suddenly awoke, and there stood in my little room a fine lady. I don't know whether it was perhaps my mother, or the girl I love, or even a real fairy. She invited me with a movement of her hand to follow her, and took me in her excellent car to the east of London.

But there was not, as I knew from before the domicile of poor people, with a lot of dirty children on the streets, there was not the Commercial road with its tremendous traffic, and there were not all the jews with their shoppingcars. All had disappeared, and there was a big wonderful park, as nice as only nature can make it. In a valley she stopped and invited me for a walk into the wood.

All people walking there were happy. Their singing mixed harmonically with the classic arias of the birds. The didn't speak more than was absolutely necessary, and what they said was really wonderful.

We walked between green meadows and forests to a warm pond and happy people bathed in the clean green water, without whistling any songs. They got clean in body and soul, although the water didn't get dirty from the bathing people. Even when a whole company of soldiers stopped there for bathing in the pond, you couldn't see a bit of dirt and couldn't hear any noise at all.

I asked the fairy whether I was allowed to take a bath myself, and she allowed me to do it tomorrow, because we still had far to go, as I had to be back at Barnes before sunrise.

We went back to the fairy's car and drove up a hill, and it was in the direction of Earl's Court.

Suddenly there drove in front of us a big car, carrying one whole big house wall with all windows, an entrance door, pictures on the walls inside, and you saw dead persons through the curtains, sitting on tables, looking at one another, and being very serious.

We couldn't possibly pass this car, because the wall took the whole road. Suddenly I remarked lying on the road a letter. The fairy stopped her car, and I took the letter.

»What shall I do with this letter«, I asked the fairy, »it is written to somebody's dead brother.« »Put it into your pocket«, she answered, »with this letter in your pocket we will pass the car before us.« And really, when I had the letter in my pocket, the car in front of us turned the wall into its own direction, and you could see, that it was flat, and there were no dead persons behind it.

We quickly passed this unusual obstacle and entered Earl's Court. That was a very pretty part of London. The wonderful green hills had big windows, through which you could see into their interior. There you saw thousands of rooms, all of them inhabited by different animals. There were always two animals of the same kind in one room, and they looked very happy. Between the rooms of the different animals there were no doors, but only windows, so that the lions could speak to the goats, but couldn't visit them. Most of the animals were horses of course.

At Hammersmith stopped the car, and my fairy said, I now had to walk alone by myself to Barnes. I passed a group of visitors of the London horses with their guide.

Suddenly a young man stopped, and with him his parents. He said to his father: »Look at that!« and went with his hand into my pocket. »Do you want any special thing?« I asked. »I do«, answered he, »I want this letter«, and he showed me the letter, which I had found, it was from his father, written to his dead brother.

The father became interested in this letter, and the son passed it to him. Then the father made some notes from the letter. Therefore I asked him to take the letter and keep it as long as he needed it. Finally we made the appointment that he would phone Riverside 1698 and speak things over with me. I invited him to come and see my abstract pictures on this occasion.

um 1942

The Landlady

She was a lady! A lady? Much more!! A lady? Oh no! She was a Landlady!!

»I am not like other landladies«, she used to say, »you may speak to me, and when I say something, I say what I think. I say it to your face, not behind your back. Oh, Yes!! A landlady I am, and you may speak to me. For example, the government has ordered us to save fuel. When you use the gas, don't take a match, because that is fuel. Do it like me!! I take a piece of an old newspaper, the margin. You can read the paper without the margin; and take a light from the kitchen fire. I have time enough to spare, and you have also the time. If it is not successful and blows out on the way I try two or three times more. I am tough! Finally I get it to light the gas, and the match is saved. If you do that two or three times a day think how many matches you save in only one year" That is because I think! I am a thinking landlady!!!

Now you think it is done when you have saved the match. It is not. You can't save matches and waste gas. I don't mind whether it is your or my match, or whether you pay for the gas. Matches and gas are war weapons, and when the war is over they are peace weapons as well. How else could the government save matches? You see, I am a thinking landlady, and you may as well speak to me.

When you have lit the gas, I said, ›You shall not waste gas‹. Think twice before you start a job, and have the pot with water standing ready before you light the gas. Then you must not turn the gas too high and you must stand by until the water boils. The tea pot must stand ready with the tea leaves in. Don't put in too much tea or the tea will taste bitter. Immediately the water boils turn the gas out. That is easy and you save gas. I can see you from my place in the kitchen! Why else do you think I have mirrors on the wall I can see into every room, and hear every noise in the whole house. For example, I sleep on the first floor, and when I go to bed I open my door. If I did not you might fall down the dark stairs and be killed without me hearing you. Yes! I am an intelligent landlady! You may speak to me.

As regards the staircase; I don't like you going up and downstairs. First take your boots off when you walk up my stairs, because boots ruin the carpet. I hear you also when you walk upstairs without boots.

You should not need to go up and downstairs more than two or three times in a day. It is up to your own will whether you go to the lavatory or the kitchen. Remember three times are allowed! Perhaps you go twice to the lavatory and once to the kitchen. I, for example, go only once a day to the lavatory. You may yourself easily get accustomed to that. And your room must be clean and tidy. It is strictly forbidden to use the room for working, cooking, or eating, only for sleeping from 10 p.m. to 7 a.m. The door has to be open and I make my visits unexpectedly, to see whether all is right. Don't use gas after five minutes past ten, and I don't like noises, for example whistling and singing. You are not a musician!

Yes I am a landlady! You may speak to me.
And now, will you pay the rent in advance?«

»My lady, My landlady! May I speak to you?«
»You may.«
»Would you allow me to look around for other accommodation?«

um 1942

In the National Garden of Chairs

In the national garden of chairs:
The National chair Park
There were also two parallel chairs.
The one was a garden chair, the other was male.
And the male chair fell in love with the garden chair:
Suddenly the male chair said to the garden chair:
»I love you!«
The answer was: »And I detest you.«
»Why?«
The garden chair:
»Because.«
»There is no because, I am fascinated by your hips!«
The garden chair said:
»But.«
»Let me finish, I . .«
»No, you are wrong. I . .«
»I like you, I love you, I'll marry you.«
»Not bloody likely«, said the garden chair.
»I am too male.«

um 1942

Dead Mouse

A housewife opens a foodcover and remarks a slight mysterious smell. As she is not sure, whether it smells or not, she asks her husband:
»Do you smell something?«
Answer: »No.«
»Do you really not smell anything?«
»No, that will say I smell food of course, but.«
»No, not food, Dorp, I mean an ugly smell.«
»No.«
»I am particular with the smell of food.«
»Yes, I am, too.«
»Dorp, I ask you whether you smell an ugly smell.«
»No.«
»I smell an ugly smell and cannot find anything.«
»Don't you find perhaps a dead mouse.«
»No.«
»But a dead mouse smells ugly.«
»There is no dead mouse.«
»But if there would be a dead mouse?«
»But there is no dead mouse.«
»I mean in case there would be a dead mouse, it would smell ugly.«
»But I say there is no dead mouse!«
»Then it cannot smell!«
»But there is an ugly smell.«
»Then there is a dead mouse.«
»Dorp. I say there is no mouse, neither dead nor living!«
»If the dead mouse would be living, it could not smell. Come!«

1944

The Flying Fish

The story I am going to tell you is rather a sad one. But there are sad ones among the stories, and why should not I write a sad one, as they are written nevertheless by others.

I know, once upon a time there lived a fish in the sea. There live perhaps millions of fishes in the sea, and among those millions of fishes there lived also one, this fish I am speaking about. He was a darling fish, and did not like other fishes. Naturally, he disgusted all of them. There was always the same sludder, and he hated nothing more than that. He admired human beings, although he only knew the down part of them, as they put their heads out of the water when they bathed. They were so calm and so quiet, and our fish thought that they lived together with the Gods somewhere in the air.

The favourite place of our fish was just under the surface of the water, which was the underface of the air as well, and he looked through this underface, in order to look after the human beings in the air. That they might also live on islands, as, for example, the British people do, was impossible for him to think, because he did not know that there existed islands at all.

He never saw human beings in the air, therefore he thought they might be invisible up there, like Gods. Often he saw birds flying in the air, and he asked himself, whether he could not fly as well as they did. He knew, that birds could not swim under water, because they didn't try it. And when they would try to fly under water, that would not be possible to do. He did not try either to swim in the air. He tried to fly. Of course he could, when he only would, could not he swim in the water? And so he decided to fly high up into the air, to see the human beings. And in one unregarded moment he jumped out of the corner of a big wave and was in the air. Soon he came over the first difficulties and flew first under the clouds, then above the clouds. There he was quite near the sun, but could not see any human beings at all.

At that time there lived at the seaside Mr. Smith with his wife, Mrs. Smithis. Mr. Smith looked out of the window into the sunshine, while Mrs. Smithis darned her husband's socks.

»It is a nice day today«, said Mr. Smith to his wife. »It is a nice day today«, repeated Mrs. Smithis. »Lovely«, said Mr. Smith, and his wife repeated: »Lovely.« – »I have got an idea«, said Mr. Smith, »should we not have a nice trip with my newly-bought aeroplane above the sea?« – »What is the weather like darling?« asked Mrs. Smithis. »Didn't I say that it is a nice day today?« – »You did, but does that mean anything at all, when you say: it is a nice day today?« – »Of course, sometimes it does, and I am going to fetch my plane.« – »Never mind, I come with you under the condition that I may go on darning your socks.«

And soon Mr. Smith and Mrs. Smithis sat in their new aeroplane and flew into the air, first under the clouds, after a while above the clouds, and suddenly Mr. Smith asked: »Do you see what I see?« – »No, darling«, replied his wife, »I am darning your socks.« – »I see a fish«, said Mr. Smith. – »You should shoot the fish.« – »Don't be silly, I haven't got a rifle; but don't you know what this fish means?« – »Perhaps luck?« – »Luck? No! We are under water, that is what it means.« – »We are under water? O dear, dear!« – »And you know that human beings cannot live under water for a long time?« – »Why, darling?« – »Idiot, they cannot breathe water without dying.« – »O dear, dear, what shall we do, what shall we do?« – »I have an idea«, said Mr. Smith. »Look at the surface of the water. That is not a surface, that is the underface of the air. You only see the clouds through the underface. When you mean to see down, you actually see up, because our new aeroplane flies upside down. I must turn it downside up, then we come out of the water again, into the air, and when you look down afterwards, you really look down and not up.« And suddenly he turned the newly-bought aeroplane, and soon it went with a clash through the underface of the air. And – burst into pieces.

And Mr. and Mrs. Smith sank into the water and drowned. I told you before that I was going to tell you a sad story. Didn't I?

But now you are surely glad, that the fish lives. You are in a way right, the fish lived still, when Mr. and Mrs. Smith died. He flew in the air and enjoyed life.

When he saw the aeroplane coming, he thought first, that there might be Gods in it. He came quite near the window and saw through it. How glad he was, when he saw two human beings at once, and how beautifully they were dressed! Not only round the hips, but all over. He admired these fully dressed human beings.

Suddenly he saw that the newly-bought aeroplane rushed to drop into the sea. He knew that human beings cannot live under water, and he had such a good heart that he decided to help them as much as he could. He didn't know himself how. Therefore he rushed to jump down into the sea and arrived there shortly after the newly-bought aeroplane with the two fully dressed human beings crashed.

When the other fishes saw him coming back into the sea, they surrounded him, and shouted, and the fish got furious and bit all of them.

But as there were so many, they killed him.

I told you before that it would be a very sad story.

1941–1945

Maro, the Old Cat of Hjertøya

In the middle of Norway there is a small island called Hjertøya. On this island lived a fisher-family with his cattle, some dogs and a cat. This cat was now old, and when he came on the island, he was still a baby. He did not remember any more his mother and his sisters and thought that he was the only cat in the world. He knew the dogs of his master, he knew pigs, hens, cows and sheep, but he didn't know cats. He knew very well fish of all kinds, because he always ate them.

Once upon a day there came another fisherman, to live on this island, in a distant new house. He took with him a young lady-cat who was very beautiful. The old cat did not remark her at once, but he knew that there was something new on the island. Therefore he walked round and round and found *Bella,* the new little lady-cat. She was playing with a ball. He, *Maro,* was very astonished about this curious little thing, and stood to look at her. He didn't know that she was a cat as well. He thought it was silly to play with a ball like this. Therefore he sprang between Bella and her ball. Bella got a shock and sprang away. Of course he followed her, because she sprang away, then she turned. ... Maro was very much disappointed about this animal, but he liked her. He stood and saw her springing away. Then he followed again, and hoped that she would change her mind and be kind to him.

Now Bella sprang into the house, because she could not see another possibility to save herself. The fisher didn't allow Maro to follow her into the house, then he was sitting before the door and waiting for Bella. He tried to find out what kind of animal she was, but couldn't find it. The only thing he knew was that she was beautiful.

There he waited outside, before her door, day and night, in every weather, weeks and weeks, without eating anything, only to see her sometimes pass into the forest or to play with the ball. He got thin and old, and got ill, but he was both happy and unhappy. His only thought was Bella.

One day the fisherman bought a husband to Bella. It was a young, strong and attractive male cat. He loved Bella at once, and Maro had to see it. Now Maro got angry. How could this new fellow dare to kiss Bella. If anybody had a right to do this, then it was him, Maro, and he decided to kill his rival. The fight was short, because Maro was old and had not eaten a bit for 5 weeks. The husband of Bella wounded Maro, who had to run for his life.

Now Maro went back to his old house, and the fisherman was very pleased to see him again. He had thought he was dead. He found him some milk. But Maro would not have it. He went on the roof of the house for the wood, where he died the same day.

The fisherman waited till Bella had got 5 children and took the most beautiful of them as his new housecat instead of Maro.

1941–1945

Twopenny-Novel about an Ugly Girl

Once upon a time there lived a man. He was not a handsome man, but all girls who knew him fell in love with him. He didn't love any of the girls – you couldn't say that. But he liked to flirt with the most beautiful of them all, to make one jealous of the other, until finally he got tired of flirting, too.

But as he had flirted with so many girls, and they would not give him up, he had to flee from the town in which he had lived for so many years.

Therefore he decided to travel, once or twice around the world, into other countries – with girls that he didn't know, and that he didn't need to care for, and one day he found himself standing on the deck of the big boat, looking forward over the green waves of sea, into a better future – without loving and without flirting with girls.

But what was that? Just on his right side he heard whispering, and when he looked there to enquire what it was, he saw a rather beautiful girl flirting with a man. – It was disgusting! He went away on the other side of the big passenger-boat, where he could regard the sun-set over the sea, with red and green clouds. On this occasion he passed a bench, standing in the shadow, and what do you think he was seeing in this shadow? He saw a girl kissing a man with her arms around his neck. – It was awful! Therefore he went straight to the railing and stood leaning against it, so that he could only see the big waves of the sea.

Suddenly he felt that a girl was standing by his side, leaning on the railing, like him. He didn't dare to look, because he was afraid she might have been beautiful. He shuddered! because he was afraid of being able to see a girl he would fall in love with.

»It is a lovely evening, isn't it?« said the girl. – »It is«, he replied, looking away form her. But then he thought it couldn't be wrong, looking at her with one eye, and as he saw that she was ugly, he looked with both of his eyes.

Now he had found in his very age, away from love and flirting, a girl he could speak with – without danger, because he would never flirt with an ugly girl. Therefore he said to her: »My Lady, look once around you on this boat. Is it not disgusting to see so many people without moral, flirting and flirting«, and he thought that she would answer »it is«.

But she answered, asking him: »Did you never flirt in your life? I like it.« – »Yes, I did«, he said, »but I don't like it at all«. Then they stood a long time together without speaking a word. She thought: »This gentleman is a fish without warm blood –«, and he thought: »This lady is ugly, but she behaves the same as the beautiful ladies. She wants to flirt and to be happy. I could make her happy by flirting with her, but I wouldn't, would I?« ---I could, if I would, and it wouldn't hurt me, because she is ugly, and I have nothing to do on this voyage, and she could help hide me from the beautiful girls, with whom I could fall in love.

The next morning the boat landed on an island. The travellers went on land to see the beautiful town. He stood on the deck, not knowing whether to go or not, and by his side, suddenly appeared the ugly girl, and said: »Of course we don't go into the town. We shall go beyond that hill there. It's nice to be alone.« – »I didn't suggest going on land«, he said. But then they went together beyond the hill, and it was a beautiful place and a lovely morning.

1942–1947

On the Bench

It was in London. A bench stood in a beautiful park. There was a broad path with plenty of passers-by between this bench and the houses on the other side of the path. The houses were empty, partly bombed and the music temple on the grassplain behind the bench was empty too. Hundreds of chairs stood round the temple and twenty within.

I took a seat on the bench and regarded all around me. I was not hungry because I had got three pieces of bread in the shop of an art dealer whom I know. Three pieces of bread with white cheese. It was raining, a thunderstorm. Therefore I interrupted my business, visiting one shop after the other, trying to get commissions for portraitpainting. There must be people who would like to have a good portrait of their nice head done by me, but I cannot find them. There was a thunderstorm, therefore I sat down on this bench, protected by an immense planetree. Behind me there were lots of barbed wire, because it was a war on. I felt sad about the hopelessness of my situation, and this bench looked quite as hopeless, as I was.

Life is sad. Why did the director of the National Gallery not even like to see me? He does not know that I belong to the avantgarde in art. That is my tragedy. Why did Mr. Aardal tell me, that the really famous painter, Lieutenant Finne, could not even get portraitcommissions, I should, therefore, be quite satisfied. Why tell people me, I should wait till after the war? I have already waited seven months for work, and I cannot wait with eating.

But it is not only bad to be in a situation like this. I feel forces growing inside myself. I don't anymore be afraid to ask people for something. I know they aren't afraid to say no. And so I asked a man who passed by for a pencil, to write this down. He wanted to give me a penny, but I said that I could not ould write with a penny. Then he understood and gave me a wonderful red pencil, called Royal Sovereign. It is as red as the dress of the girl who took a seat with a soldier on the bench on the opposite side of the way. They have a good time. He lies with his head on her legs, and she reads a book, leaning it on his head.

I wonder, what these two benches did see at other times. I suppose, it was quite interesting sometimes. Life in parks is more interesting than in the houses of well situated and satisfied citizens.

1942–1947

If You are Standing on a High Mount

If you are standing on a high mountain you feel free and happy. You see around you the big and small mountains, you feel the music they play together, nothing irritates you, nothing seems to trouble your sight. You feel happy.

I often felt happy and could not think that this happiness would not last forever. I was healthy, had all that I wanted, could look around and see a happy tuture.

Then suddenly clouds came between me and the horizon, they came nearer, they already covered the nearest mountains, and finally I could not see any more at all.

After a while the clouds disappeared again and I could see again. But I was no more on a high mountain. I was in a narrow valley, with plenty of trees which had frightening shapes. The clouds walked like ghosts between the trees, it was dull and dreary, no hope, no light, no horizon. I did not even know the way back to the high mount I had lost. I was really sad and unhappy. All that I tried was wrong, there was no hope at all.

1942–1947

Do You Need Money

Do you need money? Very urgently? You don't? Then you cannot understand the curious situation in which a person is who needs it.

He has plenty of friends, who don't know that he wants money. All of them had told him he should only come to them if he needed any help, they would help him. First he thinks, they may have such a good heart that they would give him more than they can spare, therefore he waits to the last moment. He tries to find a job first. He runs and runs from one shop to the other, all people are kind to him, but they regret. They send him to the next shop or manufactory, and there he remarks that they are enemies. »I am sure, Smith sent you«, they say, »he always sends me people like you.« Perhaps they send you right back to Smith. On all places you try to smile, because the other does not smile. Finally somebody gives you a job. You are perhaps a hairdresser, and he gives you o job as a tailor. Why should you as a hairdresser not be able to make a dress? Leave the hair, and it ought to get a dress. But he is the most clumsy fellow I have seen.

1942–1947

The most Annoying Thing

The most annoying thing in the world is to lose something. A moment before, you had a thing in your hand, now you cannot find it again. You try to find it and move the whole place, mix all things up and don't find this bloody little thing. But what a mess did you make. Your books are lying together with the shoes, and the toothbrush is in your bed, the pillows lie with a waterglass and the flowers in the window, the table stands upside down, a chair and your new suit on it, and so on. Finally you find what you wanted to, it was still in your hand.

1942–1947

Nature Does not Know Restrictions

Why, isn't it awful that horses, cows and bulls eat flowers, only to fill their big stomachs? Shouldn't there be restrictions? Don't flowers have the same rights as animals? Why not forbid cows to eat flowers? They could just as well eat rotten leaves – or coal, like an engine. And why care at all about the wishes of cows? Or bulls? Who cares for the needs of human beings? There are restrictions over restrictions to save and protect the superior human race. Why don't they restrict cows to eating sawdust?

Poor flowers!

Maybe the cows would give wood!

1945–1947

For Exhibition

It is dripping down from the culture of an industrial city, and nothing is left but bones. White bones are right, left bones are red, and in the middle are beans and scones. There is no middle, there is a muddle. The wind rolls down the terrace under the street among the apples and prizes are grown up to nothing. There are terrifying flowers with poisoned lips crying for peace. But the war is over while the peace remains a futuristic leaf among the best pictures of Picasso. Picabia and his doctor greet the time abroad. They have time because they have got double British summertime.

Aren't they lucky?

ATOMBOMB

Anmerkungen

KSA = Kurt Schwitters Archiv, Oslo
GMs. = Manuskript in Gabelsberger Kurzschrift
HMs. = Handschriftliches Manuskript
MMs. = Maschinengeschriebenes Manuskript
* = Verweis auf die Seitenzahl

Die Titel in Klammern stammen vom Herausgeber. Die Datierungen gab Kurt Schwitters auf den Manuskripten an.

12–13* **Der Schein,** MMs., 1 S., KSA.

14 **Das Totenbett,** GMs., 1 S., KSA, vgl. das Spiel ›Totenbett mit Happyend‹ (Bd. IV dieser Ausgabe).

14 **Sind Sie Witwe?,** datiert 21. 8. 31, GMs., 1 S., KSA.

15 **Vorwärts mit großer Aufmachung,** datiert 21. 8. 31, GMs., 1 S., KSA.

15–16 **Nikolaus,** datiert 14. 12. 31, GMs., 2 S., KSA.

16–18 **Doten? Was ist das?,** GMs., 4 S., KSA. In der Schwitters-Familie kursierten nach Angaben von Ernst Schwitters viele Anekdoten, die bis in die Zeit Friedrichs des Großen zurückreichten. Kurt Schwitters plante um 1931, eine Anekdotensammlung anzulegen. Erhalten sind jedoch nur einzelne ›Doten‹, kleine autobiographische Erzählungen. Die Geschichte vom schwarzen Glasstein, die sich am Ende des Textes ›Doten? Was ist das?‹ befindet, schrieb Schwitters mehrfach nieder. Erhalten sind 4 weitere Fassungen:

1 **Der Klumpen Teer,** datiert 18. 6. 31, GMs., 1 S., KSA.

Der Klumpen Teer (Wahre Geschichte)
Wir Schüler der Kunstgewerbeschule pflegten in der Pause des Abendakts um 8 Uhr ein wenig aufs flache Dach zu steigen, man hatte dort frische Luft und Aussicht.
Es war Sonnabend, und es hatte geregnet. Unten war geheizt, weil der Akt sonst fror, und oben auf dem Dach war es frisch und schön, und die Kieselsteine glänzten so prächtig. Mir fiel ein vollkommen schwarzer, etwa hühnereigroßer Stein auf, der besonders glänzte, und ich nahm ihn mit, legte ihn zum Abtrocknen auf den Ofen und vergaß ihn nachher mit nach Hause zu nehmen.
Wir arbeiteten auch Sonntag morgens, und wie ich in die Schule treten will, werde ich wieder zurückgedrängt durch eine dunkle, wolkige Luft, wie zum Schneiden. Der Schulvogt steht in der Tür, und ich frage ihn, was denn eigentlich hier los wäre.
»Das will ich Ihnen sagen«, sagte er, und ich weiß, wenn er so spricht, ist er gereizt, »das will ich Ihnen sagen, da hat mir gestern Abend irgendein Lümmel einen Teerklumpen auf den Ofen im Aktsaal gelegt. Sie waren doch auch beim Akt, können Sie mir nicht helfen, den Kerl ausfindig zu machen?«
»Sehr gern, sogar, werde ich das versuchen, Herr Temming«, antwortete ich, »aber offen gestanden, ich habe es doch lieber nicht getan.«

2 **Aus den Erinnerungen meiner Familie. A: meines Vaters, B: meiner Mutter, C: aus meinen Erinnerungen. Der**

schwarze Glasstein, GMs., aus den dreißiger Jahren auf Briefpapier des Hôtel Continental, Stockholm, um 1937, 1 S., KSA.

Aus den Erinnerungen meiner Familie. A: meines Vaters, B: meiner Mutter, C: aus meinen Erinnerungen.
Der schwarze Glasstein
Ich war Schüler der Kunstgewerbeschule in Hannover. Zweimal zeichneten wir Abendakt, und da das Aktmodell leicht fror, wenn es so lange nackt still stehen mußte, war selbst im Sommer im Aktsaal der Ofen geheizt. Uns Schülern wurde es aber dann meistens reichlich warm bei der anstrengenden Arbeit des Zeichnens. Darum gingen wir in der Pause gern ins Freie, am liebsten aufs Dach, wo kühle, frische Luft wehte. – Eines Abends gegen 8 Uhr waren wir wieder in der Aktpause auf dem Dache. Es hatte erfrischend geregnet, ein sommerliches Abendgewitter. Die Sonne schien grell zwischen den Wolken hindurch und belichtete einen wundervollen, glänzenden, schwarzen Stein, mir schien es ein Glasstück zu sein. Dieses Stück schwarzes Glas gefiel mir so gut, daß ich es mitnahm. Da es aber naß war, legte ich es, als wir weiter zeichneten, auf den Ofen, und am Schluß vergaß ich es. Draußen fiel es mir ein, aber ich dachte, ich könnte es am nächsten Morgen wohl mitnehmen.
Als ich nun am nächsten Morgen die Kunstgewerbeschule betreten wollte, stand die Straßentür offen, und es kam ein Dunst aus dem Hause, so dick, daß man ihn schneiden konnte. Gerade unter der Tür bemerkte ich den Schulvogt, Herrn Temming. »Um Gottes Willen, Herr Temming, was ist denn los?«, fragte ich, »brennt es?« »Ob es brennt?«, entgegnete Herr Temming gereizt, dann aber besann er sich plötzlich und sagte sehr freundlich: »Vielleicht können Sie mir helfen, den Täter herauszufinden, gestern hat mir nämlich so ein Flegel ein riesiges Stück Teer auf den Ofen gelegt. Sie waren doch gestern Abend mit beim Aktzeichnen?«
Ich versprach Herrn Temming, ihm zu helfen, diesen Flegel herauszufinden, leider ist es mir jedoch nicht gelungen.

3 **Der schwarze Glasstein,** vorgesehen für die unveröffentlichte Sammlung ›Die Feuerfliege‹, MMs., 6–7 S., KSA.

Der schwarze Glasstein
Als ich noch Schüler auf der Gewerbeschule war, besuchte ich Sonnabend abends den Unterricht im Aktzeichnen von sieben bis neun. Es war Sommer, aber der Ofen war trotzdem geheizt, weil nackte Menschen leicht frieren, wenn sie still stehen müssen. Eines Abends war nun ein Gewitter, welches noch vor der Pause um acht Uhr weitergezogen war, und die Strahlen der Abendsonne verleiteten uns, die Pause auf dem flachen Dach der Kunstgewerbeschule zuzubringen. Es war dies ein vertrauter Platz für die Schüler, die dort zum Beispiel an dunklen Winterabenden einen angezogenen Muskelmann auf der Fahnenstange hochzuziehen pflegten, damit am nächsten Morgen die Mordpolizei die Harmlosigkeit dieses Scherzes feststellen konnte. Den Herren Professoren wurden alltäglich während der Korrektur, wenn sie abgelenkt waren, die Stiefelabsätze vergoldet, und es war nie gelungen, den Täter festzustellen.
Wir befanden uns also im Lichte der letzten Abendsonne auf dem flachen Dach der Kunstgewerbeschule und da fanden wir unter den üblichen Kieselsteinen des Teerdaches einen riesigen, ganz wundervollen, undurchsichtigen, schwarzen Glasstein, der alle Farben des Himmels spiegelte, und ich beschloß, diesen herrlichen, schwarzen Glasstein für meine Steinsammlung mitzunehmen.
Da der nun vom Gewitter naß war, beschloß ich, ihn während der letzten Unterrichtsstunde auf dem warmen Ofen zu trocknen und vergaß ihn dort, als ich nach Hause ging. Zuerst dachte ich zurückzugehen, damit mir der schöne Glasstein nicht gestohlen würde, dann überlegte ich: wer wird den Stein schon stehlen, und daß er eventuell von der Hitze des Ofens springen könnte, das mußte ich eben riskieren.

Ich hatte eine unruhige Nacht wegen des Glassteins und ging am Sonntagmorgen sehr früh zum Sonntagunterricht. Als ich in den neuen Weg einbog, die Straße, an der die Kunstgewerbeschule liegt, roch ich etwas Brenzliges in der Luft und als ich am ›Blauen Donner‹ vorbeikam und die Kunstgewerbeschule sah, da rauchte es aus allen Fenstern, die Sonntagsschüler standen um den Bau herum und Herr Temming, der Schulvorstand, stand in der Tür.
Ich dachte natürlich sofort an meinen Glasstein, den ich eventuell vor dem Brand retten wollte, und drängte mich an den Schülern vorbei zu Herrn Temming und fragte ihn: »Um Gottes willen, brennt die Schule etwa?« »Nein«, sagte Herr Temming, »aber Sie können mir vielleicht helfen, Sie waren doch gestern im Abendakt.« Und als ich die Frage bejahte, fügte er hinzu: »Da hat mir nämlich gestern Abend so ein Flegel einen riesengroßen Klumpen Teer auf den heißen Ofen gelegt.« Natürlich versprach ich ihm jede Hilfe, jedoch ist es mir bis heute nicht gelungen, den Flegel zu finden. Aber derselbe hat voraussichtlich meinen wundervollen schwarzen Glasstein mitgenommen; denn der war nirgends mehr zu finden.

4 **Probleme,** datiert 26. 2. 1939, GMs., 2 S., KSA.

Probleme

Nichts ist so problematisch wie ein Problem, bevor es gelöst ist. Andererseits hinwiederum liegt es im innersten Wesen eines Problems, daß es aufhört, Problem zu sein, sobald irgend jemand es gelöst hat.
Nicht jeder ist geeignet dazu, Probleme zu lösen, nicht einmal jeder ist veranlagt, ein Problem zu stellen. Ich habe immer die seltene Gabe, sowohl zum Lösen wie zum Stellen von Problemen gehabt.
Man könnte daher vermuten, daß mein ferneres Leben problemlos wäre, aber das ist es nicht, denn immer wieder stellen sich mit zwingender Gewalt Probleme mir in den Weg, die ich lösen muß, bevor ich weiter schreiten kann auf der glatten Bahn des Lebens.
Oft ahne ich nicht einmal, daß da irgendein Problem lauert, ich beseitige einfach instinktiv dieses Hindernis. Dabei ist zu bemerken, daß das Wort instinktiv weder mit Riechen noch mit Tief etwas zu tun hat, weil man doch auch nicht Inriecht sagen kann, es heißt Instinkt und dabei bleibt es.
Und doch, wir riechen es mit unserem Innern, was wir so richtig instinktiv erfassen. – Das Problem aber, um das es sich seinerzeit handelte, in der Kunstgewerbeschule in Hannover, roch ich nicht nur innerlich, sondern auch äußerlich, als ich an jenem Sonntagmorgen zum Zeichnen gehen wollte und den Qualm aus allen Fenstern quillen sah.
Aber ich sollte besser chronologisch erzählen!
Ich war nämlich seinerzeit Schüler der Kunstgewerbeschule, das nur für die zeichnerischen Fächer außerhalb der eigentlichen Studienzeit für Dekorationsmaler, abends und am Sonntagmorgen. Am Sonnabend Abend zeichneten wir Akt, und es war ein Vorabend zu jenem denkwürdigen Sonntagmorgen, als während der ersten Aktstunde von sieben bis acht Uhr ein schweres Gewitter über Hannover niederging, denn es war Hochsommer. In der Pause um acht Uhr lachte die Sonne wieder, wie das nach Gewittern zu kommen pflegt. Alles atmete erleichtert auf, weil die Hitze nicht mehr so drückend war und die feuchte Luft lähmte. – Da spazierten wir schnell auf das flache Dach durch die Schule, genossen die herrliche Aussicht und badeten uns in den rötlichen Strahlen der untergehenden Sonne.
Plötzlich bemerkte ich unter den vom Regen angefeuchteten und im Sonnenlicht glänzenden Kieselsteinen einen etwa straußeneigroßen, vollkommen schwarzen runden herrlichen Glasstein, in dem das Feuer der Sonnenstrahlen geradezu aufloderte. – Welch ein köstlicher Stein, was barg er in seinem Wesen für ein herrliches Feuer, wie strahlte er vor Problemen, wie

glücklich konnte ich in seinem Besitz werden.
Natürlich nahm ich ihn sorgfältig an mich, transportierte ihn in den Aktsaal und legte ihn auf den Ofen zum Trocknen, denn selbst im heißesten Sommer muß man für Aktmodelle etwas heizen, da sie sonst schlottern und frieren, wenn sie gezeichnet werden. – Ich vertiefte mich wieder ins Studium des nackten Körpers und war so hingerissen von meinen Eindrükken, daß ich, als ich um neun Uhr nach Hause ging, den Stein auf dem Ofen vergaß. Es versteht sich von selbst, daß ich mir unterwegs die bittersten Vorwürfe machte, denn wie leicht könnte mir in der Nacht dieser Wunderstein heimlich entwendet werden. Ich schlief unruhig, und mein erster Gedanke am Morgen war der schwarze Stein. Hurtig sprang ich aus dem Bett, schlüpfte in meinen Anzug und konnte den Augenblick nicht erwarten, wieder in der Kunstgewerbeschule zu sein und den Stein zu retten vor mörderischen Diebeshänden.
Ich flog mehr als ich ging, bis ich die Schule vor mir sah, und gleichzeitig sah ich den starken Qualm aus allen Fenstern quillen. Mit fühlbarem Ruck sank mein Herz in die Schuhe und in flammender Schrift leuchte in meinen Gedanken das Wort ›Feuer‹ auf. Offenbar brannte es irgendwo heftig in der Schule. Aber wo? Die ersten bangen Fragen, die sich über meine geistigen Lippen drängten, waren: »Was ist aus dem Stein geworden?« »Wird man ihn noch retten können?« »Soll ich mein Leben für ihn wagen, wenn es nötig sein sollte?«
Mein Herz war wieder in seinen ursprünglichen Platz emporgeschnellt und klopfte mir zum Halse heraus. Wie ein geölter Blitz schnellte ich die Stufen bis zur Eingangstür der Schule hinauf, als Herr Temming, mein lieber Freund, Schulvogt der Kunstgewerbeschule Hannover, gerade beide Flügel der Türe öffnete.
»Um Gottes Willen, Herr Temming, was ist geschehen?« fragte ich ihn und vergaß im Schreck, meinen köstlichen Glasstein zu erwähnen. Mit vor Husten halberstickter Stimme röchelte Herr Temming: »Es ist schrecklich, es ist fürchterlich, waren Sie nicht gestern auch im Akt?« – Ich nickte nur kurz, um ihn nicht in seinen interessanten Neuigkeiten zu unterbrechen. »Dann können Sie mir vielleicht helfen?« »Sehr gerne«, stammelte ich, und er fuhr fort: »Da hat mir doch gestern Abend irgend ein Lümmel einen riesigen Klumpen Teer auf den Ofen gelegt.«
»Den Lümmel werde ich Ihnen finden«, sagte ich wutentbrannt und stürmte vorbei, vor Kampfbegierde zitternd.
Dann habe ich gesucht und gesucht, den ganzen Tag, mehrere Tage lang, wochenlang, jahrelang, jahrzehntelang und noch heute, nach 32 Jahren, ist es mir nicht gelungen, den Lümmel zu finden, der den Teerklumpen auf den Ofen gelegt hatte.
Ich hatte einmal selbst ein Interesse, ihn zu finden, denn denken Sie, dieser besagte Lümmel hat nicht nur den Teerklumpen auf den Ofen gelegt, sondern außerdem noch gleichzeitig meinen wundervollen, herrlichen, berauschenden Glasstein mitgenommen, der Heini!
So etwas sind Probleme!
Dieses konnte ich bisher nicht lösen, aber ich hoffe bestimmt, es noch einmal lösen zu können.

19 **Wanzen,** GMs., 1 S., KSA.
Die erste Fassung, datiert 19. 6. 31, GMs., 1 S., KSA, lautet:

Wanzen (Wahre Geschichte)
Ich habe eine gute Erziehung genossen, und dabei lernt man manches nicht kennen, was es sonst so im Leben gibt. So kannte ich auch jenes Plattier nicht, das eines Morgens im Mai an meiner möblierten Zimmerwand spazierenging, als ich aufwachte. Das war in Dresden, wo ich die Malerei studierte, und da mich das Tierchen interessierte, leerte ich eine Zündholzschachtel und steckte es hinein. Übrigens fand ich noch zwei, und so zeigte ich die drei platten Tierchen zunächst meinen Mitschülern in der Akademie. Jeder sagte, er hielte die Tiere für Wanzen, und ich sollte sie nur schnell wieder in die Schachtel schließen. Nun hatte ich zwar keinen Grund, an dem Urteil meiner Kameraden zu zweifeln, aber

ich bin stets gewissenhaft gewesen und beschloß, einen Fachmann zu fragen.
Ich ging also mittags in eine Drogerie und reichte dem Herrn die Streichholzschachtel, und bat ihn, mir zu sagen, was das wäre.
Der öffnet die Schachtel, dreht sie um und um, dann sieht er mich fragend an und sagt: »Was das ist? Das ist eine leere Zündholzschachtel.«

20 **Der Wach- und Schließ-Geselle,** auf einem Blatt mit **Wanzen,** datiert 19. 6. 31, GMs., Text auf der Vorder- und Rückseite des Blattes, KSA.

21–22 **Die Palme,** im Text datiert: »heute noch, 1932«, MMs., 2 S., KSA.

23–24 **Das lebende Fürstentum als Naturschutzpark,** datiert Biskaya, den 20. 3. 32, GMs., im schwarzen Notizbuch mit Reisenotizen zur Madeirareise (1932), Spitzbergenreise (1. 7.–21. 8. 1933) und Osloreise (1934), 2 S., KSA.

25–26 **Seereise,** datiert Biskaya, den 20. 3. 32, GMs., im schwarzen Notizbuch der Madeira-, Spitzbergen- und Osloreisen, 2 S., KSA.

26–27 **[König ohne Volk],** von Kurt Schwitters und Maryan Rawicz, GMs., 2 S., KSA.

27 **Victoria** (Anfang eines Romans), GMs., 1 S., KSA, mit rotem Stift auf einer Papierart, die Schwitters 1931/32 mehrmals verwandte.

28–32 **Harald Monge,** GMs., 9 S., KSA (Das Manuskript ist mit 4 Zeichnungen aus den dreißiger Jahren illustriert).

32 **Wir hatten einmal Besuch,** GMs., auf einem kleinen Zettel mit der Bemerkung: Dichtung, KSA. Die Papierart läßt auf eine Entstehung um 1932 schließen.

33–35 **Der graue Siebenzusch,** GMs., auf gefaltetem Packpapier, die Spalten numeriert von 1–6, KSA.

36–37 **Kleine Geschichte aus der Untergrundbahn,** datiert 10. 6 33, MMs., 2 S., KSA.

37 **Die Fabel vom guten Menschen,** numeriert 33,2, datiert 10. 6. 33, MMs., 1 S., KSA. Gedruckt ist die handschriftlich verbesserte Fassung.
Die erste Fassung hat folgende Varianten:
S. 37
Z. 1–2 Da kam von ungefähr eine Mücke herangeflogen
Z. 3 Der gute Mensch sah die Mücke
Z. 4 soll sich auch einmal satt trinken, und ließ sie gewähren.
Z. 5 voll Dankbarkeit
Z. 5–6 darüber so froh, daß sie es allen Mücken und allen Bienen und Wespen erzählte
Z. 8 schwarz von Insekten
Z. 8–9 Menschen kennen lernen
Z. 10 und stachen ihn, tranken
Z. 10–11 nicht einmal alle satt
Z. 12 aber starb von den Insektenstichen.

38 **Glückliches Land,** datiert 2. 7. 33, MMs., 1 S., KSA.
Die erste Fassung trug den Titel **Altes Land** und die Datierung 2. 6. 33. Schwitters fügte in Klammern hinzu: »folgend einer Anregung von Ernst«. Variante: Der ganze Text war im Präsens geschrieben.

38–39 **Unsere kleine Hausbiene,** No 1108, MMs., 2 S., KSA. Die Numerierung macht eine Datierung 1933 wahrscheinlich. Überschrieben war der Text zuerst: Die Hausbiene.

39 **Einfach fabelhaft,** datiert 23. 3. 34, MMs., 1 S., KSA.

39–41 **Radio** (Eine Anregung, den Radioapparat produktiv auszunutzen), MMs., 2 S., KSA.

41 **Blamabel,** GMs., im schwarzen Notizbuch mit Reisenotizen zur Madeirareise (1932), Spitzbergenreise (1. 7.–21. 8. 1933) und Osloreise (1934), 1 S., KSA. Die Eintragung **Blamabel** stammt aus dem Jahre 1934.

42 **Die Häßliche** (Novelle), GMs., schwarzes Notizbuch, a. a. O., 1 S., KSA. Der Text gehört zu den Eintragungen aus dem Jahre 1934.

42 **Das ganz einfache Leben,** GMs., schwarzes Notizbuch, a. a. O., S. 16, vorheriger Eintrag 20. 3. 32. Es folgen Eintragungen aus dem Jahre 1934.

43 **Die Geschichte vom Hasen,** GMs., schwarzes Notizbuch, a. a. O., S. 16 und S. 20, KSA.

44–52 **Alabaster,** GMs., schwarzes Notizbuch, von hinten nach vorn numeriert S. 1–14, Bleistift und Schriftform wie bei anderen Eintragungen von 1934.
Ein Fragment einer späteren Fassung, GMs., KSA, findet sich in einem kleinen grünen Notizbuch aus der englischen Zeit:

Es ist eine gebräuchliche Wendung, daß im Märchen ein Tier mit menschlicher Stimme redet. Und es ist so gebräuchlich, daß man es als etwas Selbstverständliches empfindet.

Wenn aber in der Wirklichkeit ein Tier plötzlich wie man selbst zu reden beginnt, das ist so außergewöhnlich, daß man sich sehr erschreckt, weil man denkt, es ginge nicht mit rechten Dingen zu.

So ging es mir, als ich auf meiner Veranda saß, von der man den Hühnerhof beobachten kann, und eben mit Kaffeetrinken fertig war, als ein Hahn auf die Mauer flog, die meine Veranda vom Hühnerhof trennt, und mich also anredete: »Guten Abend, Herr Schwitters! Aber warum erbleichen Sie, haben Sie nie gehört, daß Tiere reden können? Sind Ihnen Märchen unbekannt?«

Er hörte mit Reden auf, als ob ich jetzt reden sollte, und so sagte ich, weil ich vor Schreck nichts weiter sagen konnte, einfach: »Ja«.

»Aber Herr Schwitters«, fuhr der Hahn fort, »Sie sind doch sonst nicht so auf den Mund gefallen. Ich begreife nicht Ihre Einsilbigkeit. Fragen Sie mich, was Sie gern fragen wollen, und ich will antworten, wenn ich kann.«

»Herr Hahn«, begann ich nun, »ich muß mich erst fassen, wenn Sie so plötzlich aus Ihrem Inkognito mir gegenüber heraustreten, und die Tatsache, daß Sie sprechen können, ist mir zunächst so sonderbar, daß ich dabei weder etwas Besonderes außer Schreck fühle, noch etwas fragen könnte.«

»Gut«, sagte der Hahn, »aber meinen Namen haben Sie falsch gesagt. Zwar bin ich, wie ich hier vor Ihnen stehe, ein Hahn; sehen Sie, ich kann mit den Flügeln schlagen und krähen«, und er führte das sofort aus, »aber ich heiße niemals Hahn, niemals! Sie sind, wie Sie selbst da vor mir sitzen, ein Mensch. Aber Sie heißen doch nicht Mensch!«

»Ganz recht, ich heiße Schwitters.«

»Also, Herr Schwitters, ich heiße Alabaster.«

»Alabaster?« fragte ich, sehr erstaunt.

»Jawohl, Alabaster, nicht mehr und nicht weniger. Warum sollte ich etwa nicht Alabaster heißen?«

»Da haben Sie vollkommen recht, Herr Alabaster, selbstverständlich kann jeder heißen, wie er heißt. Aber, Herr Alabaster, wollen wir nicht etwas leiser sprechen; dort drüben im Hause des Fischers sitzt die Frau Hoel am Fenster und sieht uns so merkwürdig an. Ich fürchte, sie wird uns für verrückt halten, daß wir uns hier zusammen unterhalten.«

»Haben Sie keine Sorge darum, Herr Schwitters«, antwortete der Hahn, »denn Frau Hoel versteht weder Sie noch mich! Als Norwegerin versteht sie nicht, wenn Sie deutsch sprechen, und mich hört sie überhaupt nicht.«

»Warum?«

»Weil sie meine menschliche Stimme nicht hören kann. Sie kann mich nur krähen und mit den Flügeln schlagen hören, aber nicht menschlich reden. Allein Sie können mich verstehen und hören, was ich zu Ihnen sage.«

Und dann schlug er wieder mit den Flügeln und krähte dazu.

»Sehr liebenswürdig, Herr Alabaster«, sagte ich nun zu ihm, »Sie sind ein Ehrenmann, ein Gentleman. Und ich freue mich, daß Sie mich nicht blamieren, denn wenn ich allein rede, und Sie nicht, dann wird Frau Hoel mich allein für verrückt halten.«

»Aber was schadet es schon, wenn einen die Menschen für verrückt halten, Herr Schwitters«, gab der Hahn zurück, »wenn Sie wüßten, für was mich die Menschen halten.«

»Herr Alabaster«, sagte ich jetzt neugierig, »Sie erregen meine Aufmerksamkeit mehr und mehr. Jetzt möchte ich wirklich einige Fragen an Sie richten.«

»Aber gern, darum bat ich doch vorher.«

»Gut. Die erste Frage ist vielleicht sehr dumm, aber wie kommt es, daß ich Sie mit menschlicher Stimme verstehen kann, und Frau Hoel nicht?«

»Weil ich meine Stimme direkt an Sie richte. Haben Sie schon etwas von Stimme mit Richtstrahler gehört?«

»Gut, das kenne ich zwar nur bei Radio«, sagte ich etwas verständnisvoll, »aber warum soll es das nicht auch bei Stimmen geben können? Aber nun ist meine Neugier groß, für was die Menschen Sie denn halten?«

»Jedenfalls nicht für einen Hahn.«

»Herr Alabaster, ich sehe Sie doch ganz deutlich als Hahn, ich weiß sogar, daß Sie gern mit jenem braunen Huhn schäkern.«

»Ganz recht, das italienische Huhn ist

meine Geliebte. Aber Sie bilden sich scheinbar ein, daß die Menschen alle gleich empfinden. Das ist durchaus nicht der Fall. Sie halten mich für einen Hahn, andere für ein Pferd, andere für einen Walfisch, das ist dasselbe, und Sie denken, es wäre etwas Verschiedenes.«

»Um Gottes Willen, Herr Alabaster, das ist mir zu hoch. Denken Sie, wenn also meine Frau Helma jetzt hierher kommt und Sie ansieht, dann . . .«

»Dann wird sie mich weder für einen Hahn noch für ein Pferd halten, sondern mich überhaupt nicht sehen.«

»Verstehe, Richtstrahler«, sagte ich schlagfertig.

»Nein, aber ich begegne Ihrer Frau vielleicht auch einmal, dann bin ich ein Meerschweinchen.«

»Jetzt geht mir etwas auf, Herr Alabaster, Sie erscheinen in verschiedenartiger Gestalt.«

»Ganz richtig, Herr Schwitters, ich bewundere die Schärfe Ihres Verstandes.«

Damit flog er von der Mauer in den Hof hinunter.

Ich sprang auf, um ihn einzuladen, wieder auf meine Veranda zu kommen, ich wäre bereit gewesen, ihm einen Stuhl anzubieten, aber er war nicht mehr anzureden. Zwar war es der gleiche Hahn, äußerlich, braun, mit mächtigem roten Kamm, mit goldener Halskrause, Sporne an den gelben Beinen, aber er kümmerte sich überhaupt nicht mehr um meine Reden, sondern flirtete wieder mit dem italienischen Huhn, wie ich es schon oft vorher beobachtet hatte. Und jenes Huhn war wieder ebenso gleichgültig wie immer. Denn es hatte nur Augen für den weißen Hahn, der immer so schmutzig aussah.

53–73 **Die gelbe Blume,** 2. überarbeitete Fassung, Fragment, GMs., 39 S., KSA. Gedruckt ist hier die überarbeitete 2. Fassung; denn die 1. Fassung ist verlorengegangen und von der 3. Fassung gibt es nur noch 2 kleinere Fragmente mit dem Titel **Kleine gelbe Blume.**

Der 2. überarbeiteten Fassung war ein Blatt mit folgendem Personenregister vorangestellt:

Hans (gefallen)
Kathrin (seine Frau)
Lore (deren Tochter, im letzten Kriegsjahr 6 Jahre alt)
Friedrich Nolte aus Heinkendorf (Station Mühle, im letzten Kriegsjahr 33 Jahre alt)
Die Wirtin, Frau Meier (Mutter Meier)
Heinrich Meier, deren Sohn (im letzten Kriegsjahr 18 Jahre alt)
Paul, Kathrins Liebhaber
Lehrer Brandes (im letzten Kriegsjahr 52 Jahre alt)
Fritz Müller (24)
Karl Steinmann (19)
Klärchen Umhoff (17) Tagelöhner bei Steinmann
Karo, der Hofhund
Peters, Tagelöhner bei Friedrich (Mutter Peters)

In der 2. Fassung ergaben sich durch die Überarbeitung folgende Varianten:

S. 58
Z. 27–28 Es fehlt der Satz: »Man kann nicht wissen, ob sich vielleicht hinterher noch Fragen ergeben werden.«
Z. 29 Dann rief sie Paul, der herauskam, und zog sich den Mantel an.
Z. 30 blieb Friedrich mit dem Gefühl
Z. 33 er wäre_gern
Z. 35 Der Satz: »Sie lag gepreßt in seinem Buch« ist ausgestrichen. Statt dessen wurde der Text Z. 35–37 eingefügt.

S. 59
Z. 1–2 in der Ecke aufgehalten hatte
Z. 2–3 nun auch gleich zu Friedrich, zu dem sie offenbar_mehr
Z. 8 noch_schöner
Z. 9 Mutter viel Kommißbrot
Z. 13 kennst das_nicht
Z. 17 »fragte Lore bestätigend« fehlt
Z. 19 es_so selten
Z. 23 »die sind keine Prinzen« fehlt
Z. 26 »wenn du es mir sagst« fehlt

S. 60
Z. 1–2 »Muß sie denn noch eine weite Reise machen?« fehlt
Z. 3 Ja, sie ist schön, nicht wahr?
Z. 4 u. 5 fehlen
Z. 16–17 »nun stecke ich sie wieder in meine Tasche. Nicht wahr?« fehlt
Z. 18–19 sie mir wieder. Aber vergesse
Z. 23–29 eingefügt wurde der Textteil von

»diese Blume in Zukunft« ... bis »die da vor ihm stand, und«

Z. 32 Die kleine Lore aber gefiel ihm sehr gut und darum blieb er und

Z. 33 »das, was sie bauten,« fehlt

Z. 34 »denn er war der Besitzer eines geerbten kleinen Bauernhofes« fehlt

Z. 37–38 Ja, es ist ein Bauernhaus, die Treppe ist draußen. Das sind auch kleine Häuser, nicht so wie hier.

S. 61

Z. 1 denn_schön

Z. 7 »sagt Lore und klopfte in ihre Hände« fehlt

Z. 14 müssen sie_kennenlernen

Z. 14 ein Düngerhaufen

Z. 27 süßes Kind, dein Vater hat ganz recht.

Z. 30 nach einigen Stunden Kathrin wiederkam, allein.

Z. 32 nicht ganz geregelt

Die beiden Fragmente, die von der dritten Fassung erhalten sind, werden im folgenden abgedruckt, MMs., 7 S., KSA. Auf einem Schutzumschlag finden wir die Eintragung: **Kleine gelbe Blume** (Alter im Jahre 1918)
Personen
Hans (25)
Kathrin, seine Frau (23)
Lore, deren Tochter (5)
Paul, der Freund Kathrins (18)
Friedrich (23)

Kleine gelbe Blume
Es war in einer klaren, kalten Sommernacht. Der Himmel stand voller Sterne. Und die Sterne blinkten, als flackerten sie, und neben dem Glanz der brennenden Welten sah der Himmel nicht schwarz, sondern tief blau aus.

Zwei Soldaten in feldgrauer Uniform standen in dieser Nacht im vordersten Graben und wachten und beobachteten den Sternenhimmel. Friedrich sah alle ihm bekannten Sternenbilder, die ihm in der Dorfschule sein Lehrer oft gezeigt hatte, und dachte daran, daß das alles Sonnen wären wie unsere Sonne. Und während er so grübelte, träumte Hans.

Er träumte von anderen Welten mit anderen Leiden aber auch anderen Freuden. Ob dort irgendwo auf einer Erde auch Weltkrieg war? Von Zeit zu Zeit flackerte irgendwo eine Leuchtrakete auf, flog hoch im Bogen und war wundervoll anzusehen in ihrem Glanz. Dann konnte man für diesen Augenblick keine Sterne mehr erkennen. Dafür sah man einen schmalen Streifen zerschossenen Geländes rund um die Gräben. Der sah sehr wild und nackig aus und war von unzählbaren Granattrichtern zerstückelt.

Und jedes Mal, wenn solch eine Rakete leuchtete, starrte Hans unverwandt mit gespannter Aufmerksamkeit auf einen Fleck zwischen den Gräben, da war eine flache Stelle, vorn zwischen zwei großen Trichtern, auf der Gras wuchs, wenig Gras. Und in dem Grase blühte eine einzige, unscheinbare gelbe Blume.

Diese kleine Blume war für Hans ein Gruß aus der Welt des Friedens, deshalb spähte er immer so aufmerksam nach ihr. Sie beruhigte ihn, weil er durch sie erfuhr, daß auf dieser Welt trotz Krieg und Verwüstung immer noch Blumen wachsen. Das gab ihm die Gewißheit, daß nicht überall Kampf, Haß und Verzweiflung sind, und das gab ihm das Vertrauen, daß allen Mordwaffen zum Trotz der am Leben erhalten bleibt, den das unergründliche Schicksal erhalten will.

Hans kannte diese Blume schon lange, die dort einsam blühte, er hatte sie schon tagelang beobachtet, sich mit ihr auf die Sonne gefreut, um sie gebangt, wenn irgendwo ein Granatenschuß donnerte.

Lange hatten die beiden Soldaten geschwiegen, jeder mit sich beschäftigt. Da fragte Friedrich neugierig: »Was ist es eigentlich, das du da immer so aufmerksam betrachtest, Hans, gestern und vorgestern und heute, den ganzen Tag und die ganze Nacht?«

»Eine Blume«, antwortete Hans kurz.

»Eine Blume, die sehe ich überhaupt nicht.«

»Sie ist auch nicht groß, eine kleine gelbe Blume ist es. Aber ich denke dabei an Lore.«

»So, du hast eine Braut?«

»Weil ich eben Lore sage? Nein, ich bin doch verheiratet.«

»Deshalb könntest du doch eine kleine Braut haben. Aber es ist ja nicht zu schwer zu raten, deine Frau heißt Lore.«

»Das ist falsch geraten, meine Frau heißt Kathrin.«

»Ja, wer ist denn Lore, wenn sie nicht deine Frau und nicht deine Braut ist?«

»Meine Tochter.«

»Ach so, dein Kind. Und was hat das mit der Blume zu tun?«

»Die will ich ihr schenken, dann freut sie sich.«

»Ja, gibt es denn zu Hause bei euch nicht solche Blumen? Es ist doch ein ganz gewöhnliches Unkraut.«

»Nein, im Hofe zwischen den Häusern, wo Lore spielt, da wächst nichts. Und auf den Straßen rund um unser Haus ist nicht ein grünes Blatt zu sehen.«

»Dann kennt Lore wohl Blumen noch gar nicht?«

»Nein, sie kennt sie nicht.«

»Dann ist Lore wohl noch ein kleines Kindchen?«

»Ja, klein ist sie wohl. Als wir vor vier Jahren ins Feld zogen, lernte sie das Gehen, und als ich vor zwei Jahren auf Urlaub war, konnte sie schon erzählen.«

»Ja, wann können wir wieder auf Urlaub fahren?«

»Ich fahre morgen. Morgen werden wir abgelöst, und dann trete ich meinen zweiten Urlaub an.«

»Dann bringst du ihr vielleicht die Blume mit?«

»Dann bringe ich sie Lore mit.«

»Weil es hier kein anderes Andenken für kleine Mädchen gibt.«

»Und weil Lore gerade solch ein liebes Kind ist.«

»Ich will dir etwas sagen, Hans, ich gebe dir eine Mark mit für Lore, dann kaufst du ihr etwas auf dem Bahnhof.«

»Ich danke dir, Friedrich, für Lore nehme ich es gern, und werde ihr Schokolade dafür kaufen, die kennt sie nicht. Aber hast du denn kein Kind selber?«

»Nein, ich habe niemand, ich bin ganz allein.«

Da fauchte es wieder in den Lüften, heulte und zischte, und eine schwere Granate schlug ein, ganz dicht, daß der Boden zitterte.

Die beiden Soldaten duckten sich. Dann richteten sie sich auf und spähten in die Nacht.

»Siehst du nichts?« fragte Hans.

»Es ist zu dunkel, ich sehe nur einige Grashälmchen gegen den Himmel.«

»Was meinst du, ob ich die Blume eben hole?« fragte Hans, »sie steht da zu gefährlich.«

»Das wirst du schön bleiben lassen. Es ist auch viel zu dunkel, und du verlierst die Richtung und findest vielleicht überhaupt nicht wieder zurück in den Graben.«

»Dann warte ich, bis es hell wird.«

»Wenn sie noch da ist.«

»Eigentlich wird heute nicht viel geschossen.« Als Hans das gesagt hatte, sauste eine schwere Granate dicht beim Graben nieder und zerplatzte.

»Du, Friedrich, ich hole die Blume besser doch, sonst wird sie mir noch zerschossen.«

»Unsinn, du kaufst dir eine auf dem Bahnhof.«

»Aber das wäre doch nicht diese Blume, die hier für Lore gewachsen ist.«

»Blume ist Blume.«

»Das stimmt nicht. Ich muß sie jetzt für Lore holen.«

»Du tust das nicht, du bleibst hier!« sagte Friedrich streng. Er hatte immer geglaubt, Hans hätte das alles nur erzählt, um sich und ihn zu unterhalten. Aber Hans schien sein Leben riskieren zu wollen, um diese Blume zu holen.

Da flog eine Leuchtrakete und beleuchtete grell die kleine gelbe Blume.

Beide Soldaten blickten gespannt hin.

»Hol sie nicht!« sagte Friedrich warnend.

»Ich tue es doch«, sagte Hans, »es ist doch für Lore!«, und mit einem Satze war er draußen, bevor ihn Friedrich zurückhalten konnte.

Zufällig flogen jetzt mehrere Leuchtraketen, ununterbrochen, so daß Friedrich sehen konnte, wie Hans der Blume näherkroch. Er hatte die richtige Richtung. Wenn es zu hell wurde, so duckte er sich. Gleich kroch er dann wieder weiter, bis er da war.

Dann aber zögerte er. Er brach die Blume nicht gleich ab, sondern betastete sie, legte sich neben sie, als wollte er ihr noch Zeit geben zu wachsen. Dann kehrte er zum Graben um ohne die Blume.

Wieder flog eine Rakete, und Hans sah die Blume wieder. Das war seine Blume und Lores Blume.

Jetzt war er entschlossen, die Blume zu brechen. Wie von einer unbekannten Macht gezogen, wandte er sich ihr wieder zu und ging zurück. Er kroch nicht mehr, sondern ging gebückt. Denn er fühlte sich sicher.

Als er bei ihr war, riß er sie nun ohne Zögern mit einem Ruck ab. Ein unsagbares Wonnegefühl durchwogte ihn. Er drückte die Blume zuerst gegen die Lippen, dann hielt er sie ganz hoch gegen den Sternenhimmel. Dabei rief er wie in Ekstase laut den Namen Lore, dreimal.

Friedrich war sehr erschrocken, denn Hans hatte ziemlich laut gerufen.

»Komm zurück!« rief er ihm zu, aber vergeblich.

Hans schien wahnsinnig geworden zu sein. Zwischen den Gräben stand er hoch aufgerichtet gegen den Himmel, ein gutes Ziel für den Feind. Ja, er reckte sich noch auf und hielt seine Blume so hoch wie er nur konnte. Es sah für Friedrich aus, als ob er die Blume direkt unter die blanken Sterne halten wollte.

»Du bist ja verrückt geworden!« rief Friedrich verzweifelt, aber auch im feindlichen Graben war man aufmerksam auf Hans geworden.

Da knallte auch schon ein Schuß. Hans schrie auf und fiel um.

Jetzt war auch Friedrich mit einem Satze aus dem Graben. Vorsichtig tastend kroch er vor, bis er Hans fand. Dann schleppte er den schwer Verwundeten in den Graben. Es war eine schwere Arbeit. Ununterbrochen schlugen Granaten ein und leuchteten Raketen auf.

Hans stöhnte leise und war sehr schwach. Blut floß aus einer Wunde in der Brust. Friedrich wollte ihn verbinden, aber Hans wollte es nicht.

»Es ist zu spät«, sagte er, »ich fühle, daß ich sterben muß.«

Seine Zunge war schwer, als er das sagte. »Aber ich bitte dich, mir einen Freundschaftsdienst zu erweisen.«

»Jeden, den du willst!« sagte Friedrich, indem er ihm die Hand drückte.

»Bring diese Blume Lore, als letzten Gruß ihres Vaters, der sie sehr geliebt hat.«

»Wenn ich am Leben bleibe, ja.«

»Aber versprich mir, daß nicht Kathrin sie kriegt, sie soll sie nicht haben!«

»Ich verspreche es. Aber Kathrin ist doch deine Frau und Lores Mutter.«

»Sie ist sie nicht wert.«

Hans richtete sich schmerzhaft auf, vor Erregung. Friedrich aber schloß seine Arme um ihn und sagte voll Überzeugungskraft: »Sei jetzt ruhig, ich gebe sie nur Lore, und sorge für Lore, dein Kind, so gut ich es kann und werde sie vor deiner Frau zu schützen wissen.«

Hans versuchte Friedrichs Hand zu fassen und sprach sehr schwach und langsam: »Ja, – – – hab Dank, – – – grüß Lore, – – – und sei du – – – von nun an – – – ihr Vater.«

Hans hatte es mit großer Anstrengung gesagt, dann sank er in Friedrichs Arme und starb.

Die Dachrinne am Hinterhause in der Bleichenstraße war undicht, und wenn es regnete, fiel eintönig Tropfen auf Tropfen auf den kleinen häßlichen Hof hinunter, in dem weder Blumen, noch Gras wuchsen. In diesem Hof lag nun ein Blechstück, und niemand wußte, wer es dorthingeworfen hatte, und das Blech lag etwas schräg gegen die Wand gelehnt, und gerade so, daß, wenn es aus der undichten Stelle der Dachrinne tropfte, jeder Tropfen auf das Blech fiel, was immer einen harten Klang gab. Die Einwohner konnten in der Nacht, wenn es regnete, kaum schlafen, weil sie immer den gleichmäßigen und doch unregelmäßigen Klang des Tropfenfalles hören mußten. Darum hatten sich die Mieter der kleinen, dunklen und häßlichen Wohnungen zusammengetan und eine gemeinsame Eingabe betreffend die Beseitigung des Bleches an den Hauswirt gerichtet, denn bei dem ungewöhnlich schlechten Zustande der Wohnungen und des ganzen Hauses wagte es keiner, etwa die Ausbesserung der Dachrinne zu verlangen. Der Hauswirt stand aber auf dem Standpunkt, daß kleine Forderungen stets größere nach sich zu ziehen pflegen, und verweigerte daher die Beseitigung des besagten Bleches unter der Begründung, daß nicht er es dorthingelegt habe. Statt dessen machte er seinerseits den Vorschlag, die Mieter möchten unter sich ausfindig machen, wer das Blech dorthin gelegt habe, und zwar bindend, damit er den Schuldigen veranlassen könnte, das Blech unverzüglich zu entfernen. Infolgedessen bezichtigten sich nun die Mieter gegenseitig, aber nicht bindend, so daß der Hauswirt nicht eingreifen konnte, und das Blech zum Ärger aller liegen blieb.

So tropfte es eintönig auf das Blech, Tropfen auf Tropfen, Jahr für Jahr, und wenn es abends dunkel war, klang es lauter.

An einem dunklen und regnerischen Novemberabend, als der Krieg soeben zu Ende war, stand in diesem kleinen Hofe, in seinem Gebetbuch gepreßt und getrocknet die kleine gelbe Blume, Friedrich. Es tropfte eintönig, dazu klang im Hinterhaus leise eine Geige. Jemand, der nicht spielen konnte, spielte mit viel Gefühl und sehr falsch, dafür aber fast ohne Takt, das an sich schon melancholische Lied vom Knaben, der ein Röslein stehen sah. Manchmal wiederholte er die falschen Stellen, als ob er es bemerkt hätte, daß sie falsch waren. Nur wurden sie bei der Wiederholung keineswegs etwa richtig. Jemand, der dieses Spiel störte, schien es durch Flöten übertönen zu wollen. In anderen Wohnungen kümmerte man sich nicht um die verschiedenen musikalischen Geräusche, sondern man hatte seinen Lautsprecher auf den Sender eingestellt, den man gerade zu hören beabsichtigte. Was machte es da viel aus, daß im Vorderhause, wo die besseren Leute wohnen, ein Dienstmädchen in der nach dem Hofe liegenden Küche aus vollem Halse sang, während sie Kartoffeln briet? Es roch nach Zwiebeln.

Friedrich konnte den Eingang zum Hinterhause nicht finden, weil es so dunkel war, und in diese Dunkelheit leuchteten grelle Lichtstreifen aus den Fenstern, die ihn blendeten. Nachdem Friedrich einen leeren Mülleimer umgestoßen hatte, verhakte er sich in einem Draht und stolperte gegen die Kellertür, als er einen Schritt hörte. Friedrich fragte nach Frau Kathrin.

»Was wollen Sie von ihr?« fragte eine Männerstimme zurück, und es lag in dieser Frage etwas wie ein Vorwurf, als wollte dieser Unbekannte damit sagen, er würde es nicht zulassen, daß Friedrich Kathrin besuchte.

»Ich muß ihr etwas von ihrem Manne bestellen«, sagte Friedrich.

»Von wem?«

»Von ihrem Manne.«

Der Fremde sagte nur: »So!« und verschwand in dem spärlich erleuchteten Durchgang des Vorderhauses.

Friedrich fand aber nun den Eingang, aus dem der Mann gekommen war, und damit Kathrins Wohnung. Es schien Friedrich so, als ob die kleine gepreßte Blume zu leuchten anfinge in dem Buch in seiner Tasche. Er wußte es, daß sie nicht leuchten konnte, und außerdem sah er das Buch auch gar nicht, aber er fühlte es, als ginge ein unbekanntes Leuchten von der Blume aus. Man sieht manchmal Dinge, ohne hinzusehen. Und Friedrich hatte seit dem Tode seines Kameraden immer an diese Blume . . .

In einem kleinen blauen Notizheft von Schwitters findet sich ein weiteres Fragment von Teil II, GMs., 11 S., KSA. Der vorherige Eintrag trägt das Datum: 20. 5. 35.

Kleine gelbe Blume

II

Die Dachrinne am Hinterhause in der Bleichenstraße war undicht geworden, und da es gerade regnete, fiel eintönig Tropfen auf Tropfen auf den kleinen Hof, in dem weder Blumen noch Gras wuchsen. Aber da lag ein Blech, und niemand wußte, wer es fortgeworfen hatte, schräg an die Hauswand gelehnt, und jeder Tropfen gab einen harten Klang auf diesem Blech. Des Nachts konnten die Leute kaum schlafen, weil es oft regnete und weil das Tropfen auf das Blech sehr störte. Darum hatten sich die Mieter der kleinen, häßlichen Wohnungen zusammengetan und eine gemeinsame Eingabe an den Hauswirt gemacht betreffend Beseitigung des Blechs, denn bei dem außergewöhnlichen schlechten Zustand der Wohnungen und des ganzen Hauses wagte es niemand, etwa die Ausbesserung der Dachrinne zu verlangen. Der Hauswirt aber wußte, daß kleine Forderungen immer größere nach sich ziehen, und verweigerte die Beseitigung des Bleches unter der Begründung, daß er es nicht dahin gelegt hätte. Daher machte er den Vorschlag, die Mieter hätten unter sich auszumachen, wer das Blech dahin gelegt hätte, damit er den

Schuldigen veranlassen könne, das Blech fortzunehmen. Die Folge davon war, daß die Mieter sich nun gegenseitig bezichtigten, und daß das fragliche Blech liegenblieb. Und so tropfte es eintönig auf das Blech, eintönig fiel Tropfen auf Tropfen, und wenn es abends dunkel war, tönte es lauter.

An einem dunklen Novemberabend, als der Krieg soeben zu Ende war, stand Friedrich in diesem kleinen Hof, und in seinem kleinen Gebetbuch war eine kleine gelbe Blume, gepreßt und getrocknet. Eintönig tropfte es, und es war so dunkel, daß Friedrich den Eingang zum Hinterhaus nicht finden konnte.

Erst stieß er gegen die Mülleimer, dann verhakte er sich in Draht und hatte gerade eine falsche Tür gefunden, als ein Herr schnell vorbeiging vom Vorderhaus ins Hinterhaus.

Er rief ihn an und fragte nach Frau Kathrin.

»Was wollen Sie von ihr?« fragte der Herr, und in seiner Stimme lag etwas von Vorwurf, als ob der sagen wollte, er würde es nicht zulassen, daß Friedrich zu ihr ging.

»Ich muß ihr etwas bestellen.«

»Von wem?«

»Von ihrem Mann.«

»Der könnte es selber tun«, sagte der Fremde unfreundlich und verschwand im spärlich erleuchteten Treppenhaus.

Friedrich fand auf diese Weise aber Eingang und Treppe und stand nun vor Kathrins Wohnung. In seiner Brusttasche war die gelbe Blume und leuchtete; jedenfalls schien es Friedrich, als ob sie durch das Papier des Buches und das Zeug leuchten könnte, auch wenn er nicht hinsah. Das kam aber daher, daß er seit mehr als drei Monaten, seit dem Tode seines Kameraden Hans immer nur an die gelbe Blume und an Lore dachte, das unbekannte Kind. In seinem Ohre klang es noch von Hansens Worten: »Versprich mir, daß Kathrin sie nicht kriegt, sie soll sie nicht haben, sie ist es nicht wert.« Jetzt wollte er sie abliefern, die kleine gelbe Blume, die der sterbende Vater seiner Lore schickte.

Friedrich klingelte. Ein kleines Mädchen von etwa 5 Jahren öffnete ihm die Tür.

»Bist du die Lore?« fragte Friedrich.

»Ja, ich bin die Lore«, antwortete eine wundervoll reine und helle Kinderstimme.

»Dann soll ich dich von deinem Vater recht herzlich grüßen.«

»Ich habe doch keinen Vater, ich habe nur eine Mutter, und die hat viele Väter.«

»Nein, Lore, du hast einen Vater, und der ist Soldat. Dein Vater hat dich sehr lieb.«

»Ist der denn beim lieben Gott, weil ich ihn nicht kenne?«

»Ja, da ist er, und darum läßt er dich schön grüßen.«

»Dann kommst du wohl auch vom Himmel?«

Diese Bemerkung schmerzte Friedrich ein wenig, denn der Vergleich des Schützengrabens mit dem Himmel war für ihn durchaus nicht überzeugend.

Kathrin hatte inzwischen gehört, daß da ein Besucher war, ohne verstanden zu haben, was er sagte, und rief aus dem Zimmer: »Lore, sage dem Herrn, daß ich jetzt nicht zu sprechen wäre, ich habe Besuch.«

Friedrich aber ging mit ins Zimmer, in dem Kathrin Arm in Arm mit dem Herrn saß, den er unten nach ihrer Wohnung gefragt hatte. Es war hell an der Tür, weil die Lampe gegen das Zimmer hin abgeblendet war durch ein rosa geblümtes Tuch.

Als Kathrin Friedrich mit seiner feldgrauen, schmutzigen und zerrissenen Uniform eintreten sah, sprang sie auf und wich unwillkürlich etwas zurück. Friedrich aber ging auf sie zu, reichte ihr die Hand zum Gruße und sagte: »Sie brauchen nicht zurückzuweichen, Frau Kathrin, ich komme direkt aus dem Felde und habe meinen Arbeitsanzug noch nicht wechseln können.« Die Uniform nannte er bezeichnend Arbeitsanzug.

Kathrin legte ihre Hand teilnahmslos in die seine und sah in sein unrasiertes Gesicht.

Dabei fiel es Friedrich auf, daß Kathrin scharfe und viele Falten im Gesicht hatte. Der Herr in der dämmrigen Ecke stand mit auf, räusperte sich und tat, als ob er unbemerkt verschwinden wollte.

»Ich bringe Ihnen einen Gruß von Ihrem Mann, Frau Kathrin«, sagte Friedrich.

»Danke schön, ich habe mir gleich so etwas gedacht«, sagte Kathrin tonlos.

»Mutti, ist das mein Vater?« fragte Lore.

»Ja, Kind.«

»Der ist beim lieben Gott.«

»Ist er tot?« fragte Kathrin hastig, aber ohne innere Anteilnahme.

»Er ist tot«, sagte Friedrich jetzt ebenso ohne Betonung, denn noch wußte er nicht, wie er es betonen sollte.

»Er ist tot«, wiederholte Kathrin, gleichgültig, wie wenn sie eine Tatsache ignorieren wollte.

»Schon drei Monate, hat man es vergessen, Ihnen mitzuteilen?«

»Ich wußte es nicht, und er schrieb ja so selten.«

»Ich bringe Ihnen hier einige Kleinigkeiten und sein Eisernes Kreuz«, sagte Friedrich. Kathrin nahm alles hin und legte es achtlos beiseite. Dann sprach sie einen konventionellen Dank aus.

Einen Augenblick war es nun still, so daß Friedrich einen Tropfen eintönig auf das Blech klopfen hörte.

»Ja, Sie hören auch auf den Tropfen«, sagte Kathrin, »das tropft wohl schon drei Monate so, weil niemand das Blech wegnehmen will. Niemand fühlt sich verpflichtet, weil es niemandem nachzuweisen ist, ob er das Blech hingelegt hat. Und wer es trotzdem wegnimmt, der macht sich doch geradezu schuldig, denn damit erkennt er ja an, daß er es hingelegt hat, um das ganze Haus durch den ewigen Tropfenfall zu belästigen. Ja, es stört fürchterlich. Des Nachts kann man nicht schlafen, und die Herren beklagen sich alle über das Blech. Sie glauben es einfach nicht, was ich mich die letzten drei Monate über das Blech schon aufgeregt habe. Das ganze Haus hat sich aufgeregt. Wir sind jetzt alle miteinander verkracht nur wegen dieses unseligen Bleches.«

»Frau Kathrin«, antwortete Friedrich, »Ihr Mann hat mir von Ihnen erzählt; wollen Sie nicht auch von ihm etwas hören? Ich berichte gerne, was ich weiß.«

»Das ist sehr freundlich von Ihnen; er ist eben gefallen wie so viele tapfere Krieger, aber das weiß ich nun ja schon.«

»Ich dachte, um Sie etwas zu beruhigen.«

»Bin ich aufgeregt?« fragte Kathrin fast entrüstet. »Sehen Sie, das kann ich nun verstehen; wir sind alle in Gottes Hand, und der Soldat kann im Kampf leicht fallen.«

Einen Augenblick hielt sie inne und horchte auf den Tropfenfall. Dann sagte sie: »Jetzt weiß ich auch, warum man es mir nicht gleich mitgeteilt hat; es ist nur wegen der Rente.«

Friedrich erklärte ihr, daß es im Feld nicht immer so ohne Fehler zugehen kann, weil man da überall mit unvorhergesehenen Unfällen rechnen muß. »Aber ist Ihnen denn die Rente wichtiger als das Leben Ihres Mannes?« fragte er bitter, denn er hatte nicht geglaubt, daß eine Frau so herzlos sein kann.

Kathrin aber öffnete die Tür zum Nebenzimmer, in dem der junge Mann von vorhin bei einer Zigarette saß und rief ihm zu: »Paul, ich bin Witwe, ich erhalte jetzt eine Rente. Reg' dich nicht auf. Dieser Herr bringt mir nur diese Nachricht. Du siehst, ich habe jetzt keine Zeit, ich muß mit dem Herrn die Rentenangelegenheit besprechen.«

»Sie irren«, sagte Friedrich jetzt, »ich kann mit Ihnen nicht über Ihre Rente sprechen, darüber weiß ich überhaupt nicht Bescheid.« Er sagte es zu Kathrins richtigster Enttäuschung.

»Aber dann können Sie mir vielleicht sagen, an wen ich mich wenden soll? Sie wissen doch, Frauen sind in praktischen Dingen so ungeschickt. Und Sie können es mir glauben, die Rente ist außerordentlich wichtig für mich, denn wir haben eine entbehrungsreiche Zeit im Kriege durchmachen müssen.«

Es war Friedrich jetzt klar, was Hans mit dem Ausdruck gemeint hatte, daß Kathrin die gelbe Blume nicht wert sei, jene Blume, um die ihr Mann hatte sterben müssen. Und er beschloß daher, nicht mit ihr darüber zu sprechen. Ein Ekel vor der grausamen Selbstsucht dieser Frau, die ihren noch am Leben geglaubten Mann mit jenem Paul offenbar betrog, überkam Friedrich, und er mußte sich von seinem Zorn befreien, indem er sagte: »Sie sollten sich etwas schämen.«

»Warum soll ich mich schämen?« fragte Frau Kathrin selbstsicher, »etwa weil ich erst an mich denke, bevor ich Ihre sentimentalen Erinnerungen an den Tod meines ehemaligen Mannes mir anhören soll? Junger Freund, unsere Ehe ist von Anfang an nicht glücklich gewesen.«

»Den Eindruck habe ich zwar auch, aber, soviel ich beurteilen kann, trägt Ihr Mann nicht die Schuld daran.«

»Das geht Sie gar nichts an. Sagen Sie mir lieber, an wen man sich in Rentenangelegenheiten wenden muß.«

Friedrich schüttelte den Kopf und blieb stumm. Da kam jener Paul mit müdem Gang aus dem Nebenzimmer und sagte: »Wir gehen einmal zum Generalkommando. Jedenfalls werden wir es dort erfahren können.«

»Du hast recht«, sagte Kathrin zu Paul, »die haben außerdem noch spät am Abend auf«, und zu Friedrich: »Ich danke Ihnen jedenfalls sehr, Herr Soldat, für die mir sehr wertvolle Mitteilung. Sie werden es auch verstehen, daß ich als alleinstehende Frau erst Klarheit in wichtigen Dingen haben muß; bedenken Sie, daß Hans als einfacher Soldat gefallen ist. Und was das für seine arme Witwe bedeutet, können Sie sich ausmalen. Die Rente erfolgt natürlich nicht standesgemäß, und man wird sich so früh wie möglich darum kümmern müssen.« Dann wollte sie gehen.

»Soll denn das Eiserne Kreuz hierbleiben?« fragte Friedrich.

»Ich weiß nicht, was ich damit soll«, sagte Kathrin. Aber dann besann sie sich und sagte: »Sie haben doch recht. Ich nehme es mit zum Generalkommando. Man kann nicht wissen, was es mir helfen kann. Aber sie ...

73 **So wahr ich Gottfried heiße,** datiert 2. 4. 35, GMs., auf einem kleinen Karton, 1 S., KSA.

74 **Die Fische sind nachmittags billig,** datiert 27. 6. 35, GMs., 1. S., KSA.
S. 74
Z. 10 Das Papier an der rechten Seite ist ausgerissen. Der Textteil fehlt deshalb.

74–76 **Bombenangriff,** GMs., auf Zeitungsrändern der Zeitung: ›B.T. Københavenernes Dagbog‹, 20. Jg. Nr. 248 (10. Sept. 1935), KSA.

76–80 **Verein Amor** Festansprache zum 10jährigen Bestehen, datiert 29. 11. 1935, GMs., auf 14 Seiten der ›Mitropa-Zeitung‹, Nr. 449, Ausgabe Frankfurt a. Main (25. Nov. bis 1. Dez. 1935), KSA.

80–100 **Konrad Hull,** datiert 30. 12. 1935, GMs., auf einer beidseitig beschriebenen Mitropa-Frühstückskarte und auf 22 Seiten Schreibpapier, KSA.

101–124 **Ich sitze hier mit Erika,** datiert 2. 7. 1936, MMs., 29 S., KSA. Gedruckt ist der von K.S. verbesserte Text.
Varianten:
S. 101
Z. 15 nicht hier gewesen ist
Z. 26 Alexandrahotels__, in dem
Z. 26 in dieser Richtung
Z. 28 als Maler__sehr
S. 102
Z. 8 kocht man__Kaffee
Z. 17 meine Insel allein,
S. 103
Z. 11 Dafür__hält sie
Z. 14 durchgebrochen hat.
Z. 16–17 furchtbar schnell fortgelaufen.
Z. 32–33 ziemlich weinerlich__. Aber sehen Sie sich__die guten Bürger mal an,
Z. 34 da finden Sie sicherlich neben Protz
S. 104
Z. 20 Dafür standen aber
Z. 31 bietet noch mehr
Z. 33 sucht manchmal etwas und kann es nicht__finden.
S. 105
Z. 19–20 um die__seelische Depression
Z. 24 kaufte mir__300 Kragenknöpfe
Z. 35 an die alten Verhältnisse
S. 106
Z. 3 bin ich__abergläubisch
Z. 8–9 tut es auch nicht
Z. 10 »Und wenn was herunterfällt, bin ich tot.« fehlt
Z. 13 ist, die ich mein nennen darf
Z. 21 wirklich mal das Glück
Z. 26 selbst__ausbaden
S. 107
Z. 2 darüberhinaus__noch
Z. 5 zu lustig__anzusehen
Z. 7–8 stelle ich mir__vor, wenn man etwa
Z. 15 allein__genug
Z. 26 bringt immer in diesem Lande
Z. 33 nicht vorkommen
S. 108
Z. 7 weiß__niemand
Z. 8 nicht, sie hat
Z. 18–19 auch__nichts aus
Z. 24 kam__ein Huhn
Z. 30–31 schüttelte sich__, als wollte sie

S. 109
Z. 14 Balken errichtet.
Z. 33 auf den kleinen Berg
S. 110
Z. 18 Der liegt in den Wolken
Z. 23 stimmt denn das?
S. 111
Z. 7 Schreibmaschine_?«, fragt sie.
Z. 9 wie weit bist du denn?
Z. 21–22 Flammenausdruck drin ist.
Z. 26 eine aufgeregte Zeit
Z. 27 hat es sicherlich schwer, das muß man sehen.
S. 112
Z. 15 hintereinander_im Gänsemarsch
Z. 18 gehießen habe.
Z. 23 von der Pyramide
S. 113
Z. 4 der Jubel endlich gelegt hatte
Z. 6 Norweger_, sie waren
Z. 8 hat das auch
Z. 17 Kopf_zur Tür
Z. 20–21 gehäuft wurden.
Z. 22 er_bis zur Decke
Z. 27 schrie ich_, »verlasse
S. 114
Z. 4 ich_geträumt
Z. 5 auch phantasiert?
S. 115
Z. 17 meines Bettes
Z. 35 nämlich_2 Wasserstellen
Z. 36 im Hof
Z. 37–S. 116 Z. 1 auch seit einigen Tagen leer
S. 116
Z. 7 an_Seife gewöhnt
Z. 11 aus von der amerikanischen Provinzstadt Chicago.
Z. 16 Provinzstadt
Z. 17 Centen_gegeben
S. 117
Z. 4 sind auch die Japaner_dabei
Z. 18 Freiheit verlieren
S. 118
Z. 9 bei der Gelegenheit
Z. 13 einen eichenen
Z. 27 Provinzstadt
S. 119
Z. 8–9 verhakt haben_, herunterholen muß, dann erst merkt man, wie reich_die
Z. 27 das Hauptthema
Z. 36 bedeutet.
S. 121
Z. 3 gestotottert hat,_fragt
Z. 6 Weltgefühl geben.
S. 122
Z. 26 deklamierte, kam von fern
Z. 34 _große Komplimente
S. 124
Z. 14 Ähnlichkeit unter_einander

125–126 **Der junge Kunstmaler Meier,** datiert Den Haag, d. 28. 11. 36, GMs., auf einem Blatt Zeichenpapier, KSA.

126–129 **Die drei Wünsche,** MMs., 5 S., KSA. Gedruckt ist die 2. Fassung mit den handschriftlichen Verbesserungen.

Varianten der 1. Fassung:
S. 126
Z. 3 eine leicht gebeugte
Z. 6 ich weiß nur nicht, was.
Z. 6 antwortete sie
Z. 7 sage es dir nicht
Z. 7–8 Aber ich habe_die Fähigkeit, es dir zu gewähren.
Z. 10 _Sei aber klug in Deinen Wünschen, denn Du kannst nur dreimal etwas wünschen.«
Z. 11 roch es_nach Schwefel
Z. 12–13 Man stelle es sich nur einmal vor, daß man plötzlich drei Dinge wünschen darf,
Z. 14 da werden wohl die meisten Menschen ratlos.
S. 127
Z. 1 etwas nachzudenken
Z. 1–2 am meisten wünschenswert für einen unglücklichen Menschen
Z. 6 befand
Z. 6–7 eigentlich doch
Z. 8–9 Es fehlt: »Denn nur das ist Glück, was andere auch haben wollen.«
Z. 11 glücklich sein wollte
Z. 11–12 sich in seiner Seele Reichtum
Z. 18 aufrecht stand
Z. 20–21 Besseres bringen
Z. 22–23 aus dem Daunenbett
Z. 24 dreihundertunddreiunddreißig
Z. 28 Es fehlt: »Aber ihn kümmerte das wenig«
Z. 29 das alles beglückte
Z. 32 zwei_Wünsche

Z. 33 glücklich werden
S. 128
Z. 6 Namen_abgeschafft
Z. 11 Es fehlt: »Er war gelangweilt.«
Z. 12 Es fehlt: »Leider.«
Z. 14–15 des einen_nicht paßten. Aber was nützte das_? Es gab einen_ großen Knall und eine_Stichflamme, und dann
Z. 20 sann er und sann er
Z. 24 nur gut überlegen
Z. 26–27 noch Besseres wünschen sollte
Z. 28–29 anderen Mitglied über ein drittes Mitglied zufällig sagte:
Z. 35 Köpfchen! Man muß nur etwas nachdenken!
Z. 36–37 die_Gestalt und_das Aussehen
S. 129
Z. 1 Luft zu holen
Z. 8–9 war_Wasser_und Tränen._Da
Z. 10 vorbeigeschossen
Z. 19 zu dem jungen unerfahrenen Manne
Z. 21 irgendwo_liegt
Z. 21–22 in dir_liegen
Z. 22 in dir_und denk immer, daß
Z. 24 glücklich machen.

130–132 **Das häßliche Mädchen** (Ein Märchen), datiert 28. 1. 37, GMs., auf Briefpapier des Hôtel Continental, Stockholm, 4 S., KSA.

132–134 **Finden,** datiert 29. 6. 37, GMs., auf 5 herausgerissenen Notizblockseiten, KSA.

135 **Meine erste Liebe,** datiert Molde, den 13. 12. 1937, HMs., auf Briefbogen des Alexandra Hotel, Molde, 4 S., KSA.

136 **Gertrud,** datiert Molde, den 13. 12. 1937, HMs., auf Briefbogen des Alexandra Hotel, Molde, 2 S., KSA.

137–138 **Aus dem Land des Irrsinns Einleitung,** GMs., 2 S., in einem blauen Notizbuch, KSA. Überschrieben war das Notizbuch ›Irrland‹. Ein zweiter Entwurf zur Einleitung findet sich auf einem Zettel, datiert Molde, 6. 12. 37, GMs., 1 S., KSA.

Das Land des Irrsinns

Daß wir in einer Welt des Irrsinns leben, weiß jeder, denn jeder war schon sicherlich einmal in der Lage, zu sehen, daß alle anderen Menschen sich verrückt benahmen, während er selbst alles gut und richtig machte. Es gehört außerdem zu den besten Tugenden jedes Menschen, die anderen für verrückt zu halten oder zu erklären, sobald sie entweder anderer Meinung sind als er selbst oder derselben Meinung. Daß wir alle in einer Welt des Irrsinns leben, ist wohl allen klar, aber nicht jeder weiß, daß in dieser Welt des Irrsinns noch ein Land existiert, das besonders darauf Anspruch macht, als Land des Irrsinns zu gelten.

Um Irrtümern aus dem Wege zu gehen, ich meine nicht etwa Irland, sondern dieses Land ist nur zu erreichen, wenn man zunächst einmal eine gute Flasche deutschen Wein getrunken hat, sich dann in angeheiterter Gesellschaft befindet, dann . . .

Dann – – – einmal hat es mir ein Geistlicher erzählt, während die anderen zechten. Er sprach sehr leise, und ich verstand wohl, daß man zunächst einen Frack anziehen muß; natürlich gehören weiße Lackschuhe dazu, Spitzenhosen, ein Gummibart, grüngemalte Lippen und blau gefärbte Fingernägel, genauso, wie sie es in Paris immer sehen können. Auch von einer anständigen Gesinnung sprach er, die wäre besonders irrsinnig in unserer Zeit. Und dann begann er, mir den Weg zu beschreiben, auf dem ich hinkommen müßte. Natürlich als Wanderbursche zu Fuß, denn wenn ich ein modernes Fahrzeug bestiege, käme ich nicht hin.

In diesem Augenblick aber zechten die anderen so laut, daß ich nur noch Bruchstücke verstand, z.B. die Worte ›also‹, ›und‹, ›und dann‹, ›und dann weiter‹ und plötzlich waren wir mitten drin im Lande des Irrsinns.

138–147 **Aus dem Land des Irrsinns,** datiert 12. 12. 37, Molde, 25. 2. 38, GMs., 23 S., KSA. Kurt Schwitters schrieb 1937–39 mehrmals an diesem Prosatext, in dem märchenhafte und groteske Erzählungen miteinander verbunden werden sollten. Folgende Fragmente sind erhalten:

1.) **Motto: Irren ist menschlich, doch nicht alle Menschen verstehen zu lächeln,** GMs., in einem blauen Notizheft, 3 S., KSA.

Motto: Irren ist menschlich, doch nicht alle Menschen verstehen zu lächeln

Gleich an der Grenze zwischen dem Land des Irrsinns und dem Land der reinen Vernunft wohnte vorn links im Land des Irrsinns ein in beiden Ländern wohlbekannter und berühmter Forscher, der Naturhistoriker Dr. Waldemar Piep. Er besaß das Diplom des Dr. Piep, weil er seine Doktorarbeit ›Über das Piepen im allgemeinen und besonders bei den Piepvögeln‹ gemacht hatte.

Überhaupt, wenn's piept, dann piept's bei ihm, und Dr. Piep hat dem Piepen sein ganzes Leben geweiht. Im Laufe von zehn Jahren hatte er im eifrigen Studium des Piepens zehn starke Bände geschrieben über das Piepen an sich, fünf starke Bände über das Piepen bei Mensch und Tier, sechzehn starke Bände über das Piepen bei Singvögeln, drei starke Bände über das Piepen der Gebrauchsgegenstände und zwei starke Bände über das Piepen bei Säugetieren.

Es ist wohl selbstverständlich, daß Piep bei seiner gewaltigen Kenntnis des Piepens es auf die Dauer nicht ertragen konnte, daß das Telefon und die Hausglocke klingelten. Schon lange war er dazu übergegangen, Telefon und Hausglocke auf Piepen umzustellen, und da auch sein Kaffeekessel piepte, wenn er zu kochen begann, und da Piep nicht musikalisch genug war, wieder die einzelnen Piepe voneinander zu unterscheiden, so kam es oft vor, daß er ans Telefon lief, wenn der Kaffee überkochte, oder zur Tür lief, wenn's telefonierte, und sich sehr erstaunte, wenn niemand da war.

Aber Piep brachte seiner Idee jedes Opfer und beschritt gern den dornenvollen Weg des konsequenten schöpferischen Forschers. Es war ihm auch gleichgültig, ob er sich durch Angleichen aller Signale an den gleichen Piep das Leben erschwerte, denn es gab ihm Stoff zu weiterem Forschen, und Piep stellte als erster Forscher fest, wie oft er beim Piepen des Kaffees zur Tür oder zum Telefon lief und wie oft beim Piepen der Tür zum Kaffee usw. Die Ergebnisse dieser schweren Forscherarbeit wurden in fünf starken Bänden niedergeschrieben.

Daß die kleinen Vögel aber verschieden piepten, war ihm persönlich ein Graus, denn wie soll der Mensch beobachten, wenn die Resultate derart verschieden sind? Gleiche Dinge verschieden zu registrieren, ist schwierig aber dornenvoller, und wichtiger ist es daher, verschiedene Dinge gleich zu machen. Die Unterschiede der Dinge zu verwischen und dann die Dinge einwandfrei zu unterscheiden, das ist eine dankbare Aufgabe der Wissenschaft. Da kann man zeigen, ob man Phantasie oder Scharfblick hat.

Darum waren für Piep die Vögel eigentlich nur wichtig als Lehrmeister des Piepens, die andere Wesen fachmännisch unterrichten konnten. Er studierte an ihnen durch Eliminieren der Piepunterschiede das Piepen an sich.

Zu diesem Zwecke hatte Piep drei Vögel in drei Bauern, einen Kanarienvogel, einen Zeisig und einen Dompfaff, und vor seinem Fenster hat er im Garten ein großes drehbares Vogelhaus gebaut zwischen den herzförmigen Glockenstämmen und den hüpfenden Eichkätzchen, in dem er die Vögel der Umgebung fütterte, damit sie ihm und durch ihn der Wissenschaft etwas vorpiepen, wenn sie kamen, um ihre Nahrung zu holen. Da fanden sie abgenagte und ausgekochte Knochen, Samen ausländischer Pflanzen wie Mais, gekochte Pellkartoffelschalen und Holzwolle usw.

Während sich nun in diesem kleinen Vogelparadies die kleine Vogelschar sammelte und speiste und piepte und piepte und piepste, strich unten eine Katze aber nicht vorbei, sondern blieb stehen, schnupperte nach oben und stellte ihre scharfen Augen auf das Paradies da oben. Sie zeigte ebensoviel Interesse wie Piep, der vom Fenster aus zusah, ohne daß er eigentlich wußte, ob die Katze sich für die Holzwolle, die Knochen, die Vögel oder das Piepen am meisten interessierte.

Als gewissenhafter Forscher brach Piep sofort sein Studium über das ›Piepen an sich‹ ab und wandte seine Forschung der Katze zu, die er in zwei Bänden niederzulegen beabsichtigte.

2.) **Am Rande des Irrsinns,** GMs., 6 S., KSA.

Am Rande des Irrsinns

Waldemar Piep ist der Name, den der frühere, jetzt pensionierte Postschaffner Franz Müller sich zugelegt hatte, als er begann, seine Studien, denen er bisher seine ganze Freizeit gewidmet hatte, in mehr als 20 starken Bänden niederzuschreiben. Als er seinen ersten starken Band über das Piepen bei seinen Vögeln eingeschickt hatte, erfolgte die Rücksendung unter der Adresse: Herr Oberlehrer Waldemar Piep, Land des Lächelns 1.

Seit der Zeit nannte er sich Oberlehrer. Bei der Rücksendung seines 2. starken Bandes über das Piepen bei Säugetieren stand auf der Adresse die Berufsbezeichnung: Privatgelehrter, und nun nannte sich Franz Müller: Oberlehrer Waldemar Piep, Privatgelehrter. Nach der Rücksendung des 20. starken Bandes über das Piepen bei Türen, Fenstern, Automobilen, Haus- und Radklingeln, Telefonen, Kaffeetöpfen und anderen Gebrauchsgegenständen nannte sich Franz Müller: Oberlehrer Piep, Oberlehrer honoris causa, ordentlicher und außerordentlicher Professor Waldemar Alois Piep, Privatgelehrter, und statt ›Land des Lächelns‹ als Straßenangabe schrieb er darunter: ›Land des Irrsinns‹.

Und so lebte er zurückgezogen, aber sprudelnd von Ideen, die die Industrie der Gedankenträumerei gut hätte verwenden können, als einsamer Privatgelehrter, alternd, aber nicht etwa vergrämt, auf seinem kleinen Grundstücke, in seinem kleinen Häuschen, von seiner kleinen Postschaffner-Pension. Er wußte es innerlich, daß seine Zeit als anerkannter Geist, sozusagen als anerkannter geistiger Boxmeister doch einmal kommen würde zum Segen aller zukünftigen geistigen Boxmeister.

Das Gehirn dieses Herrn Piep unterschied sich von dem anderer Menschen dadurch, daß es nicht etwa ein Loch hatte, sondern einen viel zu kleinen Ausgang. Dadurch bildete sich im Innern seines Schädels nicht etwa Wasser, sondern eine gewaltige Spannung, die nach Explosion trachtete und sich von Zeit zu Zeit in gewitterartigen Ausbrüchen mit Donner und Blitz Platz machte. So entstanden jene starken Bücher, die er ›Bände‹ nannte und die nie gedruckt wurden. Sein ungedrucktes Gehirn arbeitete gewissermaßen unter Hochdruck.

Seine Nachbarin, Katharina Winkelmann, die also gewissermaßen im Lande der Vernunft wohnte, wenn er sein Grundstück als Land des Irrsinns bezeichnete, hatte seit Jahren die Politik nachbarlicher Nichteinmischung durchgeführt, d.h. sie wußte alles, kannte jede kleinste Bewegung Pieps, seinen Gang, seine Gewohnheiten, ohne ihn etwa zu grüßen oder gar zu begrüßen. Sie freute sich über jeden seiner Mißerfolge, ohne zu kondolieren, wie man das eben bei seinen Nachbarn zu tun pflegt. Alles interessierte sie, ohne daß sie jemals Interesse gezeigt hätte. Dagegen aber hegte sie schon lange den Wunsch, seinen Eifer zu fördern, wo sie nur konnte, wenn sie nur konnte.

Die Gelegenheit dazu bot das neue Vogelhäuschen, das Piep in seinen Garten gebaut hatte, um seine Studien über das Piepen bei Vögeln zu ergänzen und einen starken Band zu schreiben über die Fähigkeiten der Vögel als Lehrmeister des Piepens, Band Nummer 21.

Zu dem Zwecke dressierte sie zunächst ihren Kater Murx, dem sie heimlich ein kleines Vogelhäuschen gebaut hatte, dort oben sich einen Ruheplatz aus Holzwolle zu machen, da sie gesehen hatte, daß Piep den Vögeln Holzwolle ins Häuschen getan hatte. Als er sich daran gewöhnt hatte, wurde er an den Umgang mit Vögeln in seinem Vogelhäuschen gewöhnt, mit denen er spielen und denen er ihre Federn ausziehen durfte. Aber er wurde streng angewiesen, sie nicht zu töten. Murx war ein guter und gelehriger Kater und merkte sich alles gut. Jetzt wurde Murx in den Garten hinausgelassen, und bald überschritt er im Ausspionieren der Gegend die Grenze zum Lande des Irrsinns.

Es würde nun ganz falsch sein und liefe an der Wahrheit vorbei, wollte man sich etwa Frau Winkelmann als eine junge, charmante, begehrenswerte Dame vorstellen, oder wenigstens noch immerhin ziemlich knusprig, sondern, wenn sie zwar auch nicht alt und faltig, dafür aber innerlich abgeklärt war, so war sie von jenem Alter und jenem Aussehen, wie die Damen, die gern hinter den zwei Schritt vor das Fenster montierten Spiegeln sitzen und die Straße nach beiden Seiten hin zu beobachten pflegen, ohne selbst gesehen zu werden, die genau zu wissen pflegen, wer, und zu welcher Zeit, an der und der Stelle vorbeizukommen pflegt, und welchen Anzug er denn bei diesem oder jenem Wetter anhat.

So stand sie nun und spähte nur aus Interesse, aus keinem anderen Grund, durch die

Muster der reich gehäkelten Gardinen hindurch ihrem Kater nach und freute sich riesig, daß er über die Grenze ins Land des Irrsinns vorgedrungen war. Und ihr Interesse steigerte sich zur Hochspannung, als sie bemerkte, daß er das Vogelhäuschen Oberlehrer Pieps in Augenschein nahm.

Sofort erspähte die arglose Katze Piep hinter dessen offenem Fenster, da er die Katze schon von weitem hatte ankommen sehen. »Das kann ja gar nicht besser kommen«, dachte er, »ich will über die Fähigkeiten der Piepvögel als Lehrmeister im Piepen schreiben, und schon haben sie durch ihr Gepiep einen wundervollen schwarzen Kater angelockt.« Piep rieb sich seine Hände vor Freude.

Offenbar machte der Katze das Vogelhaus viel Freude, sie sah hinauf und spähte und spähte. »Wie wißbegierig diese kleine schwarze Katzenseele ist«, dachte Piep, »sie möchte zu gern von den Vögeln das Piepen lernen.« Plötzlich kam in Piep ein schwarzer Verdacht auf: »Sollte wohl die Katze aus materiellen Gründen dort stehen, etwa um von dem Tisch der Vöglein mitzuessen?«

Im Moment tat er sich seine Zipfelmütze auf den Kopf, knöpfte seinen Schlafrock fest zu, um eventuellen Gefahren des plötzlich auftretenden Zuges aus dem Wege zu gehen, und eilte hinaus in den Garten, zur Freude von Frau Winkelmann, die unwillkürlich etwas hinter ihrem Fenster zurücktrat, als er draußen erschien.

Murx, der Kater, sah ihn zunächst etwas zweifelnd an, da er ihn nicht kannte, und da er nicht wußte, ob Piep es gut oder böse meinte. Da sagte Oberlehrer Piep: »Holde, flinke, schwarze Katze! Wie du auch sein solltest, sei mir und meinen Vögeln herzlich gegrüßt! Und solltest du Lust verspüren, von dem Mahle meiner gefiederten Sänger zu essen, so sei uns allen herzlichst willkommen. Ich kann ja etwas gekochte Kartoffelschale schnell nachholen.« »Miau«, sagte der Kater. »Du sagst miau, kleines behaartes Tier«, sagte Piep darauf, »leider bin ich an die Feinheiten deiner Sprache nicht so gewohnt, aber so viel glaube ich doch verstehen zu können, daß du gern hinaufgehoben werden möchtest, um deinen Lehrmeistern mehr abhören zu können!« »Miau!«, sagte der Kater. »Wie gut ich dich doch verstehe«, antwortete Piep, und dann breitete er seine Hände aus, und er hatte den Murx auch insofern richtig verstanden, daß er wirklich gern hinauf wollte, aber nicht konnte, weil das Vogelhäuschen doch reichlich hoch für ihn war. Daher sprang er sofort in die Hände hinein, und Piep hob ihn hoch und setzte ihn ins Häuschen, wo er gemütlich zu schnurren begann.

Aber die kleinen Vöglein entflogen.

»Die müssen sich natürlich erst an dich gewöhnen, die kleinen, lieben Vogelseelchen«, sagte Piep zum Kater, der sich ein behagliches kleines Nest aus der Holzwolle im Vogelkasten machte und sich dann darauf rollte. »Miau!«, sagte Murx. »Du bist ein guter Diplomat, weil du immer dasselbe sagst, noch dazu in einem sehr versöhnlichen Tonfall«, sagte Piep, »aber du frißt ja gar nichts von den guten Dingen.« »Miau«, sagte die Katze. »Ich merke schon, daß wir einander sehr gut verstehen«, fuhr Piep fort, »aber möchtest du nicht einmal ein kleines Stückchen Karottchen versuchen?« »Miau!!«, sagte der Kater. »Du möchtest nicht? Dann ziehst du vielleicht gekochte Kartoffelschale vor? Du bist ein kleines Leckermaul! Oder aber diese prächtigen Samenkörner orientalischer Gewächse?« »Miau!??«, sagte der Kater. »Verstehe schon«, sagte Piep, »du bist ein gutes Herz und möchtest es den Vögeln nicht fortnehmen. Ich liebe und bewundere immer die altruistischen Charaktere, wie ihr Katzen es seid. Du gutes Vieh hast es nur auf die Holzwolle abgesehen, um dir davon ein weiches, schönes Nest zu bauen. Warte nur, du sollst mehr Holzwolle haben.« Und damit eilte er ins Haus, um einen ganzen Arm voll davon zu holen, den er dem Kater brachte. Und nun beobachtete er wieder, wie wundervoll sich der Kater jetzt einrichtete. Er stand auf, drehte sich wohl zwanzigmal um sich selbst, wie ein Hund, wenn er sich legen will, und legte sich dann so tief in die Wolle, daß es aussah, als ob nur die Schnurrbarthaare herausguckten. Dabei schnurrte er sehr behaglich.

Piep zündete sich dann seine wummelige Pfeife an, eine Pfeife, wie man sie manchmal im Munde von Oberförstern sieht, kurz, grün, mit Meerschaumkopf und dunklen

Troddeln, und dachte dabei, ob nicht solch einer Kreatur wie dieser Kater solch kleine Pfeife auch wohl schmecken würde; und sein gutes Herz ging über vor Liebe zu dem Kater und allen Kreaturen, die gut und fromm sind, zur ganzen Welt und zum Tabak insbesonders.

Da kam ein kleiner Vogel geflogen, um von den Leckerbissen des Häuschens etwas zu verzehren. Zunächst setzte er sich auf die kleine Stange vor dem Häuschen und sang. Die Katze aber lag still in ihrem Nest und rührte sich nicht. Sie hörte auf sein Piepen und blinzelte ihn mit milden Augen wohlwollend an. Wenigstens schien es Oberlehrer Piep so. Der Vogel aber sah auf zum Himmel, indem er sagte: »Kiwitt, kiwitt, kiwitt!«, und der Kater hörte genau zu. Piep aber dachte: »Was für kluge und lernbegierige Tiere solche Katzen doch sind. Sie will die Vogelsprache lernen, das ist sicher, sonst würde sie nicht so genau auf sein Gezwitscher horchen.«

Der kleine Vogel sah dann zu Boden, und flog ins Häuschen hinein, voraussichtlich, um nach dem erfrischenden Gesang sich etwas zu stärken. Der Kater reichte ihm sehr freundlich seine rechte Vorderpfote zum Willkommensgruß. Der Vogel mußte sich aber wohl über irgend etwas erschreckt haben, denn statt die in freundlicher Weise hingereichte Rechte des Katers zu ergreifen, flog er ohne jeden Gruß hinweg.

»Jetzt hat er den Kater beleidigt«, dachte Piep, denn er konnte es wohl verstehen, daß die wohlerzogene Katze darauf böse werden mußte, und tatsächlich fauchte sie hinter dem Vogel her.

»Sonderbar«, dachte Piep, »dieser wohlerzogene und weit größere Kater sucht Verkehr mit jenem kleinen, aber musikalischen Vogel, und schämte sich, daß er nur Miau sagen konnte, und dieser eingebildete Künstler wandte ihm den Rücken, statt seine so gnädig und jovial dargereichte Hand zu nehmen«.

Und schon kam ein zweiter Vogel, und es wiederholte sich ungefähr die gleiche Szene. Auch der zweite Vogel verweigerte die in Freundschaft dargebotene Rechte des Katers.

Und im Laufe der Zeit kamen mehr und mehr Vögel, und immer war es das gleiche Schauspiel. Oberlehrer Piep schien, als ob alle Vögel, was er bisher noch nicht in dem Maße beobachtet hatte, einen gewissen Hochmut gegen Katzen hatten, und er begann darüber nachzudenken, weshalb wohl eigentlich. Denn es ist doch fast undenkbar, daß der Kleinere und Schwächere gegenüber dem Großen und Starken hochmütig ist.

3.) **[Du ganz erbärmliches, saudämliches Säugetier],** GMs., 1 S., KSA.

Du ganz erbärmliches, saudämliches Säugetier

»Du ganz erbärmliches, saudämliches Säugetier«, sagte darauf Piep zu der Fliege. Er war sich dessen bewußt, daß es nie ein Schimpfwort ist, wenn man mit seinem ihm von der Naturwissenschaft zugedachten eigenen Gattungsnamen bezeichnet wird. Ein Schwein wird nie böse, wenn man es ›Schwein‹ nennt. Und daher nimmt es auch der dumme Mensch nicht übel, Esel genannt zu werden, obgleich der wirkliche Esel nicht dumm, sondern bockig ist. Der kluge Mensch aber würde sehr erbost sein, wenn man ihn ›Esel‹ nennt, und ich glaube, der Esel würde es nicht einfach hinunterschlucken, wenn man ihn etwa ›kluger Mensch‹ nennen würde. Und so ist es für die Fliege eine große Schande, ›Säugetier‹ angeredet zu werden. Daher tobte sie wie wild zwischen den Weltsendern herum, flog demonstrativ von Toulouse nach Paris und zurück und schien ganz den Verstand verloren zu haben. Aber es war nur eine Demonstration. Dadurch aber glich es richtigen Demonstrationen, denn der harmlose Beobachter, der nicht mit einem ausgefallenen Tiernamen benannt ist, glaubt oft, die Demonstranten hätten den Verstand verloren.

»Kufenbrummer!«, sagte darauf Piep in höchster Wut. Aus Demonstration brummte daher die Fliege gegen die Glasscheibe und sie zitterte. Sie hatte bei ihrem Fliegenverstand nicht bemerkt, daß es außerordentlich falsch ist, wenn jemand einer Beschuldigung dadurch zu begegnen sucht, daß er das ausführt, was ihm vorgeworfen wird. Der wirklich feine Mann überhört Beschuldigungen, die ihm angedichtet werden.

»Rhinozeros«, sagte jetzt Piep.

147–149 **Land des Irrsinns** (Handlung), GMs., auf dem gleichen Papier wie **Identität** (datiert 29. 6. 38), 3 S., KSA.

150–152 **Die beiden Brüder,** datiert 2. 1. 1938, GMs., auf Briefpapier, 3 S., KSA.

153–154 **Flucht nach Norwegen,** datiert 6. 4. 38, GMs., 2 S., KSA.

155–160 **Identität,** datiert 29. 6. 38, GMs., 7 S., KSA.

160 **[Wir leben 25 Minuten zu spät],** datiert 14. 7. 38, GMs., 1 S., KSA.

161–163 **Jedenfalls Wurm,** datiert 25. 7. 1938, HMs., 6 S., Hans-Arp-Archiv, Meudon, veröffentlicht mit Fehlern in: ›Kurt Schwitters‹, Ausstellungskatalog 1971, Städtische Kunsthalle Düsseldorf, Akademie der Künste Berlin, Staatsgalerie Stuttgart, Kunsthalle Basel, Kunstverein Hannover, S. 19–20.

164 **[Der Fisch und die Schiffsschraube],** datiert 2. 10. 38, GMs., auf einem Briefumschlag des Yris Hotel, Olden, Vorder- und Rückseite, KSA.

164–173 **Der Spazierstock,** Fragment, datiert 13. 10. 38, GMs., auf Briefpapier, 9 S., und GMs., auf Notizblockseiten, 11 S., KSA. Von der Fortsetzung ist nur ein Satz erhalten: »Da sagte Hans-Hermann«.

174–178 **Verwandlungen,** datiert 11. 12. 38, GMs., auf Briefpapier, 7 S., KSA.

179–180 **Mann über Bord,** Fragment, GMs., auf 3 Seiten Briefpapier des Alexandra Hotel, Molde, aus den dreißiger Jahren, KSA.

181–185 **Geschichten aus dem Paradies,** GMs., auf dem gleichen Briefpapier wie **Verwandlungen** (datiert 11. 12. 38), 5 S., KSA.

185–187 **Ilda,** GMs., auf dem gleichen Briefpapier wie **Verwandlungen,** 4 S., KSA.

188–191 **[Der, der da geistig arm ist],** deutsche Übersetzung von Ernst Schwitters des folgenden norwegischen Textes von Kurt Schwitters, MMs., 4 S., KSA.

Den fattige i anden

Det var engang en fisker som levet med sin kone på en ensom øy ute i fjorden. De var et gudfryktig par som aldri hadde gjort noe ondt i deres liv. Fjorden var full av fisk og hummer, og fiskeren og hans kone kunne leve godt og hadde ingen sorger. Ved fjorden lå en liten by og der bodde det noen fiskeoppkjøpere. Også de var like fjernt fra allt ondt som en velopdratt huskatt. Det var bare fred og velvære både på øya og i byen.

En god dag sa kona til fiskeren: »Det er snart tid til å slå gresset. Vi trenger hjelp til høyonna, og du trenger hjelp til fiskingen og til å bringe fisken til byen.«

»Ja det var sant«, svarte fiskeren.

»Vel, hvorfor ikke forsøke med en åndssvak? En fra Kjukkstad, som er sterk og villig til å arbeide. Kommunekassa vil betale oss for å ha ham her, men det vet han jo ikke om, og jamen så greit vi ville få det da, med litt hjelp atpåtil.«

Fiskeren syntes det var en helt utmerket plan, og de så sig om after en brukbar åndsfattig. Snart hadde de funnet den riktige og tok ham med seg til øya, hvor de satte ham til å slå gresset.

Men konen var fremdeles ikke tilfreds. »Vi trenger penger«, sa hun til mannen, »allt er sa dyrt nå, og det er akkurat tiden hvor det er forbudt a fiske hummer. Det ville være en god idé å fiske den nå. Hotellene er fulle av turister. De liker seg ikke når de ikke får hummer. Ikke tenk på lovene. Ingen bryr seg om dem. Du gjør jo en bra gjerning når du tilfredsstiller turistene og attpåtil vil alle tjene på det.«

»Tror du ikke idioten ville si noe da« svarte fiskeren.

»Langt ifra! Han er alltfor kjukk i hue for å forstå at det ikke er lovlig.«

Og slik hendte det at fiskeren natten derpå dro ut på fjorden med båten sin og med idioten til å hjelpe sig, og de hadde en god fangst. Han var riktig lykkelig når han tenkte på alle de pengene han ville få for hummeren, og da han gikk til sengs drømte han bare om hummer og høye priser.

Men idioten tenkte også på hummer og høye priser, og da fiskeren våknet neste morn fant han at både idioten, hans båt og hummeren var forsvunnet.

Idioten hadde gått rett opp til den første fiskeopkjøper og hadde sagt at han hadde hummer. »Jeg tar den«, sa opkjøperen, »men for Guds skyld, fortell det ikke til noen.« Det lovet idioten høyt og hellig. Så gikk de begge ned til brygga hvor oppkjøperen så på hummeren og betalte en god pris. Idioten rodde ut til oppkjøperens fiskekasse og under morgentåkens dekke forstuet han hummeren i kassa uten noen vanskeligheter, mens oppkjøperen stod på brygga og voktet litt urolig på at ingen skulle se det.

Riktignok hadde idioten ikke virkelig stuet hummeren i kassa, men det kunde ikke oppkjøperen se på den lange avstanden og i tåka. Istedenfor drog idioten med samme hummeren til den neste fiskeoppkjøperen. Som den første, også var han meget glad for å få hummer, og gav idioten en god pris for den, gikk på brygga med ham og vokket mens idioten bedro ham, gjemt av samme morgentåken.

På samme måten sogte idioten den ulovig fiskede, stjålne hummer til en tredje, fjerde og femte oppkjøper, til det var ingen oppkjøpere igjen i den lille byen. Til slutt tok han den med til folkekjøkkenet, hvor han solgte den til en meget lav pris og virkelig leverte den.

Ved middagstider hørte den første oppkjøper at folkekjøkkenet hadde hummer. Hvor kunne den komme fra? Han rodde ut til sin fiskekasse og fandt den tom. Det kunne ikke være tvil. Han gikk rett op til folkekjøkkenet og sa: »Hvor har dere fått hummeren fra?! Den er stjålet fra min kasse!« Men han fikk bare høre at folkekjøkkenet hadde kjøpt hummeren av idioten.

Den andre oppkjøper hadde i mellemtiden solgt hummeren til byens store hotel som trengte den for turistene. Men da han rodde ut til fiskekassen sin for å hente hummeren fant han kassen tom. På veien tilbake traff han den første oppkjøperen og blusset ut med: »Idag tidlig kjøpte jeg noe fisk av idioten og stod og så på mens han puttet den ned i kassa mi, og nå er kassa tom!«

»Den fisken var nok hummer«, svarte den første med etironisk smil. »Jeg kjøpte også hummer av idioten idag tidlig og så på mens han puttet den ned i min kasse og nå er den også tom. Jeg studerer på om våge kollegaer også er blitt lurt på sammemåten. Det hadde enda vært en trøst.«

Så gikk de for å holde møte med de øvrige fiskeoppkjøperene og besluttet at idioten måtte bli sendt bort. En av dem gjorde båten sin klar og så reiste de alle sammen over til øya og beklaget seg hos fiskeren. Idioten hadde bedratt dem og han, som hans husbond, måtte betale for det.

Fiskeren svarte at han nok desverre ikke kunne overta noe ansvar, for idioten var jo nu engang en idiot, og atpåtil var den solgte hummer stjålet fra ham. Fiskeoppkjøperne måtte innse, meget uvillig, at det var lite å vinne ved å anklage fiskeren, men de holdt på deres krav: idioten måtte sendes bort!

I mellemtiden hadde idioten gått til et vertshus og for første gang i sitt liv satt han seg i salongen. Han drakk så meget at han var fullstendig overbevist at dette var den beste dag i hele hans liv. Ennu mere skråsikker ble han da et lite, hyggelig pikebarn kom for a hjelpe ham drikke, ikke minst ford: han ikke la merke til at hun tok resten av pengere hans mens han var full. Verten, derimot, la merke til det, og da en idiot uten penger ikke var ønskelig i hans restaurant ble han kastet ut.

Nu begynnte han å angre over allt det gale han hadde gjort, og mens han forsøkte å holde seg opreist ved å lene seg mot en vegg tenkte han over hans sjels fremtid og over allt det gode som fantes i denne verden og i den neste. Akkurat da kom det en pike fra Frelsesarmeen forbi. Hun kjennte idioten og hun skjønnte han var full.

»Angrer du i ditt hjerte over det du har gjort?« sa hun. Og så inviterte hun ham til å være med henne for å drikke kaffe og spise kake i Frelsesarmeens forsamlingshus. Snart satt han og nynnet hymner til guds ære, overbevist om at allt på jorden var som det skulle være og at det atpåtil skulle bli bedere og bedere.

På han hadde spist og drukket seg riktig god og mett takket han for seg, tok båten sin og rodde tilbake til øya. Men jo nærmere han kom, jo mere sank hans mot, til han til slutt følte seg helt skyldbevisst.

Fiskeren stod ved brygga og idioten ble rent redd for det som skulde komme da han så ham der. Fiskeren oppfordret ham å komme inn i huset hvor han ga ham mere kaffe og mere kake – for han var en god mann.

»Jeg er ikke sint for at du stjal hummeren min, min gode venn«, sa han. »Du lurte fiskeoppkjøperne som har lurt meg så mange ganger før. Kom, drikk litt mere kaffe!«

Die folgende ziemlich freie englische Übersetzung des norwegischen Textes stammt – nach Angaben des Sohnes – von Kurt Schwitters und Ernst Schwitters. Es gibt zwei Manuskripte, die sich durch handschriftliche Verbesserungen von Kurt Schwitters unterscheiden. Auf dem MMs. ist die Anschrift von Kurt Schwitters von 1941 angegeben: 3 St. Stephen's Crescent, Bayswater W. Z.

Gedruckt ist im folgenden das handschriftlich verbesserte Manuskript:

The Idiot

There was once a fisherman who lived all alone upon an island with his wife. They were a God-fearing couple who had never harmed anyone in their lives, at least they appeared to be so. The seas were full of excellent fish and lobster and the fisherman and his wife were able to live contentedly and in comfort. On the shore of the mainland opposite was a small town in which lived a few fish merchants. They also were as innocent of all wrong as a well-trained house cat, at least to outward appearances.

One day the wife of the fisherman said to her husband: »It will soon be time to mow the grass and make hay. We need some help. We also need someone to help with the fishing and take the fish to the town.«

»That is quite true«, said the fisherman.

»Well, then, why not employ an idiot? Someone who is strong and willing to work, but hasn't got any brains. The Government will give us money to feed him, but he won't know about that and we will be much better off than we are now.«

The fisherman agreed that this was a good scheme, so they looked about for an idiot. They soon found one and brought him to the island and set him to work.

But the wife wasn't satisfied. She said to her husband: »We need money badly, »everything is so expensive, and this is the season we are forbidden to catch lobster. It would be a good idea to catch some now. The tourists are coming, and soon the hotels will be full of them. They become angry if they cannot get lobster. Don't worry about the Government regulations — no-one will mind because you will be doing good.«

»What about the idiot?« said the fisherman. »He would tell?«

»He hasn't got the sense to know there is anything wrong.«

So the fisherman went out in the darkness with the idiot and they had a good catch. He was very happy thinking of the money he was going to make. He went to bed dreaming of lobsters and high prices.

But the idiot was also dreaming of lobsters and high prices. When the fisherman woke up he found the idiot, his boat and his lobsters had all gone.

The idiot went to the town, visited the first fish-merchant and said he had some lobster to sell. »I'll take them, of course«, said the merchant, »but don't tell anyone about it. You know that it is forbidden to catch lobster now.« The idiot promised, took the money, and now they went out together and the merchant watched him put the lobsters in his pot under cover of the morning mist.

But the idiot did not put the lobsters in the pot, though the merchant could not see this from the distance. Instead he went with the same lobsters to the second fish-merchant. He, like the first, was very glad to get the lobsters, gave the idiot the money for them and watched him put them in his own pot.

And so the idiot sold his lobsters in the same way to the third, the fourth and the fifth fish-merchant, until there were no more left in the town. Then he took them to the communal kitchen, sold them at a very low price and actually delivered them.

At lunch time the first merchant heard that the communal kitchen had lobster. Where dit it come from? He went to his pot and found it empty. Then he went to the kitchen and said: »Where did you get that lobster? It was stolen from my pot.« But they told him the idiot had sold it to them.

The second merchant was getting ready to sell the lobster to the big hotel, which needed it for the tourists, but he found his pot empty. He went out into the street, where he met the first merchant, and said to him: »I bought some fish from the idiot, I saw him put it in my pot, and now it is empty.«

The first merchant answered: »Now I know that your fish was not fish, but lobster, for I also bought some from the idiot, saw him put it in my pot, and now find it empty. Let's ask the other merchants if they have been tricked too.«

They all met and they decided that the idiot must be sent away. One of the merchants got out his boat and went over to the island and complained to the fisherman that the idiot had cheated him and that he, being his master, must pay for it.

The fisherman said he couldn't take any responsibility, for the idiot had stolen the lobsters from him. The merchant realised, that there was nothing to be gained by accusing the fisherman further and said the idiot must be sent away.

In the meantime the idiot went to a public house and for the first time in his life went into the saloon bar. He drank so much that he was convinced it was the best day of his life. He thought so all the more when a small and very pleasant lady called Rosa came to help him drink, though he didn't notice that she took the rest of his money when he was drunk. But the barman did, and as the idiot's company was no longer wanted when he had no money left, he was thrown out.

Now he began to regret all the things he had done, and so he tried to lean on a wall and began to think of the future of his soul and all the good things there were in this world and the next, when along came a lady from the Salvation Army. She knew the idiot and she saw he was drunk.

»Do you regret what you have done?« she said, and as he regretted, she invited him to drink coffee and eat cake at the Salvation Army hall. Soon he was singing piously, chanting hymns in praise of God, convinced that everything on earth is as it should be and that it would get steadily better and better, and still better.

When he had finished he took the boat and rowed back to the island, feeling quite depressed.

The fisherman was standing on the quay and the idiot was afraid that he would be severely punished. The fisherman told him to come inside, where he gave him coffee and cake, for he was a very good man, at least he appeared to be.

»I am not angry with you, my good fellow«, he said. »You have annoyed the fish merchants, who have annoyed me so many times before. Have some more coffee!«

K. S. verbesserte das englische Manuskript zweimal.

Varianten zum Originalmanuskript:

S. 325, Sp. 1
Z. 4/5 »at least they appeared to be so« fehlt.
Z. 12 »There was perfect peace on the island and in the town« steht anstelle von »at least to outward appearances«.
Z. 13 »of the fisherman« fehlt
S. 325, Sp. 2
Z. 17 thinking of lobsters
Z. 21/22 »town, visited the first fish« fehlt
Z. 25/26 »you know that it is forbidden to catch lobster now« fehlt
Z. 33 to a second merchant
Z. 35/36 gave the idiot some money for them, watched him put them in his own pot and was deceived under cover of the same mist
Z. 38/39 to a third, fourth and fifth merchant
S. 326, Sp. 1
Z. 7 was lobster
Z. 29 »called Rosa« fehlt
Z. 36 to stand on a wall
Z. 40 and she knew
Z. 42/43 she said. She invited him to come down from the wall and
Z. 48/49 that they would get steadily better and better.
S. 326, Sp. 2
Z. 7/8 »at least he appeared to be« fehlt.

Das 2. MMs. mit Eintragungen hatte folgende handschriftliche Varianten:

S. 325, Sp. 1
Z. 5/6 full of fish and excellent lobster

Z. 9 opposite to the island, there was a small town in which there
Z. 11 as well-trained house cats. There was peace, perfect peace on the island and in the town.
Z. 14 »Hoel , it will
Z. 16/17 to help us with the fishing and also take
Z. 22 will also give
Z. 23 about that, because he is an idiot , and
Z. 27 Soon they found a pretty one
Z. 28 to work, and he worked well.
S. 325, Sp. 2
Z. 1 therefore it would
Z. 4/5 get lobster. And they are right. Don't
Z. 7 doing good in eating some lobster.
Z. 8 about our idiot?« asked the
Z. 11 wrong with it.«
Z. 14 The fisher was very happy all day long thinking
Z. 15 to make the next morning. He
Z. 18 prices, and when
Z. 21/22 went to a fishmerchant and said
Z. 23 »I'll take them« said the fishmerchant
Z. 25 Dont you know
Z. 26 The idiot promised and took a high price; then he went out and
Z. 34–36 to get them, gave the idiot good money, watched
Z. 36 pot and was deceived under cover of the same mist.
Z. 40 that small town
Z. 43 first fishmerchant
Z. 44/45 Funny, where did it come from? He went to his pot being proud to have lobster, too, and found
Z. 46/47 to the communal kitchen and asked ,
S. 326, Sp. 1
Z. 1 he also found
Z. 3 the first fishmerchant
Z. 5 now the pot is empty
Z. 6 »Oh«, the first merchant exclaimed
Z. 9/10 the pot empty ..... the other fishmerchants
Z. 13 away, as soon as possible.
Z. 16 cheated him and the other merchants and that the fisher
Z. 18/19 take and would not take any responsibility
Z. 26 entered the saloon
Z. 40 she knew his thoughts and realized he was drunk, but she forgave him.
Z. 42–44 she said and as he regretted, she invited him to come away from the wall and drink
Z. 47 on earth would be as it should
S. 326, Sp. 2
Z. 3 was waiting for him on the quay
Z. 5 punished. But the

191 **Wenn jemand unliniert ist,** GMs., 1 S., KSA.

192 **Aus Santa Lucia,** aus der unveröffentlichten Sammlung ›Die Feuerfliege‹, S. 28–29, KSA.

193 **Nebel in Bern,** aus ›Die Feuerfliege‹, S. 30, KSA.

194–195 **Das Geheimnis,** MMs., 2 S., KSA.

195 **Die Geschichte von der Fledermaus,** MMs., 1 S., KSA.

196–201 **[Ich sitze am Fenster],** MMs., 7 S., KSA.

202–204 **Märchen unseres Lebens** (Geschichten beim Schlafengehen), MMs., 3 S., KSA.

204–210 **Ilmenbüttel, die Großstadt.** Platz Alexanders des Großen – Die Nord-Süd-Verbindung, datiert 21. 4. 39, GMs., 9 S., KSA.

210–211 **Kurze Lebensbeschreibung,** datiert Olden, 30. 7. 1939, MMs., 1 S., KSA.
›Anna Blume und ich‹, Zürich, 1965, S. 12.
›Kurt Schwitters. Das literarische Werk, Bd. I, Lyrik‹, Köln 1973, S. 8.

211–212 **Hans und Grete** (Märchen von Kindern, die im Walde wohnen) I. Obstbäume, datiert Lysaker, d. 16. 11. 39, HMs., 4 S., KSA.

213–214 **Das Wetter,** datiert 24. 11. 39, GMs., 2 S., KSA.

214–215 **Das Märchen vom Glück,** GMs., auf gefaltetem Briefpapier des Yris Hotels, Olden, aus den dreißiger Jahren, 5 Spalten, KSA.

216–220 **[Zwei Leinwände],** Fragment, GMs., auf Briefbogen, 5 S., KSA. »Er suchte« zu Beginn vom Hrsg. hinzugefügt.

220–229 **Seereise,** Fragment, GMs., auf 6 doppelgroßen Zeichenkartonseiten, KSA.
S. 227
Z. 12 Der Satz ist unvollständig, da er im GMs. nicht zu entziffern ist.

230–232 **Besuch auf Hjertöya,** MMs., 2 S., KSA. Schwitters fügte handschriftlich hinzu: »Far und Mor sind Herr und Frau Aamot. Gedruckt ist die von K. S. verbesserte Fassung.

Varianten:
S. 230
Z. 5 Klara aus dem Kinderzimmer
Z. 9–10 »damit Mor nicht unter die Wagen kam« fehlt.
Z. 14 natürlich_auch
Z. 17 am_Kai von Hjertöya
Z. 26 ein Hahn_, Truthühner
Z. 29 wie wunderschön
S. 231
Z. 8 anderen_Tante Helma
Z. 12 noch nie_ein so
Z. 23–24 nach der Insel zu fahren
Z. 30 Klara«, sagte sie
S. 232
Z. 3 sehen. Und wirklich

232–233 **Normaler Irrsinn,** GMs., auf Briefbogen, 2 S., KSA.

234–235 **Lilli Klotzelmeier lebt,** datiert 6. 5. 1940, GMs., 2 S., KSA.

236 **Das viereckige Luftloch,** datiert 12. 8. 42, HMs., 1 S., KSA.

237–244 **Die Abenteuer des Herrn von Nasebyll,** I. Der gemolkene Fisch und die wunderbare Rettung auf die Insel Pala, II. Die Schöne von Pala und die Rettung des Kapitäns, HMs., 14 S., KSA.

245 **Die Schneewigkeit,** aus der unveröffentlichten Sammlung ›Die Feuerfliege‹, S. 25–26, KSA.

246–247 **Hundebrief,** aus ›Die Feuerfliege‹, S. 14–15, KSA.

248–254 **Die tote Frau Rat mit dem Tuet,** aus ›Die Feuerfliege‹, S. 15–22, KSA.
Der Text ist im MMs. der ›Feuerfliege‹ handschriftlich verändert worden. Der Titel lautete anfangs: Hier ruht sanft mit ihrem Tuet die Frau Rat.

Varianten:
S. 248
Z. 1 Ein sehr häufiger Ausdruck auf Grabsteinen ist »Hier ruht sanft«. Man sollte lieber schreiben »Ruhe sanft«, denn wer werde nicht seiner lieben Schwiegermutter wünschen, daß sie sanft ruhen möge.
Hier ruht sanft – – –
Z. 6 gewesen, – tut –, und sie war
Z. 7 verstand, – tut – und nun war sie tot. – tuet tuet tuet –
S. 251
Z. 34 Rathaus statt. Auf dieser Versammlung wurde die Vermutung ausgesprochen, daß wahrscheinlich ein Geist und zwar der Geist der kürzlich beigesetzten Frau Rätin auf dem Friedhofe sein Unwesen triebe. Die Sachverständigen erklärten, daß Geister aus nichts beständen und daher keinerlei Veränderung an körperlichen Dingen vornehmen könnten. Der Geist könne zwar, solange kein körperlicher Widerstand vorhanden wäre, einen Kranz oder auch mehrere Kränze auf seinen Grabhügel holen, er wäre aber nicht imstande dazu, wenn der Grabhügel mit einem vergitterten koppelartigen Eisengestell umkleidet würde. In aller Eile wurde nun solch eine Art eiserner Affenkäfig hergestellt und als er fertig war, wurden durch dreihundert Arbeiter und fünfzig Sachverständige die inzwischen gesammelten Kränze an einem Tage wieder verteilt und der Affenkäfig über dem Grabhügel aufgebaut. Der Oberbürgermeister selbst hielt zur Einweihung des Affenkäfigs eine kleine Rede, konnte sie jedoch nicht zu Ende bringen, weil ihm unerwartet mit einem unsichtbaren schweren Gegenstande das Nasenbein zertrümmert wurde. Auch den zehn Trägern, die den ohnmächtigen Bürgermeister in sein Auto brachten, wurden unterwegs sämtliche Nasenbeine zertrümmert, worauf die angesammelte Menschenmenge sich bald verlief.
Am nächsten Morgen begleitete eine starke Wache mit aufgepflanzten Bajonett und scharf geladenen Gewehren die Deputation zum Friedhof, die die Wirkung des Affenkäfigs feststellen sollte. Der Anblick war nicht ermutigend; wiederum waren sämtliche Kränze vom ganzen Friedhof gesammelt und zum größ-

ten Teil durch den Affenkäfig hindurchgezerrt worden, wodurch sie in ihre Bestandteile zerfallen waren. Die Herren der Deputation waren verzweifelt. So war dem Geist nicht beizukommen. Auf die zerlegten Kränze konnte man zwar verzichten, aber schließlich, wer wollte noch sterben.

S. 252
Z. 14 angeschlossen hatte. Wiederum hielt der Oberbürgermeister eine Rede auf dem Friedhof, ohne daß ihm das Nasenbein zertrümmert wurde, denn der Spuk hatte somit zunächst aufgehört.

Z. 23 des Friedhofs ein, sondern mehr als ein Viertel der Stadt wurde in Trümmer gelegt. Überall entstanden Brände, die infolge des Vorhandenseins der Giftgase nicht gelöscht werden konnten, zumal die Stadt für die Berufsfeuerwehr noch keine Gasmasken bewilligt gehabt hatte. Der Brand

S. 252
Z. 26 Es war dies das größte Unglück, das die Stadt je erlebt hatte, zumal da mehr als hunderttausend Menschen dabei ums Leben gekommen waren. Und wo sollte man die nun beisetzen? Auf dem Friedhof

S. 253
Z. 4–6 Kaffeekränzchen«, während die Grabstätte einer leicht verharrschten älteren Jungfrau die Aufschrift trug »GENERAL VON MEIER DEM GEWALTIGSTEN FECHTER UNSERER STADT«. Es war schon über zwei Jahre nach dem Tode der Frau Rat, als der übliche Verkehr mit Kränzen und Blumen auf dem Friedhof wieder beginnen konnte. Herr Rat war aus der Schutzhaft entlassen worden, um auch seiner Gattin einen schönen Kranz mit einer großen Schleife bringen zu können mit der Inschrift »DIANA DER GOETTIN DER JAGD«, weil sie so nach Kränzen jagte. Der Magistrat stiftete einen Kranz mit der Inschrift, »MOEGE SIE GANZ TOT SEIN«, aber diesen Wunsch faßte Frau Rat verkehrt auf, denn kaum war der Verkehr mit Kränzen begonnen, als sie auch schon wieder begann, dieselben systematisch

Z. 8 Was nützte das? Es war beim Einheitsdenkmal des Herrn Generalmusikdirektors Immergrün und trug die Inschrift »MAN KANN NIE WISSEN!«. Der Magistrat

Z. 22–26 anrichten konnte. Und jetzt schon war die Belastung durch Frau Rat für die Stadt untragbar geworden. Zum Zwecke einer Balance des Stadthaushalts mußten zunächst die Steuern erheblich erhöht werden. Die städtischen Steuern und Abgaben wurden um hundert Prozent erhöht; dazu kamen Zuschläge für normalen Verstand von 300 Prozent, für Genialität von 400 Prozent, für Dementia präcox 261 ½ Prozent, für Paralyse von 127¾ Prozent, für Malaria und Zigarettenraucher von 601 Prozent. Einfacher war es unter den augenblicklichen Umständen nicht zu machen. Die Steuerräte wurden gestaffelt und die Staffeleien wurden mit Schrauben versehen, die entsprechend dem Steuereinlauf angezogen oder wieder ausgezogen wurden. Es war wirklich nicht einfacher zu machen und bald war keine Schraube mehr los.

Diese war natürlich nur eine provisorische Maßnahme, denn kein Bürger besaß so viel Vermögen respektive Einkommen, wie er versteuern sollte und man mußte sich nach Mitteln umsehen, um das Übel ein für alle Mal zu beseitigen. Infolgedessen wurde ein Preisausschreiben gemacht mit der Bedingung, daß die beste Lösung den dritten Preis bekommen sollte, während der zweite Preis zur Ausführung gelangte. Die Ausführung ging aber von der Erwägung aus, daß man bisher die Frau Rat verkehrt behandelt hatte. Es war nämlich übertriebener Ehrgeiz gewesen, der die Tote inspiriert hatte. Man mußte also alles tun, um ihren Ehrgeiz zu befriedigen.

Infolgedessen wurde__Frau Rat mit dem Tuet unter den größten Feierlichkeiten auf dem Hauptplatze der Stadt beigesetzt, welcher

254–257 **Mein Klavier,** aus ›Die Feuerfliege‹, S. 16–28, KSA.

257 **Die Buche im Gewitter,** GMs., 1 S., KSA.

258–259 **Gepflogenheiten der Ausgestoßenen,** GMs., 2 S., KSA.

260–265 **Der Mann in der Maschine,** aus ›Die Feuerfliege‹, S. 30–34, KSA.

266–268 **Was ist das Glück?,** GMs., auf Briefbogen, 2 S., KSA.

268–270 **Der Mann mit der gläsernen Nase,** datiert 23. 9. 45, MMs., 2 S., KSA.
Gedruckt ist die handschriftlich korrigierte Fassung.

Varianten:
S. 268
Z. 6–7 Spitze sich__auf der__Nase zeigte
Z. 10 Was man__Glatze nennt
S. 269
Z. 2 reflektierte_und
Z. 11 »Oder denken Sie nicht?« fehlt.
Z. 17 den Duft der Rose
Z. 24 so frisch aus
Z. 28 Sie sind__der reine Schiller
Z. 30–31 alle Pracht des Lichtes und alle Farben der Sonne
Z. 31–32 an alle Menschen_. Dann wurde Erich rot__, und
Z. 33–34 seiner grünen Nase_. Und nun denken Sie sich__in die Seele des jungen Mädchens einmal richtig
S. 270
Z. 10 zusammengenommen__.«

Eine Kopie desselben MMs. hatte Schwitters geringfügig verbessert.
Varianten:
S. 268
Z. 7 sich sozusagen auf der Nase
S. 269
Z. 5 wie__jener Mann sie hatte
Z. 10 wie peinlich für Sie.
Z. 10 würden sich wohl solch
Z. 14 hielt er sich einfach seine
Z. 17 würde aber in angenehmer

270 **Schwandote,** im Brief an Christoph Spengemann vom 27. 5. 46, Stadtbibliothek Hannover, 3 S.
Schwitters bemerkt dazu, daß diese Geschichte durch die englischen Zeitungen gegangen sei.

271–272 **Der schnelle Graben,** datiert 18. 9. 46, HMs., in einer Kladde aus England, 5 S., KSA. Schwitters schrieb unter die Geschichte: »Wieviel Einbildung paßt in ein kleines Hirn!« Im Brief an Christoph Spengemann vom 3. 4. 46 schrieb Kurt Schwitters bereits über das Thema dieser Geschichte:
»A propos, Leine, existiert die noch, oder ist sie durch einen Volltreffer vernichtet? Und wie geht es der Ihme? Fließt der schnelle Graben noch von der Leine in die Ihme, oder fließt er nun umgekehrt, den Berg hinauf. Welche ungeahnten Aussichten für Selbstmörder, sie würden immer wieder hinaufgespült. Das würde den Selbstmord selbstmorden.«

273 **[Es war einmal eine kleine Maus],** HMs., in einer Kladde aus England, 3 S., KSA.

274–276 **Der Ursprung von Merz,** HMs., 12 S., KSA.
Die erste Fassung, HMs., 9 S., KSA, hatte folgenden Wortlaut:

Der Ursprung von Merz

Ich hatte einen Freund, wie man das so nennt. Er war Arzt. Sein Name war Schenzinger. Ich wollte ihn abmalen.

Nun war er sehr beschäftigt. Daher wollte er beim Sitzen auf meinem Flügel Klavier spielen.

Er sagte, wenn er sich so etwas bewegte, würde sein Charakter besser herauskommen.

Neben mir lag ein Bierfilz.

Ich versuchte nun mit Inbrunst seinen Charakter aus seinen Bewegungen herauszustudieren und in das Bild hineinzumalen. Er spielte den letzten Satz der Mondscheinsonate.

Neben mir lag der Bierfilz.

Ich dachte ganz richtig, daß alles für alles charakteristisch sein kann, wenn ... es charakteristisch ist. Wenn es nicht charakteristisch ist, dann hat man eben Pech gehabt. Und ich versuchte herauszufinden, ob Schenzingers Bewegungen charakteristisch für die Mondscheinsonate wären.

Neben mir lag der Bierfilz.

Solch ein Bierfilz erinnert z.B. an ein Bierglas mit Bier; an einen Biertrinker, nicht aber an Dr. Justus Bier, den Riemen Schneider. Und die runde Form des Bierfilzes ist charakteristisch für . . .

Plötzlich hatte ich eine geniale Idee. Wie man oft so Ideen hat.

Ich stand auf, bestrich den Bierfilz auf der Rückseite mit Ölfarbe statt Kleister und, während Schenzinger die Mondscheinsonate spielte, klebte ich den Bierfilz mit Ölfarbe auf die Wange des angefangenen Profilbildes, wenn man bei Bildern von Wange sprechen kann. Er reichte vom Ohr bis zur Nase. Herr Schenzinger stand auf und die Mondscheinsonate verstummte. Plötzlich fragte Dr. Schenzinger: »Was haben Sie getan?«

»Was ich getan hätte?« antwortete ich mit Zittern in der Stimme. »Was ich getan habe, habe ich getan.« Ich sagte es bestimmt.

»Sie haben mir einen Bierfilz auf die Backe geklebt«, sagte Dr. Schenzinger wütend.

»Nicht Ihnen, sondern dem Bilde habe ich sozusagen den Bierfilz auf die Backe, soweit man bei Bildern von Backe reden darf«, entgegnete ich. »Der Bierfilz gehört zur Charakterisierung des Dargestellten.«

»Nehmen Sie ihn ab«, befahl Dr. Schenzinger.

»Ich freue mich, daß er drauf sitzt!«

»Nehmen Sie den Bierfilz ab!«

»Das tue ich nicht!«

»Dann nehme ich ihn ab!«

»Das werden Sie nicht tun. Sie würden die Einheit des Kunstwerkes zerstören.«

»Der Bierfilz ist eine Beleidigung für mich!«

»Der Bierfilz charakterisiert Sie irgendwo und irgendwie.«

»Wie kann er?«

»Ich kann nicht sagen, wie, aber er tut es. Ich habe das im Gefühl.«

»Weil er rund ist?«

»Und filzig. Vielleicht.«

»Und aus Pappe?«

»Weil Sie nicht von Pappe sind.«

Da versuchte er eine Falle und sagte: »Und drückt er vielleicht auch die Mondscheinsonate aus?«

»Die Mondscheinsonate? – Von Dr. Mondschein? – Ich kenne nebenbei gesagt Dr. Mondschein, er ist Zahnarzt und wohnt in London. Der arbeitet nach dem Wahlspruch: ›Mondschein schont – mein‹. Er mag sie ursprünglich geschrieben haben, das ist möglich, aber jedenfalls hat Herr Beethoven ihm den genialen Tip gegeben. Verstehen Sie, das geniale Etwas . . .«

»Wie stehen Sie nun zu der Frage, ob der Bierfilz Herrn Beethoven ausdrückt?«

»Mein Herr«, sagte ich ernst, »glauben Sie etwa, daß Sie Beethoven ausdrückten? Das Bild aber soll ein Ausdruck Ihres Wesens sein.«

Da ging Herr Schenzinger hinaus und schloß hinter sich die Tür. Seit der Zeit waren wir nicht mehr Freunde, zumal da ich das Bild mit dem Bierfilz auf der sozusagen Bildbacke als ›Portrait Dr. Schenzinger‹ ausstellte.

Ich malte zu der Zeit das Portrait von Frau Luise Spengemann, es war Anfang 1919. Hier versuchte ich eine Komposition kleiner Gegenstände, die da im Zimmer herumlagen und versuchte durch diese Komposition ihr Wesen so zu charakterisieren. In der Auswahl und Verteilung der farbigen Werte sollte der Charakter begründet sein. Und es gelang über Erwarten gut. Luise Spengemann sagte: »Das bin ich, niemand anders als ich könnte es sein.« Nun dachte ich nach über meine Erfahrungen. Ich hatte versucht, Herrn Dr. Schenzinger durch einen einzigen Bierfilz im Zusammenhang mit einer Kopie seiner Gesichtszüge zu charakterisieren. Der Erfolg war, daß das, was für mich eine Charakterisierung zu sein schien, für ihn eine Beleidigung war. Bei Frau Luise Spengemann hatte ich eine Komposition aller Teile des Bildes unternommen, nicht allein einen an sich bildfremden Gegenstand aufmontiert. Dieses Bild traf auch für Sie, Frau S., Ihr Wesen, Ihren Charakter.

Das Wesentliche war die Komposition.

Nun machte ich Versuche, Gegenstände, die man als Abfall bezeichnet, weil sie weggeworfen waren, zu komponieren und fand bald heraus, daß in der Komposition ein überzeugender, ganz allgemeiner Ausdruck lag. Es war vielleicht übertrieben, daß Frau Luise

Spengemann sich selbst in der Komposition erkennen wollte, und es war ganz sicher falsch, daß ich versuchte, mit einer Komposition zu charakterisieren. Kompositionen können nur ganz allgemeinen Ausdruck geben, einen Ausdruck, der vielleicht ähnlich dem eines Menschen ist, etwa wie eine Wolke einem Löwen. Und doch ist die Wolke nur Nebel. Eine Komposition kann aber für dafür empfindliche Menschen einen Ausdruck vermitteln, und eine Komposition von farbigen Werten in der Malerei kann es ebenso gut wie eine

277–278 **Wenn ich mich im Leben umsehe,** datiert 20. 11. 47, HMs., 5 S., KSA.

279–280 **[In der Gegend des Paradieses],** HMs., in der Schrift der letzten Monate vor dem Tode, 3 S., KSA.

Englische Prosa

Die englische Prosa ist nach den Originalmanuskripten gesetzt. Offensichtliche orthographische und grammatische Fehler sind verbessert und vermerkt.

282–283 **The Flat and the Round Painter,** unter dem Titel **The Story of the Flat and Round Painter** by Kurt Schwitters translated by Heinz Beran, hektographiert, wahrscheinlich für die Internierten im Camp auf der Isle of Man, in dem sich Kurt Schwitters von Juni 1940 bis August 1941 aufhielt. Abgedruckt ist der von Schwitters handschriftlich verbesserte Text mit verändertem Titel.

Varianten:

S. 282
Z. 6 under her crown
Z. 7 beautifully done was it.
Z. 11 And the queen
Z. 12 and she swayed and
Z. 12–13 And suddenly
Z. 15 and he painted
Z. 27 Suddenly_he reached the parting parts of the_queen
Z. 33 the enormous skirt of the queen, and

S. 283
Z. 11 Suddenly_he reached
Z. 13 he could not be seen any longer,

Verbessert ist:

S. 282
Z. 8 use_to

283–284 **Five Girls on the Switchboard,** datiert 10. 7. 42, HMs., 3 S., KSA.
Schwitters hat den Text nach der Niederschrift überarbeitet.

Varianten:

S. 283
Z. 6 habit to be rather
Z. 8–9 You must know, that his teeth are no more fitting very well
Z. 13 My Father likes me to do it, but he likes to talk with him, because he likes

S. 284
Z. 1 which don't any longer
Z. 3 a short moments pause
Z. 7 when I had thought
Z. 10 Finally the_oldest
Z. 11–12 by seeing
Z. 14 all of them laughed
Z. 16 coming from the switchroom
Z. 17–18 the_girl answered

285–287 **She is Singing in the Wireless,** HMs., 5 S., KSA.

Verbessert ist:

S. 285
Z. 2 a girl which
Z. 3 use to ask
Z. 30 in this moment
Z. 33 before two hours

S. 286
Z. 6 for that very much
Z. 33 help to kiss me for all what
Z. 36 took a bath every one

287–289 **London. A Fairy Tale,** MMs., 2 S., KSA.

Verbessert ist:

S. 287
Z. 8 on their
Z. 16 clean on body

S. 288
Z. 3 of the bathing
Z. 7 we had still to go far
Z. 23 we passed quick
Z. 31 I had now
Z. 37 of his father

S. 289
Z. 5 at this occasion

Gedruckt ist die handschriftlich verbesserte Fassung des MMs.

Varianten:
S. 287
Z. 1 in my bed in 39 Westmorelandroad
Z. 2–3 I didn't know whether it was_my mother
Z. 4 with a guest of her hand
Z. 6 There was not as_before
Z. 8–9 traffic_, all the jews on their shoppingcars_had
Z. 9–10 as only nature can do it
Z. 10 in the wood
Z. 11 than there was
S. 288
Z. 1 We walked to a pond with warm water between green meadows and forests, and
Z. 2 without whisteling_.
Z. 2–3 They got clean_, but the water didn't get dirty_.
Z. 5 see any dirt
Z. 7–8 because we had_to go now, because I had to be back in
Z. 9 back to her car and drove
Z. 9–10 it was_the direction to Earlscourt
Z. 11–12 drove before us a big car, carrying a big house wall with_windows, an entrance door,_and you
Z. 15 because it took the whole road
Z. 16 I remarked_on the road
Z. 20 in the pocket we will pass
Z. 21 the car before us turned the wall into his direction
Z. 22 behind this wall.
Z. 23 this unusual car and entered
Z. 27 animals_in one room
Z. 28 but_windows, so
Z. 35–36 Did you want some special »I did«, he answered,
Z. 37 the letter_of his father_to his dead
S. 289
Z. 1 father got interested
Z. 2 some notices out of the letter and I asked
Z. 3 he needed it. Afterwards he could send it to my place, if he would. Finally

289–290 **The Landlady,** gedruckt ist nach dem Transkript von Edith Thomas, MMs., 1 S., KSA. Es existiert noch ein HMs., 7 S., KSA, von Kurt Schwitters und eine weitere Fassung mit dem Titel **So Shall We Always be with the Lord,** HMs., 2 S., KSA.
Beide Texte sind im folgenden abgedruckt:

The Landlady

She was a lady. A lady? Much more. A lady. Oh no, she was a landlady.

»I am not like the other landladies«, she used to say, »you may speak to me, and when I say something, I say, what I think. I say it to your face, not behind your back. Oh yes, what a landlady I am, and you may speak to me. For example the government has ordered to save fuel. When you use the gas, don't take a match, because that is fuel. Do it like me. I take a piece of an old newspaper, the margin. You can read the paper also without margin; and take a light from the kitchen fire. I have time enough to spare, and you have also the time. If it is not successful, that it blows out on the way, I will two or three times. I am tough! Finally I get it to light the gas, and the match is saved. If you do that three or four times a day, think how many matches you save in only one year! That is, because I think, I am a thinking landlady.

Now you think, it is done when you have saved the match, it is not. You can't save matches and waste gas. I don't mind if it is your or my match, or whether you pay for the gas. Matches and gas are war weapons, and when the war is over, they are peace weapons as well. How could the government have protected the matches. You see, I am a thinking landlady, and you may well speak to me.

When you have lit the gas, I said, you shall not waste gas. Think twice before you start a job, and have the pot with water standing ready before you light the gas. Then the gas may burn not too small and not too big and when you have to stand by until it boils. The teapot has already before to stand empty and with tea leaves. Don't take too many many tea leaves, otherwise the tea tastes bitter. And in the moment that the water boils you have at once to switch the gas out. That is easy and you save fuel. I can see you from my place in the kitchen, for what do you think I have mirrors on the wall? I can see in every room, and hear every noise in the whole house. For example I sleep in the middle floor, and when I go to bed, I open my door. You may else fall down the dark stairs and I don't hear that you are dead. Yes! I am an intelligent landlady. You may speak to me.

Apropos staircase. I don't like that you walk up and down and up and down. First take your boots off when you walk on my stairs, because boots ruin the carpet. I hear you also when you walk on the stairs without boots.

So then you have three times for walking on my stairs, that may be enough in a day. It is free to your own will whether you will go to the lavatory or to the kitchen, remember, three times a day are free. Perhaps you go twice to the lavatory and once to the kitchen. I, for example, go only once a day to the lavatory. You may easily get accustomed to that. And your room must be clean and tidy. Things which you don't have must not be cleaned. It is strictly forbidden to use the room for working, cooking or eating. Only for sleeping from ten to seven in the morning. The door has to be open, and I make my visits unexpectedly, to see whether all is right. Don't use gas after five minutes past ten, and I don't like noises, for example whistling and singing. You are not a musician!

Yes I am a landlady, you can speak with.

And now, will you pay the rent in advance?«

»My lady, my landlady! May I speak to you?«

»You may.«

»Would you allow me to have a look before to other accomodations?«

So Shall We Always be with the Lord
Once upon a time I got accomodation in an house of an elderly lady. The rooms were good, and the view from the windows precious, and so I took the little flat, although I didn't like the look of the landlady. She did not look directly into my face but from a downbended position of the head it looked as if she did not want to be remarked, regarding me. But I thought she would be alright, especially as I found spread all over the place boards with religious words.

Also spread all over the place were dozens of mirrors. I thought she would distribute the daylight falling from the windows into the rooms so that all looked nice and light. But I found it soon out, she liked to see more than she could without the mirrors from her kitchen, she could in this way regard persons without being seen herself. I thought she was shy. But suddenly she came to me, telling me: »If you light the gas you must use old paper. I don't care whether you use your own matches or not, we have to save material. And you have to stay at the gas for putting it out as soon as the water boils. And you cannot cook two meals a day. And you have to pay more for gas, because you light it every evening. And you cannot take more than one bath for two persons a week.« I said: »Thank you« and did as I was told.

291 **In the National Garden of Chairs,** HMs., in einem Notizbuch aus England, 1 S., KSA.

292 **Dead Mouse,** HMs., 1 S., KSA.
Verbessert ist:
S. 292
Z. 6 smell of course food
Z. 25 not dead nor

293–295 **The Flying Fish,** datiert 6. 8. 44, HMs., 4 S., KSA.
Verbessert ist:
S. 293
Z. 18 invisible there up

295–296 **Maro the Old Cat of Hjertøya,** MMs., 2 S., KSA.
Verbessert ist:
S. 295
Z. 19 get kind to
S. 296
Z. 7 since 5 weeks

296–297 **Twopenny-Novel about an Ugly Girl,** MMs., 2 S., KSA.
Verbessert ist:
S. 296
Z. 2 love any__girls
S. 297
Z. 10 lovely evening, is it nit?

298 **On the Bench,** HMs., 3 S., in einem Skizzenheft, KSA. Faksimile in Stefan Themerson, ›Kurt Schwitters in England 1940–1948‹, London, 1958, S. 58–59, dort ebenfalls gedruckt mit Korrekturen, S. 43–44.

Im Manuskript ist eine Variante:
S. 298
Z. 1–2 broad way with plenty of traffic
Verbessert ist:
S. 298
Z. 9 my business in visiting . . . in trying
Z. 17–18 That is my tragic
Z. 18 Why told Mr. Aardal me, that the real famous
Z. 20–21 wait now already
Z. 22–23 in_myself
Z. 23–24 they don't be afraid
Z. 24 who passed_for a
Z. 25 He would give me
Z. 29 with the head

299 **If You Are Standing on a High Mount,** HMs., im Skizzenheft, 2 S., KSA.
Faksimile in Stefan Themerson, ›Kurt Schwitters in England 1940–1948‹, a.a.O., S. 62.
Gedruckt mit Veränderungen unter dem Titel
Whenever you are standing on a high mountain, a.a.O., S. 45.

Abweichungen von der 1. Fassung, HMs., 2 S., KSA:
S. 299
Z. 5 what I needed, could see
Z. 10 could see again
Z. 11–12 trees of frightening figures
Z. 13 dull and dark

Verbessert ist:
S. 299
Z. 1–2 you see_round you the big and smaller
Z. 5 all what
Z. 7 suddenly came clouds
Z. 8 they covered already

300 **Do You Need Money,** HMs., 2 S., im Skizzenheft, KSA.
Faksimile in Stefan Themerson, ›Kurt Schwitters in England 1940–1948‹, a.a.O., S. 61, mit Korrekturen, a.a.O., S. 46.
Verbessert ist:
S. 300
Z. 4 he would get any help
Z. 6–7 he tries first to find
Z. 9 says they

300 **The most Annoying Thing,** HMs., 1 S., im Skizzenheft, KSA.
Verbessert ist:
S. 300
Z. 5–6 and_flowers
Z. 6 stands the upside

301 **Nature Does not Know Restrictions,** Stefan Themerson, ›Kurt Schwitters in England 1940–1948‹, a.a.O., S. 49.
Verbessert ist:
S. 301
Z. 2 Havn't flowers the
Z. 5–6 restrictions on top of restrictions for saving and protecting

301 **For Exhibition,** MMs., 1 S., KSA.

Alphabetisches Verzeichnis der in diesem Band enthaltenen Prosa

Die Seitenzahlen in Klammern beziehen sich auf die Prosa in den Anmerkungen